L'AMÉRIQUE DÉLIVRÉE,

ESQUISSE

D'UN POËME

sur l'Indépendance de l'Amérique.

Do thou, great Liberty, inspire our souls,
And make our lives in thy possession happy,
...aths glorious in thy just defence.

        ADDISON Trag. of Cato.

A AMSTERDAM

chez J. A. CRAJENSCHOT,

MDCCLXXXIII.

Giraud le J.e sculp.   Binct inv. 1782

ÉPITRE DÉDICATOIRE.

A MONSIEUR,

Monsieur JOHN ADAMS,

ECUYER, ANCIEN COMMISSAIRE DES TREIZE-ETATS-UNIS DE L'AMÉRIQUE SEPTENTRIONALE A LA COUR DE FRANCE, ANCIEN DÉLÉGUÉ AU CONGRÈS POUR L'ÉTAT DE MASSACHUSSET'S BAY, CHEF SUPRÊME DE JUSTICE DE CET ETAT, MINISTRE PLÉNIPOTENTIAIRE ORDINAIRE DE LA RÉPUBLIQUE DES TREIZE-ETATS-UNIS PRÈS LES PAYS-BAS-UNIS, ET MINISTRE PLÉNIPOTENTIAIRE EXTRAORDINAIRE DU CONGRÈS A LA COUR DE VERSAILLES POUR LA PACIFICATION GÉNÉRALE.

MONSIEUR,

Je ne pouvais compoſer le premier Ouvrage de Poéſie qui, dans notre langue, vient cé-

célebrer le triomphe de l'Amérique-Septentrionale, fans vous en offrir l'hommage refpectueux. La part que vous avez eue dans
tous les évenemens qui ont précédé la
Révolution de votre Patrie, le rôle diftingué que vous avez joué dans les négociations importantes qui ont affis la bafe de fon
indépendance fur les plus folides fondemens, vous font des titres trop glorieux,
Monsieur, pour ne pas fixer fur vos talens
les ïeux des deux hémifpheres, & diriger
l'attention générale fur une production qui
ofe fe préfenter fous vos aufpices. Non-
feulement votre fagacité, perçant l'obfcurité
de l'avenir, vous avait dévoilé la marche
des Puiffances qui devaient coopérer à un
des plus grands phénomenes dont la politique moderne aurait à s'étonner ; mais vous
avez eu ces talens rares & fublimes dans un

hom-

homme d'Etat, qui peuvent accélérer d'un côté
la décadence d'un trône redouté, & de l'autre
placer auprès de lui une Puissance nouvelle.
Tour-à-tour Légiflateur, Arbitre fuprême,
Négociateur de l'Etat qui s'honore de vous
avoir donné le jour, vous venez de couronner une des Périodes de votre carriere politique par une paix glorieufe à l'Amérique,
mais dont les conditions, fruits de votre
génie, vous affurent un droit éternel à la
reconnaiffance des Treize-Etats-Unis, en
mettant le Sceau le plus honorable à votre
immortalité.

Votre modeftie me fait une loi, Monsieur,
de ne pas louer ici vos vertus civiles,
la franchife & la droiture de votre âme, qui
méconnait encor les rufes & le petit manege de la politique Européenne. Je fuis à
regret forcé au filence fur les rares qualités

de

de votre cœur; & fi je me borne à ce peu
de mots dans une matiere fi féconde, c'eft
que tous mes defirs, ont uniquement pour
but de vous rendre mon ouvrage agréable,
& de me concilier votre bienveillance &
votre eftime.

Je fuis avec refpect,

MONSIEUR

Votre très-humble & très-
obéiffant Serviteur,

L. C. D. L. G.

PRÉ-

PRÉFACE.

L'Auteur, en offrant cet ouvrage au public, n'a point prétendu lui donner un Poëme. En prenant la plume, il n'avait en vue qu'une simple Epître destinée à féliciter M. *John Adams* sur l'heureux succès de sa Négociation dans les Pays-Bas-Unis, négociation la plus difficile peut-être qui se soit effectuée en Europe dans le siecle où nous vivons. Pour montrer toute l'étendue du génie qui a su triompher des obstacles qui s'opposaient en foule à l'union des Américains & des Bataves, il fallait développer les circonstances où se trouvaient les Républiques de ces deux Peuples. Les préjugés que presque tout l'Ancien Monde avait adoptés d'après les assertions des Anglais, étaient défavorables aux Treize-Etats-Unis, & demandaient par conséquent une réfutation pléniere. Le peu de connaissance que l'Amérique & l'Europe même avaient de la Constitution des Pays-Bas-Confédérés; les diverses altérations que l'ambition de quelques Citoyens ou la marche des siecles y avaient occasionnées; la situation actuelle du Gouvernement; la maniere de penser générale ou particuliere de chacun des Sept-Etats, des villes mêmes qui vivent dans l'Union d'Utrecht; tout ce qui se passait alors d'étrange ou de singulier dans la Ré-

* 4

publi-

publique entiere, formaient un enfemble qui devait être parfaitement connu de la génération préfente & de la Poftérité. Il en était de même des fituations qu'offraient les Etats des puiffances armées pour rompre les fers de l'Amérique & procurer la liberté générale fur un Elément qui, ne pouvant être de fa nature la propriété d'aucune nation, devait conféquemment appartenir à toutes en commun, fans partage & fans exclufion. Il en était encore ainfi des expéditions de terre & de mer qui ont fignalé cette guerre fanglante. Sans une jufte notion de tant d'objets divers, dont l'influence directe ou indirecte a tant de poids fur tous les Cabinets des deux hémifpheres, comment apprécier les travaux de l'Homme d'Etat qui, par fes lumieres, fon habileté ou fon adreffe, a pu parvenir à renverfer tout les efforts d'un parti riche & puiffant qui n'a rien épargné pour éloigner les traités qui devaient unir à jamais les deux Républiques?

Entrainé dès lors par l'abondance des matieres, l'Auteur n'a pu quitter fa palette, ni pofer le pinceau. Encouragé par le confeil & les inftructions d'un vrai patriote Hollandais connaiffant bien les Conftitutions de fa Patrie; devenu Républicain lui-même, il s'eft attaché conftamment à percer les nuages dont fe couvrait une cabale perfide, vendue aux Ennemis de l'Etat pour mettre aux fers les généreux Bataves,

mais

mais à laquelle l'art a toujours manqué pour dérober ſes projets à l'œil vigilant de la Nation. Des plumes étrangeres, de lâches Ecrivains dans le ſein même de la République, loin de rendre juſtice à un Peuple eſtimable, qui cenſurait amerement, il eſt vrai, mais ſans rumeur, des meſures perverſes qui l'auraient avili, cherchaient au contraire à en rejeter le blâme & la honte ſur les Adminiſtrateurs & ſur la nation entiere.

Tantôt, rampant dans l'obſcurité, & ſe laiſſant deviner à peine aux patriotiſme le plus clairvoyant, tantôt levant une tête audacieuſe, la coupable Anglomanie cherchait à ſe dérober au glaive de la loi, ou défiait hardiment le bras vengeur du Souverain, dont elle foulait aux piés les Edits les plus importans & les droits de la liberté de la Patrie qui rougiſſait & frémiſſait de rage à ſon ſeul aſpect, tandis que l'homme de bien, quoique né dans un climat différent, retenait à peine les élans de ſon indignation. Il aurait fallu démasquer tant de traitres, les dénoncer à l'Univers entier; mais on s'eſt contenté de leur faire appercevoir qu'ils étaient connus. L'on a prouvé par des faits indubitables les vengeances ſourdes qu'ils ont tâché d'exercer; les impoſtures habiles ou maladroites qu'il leur plaiſait de controuver pour étayer un ſiſtême deſtructeur qui tendait viſiblement à la ruine de la République. L'on ne pouvait parler de

ces

ces faits, fans rapporter, le plus brievement poffi-
blè, les évenemens qui y avaient donné lieu. De là
cette multitude de notes hiftoriques ou politiques qui
font une grande partie de l'Ouvrage, toutes fondées
fur les vraies principes de la Raifon, ou puifées dans
les meilleures fources, & foutenues par les autorités
les moins fufceptibles de doute ou de partialité.

Plus d'un tiers de l'Ouvrage était achevé, quand
l'Auteur fe décida à le partager en différens Chants,
dont l'inégalité de grandeur prouve affez qu'il n'était
point deftiné dans fon origine à une diftribution femblable.

De tous les reproches auxquels on peut s'attendre
de la part des Cenfeurs éclairés, un feul eft peut-être
fondé. C'eft le peu de mérite de la Poéfie, & les
défauts que l'on y découvrira. L'Auteur, loin de
redouter les piqûres d'une Cenfure judicieufe, les
attend avec impatience. S'il n'eût pas abfolument été
privé de tout fecours de cette efpece, fon Ouvrage
ferait moins défectueux: mais dans la région où il
écrivait, perfonne n'eft venu lui montrer les défauts
de fa poéfie.

Bien des gens, prévenus en faveur de la Grande-
Bretagne, trouveront mauvais fans doute, que l'on fe
foit dans cet Ouvrage fpéciafement attaché à montrer
les Anglais fous le point de vue le plus défavorable (*).

Mais,

.(*) A des plaintes, malheureufement trop juftes, on ne man-
quera

Mais, en tems de guerre, les repréſailles ſont per-
miſes entre les ſujets des Puiſſances qui ont l'épée à
la

quera pas d'oppoſer les cruautés des Français, à *Bodegrave* &
Swammerdam, dans le ſiecle paſſé. Qui ne ſait que le fanatiſme & l'anglomanie, non contens de les avoir exagérées,
quoiqu'elles ſe trouvaſſent réfutées par des auteurs Bataves
& témoins oculaires; de les avoir dépeintes ſous les
couleurs les plus noires dans d'indignes écrits, nationaux &
étrangers, en ont fait une eſpece de catéchiſme pour la jeuneſſe
Batave, afin de lui faire ſucer avec le lait une haine héréditaire
contre la nation Françaiſe? Mais on n'eût pas imaginé qu'après
un ſiecle, on aurait oſé diſtribuer ces deſcriptions ſcandaleuſes,
dans l'eſpoir de ſéduire les gens ſimples & de leur rendre ſuſ-
pects les bienfaits & les générofités dont les Français nous
ont comblés dans le cours de cette guerre. L'Anglomane,
le vil Anglomane, a mis tout en œuvre pour perſuader à la
partie la plus nombreuſe & la moins éclairée de la Nation
Belgique, que le Roi de France avait l'abominable intention
de former autour de nous une chaîne de bienfaits, afin de
diſpoſer de nous dans la ſuite au gré de ſon intérêt & de ſa
politique. Tel était le délire des partiſans de l'Angleterre
dans cette République, que, dans le même tems où ils faiſaient
un tableau effrayant des anciennes cruautés des Français, dont
les actions en ce tems-là ne furent point certainement exem-
tes de blâme, ils tâchaient de jeter un voile impénétrable ſur les
actions atroces & préſentes des Anglais ſur toutes les mers, par la
ſeule & ridicule raiſon que ces derniers rendent à Dieu le même culte qu'eux. J'abhorre les cruautés des Français; j'abhorre celles des Anglais. Tout homme raiſonnable aime la
vertu en quelque individu qu'elle réſide, & il détefte le vice
quel que ſoit le vicieux. S'il eſt un motif capable de l'aveugler ſur ce point, il ne ſait ce que c'eſt que vertu.

Note de l'Editeur.

la main : l'on a été bien encor au deffous de tout ce que l'on aurait pu dire, foit pour répondre aux productions qui naiffaient chaque jour à Londres contre la France, l'Efpagne, l'Amérique & les Bataves; aux déclamations indécentes de quelques Membres du Sénat Britannique; foit pour fe venger des fables injurieufes que l'on ne ceffait d'inventer dans la Grande-Bretagne entiere pour rendre odieufes, méprifables même aux ïeux des Anglais les nations toujours refpectables qui n'avaient pris les armes que pour rabaiffer l'orgueil d'un Ennemi trop puiffant & dès lors dangereux pour la liberté de l'Europe. Que les perfonnes qui hazarderont ce reproche veuillent indiquer de bonne foi le beau côté que l'Angleterre a préfenté au monde entier, dans la guerre la plus odieufe, la plus injufte, la plus barbare qu'elle ait jamais faite à des Puiffances ennemies. Une foule d'Ecrivains de toutes les nations, enivrée de la gloire éphémere qui femblait couvrir les Etats Britanniques, ne pouvait fe laffer de célébrer, d'admirer des infulaires dont il avaient voulu fe faire une idole. Les productions du génie même, étaient, pour ainfi dire, fouillées à chaque page, des louanges les plus fades, les plus outrées & les moins méritées en faveur de la nation chérie qui s'appréciait trop pour ne pas en méprifer le ridicule encens. Si ces Auteurs, vraiment eftimables d'ailleurs, euffent

mieux

mieux examiné les chofes qui faifaient leur admiration, ils en euffent jugé plus fainement. Ils n'euffent pas, fans le favoir, coopéré à faire croître encore dans l'efprit du vulgaire Anglais cette audace
révoltante qui déjà ne connaiffait plus de frein, &
cet orgueil infolent qui lui attirait le mépris de tous
les autres peuples. Ces plumes réellement Anglomanes auraient pu reconnaitre que cette gloire de
l'Angleterre n'était point celle de la Vertu, mais une
bouffiffure dangereufe qui dérobait pour un inftant
les playes profondes & invétérées de l'Etat; que les
merveilles fi vantées de la Conftitution Britannique,
n'étaient pas moins que le Code des nations voifines,
fujettes aux convulfions du Defpotifme, aux opérations de la tirannie, & plus favorables peut-être encore à la corruption la plus dangereufe pour le peuple
dont elles dirigeaient fi mal-adroitement les renes.

Les Vertus des Anglais, leurs forces, devant lesquelles la Terre étonnée devait, nous difait-on,
bientôt garder un filence refpectueux, leurs talens
militaires fi redoutés fur les deux élémens jadis témoins de leurs fuccès, de nos jours, mis à l'épreuve de l'expérience d'environ dix années, fe font évanouis comme leur puiffance, avec la même rapidité
que ces exhalaifons brillantes, mais de courte durée,
qui naiffent dans nos champs au milieu de l'Autonne.
Aucun motif perfonnel n'a mis la plume à la main de
l'Au-

l'Auteur. Il n'a point chargé des tableaux déjà trop odieux, & il défie hautement de nier aucun des faits qui font les preuves de ce qu'il a avancé. Hommes libres & vertueux de la Grande-Bretagne, on ne voulait point vous envelopper dans l'indignation générale, mais légitime, qui s'élevait de toutes parts contre les horribles excès où vos injuftes & barbares Compatriotes fe font abandonnés dans toutes les parties du monde où ils ont touché! Vous gémiffiez avec tous les gens de bien de la tache prefque indélébile qui s'étendait fur votre nation de l'un à l'autre pôle. Vous éleviez fréquemment vos voix pour arrêter la marche fanguinaire de vos armées, ou pour défapprouver ce que la conduite de vos Miniftres & de vos Généraux avait de plus odieux, mais vos nobles clameurs étaient étouffées par la corruption générale. En confidérant une Puiffance rivale démembrer à jamais votre Empire, vos cœurs étaient moins navrés de douleur à la vue de fes fuccès & de l'épuifement de votre Patrie, que par le contrafte frappant qu'offraient partout fans oftentation fon humanité naturelle & fes autres vertus.

La flatterie, l'ambition, l'intérêt n'ont point eu de part à la diftribution des louanges que cet Ouvrage renferme. La Vertu, l'eftime publique, des actions dirigées par le pur amour de la Patrie, ont feules obtenu le jufte tribut que tout Citoyen doit à fes dé-

fen-

fenfeurs, aux Peres de l'Etat. Aucun des perfonnages refpectés & dignes de l'être que l'on y célebre,
n'eft connu perfonnellement de l'Auteur, & fon
exiftence même en eft abfolument ignorée.

Les dévots, leurs partifans ou ceux à qui l'intérêt
met fur le vifage le mafque de l'hipocrifie, feront
peut-être feuls un crime capital à l'Auteur, d'avoir
demandé fans ceffe & partout une tolérance générale
de toutes les opinions réligieufes. Cette accufation
ne lui paraitra que glorieufe, & il aime à fe féliciter
d'avance, en efpérant qu'on ne lui épargnera point un
reproche qu'il avoue avoir à deffein mérité ; mais il
ferait bien plus charmé fi tout le monde, les dévots
même, étaient à cet égard dans les fentimens qu'il
profeffe. D'autres blâmeront peut-être aigrement
l'introduction des Divinités du paganifme, dans le
récit d'un évenement qui n'eft pas même encore définitivement terminé. L'on répond que, fans recou-
rir à la Fable & à la Mitologie des payens, il ne
faurait exifter de véritable poéfie en des matieres
femblables. Des vertus, des vices, des paffions
perfonnifiées procurent, il eft vrai, quelques images
agréables : mais l'Efquiffe d'un poëme ne faurait
être dépourvue de l'intervention des Divinités,
fans être privée d'une infinité d'agrémens & furtout
de ce merveilleux que comporte néceffairement une
narration femblable.

Le

Le titre de cet Ouvrage annonçait fans doute que l'on s'étendrait fur mille objets inconnus, relatifs aux Treize-Etats-Unis. L'Auteur fe le promettait réellement ; mais ne trouvant partout que faux rapports ou notions imparfaites, il a préféré le vrai aux détails de l'erreur, & content de ne rien avancer dont il ne fût parfaitement inftruit, il s'eft borné à préparer les matériaux pour les grands architectes qui viendront après lui, fatisfait, fi fon travail peut leur devenir de quelque utilité.

L'E-

L'AMÉRIQUE

DÉLIVRÉE

ESQUISSE

D'UN

POÉME.

Sur l'Indépendance des Treize - Etats - Unis de l'Amérique Septentrionale

---

CHANT PREMIER.

Des campagnes de l'Inde (1) aux rives de Boſton, (2)

Les cruels Léopards (3) de la fiere Albion (4)

Bra-

(1) C'eſt-à-dire depuis le $\begin{smallmatrix}D\\20\end{smallmatrix}$ | $\begin{smallmatrix}M\\o\end{smallmatrix}$ | S | de Latitude , | $\begin{smallmatrix}D.\\107\end{smallmatrix}$ $\begin{smallmatrix}M\\\&\end{smallmatrix}$ | de Longitude.

(2) Juſqu'au | $\begin{smallmatrix}D.\ M\\43.\ o\end{smallmatrix}$ | s | Latitude & | $\begin{smallmatrix}D.\ \ M.\\308\ \ o.\end{smallmatrix}$ | de Longitude. Dans cet espace immenſe, il n'eſt pas une lieue de terrein, où les habitans n'aient un crime à reprocher à l'Angleterre.

(3) Trois Léopards en champ d'argent , .ſont les Armes d'Angleterre.

(4) La Grande - Bretagne était nommée par les Grecs BPE-

A

TANIA,

Bravant avec hauteur les loix & le tonnerre,

Ont porté des combats la fureur meurtriere,

L'orgueil de leurs drapeaux & le fer des Tirans.

L'Univers a tremblé que des anciens Titans (1)

L'on ne vît en son fein renouveller la race.

Tout annonçait déja cette féroce audace,

Qui, de rochers divers compofait un monceau, (2)

Et du Monde naiffant fit trembler le berceau.

Les Bretons, à leur gré commandant à Neptune,

Enchainaient les humains au pié de leur fortune;

Et leurs moindres defirs étaient autant de loix

Que devaient respecter les peuples & les Rois.

Mais la bonté des Dieux, qui de nos deftinées

Regle par fes vouloirs les jours & les années,

Λ

TANIA, ou ΒΡΕΤΑΝΝΙΚΗ, ou ΠΡΕΤΑΝΙΣ, ou ΑΛΒΙΩΝ, ou ΑΛΟΥΙΩΝ. Elle conferva chez les Romains le nom d'Albion, du mot latin, albus, blanc, à caufe de fes falaifes, ou rochers, qui paraiffent blancs à ceux qui approchent de cette Isle, & qui la font découvrir de loin.

(1) Tout le monde connaît les Titans qui voulurent détrôner Jupiter pour regner fur le monde à fa place.

(2) Ils amoncelaient les montagnes & les rochers afin de monter au ciel, & d'en chaffer Jupiter.

A ri des vains projets de ce peuple orgueilleux,

Qui croyait maitrifer & la Terre & les Cieux.

Augufte Liberté ! félicité fuprême !

Tréfor plus précieux que l'or du Diademe,

Viens apprendre aux humains quelle Divinité,

D'un peuple magnanime, illuftre & refpecté, (1)

Dont l'Empire fameux commandait fur les Ondes,

Et roulait dans fon fein les tréfors des deux Mondes,

A pu, dans un clin d'œil, exiler les vertus :

Lui montrer à la fois fes trônes abbattus,

Un Monde de héros fouftrait à fa puiffance,

Et l'Univers ravi hâter fa décadence,

Rire de fes malheurs, infulter à fes maux,

Et s'arracher enfin quelqu'un de fes lambeaux.

Dis

____

(1) Les Romans Anglais avaient fafciné les yeux du refte de l'Europe à un tel point, que l'on croyait que les Vertus & les rares qualités de Grandifon, n'étaient qu'une ébauche du caractere national de ces Infulaires. Heureufement nous fommes détrompés.

A 2

Dis-moi : quel eſt ce Dieu, qui, ſur la Délaware (1)

Arrêta les fureurs d'une Mere barbare,

Qui, ſans ceſſe acharnée autour de ſes Enfans,

Leur décoche ſes traits, & ſur leurs corps ſanglans

Préſide à des horreurs qui terniſſent ſa gloire,

Et ſouillent de forfaits les faſtes de l'Hiſtoire. (2)

Divi-

(1) L'une des rivieres ſur laquelle eſt bâtie la ville de Philadelphie, Capitale de l'Etat de Penſylvanie, aujourd'hui la réſidence du Congrès. Cette ville eſt vaſte & ſuperbe. Elle occupe autant de terrein que Briſtol en Angleterre. Elle eſt ſituée ſur une langue de terre que forment les rivieres de la Délaware, & de Schuilkil, toutes deux navigables pluſieurs lieues au deſſus. Elle eſt bâtie en échiquier, de maniere, que deux de ſes côtés oppoſés font face chacun à l'une de ces rivieres. Elle a pluſieurs rues de deux milles de long, très-larges, bordées de maiſons très-bien bâties.

(2) L'on veut parler des Scapels dont les Anglais armerent les ſauvages d'Amérique contre les peuples des Etats-Unis. Carleton fut le premier qui tira ces affreux inſtrumens des vaiſſeaux qui les avaient apportés d'Angleterre, & les offrit à ces mains Barbares dans le Canada. Voici la réponſe de quelques-unes de ces hordes : „ votre démélé eſt celui d'un pere avec ſes En
„ fans, il ne nous convient point d'entrer dans cette brouillerie
„ domeſtique. . . . Mais ſi les rebelles venaient attaquer cette
„ Province, ne nous aideriez-vous pas à les repouſſer ? . . . . .
„ De-

(5)

Divine Liberté ! Seul vrai bien des mortels,

Chez la Mere & les fils, l'on voyait tes autels!

Après mille combats, le Démon de la Guerre

Sur fes malheurs paffés, laiffait gémir la Terre.

L'Olive de la paix parfumait l'horifon,

Et la Terre étonnée admirait Albion.

La fuperbe Tamife, au fein de l'abondance,

Contemplait fierement l'éclat de fa puiffance;

Sur fes bords toujours verds, les jeux & les plaifirs,

Tour-à-tour variés prévenaient les defirs.

L'Orgueil fuivit bientôt la gloire des conquêtes:

La Débauche s'affit dans l'enceinte des fêtes,

Et

„ Depuis la paix, la hache eft enfevelie à quarante braffes de pro-
„ fondeur. . . . . . Vous la trouveriez fûrement fi vous creufiez
„ la terre. . . . Le manche en eft pourri, & nous n'en pourrions faire
„ aucun ufage." *L'Abbé Rainal. Révol. de l'Amérique.* Mais avec le
tems les agens actifs de l'Angleterre, réuffirent à gagner plufieurs
nations éloignées , & ces féroces alliés firent une fois plus
de mal aux Américains que la fureur des troupes royales, dont
les Généraux donnaient une fomme en récompenfe à chaque fauvage à proportion des chevelures de Colons qu'il lui apportait.

A 3

Et tous les Citoyens, puiffans comme des Rois,

A leur gré de l'Europe interprétaient les loix.

Le Despotisme ofa fe placer fur le Trône,

Parler aux Nations en Roi de Babilone,

Et l'Europe-indignée, avec tout l'Univers,

S'unit tacitement pour éviter des fers.

Funefte Ambition (1) Orgueil, pere des crimes !

La race de Japet, en fuivant vos maximes,

Perdit, dans tous les tems, fa gloire & fon bonheur,

Quand pourra la Raifon diffiper fon erreur ?

Albion, qu'enivrait un torrent de délices,

Ofa, même en fon fein, déifier les vices,

Et fon Ambition, des premiers immortels,

Hautement ufurpa l'encens & les autels.

Du

(1) Il eft étonnant que les Anglais qui, fous le regne de Louis XIV, avaient rempli l'Europe de leurs clameurs fur l'ambition de ce grand Prince, fe foient abandonnés peu de tems après à une ambition que les limites des deux mondes pouvaient à peine fatisfaire.

Du plus haut de l'Olimpe, une voix menaçante

Dans Londres tout-à-coup vint femer l'épouvante.

Auffitôt la Discorde, aiguifant fes poignards,

Plane fur la Cité, (1) defcends fur les remparts.

Le Fanatisme accourt, le Délire & la Rage

D'un peuple turbulent embrafent le courage.

Les flâmmes & la Mort, volent de tous côtés,

La Vertu ni le rang ne font plus respectés (2)

Et l'Anglais fur fon fein déchaînant fa furie,

Pour venger l'Univers, fe frappe & perd la vie.

C'eft ainfi que le Tigre, au milieu dès forêts,

Qu'enchaînent puiffamment d'indiffolubles rêts,

Me-

(1) La Cité eft la plus ancienne partie de la ville de Londres, & le Roi n'y faurait entrer fans la permiffion du Lord Maire.

(2) Les talens, les vertus du Lord Mansfield, ne le mirent point à l'abri des fureurs d'un peuple forcéné. Sa Biblioteque, qui renfermait des manufcrits inapréciables, fut réduite en cendres, & la Chapelle de l'Ambaffadeur de Sardaigne fut pillée & brûlée. L'Evêque de Salisbury eut beaucoup de peine à échapper aux mains des furieux.

Menace le Chasseur qui le pique & le brave,

Fait les plus grands efforts pour briser son entrave;

Mais épuisé, confus, il tourne sur ses flancs,

Sur l'éclat de sa peau, sa fureur & ses dens;

Comme s'il enviait au bras qui l'assassine,

Le barbare plaisir d'achever sa ruine.

Non loin de la Cité, dans un palais fameux (1)

Des droits d'un peuple Roi, protecteur généreux,

Un illustre Sénat, par des loix éternelles

Couronnait la Vertu, terminait les querelles,

Et ses arrêts sacrés que Thémis adoptait,

Cimentaient la grandeur du Prince & du sujet.

Il n'en est plus ainsi : (2) tous ses membres coupables,

Séduits ou séducteurs, par des voies exécrables,

Ache-

______

(1) Le Palais de Westminster, où siege le Parlement de la Grande-Bretagne.

(2) Il ne faut que lire les débats parlementaires, pour se convaincre de ces vérités.

Achetés, avilis, en ce moment fatal

Des plus honteux excès ordonnent le fignal (1)

A leurs yeux l'or eft tout : & pour eux la patrie

La fainte Liberté, des Bretons fi chérie,

Sont une idole antique & vaine de nos jours,

L'or feul en l'univers, doit capter nos amours.

   Fiere de fes fuccès, la discorde légere

Vole & porte à Windfor (2) la célefte colere.

D'un Monarque indolent elle occupe l'efprit :

Elle peint à fes yeux d'un éclat qui féduit,

Le Despotisme feul respecté fur le trône,

Alexandre vainqueur des murs de Babilone, (3)

Et

(1) Ce fut le 13 Mars 1774 qu'il fut porté un bill au Parlement, qui fermait le port de Bofton, & qui défendait d'y
rien débarquer, d'y rien prendre.

(2) Windfor eft une maifon de campagne des Rois d'Angleterre, où ils paffent l'Eté. Ce Château eft fur la Tamife, &
jouit d'un point de vûe auffi beau que celui de St. Germain-
en-Laie.

(3) Il eft prouvé par les faits, que le Roi d'Angleterre, après
avoir établi le despotisme en Canada, & dans l'Amérique-fepten-

A 5

trio-

Et cent peuples tremblans, à la voix d'un mortel,

Rapidement changer & de culte & d'autel.

De même qu'un avare, ébloui dans un songe,

Prend pour réalité les dehors d'un mensonge,

Et que son cœur, épris d'une agréable erreur,

Des tréfors les plus grands, se croit le possesseur,

A ce brillant aspect, George leve la tête :

Pour se rendre despote, aussitôt il s'apprête.

Mais trop faible en Europe, & veillé de trop près (1)

Sur des pays lointains il tente ses projets.

Pendant ces sombres jours, valeureuse Amérique,

Libre dans tes foyers, féconde & pacifique,

De tes nombreux troupeaux tu lavais les toisons ;

Tes fertiles guérêts se couvraient de moissons.

Des

trionale, visait à soumettre la Grande-Bretagne au même joug, en employant les forces des Colonies contre la Métropole.

(1) Il est visible que le Roi George ne pouvait parvenir heureusement au despotisme, en commençant par l'Europe ; l'Hanovre seul excepté.

Des folides plaifirs goutant la jouiffance,

Tu voyais chaque jour aggrandir ta puiffance,

Le Savoir fans jargon, les utiles Beaux-Arts (1)

Eclairaient tes cités, décoraient tes remparts.

Et du fein des forêts, s'élançant dans la plaine,

Roulant avec lenteur fur une molle arêne,

De cent fleuves profonds, les flots majeftueux (2)

Serpentaient fierement en replis tortueux.

Sur le criftal des Mers, tes voiles inombrables,

T'apportaient en tributs mille objets agréables :

Et tes fameux Courtiers (3) pour tes productions

Echangeaient l'induftrie & l'or des nations.

Cli-

(1) Les Beaux-Arts étaient foigneufement cultivés en Amérique, comme le prouvent les Expériences du Docteur Franklin.

(2) L'Amérique-feptentrionale eft arrofée par de grands fleuves & rivieres qui facilitent le commerce d'un Etat dans un autre, & s'avancent fort loin dans les terres.

(3) Les Anglais qui avaient le droit exclufif de commercer avec leurs Colonies.

Climats chéris des Cieux, vertueuses Provinces,

Que votre fort fut doux fous d'équitables Princes !

Votre fol bienfaifant, & femblable au palmier,

Offrait à l'univers un fecours nourricier.

Tous les peuples du monde, à l'abri des tempêtes,

Venaient y repofer leurs malheurs & leurs têtes.

Lés cruautés du fort & de l'adverfité

Fuyaient de vos fillons l'heureufe liberté.

Hélas! Tout va changer comme une ombre légere :

La foudre gronde au loin, & part de l'Angleterre :

Américains, tremblez : redoutez les Tirans :

Les Léopards cruels vont dévorer vos champs.

CHANT SECOND.

George, dans fes projets, pervers & tirannique (1)

Réfolu de braver les Droits de l'Amérique.

Le

(1) On a vu plus haut quels étaient les deffeins du Roi de la Grande-Bretagne en retirant fa protection aux Colonies Américaines.

Le peuple en gémissant fait entendre ſes cris,

Ses cris ſont une injure, & ſes cris ſont punis.

Un eſſaim de ſuppôts du pouvoir arbitraire, (1)

Vient de la Tirannie en un autre hémiſphere

Déployer l'étendart, pille & vole à loiſir,

Brave des Citoyens, au gré de ſon deſir.

En vain la Nation, qu'indigne tant de crîmes,

Oſe porter au Roi ſes plaintes magnanimes, (2)

Le trône ſe refuſe à ſes cris généreux.

La Cour oſe nommer rebelles, factieux,

Les ſages députés qui vont porter la plainte

D'un peuple inacceſſible aux rigueurs, à la crainte,

Qui fidele à la loi, fidele à ſon devoir,

Du trône & du Sénat fait fixer le pouvoir.

Eſcla-

(1) Il a créé une multitude d'offices nouveaux, & il a envoyé chez nous des eſſaims d'Employés qui ſurchargeaient le peuple, troublaient ſa tranquilité, & dévoraient ſa ſubſiſtance. Déclarat. du Congrès Général du 4. Juillet 1776.

(2) Les Gouverneurs des Colonies Anglaiſes en Amérique n'eurent aucun égard aux répréſentations du peuple, & les députés qu'elles envoyerent en Angleterre au Roi & au Parlement, n'éprouverent que du mépris & des indignités.

„ Esclaves, leur dit-on, partez, obéiffez :

„ Soûmettez-vous au joug, ou la mort ; choififfez. (1)

Jamais dans le Serrail, un Sultan-fanguinaire

Ne fit parler plus haut le pouvoir arbitraire,

Et jamais à Médine un Calife abfolu,

Ne dit plus clairement, mourez : je l'ai voulu.

A peine d'Albion le barbare langage

De l'Amérique en pleurs parvint-il au rivage,

Que les peuples unis, par des nœuds mutuels,

Préférerent la mort à des fers éternels. (2)

Un

(1) On les punit comme des attentats aux droits de la Couronne, & à la Suprématie du Parlement.

(2) Les Provinces de New-Hampshire, de Maffachufet-Bay, de Rhode-Island, de Connecticut, de New-Yorck, de New-Jerfey, des trois Comtés de la Delaware, de Maryland, de Penfilvanie, de Virginie, des deux Carolines, aux quelles fe joignit depuis la Georgie, envoyerent dans le mois de Septembre 1774, à Philadelphie, des Députés au Congrès-Général, chargés de défendre leurs droits leurs intérêts & leur liberté. S'unir ou mourir, telle était leur devife & le 4 Juillet 1776, le Congrès fe détermina à prononcer l'Indépendance.

Un noble défefpoir joignit leurs deftinées,

Leurs faibles Légions fe montrent obftinées

A défendre leurs droits, à périr en héros

Plutôt que de fouffrir l'horreur de tant de maux.

Vaillans Américains, la Sageffe elle-même

Abandonne pour vous l'antique Diadême

Qui fous un fceptre d'or vous gouverna long-tems :

Prenez un fer vengeur, puniffez vos Tirans :

Marchez à l'Ennemi qui vous joue & vous brave :

Et tombe pour jamais la defpotique entrave

Qui, de la Liberté maîtrifant les deftins,

Vous affimilerait aux vulgaires humains.

Bientôt les flots émus vomirent fur la plage

D'Efclaves tout armés un nombreux affemblage (1)

La

—————

(1) L'on veut parler des malheureux Heffois, vendus par leur Prince au Roi d'Angleterre à des conditions qui outragent l'humanité, autant qu'elles font contraires à la fageffe de la politique moderne.

La Mort les dévançait.   Leurs épais bataillons

Ravageaient les Cités : & tout l'or des moissons

Ne pouvait assouvir leur ardente avarice.

Les Vieillards, les Enfans au sein de leur nourrice,

N'étaient point respectés par leurs barbares coups,

En vain le Sexe en pleurs embrassait leurs genoux. (1)

Barbares, arrêtez la course de vos crimes :

De vos propres fureurs vous serez les victimes :

Mais quel est ce Mortel, au port majestueux ?

C'est Hercule, Thésée, ou quelqu'un de ces Dieux

Qui de monstres jadis délivrerent la terre.

Jupiter en ses mains a posé son tonnerre ;

Venus a fait, pour lui forger un bouclier,

Les Graces ont tissu son large baudrier ;

Minerve sur son front a placé la sagesse ;

D'Ulisse il réunit la ruse & la finesse

A

(1) Les preuves de cette horrible vérité, sont semées en caracteres de sang, dans toutes les contrées des Etats-Unis que leurs
Ennemis ont parcourues les armes à la main.

A la docte lenteur du sage Fabius,

Et Mars l'a décoré du nom de Maximus (1).

A ce port de Héros, à ces traits adorables,

A tant de qualités & de dons admirables,

L'univers reconnait l'immortel Washington,

L'Ami du Genre-humain, le Sauveur de Boston (2).

Sous son bras, l'Amérique a vu rompre ses chaines :

D'un peuple de héros, il dirige les renes,

Et toujours invincible, humain, juste & vainqueur,

Il conquit des Tirans & le Sceptre & le cœur.

Il est tems d'arrêter le torrent de leurs crimes.

Paraissez, Washington, saisissez vos victimes :

Sous

(1) Le Roi de Prusse, fit mettre cette inscription au bas de son portrait qu'il envoya au Général Washington, *le plus vieux Roi de l'Europe au plus grand Capitaine du Siecle.* Frédéric est un bon juge.

(2) Ce fut le 9. Mars 1776, que Washington, par les dispositions savantes & rapides du Blocus de Boston, força le Général Howe de se retirer de cette belle ville avec précipitation, laissant aux Américains grand nombre de munitions, entr'autres une centaine de canons, objet, qui leur était bien important dans les circonstances où l'Amérique se trouvait alors.

B

Sous le fer à leur tour qu'ils tombent étendus :

Que ces Tigres fanglans, garrotés, éperdus,

Dans leur fang criminel éteignent leur furie.

Que vois-je, Washington, vous leur laiffez la vie?

Votre augufte bonté les charge de bienfaits,

Eft-ce donc là le prix de leurs honteux forfaits?

Ah! pour des cœurs de fer la douceur n'eft point faite :

La victoire aux Anglais vaut moins qu'une défaite :

Généreux Washington, tu crois changer leurs cœurs,

Les Léopards jamais changerent-ils de mœurs? (1)

A peine la Victoire, aux bords de l'Atlantique,

A-t'elle couronné le front de l'Amérique,

Que des monftres nouveaux fuccedent aux premiers;

Et Gates (2) va cueillir les plus brillans lauriers.

Mais

(1) Suivez les Anglais dans tous les fiecles : voyez comment ils ont acquis Gibraltar, joué, trompé les Hollandais dans la guerre de la fucceffion &c. &c. &c. Concluez avec Ferrarius que ces Infulaires font inconftans, malins, ingrats, cruels & de mauvaife foi. (Defcription de l'Europe, pag. 38.)

(2) Le Général Burgoyne, à la tête de fix mille foldats des

mieux

Mais pour vaincre ceux-ci, la force est inutile:

La terreur les atteint, leur défaite est facile:

La honte à leurs côtés les animait envain,

Il n'est plus de valeur, où commande la faim.

Leurs armes en faisceaux rampent sur la poussiere,

Et la horde maudite, est faite prisonniere;

La Discorde en frémit, & Burgoyne vaincu

S'enfuit vers Albion, sans gloire & sans vertu.

CHANT TROISIÈME.

Cependant du Congrès (1) le céleste Génie,

Content des sages loix que, dans Philadelphie,

Cent

mieux disciplinés de l'Europe, se trouva enveloppé le **13** Octobre à Saratoga , & cette armée mit les armes bas devant les agriculteurs du nouveau monde, conduits par l'habile & l'heureux Gates. C'était Charles XII, jusqu'alors invincible, capitulant devant les Russes.

(1) Le Congrès est l'Assemblée Générale des Treize - Etats-Unis, représentés par leurs Députés.

B 2

Cent vertueux Mortels publiaient d'après lui,

Veut encor les aider par un puiffant appui.

Il s'éleve dans l'air, & defcend à Verfailles.

Il admire à loifir ces fuperbes murailles,

Où la Nature & l'Art uniffant leurs beautés,

Ont verfé leurs tréfors fur ces lieux enchantés.

Un jeune Souverain, plein d'ordre & de fageffe,

Moderne Salomon, mais exemt de faibleffe,

Vertueux fur le trône, au fein de fon palais,

En Pere, en Citoyen gouvernait fes fujets.

Il méprifait l'éclat de cette pompe vaine,

Qui, loin d'orner le fceptre, en eft plutôt la chaine;

Et cache le Mortel fous un dehors trompeur,

Dont les travaux du peuple ont payé la grandeur.

Affife à fes côtés, une Reine charmante,

Dont la beauté ravit & la douceur enchante,

D'un front brillant d'attraits offre la Majefté,

Et du trône où elle eft, tempere la fierté.

Sur

Sur des fieges plus bas, d'Eftaing, Ségur, Caftrie,

De Graffe, (1) d'Orvillers, héros dont la patrie (2)

Admira la valeur en maints & maints combats,

Offroient à leur Monarque & leur fang & leur bras.

Et toi, brave Piquet (3), dont la rare vaillance

Doit faire un jour la gloire & l'appui de la France,

Affis d'un air modefte auprès de ces guerriers,

Tu reffemblais à Mars, & comptais les lauriers

Que cueillerait bientôt ta main victorieufe,

Si la France qui t'aime, était affez heureufe,

Pour

(1) La journée du 12 d'Avril n'ôte rien à fa valeur.

(2) Tous ces grands hommes font affez connus.

(3) M. de la Mothe-Piquet, après la bataille d'Oueffant, eut la noble hardieffe de dire au Duc de Chartres à la defcente de fon vaiffeau: „Prince, vous ne rendrez jamais aucun fervice à la France, vous venez de manquer la plus belle occafion qui s'en préfentera jamais à vos ïeux." Un difcours femblable ne peut être prononcé que par un héros. Mais le brave La Mothe croyait le Prince coupable; il fe trompait: c'était le Comte de Genlis qui méritait des reproches & le châtiment. Le Duc de Chartres, quoique fans expérience, ne démentit point la valeur du fang de Henri IV.

Pour voir entre tes mains flotter fon pavillon,

Et punir les forfaits de l'injufte Albion.

L'on voyait près du Roi l'illuftre de Vergennes;

De l'Empire des Lis il fait mouvoir les renes,

Et de l'Europe entiere enchainant les deftins,

Fait agir à fon gré les Dieux & les humains.

De l'Etat qui l'admire, il étend la puiffance,

Moins par de vains exploits que par reconnaiffance,

Et l'Univers furpris, mais docile à fa voix,

Se meut, demeure en paix, obéit à fes loix.

Invifible aux Mortels, au milieu d'un nuage,

Le Dieu de l'Amérique aborde ce vrai fage;

D'un air majeftueux, fans le jargon des Cours,

Il parait à l'inftant, & lui tient ce difcours.

„ O Toi! Qui des Français foutiens les deftinées,

„ Et d'un Roi, jeune encor, illuftres les années,

„ Enfin, voici le tems de vanger les affronts,

„ Les outrages nombreux, qu'aux ïeux des Nations

„ En

„ Endurerent les Lis de l'orgueil Britannique:

„ Le Sceptre des Anglais, fe brife en Amérique;

„ Et la honte, ou les fers chargent leurs Généraux.

„ Le Monde attend de toi la fin de tous fes maux.

„ Frappe: punis enfin vos antiques injures:

„ Arrache le Trident qui, dans les mains impures

„ Des féroces Bretons, infultait fur les Mers,

„ Les pavillons flottans de ce vafte Univers.

„ Par ma voix l'Amérique offre fon alliance,

„ Demande l'amitié, une noble affiftance,

„ Au Roi dont tu conduis les généreux deffeins:

„ Promets-lui tous les cœurs de mes Américains.

„ Uniffez vos drapeaux: qu'une caufe commune

„ Vous faffe partager une égale fortune:

„ Tout l'Olimpe eft pour vous." Il dit: & dans les Cieux

Il s'éleve, & décrit un cercle lumineux

Dont il ceint l'horifon qui borde l'Hemifphere:

Déja de l'Empirée il atteint la barriere,

B 4

Et

Et va se délasser, au sein des Immortels,

De l'aspect douloureux des crimes des Mortels.

Sur un char éclatant, ainsi du sein des ondes,

Sort l'astre radieux, bienfaiteur des deux Mondes.

Tel parait Washington (1), sur la fin d'un combat,

Lorsque, par sa douceur, il calme le soldat;

Qu'il prend soin des blessés, couronne leur vaillance,

A l'Anglais abbatu, fait sentir sa clémence,

Et

(1) Les Anglomanes ont voulu rendre ce grand-homme coupable, ou complice de l'assassinat atroce de M. de Jumonville, commis en Canada par les Anglais, en 1753, au milieu d'une paix profonde. Cet Officier avait été envoyé le 29. de Mai par Mr. de Contrecœur qui commandait un corps de troupes Françaises postées sur l'Oyo. Sa commission était d'engager les Anglais à se désister du terrein dont ils venaient de s'emparer contre les traités, & où ils avaient bâti un fort qu'ils appellerent le fort de la Nécessité. Jumonville part avec son escorte. Il était encore à une certaine distance du fort; tout-à-coup il est environné d'Anglais qui font feu sur lui. Il fait signe au Commandant, il montre ses dépêches, il demande à être entendu; le feu cesse, on l'entoure, il annonce son caractere & sa qualité d'Envoyé; il lit la sommation qui sinifiait aux Anglais de se retirer des terres de France; il n'était qu'à la moitié de sa lecture, les Anglais l'assassinent. Huit hommes de l'escorte tombent auprès de leur Chef, & le reste est fait prisonnier. Ce forfait fit horreur aux Sauvages qui voulaient massacrer ces monstres, on eut peine à les retenir. Mais Washington n'était point alors dans ces contrées.

Et qu'il fait le forcer d'admirer son Vainqueur,

En lui vouant enfin ses armes & son cœur.

Vergennes cependant, pese dans sa sagesse,

Du Dieu qu'il vient de voir, les offres, la promesse.

De la France il connaît l'intérêt, le pouvoir ;

Mais pour vaincre Albion, c'est peu que le vouloir.

Des vaisseaux ennemis le nombre formidable,

Lui présente d'abord un aspect redoutable.

Un peuple qui gémit sous le faix des impôts (1),

L'impossibilité d'en créer de nouveaux :

Le Trésor & l'Etat sans crédit, sans ressource ;

Tout choque ses projets, tout arrête leur course.

Mais pourrait-il laisser un peuple généreux

Succomber sous le joug d'un Tiran furieux ?

Ne

(1) En 1778. l'Auteur défia M. Necker d'asséoir un nouvel impôt sur le peuple. L'invention en était épuisée par ses prédécesseurs. Aussi, l'illustre Genevois, promit-il de fournir à tous les besoins de la guerre pendant cinq ans, sans augmenter d'un sou la masse des impositions publiques. M. Necker tint parole ; mais la retraite de ce grand homme, fruit des artifices du Comte de Maurepas, sera plus funeste à la France, que la retraite de Sulli. Mr. Hif, Négociant à Hambourg en a déjà éprouvé les suites malheureuses.

Ne blefferait-il point les vouloirs du Ciel-même ?

Ne doit-il pas des Lis venger le Diademe ?

Sartines & Necker ne font-il pas pour lui ?

Et l'Efpagne & les Dieux deviendront fon appui.

S'il chancelait encor, Buckingham, la Rochelle

Offrent à fa mémoire une ville rebelle ;

Que la main des Anglais arma contre fes Rois,

Et qu'elle fecourut jufqu'aux derniers abois (1).

Non, non, plus de délais : ou vengeance, ou la tombe :

Que Londres ou Paris foit vainqueur ou fuccombe.

Jadis, dans fon orgueil, Weftminftre a prononcé

Que le Sceptre des Rois, à fes piés abaiffé,

Ne pourrait déformais enflâmmer fon tonnerre ;

Que fous le haut vouloir de la Grande Angleterre.

Cet infolent propos (2), admiré d'Albion,

D'un inftant de bonheur, vile production,

De

(1) L'Exemple feul de la Rochelle aurait autorifé Louis XVI. à ufer de répréfailles, fi les Américains avaient pu être regardé comme des Rebelles.

(2) Le fameux Chatham ne rougit pas de dire en plein Parle-

ment

De cette Isle superbe a commandé la chute.

Des coups de l'Univers que, devenant la bute,

Par son abaissement, elle apprenne une fois,

Que les Dieux tot-ou-tard savent venger les Rois.

Ce moment n'est pas loin : la divine justice

A laissé pour un tems triompher le caprice,

L'orgueil, l'ambition des féroces Anglais,

Mais pour les en punir, elle arme les Français.

　Vergennes prévoit tout ; c'est le vouloir céleste ;

Son devoir a parlé , les Dieux feront le reste.

Des maux de l'Amérique il connait la grandeur.

,, Soyez, dit-il au Roi, son premier protecteur :

,, Sous un sceptre de fer, la plus barbare rage

,, Dans l'Amérique entiere exerce son ravage.

,, Ce fertile pays est la proie des Tirans,

,, Et l'Anglais furieux en dévore les champs.

　　　　　　　　　　　　　　　　　,, Il

ment qu'il ne fallait pas que l'Europe osât tirer un seul coup de
canon sans la permission de l'Angleterre.

,, Il lui donne les noms de traitre & de rebelle : (1)

,, Mais qui n'eſt point ſujet (2), ceſſant d'être fidele

,, A des engagemens qui creuſent ſon tombeau,

,, A le droit naturel d'en former un nouveau.

,, Il peut rompre à jamais la chaine politique

,, Qui traine autour de lui la miſere publique.

,, Il peut remercier une protection

,, Qui va charger de fers une immenſe horiſon.

,, Comte, répond Louis, depuis un demi luſtre,

,, L'Amérique à mes ïeux aquiert le plus grand luſtre.

,, L'effort de ſes guerriers, & leurs brillans exploits,

,, Sont autant de leçons pour le commune des Rois (3).

,, Que

(1) Vous ne les traitez ainſi, que parcequ'ils ne veulent point être vos Eſclaves.

(2) Les Américains n'étaient pas plus les ſujets des Anglais, que les habitans de la principauté de Galles, ne ſont les ſujets du Comte de Lancaſtre. *l'Abbé Raynal. Révol. de l'Amérique, Page* 42.

(3) Il faut eſpérer que la Révolution, qui vient de s'opérer en Amérique, apprendra aux Rois de la Terre à reſpecter les loix, & les droits des peuples qui les ont choiſis pour Chefs.

„ Que les Américains, sûrs de ma bienveillance,

„ Comptent sur mon appui, sur le bras de la France:

„ Que mes braves soldats, mes flottes, mes trésors,

„ De l'Atlantique-même aillent venger les bords.

„ Des Treize-Etats-Unis, l'alliance m'est chere,

„ Je suis leur protecteur, j'en deviendrai le pere.

Ainsi dit le Monarque, & la France applaudit.

Les Dieux l'ont inspiré, mais Albion frémit:

Tel on voit Jupiter, sur la voûte éthérée,

Présidant le Conseil des Dieux de l'Empirée,

De son pouvoir divin déployer la grandeur:

Et les Cieux étonnés, admirant sa splendeur,

Pénétrés du respect, qu'inspire sa présence,

Célébrer à l'envi son auguste prudence,

Et Mercure aussitôt, sur les aîles des vens,

Voler d'un pole à l'autre, armer les Elémens;

De la Terre & des Cieux changer la contexture:

Les Enfers sont émus: le sein de la Nature

Jus-

Jufqu'en fes fondemens, tout à coup ébranlé

Offre un nouvel afpect : Jupiter a parlé.

A l'inftant près du Roi, trois Mortels vénérables,

Conduits par la Vertu, fous des dehors aimables,

D'un air noble & fans art, s'avancent gravement,

Et de la Cour entiere ils font l'étonnement.

Ils fe nomment : c'eft Lée, (1) vertueux, magnanime,

Plaignant le Criminel, mais déteftant le crime,

Il n'eut pour Ennemi que l'Ami des Anglais (2),

Et de la Liberté fit hâter les fuccès.

Le

(1) Arthur Lée, nommé par le Congrès Commiffaire ou Député, pour fe rendre à la Cour de France, & y négocier, s'il était
poffible, un Traité d'Alliance avec la nouvelle République Américaine. Cet excellent Citoyen eft un homme du premier mérite, il eft de la Virginie ; où il n'eft pas moins eftimé qu'il le
fut à Paris pendant fon féjour.

(2) Déane étant retourné en Amérique, remplit le Congrès-
Continental des plaintes les plus ameres contre M. Lée. Il chargea les papiers publics des propos les plus outrageans contre lui.
M. Lée fe contenta pour fa défenfe de faire infcrire une note
auffi forte que modefte fur le Courrier de l'Europe, & ferma
de la forte la bouche à fon adverfaire.

Le Second c'eſt Franklin, dont les vaſtes lumieres

Ont brillé tour à tour dans les deux hémiſpheres (1)

Et ce Déane enfin (2), mortel audacieux,

Jaloux du vrai mérite, hautain, ambitieux.

Mais l'Amérique encor ignorant l'impoſture,

Ne pouvait ſoupçonner ſa trahiſon future.

Tous

(1) Tout l'Univers connait les découvertes de M. Franklin ſur l'Electricité. C'eſt lui qui a inventé les paratonnerres, par le moyen desquels l'on peut garantir de la foudre les Edifices publics & les maiſons des particuliers. Sur la fin du mois de Juin 1774, le Général Gage, informé que le Docteur Francklin était à Philadelphie un des plus fermes ſoutiens des privileges de ſes Concitoyens, jugea à propos de lui ôter la Charge de Maitre-Général des poſtes du Nord de l'Amérique. Mais cet excellent Républicain n'en fut pas moins attaché à la cauſe de ſa patrie qui le choiſit enſuite en qualité d'Adjoint, pour travailler à Paris avec Mrs. Déane & Lée à une alliance offenſive & defenſive avec la France. Il fut enſuite nommé par le Congrès, Miniſtre Pléni-potentiaire à la Cour de Verſailles, & il en remplit aujourd'hui les fonctions.

(2) M. Déane était le Chef de la Députation. Ce fut lui qui porta la parole au Roi. Mais ſes lettres répandues dans les papiers publics ont donné une ſi mauvaiſe idée de ſon caractere & de ſes ſentimens, que l'on n'a pas oſé ici lui faire tenir ici la place qu'il occupa réellement à Verſailles.

Tous les trois près du Trône il vont porter la voix,

Et parler à Louis pour la premiere fois.

„ Puiſſant Roi, lui dit Lée (1), en ce jour l'Amérique

„ Briſant toute union civile & politique

„ Avec Londres & nous qu'elle a trop maltraité,

„ Nous charge d'annoncer à Votre Majeſté,

„ Que les Etats-Unis, armés pour leur défenſe,

„ Dans les Dieux & dans vous (2), mettant leur confiance,

„ Ont du féroce Anglais vaincu les étendarts,

„ Et briſé ſous leurs piés la dent des Léopards.

„ Nous venons donc ici, Monarque magnanime,

„ Au nom des Treize-Etats, d'une voix unanime,

„ Au

(1) Mr. Franklin ne fut de la Députation qu'en qualité d'Adjoint, ainſi il ne convenait point de lui faire tenir la place de M. Déane.

(2) Les Chefs de la Conſédération ne pouvaient douter que l'Univers entier épouſât bientôt leurs intérêts, chaque nation ſuivant ſon avantage particulier, ſa ſituation & ſa politique. Mais il était palpable que la France ſurtout, ſaiſirait ardemment l'occaſion pour tarir à jamais la principale ſource des richeſſes de ſa rivale.

„ Au nom d'un peuple vrai, généreux & vainqueur,

„ Vous offrir leurs lauriers, vous avez notre cœur. —

„ Cependant quelque soit l'héroïque courage

„ Que déploient nos guerriers pour bannir l'esclavage,

„ Et malgré la valeur qui combat nos Tirans,

„ Nos efforts réunis, sont encor impuissans.

„ Pour dompter, Albion, il faut regner sur l'Onde;

„ C'est sur cet élément que son orgueil se fonde,

„Nous manquons de vaisseaux, nous cherchons des secours,

„ Grand Roi, c'est à vous seul que nous avons recours.

„ Si, de notre Alliance agréant les prémices,

„ Votre Majesté veut par d'utiles services,

„ Nous couvrir hautement de son bras protecteur,

„ La France & nos Etats vous devront leur bonheur.”

Il dit: & s'inclina d'un air modeste & mâle.

Parmi les Courtisans la crainte est générale.

Du Prince on attendait la grace ou le refus,

L'on fixe le Monarque, & la crainte n'est plus.

C

Les

Les Dieux dont la bonté protégeait l'Amérique,

Avaient touché le cœur de ce Roi pacifique;

Et prévoyant, profond plus que tous ses Aïeux,

Il tint aux Députés ce discours généreux. (1)

,, Estimable Mortel, dont la noble éloquence

,, Ajoute un nouveau prix à l'illustre alliance

,, Qu'au nom des Treize-Etats vous m'offrez tous les trois,

,, Je connais vos malheurs, votre union, vos droits.

,, Il est tems de tarir la source de vos larmes:

,, Je vous offre mes ports, mes flottes & mes armes:

,, De votre Liberté dégageons les ressorts,

,, Je vais faire pour vous les plus puissans efforts.

,, La France aux opprimés fut toujours favorable;

,, Elle eut toujours pour eux une main secourable;

,, Apprenez au Congrès que je suis son appui:

,, Comptez sur ma parole, & sur nous aujourd'hui."

CHANT

(1) Il est certain qu'aucun Traité ne fut jamais plus généreux que celui que Louis XVI. conclut avec les trois Députés ou Commissaires des Etats-Unis. Il fut signé le 6 Fevrier 1778.

CHANT QUATRIÈME.

Dans Lutece bientôt l'agile Renommée,

A dire faux & vrai sans cesse accoutumée,

Du peuple Américain divulguant les succès,

Eût répandu partout qu'un amical accès

Venait près de Louis d'accueillir les Miniftres.

Stormond (1) qui prévoyait tous les effets finiftres

Que la double alliance entrainait pour son Roi,

Se croit encor puiffant, & veut donner la loi.

Il penfe intimider, il ufe de menace,

L'on rit de fon courroux ; mais quand il joint l'audace

A ces propos hautains naturels aux Anglais,

Il reconnait bientôt qu'il parle à des Français. (2)

Ils

______

(1) Le Lord Stormond était alors Ambaffadeur de la Grande-Bretagne à la Cour de Verfailles.

(2) Il faut fe rappeler les infolens propos qu'à fon retour, il ofa tenir dans la Chambre haute du Parlement d'Angleterre, contre la Nobleffe Françaife qui l'avait comblé d'honnêtetés pendant le cours de fon Ambaffade. Comme une foule d'Offi-

C 2

ciers

Ils ne font plus ces jours d'odieuse mémoire,

Ces tems si douloureux, dont gémit notre histoire :

Où les Bretons vainqueurs par nos divisions,

Osaient même à nos ïeux braver nos légions.

Louis, qui fent la force & l'espoir de la France,

Qui connait les devoirs qu'impose une alliance,

De notre antique gloire espere le retour.

Il découvre à Stormond noblement, sans détour,

Les offres du Congrès, l'alliance sacrée

Par les trois Députés & par les siens jurée,

De l'Amérique enfin qu'il devient protecteur,

Et qu'il vient d'engager sa parole & son cœur.

,, Vous pouvez, lui dit-il, apprendre à votre Maitre,

,, Les sentimens nouveaux que je vous fais connaitre,

,, Sa

ciers Français de la plus haute distinction, lui écrivit fur le champ pour lui demander satisfaction de ces injures, & que tous le menacerent de l'aller exiger en Angleterre, s'étant déjà même rendus pour cet effet à Calais, Le Vicomte se retracta publiquement quelques jours après en plein Parlement.

„ Sa conduite avec moi dirigera mes pas,

„ Je fais ce que je puis, & je ne le crains pas. (1)

Outré de ce difcours, écumant de colere,

Stormond, à pas preffés retourne en Angleterre,

A George il va porter fon trouble & fon effroi.

Il lui dépeint Louis, comme un Prince fans foi;

Lui dit que l'Infurgent à la Cour, à la ville,

A trouvé des amis, du fecours, un afile :

„Que

(1) Les fecours obfcurs que la Cour de Verfailles faifait paffer aux Etats-Unis, pour leur défenfe commune, ne deffillerent pas les ïeux de Georges III. Les atteliers de la France étaient pleins de conftructeurs. Ses arfenaux fe rempliffaient d'Artillerie. Il ne reftait plus de place dans fes magafins pour de nouvelles munitions navales. Ses ports préfentaient l'afpect le plus menaçant; & l'aveuglement étrange de la Cour de St. James fubfiftait encore. Pour tirer le Roi d'Angleterre de fa létargie profonde, il fallut que Louis XVI. lui fît finifier le 14 de Mars 1778, qu'il avait reconnu l'Indépendance des Etats-Unis. Cette finification était une déclaration de guerre. Il était impoffible qu'une Nation plus accoutumée à faire, qu'à recevoir des outrages, fouffrît paticmment qu'on élevât fes fujets avec tant d'éclat au rang des Puiffances Souveraines. *M. L'Abbé Raynal, Révolution de l'Amérique*, p. 128, 129.

Que l'on voit tous les ports accueillir ſes vaiſſeaux,

Qu'il en part chaque jour, mille ſecours nouveaux. (1)

Il invoque des Dieux la foudre vangereſſe,

Pour écraſer ſoudain la Nation traitreſſe,

Qui ſe joue hautement de la foi des Traités.

„ Français, prononça-t'il, à jamais déteſtés,

„ Puiſſe des Immortels la vengeance céleſte,

„ Faire pleuvoir ſur vous & la grêle & la peſte :

„ Puiſſai-je de mes ïeux vous voir anéantir,

„ Vous ſurvivre un inſtant, j'en mourrai de plaiſir !" (2)

Inſenſé, que dis-tu ? Quel funeſte langage

Vomit en ce moment ta déteſtable rage ?

Les

______

(1) La France en uſait envers les Américains, comme elle en uſa toujours avec les peuples & les Princes opprimés, qui vinrent implorer ſa protection.

(2) Si le Lord Stormond ne tint pas publiquement ces diſcours, il eſt certain que, peu d'Anglais, après avoir paſſé en France un auſſi grand nombre d'années que cet Ambaſſadeur, ont manifeſté autant de mépris & de haine pour la Nation Françaiſe.

Les Dieux n'exaucent point de ſi coupables vœux,

Leur main fait des ingrats , jamais des malheureux.

George , qui dans le cœur , viſe à la tirannie,

Appele dans Stormond, amour de la patrie,

Les furieux élans d'un orgueil outragé.

„ Je ſuis Roi, lui dit-il : & vous ſerez vengé.

„ Qu'on attaque à l'inſtant les Français & leur Prince :

„ Que le fer des Anglais porte en chaque Province.

„ Notre reſſentiment , ma haine & mon courroux.

„ Ils viendront, les ingrats , ramper à mes genoux : (1)

„ Ces perfides Gaulois, rebelles à mes peres,

„ Dont j'arrêtai jadis la perte & les miſeres,

„ A d'autres révoltés ſe joignent contre moi!

„ Je ſaurai les punir & me montrer leur Roi." (2)

Le

(1) Ce Prince était auſſi bon prophéte que bon politique.

(2) L'on connait la riſible attention avec laquelle les Rois d'Albion , d'Ecoſſe & d'Irlande affectent de porter le titre & les armes de Roi de France. Le fils de Jaques II. ne put même s'empêcher d'en prendre la décoration après la mort de ſon pere,

C 4

quoi.

Le tonnerre eſt moins promt ; la foudre moins aĉtive (1)

Que l'ordre rigoureux qui vole ſur la rive

D'où, l'Anglais miſantrope, en voyant nos coteaux,

Se plait à nous lancer des ſarcaſmes nouveaux.

A l'inſtant ſous Keppel une flotte terrible

Du liquide Elément fend l'écume paiſible.

Amiral & guerriers, nourris dans les combats,

Volent aux ennemis & cherchent le trépas.

Eblouis

quoiqu'il fût logé dans le Palais de Louis XIV, & qu'il ne ſubſiſtât comme ſon Pere & ſa Mere que des bienfaits de ce grand Monarque. Les Rois de France pourraient plus légitimement porter les armes & les titres de Roi d'Angleterre, puisque Louis, fils de Philippe Auguſte en fût reconnu Monarque légitime, ſacré & couronné en cette qualité, environ l'an 1213. Son droit a ſans-doute paſſé à tous les Succeſſeurs Français de ce Prince; mais un Roi de France eſt au deſſus des titres chimériques.

(1) Si le Miniſtere Britannique eût réflechi, c'était au moment, que le délire du Despotisme l'entraînait à l'attaque des Colonies de l'Amérique Septentrionale, qu'il était réduit à la néceſſité de déclarer, dans l'inſtant la guerre à la France. Alors regnait dans les conſeils de cette Couronne, la circonſpeĉtion que doit toujours inſpirer un nouveau regne. Alors ſes finances étaient dans la confuſion où les avaient plongées vingt ans de folie. Alors le délabrement de ſa marine rempliſſait d'inquiétude tous les Citoyens. *L'Abbé Raynal, Révolution de l'Amérique.*

Eblouis du brillant d'une gloire abbatue,

Ils ofaient préfumer que la France éperdue,

En voyant fur les mers flotter leurs pavillons,

Et leurs bords hériffés de nombreux bataillons,

Soumife à leurs vouloirs, oubliant l'Amérique,

Et fes nouveaux Traités avec la République,

Humblement de la paix mendiant la faveur,

Allait de l'Angleterre adorer la grandeur.

Des Français cependant la rapide induftrie,

Que leur Roi dirigeait au bien de la patrie,

Avait dans tous les ports par d'infignes travaux,

Etonné l'univers, par les nombreux vaiffeaux

Qui, fortant tout-à-coup de leurs formes fécondes,

Chaque mois fillonnaient la furface des ondes,

Devaient du dernier regne effacer les affronts,

Et placer de nouveau le laurier fur nos fronts.

Au figne de Louis, une flotte nombreufe,

Renfermant dans fon fein l'élite valeureufe

C 5

D'une

D'une jeuneſſe ardente, inſtruite dans la paix,

S'avance avec viteſſe au devant des Anglais.

D'Orvillers, qui conduit les deſtins de la France,

Sage, doux, grand Guerrier, modere la vaillance,

Contient dans le devoir Officiers & Soldat,

Cherche ſon Ennemi, le rencontre & le bat.

L'Anglais eſt conſterné : Keppel a pris la fuite, (1)

Son vainqueur quelque tems ſe met à ſa pourſuite,

Et

(1) Rien ne prouve mieux combien les Anglais ſont déchus de leur ancien caractère, que de voir l'impudence avec laquelle, depuis Keppel juſqu'à ce jour, ils ont oſé à la face de l'univers en impoſer ſur toutes les batailles, & ſur toutes les actions dans lesquelles ils ſe ſont trouvé engagé durant le cours de cette guerre. Il faut en excepter le Vice-Amiral H. Parker, qui ſe rendit juſtice en la rendant à l'Amiral & à la Flotte de la Hollande, lors du combat ſur les Bancs du Dogre, le 5. d'Auguſte 1781. Si le leurre momentané d'un menſonge, pouvait ordonner le ſilence aux Gens-de-Lettres & à la vérité, les Généraux Anglais feraient peut-être excuſables. Mais que doit-on penſer du caractere moral d'une Nation, qui ſouffre à chaque inſtant & de tous ſes Généraux une pratique ſi contraire au véritable honneur? Il n'en était pas ainſi dans le vrai tems de la gloire des Bretons, & Voltaire leur rendit juſtice en diſant qu'ils n'augmentaient jamais la perte de léurs Ennemis, & ne diminuaient que rarement la leur.

Et couverts de lauriers, de morts & de mourans,

Ses vaisseaux dans nos ports reviennent triomphans.

Ce combat furieux, que suivit la Victoire,

Ramena les beaux jours de notre antique gloire.

Partout l'Anglais vaincu conquis ou prisonnier (1)

Humble dans sa défaite & vainqueur trop altier,

Malgré lui des Français admire la puissance,

Rougit (2) de leur céder, & tombe en leur présence.

De la main dont Louis écrasait Albion,

Sur l'Amérique entiere il versait à foison

Des secours les plus grands la rapide largesse;

Il portait dans son sein l'ardeur & l'allégresse,

Et

(1) En Affrique, dans les Indes Occidentales, partout où il en est venu aux mains avec les Français, à l'exception de l'affaire du mois d'Avril dernier.

(2) L'Histoire atteste que jamais les Anglais, à égalité de forces, n'ont remporté la victoire sur les Français dans les combats de mer. Au lieu qu'il est arrivé plus d'une fois, que ces derniers ont vu leurs poupes couronnées de lauriers cueillis sur les Anglais avec l'infériorité du nombre de vaisseaux.

Et de la Liberté cimentant le pouvoir,

S'y faifait adorer par goût & par devoir.

Les plus braves guerriers des Mers de l'Amérique

Reçoivent de fon trône une preuve autentique

Qu'il fait les diftinguer, eftimer leurs talens,

Et des marques d'honneur les font partir contens. (1)

Washington qu'ombrageait une gloire éternelle,

Qui voyait fur fon front la Couronne immortelle

Dont le Dieu des combats décore fes guerriers;

Plus grand par fes Vertus que par tous fes lauriers,

De la main de Louis reçoit un nouveau luftre,

Qui venant l'élever au rang le plus illuftre

Où les héros Français efperent parvenir, (2)

Augmentera fa gloire aux ïeux de l'avenir.

Déja

(1) Paul Jones, ce guerrier fi juftement célebre, a été vu par le Roi de la maniere la plus gracieufe, & à fon départ ce Prince l'a honoré de la diftinction glorieufe de l'Ordre du mérite militaire, avec le confentement du Congrès.

(2) Mr. Washington a été fait Maréchal de France, par Louis XVI, & c'eft en cette qualité qu'il commande les Lieutenans-

Géné-

Déja de nos guerriers une troupe vaillante,

Dont Rochambeau (1) conduit la jeuneffe bouillante,

Portait à Rhode-Island l'honneur du nom Français (2)

Et des Américains fécondait les projets.

Pour

Généraux Français qui, quoique à la folde de la France, fervent & combattent pour la liberté des Etats-Unis, & la gloire de leur patrie.

(1) M. le Comte de Rochambeau Lieutenant-Général, commande en Chef les troupes de terre de la France, au fervice des Etats-Unis. C'eft un Général d'un très-grand mérite.

(2) On ne lira jamais dans les Siecles futurs fans attendriffement ce beau trait de l'armée Françaife. Quelques jours après l'arrivée de M. de Rochambeau & de fes troupes à Rhode-Island, environ trois à quatre mille hommes de Milices Américaines vinrent s'unir à ces auxiliaires pour ne former qu'un feul camp avec eux. Les Américains à leur arrivée, après une marche très-longue, très-pénible, fe trouverent manquer de vivres & fans pain, quoiqu'à jeun fur les cinq heures du foir. Le Commandant de ces braves gens vint trouver le Comte de Rochambeau pour lui demander des provifions de bouche. Le Comte n'en avait que pour deux ou trois jours, & ne connaiffant pas encore le pays, ni fes reffources, craignant d'en manquer lui-même pour fon armée, ne put abfolument en céder au Commandant Américain. Celui-ci s'en retourne & dit à fes troupes qu'il n'y avait pas de pain. Si cela eft ainfi, répondit la Milice Américaine, allons-nous coucher. Le bruit que les Américains manquaient du premier des alimens pour un Français, s'étant répandu parmi

les

Pour toi, jeune Héros, illuftre la Fayette,

A peine entendis-tu le fon de la trompette (1)

Qui

les troupes du Comte, auffitôt, fans confulter ni Général ni Officiers ; Grénadiers, Soldats, tout court au quartier de leurs nouveaux Compagnons de gloire : ils leur portent la moitié de leur
pain & de leurs vivres, & comme ils les voient extraordinairement haraffés & par la marche & par le befoin de nourriture, ils
les forçent à venir partager avec eux leurs tentes & leurs lits.
Les deux armées fe confondent l'une dans l'autre, & les Lis
pour la premiere fois couvrent de leur ombre généreufe les
lauriers des Guerriers Américains.

(1) Les Anglais, jaloux de la gloire de tout ce qui n'eft pas
né dans l'Ifle de la Grande-Bretagne, ont voulu perfuader que c'é-
tait Louis XVI qui avait envoyé M. le Marquis de la Fayette
en Amérique. Ils ont jetté le ridicule à pleines mains fur les
grimaces prétendues du Cabinet de Verfailles à cet égard. Mais
l'Europe n'en a pas moins vu avec admiration le parti courageux
que prit tout-à-coup ce jeune Seigneur, de quitter tout ce que la
fortune lui prodiguait d'agrémens, la Cour de plus attrayant &
de plus agréable, une jeune & charmante Epoufe qu'il adorait
& dont il était tendrement aimé, pour voler dans un climat éloigné, inconnu pour ainfi dire, encor à la Capitale & à la Cour,
& s'expofer aux plus grands dangers. Un jeune homme de vingt
deux ans, Colonel à la vérité, mais qui n'avait jamais vu la guerre que dans les revues du Roi, & dans la maneuvre de fon Régiment, aurait-il été le Général que la Cour aurait envoyé aux
Américains ? A cet âge, pouvait-il, fervir la politique du Gouvernement ? Ses talens militaires n'étaient pas même encor foup-

con-

Qui des rives de Penn appelait les guerriers,

Que, des Héros du Nord partageant les dangers,

Tu portas dans leurs champs la valeur de tes peres,

Leur bonté, leurs Vertus, tous les droits nécessaires

Pour faire à ta grande âme élever des autels,

Et mériter partout des honneurs immortels. (1)

Ce n'est point des trésors la soif désordonnée

Qui t'a fait aborder la rive infortunée

Où doit frapper un jour la force de ton bras

Deux puissantes Maisons jettaient l'or sur tes pas. (2)

Etaiént-ce des honneurs, des dignités suprêmes,

Un peuple à conquérir, ou des Empires-mêmes,

Que

çonnés, & l'on ne connaissait de lui à la Cour que le germe des vertus de ses Ancêtres, & les graces de sa personne.

(1) Il n'ambitionnait pas les honneurs; il n'en eût certainement pas manqué dans sa patrie, & sous le Monarque qui en tient les renes. Le Marquis de la Fayette ne brûlait que du desir de la Gloire.

(2) Sa fortune immense était encore augmentée par la riche dot de son Epouse qui est de l'illustre Maison de Noailles.

Que pouvait entrevoir ton cœur ambitieux ?

N'avais-tu pas ton nom, le rang de tes Aïeux ?

L'Amérique a chaſſé ces diſtinctions vaines (1)

Qui ſuppléent chez nous à des vertus certaines.

Pour un peuple auſſi grand, la Naiſſance n'eſt rien,

La Richeſſe encor moins : ſon plus précieux bien

C'eſt un mérite rare, un courage invincible,

Le reſpect pour les Dieux, un cœur juſte & ſenſible,

Le plus tendre retour aux ſoins de ſes parens,

L'amour de ſon pays ; la haine des Tirans,

L'obéiſſance aux Loix, le mépris de la vie,

Une âme inacceſſible à l'Orgueil, à l'Envie,

Un

(3) De toutes les loix prononcées par l'Aréopage Américain, celle qui lui fera le plus d'honneur dans les ſiecles futurs, c'eſt la loi qui defend d'établir une Nobleſſe héréditaire dans les Treize Etats-Unis. Les Républiques les plus puiſſantes & les Royaumes les plus redoutables, ont toujours été la victime de l'ambition de cet Ordre, ſi elle n'en a pas cauſé la ruine. Preſque tous les Membres du Congrès étaient Gentils-hommes. Quelle opinion ne doit pas avoir la poſtérité de la haute ſageſſe de ces Mortels, qui immolent en un moment le fantóme brillant que tous les ſiecles & toutes les Nations enceuſent encor aujourd'hui !

Un esprit tolérant, (1) & de l'Humanité (2)

Respectant les devoirs avec sincérité.

Ce tableau si frappant n'est point une chimere,

Je prétendrais envain tromper toute la terre.

Tu le sais, Cher Jennings ; (3) en traçant ton portrait,

Je te prens pour garant, si, loin de mon objet,

Loin

(1) Non seulement toutes les Réligions sont permises dans les Treize-Etats, mais encor toutes les sectes, sous quelque dénomina. tion qu'elles paraissent, jouissent d'une pleine, libre & publique profession de leur créance. Sous prétexte de Réligion dominan. te, aucune Communion ne peut s'arroger le droit de tirannifer, ou d'exclure des charges publiques aucun corps de Citoyens qui ne pense pas comme elle.

(2) Enfin c'est l'Amérique elle-même qui a brisé les fers dont la barbare avarice de l'Europe enchaînait en ces climats, des hommes infortunés que la couleur des traits & de la peau semblait ne destiner depuis longtems, qu'au plus cruel & au plus dur des Escla-vages. Le Congrès a défendu d'en faire desormais des Escla-ves. Tous les Citoyens ont été invité à les affranchir, & le plus grand nombre a suivi cette invitation. Depuis la déclaration de l'Indé-pendance, ces Affricains sont traités absolument comme nous traitons nos Domestiques en Europe, & ils ont donné dans cette guerre, des preuves de valeur qui ont encore annobli la dignité d'homme, dans laquelle la main paternelle du Congrès venait enfin de les restaurer.

(3) M. Jennings Ecuyer, né dans le Maryland, aujourd'hui à

D

Bruxel-

Loin d'outrer les couleurs dont je peins tes semblables,

Les traits de mon pinceau sont faux ou véritables :

Si toutes ces Vertus, dans les Américains,

Ne s'offrent chaque jour au reste des humains.

O vous, sage Dana, (1) Isar, (2) & tendre Austine, (3)

Des perfides Toris, la fureur intestine. Eut

Bruxelles, réunit exactement dans son caractere toutes les qualités que l'on vient de tracer. Pour se convaincre que la flatterie n'entre pour rien dans ce tableau, il ne faut que fréquenter ce vertueux & bienfaisant Américain, ou s'en rapporter à tous ceux qui ont eu le bonheur de faire sa connaissance.

(1) M. Dana Ecuyer, natif des environs de Boston, fut nommé par le Congrès, Sécrétaire d'Ambassade auprès de son Excellence M. John Adams, en 1781. & passa avec ce Ministre en Europe en cette qualité. M. Laurens, fils ainé de l'Illustre Président du Congrès, lui apporta à Paris où se trouvait alors M. Dana pour une mission particuliere à la Cour de Versailles, la Commission du Congrès qui le nommait Ministre Plénipotentiaire près de l'Impératrice de toutes les Russies, & il est actuellement à la Cour de St. Pétersbourg. Jamais homme ne mérita mieux que M. Dana, le titre de Sage.

(2) M. Isar, Ecuyer, l'un des plus riches Citoyens de Charles-Town avant la guerre, fut nommé dès les premieres séances du Congrès comme Indépendant, pour passer en Italie, & y remplir la place de Ministre Plénipotentiaire à la Cour de Toscane. Mais le Grand-Duc ne jugea pas à propos de recevoir un Ministre de cette nouvelle Puissance. M. Isar a voyagé dans les quatre parties du Monde, & Madame son Epouse, la plus aimable & la plus vertueuse des
Fem-

Eut beau, pour vous féduire, emprunter tout fon art,

La Vertu vous couvrait d'un fi puiffant rempart,

Que, bravant fon courroux, fes forfaits, fes promeffes,

Vous fûtes méprifer fes perfides largeffes,

Et fideles aux loix que vos cœurs avouaient,

Servir votre pays en hâtant fes fuccès.

Telles font en ce jour, chez ce peuple eftimable,

Les nobles qualités qui rendent refpectable

Le Mortel affés grand pour en fentir le prix.

Il peut prétendre à tout : (1) la voix de fon pays

D'un

Femmes, a partagé avec lui ces voyages pénibles & dangereux. Mais ce qu'il y a de plus rare, c'eft que cette tendre Epoufe a donné à fon Mari des Enfans dans les quatre parties du Monde. M. Ifar, depuis que Charles-Town eft au pouvoir de l'Angleterre, a vu ruiner la plus grande partie de fon immenfe fortune, dont la perte n'a point diminué l'aménité de fon caractere. C'eft un facrifice brillant qu'il a fait à la liberté de fa patrie, & il eft actuellement à Paris avec fa famille.

(3) M. Auftine, Ecuyer, riche Négociant de Bofton, a été nommé deux fois par l'Etat de Maffachuffet, Agent de cette République en France, où il s'eft attiré l'eftime de Mr. de Vergennes, la confiance des Négocians, & l'amitié de tous les honnêtes gens qui l'ont fréquenté.

(1) Ce n'eft ni par la Naiffance, ni par la Richeffe que l'on

obtient

D'un hommage éternel honorera son buste;

Et son nom radieux : toujours saint, noble, auguste,

De la nuit du tombeau perçant l'obscurité,

Des siecles à venir se verra respecté.

De semblables Vertus bienfaisant la Fayette,

Dans la pompe des Cours, & près de la houlette, (1)

Brillaient de leur éclat dans ton cœur généreux.

Tu n'avais pas besoin des faits de tes Aïeux.

Ils ont cueillis les fruits de leur haute vaillance :

Le Cabinet des Rois admira leur prudence :

Ils travaillaient pour eux, sans s'occuper de toi,

C'est leur exemple seul qu'ils t'ont laissé pour loi ; (2)

La

obtient des Charges & des Emplois en Amérique. Le Mérite seul peut en ouvrir la porte.

(1) Les larmes que ses Vassaux ont répandus lors de son premier départ ; les prieres qu'ils addressaient à l'Etre suprême pendant son éloignement, pour lui demander la conservation d'une tête si chere ; les transports immodérés d'une joie universelle, dont furent pénétrés tous les paysans de ses terres, à son retour en France, font plus éloquens, prouvent mieux le caractere humain & bienfaisant du Marquis de la Fayette, que l'Encens que lui prodiguaient les Courtisans.

(2) Il les surpassera, s'il ne les a pas encore surpassé.

La Vertu fit leur rang, leur nobleſſe & leurs tîtres:

Et tous ces parchemins, ces antiques Epitres,

Dont un ſot orgueilleux couvre ſa nullité,

Sont un aliment vil propre à la Vanité.

C'eſt la force du ſang, qui coule dans tes veines,

Qui t'a fait mépriſer les dangers & les peines,

Illuſtre la Fayette, où l'amour des combats

Dans une autre hémiſphere allait porter tes pas.

Magnanime guerrier, cours, vole à la victoire:

Les Deſtins vont t'ouvrir la lice de la gloire.

Nouveau Républicain, ſous les plus ſages loix,

Apprens à triompher des Tirans & des Rois.

Déja l'infame Arnold (1), l'horreur de la Nature,

Ce Traître à ſon pays, parricide & parjure,

De

(1) Jamais Général ne mérita mieux qu'**Arnold** le titre d'infame; & il n'eſt pas à craindre qu'aucun individu dans l'Univers éleve la moindre plainte en ſa faveur ſur cette qualification flétriſſante. Dès ſa jeuneſſe, il parut ce qu'il devait être un jour. Elevé au Grade de Major-Général des Armées Américaines, il

était

De la fraude & du crime éxécrable artifan,

Des barbares Bretons ce lâche partifan,

Dont

était en 1777 reconnu pour un Officier brave, actif & entre-
prenant. Il commandait en fecond fous le Général Gates à la
mémorable journée de Saratoga, & il fut même bleffé à la jambe
dans une dés affaires qui précéderent la reddition de Burgoyne
& de fon armée. Loin de louer les talens & les vertus de fon
Général à Sarátoga, Arnold eut l'âme affés noire, pour le répréfenter
au Congrès, comme un lâche & un poltron, tandisque tous les
Officiers, tant Américains qu'Anglais, regardaient la conduite du
Général Gates dans des circonftances fi délicates, comme pleine
d'humanité, & d'une habilité confommée, en préférant d'affamer
une armée, & de l'affieger pendant quelques jours de plus, plutôt que de la forcer au défefpoir en l'attaquant le fer à la main
dans la cruelle fituation où était Burgoyne & fon armée. Gates
toujours grand, apprit les procédés perfides d'Arnold & les mé-
prifa. Au mois de Juin 1778, les Anglais ayant évacué Philadelphie, Arnold fut chargé de prendre poffeffion de cette ville,
d'en protéger les habitans, & furtout de mettre en dépôt tout ce
que les Anglais y avaient laiffé d'effets, marchandifes, armes &
approvifionnemens divers, pour les repréfenter au Congrès à réquifition. Arnold fe logea dans la plus belle maifon de la ville, & fe
livra à un orgueil, à un fafte, à des dépenfes qu'il pouffa jufqu'au
dernier point, & bien au delà de fes facultés. Au commencement de 1779 il époufa dans la même ville une Demoifelle parfaitement bien née, très-aimable, mais fans fortune. Augmentation
de dépenfes qu'il pouffa même jufqu'à l'infolence. Ses reffources
en diminuerent, & pour les foutenir, il s'avifa de faire fecrettement

Dont le cœur est rongé par la Haine & l'Envie,

Vient déchirer le sein qui lui donna la vie,

Effra-
ment le Commerce, mais Silas Déane son digne associé, ou régardé comme tel, ne s'en trouva pas mieux que lui. Pour réparer leurs affaires communes, Arnold s'appropria le dépôt confié à sa garde, il en fit ses affaires propres & tint un état de Prince. Cependant le Congrès vint à ouvrier les ïeux: il lui fit demander compte du dépôt, & Arnold, loin de paraitre redevable de sommes très-considérables, eut le front de se porter lui-même pour Créancier d'avances faites qui montaient fort haut. Ces comptes furent vérifiés, & réduits à moins qu'à la moitié par les Commissaires du Bureau chargé de cet Examen. Arnold les couvrit d'invectives, & en appella au Congrès. Un Comité en fut tiré pour faire une seconde fois la vérification des comptes d'Arnold & en faire le rapport. Le Comité dans son rapport, déclara que les Commissaires avaient passé infiniment plus à Arnold qu'il ne lui était dû. Nouvelles indignités vomies & contre le Comité & contre le Congrès lui-même. Mais des injures n'étaient pas de l'argent. Il fallut abandonner son train de vie; plus de crédit, plus de ressources. Le Général demanda de rejoindre l'armée, mais on lui notifia qu'il fallait comparaitre à un Conseil de Guerre Général. Il y fut accusé par le Gouvernement même de Pennsilvania des délits & des inculpations les plus graves. Mais la mort de quelques témoins, l'adresse avec laquelle Arnold sut faire disparaitre les autres, déroberent au Conseil de guerre la preuve légale, & le Général en fut quitte pour une Sentence qui déclarait *sa conduite très-répréhensible*. Il fut cependant encor publiquement reprimandé par le Général Washington. Ce fut alors, qu'abimé de dettes, plus flétri encor dans l'opinion du public que par la Sentence du Conseil de guerre, le Judas Arnold

forma

Effrayer l'Univers par fes hardis forfaits,

Et mériter un rang fous les drapeaux Anglais.

La Fayette, pourfuis ce Monftre fanguinaire : (1)

Arrête fes fureurs, fa marche témeraire.

Il fuit, mais d'Albion s'il regagne les bords,

Il pourra t'échapper, mais non pas aux remords.

D'un plus digne Adverfaire on voit briller les armes :

L'on connait Cornwallis (2) aux mortelles alarmes,
Qu'é-

forma non feulement l'horrible projet de livrer aux Anglais l'Ambaffadeur de France, le Général Washington, qui étaient alors dans le Camp
détaché où ce fcélérat commandait cinq à fix mille hommes, mais fon
armée entiere & par conféquent le pays qu'il avait à défendre. Son
crime fut découvert, le malheureux André en devint la victime, &
le monftre échappa à la vengeance de l'Amérique. Clinton fe
l'attacha par un rang diftingué dans l'armée de New-Yorck où ce
traître eut le bonheur encor de fe réfugier.

(1) Pour gagner la confiance du Chevalier Clinton & de fes
troupes, Arnold fe mit à la tête d'un parti, & fit une incur-
fion de Brigand en Virginie. Il pénétra jufqu'à Richemond,
aujourd'hui Capitale de cette République, fit des dégats horribles partout où il paffa, brûla tous les Edifices publics & tous
les Magafins à Richemond & à Watham, & forcé de rétrogra-
der à la hâte devant le Marquis de la Fayette, il eut encor le
bonheur d'échapper une feconde fois, & de retourner à New-Yorck.

(2) Le Comte de Cornwallis, ayant quitté Charles-Town &
la

Qu'épand fur les coteaux la terreur de fon nom. (1)

La fuite des Cités, la défolation

Semblent marquer partout les lieux de fon paffage :

Mais humain, généreux, il défend le carnage, (2)

Et de fa nation déteftant les horreurs,

Il craint de fe fouiller de ces mêmes fureurs

Dont

la Caroline, marcha contre la Virginie, & après quelques petits combats, où fon arriere-garde fut plus d'une fois entamée, il arriva à Williamsburgh, ci devant Capitale de cet Etat, le 23 de Juin 1781.

(1) Comme ce Seigneur eft un excellent Général, l'approche de fon armée, fit qu'un grand nombre d'habitans s'enfuit à la nouvelle qu'il ne tarderait pas à paraitre. Mais cette alarme ne fut pas de longue durée.

(2) On s'eft plu à donner ici au Lord Cornwallis le caractere qui convient à un homme de fa naiffance. Cependant, quelques foient les brillantes qualités fous le point de vue desquelles il eft répréfenté, il eft douteux fi elles lui conviennent. Les Américains l'ont accufé d'avoir, peu de tems après, dans fa retraite forcée, tâché d'empoifonner les eaux, en jetant dans les rivieres les chevaux & les mulets qui périffaient à fa fuite. D'autres même ont avancé que Cornwallis avait fait inoculer des ânes, & d'autres animaux que l'on précipitait enfuite dans les mêmes rivieres, afin de donner la petite vérole aux Américains qui ont pour cette maladie une horreur inconcevable, quoique elle éxerce dans le nouveau continent un Empire auffi univerfel que dans celui que nous habitons. Mais cette derniere accufation, eft trop abominable, pour y ajouter foi, fans des preuves pofitives.

D 5

Dont les Siecles futurs verront frémir l'Hiſtoire,

Et ce n'eſt qu'en héros qu'il aſpire à la Gloire.

De quoi lui ſerviront tous ces rares talens?

Il n'eſt point de Vertu, pour qui ſert des Tirans. (1)

Courage la Fayette: (2) oui Cornwallis te cede;

(3) Vois Washington lui-même accourir à ton aide:

Con-

(1) Jamais un âme grande & honnête n'entrera ſans rougir au ſervice d'aucun Prince de ce caractere. Mais Denis, Cromwel & leurs ſemblables ne manquerent pas de Généraux & peut-être même de gens vertueux, qui crurent ne pas ſe deshonorer en ſuivant leurs drapeaux.

(2) Le Comte de Cornwallis, trouva bientôt en Virginie un ennemi digne de ſe meſurer avec lui. C'était le Marquis de la Fayette. Cet Officier, Major-Général au Service des Etats-Unis, quoique avec des forces bien inférieures à celles du Comte, ſut toujours l'arrêter dans ſes entrepriſes, l'empécher de pénétrer plus avant dans le pays, il remporta ſur lui pluſieurs avantages, & le pourſuivit même l'épée aux reins, jusqu'à ce qu'il l'eût acculé dans le poſte de Yorck-Town & de Gloceſter, où il a renouvelé la Scene de Saratoga.

(3) Le Général Washington, après avoir fait les démarches les plus évidentes de vouloir aſſiéger New-Yorck, avoir empéché par cet heureux ſtratageme le Général Clinton d'envoyer aucun ſecours à Cornwallis; apprenant enfin que le Comte était complettement bloqué par les troupes aux ordres des Généraux de Rocham-

Contemple à ſes côtés les drapeaux de ton Roi:

Combats pour l'Amérique: ils vaincront avec toi.

Tel qu'on voit un Renard, fécond en artifices,

Preſſé par la famine, ou mu par ſes caprices,

Chercher à découvrir un ſerrail emplumé

Qui puiſſe ſatisfaire un Renard affamé.

Bien loin ſe livrer à l'eſpoir téméraire

D'aſſouvir aiſément ſon ardeur ſanguinaire;

Il remarque, il parcourt les ſentiers tortueux

Qui menent du bocage à l'objet de ſes vœux.

Choiſiſſant le plus ſombre, & rempant ſur le ventre,

Il ſe traine ſans bruit vers le ténébreux antre,

Où, la têté ſous l'aile, un troupeau de Dindons

Dort d'un profond ſommeil, parmi d'autres Oiſons.

Plus

chambeau, la Fayette & de Waine, & que le Comte de Graſſe à la tête de la flotte Françaiſe était arrivé à l'heure dite des Indes Occidentales dans la Cheſapeack, pour lui couper la retraite par mer, & empécher qu'il ne lui vînt aucun ſecours de New-Yorck, ſe mit lui-même en marche à la tête de 7000 hommes, & vint avec une diligence incroyable ſe réunir aux autres Généraux en Virginie.

Plus le Renard approche, au milieu des ténebres,

Plus il croit entrevoir mille images funebres,

D'un butin précédent gracieux souvenir,

Qui ne fait qu'irriter son violent defir.

Autour de lui tout être a fermé la paupiere,

De la cour mal gardée il franchit la barriere,

Un fumet attrayant embaume son palais,

Il croit déja toucher au moment du fuccès.

Son cœur fe fent ému de la plus vive joie,

Une feule cloifon environne fa proie :

En un inftant il peut en forcer les barreaux,

Il a pour réuffir mille projets nouveaux.

Il allait battre en breche ...... une tendre Poulette,

Qu'un amoureux courroux a fait coucher feulette,

Brûlant de jaloufie, & juchée à l'écart,

A l'aide de la Lune, avec un œil hagard,

De fon volage Coq cherchait partout le gite...

Sa Rivale le joint ... ce feul afpect l'irrite ;

Elle

Elle va s'élancer fur le couple odieux...

Quand un autre Ennemi vient s'offrir à fes ïeux.

Craignant pour fon Amant, plus que pour elle-même,

Tout inconftant qu'il eft, il fait fon bien fuprême :

Elle fe bat les flancs, elle pouffe des cris

Qui pénetrent d'effroi les coqs les plus hardis.

Mille cris dans les airs répetent fes allarmes :

Le Ruftre épouvanté fe leve & prend fes armes :

A fa voix tous les chiens, par d'affreux aboimens,

Des mâtins d'alentour hâtent les hurlemens.

Le Renard effrayé par la premiere alerte,

S'enfuit pour éviter le moment de fa perte.

Mais ô Deftin cruel ! deux hardis Lévriers,

De la Mort qui les fuit précurfeurs meurtriers,

D'un Hobereau (1) voifin dévançant le courage,

Ont vu Maitre Renard courir vers le bocage :

Ils

(1) Petit Gentilhomme de Campagne dont le mérite principal eft de favoir chaffer, & de nourrir beaucoup de chiens de
chaffe pour ruiner le payfan & donner par-là, des preuves de la
Nobleffe de fon extraction.

Ils volent fur fes pas, & malgré fes détours

Ses rufes & fes bonds, ils le fuivent toujours.

Bientôt, de vingt mâtins une meute abboyante

Du fuyard malheureux vient groffir l'épouvante.

Par ce cordon terrible il eft environné :

Au fort le plus cruel il parait condamné.

Il ne peut échapper à fes fiers adverfaires ;

Mais, avant de périr fous leurs dens meurtrieres,

Il fonge à fa vengeance : & foudain furieux,

Courant aux Lévriers, il faifit un des deux :

Le renverfe fanglant, déchire fes entrailles,

Se prépare du moins d'illuftres funérailles,

Et tombant à fon tour fous cent coups réunis,

Il expire en voyant fes meurtriers punis.

Tel parut Cornwallis : habile en fa retraite,

Preffé de toutes parts, pouffé par la Fayette,

Dans les murs d'Yorck-Town il traine fes drapeaux,

Pour s'y défendre en brave, ou périr en héros. (1)

Ses

(1) Il écrivait au Général Clinton en date du 12 Octobre

Ses pâles Légions, de travaux harassées,

Et par tous les besoins à la fois épuisées,

Ont oublié leurs maux, demandent le combat

Sous un Chef intrépide, adoré du Soldat.

Cornwallis à leurs ïeux fait dévorer ses craintes :

Il ne manque de rien, il n'entend plus de plaintes :

Mais du plus faible espoir son cœur n'est point séduit,

Il connait le péril où sa Cour l'a conduit.

Cependant Washington, les Royales Cohortes, (1)

D'Yorck épouvantée environnent les portes.

Ils

ce qui suit. *Je suis en possession des postes d'Yorck-Town & de Glocester ; au moment même où je vous écris, les Français & les Américains ne sont pas à 300 toises de moi. Le 9 du courant, ils m'ont bombardé si vivement, qu'ils ont réussi à me tuer, ou grièvement blesser plus de cent hommes : hier j'ai eu le malheur d'en perdre encor trente six ; mais si je reçois du secours, avant que mes provisions soient épuisées, je défie les forces combinées contre moi. L'Armée de Washington est à peu près de 16 à 18000 hommes. Il a ouvert des lignes de circonvallation, & élevé de chaque côté des batteries dont l'une monte 40 Canons de gros calibre, l'autre porte 16 mortiers.*

(1) Les Troupes Françaises.

Ils creufent à l'entour ces profonds fouterreins (1)

Dédales tortueux, invifibles chemins,

Par où, d'une Cité préparant la ruine,

L'Ennemi, par le fer & la fappe & la mine,

Ebranle & fait crouler les plus puiffans remparts.

Par cent globes de feu, l'on voit de toutes parts,

Cent tourbillons vomir fur la ville embrafée,

L'incendie & la Mort: elle en eft écrafée;

Mais l'Anglais furieux, & ferme en fon devoir,

Eft bleffé, frappe, tombe, & meurt fans le favoir.

Par les coups redoublés du fer & de la foudre,

Les Murs font entrouverts, & s'écroulent en poudre;

La breche à nos foldats préfente des fentiers,

Où la Gloire eft affife, & leur tend des lauriers.

L'as-

___

(1) Ce fut le 28 Septembre 1781, que les troupes combinées, s'étant portées de Williamsburgh à un Mille des ouvrages d'Yorck-Town, commencerent la premiere ligne de circonvallation, la tranchée y fut ouverte le 1. d'Octobre.

L'affaut va fe donner :.. quand, foudain fur la rive,

Un bruit confus s'épand que le fecours arrive :

Que Graves, fur les flots hiffant fon pavillon,

Vole, vient délivrer les drapeaux d'Albion.

Déjà le haut des mâts fe préfente à la vue :

Les canons, à grand bruit, fignalent leur venue,

Mais de Graffe à l'inftant, fa Flotte, fes Français,

Courent à l'ennemi, renverfent fes projets. (1)

L'Ours,

(1) L'Amiral Hood ayant rejoint le 28 d'Augufte l'Efcadre de l'Amiral Graves, devant New-Yorck, ils firent voile de concert le 31 pour la baye de Chefapeak au moment où les mouvemens du Général Washington par terre, fur Philadelphie avaient été démasqués. L'Efcadre Anglaife, forte de vingt vaiffeaux, arriva le 5 de Septembre au Cap Charles. Quoique le Comte de Graffe eût encor 1500 hommes dans toutes fes chaloupes occupées à débarquer les troupes du Comte de St. Simon, & qui n'étaient pas encor de retour ; il ne balança point à couper fes cables, & à aller combattre l'Ennemi avec 24 vaiffeaux, laiffant le refte bloquer les rivieres d'Yorck & de James, & par conféquent le Comte de Cornwallis. Graves s'éleva au vent, l'avant-garde du Comte de Graffe, aux ordres de M. de Bougainville, atteignit la Flotte Anglaife qui en fut très-maltraitée. Le Comte de Graffe ayant été quelque tems à la pour-

 fuite

L'Ours, au sein des rochers, qu'une Meute puissante

Entoure dans son creux d'une voix menaçante,

De ces cris redoublés ne parait point surpris :

En meprisant leur nombre, & leur force & leurs cris,

Il se montre ; & d'un œil que rougit la colere,

Il chasse devant lui la troupe meurtriere,

Et revient dans son Fort, à l'ombre des pavots,

Se livrer mollement aux douceurs du repos.

  Graves, malgré des siens l'héroïque vaillance,

Est contraint de s'enfuir, de céder à la France

De ce combat sanglant l'avantage & l'honneur,

Et de Grasse à Glocestre est revenu vainqueur.

Fran-

suite de l'Ennemi, rentra le 11 dans la Baye, à l'entrée de la-quelle on rencontra deux Frégates Anglaises le *Richmond* & *l'I-sis*, qui étaient venues couper les bouées de l'Armée du Com-te de Grasse ; les deux Frégates furent prises. De l'aveu des Amiraux Anglais eux-mêmes, cinq de leurs vaisseaux furent con-sidérablement maltraités, & particulierement le *Terrible* de 74, auxquels ils mirent le feu, la nuit du 10 au 11. Il n'y eut que quinze vaisseaux de part & d'autre qui entrerent en action. Les Français eurent 200 hommes tant tués que blessés.

Français, qui pour les Lis, en ces grandes journées,

Vîtes trancher le cours de vos jeunes années,

Vous ne regrettiez pas un plus heureux deſtin :

Qui meurt pour ſa patrie & le fer à la main,

N'a rien à deſirer : ſon âme ſatisfaite

Délaiſſe ſans regret ſa mortelle retraite ;

Victime de la Mort, il en brave les loix,

Et frappé par la faulx, il vit dans ſes exploits.

CHANT CINQUIÈME.

Cornwallis, d'un Donjon, voit ſa frêle eſpérance

Hélas ! s'évanouir ſous le bras de la France.

Il maudit le moment, où l'injuſte Albion

Rompit de ces climats la paix & l'union. (1)

Mille

(1) Le Noble Lord pouvait ajouter les malédictions les plus juſtes encore, à l'ordre funeſte qui le fit paſſer en Virginie, en laiſſant derriere lui le Général Greene, un des plus habiles Commandans des Etats-Unis. La marche de Cornwallis fit chaſſer les Anglais de la Georgie & dès deux Carolines, à l'exception de Charles-

Town,

Mille cris répétés d'allégreſſe publique,

Que pouſſaient à l'envi la France & l'Amérique,

Du Camp des Aſſiégeans volent aux aſſiégés,

Leurs cœurs en ſont émus, mais non découragés.

Les deux peuples unis, que l'amour de la gloire

Embraſe également, marchent à la victoire:

Chacun de ſon côté veut ſignaler ſon bras,

Et ſur le haut des murs affronter le trépas.

„ Amis, dit la Fayette, aux Troupes valeureuſes

„ Qui, dans mille actions vives & périlleuſes, (1)

„ Avaient

Town, & de Savannah. Greene fut quelquefois battu, mais bientôt plus redoutable, il ne tardait pas à prendre ſa revanche. Il contraignit les Royaliſtes à ſe renfermer dans la Capitale de la Caroline méridionale, autour de laquelle il fit tirer des lignes pour en défendre l'iſſue & l'entrée à toutes les troupes Anglaiſes.

(1) Il ſerait trop long de détailler le nombre de batailles, de combats & d'actions meurtrieres où le Marquis de la Fayette s'eſt trouvé à la tête des troupes Américaines. Il ſuffit de remarquer que le Congrès a ordonné 6 fois qu'il lui ſerait fait des remercî-mens de ſa part, pour la valeur & la bonne conduite qu'il a déployées depuis qu'il commande en Amérique.

„ Avaient fous fes drapeaux triomphé tant de fois,

„ Rappelez-vous-ici vos antiques exploits :

„ Les Français vont donner, paffons les en courage :

„ Graviffons les premiers le haut de cet Ouvrage :

„ Montrons à l'Univers que les Américains

„ Ofent le difputer aux plus grands des humains. (1)

„ Si dans l'ardeur du feu, vous perdez la banniere,

„ Ce fer vous guidera.   Franchiffant la barriere, (2)

Il dit : & fon éxemple eft l'ordre, & le fignal.

Au même inftant tout marche & fuit le Général.

Sur

(1) L'on n'entend point ici élever les Français au deffus de tous les humains. L'on a feulement voulu faire remarquer que, fi les Français trouvent quelquefois leurs Maîtres en bataille rangée, ils font rarement battus dans les affaires de poftes, mais aucun peuple de la terre ne peut leur être comparé pour la guerre de fieges, ni pour l'attaque des places. *Le Maréchal de Saxe. Rêveries.*

(2) Au fiége d'Yorck-Town le Marquis de la Fayette fut chargé de l'attaque d'une redoute à la tête des troupes Américaines, tandis que les Français en attaquaient une autre fous les ordres de leurs Généraux. Le Marquis, pour animer fes braves foldats, employa les mêmes paroles qu'on lui fait proférer ici, & l'évenement fut tel qu'il eft décrit.

Sur des monceaux de corps, on court planter l'échelle;

Chacun veut dévancer son compagnon fidele:

Sur les débris sanglans des creneaux embrasés,

Mille sont parvenus, mille sont repoussés:

Vingt fois des Ennemis l'on perce la phalange,

Vingt fois de leur côté la fortune se range,

Le fer des Assaillans & le feu des remparts,

Combattent des héros, frappent de toutes parts.

Mais la Fayette enfin, dont tant de résistance,

Et tant de vains efforts irritent la vaillance,

Se jette furieux dans l'épais tourbillon

Qui de son ennemi couvre le bataillon.

Rien ne peut arrêter cette course rapide,

La Mort est devant lui, mais la Gloire le guide,

Il se fait un passage, & sur des tas d'Anglais

Il plante triomphant l'étendart du succès.

De ses braves guerriers il réchauffe l'audace;

Tout cede à leur valeur, ils emportent la place,

Et

Et l'Ennemi vaincu, tombant à leurs genoux,

Demande, obtient quartier, & le Fort eſt à nous. (1)

Pendant ces jours affreux, jeune & charmante Epouſe, (2)

D'un bosquet ſolitaire en foulant la pelouſe,

D'un Epoux adoré pleurant l'éloignement,

Vous trembliez pour ſes jours en ce triſte moment.

Il vit; raſſurez-vous : au ſein de la Victoire,

Trop grand pour s'éblouir de l'éclat de ſa gloire,

Ce tendre Epoux, épris de vos traits enchanteurs,

Couronnait de lauriers le Chiffre de vos cœurs.

Vous le verrez bientôt cet Epoux magnanime;

Le fer reſpectera cette illuſtre victime,

L'Amérique & la France ont beſoin de ſon bras,

Et la Fortune-même ordonne tous ſes pas.

Il

(1) La priſe des deux forts ou redoutes décida enfin Corn-wallis à rendre la place.

(2) Madame la Fayette pendant l'abſence de ſon illuſtre Epoux, s'était retirée à St. Germain en Laie, dont les bosquets & le parc ſont connus, par leur beauté, de tous les voyageurs.

E 4

Il viendra vous offrir ce prix dont la Sageſſe (1)

Couronne les exploits qu'enfanta ſa jeuneſſe;

Et bientôt vous verrez briller cet heureux jour,

Qui mettra dans vos bras & la Gloire & l'Amour.

Du côté des Français, on voyait à leur tête,

Le vaillant Rochambeau qu'aucun danger n'arrête. (2)

L'heu-

(1) Le Congrès, pénétré de la plus vive recounaiſſance, à raiſon des ſervices eſſentiels, que le Marquis de la Fayette avait rendu aux Etats-Unnis: plein de l'eſtime la plus tendre pour ce jeune Guerrier, envoya ordre au D. Franklin, ſon Miniſtre Pléoipotentiaire à la Cour de France, de faire préſent au Marquis, au nom des treize Républiques & au nom du Congrès, d'une ſuperbe Epée à garde d'or, ſur la lame de laquelle ſeraient gravés ſes exploits, dans les diverſes & glorieuſes expéditions où il avait combattu pour la gloire & la liberté du Nouveau Monde. Quel que ſoit l'éclat de la Maiſon de la Fayette : quels qu'aient été les titres glorieux de cette illuſtre Maiſon juſqu'à ce jour, la poſtérité ne pourra s'empêcher de regarder cette brillante & magnifique Epée, comme le plus beau monument de gloire qui éxiſte dans les Archives de la Maiſon de la Fayette. Mille autres monumens y atteſtent le malheur de l'humanité, mais cette épée ne ſe teignit jamais que du ſang des Titans, ou de celui des ſauteurs de la Tirannie.

(2) La valeur du Marquis de la Fayette, la gloire dont il ſe couvrait aux ſeux de l'Univers ne contribuerent pas peu à donner de l'émulation aux Généraux, qui commandaient les troupes de
France

L'heureux Vioménil, le pere du foldat, (1)

Dont l'idole eſt la Gloire, & le ſang à l'Etat.

C'eſt près de ces héros, jeune & charmant Noailles, (2)

Que tu viens te former au grand art des batailles.

Des héros de ta race ardent imitateur,

Leur gloire & leurs exploits ſont gravés dans ton cœur.

Pourſuis, tendre Guerrier, ta brillante carriere :

Que l'Anglais, ſous tes coups, en mordant la pouſſiere,

Reconnaiſſe le ſang qui te donna le jour,

Rien ne doit réſiſter à Mars comme à l'Amour.

Déja

France en Amérique. La Nobleſſe Françaiſe ne connut jamais d'autre aiguillon que celui de l'honneur & de l'amour.

(1) M. le Baron de Vioménil fut ainſi nommé par les troupes dans la derniere guerre. Tout ce qu'il entreprit lui réuſſit toujours admirablement, & il n'aquit pas moins de gloire par ſes talens militaires, & par ſa valeur en Allemagne dans la derniere guerre, qu'il n'en mérita depuis en Amérique. Cet Officier général eſt auſſi de la derniere ſévérité en fait de diſcipline.

(2) La gloire qu'aquérait en Amérique le Marquis de la Fayette, ne pouvait manquer de piquer d'émulation la jeune Nobleſſe de France. Mais de tous les guerriers qui ſuivirent les traces du jeune héros, aucun n'aquit plus de gloire que le Vicomte de Noailles, frere de Madame de la Fayette.

E 5

Déja des Affaillans la foule impatiente

Offrait à Cornwallis une ardeur menaçante.

Aux ïeux de l'Amérique elle va foutenir

L'honneur du nom Français, l'étendre & l'affermir.

L'on donne le fignal : la foudre & la fumée (1)

Ne fauraient arrêter la courfe de l'armée ;

Elle eft au haut des murs, & renverfe à l'inftant

Quiconque ofe affronter ce furieux torrent.

Plus l'Anglais intrépide offre de réfiftance,

Plus le bouillant Français affouvit fa vengeance ;

Les mourans & les morts l'un fur l'autre entaffés,

Sont encor un rempart pour les plus avancés.

Mais bientôt d'Albion tous les rangs s'éclairciffent,

De fes meilleurs foldats les forces s'affaibliffent ;

Ils

(1) Il y a peu d'exemples d'affaut où les Français aient été re-pouffés, mais après l'affaire de Démont, où les Grenadiers fe jetaient dans les embrafures, au moment que les pieces d'artille-rie faifaient, en tirant, un mouvement retrograde, aucune affaire n'a fait plus d'honneur aux Grenadiers Français, que l'attaque d'Yorck-Town.

Ils fe battent encor, mais leurs efforts font vains;

Leurs armes, fans vigueur, échappent de leurs mains;

Mais fans tourner le dos, (1) affurés de leur gloire,

Ils cedent noblement une entiere victoire,

Et le Français humain, alors qu'il eft vainqueur,

En leur donnant dés fers, les traite avec honneur. (2)

Ainfi des Alliés l'invincible courage

Leur fait en même tems remporter l'avantage:

Et

(1) L'on rend ici juftice aux troupes Anglaifes. Jamais elles ne déployerent plus de cette intrépidité froide qui caractérife leur Nation, que dans la défenfe des mauvais ouvrages, qu'elles avaient à protéger.

(2) Il femble que dans cette guerre furtout, les Français fe font fpécialement appliqués à l'emporter en toutes chofes fur les Bretons. C'eft principalement dans les actes d'humanité & de générofité qu'ils leur font infiniment fupérieurs. Il fuffit d'avoir fuivi le fil des évenemens pendant la guerre actuelle pour fe convaincre de cette vérité. Les Officiers Français, de la même main dont ils venaient d'arracher les drapeaux Anglais fur les crenaux d'YorckTown & de Glocefter, offrirent aux Officiers Anglais tous les fecours dont ces braves guerriers pouvaient avoir befoin, & leur ouvrirent leur bourfe, dans un moment, où il était difficile à un Anglais même, de n'avoir pas befoin d'argent.

Et le fort pour combler leurs defirs généreux,

Les fait également triompher tous les deux. (1)

Cependant la Difcorde en frémit de colere.

Elle ofait fe promettre un plus brillant falaire

Du poifon dangereux que, traverfant les Mers,

Ses horribles ferpens verfaient du haut des airs.

Français, Américains, qu'une chaine facrée

Attache étroitement à l'union jurée,

Le Monftre ne pouvait fupporter vos regards. (2)

(3)Mais Arnold & Franklin(4)dans les mêmes remparts,

Tem-

(1) En effet, les Américains fous le commandement du Marquis de la Fayette, devinrent maitres de la redoute qu'ils attaquaient au moment même que les Français emporterent celle contre laquelle ils venaient de diriger leurs efforts.

(2) En vain les plumes Anglaifes, détrempées des couleurs de l'Impofture, ont tâché de perfuader à l'Europe que la défunion & le défaut d'harmonie régnaient entre les troupes Américaines & celles du Roi de France; chaque Courrier qui venait du Continent de l'Amérique détruifait ces abfurdes affertions. Il fallait voir l'ardeur avec laquelle les Citoyens de Philadelphie, au paffage de l'Armée Françaife, pour Yorck-Touwn en Virginie, s'empreferent de lui témoigner la plus tendre amitié, par les rafraichis-

femens

Tempéraient fa douleur, affouviffaient fa rage.

La Difcorde avec eux ordonnait le carnage,

Et

femens de toute efpéce que chaque maifon avait expofés fur une table à fa porte. Mais, c'eft au retour de la glorieufe expédition, de l'Armée Françaife, après la prife de Cornwallis & de fes troupes, que parut de la maniere la plus vive la grandeur de l'attachement & de la reconnaiffance des Americains. L'entrée de l'Armée Françaife à Philadelphie, chaque pas qu'elle faifait en traverfant cette fuperbe ville, ne furent qu'un Triomphe continuel. Si les Français rendirent leurs hommages au Congrès, affemblé pour leur députer deux de fes membres, & pour adreffer à M. de Rochambeau les remercîmens de cette Augufte Compagnie, le Congrès de fon côté, combla d'honneurs, d'attentions & de rafraichiffemens l'Armée entiere, dont il admirait l'ordre & la difcipline.

(3) Arnold était toujours à New-Yorck, où les Anglais, malgré l'utilité dont il pouvait leur être, premierement ayant manqué fon coup, le voyaient fans reconnaiffance : fecondement étant vifiblement le bourreau du malheureux André, l'Armée, & tout ce que l'Univers a d'hommes judicieux & fenfibles, ne pouvaient le regarder fans indignation : troifiemement ayant joué le rôle d'un traître ; même en réuffiffant, il eût pu être confidéré de l'œil de la fatisfaction, mais jamais de celui de l'eftime. Toute âme honnête & généreufe, ne peut, fans un frémiffement fecret, approcher feulement d'un Traitre. Donc complettement détefté à New-Yorck-même, il fe réfugia en Angleterre, où il ne tarda pas à deffervir le généreux Clinton lui-même dans l'efprit du Roi d'Angleterre, comme n'ayant pas voulu faire ufage des prudens confeils de Benedict Arnold, pour fecourir le Comte de Cornwallis.

(4) C'eft le fils unique du Docteur Franklin, Miniftre Plénipoten-

Et de fa propre main couronnant leurs exploits,

Elle ofait les nommer les défenfeurs des Rois. (1)

En

potentiaire des Etats-Unis à la Cour de France. Loin de fuivre l'exemple de tous les honnêtés gens de l'Amérique; loin de voler fous les drapeaux de la Liberté, & de combattre pour l'Indépendance de fa patrie, Franklin fils a cru devoir refter fidele au Roi d'Angleterre. Cette ame inébranlable & obftinée a rejeté les confeils de fes amis, les offres de fes Compatriotes, les prieres & les follicitations de la tendreffe paternelle. Le Congrès lui-même a femblé refpecter les vertus abufées de ce Toris. Sa Défobéiffance aux loix, à l'autorité paternelle, l'a fait, il eft vrai, renfermer dans le nombre des bannis à jamais du fein de l'Amérique, mais plus on a eu de ménagement, d'indulgence pour fon erreur, plus il eft devenu coupable, & il a mérité la mort. Cependant on lui a permis de s'évader fecrettement, & de fe retirer à New-Yorck. Le Docteur fon Pere, pénétré d'une douleur profonde, s'eft vu forcé en gémiffant, d'arracher à fon malheureux fils, les deux Enfans qu'il avait, de peur qu'il n'infeftât leur jeune cœur du poifon qui le dévore. L'ainé de ces Jeunes gens, fert de Sécrétaire à fon Grand-Pere à Paris, & le Cadet eft à Geneve, où il fait fes Etudes. Si, tranquile en fon aveuglement funefte, le fils Franklin fut refté à New-Yorck, fidele au parti *que fa confcience*, difait-il *lui ordonnait de fuivre*, fans rien entreprendre contre fa patrie, l'Amérique l'eût plaint, & l'eût peut-être eftimé encore. Elle lui eût appliqué le vers fameux:

Victrix Caufa Diis placuit, fed Victa Catoni.

Mais le triomphe foutenu du parti contraire, la ruine de fa caufe,

l'hor-

En vain, des Alliés détestant l'harmonie,

Veut-elle sur leurs pas semer là jalousie;

Ces

l'horreur du nom Anglais dont il voyait toute l'Amérique pénétrée, son orgueil blessé par le mauvais choix qu'il avait fait, & qu'il aurait cru avili, en reconnaissant s'être trompé; son ambition punie par l'endroit le plus sensible; mille autres causes secrettes encore allumerent la rage dans le cœur du fils Franklin. Il forma le dessein de verser le sang de ses Compatriotes. A la tête d'un certain nombre de Brigands dont il se déclara le Chef, sous le nom *d'association de Volontaires Loyalistes*, il porte depuis trois ans le fer & le feu partout où ces proscrits & lui peuvent débarquer. Ce n'est point aux troupes réglées, ni aux milices à qui ces Monstres font la guerre. C'est au cultivateur paisible, aux femmes, aux vieillards & aux enfans qu'ils vont surprendre, dépouiller, égorger dans les plantations éloignées, & où ils mettent le feu en se retirant. Quand ils rencontrent par hazard des troupes réglées, ils se battent avec cette fureur que le seul désespoir inspire, parce que pris le fer à la main contre leur patrie & dans son territoire, leurs châtimens font décidés depuis long-tems. Le dernier trait de leur cruauté dont les papiers publics viennent d'annoncer les horribles détails, font frémir toute âme sensible. Puisse les justes représailles qu'a ordonné le Général Washington, arrêter la rage de ces monstres, & forcer Carleton à punir les auteurs de forfaits aussi abominables!

(1) C'est ainsi que ces Loyalistes se couvrent d'un nom imposant pour exercer leurs brigandages, après lesquels ils se retirent tranquilement à New-Yorck, protégés, autorisés & soutenus par les Généraux du Roi de la Grande-Bretagne.

Ses odieux deſſeins demeurent ſans ſuccès,

Et l'Amérique eſtime & chérit le Français.

Ne pouvant triompher des deux peuples fideles,

Pour des projets nouveaux elle étendit ſes ailes.

Au cœur de Cornwallis elle jette en paſſant

Tout le fiel corroſif de l'énorme ſerpent

Qui forme de ſon front l'horrible chevelure,

Le poiſon dévorant y fait une bleſſure,

Et bientôt de Clinton va pénétrer le cœur.

Tous deux en un inſtant ſe voient avec horreur; (1)

Ils s'évitent l'un l'autre, & leur âme oppreſſée

S'accuſe tour-à-tour de leur honte paſſée.

L'A-

(1) Cornwallis, priſonnier ſur ſa parole, eut la liberté de ſe rendre à New-Yorck. Regardant Clinton comme la cauſe de ſon malheur, il ne vit en lui qu'un Ennemi. Cependant il ne put s'empêcher de rendre en public les reſpects qu'il devait à la place que Clinton occupait. Mais il ne lui fit aucune viſite à ſon arrivée, & ſe trouvant enſemble aujourd'hui dans Londres, l'on dirait qu'ils ne ſe ſont jamais connu. Il eſt ordinaire de voir deux malheureux dans une cauſe commune, rejeter l'un ſur l'autre l'infortyne qui les accable.

L'Amérique fourit à ces plaifans débats ;

Le Français en voyant ces injuftes combats,

Reconnait tout l'orgueil que nourrit fa Rivale.

La Discorde applaudit au venin qu'elle exhale,

Et dirigeant fon vol vers fa chere Albion,

Elle va retrouver fon ancien Nourriffon.

CHANT SIXIÈME.

Windfor, depuis dix ans plongé dans la molleffe,

Attendait le retour de la noire Déeffe.

La Politique noble & la Foi des fermens,

Avaient abandonné ces bocages charmans.

Le fombre Défefpoir, & l'obfcur Defpotifme,

N'y montraient les objets qu'à la lueur d'un prifme ;

Et d'un peuple, épuifé par de nombreux revers,

La rage, en périffant, provoquait l'Univers. (1)

Plus

(1) La poftérité aura peine à croire qu'un peuple, après avoir paffé par tous les excès de l'Efclavage ; après avoir été longtems tirannifé, ait ofé lui-même tenté de devenir le Despote & le Tiran du monde entier. Ce propos abfurde, mais audacieux, prit fa fource dans

le

Plus le trône Royal panche vers fa ruine,

Moins l'Anglais aveuglé confidere, éxamine

Les abfurdes projets qu'on lui fait adopter: (1)

A Sandwich & Germaine il n'ofe réfifter.

C'eft

le fameux Acte de Navigation qui parut, en 1660. Cet Acte porte l'empreinte de l'ame atroce de Cromwel. Il le fonda fur le mépris ou l'oubli des droits & des intérêts des Nations; ce fifteme offrit des réglemens utiles aux Anglais feuls, mais injurieux, attentatoires à la liberté, aux propriétés de tous les peuples. C'eft une combinaifon étudiée de tous les moyens propres à s'emparer du commerce univerfel, à établir le Defpotisme le plus étendu fur les Mers. Ce Defpotisme fiftématique fut d'abord circonfpect & retenu dans fa marche. Il ne tarda pas à jeter le mafque du bien public qui le déguifait; il fe montra fous des traits plus prononcés. Il établit fes droits fur la faibleffe maritime de fes voifins, fur des poffeffions prefque fans défenfe. Ses titres furent d'un côté, cet Acte célebre d'injuftice, & le droit de la force; & de l'autre, l'impofture, la rufe, l'artifice, l'or, l'argent & l'opinion publique. Les peuples des deux mondes fentirent plus ou moins la pefanteur de ce joug odieux. En conféquence les Anglais s'arrogerent le droit d'être impunément injuftes, fans prefque ceffer d'être les tirans du commerce & des Mers pendant plus d'un fiecle, & fans laiffer aux Nations dépouillées & affaiblies le droit naturel de s'en plaindre.

(1) L'Angleterre aveugle fur fes propres fers, ne voit encore que ceux qu'elle préparait aux Nations, ou fi quelquefois elle a ouvert les ïeux, fi elle en a pris de la colere, on lui a dit: *France, Papisme, Prétendant,* & ces rifibles jouets l'ont appaifée. En vain Wilkes, Fox, & tout le parti de l'Oppofition ont-ils voulu défiller les ïeux du peuple Anglais fur fa ruine prochai.

C'eft ainfi, fur les flots qu'un paffager timide,

Laiffant le gouvernail à la main qui le guide,

Dans les flancs d'un vaiffeau s'endort nonchalamment;

Et vogue fans fouci fur l'humide élément.

Que le fougueux Eole, infultant à Neptune,

Ou d'un nouveau Troyen, fécondant la fortune,

Déchaine dans les airs fes vens audacieux,

Et femble menacer l'Ocean & les Cieux :

Le Voyageur, fans crainte, au plus fort de l'orage,

Dans un riant fommeil croit furgir au rivage,

Son cœur s'épanouit au tendre empreffement

Dont fa fidelle Amante accueille fon Amant.

Cependant fur les Mers, les vagues mugiffantes,

S'élevent à grand bruit en montagnes flottantes.

Il s'éveille : effrayé des cris des matelots,

Etonné du conflict des Autans & des flots,
Trem-

chaine, il a fermé les oreilles à ces fages confeils, & à ces doctes harangues. Chatham lui-même, ce Miniftre fi refpecté,
a failli d'aller finir fon illuftre carriere dans l'horreur des cachots.

F 2

Tremblant, à demi mort, il leve enfin la tête:

Il demande à voix baſſe: avons-nous la tempête?

Sa bouche a répété pour la vingtieme fois,

Serait-ce une tempête, hélas! que j'apperçois?

Quand, las de ces propos, un Nautonnier fantaſque

Lui répond en jurant: ce n'eſt qu'une bouraſque.

Alors le Paſſager, tranquile ſur ſon ſort,

Revient à ſon hamac, y remonte & s'endort.

Mais le danger s'accroit & ſe joint aux alarmes:

L'Equipage à genoux prie & verſe des larmes:

A l'inſtant le Vaiſſeau tourne & frappe le roc:

La proue & l'Artimont ſe briſent par le choc:

Les vagues en fureur vont engloutir la poupe:

Le Pilote & ſes gens fuyent dans la chaloupe,

Et dans ſon lit bientôt, le Voyageur ſurpris,

De ſa crédulité va recueillir le prix.

Ainſi le peuple Anglais s'endormant ſur ſes crimes,

Sous des Guides trompeurs marche droit aux abimes

Où

(85)

Où l'équité des Dieux veut enfin le punir

Des horribles forfaits qu'il commet fans frémir. (1)

Entre l'Ems & l'Efcaut, (2) fur des rives fleuries,

De Neptune & d'Eole également chéries,

Affife fur un trône éclatant, refpecté,

Sur fept Peuples heureux regnait la Liberté. (3)

L'in-

(1) Tous les faits dépofent contre la tirannie des Anglais Que chaque Nation fe rappele les trames fecrettes, les menées fourdes, les négociations intéreffées, les démarches hardies & le motif des guerres de la Grande Bretagne. Elles ne verront toutes dans fa conduite que *rufe, fineffe, artifice, orgueil fans bornes, cupidité fans frein, follicitudes voraces, perfidie dans les procédés, prétextes vains ou faux, infraction des traités les plus folemnels, violation des loix les plus facrées, mépris envers toutes les Puiffances, infultes à tous les Pavillons.* Influence du Despotisme de l'Angleterre fur les deux mondes, pag. 98, 99. &c.

(2) Telles font les bornes de la République des Pays-Bas-Unis, du Nord au Midi.

(3) Les Sept Provinces qui forment aujourd'hui la République confédérée des Pays-Bas-Unis, ou du moins la plus grande partie de ces Provinces, fut connue dans les tems les plus reculés. Une très-petite contrée de ce pays était appelée *Batavie*, & fes habitans eurent le nom de *Bataves*. C'était une Ifle où les *Batten*, qui faifaient partie des *Katten* ou *Cattes*, déchirés par les horreurs d'une guerre civile, quittant en foule *la Heffe* leur patrie, vin-

                                    rent

L'injufte Ambition, ou l'Orgueil tirannique

Ne troublerent jamais ce climat pacifique. (4)

Des

rent s'établir. Cette Ifle était inhabitée. Les *Batten* y porterent leurs mœurs, la Réligion, la Langue & le Gouvernement des Germains, c'eft-à-dire un mélange de Démocratie, d'Ariftocratie & de Monarchie. Cette Ifle a la figure d'un angle ifocelle, dont les deux côtés égaux font baignés l'un, par le bras feptentrional du Rhin, depuis le Schenk-Schans, jufqu'à fon embouchure dans l'Océan près de *Katwyk*, & l'autre par un fecond bras du même fleuve, qui fous le nom de *Vahal* ou *Waal* qu'il portait alors, & qu'il conferve encor de nos jours, fe jette dans la Meufe, & court avec elle fe perdre dans le vafte Océan, entre la *Brille* & la pointe de *Hollande*. Les autres Provinces ne furent bientôt après connues dans l'Hiftoire, que fous le nom général de *Batavie*. La Liberté fut toujours la premiere idole des habitans de ces contrées, & l'Antiquité donne une idée des plus avantageufes de leur caractere. Les Bataves, difent les Hiftoriens, avaient le corps robufte, plus de pénétration dans les affaires, plus de folidité dans leurs alliances, plus de prévoyance dans les entreprifes, plus de fermeté & de valeur dans les périls que les autres Germains. Ceux-ci couraient au combat; les feuls Bataves, mieux difciplinés, faifaient réellement la guerre. Céfar occupé à dompter les Gaulois, reçut avec plaifir une Ambaffade des Bataves qui venaient lui offrir & aux Romains, leur amitié, leurs forces, & leur courage. Tout fut gracieufement accepté; la valeur de ces nouveaux Alliés de Rome acheva la défaite des Gaulois, & leur mérita la confiance du Conquérant des Gaules. Les Bataves furent toujours depuis fes foldats d'élite: ils le dégagerent dans le Baffigni, un des diftricts de la Champagne: ils déterminerent en

fa

Des antiques vertus auftere fe&ateur, (5)

Du jufte infortuné (6) bienfaifant prote&eur,

Le

fa faveur à Pharfale la fortune chancelante : ils ramenerent la victoire fous fes drapeaux à Alexandrie, & pour prix de tant de fervices fignalés, Céfar refpeéta toujours la Batavie. L'Univers était fous le joug, & fous les Empereurs-mêmes, les Bataves confervaient leurs loix, leurs Magiftrats, & ne payaient aucune efpece de tribut. Si dans la fuite, quelques-uns des Tirans de Rome & du monde, porterent atteinte à cette liberté fi chérie, les Romains ne tarderent pas à fentir quels hommes ils avaient offenfés, ils fe hâterent de regagner leur amitié par une paix honorable & par la reftitution de leurs privileges. Les Bataves leur continuerent leurs fervices. Ils coururent enfuite le deftin de Rome, & eurent part à fes disgraces. Ils furent foumis par les Francs; & aggrégés au Royaume qu'ils allaient conquérir. Dans la fuite des âges, une nouvelle révolution rendit la Batavie feudataire de l'Empire d'Allemagne. Les Comtes qui en gouvernaient les différens quartiers, parvinrent infenfiblement à fe rendre Souverains héréditaires, & tomberent fous le pouvoir de la Maifon de Bourgogne, qui engloûtit la Batavie avec tout le refte des Pays-Bas. Marie, derniere Princeffe, Héritiere de cette Maifon, par fon Mariage avec l'Empereur Maximilien I, annéxa les Etats de la Maifon de Bourgogne à celle d'Autriche. Philippe I. leur fils gouverna paifiblement aprés eux les dix-fept Provinces des Pays-Bas. Charles-Quint fon fils en augmenta la gloire & le bonheur. Mais Philippe II fon fils, dont l'abord était difficile, la gravité glaçante, le filence profond, la fierté auftere, les réponfes ambiguës, & la haine implacable, fe fit d'abord haïr par ce caractere totalement oppofé à celui de fon Pere, & bientôt ab-

horrer

Le Batave, fans fafte au milieu des richeffes, (7)

Y méprifait des Grands les baffes petiteffes, (8)

Et

horrer par fes cruautés inouies & fanglantes. Ce Monarque, forcé de retourner en Efpagne, & n'ignorant pas les difpofitions des peuples des Pays-Bas, eut encore la maladreffe de mécontenter trois hommes que fa Politique aurait dû s'attacher particulierement. C'était le Comte d'Egmont célebre par fes Victoires ; le Prince d'Orange de l'illuftre Maifon de Naffau, admiré par fa fageffe & chéri des peuples ; & le Comte de Horn redoutable par fes richeffes & fon crédit. Chacun de ces Seigneurs attendait d'être choifi pour Gouverneur en l'abfence de Philippe ; mais il nomma Marguerite, fille naturelle de Charles Quint. Cette Princeffe ne fut Gouvernante que pour la repréfentation. Le véritable Gouverneur fut *Perrenot*, fils d'un fimple gentilhomme, d'un mérite fi diftingué qu'il devint Chancelier de Charles-Quint. Le fils, plein de Génie, élevé au Cardinalat, inftruit à l'Ecole de fon Pere, & dans le Cabinet de l'Empereur fous le nom de *Granvelle*, parut bientôt capable des plus grandes chofes ; mais ambitieux, violent, altier, faftueux, ennemi des Grands qu'il fe plaifait à humilier, implacable quand on l'avait offenfé, ennemi terrible, mais ami fidelle ; habile, pénétrant, parlant toutes les langues, l'homme enfin de toutes les profeffions par l'univerfalité de fes connaiffances, fut le Confident digne de feconder les vues de Philippe II. Un Miniftre de ce caractere, fi bien au fait des intentions de fon Maitre, n'épargna bientôt au dix-fept Provinces aucune des humiliations que la haine du Roi d'Efpagne leur deftinait. La Nobleffe fut privée du droit de fe mêler du Gouvernement. Les privileges des Provinces furent abolis ou violés avec une audace infultante. On voulut affujettir

les

Et simple Plébeyen, il osa quelquefois

Arrêter fierement le plus puissant des Rois. (9)

S'il

les peuples aux rigueurs de l'Inquisition, aux règlemens du Concile de Trente que la France elle-même venait de refuser; les Evêchés & les Abbayes furent donnés à des Etrangers au mépris des Nationaux; Et la vivacité, la hauteur révoltante du Cardinal, souleverent en peu de tems les esprits les plus froids & les plus modérés. Les Moines, ces êtres si dangereux dans tous les pays, tremblerent pour leurs intérêts; les Protestans pour leur Réligion, les Peuples pour leur liberté, la Nobiesse pour son crédit. Ils unirent bientôt leurs mécontentemens: ils porterent des plaintes ameres aux piés du Trône, & elles y éprouverent le même sort que les Colonies de l'Amérique Anglaise viennent d'essuyer de la Cour de St. James. Le Duc d'Albe, le plus grand Capitaine de l'Europe moderne, mais le plus cruel & le plus barbare qui fut jamais, fut envoyé pour soumettre au joüg, ou pour exterminer les peuples des Bays-Bas. Ce Duc, démentant par politique sa magnanimité naturelle, fit bientôt conduire sur l'échafaut les Comtes d'Egmont & de Horn. Mais le Prince d'Orange Guillaume, eut le bonheur de lui échapper. Ce Prince dont la mémoire sera toujours chérie dans les Pays-Bas, était assés hardi pour concevoir de grands desseins, assés généreux pour s'y livrer, & assés heureux dans l'exécution. Plus avide de gloire que de plaisirs, préférant sa famille à sa vie propre, né trouvant rien de plus héroïque, que de briser le joug qui asservissait sa patrie, & de cimenter la Liberté publique par le sang Espagnol, il ne permit point à la passion d'aveugler sa sagesse. Il avait l'art dé gagner le cœur & l'esprit de tous ceux qu'il entretenait. Bientôt les Princes d'Allemagne, les Protestans de France, & les fugitifs

d'Au-

S'il époufa jadis leurs terribles querelles,

Il voulait éviter des bleffures cruelles :

Et

d'Angleterre le mirent en état d'entrer à main armée dans les Pays-
Bas. Il y fut battu deux fois, mais tous les peuples firent des
vœux pour lui ; le regarderent comme leur libérateur futur, & il fe
retira en France auprès de l'Amiral de Coligni. Ce grand homme
lui confeilla d'attaquer les Pays-Bas du côté de la Mer, parceque
les Efpagnols n'y avaient aucunes forces. Le Prince goûte l'avis,
& par fes ordres, le Comte de Lumey avec une efcadre, vint
attaquer, furprendre le port de la Brille, le premier d'Avril 1570
& s'empare de la Ville. Cette nouvelle alluma un incendie général. Des peuples, qui s'étaient laiffé dépouiller de leurs privileges prefque fans murmurer ; qui avaient vû tranquilement
couler le fang de leur Protecteurs & de leurs Magiftrats ; qui
avaient conftruits de leurs propres mains les Citadelles érigées
pour les affervir, ces mêmes peuples ne pousserent alors qu'un cri,
& ce fut celui de *Liberté.* Ils parurent humiliés d'avoir tardé
fi long-tems à fecouer le joug Efpagnol, & difpofés à ne plus
le fupporter. La Hollande, & la Zéelande le fecouerent abfolument, à l'exception d'Amfterdam & de Middelbourg. Guillaume enleva toutes les villes du Comté de Zutphen, de la
Nord-Hollande, Ruremonde, Louvain, Nivelle, Malines, Den-
dermonde, Oudenarde, & peu après Middelbourg & Gertruydenberg. Enfuite il triompha par force ou par adreffe de Frédéric, fils & Succeffeur du Duc d'Albe ; de Requefens qui vint
les remplacer ; de la valeur du malheureux Dom Juan d'Autriche ; & enfin de tous les talens militaires du Duc de Parme. Il
fut affés habile & affés fortuné, pour amener les chofes au point
que, le 29 Janvier 1579 les Etats de Hollande, de Zeelande, de

Guel-

Et si son bras vainqueur, maîtrisant les Destins,

Fit couler malgré lui le sang de ses voisins,

Son

Gueldres, de Frise, auxquels se joignirent depuis l'Over-Yssel & Groningue, renoncerent formellement & solemnellement à Utrecht à l'obéissance qu'ils rendaient autrefois à l'Espagne, & signerent l'Acte de leur liberté. Guillaume, malgré la défection des dix autres Provinces que le fanatisme enchaîna sous les piés de la Castille, jetta de la sorte les fondemens de la République des Pays-Bas-Unis. Toujours grand, redoutable aux Tirans de sa Patrie, mais révéré, presque adoré des peuples qui lui devaient le commencement de leur Liberté, il périt par le poignard d'un fanatique armé par le féroce Philippe, âgé de 51 ans. Maurice son fils, dont Henri IV. Roi de France disait *qu'après lui il n'y avait point de plus grand Capitaine au monde que le Prince Maurice*, lui succéda dans toutes ses charges, affermit d'une maniere inébranlable la Liberté de sa Patrie, & mourut âgé de 58 ans après avoir manqué 6 fois d'être assassiné. On a dit de lui *qu'il fut un très-excellent fils d'un incomparable Pere*. Enfin son frere Henri Frédéric termina & consolida le grand édifice de la liberté Batave, & avant de mourir, il eut la glorieuse satisfaction de forcer les Espagnols après une guerre de 80 ans, de lui demander comme une grâce, la permission de reconnaitre l'indépendance des Pays-Bas-Unis.

(4) C'est que cet heureux pays n'a point de Rois, & que son Chef suprême n'est que le premier sujet, & le premier Magistrat du Peuple; & si le Stadhouder, quoique commandant en Chef les troupes de terre, & Amiral Général, voulait être ambitieux ou Tiran, il ne tarderait pas à s'en repentir. *Hist. du Stadh. par Raynal.*

(5) Pour se faire une idée juste & se procurer une connaissan-

ce

Son cœur, en gémissant, au sein de la victoire,

Eût préféré la paix à dix siecles de gloire, (10)

Pour-

ce exacte du vrai caractere des Bataves, il faut étudier ceux qui, nés dans les lieux de la République où ils vivent, & descendans d'Ancêtres Bataves, n'ont point été corrompus par le mêlange des peuples voisins & qui surtout n'ont point voyagé en France, en Angleterre, en Allemagne. C'est dans ces mortels respectables que l'on retrouve les anciennes vertus des Germains, mais dégagées de leur férocité grossiere.

(6) Le vrai Batave a naturellement l'extérieur froid & réservé. Toujours en garde contre la subtilité des Etrangers qui, pour la plupart, ne viennent en Batavie que flétris par les loix, ou pour se soustraire au glaive de la justice dans leur patrie, ou pour faire des dupes, & l'honnête Batave craint d'en être trompé, après l'avoir été plusieurs fois. Mais qu'un homme de bien, dans l'infortune ou persécuté, vienne en Batavie, & s'y fasse connaitre pour ce qu'il est, jamais ailleurs il ne trouvera plus de bienfaisance & d'humanité, sans que l'on affecte avec lui la superbe ostentation des Anglais, ni leur humiliante générosité.

(7) Le faste, le luxe même est inconnu chez le véritable Batave encore aujourd'hui, malgré la corruption des Etats qui l'environnent, & quoique les Etrangers qui viennent s'établir dans la Batavie, & quelques Nationaux-même déja séduits par leur exemple fassent tous leurs efforts pour propager le luxe. Républicains vertueux, n'oubliez jamais que le faste & le luxe ouvrent la porte à la corruption des mœurs, & que tôt ou-tard, ils menent à l'Esclavage!

(8) Le Batave ne reconnait de Grands que ses Magistrats, & dans aucun pays il n'en est point de plus respectables, ni de plus respectés, lorsqu'ils sont vraiment patriotes.

(9) L'on

Pour que fon pavillon, ami de l'Univers,

Sillonnât librement la furface des mers.

Depuis bien des moiffons, le Démon des batailles

De l'Amftel fortuné refpectait les murailles:

Ses heureux Citoyens, aux tréfors de Plutus

Des vrais Républicains ajoutaient les vertus.

Chez eux la Bonne-foi, la fage Politique,

Préfidaient aux Confeils, guidaient la République,

Et tandis qu'autour d'eux, les flots enfanglantés

Frémiffaient à l'afpect de mille cruautés,

L'Amftel, heureux encor, tranquile & fans alarmes,

Voyait dans le lointain le tumulte des armes,

De

(9) L'on connait la noble fermeté de l'Ambaffadeur des Pays-Bas-Unis, van Beuning, à la Cour de Verfailles: *je fais ce que peut votre Maître*, difait-il au fuperbe Louvois, *& j'ignore ce qu'il veut.*

(10) Il eft naturel à un Pays commerçant d'aimer & de defirer la paix. Mais il ne fuffit pas de l'aimer & de la defirer, il faut fe mettre en état par des forces refpectables de n'en être pas privé, & de ne point fe voir infulté ni dépouillé par des voifins ambitieux.

De son bonheur présent savourait les douceurs,

Et pensait de Bellone éviter les fureurs. (1)

  Cependant à Windsor, l'implacable Discorde,

Apperçoit un ami, va le joindre & l'aborde.

C'était cet Amiral si fier en ses propos,

Dont le bras tout-puissant, foudroyait les héros :

Devant qui le Français, tremblant, dans le silence,

Conservait par respect la plus humble distance.

Enfin c'était Rodnei, (2) couronné de lauriers,

La terreur de l'Europe & la fleur des guerriers :

Il

(1) Soixante vaisseaux de ligne auraient certainement prolongé la durée de ce bonheur inestimable, envain la ville d'Amsterdam, ou Amstel-Dam, (*ce dernier mot sinifie digue*) demandait-elle que la République se mît à même de se faire respecter sur les Mers, l'Anglomanie prévalait.

(2) Le plus heureux de tous les Amiraux Anglais dans cette guerre est à coup sur Lord Rodney. Mais sa forfanterie continuelle, l'insolence de ses propos, la fausseté de tous ses rapports, le mépris insultant avec lequel il parle de ses adversaires, l'ont rendu odieux & méprisable-même aux ieux de tous les hommes qui savent apprécier l'honneur & le mérite militaire.

Il revenait vainqueur de ce combat célèbre,

Où vingt Vaiffeaux Anglais, fur les rives de l'Ebre,

Vainquirent noblement neuf vaiffeaux d'Arragon ;

Où le bon Langara (1) baiffa fon pavillon ;

Vit les Cieux méprifer fes prieres ferventes,

Et les airs enflâmmés par fes voiles fumantes

Difperfer fur les flots les débris malheureux (2)

Echappés au Vainqueur des Mortels & des Dieux.

                      ,, Ami,

(1) Le brave Langara eut la noble hardieffe de foutenir le combat contre l'Amiral Rodnei, quoique ce dernier eût le double de vaiffeaux de plus que lui. Sa défenfe fit même honneur à la marine Efpagnole. Le premier foin de Langara après fa prife, fut de s'informer du fort de deux très-vénérables Révérends Peres Capucins qui étaient fur fon vaiffeau, où on les regardait fans doute comme un autre *Palladium*. Il les recommanda avec la plus grande follicitude à l'humanité & à la bienfaifance connues de l'Amiral Rodnei. Un Général Français, dans de femblables circonftances, ne fe fût occupé que de fes foldats, & furtout de fes bleffés.

(2) Un Efpagnol, fe promenant après cette journée malheureufe avec un Officier de fa Nation le long des bords rians du Mançanarès, & l'entretenant du malheur de Langara, lui fit remarquer qu'aucun des Vaiffeaux Efpagnols qui portaient le nom d'un Saint, n'était tombé au pouvoir des Anglais, l'Officier lui repréfenta que la Sainte Dorothée était

                                  fau,

,, Ami, dit la Déeffe: en vain par ta vaillance,

,, Vas-tu voir à tes piés & l'Efpagne & la France,

,, Et l'Américain-même, au bruit de tes exploits,

,, Ceffer d'être rebelle au fceptre de fes Rois.

,, C'eft peu d'être héros; c'eft peu par fes proueffes,

,, D'effrayer l'Univers. Sans l'appui des richeffes

,, La vaillance n'eft rien; le mérite eft fans prix,

,, Il n'eft fouvent qu'un pas du triomphe au mépris.

,, Le fort à ta Valeur n'a pas joint la fortune;

,, Es-tu fait pour courir la carriere commune

,, Où l'Europe rougit de voir tant de guerriers

,, Trainer languiffamment des faifceaux de lauriers?

,, Non, non: un fort plus beau fe préfente à ta vue;

,, Saifis l'occafion que pour toi j'ai prévue:

,, Que

fautée en l'air avec tout fon Equipage. Eh! lui répondit le pieux Efpagnol, *Eft-ce qu'il ne vaut pas mieux fauter en l'air, que de tomber entre les mains des hérétiques.* Ce bon homme était encore du douzieme fiecle.

,, Que ton bonheur futur étonne l'Univers,

,, Comme tes hauts exploits épouvantent les Mers.

,, Vois le Batave ardent à groffir fa finance,

,, Son pays fans foldats, & fes ports fans défenfe :

,, Mille & mille Bretons, dont les cœurs font à moi, (1)

,, Par des propos obfcurs confpirent pour ton Roi ;

,, Trament en Batavie une brigue puiffante,

,, Pour aider d'Albion la force chancelante,

,, Te livrer des tréfors que l'œil ne peut compter,

,, Et dont Craffus (2) lui-même eût pu fe conténter.

,, Tu connais, mieux que moi, les maux de ta Patrie ;

,, Sous quels coups meurtriers fa fplendeur eft flétrie ;

,, Tirons de fon fommeil le Monarque indolent :

,, A mes avis fecrets, fache unir ton talent : (3)

,, Peins

(1) Elle était fûre de fon fait.

(2) Romain fi prodigieufement riche, qu'il levait & foudoyait des Armées nombreufes à fes dépens, & malgré fa fortune immenfe, il n'en était pas moins infatiable.

(3) La *Difcorde* fait peut-être ici une injure à Sir George,

Bridge,

„ Peins aux ïeux de ton Roi la conquête facile

„ D'un Pays habité par un peuple imbécile, (1)

„ Qui, content d'entaffer les plus pefans tréfors,

„ Ne veut, pour les défendre, effayer fes efforts. (2)

„ Dis-lui: fi le Deftin lui ravit l'Amérique,

„ Qu'il peut des Pays-Bas faifir la République: (3)

„ Sur les bords de l'Amftel qu'on n'attend que fes loix,

„ Et que la Nation femble oublier fes Droits.

La

Bridge, Rodnei. Elle ne lui parle que d'un talent. Ignorait-elle cette Déeffe, de combien de talens divers eft doué ce Grand Homme?

(1) La Difcorde elle-même n'oferait donner aux Bataves cette épitete infolente & fauffe, que dans le feul pays de l'Europe, où de tout tems elle eût fon plus glorieux Empire, & où l'on peut impunément, avec le Sieur Wraxhal, infulter tous les Souverains de l'Univers, & y être encore applaudi.

(2) Ce n'eft certainement pas la faute de bien des Régences, ni du Peuple des Pays-Bas-Unis, fi les Anglais les ont furpris dans un état de faibleffe incroyable à quiconque n'en aura pas été le témoin oculaire, quoique cette République eût entre fes mains tous les moyens poffibles par lefquels les Souverains favent fe faire refpecter.

(3) Ce projet était auffi bien vu, que celui de foumettre l'Amérique-Septentrionale par la force des armes, l'incendie, la dévaftation & les cruautés les plus atroces.

,, La Vérité, je penfe, eft pour toi peu de chofe.

,, Souvent aux vains Mortels un menfonge en impofe,

,, Et pour fe faire un nom qui mene à la Grandeur,

,, La Vertu fert bien moins que l'art d'être Impofteur.(1)

Ainfi parla le Monftre, & fa bouche infernale

Exhala fur Rodney cette vapeur fatale,

Qui couvre l'Univers d'un éternel poifon,

Et porte en nos climats la noire trahifon.

L'Amiral, ébloui par ces vaftes promeffes,

Supputant en fecret les immenfes richeffes

Que la Meufe & l'Amftel voient flotter fur leurs bords,

De fon génie ardent fait mouvoir les refforts.

Il aborde le Roi, communique à fon âme

De fon ambition la dévorante flamme;

Sait

(1) Vérité terrible, mais dont nous ne voyons malheureufement que trop fouvent de funeftes éxemples, dans toutes les
Cours de l'Univers, & que l'évenement vient encor de démontrer infaillible en Angleterre, par la nouvelle dignité dont le Roi
George a décoré Rodnei.

Sait flatter son orgueil par l'espoir de regner

Sur un peuple sans force & facile à gagner.

George, dont tous les pas vise la tirannie,

Qui voit ses vains desirs éteints en Virginie, (1)

Son trône chancelant, ses Etats en lambeaux,

Et la Honte ou la Mort poursuivre ses drapeaux,

Ecoute avec plaisir les discours de ce Traitre;

Sent renaitre l'espoir de commander en Maitre,

De regner en Despote, & de donner des loix

A ce peuple fougueux qui sait juger ses Rois; (2)

De l'Escaut jusqu'à l'Ems déployant sa puissance,

De remplir ses trésors, & de punir la France,

D'a-

(1) Par la prise de Cornwallis & de son armée, la suite précipitée du Judas Arnold, & la délivrance totale de cette riche & fertile contrée de la Tirannie de la Grande-Bretagne.

(2) L'on a reproché longtems, & la derniere postérité fera peut-être encor un crime à la Nation Anglaise de la mort sanglante de Charles I. Mais ce Régicide ne doit être reproché qu'aux Anglais qui vivaient sous Cromwel. Les habitans de Londres & de la Grande Bretagne en général, ont aujourd'hui des principes bien opposés, pour tout ce qui regarde les actions de leur Souverain.

D'avoir mal à propos (2) arrêté fes projets,

Et fait tomber les fers forgés pour fes fujets.

CHANT

(2) Jamais peut-être la Cour de France n'avait eu une politique plus faine & plus noble en même tems, que celle que dé-
ploye le Miniftere de Louis XVI. depuis l'avenement de ce Prince à la Couronne. L'on ne tarda pas à découvrir à Verfailles,
qu'à peine la derniere paix eût élevé la gloire & la puiffance Ephémeres de la Nation Anglaife, le premier principe, l'objet chéri des Miniftres Britanniques, furent dès lors, que
leur Maitre devint premierement despote en Amérique, pour
parvenir enfuite & par degré, à le rendre Monarque abfolu dans
tous fes Royaumes d'Europe, comme il l'était déja dans Hanover.
Mais la vaillante & l'heureufe réfiftance qu'oppofaient les Américains au joug que l'on voulait leur impofer; l'impoffibilité plus
que certaine, où la Cour de St. James paraiffait être de foumettre fes anciennes Colonies, devaient naturellement avertir la Cour
de France du danger qui la menaçait. L'Illuftre de Vergennes
ne pouvait ignorer que, malgré l'évidence prouvée par des faits
inconteftables, le Roi George voulait perfuader à fes peuples, à
l'Europe, & peut être à foi-même, que la France était le premier
agent, l'auteur principal, la caufe abfolue des mouvemens terribles
furvenus en Amérique contre fa tirannie, & que, par une conféquence naturelle de ces principes erronés, le Cabinet Britannique ne tarderait pas à tenter de punir la France, en fe dédomma-
geant fur fes poffeffions dans les deux Mondes, de la perte d'un
Continent immenfe qui lui échappait pour jamais. Auffi la France
remarqua dès le commencement de 1777. que la Grande Bretagne
préparait à la hâte une flotte de 43 vaiffeaux de ligne, & qu'elle faifait

G 3

des

CHANT SEPTIEME.

Dans ce Palais antique, (1) où les Rois d'Angleterre
Naguere se croyaient les Maitres de la Terre,

Est
des préparatifs, des armemens précipités ; que les Anglais étendaient
de tous côtés plus que jamais, leurs procédés arbitraires & tiranniques ; que les denis de justice les plus odieux se multipliaient
de plus en plus de leur part ; qu'ils manifestaient hautement leur
prétentions aussi absurdes qu'arrogantes. Toutes les Cours de l'Europe, toutes les Nations du monde, faisaient observer à la Cour
de Versailles la haute opinion que la Cour de Londres affectait
depuis longtems de sa Toute-Puissance, & le mépris insultant
avec lequel dans toutes les occasions, le Roi, la Cour, le Peuple,
le Parlement de Londres & souvent les Grands eux-mêmes, par-
laient des forces, de la richesse, & des ressources de la Nation
Française. *Louis* souriait dans le silence de son cabinet, lorsqu'il
examinait jusqu'à quel point les têtes Bretonnes s'exaltaient dans
leur idée innée & favorite que la Puissance Anglaise était supé-
rieure à toutes les nations, & qu'elle était même en état d'écra-
ser la France, quoique liée à l'Espagne, avec autant de facilité qu'un
jeune Anglais de dix-huit à vingt ans, croit, jusqu'au moment d'u-
ne expérience contraire, que seul il peut battre deux Français.
Cet étrange paradoxe est enseigné dans toutes les Ecoles en Angleterre, & donne sans doute une grande énergie au courage Britannique. Mais en France, l'on apprend à la jeunesse à estimer ses voisins
quand ils sont dignes d'estime, souvent à les plaindre, mais jamais
à les mépriser. Le Comte de *Vergennes* venait d'apprendre que l'I-
dole,

Eft un Réduit couvert, inacceffible au jour,

Ignoré d'Albion, (2) mais connu de la Cour. (3)

C'eft de là qu'on defcend, par des routes obliques,

En des lieux fouterreins, fous de hideux portiques,

Qu'é-

dole, l'Oracle de la Nation Anglaife, le *Lord Chatham*, s'était traîné au Parlement de Weftminfter, pour y expirer en criant *Paix avec l'Amérique, & guerre avec la Maifon de Bourbon,* quoiqu'il n'éxiftât plus en Europe de Maifon de ce nom. *Sartines* favait, qu'en conféquence de toutes ces idées, la Cour de St. James avait envoyé des ordres hoftiles aux Indes, longtems avant la Déclaration du Marquis de Noailles, & même avant la fignature du Traité du 6 Février 1778. Il était donc de la bonne politique & d'une fage prévoyance, que Louis XVI ceffât de repouffer les Vaiffeaux, les Armateurs & les Corfaires Américains ; de refufer toute liaifon politique avec le Congrès, malgré les inftances réitérées de fes Miniftres à Paris. Auffi conclut-il avec eux le magnanime, l'immortel Traité qui devait à jamais affurer l'Indépendance de l Amérique, & pour la premiere fois, la France ne fut pas dupe de la perfidie Anglaife.

(1) Le très-antique Palais de St. James à Londres.

(2) Peut-être ; en ce cas même, il n'eft pas douteux que, dans le Parlement d'Angleterre, & même dans la Chambre des Communes, il pourrait fe trouver encor quelques Membres, qui prouveraient aux deux Chambres affemblées que ce lieu fecret & obfcur eft conftitutionnel.

(3) Comme la Baftille eft connue de Paris & de Verfailles.

Qu'éclairent faiblement de finiftres flambeaux,

Dont la noire lueur regne fur des tombeaux.

Là, fi l'on en peut croire un Auteur anonime,

L'on punit la Vertu des châtimens du crime;

Et fouvent en fecret, d'illuftres Sénateurs,

Qui, méprifant des Rois les préfens corrupteurs,

Préferent leur devoir, & fervent leur Patrie,

Y terminent le cours d'une innocente vie,

Et leurs corps déchirés par d'horribles tourmens,

Sont jettés chaque nuit fous ces vieux monumens. (1)

   Au fond de cette obfcure & fanglante avenue,

S'offre une Déité, figure à demi nue,

Dont les attraits, brillant d'un éclat radieux,

Gagnent bientôt les cœurs, en fafcinant les ïeux.

C'eft

(1) Heureufement, fous ce regne on n'a pas vu beaucoup d'exemples de punitions femblables. Quelques Whigs ont cependant des craintes pour Mr. Fox, & ils ont établi des gardes fecrettes pour veiller à fa confervation. L'on en avait fait autant y a quelques années pour le fameux Wilkes.

C'eft la *fauffe Amitié*, (1) dont les dehors raviffent,

Qui promet fans tenir, & dont s'évanouiffent

Les propos gracieux & l'affabilité,

A l'afpect du revers où de l'adverfité.

Plus loin, fur un rocher qui couvre un précipice,

L'on apperçoit les traits de la *Candeur factice*. (2)

Une fauffe franchife, un fourire enchanteur,

Semblent vous découvrir tous les plis de fon cœur.

Mais bientôt, d'une main au crîme accoutumée,

Par une belle route & de fleurs parfemée,

Elle fait amener fes crédules Amans

En ce hideux féjour, & les livre aux tourmens.

En-

(1) Dans toutes les Cours du monde, cette Déeffe des Enfers, a des temples, des autels & de nombreux adorateurs.

(2) Cette Déeffe a peu de fuppliens dans la Grande-Bretagne,
& même à la Cour. Les Bretons, loin de fe contraindre aujourd'hui,
fe font gloire de paraitre tels qu'ils font, fous les traits les plus
brillans, & jamais leur vrai caractere n'a mieux paru que dans cette
guerre. Auffi les Archives du monde, & les Faftes de l'Amérique furtout, en conferveront-ils éternellement le plus tendre
& le plus refpectueux fouvenir.

G 5

Enfin, dans un sallon d'antique Architecture,

Où conduit dans le roc une noire ouverture,

La Sombre *Perfidie*, ornant ses Léopards, (1)

Sur des ruisseaux de sang, promene ses regards.

Des Traités les plus saints, des loix les plus sacrées,

Les feuilles, en lambeaux par ses mains déchirées,

Sont le jouet des vens, & couvrent tour-à-tour

Le lambris du Sallon, & les lieux d'alentour. (2)

    Ce Souterrein secret, cet affreux Sanctuaire,

Où jamais le Soleil ne darda sa lumiere,

Fut

(1) L'aigle était chez les Anciens l'oiseau favori de *Jupiter*; le Paon celui *de Junon*; des Cignes & des Colombes trainaient le char de *Vénus*, & de nos jours les Léopards sont les favoris de la *Perfidie*. Eux seuls ont le droit exclusif d'être attelés à son char. Cette Déité les traita long-tems avec la plus vive tendresse, à cause des services qu'ils rendaient à son Empire. De ses propres mains, elle leur ceignait la Couronne de quatre Royaumes, & leur passait au cou des guirlandes de fleurs ensanglantées il est vrai, mais entrelassées de feuilles de lauriers flétris de nos jours.

(2) A l'éxemple de Mahomet, on pourrait encor, du débris des Traités que l'Angleterre a violé, déchiré & foulé sous les piés de ses Léopards depuis plus de 600 ans, chauffer durant un mois les bains d'Aléxandrie.

Fut autrefois creuſé par l'ordre de Cromwel.

C'eſt là qu'il fit dreſſer l'abominable autel,

Où, ſur le corps fumant d'une Victime humaine,

Et s'ouvrant à l'envi tour-à-tour une veine,

Arroſant de leur ſang ce corps inanimé,

La perfidie au cœur, & le front enflammé,

Les Conjurés jadis, l'horreur de la Nature,

Prononcerent leurs vœux, & de leur bouche impure,

Se promirent l'un l'autre un mutuel ſecours,

Juſqu'à ce que leur Roi (1) vît terminer le cours

De ſes affreux malheurs & de ſa faible vie,

Sous le fer des bourreaux qu'armait la *Perfidie*,

Et que Cromwel, aſſis ſur le trône des Rois,

A l'Europe indignée oſât donner des loix.

De nos jours, les Tirans, ſous un manteau funebre,

Viennent y conſulter un Oracle célebre

Qui,

_____

(1) Charles Stuard I du nom.

Qui, de la *Perfidie* expliquant les leçons,

Contre la Vertu même éleve des foupçons. (1)

Rodnei, qui de fon Prince eft le guide fidele,

Le conduit en ces lieux, le foutient s'il chancele,

Et pliant les genoux & le front profterné,

Expofe le deffein qui l'avait amené.

A l'inftant du Tartare, une vapeur épaiffe,

S'éleve en ferpentant autour de la Déeffe,

Des bords du Phlégéton, les Volcans des Enfers,

Semblent vouloir percer jufqu'à notre Univers :

Cent Monftres effrayans, fous des formes horribles,

Commencent à l'envi mille combats terribles.

L'*Envie* & l'*Avarice* en leur hideux maintien,

Avec la *Perfidie* ont un long entretien.

A

(1) C'eft dans ce lieu fans doute, que Sir Hughes Pallifer trama le complot de la Conjuration contre l'Amiral Keppel, & que le fanatique Gordon médita les atrocités auxquelles devait fe livrer la vile canaille de Londres dont il fe déclarait le Chef illuftre contre les Catholiques Anglais.

A la fin, la Déeſſe ouvrant ſa bouche infame,

Vomit au même inſtant une ſanglante flamme;

Puis aux deux champions elle tient ce diſcours.

„ O Vous! qui de mes loix obſervates toujours (1)

„ Avec un zele ardent & l'eſprit & la lettre:

„ J'approuve vos deſſeins, & j'oſe vous promettre

„ Qu'un ſuccès éclattant couronnera vos vœux: (2)

„ J'en jure par le Stix, c'eſt le ferment des Dieux.

„ D'un timide voiſin, (3) ſûr de votre alliance,

„ Sous des dehors de paix, endormez la prudence:

„ J'ai ſemé dans ſon ſein de fideles Amis,

„Qui tiendront dans le tems plus qu'ils ne m'ont promis.(4)

„ La

(1) On peut l'en croire, c'eſt une Déeſſe qui parle.

(2) L'effet a complettement répondu à ces promeſſes divines.

(3) Il eſt ordinaire aux Anglais de regarder & de qualifier de timides, de lâches, tous ceux qui ne ſont pas de leur Nation.

(4) En ceci la Déeſſe prévoyait certainement l'avenir, & l'Europe voit encor aujourd'hui avec étonnement, combien la *Perfidie* était ſûre de ſes partiſans, & combien leurs efforts redoublés ont été au delà de ce que la *Perfidie* même pouvait en eſpérer.

„ La *Difcorde* ma fœur foutiendra notre ouvrage ;

„ Je connais fon adreffe ; armez-vous de courage :

„ Du Sénat & du Peuple achetez les foutiens : (1)

„ De molefter l'Amftel épiez les moyens :

„ Que de fes tonnes d'or, en faififfant la fource, (2)

„ Rien ne puiffe arrêter votre rapide courfe :

„ Comptez fur mes confeils : je vous infpirerai,

„ Volez d'un Monde à l'autre, & je vous y fuivrai.

Elle dit : & fouflant de fa bouche infernale

Sur nos deux profternés, une liqueur s'exhale,

Et descend dans leurs cœurs, les embrafe foudain,

Et des plus grands forfaits y pofe le levain.

Sûrs de leur Déïté, comptant fur fa puiffance,

Remplis de fon efprit, d'une avare efpérance,

Le Monarque & Rodnei, l'un fur l'autre appuyés,

Reprennent à pas lens les tortueux fentiers

Qui

(1) George & fon Miniftere étaient dans l'habitude de réus-
fir de ce côté, & il n'étaient pas embaraffés de fe procurer la
Majorité dans les deux Chambres de Weftminfter.

(2) Sans Louis XVI. cela eût été très poffible.

Qui mênent au féjour des Tirans & des crimes.

Ils vont y méditer les coupables maximes,

Les confeils ténébreux & les projets cruels

Que leur dicta le Monftre au pié de fes autels.

Dans Londres, la *Difcorde*, au comble de la joie,

A leurs deffeins pervers court préparer la voie.

Du Sénat & du peuple elle unit la moitié (1)

L'autre fent bouillonner fa vieille inimitié. (2)

Le Batave lui-même, artifan de fa perte,

Laiffait à la Difcorde une porte entr'ouverte,

Par où, fes vils Agens & leurs Fauteurs nombreux

Paffaient comme un éclair pour éblouir les ïeux.

La France, dans fon fein, fortunée & tranquille,

A ces Monftres divers refufait tout afile.

Ses

(1) Le parti du Miniftere toujours triomphant dans fa perverfité.

(2) Le parti de l'Oppofition, toujours vaincu, quoique il dé-
fendît la caufe de l'honneur & de la félicité de la Grande-Bretagne, la liberté de l'Amérique & les intérêts les plus précieux de
l'Humanité outragée.

Ses habitans, heureux par les foins d'un bon Roi,

Se laiffaient gouverner par le fceptre & la loi.

Et tandis qu'en fureur le Demon de la guerre,

Dans l'Inde & l'Amérique agitait fon tonnerre,

Au fein de l'abondance & d'une douce paix,

Ils fouillaient, en chantant, leurs fertiles guérets. (1)

Chaque mois dans leurs bourgs, le bruit d'une conquête

Ramenait les plaifirs d'un nouveau jour de fête,

Et le Ciel pour combler leur fortuné deftin,

Accordait à leur Pere, à leurs vœux un *Dauphin*. (2)

Des

(1) Le paifible Laboureur & le Vigneron laborieux, dans toutes les Provinces de France, ignoreraient encor que la Patrie eft en guerre avec Albion, fi les *Te Deum* redoublés ne venaient lui annoncer les conquêtes & les victoires des Troupes Françaifes, des Efpagnols & des Américains. Aucun nouvel impôt ne troublait leurs innocens plaifirs, & le troifieme Vingtieme que le Roi vient d'impofer, ne tombant que fur les Propriétaires & fur les Rentiers, ne deviendra poiat à charge aux cultivateurs aujourd'hui. Ceux mêmes qui en feront grévés, le paîront avec plaifir; attendu qu'en tems de guerre, où il faut fe battre en perfonne, ou, en payant ceux qui fe battent pour nous, racheter ainfi cette obligation indifpenfable à tout Citoyen.

(2) Cet évenement fi defiré, eut lieu le 22 d'Octobre 1781.,

entre

Du fleuve St. Laurent, au Golphe du Méxique,

La paix femblait encor regner en Amérique. (1)

Trois

entre neuf à dix heures du matin. Quelle plume pourrait peindre la joie du Roi, de la Cour, de la Ville & du Royaume entier à cette heureufe nouvelle ! Il fut un tems, où la naiffance d'un Dauphin femblait être un bienfait du Ciel, & le falut de l'Etat. Il n'en était pas ainfi du fils de Louis Seize. Le Comte d'Artois avait deux fils ; *Monfieur* pouvait fuccéder à fon frere, au cas que la France eût le malheur de perdre fon Roi. Mais le Royaume entier ne voyait dans le Dauphin naiffant, que l'objet du tendre defir de fon Pere, qui était tout-à-la fois le meilleur des Freres, des Epoux, & des Rois. Le bonheur du plus vertueux homme de la Cour, devint en ce moment la félicité publique, par l'efpoir de voir prolonger fur le trône les Vertus fi rares d'un Roi citoyen.

(1) Tandisque l'Angleterre était écrafée fous la maffe des impofitions publiques ; que la moitié de la Nation s'enrichiffait au depens de la partie la plus faine, l'Amérique fortunée & tranquille, où les Anglais & les Toris ne pouvaient pénétrer, jouiffait d'un bonheur inexprimable. Envain la perfide Albion avait-elle contrefait le papier-monnaie des Américains pour le décréditer, le Congrès avait coupé le mal par la racine en fupprimant ce papier monnaie. L'Agriculture fleuriffait, les Anglais même, en devenant prifonniers des Etats, s'empreffaient d'en défricher & d'en cultiver le fol pour jouir de la liberté, les guinées d'Albion fe répandaient de toutes parts. L'union la plus intime, la confiance dans les Chefs, le refpect des Treize-Etats pour le Congrès, les fecours de la France, & jufqu'aux Garnifons Anglaifes-mêmes,

H

tout

Trois ou quatre Cités, dans les fers d'Albion,

Seules voyaient flotter son affreux pavillon.

Leurs Citoyens courbés sous un joug qu'ils déteſtent,

Renferment dans leur ſein les ſeuls biens qui leur reſtent,

L'Amour de la Patrie & l'horreur des Tirans.

Autour de leurs foyers, cent Tigres dévorans (1)

Chaque jour affamés ; d'une ongle ſanguinaire,

Y raviſſent le pain que les ſoins d'une Mere

Deſti-

tout enrichiſſait les treize Républiques, tandisque leurs Corſaires & les frégates ſous le pavillon Américain, allaient faire des priſes immenſes, & répandre la terreur juſques dans le cœur de l'Ecoſſe & de l'Irlande.

(1) Il faut excepter des monſtres qui ont déſolé l'Amérique en ſe rendant maitre de ſes villes, les Heſſois, & le Chevalier Clinton. Ce Commandant en chef mérite les plus grands éloges, à raiſon de la probité, de l'honnêteté, de la bonté-même, avec lesquelles il a traité Charles-Town & les Citoyens Français domiciliés dans le ſein de cette belle ville. Il eſt vrai qu'il a voulu les engager à prêter ſerment de fidélité au Roi George, mais loin de leur faire violence à cet effet, il a ſigné de ſa main la conſervation de leur propriété, leur a fait avoir par ſes troupes tous les égards imaginables, & en leur permettant de retourner en France, il leur a fourni un bâtiment parlementaire que ſes ordres ont fait reſpecter juſqu'à Rochefort.

Deftinaient à nourrir fon déplorable fruit.

La Beauté vertueufe, affife en un réduit,

Y tremble à chaque inftant, y vit dans les alarmes,

Et redoute qu'un monftre, infultant à fes larmes,

Ne vienne lui ravir fon unique tréfor,

Et couronner fon crîme en lui donnant la mort. (1)

    Mais hors de ces remparts, gardés par des barbares,

Où regnent les forfaits, où les Vertus font rares,

Des Treize-Etats-Unis dans le vafte contour,

L'on voit partout briller l'abondance & l'Amour.

Tous les Dieux à l'envi, fur ce terrein fertile,

Se plaifent à verfer l'agréable & l'utile.

Les coteaux, les vallons, les plus riches guérets

Tous les ans font chargés des tréfors de Céres.

Sur un trône fanglant, mais rayonnant de gloire,

Ombragé de lauriers aquis par la Victoire,

L'au-

(1) Que l'on n'attende pas des explications pour ce paffage.
Ici le cœur frémit, l'ame fe révolte, la plume & les pinceaux
refufent leur miniftere.

H 2

L'augufte Liberté, fiere de fes exploits,

Contemplait fon Chef-d'œuvre affermi par les loix.

Les drapeaux d'Albion, fes armes menaçantes,

Ses canons, fes mortiers, fes dépouilles fumantes,

Ramaffés & conquis, confufément épars,

De la Liberté-même égayaient les regards.

Mille & mille troupeaux de Léopards féroces,

Mufelés, enchaînés pour leurs crimes atroces,

Mordent en rugiffant le frein qui les faifit,

Mais tremblent à la voix qui les panfe & nourrit.

Plus loin, des corps nombreux de ces vils Satellites

Qui, par la foif de l'or, arrachés aux limites

Où la Heffe fe joint aux rives du Wéfer,

Vendus par un Defpote (1) & livrés fur la Mer

Aux ordres du Tiran de toute l'Amérique,

Se voyaient protégés par cette République

Dont leur fer prétendait enfanglanter le fein.

Vaincus ou déferteurs, mais changeant de deffein,

Ac-

______

(1) Nous fupprimons toutes les réflexions que nous infpire la conduite du Landgrave de Heffe, l'Europe l'a jugé.

Accueillis, fecourus, traités comme des freres,

Ils avaient abjuré leurs fermens fanguinaires,

Et cultivant en paix un fol vierge & fécond,

Nouveaux Américains, déteftant Albion,

Ils béniffent les Dieux, dont la main Vangereffe

Daigna brifer les fers qui chargeaient leur jeuneffe,

En tournant leurs poignards vers ces mêmes Tirans,

Dont ils devaient aider les monftres dévorans.

CHANT HUITIEME.

Bientôt la Perfidie, accourant à St. James,

Y vient donner avis de fes projets infames;

Y trouve le Confeil pret à fuivre fa voix,

Et les efprits d'accord pour la premiere fois.

Sur la plaine liquide, alors fans défiance,

Protégé par Neptune & par fon innocence,

Voguait paifiblement le plus grand des vieillards.

Né dans la Caroline, il orna fes remparts

De

De trente ans dé vertus, de talens & de gloire.

Laurens (1) était son nom : les Fastes de l'Histoire,

La voix de l'Amérique, & nos derniers neveux

Ne tariront jamais sur ses faits généreux.

Pour mieux connaitre, hélas ! l'un & l'autre hémisphere,

S'y délasser en paix, accroitre ses lumieres,

Il vènait en Europe étudier nos mœurs,

Rire de nos travers, & gagner tous les cœurs.

L'Au-

(1) Le Sieur Henri Laurens, natif de Charles-Town dans la Caroline Méridionale, ci-devant Président du Congrès, passait dit-on, en Hollande en qualité d'Envoyé des Etats-Unis près la République des Pays-Bas-Unis, sur le Brigantin le *Mercury*, Paquebot de Philadelphie à Amsterdam, lorsque ce petit bâtiment fut pris à la hauteur de Terreneuve, par la frégate Anglaise la *Vestal*, commandée par le Capitaine Keppel. M. Laurens avait avec lui son sécrétaire. La prise de cet illustre Vieillard parut si considérable à l'Amiral Edwards qui commandait à Terreneuve, qu'il dépêcha sur le Champ la *Vestal* à Londres, pour donner avis de cette prise au Gouvernement, & transporter les prisonniers en Angleterre, avec les papiers importans de M. Laurens. La malle qui les contenait avait effectivement été jettée à la Mer, mais faute de précautions elle avait surnagé, & le Capitaine Keppel s'en empara. La *Vestal* en arrivant, fut forcée de laisser M. Laurens malade à Darmouth, où il était très-étroitement gardé, très-mal servi, & encor plus mal-traité.

L'Aurore avait fait place au Dieu de Zoroaftre:

Et déja l'on voyait tous les feux de cet Aftre

Qui féconde la terre, & dore nos coteaux,

Embrafer l'horifon, & brillanter les eaux.

Le vaiffeau, qui portait le vieillard vénérable,

Fendait le fein des flots fous un vent agréable:

Et des mers de l'Europe en cotoyant les bords,

Il allait du Texel reconnaitre les ports.

La noire Perfidie envoit, au moment même,

Un de fes fiers fuppôts (1) avec l'ordre fuprême,

D'arrêter, de faifir l'illuftre Américain,

Et de le forcer même à rebrouffer chemin.

Auffitôt, fur les mers, le barbare Corfaire

Fait voguer l'aviron d'une courfe légere:

Il atteint le vieillard, (2) l'infulte en l'abordant,

Lui ravit fes papiers, (3) l'enchaine en defcendant

Sur

(1) Le Capitaine Keppel à bord de la *Veftal.*
(2) L'honorable Henri Laurens Ecuyer, ci-devant Préfident

H 4 du

Sur les bords fablonneux qu'arrofe la Tamife, (4)

Et malgré ces rigueurs, & malgré fa furprife,

Le

du Congrès en Amérique, fut atteint le dix d'Augufte 1780, au moment qu'il fe croyait le plus en fûreté. Il ferait difficile, felon le Droit des Gens, d'expliquer fur quels fondemens M. Laurens fut arrêté comme Prifonnier d'Etat. Mais depuis longtems les Anglais ont une jurifprudence qui n'eft propre qu'à eux. C'eft pour fe conformer fans doute à leurs procédés honorables fous le regne paffé, qu'ils ont voulu, fous George III., en renouveller les traits glorieux. Il eft bon de fe remettre ici fous les yeux la furprife & l'enlevement du Maréchal de Belle - Ifle & de fon frere le 20 Decembre 1744. Après que les Armées Françaifes eurent pris leurs quartiers d'hiver, ces deux Seigneurs, au lieu de revenir à Paris, partirent du Camp avec une fuite nombreufe. Le premier était, dit-on, chargé de quelques négociations auprès des Puiffances du Nord, relativement à la ligue de Francfort. Ils fe rendirent d'abord, auprès de l'Empereur Charles VII.; de-là, traverfant, pour aller à Berlin, un petit territoire dépendant de l'Electorat de Hanovre, près d'Elbingerode, ils furent arrêtés & conduits en Angleterre, où l'on les rétint jufqu'au mois d'Augufte 1745. La Cour de Londres allégua pour colorer un procédé fi révoltant, que le Miniftre Français n'avait point de paffeports, & que le Roi de France venait de déclarer la guerre au Roi de la Grande-Bretagne, dans l'Electorat duquel le Maréchal fe trouvait. Mais le Roi de Pruffe avait dans tous ces pays-là, pour la communication de fes Etats, des bureaux de pofte qui, par une convention établie entre les Princes d'Allemagne, font toujours regardés comme neutres & inviolables. C'était violer cette convention, & faire une infraction aux Droit des Gens.

En

Le Vieillard outragé conserve le sang-froid,

Sa douceur naturelle, & marche sans effroi. (5)

Ainsi,

En outre le Duc de Belle-Isle était Prince de l'Empire; sa mission était vers l'Empereur & l'Empire. C'était une seconde violation du Droit des Gens, & une atteinte injurieuse aux prérogatives des Ambassadeurs dans toute l'Europe, & une violation manifeste des Constitutions de l'Empire. En d'autres tems l'Electeur de Hanovre eût été lui-même mis au ban de l'Empire, pour cette insulte faite à son Chef, en la personne d'un Ambassadeur envoyé vers sa Majesté Impériale, avec qui le Roi George n'était point en guerre, & le Roi de Prusse n'était pas moins insulté, mais alors, il voulut l'être impunément. La France, loin de faire l'éclat qu'exigeait l'importance de ce grief, eut la faiblesse d'offrir de regarder le Maréchal comme prisonnier de guerre, & selon le cartel, de payer pour sa rançon 500000 livres, somme convenue en 1743 pour la rançon d'un Maréchal de France. Le Ministere Britannique éluda ces offres pressantes par un nouvel outrage. Il déclara qu'il regardait Messieurs de Belle-Isle comme *prisonniers d'Etat.* Il est inutile de faire aucun raisonnement sur un procédé si extraordinaire & sans exemple. La détention de M. Laurens sert de pendant à l'acte injurieux dont nous venons de parler. En effet sous quelque point de vue que l'on regardât ce vieillard vénérable dans le cabinet de St. James, le Roi d'Angleterre n'avait aucun droit de le constituer prisonnier. Comme passager sur le *Mercury,* M. Laurens ne pouvait être arrêté. Du moins toute les nations en usent ainsi, & la France & les Américains dans tout le cours de cette guerre n'ont pas fourni une seule occasion d'user de représailles à leur égard. Secondement, si George III. regardait M. Laurens comme Ambassadeur du Congrès, envoyé vers les Etats-Généraux des Pays-Bas-Unis, la personne de ce

Mini-

Ainſi , voit-on ſouvent la Brebis innocente

Suivre ſon aſſaſſin , ſans la moindre épouvante.

Tel

Miniſtre, revêtue d'un caractere public, devenait ſacrée ; en le ſaiſiſſant, c'était encor violer le Droit des Gens. Mais ces deux raiſons n'étaient d'aucun poids ſur l'eſprit du Cabinet Britannique. M. Laurens avait été Préſident du Congrès, il ſavait les principaux ſecrets de cette illuſtre Compagnie, on le diſait chargé de papiers importans ; ſa détention pouvait tout à la fois le punir, lui arracher des ſecrets précieux aux Anglais, & fournir d'amples inſtructions par les documens dont il était porteur.

(3) M. Laurens, au moment qu'il vit ne pouvoir abſolument échapper à la pourſuite de la *Veſtal* qui le chaſſait, jetta dans la Mer la caſſette qui renfermait tous ſes papiers, mais la précipitation avec laquelle on le fit, fut malheureuſement cauſe qu'elle ſurnageât, & un Matelôt la ſauva en plongeant.

(4) On le fit debarquer à *Dartmouth*, où il fut forcé de ſéjourner, parcequ'il ſe trouva ſi indiſpoſé, que malgré la férocité de ſes conducteurs, ils crurent ne pouvoir ſans danger, lui faire continuer ſa route vers Londres.

(5) Mr. Henry Laurens, l'un des plus grands & des plus excellens hommes qu'ait produit l'Amérique, avait déja donné des preuves de fermeté & de modération, lorſque les troubles éclaterent ſur le continent, leſquels firent un bonneur infini à ſa ſageſſe. La maiſon qu'il occupait à *Charles-Town* fut ſouvent inveſtie de nuit par la multitude qui, le regardant comme dévoué au Gouvernement Britannique, voulait l'immoler avec ſa famille à ſon juſte reſſentiment. Laurens alla au devant des ſéditieux. *Voila votre victime*, leur dit-il, parlant de lui-même, *prénez mon ſang ; mais épargnéz celui de ma famille qui ne vous a fait au-*

Tel parut Coligni fous le fer des bourreaux :

Laurens n'eft pas moins grand dans l'horreur des cachots.(6)

C'eft

aucun mal. M. Laurens n'époufa les intentions de l'Amérique, que lorfqu'il eût appris, en Angleterre même, que la Cour de *St. James* méditait le plan que l'on regarde aujourd'hui comme le *Suicide* de la Puiffance Britannique. Cette découverte le détermina à embraffer la caufe de l'Amérique avec autant de modération, d'honneur, que de fageffe. Il l'a foutenue avec toute la douceur de la colombe, la fageffe du ferpent, & la voix de l'Amérique entiere crut devoir la placer à la tête du Congrès.

(6) Mr. Laurens quelques jours après arriva à l'Amirauté dans une chaife de pofte. Il était confié à la garde du Lieutenant de la Fregate la *Veftal* qui l'accompagnait. On donna fur le champ avis de fon arrivée aux Secrétaires d'Etat qui le mirent fous la garde de deux meffagers du Roi avec une efcorte de dix hommes commandés par un fergent. Le lendemain il fut conduit au bureau du Lord *Germain*, & fubit l'interrogatoire en préfence de tous les Miniftres qu'il étonna par fa fermeté. Il fe retira, & fut immédiatement après conduit à la Tour Londres fous la même efcorte. L'on ne peut rien ajouter aux indignités, à la barbarie avec lefquelles ce vieillard vénérable fut traité. On lui refufa non feulement de l'encre, des plumes & du papier ; mais on pouffa l'inhumanité jufqu'à repouffier de la porte de cette prifon d'Etat, le fils-même de cet illuftre prifonnier. Pour fe faire une efpece de journal dans fa prifon, *Mr. Laurens* fut contraint d'abord, de crayonner fes idées fur les murailles enfumées de fa chambre : enfuite, ayant obtenu un livre, il écrivit fur les marges les réflexions qui lui venaient. L'Auteur de cet ouvrage a tenu dans fes mains ce journal déplorable.

C'eſt peu que d'Albion la coupable injuſtice

Maltraite l'Innocence au gré de ſon caprice :

C'eſt peu que l'Univers, à ce nouveau forfait,

Montre ſa juſte horreur, le plus tendre regret :

Bientôt la Perfidie, en malices féconde,

Par un crîme plus grand, vient étonner le Monde.

Elle feint un Traité, des complots odieux.

La Diſcorde apperçoit des plans inſidieux,

Par leſquels, le Batave & les hordes rebelles,

Formant des liaiſons tendres & fraternelles, (1)

A

(1) On n'a pas été ſurpris que l'Angleterre, ſans aucune raiſon plauſible, ſans prétexte équitable, ait rompu ſubitement avec les Pays-Bas-Unis. C'eſt la quatrieme guerre qu'elle leur déclare depuis l'établiſſement de la Republique. Et cette guerre n'eſt pas moins injuſte, que les autres : car il n'arrive gueres, que dans ces ſortes de conteſtations, l'aggreſſion & l'iniquité ſoient du côté de la puiſſance la plus faible. Le Roi d'Angleterre ſe plaint d'un traité fait avec les Américains. Mais ce Traité n'était que l'ouvrage de quelques Régens d'une ville particuliere. Bien loin d'être autoriſés d'une ſanction légale, il n'était pas même connu du reſte de la confédération. Il ne devait ſortir ſon effet que dans le cas où l'Indépendance de l'Amérique ſerait reconnue par

l'An-

A George, à ses Etats portaient les derniers coups.

Rodnei court au Monarque, embrasse ses genoux :

Il

l'Angleterre elle-même, qui, souvent depuis le commencement des troubles, avait traité avec les Etats-Unis, pour ainsi dire comme independans. Il était singulier qu'on declarât la guerre à la Republique, parcequ'un Magistrat d'une ville seule avait fait avec un Américain, ce que les Ministres Anglais avaient souvent fait avec les Agents-même du Congrès. Il serait singulier que la Grande-Bretagne & les Pays-Bas-Unis dussent s'égorger mutuellement, parceque deux Patriotes aussi distingués que *Mrs. van Berckel & de Neuville*, en servant leur patrie, ont déplu, par cela même au Roi George III. Ce Prince se plaignait, que les sujets & les vaisseaux de la République Batave, saisaient un commerce de contrebande, & même avec les Américains rebelles : mais, *les Etats-Généraux* n'approuvaient ni l'un ni l'autre ; & devaient-ils sévir contre leurs sujets coupables de ces prétendues prévarications, lorsque sous les ïeux du Roi & du Parlement d'Angleterre, les sujets de ce Royaume, étaient eux-mêmes les contrebandiers & les marchands qui frétaient, chargeaient & saisaient conduire à leur destination les vaisseaux appartenans aux sujets de la Republique Batave ? La Cour de Londres faisaient sonner bien haut l'admission des corsaires & des vaisseaux Américains dans les Ports de la Republique, & notamment ceux de l'illustre *Paul-Jones* au Texel ; mais tous ces vaisseaux & ce brave Marin, n'y venaient-ils pas sous le pavillon de France & munis de documens, ou de commissions des Amirautés de cette Couronne ? Le Ministre Anglais exigeait les secours stipulés par le Traité d'Utrecht ; mais ils n'étaient exigibles que dans le cas où l'Angleterre serait attaquée, & son audacieux despotisme avait le premier

Il lui peint de l'Amſtel la noire ingratitude:

Il lui dit que jadis, ſi, de la ſervitude (1)

Le

mier attaqué la France, & provoqué mille fois tout l'Univers.
N'était-il pas encore abſurde, ou n'était-ce pas le comble du mépris,
que de ſuppoſer les Etats Généraux aſſéz dépourvus de bon ſens,
ou aſſes aveugles en politique, pour, en accordant ces ſecours
ſans neceſſité, s'attirer & ſur eux & ſur leur Republique, les armes
des Puiſſances ennemies de la Grande-Bretagne? D'ailleurs était-il
décent que les Etats Bataves ſeuls, priſſent la défenſe des cruels
Léopards, tandis que tous les Princes de la Terre étaient devenus
leurs ennemis, & que les trois Aigles de l'Europe applaudiſſaient
à leur humiliation? Que d'outrages les Bataves n'avaient-ils pas
reçu de la feroce Albion! & les Anglais étaient encor aſſes bas,
pour venir lâchement implorer l'aſſiſtance de ces honnêtes voiſins,
dont le cœur ſaignait depuis ſi long-tems des bleſſures impardonnables que leur avait fait la barbarie Brittannique?

(1) Il eſt vrai que l'Angleterre ſoutint la Republique dans ſon
berceau, contre ſes anciens Tirans; mais l'Europe & les Bataves ſurtout, n'ont pas encore oublié à quel prix leur fut vendue
cette protection tirannique. Depuis cent deux ans, l'Angleterre elle-même a reçu des Pays-Bas-Unis dés ſervices multipliés
& inappréciables, ſans que l'ingrate, l'injuſte Albion puiſſe arguer
un ſeul ſervice eſſentiel qu'elle leur ait procuré en retour. C'eſt
le bras, l'argent & les vaiſſeaux Bataves qui, l'an 1688, délivrerent les Anglais de l'eſclavage, en chaſſant leur Tiran, rétablis-
ſant leurs Loix, ſoutenant leur Réligion, & reculant bien loin
les limites des Libertés Britanniques, par l'élévation du Prince
d'Orange. C'eſt à l'Union Belgique, que le Roi d'Angleterre
doit ſa triple couronne, en établiſſant ſur le trône une famille
étran-

Le Batave à fes piés vit le poids de fes fers;

Si de fon exiftence il étonne les mers,

C'eft le bras d'Albion qui fonda fa puiffance:

Que les liens facrés d'une étroite alliance

Uniffaient la Tamife aux rives de l'Amftel:

Mais que, foulant aux piés un ferment folemnel,

La Hollande, en fecret, par de bas artifices,

Pour prix de fes bontés, après tant de fervices,

A des traitres comme elle, uniffait fes deftins,

Et que la preuve même était entre fes mains. (1)

Le Monarque, à ces mots, tréfaille d'allégreffe:

Il admire Rodnei, l'embraffe avec tendreffe:

Il change en vérités les plus faibles foupçons,

Et de la Perfidie il connait les leçons.

II

étrangere; & par reconnaiffance, il a accumule les injures fur la tête de fes plus grands bienfaiteurs, & ne defire rien moins que leur ruine totale!

(1) Il voulait parler de la caffette de M. Laurens.

Il affemble auffitôt fon confeil ordinaire,

Le Généreux *Stormond*, *Sandwich* le débonnaire ;

Germaine aux grands talens, & *North* l'induftrieux,

Le jufte *Pallifer*, & presqu'au milieu d'eux

Empreffé d'y briller, *Arnold* vient prendre place.

La noire trahifon, la Difcorde & l'audace

La Perfidie obfcure & cent Monftres divers,

Quittant, pour le Confeil, les rives des Enfers,

Près du trône & du Roi viennent groffir la foule.

Dans leurs bruyans avis un tems fort long s'écoule :

Enfin George eft content : l'on penfe comme lui :

Rodnei, l'Enfer, les Dieux vont lui fervir d'appui.

Sur fon front fillonné pofant le diademe,

Auffitôt à Rodnei, par un ordre fupreme,

Il ordonne d'armer de nouveaux bataillons :

De hiffer à l'inftant fes anciens pavillons :

Et partout du Batave attaquant les frontieres

De faifir fes vaiffeaux fur les deux hémifpheres. (1)

George

(1) Jamais ordre barbare & perfide ne fut mieux exécuté. Il

fortit

George annonce à fa Cour les horribles projets

Dont le perfide Amftel menace les Anglais;

L'honneur des Léopards en demande vengèance;

Il faut de tels complots étouffer la naiffance,

Et laver cet affront dans le fang criminel.

La Cour inftruit la Ville, & cet ordre cruel

Reçoit de toutes parts (1) un éloge autentique;

Tous demandent vengeance, & de la République

Que

fortit de la Cour de St. James le 20 Décembre 1780 par un Manifefte, des Lettres de marque & de répréfailles contre les fujets des Pays-Bas-Unis.

(1) Le Corps de ville & la populace de Londres applaudirent hautement à la Déclaration du Roi contre les Pays-Bas-Unis. Les *houzées* furent pouffés avec entoufiafme. Il n'en fut pas de mê‑ me au Parlement. En effet, après que le Vicomte Stormond eût fait à la Chambre des Pairs l'énumération fauffe, exagérée de tous les griefs prétendus qui avaient determiné la Cour de St. James à prendre des mefures hoftiles contre la République, & qu'il n'eût pas roûgi de dire : *qu'après cet expofé fuccinĉt, il ne devait pas craindre que les fentimens fuffent partagés fur la requête d'ufage de préfenter les remercimens de la Chambre à S. M., à raifon de fon gracieux meffage, &c.* Le Duc de Richemond lui répondit : ,, le noble Lord au Ruban vert fe trompe, s'il croit ,, que les fentimens ne feront pas partagés fur cette affaire, qui, fi

I

elle

Que l'or & les moiſſons, les iſles, les remparrs,

Tombent d'un pole à l'autre aux piés des Léopards.

Tel

„ elle était approfondie comme elle devrait l'être, réunirait contre
„ lui les ſentimens de tous les nobles Lords qui compoſent cette
„ aſſemblée. Dans l'énumeration des torts des Pays-Bas-Unis, le
„ Vicomte fait entrer les complots du Penſionnaire *van Berckel:*
„ on lui demande des papiers qui fourniſſent la preuve de ces com-
„ plôts, & il répond qu'il n'a point de papiers : ..... l'on a mis
„ un menſonge à la bouche de S. M., en lui faiſant dire dans ſon
„ manifeſte : *qu'une faction dominante en Hollande avait conclu un*
„ *Traité avec les Américains ;* cette aſſertion eſt une fauſſeté dé-
„ mentie par le titre même de ce qu'on appele un Traité : ce titre
„ n'annonce que l'esquiſſe imparfaite d'un traité, qui, en telle cir-
„ conſtance donnée, pourrait avoir lieu entre les Etats-Généraux
„ des Pays-Bas-Unis, & les Etats-Unis de l'Amérique Septentrio-
„ nale. A la ſimple inſpection du titre, il eſt évident que le Traité
„ n'exiſte pas. Son projet exiſtait dès le 14 Sept. 1778, preuve
„ plus forte encore qu'il n'exiſtait qu'en projet, & ne devait avoir
„ lieu que dans telle circonſtance donnée, puisque cette circonſtan-
„ ce n'ayant pas lieu, le projet a dormi pendant plus de deux ans
„ &c. &c. &c." Envain le Duc de Chandos ſoutint & la conduite
de la Cour, & que cette guerre *était un évenement dont jamais
aucun autre n'avait cauſé une ſatisfaction ſi univerſelle,* & que
jamais guerre n'avait été ſi populaire, &c. &c. Le Marquis de
Rockingham, le Comte de Coventry ſe déclarerent hautement contre
*cette univerſalité d'applaudiſſemens, & cette popularité mépriſa-
ble.* Mais aucun ne parla d'une maniere plus éloquente, plus
énergique, plus ironique & plus forte, que le Comte de Shelburne. Nous ne pouvons nous empêcher de rapporter quelques

frag-

Tel est des Souverains le destin déplorable,

Que, sage ou dangereux, légitime ou coupable,

Leur

fragmens de son discours. „ On était accoutumé à l'étonnement, dit le Comte; l'Administration actuelle avait familiarisé la Nation avec le plus étrange des sistemes, mais l'habitude elle-même s'est trouvée en défaut, lorsque l'on a entendu parler pour la premiere fois du dernier manifeste. Ce n'est plus l'esprit qui est étonné : c'est la raison-même qui se trouve confondue ; ce n'est pas tel parti, ce n'est pas tel autre, qui dit : *je n'y conçois rien* : c'est le monde entier qui s'écrie : *je ne le comprends pas!* Une guerre avec la Hollande! en vérité on a de la peine à en saisir l'idée, & s'obstiner à y penser, c'est chercher à se priver volontairement de l'usage des sens. Les facultés de l'entendement humain ne se prêtent pas à la conception de l'inconvenable : s'occuper de ce sujet, c'est méditer sur l'infinité de l'espace, & s'y perdre en cherchant à la concevoir. . . . . Je suis bien éloigné de penser que les Hollandais soient les agresseurs ; on a posé en fait que les Puissances qui gouvernent la Hollande avaient conclu un Traité avec l'Amérique. . . . Voici, à ce qu'il me parait, comme on a raisonné : à peu-près comme *Périclès*, en parlant de la Grece gouvernée, disait-il, par son fils. — la Hollande est gouvernée par Amsterdam, Amsterdam est gouvernée par un Conseil, le Conseil par le Pensionnaire *van Berckel*, *ergo*, le Pensionnaire *van Berckel* ayant fait un Traité qu'il appelait : *Esquisse imparfaite d'un Traité qui pourrait avoir lieu dans telles circonstances*, ce sont les Puissances qui gouvernent la Hollande qui ont fait un traité ! C'est d'après cette belle conclusion, que nos Ministres ont rompu brusquement avec notre ancienne alliée; ils nous disent positivement que c'est parceque les Hollandais ont conclu

un

Leur vouloir, en tout tems, eſt partout applaudi.

Qu'il eſt rare à la Cour de trouver un Sulli! (2)

George

un Traité avec l'Amérique, que S. M. s'eſt déterminée à leur faire la guerre: la choſe examinée, il ſe trouve que les Hollandais n'ont pas même ſongé à conclure un Traité, qu'ils ne ſont jamais entré en négociation avec qui que ce ſoit dans la vue de conclure un Traité, qu'en un mot, il n'y a eu de négociation qu'entre Mr. van Berckel, & une perſonne qui a dit être autoriſée par le Congrès à traiter avec lui. Il eſt inconcevable que l'on puiſſe ſe laiſſer aveugler par la prévention, au point de vouloir trouver un Traité où il n'en a jamais éxiſté. . . . . Nous déclarons la guerre au meilleur de nos alliés, d'une maniere ſcandaleuſe & contraire à la foi qui doit être obſervée parmi les Nations; nous nous emparons de ſes vaiſſeaux, de ſes marchandiſes, de ſa propriété privée! . . . C'eſt l'intention ſeule que nous puniſſons. D'ailleurs, combien de choſes n'y aurait-il pas à dire en faveur du Penſionnaire *van Berckel*, en prenant l'intention pour le fait, & en ſuppoſant qu'il a traité, lorsqu'il ne faiſait que concevoir la poſſibilité d'un Traité? . . . . Il pourrait obſerver que, dans le cas d'un Traité effectif, il n'aurait traité avec les Américains, qu'après que leur Indépendance était en quelque ſorte reconnue par nous-mêmes, & que ſon Traité, ſi l'on veut l'appeler ainſi, ne devait opérer qu'après que les autres Puiſſances de l'Europe auraient reconnu cette même Indépendance. Voila ce que dira le Penſionnaire . . . . . . les Miniſtres nous diſent que les Etats-Généraux ont renvoyé un de leurs Mémoires *ad referendum* . . . . . il eſt de notoriété publique que les Etats n'ont demandé que du tems; or, quiconque connait la Conſtitution *Batave*, ſait qu'il n'y a rien au monde de ſi lent que ſes Conſeils; indépendamment

de

George avale à longs traits une indigne louange :

Des Courtisans pervers la mobile phalange,

Ré-

de cette lenteur inféparable des formalités prefcrites par la Conftitution, le caractere national n'eft rien moins que précipité: le
Hollandais n'eft pas accoutumé comme nous à agir, à finir par
penfer : il penfe d'abord, il réflechit, délibere de fang-froid,
comme font les hommes fages dans tous les pays,&c. &c. &c." ——
Les meilleures têtes de l'Oppofition prirent, avec la chaleur qu'infpirent la vérité outragée & la perfidie la plus noire, le parti des
Bataves. Mais telle était la prévention funefte de la Chambre,
que la conduite de la Cour fut approuvée à la pluralité des voix,
& que neuf Pairs feulement firent & laifferent leurs proteftations
fur le bureau. Dans la Chambre des Communes, la juftice, la
vérité & la raifon furent auffi réduites au filence, fous l'influence
corrompue d'un Miniftere infenfé.

(2) Le Roi de France *Henri IV*, avait fait une promeffe de
mariage à *Mlle. d'Entragues*. Ce Prince, qui n'avait rien de caché pour *Sulli*, lui montra cette promeffe pour lui demander
fon avis. Sulli fans rien dire, la prend, la lit & la met en pieces
aux ïeux du Roi. *Comment Morbleu*, dit Henri IV, *que pré-
tendez-vous donc faire ? Je crois que vous êtes fou !* Il eft vrai
Sire, lui repartit Sulli, *je fuis un fou ; & plût à Dieu que je le
fuffe tout feul en France !* Telle eft la mâle liberté avec laquelle
doit parler un Miniftre qui aime véritablement & fon Maître &
l'Etat. Tel aurait été le langage des Miniftres du Roi George,
s'il fe fût trouvé un Sulli parmi eux, quand il s'agit de déclarer
la guerre aux Pays-Bas-Unis. Peut être auffi qu'on ne rend pas
affés juftice à leur préfcience, & que le Roi & fes Miniftres li-
faient depuis longtems dans l'avenir ce qui devait fe paffer jufqu'à
ce jour, peut être même jufqu'à la paix.

Réhauffe fon génie, & fes nobles efforts:

Elle ofe quadrupler les vaiffeaux dans les ports.

L'orgueil national, la baffe Flatterie

Annoncent hardiment qu'aux piés de la Patrie

L'Univers enchainé doit recevoir la loi.

Londres du même espoir vient enivrer fon Roi.

Et ce malheureux Prince, aveuglé fur la fuite

Des iniques projets qui reglent fa conduite,

Crie avec fes fujets & mille cris confus:

Qu'eft ce qu'un adverfaire ou de moins ou de plus?

CHANT NEUVIEME.

Trois fois du Monde entier l'Aftre qui nous éclaire,

Avait déja fini le contour ordinaire,

Depuis que du Monarque un ordre inattendu

Etait venu faifir le Batave éperdu,

Qui, comptant fur la foi d'une antique alliance,

Dans les ports d'Albion dormait fans défiance. (1)

Il

(1) Le Paquebot, que l'on difait à Londres, chargé de porter

aux

Il croit qu'on se méprend, il doute de son sort ;

Mais bientôt la fureur, le pillage ou la mort

Attaquent sous ses ïeux sa vie & ses richesses.

On le charge de fers, & mille voix traitresses

Insultent à ses maux, en aggravent le poids,

Et de la Perfidie il reconnait les loix.

Dévoré de la soif d'une ardente avarice,

Brûlant de réparer la fatale injustice

Dont le sort accablait ses valeureux talens,

Déja Rodnei, conduit par ses Dieux (1) & les vens,

Fen-

aux Etats-Généraux l'indigne Manifeste & la Déclaration de guerre émanés de la Cour de St. James le 20 Décembre 1780, fut
retenu à Harwich pendant trois jours, sous prétexte que les vens
étaient contraires ; mais à coup sûr, pour un autre dessein. Ce
contretems, venu si à propos, fut des plus funestes aux sujets
des Pays-Bas-Unis, qui, n'étant point instruits de ce qui se passait entre les deux Cours, devinrent la proie des Corsaires Anglais.
Jamais aussi on n'arma avec plus d'expédition. Les Pays-Bas-
Unis avaient alors plusieurs mille vaisseaux marchands richement
chargés, répandus sur toutes les mers. Une partie considérable
de ces bâtimens devint la proie de la Perfidie Britannique. ——
Et le Batave n'est point encor vengé !

(1) Les Diéux de l'Amiral Rodnei étaient les mêmes Divinités,
qui, depuis bien des années, inspiraient la Cour de St. James.

Fendait du fein des Mers les vagues écumantes,

Et paiffait fon efprit des dépouilles brillantes

Dont fon bras invincible allait charger fon bord. (1)

Johnftone, en même tems était forti du port. (2)

Rempli du même efpoir, fur les côtes d'Affrique

Il allait déployer l'étendart Britannique,

Et de la Perfidie admirateur zèlé,

Déja, pour fon fervice, il s'était fignalé.

Cependant de *Louis* la fageffe admirable,

Pénétrait les deffeins de ce couple exécrable :

Son

(1) L'on parle ici de fes préparatifs contre l'Ifle de St. Eufta-che. Cette expédition qui couvrira à jamais de l'opprobre le plus flétriffant la Cour & les Armes Britanniques, devaient, à coup fûr, enrichir Rodnei & fon fidele Affeffeur le Général Vaughan. Mais les méchans ne font pas en tout, & toujours heureux. Dans la lifte fecrette que tenait Lord Sandwich des Officiers Généraux de la Marine en 1778, il était écrit à côté du nom de Sir Geor-ge, Brydges Rodney *Damn'd for debts. Danné pour dettes.*

(2) Le Commodore Johnftone partit de Portsmouth le 13 Mars 1781 avec 13 vaiffeaux de guerre, pour une deftination fecrette, mais qui fut connue dans la fuite par la ruine des efpé-rances de fon inventeur.

Son œil, toujours ouvert fur les pas d'Albion,

Suivait tous les écarts de fon ambition. (1)

Elle avait apperçu les perfides mefures

Que Germain adoptait, pour combler les injures

Dont George fur les Mers accablait un Voifin (2)

Qui, pour toute vengeance, oppofait le dédain.

Louis

(1) L'évenement a démontré que la Cour de Verfailles était mieux inftruite que la Cour de la Haie ; & que les vens Anglais n'avaient pas empéché que la nouvelle de la rupture entre l'Angleterre & les Pays-Bas Unis, ne parvînt à Mr. le Comte de Vergennes, deux jours avant que l'on en eût connaiffance dans les Etats-Généraux.

(2) L'on ne fait en vérité ce qui doit le plus étonner, ou de l'inconcevable patience de la République des Pays-Bas, ou de la féroce, de l'inouie infolence des Anglais envers les fujets des Etats-Généraux. Mais ce qui fera peut être incroyable aux ïeux de la poftérité, s'il n'en exiftait pas des preuves inconteftables, tels que le *Manifefte & la Déclaration de guerre*, c'eft que le Miniftere, & le Roi d'Albion, aient pu trouver encor des raifons fpécieufes, pour fe plaindre hautement & à la face de l'Univers, d'avoir reçu des offenfes réelles, des injures impardonnables, de la part d'un Peuple qui avait pouffé la patience au point de s'attirer par cela feul, le mépris de l'Europe entiere. Cependant la Nation Anglaife, à quelques Sages exceptés, confirma par les applaudiffemens les plus énergiques & les plus multipliés, les abfurdes & les indignes affertions que le Cabinet Britannique n'a-

I 5

vait

Louis voit avec peine un Peuple fans défenfe,

Qui dédaigna longtems fon augufte Alliance, (1)
Sur-

vait pas eut honte d'avancer. Mais, le croira-t'on même aujourd'hui, fi, les papiers à la main, l'on apprend à l'Univers, qu'il exifte, dans la Republique, des Ecrivains mêmes nationaux, qui, dans leur langue maternelle, foutiennent fur de miférables feuilles, que l'Angleterre avait raifon, & que la République eft coupable ? Tout incroyable que foit ce dernier fait, la preuve n'en eft pas moins fur la table de l'Auteur, au moment même qu'il écrit.

(1) *Les tems changent, Brutus, il faut changer nos mœurs.*

Voltaire met cette fentence dans la bouche de Céfar, lorfqu'il parle à Brutus fon fils naturel, dans la Tragédie qui porte le nom de la Mort du vainqueur de Pompée. Jamais on ne faurait mieux appliquer ce beau vers, qu'aux circonftances dans lefquelles fe trouve la République des Pays-Bas, par rapport à la Cour de Ver-failles & à la Nation Françaife. Il était fans doute réfervé au fiecle de lumieres où nous vivons, de voir fe diffiper les injuftes préjugés que, depuis plus d'un fiecle, on faifait fuccer avec le lait, au Peuple Batave contre la Nation Françaife. La Répu-blique a du oublier l'injufte animofité que lui infpiraient jadis les Réfugiés Français. Ces vertueux Emigrans n'avaient en France d'ennemis véritables que les Prêtres, les Jéfuites & les Moines. Encor, parmi ces derniers, le plus grand nombre condamnait la perfécution. La Nation entiere voyaient avec horreur des Mi-niftres, qui abufaient de la dévotion tardive du plus libidineux des Monarques, pour flétrir à jamais fa mémoire, par des pourfuites cruelles, qui auraient certainement fait horreur à Louis XIV, s'il eût été inftruit de tous les détails de cette horrible profcription.
Le

Surpris par un Monarque au crîme accoutumé, (2)

Sous des coups imprévus tout-à-coup opprimé.

Son

Le crîme du Monarque ne fut jamais celui de la Nation, elle rougiffait des atrocités qu'elle ne pouvait empêcher. Les Parlemens firent les plus vives remontrances à cet égard, mais que pouvaient leurs faibles organes, auprès du plus abfolu, du plus despote de tous les Rois qui ait jamais fuccédé à Louis XI.? Il en eft de même des guerres que les Rois de France ont faites à la République Batave. La Nation n'en était pas plus coupable que de la révocation de l'Edit de Nantes. Que de reproches cependant tous les Français n'en ont-ils pas reçus, je pourrais dire combien d'outrages ! Dans l'abominable incendie des Bourgs de *Bodegrave* & de *Swammerdam*, Luxembourg feul était criminel, ou tout au plus le Miniftre qui, au nom du Monarque, pouvait en avoir donné l'ordre. Ce pillage fut fi exagéré, dit *Voltaire*, que plus de quarante ans après, l'on voyait les livres Bataves, dans lesquels on enfeignait à lire aux enfans, retracer cette aventure, & infpirer la haine contre les Français à des générations nouvelles. Pouvait-on fans la plus grande injuftice imputer à la Nation Française, & à chaque individu de cette Nation, des forfaits dont ils n'étaient nullement les auteurs ni les complices? Eh bien, tous ces fujets d'aigreur & de haine fi l'on veut, ne peuvent entrer en paralelle avec les Services que la République entiere avait reçu de tous tems de la Cour de France & des Français en général & en particulier. L'on peut à cet égard confulter les annales de la Confédération Batave, & demander à chaque fujet de la République qui a voyagé en France, fi, partout, il n'a pas été accueilli avec toute l'honnêteté poffible, tandis qu'aujourd'hui même, il y a peu de Français, qui, dans la Batavie, ne reçoive journellement quelque infulte de la part du Peuple, chez qui les préjugés s'ef-

facent

Son cœur, loin d'écouter un sentiment vulgaire,

Loin de suivre des Rois la démarche ordinaire,

Et d'attendre, qu'enfin, sur les bords du trépas,

Le Batave implorât la force de son bras,

Prévient à son insçu le sort qui le menace, (3)

Et sans le consulter; un secours efficace

Va pourvoir noblement aux plus pressans besoins,

Et l'Europe applaudit à ces généreux soins. (4)

Tel

facent plus tard & plus difficilement. D'autres tems vont amener enfin d'autres mœurs en Batavie. L'harmonie & l'union commencent entre Versailles & la Haie, une Alliance sincere va succéder aux orages des regnes passés, & l'Empire de l'Anglomanie s'évanouit dans la Batavie.

(2) L'on ne cherche point ici à dénigrer le Roi d'Angleterre, l'on doit à la vérité la justice de dire qu'il est *un excellent homme comme particulier*. Mais on ne le comptera jamais au rang des Rois, *bons, sages, justes & humains*.

(3) A peine Louis XVI eût-il été informé que la Cour de Londres avait rompu avec la Répnblique, qu'il fit partir aussitôt deux frégates, afin de porter ordre à tous les Commandans & Capitaines de ses forces navales, de prendre sous leur protection, tous les vaisseaux qui appartenaient aux sujets des Etats-Généraux, & pour avertir leurs bâtimens de ce qui se passait à leur préjudice, & du danger qui les menaçait sur toutes les mers.

(4) Le 22 Mars 1781, le Roi de France fit partir de Brest

Mr.

Tel on voit le Soleil, précédé de l'Aurore,

S'élever dans les Cieux que son éclat décore,

Lancer également la faveur de ses traits,

Et sur cent nations départir ses bienfaits.

Bataves, qui longtems, par une erreur coupable,

Regardates des Lis le pouvoir redoutable,

Comme un fier ennemi de votre Liberté,

Ouvrez enfin les ïeux sur votre sûreté.

Quels Dieux, dans l'Univers, ont pris votre défense?

Quel Roi veut étayer votre faible éxistence? (1)

Nom-

Mr. de Suffren, Commandeur de l'Ordre de Malte & Chef d'Escadre au Service de France, avec 6 Vaisseaux de ligne, auxquels se joignirent encor quelques autres Vaisseaux de guerre à l'Isle Bourbon, pour aller couvrir le Cap de Bonne-Espérance, & les Possessions de la Compagnie des Indes Bataves, conjointément avec les forces que cette Compagnie y pourrait associer. Cette Escadre sauva l'établissement précieux du Cap, qui, sans la France, serait certainement tombé entre les griffes des Léopards.

(1) Il n'est peut être pas dans toute l'Europe un Souverain, qui n'ait emprunté de l'argent chez les Bataves, & qui ne soient redevables à ces derniers de plusieurs centaines de millions. Aucun néanmoins de ces Princes, ne s'est déclaré en faveur de l'innocent

op-

Nommez un Allié, dans ces momens cruels,

Qui couvre de son bras vos trésors, vos autels.

C'est

opprimé par une Puissance redoutable, injuste & despotique. Qui aurait douté que la Neutralité armée, cet Epouventail majestueux, qui semblait annoncer à l'Univers, *je suis le Protecteur du Genre humain*, n'eût pris feu à la premiere nouvelle de l'agression hostile des Anglais contre la République Confédérée des Pays-Bas-Unis? Cependant, au grand étonnement du Monde entier, les Bataves ont été abandonnés à leurs seules forces, c'est-à-dire à la plus grande faiblesse où jamais Etat Souverain & puissant se soit trouvé réduit, & par cette Neutralité armée même, à laquelle les Bataves venaient de s'unir solemnellement; qui devait hautement les protéger, si les Traités les plus sacrés sont quelque chose parmi les Européens. Mais, disent les Etats-Généraux dans leur manifeste, *tandisque les Etats prenaient des mesures justes & propres à éloigner tout sujet de plainte, de la part du Cabinet de St. James, la démarche, qui fut l'époque du commencement de la Rupture, avait déja été arrêtée & conclue dans le Conseil du Roi de la Grande-Bretagne. Ce Conseil avait résolu de tenter toutes sortes de moyens pour traverser & empêcher, s'il avait été possible, l'accession de la République à la Convention avec les Puissances du Nord; & l'évenement a clairement démontré, que c'est en haine de cette Convention, que la Cour de Londres s'est laissé entrainer dans le parti qu'il lui a plut de prendre contre la République.* Bataves, que cette leçon soit éternellement gravée dans vos esprits & dans celui de vos Descendans: ressouvenez-vous que l'or n'est rien aux yeux des Puissances de la Terre, lorsque des forces respectables ne veillent jour & nuit à la conservation de cet or qui ne peut se défendre lui-même!

C'eſt *Louis*, dont jadis, la grandeur bienfaiſante,

Le Sceptre glorieux, faiſaient votre épouvante:

Dont l'amitié ſincere offusquant vos regards,

Voyait vos cœurs unis aux cœurs des Léopards.

Allez ramper encor au pié de la Ruſſie:

Peignez lui tous les maux qui, de votre Patrie

Ebranlent en ce jour les plus fermes appuis,

Et venez-vous jetter dans les bras de *Louis.*

Ses bienfaits généreux, & ſes ſoins magnanimes,

Vous forceront peut-être à changer de maximes:

Vous verrez que les Lis ſont l'ami de l'Amſtel,

Et que Londres en eſt l'ennemi naturel. (1)

De

(1) Le mot d'Ami ou d'Ennemi naturels, dont on fait tant de bruit, n'eſt qu'une chimere aux ïeux de la vraie Politique. Il n'eſt point en effet d'Ami ni d'Ennemi naturels. Les circonſtances, la marche changeante des Siecles, les révolutions diverſes qui ſurviennent dans les Etats, telles ſont les cauſes qui doivent décider les Alliances entre les Nations, le moment fait tout, & le Sol ne doit y entrer pour rien. Les Bataves avaient jadis beſoin de l'Alliance des Anglais, & la France aujourd'hui devient la plus ferme Colonne de la République des Pays-Bas-Unis.

De Suffren cependant les proues généreuses

S'avançaient pour croiser les vues ténébreuses

Qui conduisaient Johnstone au rivage affricain,

Pour s'emparer du Cap, s'y gorger de butin.

Les Dieux, qui, de tout tems, soutinrent l'Innocence

Contre les vains efforts d'une injuste Puissance,

Permirent à dessein que les deux Amiraux

Vissent au même instant leurs pavillons rivaux. (1)

L'Au-

(1) Le 16 d'Avril 1781, le Commandeur de Suffren, ayant découvert que le Commodore Johnstone était à l'ancre avec toute son Escadre au Port Praya en l'Isle de St. Jago, une de celles du Cap-verd, se proposa d'aller mouiller dans le même endroit, bien persuadé que la fierté Anglaise ne souffrirait pas un Ennemi si près à ses côtés, & que l'imprudence du Chef donnerait certainement lieu à un combat. Ce que le Commandeur avait prévu arriva. Le Commodore Johnstone, n'eut pas plutôt apperçu le premier vaisseau Français, qu'il fit tirer sur lui. Celui-ci riposta, & l'affaire se trouva engagée. Si les Capitaines de *l'Annibal* & de *l'Artésien*, par une insubordination coupable, n'eussent pas négligé les ordres de leur Chef, qui, une heure avant d'entrer dans la Baye, avait fait signal *de Branle-bas*, ils n'auraient pas perdu l'élite de leurs Equipages. Ne s'imaginant pas sans doute, que dans une Rade lointaine & neutre, il y eût quelque chose à craindre, ils ne firent point attention au Signal de leur Chef-d'Escadre,

L'Aurore d'un beau jour fuccédait aux Etoiles,

Quand l'un l'autre, à la fois, fondent à pleines voiles

Sur le brave ennemi qui s'offre à fes regards.

Le falpêtre & le plomb volent de toutes parts :

D'un bord à l'autre on voit le fer & le courage,

Transporter, tour-à-tour, ou la mort ou la rage :

Les

cadre, & payerent les premiers, de leur vie cette défobéiffance à fes ordres. Le Commandeur eut encor plus à fe plaindre des Capitaines du Sphinx & du Vengeur, qui, non feulement par leur fauffe manœuvre, n'eurent gueres de part au Combat, mais empécherent même l'effet de l'Artillerie des autres Vaiffeaux. La conduite de ces deux Officiers fut jugé fi répréhenfible, qu'ils furent démontés. Il eft certain que fi les difpofitions du Commandeur de Suffren euffent été fuivies ; & fi tous fes vaiffeaux euffent mouillé comme le fien, l'Efcadre de Johnftone & fon convoi auraient été certainement détruits. Le Commodore Johnftone, felon l'ufage *véridique* de fa Nation, ne manqua pas de s'attribuer la Victoire. Cependant la fuite de fa Courfe a fait voir qu'il avait été fi fort maltraité, qu'il fut contraint de féjourner plufieurs mois dans la Baye, & le Commandeur de Suffren continua fans trouble la route qui lui était prefcrite, & arriva même au Cap de Bonne-Efpérance plutôt qu'il ne l'efpérait. Le Commodore au contraire, fut contraint de fe contenter de la prife de quelques Vaiffeaux Hollandais déchargés, de s'en revenir honteufement en Europe, & le Cap fut fauvé.

K

Les voiles en lambeaux voltigent dans les airs ;

Mille débris flottans couvrent au loin les Mers :

Chacun veut accrocher l'ennemi qui le preffe,

L'autre combat de près, & tourne avec adreffe,

Dès qu'il voit les grappins lancés contre fon bord.

L'Anglais, en fa faveur, veut décider le fort ;

Le Français plus actif, plus adroit, plus terrible,

Admire fon rival, qui dans le feu, paifible,

Connait tout le danger, le brave en périffant,

Ou combat de fang froid, quoique couvert de fang.

La Victoire, à la fin, fait pancher la balance :

Elle vient couronner le pavillon de France,

Et Johnftone vaincu, maudiffant fon deftin,

Fuit dans fon défefpoir, & rebrouffe chemin.

De Suffren fon vainqueur, reprenant fa carriere,

Voit des lauriers fanglans décorer fa banniere :

Il va porter au Cap, tranquile en fes foyers,

La gloire de Louis, & le bruit des dangers

Dont

Dont ſa main bienfaiſante a ſauvé ſes murailles. (1)

Il expoſe au Conſeil: que le Dieu des batailles

A daigné ſeconder ſes généreux efforts,

Et qu'il protégera ces remparts & ces ports,

Et tous les pavillons des Puiſſances Belgiques,

Contre la perfidie & l'orgueil Britanniques,

Qui, du ſein de la paix, s'élançaient en brigands

Avec l'atrocité des plus affreux Tirans,

Sur un ancien Ami, ſans arme & ſans défenſe,

Qui, paiſible en ſes murs, vivait ſans défiance,

Reſpectait les Traités, en obſervait les loix,

Et voyait ſans parti les querelles des Rois.

Qui pourrait exprimer la touchante allégreſſe,

L'ardeur reconnaiſſante & la vive tendreſſe,

Des

(1) Le Commandeur de Suffren fut reçu comme un Ange tu‑
télaire au Cap de Bonne-Eſpérance. Il fut accueilli par le Con‑
ſeil & par le Gouverneur, de la maniere la plus noble & la plus
affectueuſe, & Il s'eſt infiniment loué du Général *Connway*, Com‑
mandant les Troupes qu'il amenait & qu'il devait laiſſer au Cap
pour ſa défenſe.

K 2

Des Citoyens du Cap sentimens généreux,

A l'aspect des secours, des soins officieux

Dont le bras de Louis protégeait leur frontiere ! (1)

On embouche aussitôt la trompette guerriere :

Bataves, Affricains, soldats & matelots,

Courent à l'Arsenal, en tirent les drapeaux :

Les remparts sont munis de nombreuses cohortes,

Les Citoyens armés font la garde des portes, (2)

Le

(1) Une Chaloupe armée partie de Brest, avant même que les Bataves sussent la Déclaration de guerre de la Cour Britannique, était déja arrivée au Cap de Bonne-Espérance, & y avait anoncé la rupture entre les deux Nations. Peu de jours après une Chaloupe Anglaise qui allait dans l'Inde, porter la même nouvelle aux Commandans Britanniques, & des ordres pour attaquer les navires & les possessions Bataves, s'imaginant que les Habitans du Cap ignoraient encore la perfidie Anglaise, vint bonnement mouiller dans la Rade pour s'y reposer ou s'y raffraichir : mais à peine la Chaloupe y fût-elle entrée, qu'elle fut capturée, & dans ses papiers se trouverent les Ordres de l'Amirauté d'Albion, & le plan du projet du Commodore Johnstone.

(2) Les Bataves du Cap de Bonne-Espérance sont donc plus attentifs sur leur sûreté, que les Bataves d'Europe, & beaucoup plus sages. N'est-il pas étonnant en effet, de voir dans la Batavie, les Citoyens des Villes dédaigner généralement la plus glo-

rieuse

Le Français comme un frere eſt partout honoré,
Et l'on brave l'Anglais qui fuit déſeſpéré.

Cependant de Rodnei les voiles menaçantes,
Faiſaient plier les flots ſous leurs forces mouvantes.
Jaloux de ſon honneur, éclairé ſur le choix,
L'Amiral ne choiſit que d'éclatans exploits.

rieuſe des preuves de leur Liberté? Ils préferent de ſalarier un certain nombre d'Artiſans pour garder la nuit la porte de leurs villes. Un homme, quel qu'il ſoit, logé même dans une chambre garnie, au Mois de Mai de chaque année, eſt inſcrit ſur le régiſtre de la Garde. Cet homme n'eſt pas au nombre des Citoyens: peut-être-même ſe trouve-t'il quelque choſe de bien oppoſé. Cependant, on le dit avec effroi, cet Inconnu, cet Espion, cet Ennemi peut-être, aura dans ſes mains, pendant une heure ou plus, la garde & la ſûreté publique d'une Nuit entiere, & cette nuit-même peut devenir le tombeau de la Liberté, ou la ruine de la Patrie. Il ne faut qu'un nouveau *Sinon* pour perdre une ſeconde Troie. Bataves, profitez des fautes de tant de villes qui, par une conduite ſemblable à celle que vous tenez dans les vôtres, ont trouvé leur ruine ou leur eſclavage! Que tous vos Citoyens, ſans exception, ſoient contraints, s'il le faut, de monter eux-mêmes à leur tour la garde aux portes de vos Cités: qu'ils ſentent le prix du bonheur dont ils jouiſſent, & qu'ils penſent qu'un ſeul inſtant peut le leur ravir à jamais. Qu'ils ſe faſſent gloire de pouvoir ſe dire une fois chaque année au moins: *Tous mes Concitoyens repoſent à préſent en paix dans les bras de ſommeil ou de l'Amour, ſous la garde fidelle de mon Epée!*

Il n'eft point un héros qui, pour la feule gloire,

Recherche les hazards & risque la victoire.

Que le Char triomphal, la palme & les lauriers

Soient le prix qu'on décerne au commun des guerriers:

Qu'Anfon, Drake & Cortès, fur des rives lointaines,

Promenent à loifir leurs armes incertaines,

Et mêlent leurs vains noms au nom des Conquérans!

Rodnei n'eft point épris de ces riens éclatans.

L'Or feul peut anoblir ces brillans éphémeres;

L'Or feul fait excufer les Mortels téméraires

Qui bravent & Neptune & Bellone & la Mort,

Et l'Or feul à Rodnei peut faire un heureux fort.

A combler tous fes vœux fa bravoure s'apprête;

L'Ifle de St. Euftache eft l'illuftre conquête

Que fon bras va montrer à l'univers furpris,

Et Pirrhus & Céfar lui céderont le prix.

Il apperçoit déja cette Ifle infortunée,

Qui, de la main des Dieux, lui paraît deftinée

A

A fervir fes deffeins, les ordres de fon Roi,

Il vole au même inftant la ranger fous fa loi.

Dans un repos actif, dominant fur les ondes

Qui mouillent tour-à-tour les rives des deux mondes,

L'Ifle de St. Euftache (1) ouvrait à l'Univers

Un refuge affuré que refpectaient les Mers.

Tous les peuples du globe, amis en fon enceinte,

Y venaient trafiquer librement & fans crainte.

L'Equité la plus tendre & l'Hospitalité

Y regnaient de concert avec la Liberté.

Et tandisque l'Europe & l'Inde & l'Amérique

Voyaient les Léopards & l'Orgueil Britannique

Hu-

---

(1) L'Ifle de St. Euftache eft une des Antilles, la plus forte par fon affiette de toûtes les Ifles de l'Amérique Septentrionale. Elle eft fituée au N. O. de St. Criftophe, & au S. E. de l'Ifle de Saba. Elle a un château d'affez bonne défenfe. L'Ifle entiere n'eft proprement qu'une Montagne qui s'éleve en forme de pain de fucre, & dont le fommet eft creux. Les Français l'ont poffédé deux ou trois fois, mais elle appartient aujourd'hui à la République des Pays-Bas-Unis. Long. 17. 40. Lat. 16. 40.

Humiliés, confus, fous le courroux des Dieux,

Ses Citoyens en paix commerçaient autour d'eux.

Hélas! ils ignoraient quelle horrible tempête

Comme un torrent de feu s'amaffait fur leur tête.

C'eft ainfi, van Berckel, (1) fous l'Egide des loix,

Chéri de ta Patrie, en connaiffant les droits,

Qu'ar-

(1) M. *van Berckel* eft depuis 1762 Penfionnaire de la Ville d'Amfterdam. Pour faire en deux mots l'éloge le plus vrai & le plus honorable de ce Miniftre, il fuffit d'avertir qu'il réunit en fa perfonne les talens & les principales vertus du célebre *Barneveldt* dont nous parlerons plus bas, & que fa tête aurait couru le même danger que celle de *Barneveldt*, s'il eût vécu dans le même fiecle, quoique l'un & l'autre n'aient été perfécutés, que pour avoir trop bien fervi leur Patrie. M. *van Berckel* en 1778, autorifé par la Régence d'Amfterdam, donna pouvoir à M. de Neufville, l'un des plus honnêtes & des plus accrédités Négocians de cette ville, de conclure un Traité éventuel de commerce avec M. *Henri William Lée*, chargé des pleins pouvoirs du Congrès Américain, pour négocier tout ce qui pourrait être avantageux à la Confédération. Le Penfionnaire était donc dès lors, à l'abri de tout foupçon, à couvert de tout réproche, puifqu'il n'avait agi que fous l'autorité légale de la Puiffance fouveraine qu'il fervait avec tant de zèle & de gloire. M. de Neufville était auffi dans le même cas. Cependant combien d'injures, de farcafmes, de menaces n'ont-ils pas effuyés l'un & l'autre! A quels dangers M. *van Berckel* furtout n'a-t'il pas été expofé, pour avoir fait fon devoir!

Quel

Qu'ardent à la fervir, zèlé pour fa puiffance,

Secondé des talens & de l'expérience

Que Neufville (1) uniffait à vingt ans de vertus,

Par des fentiers nouveaux, au vulgaire inconnus,

Tu

Quel fera donc le châtiment du crime, fi la Vertu & le Patrio-tifme font récompenfés de la forte dans les Républiques mêmes !

(1) De tous les Négocians de l'Europe, celui qui a rendu de plus grands fervices dans tous les genres aux Américains, c'eft M. de Neufville. Il femblait à cette ame vraiment Républicaine & vertueufe, que le fuccès de l'Indépendance des Treize-Etats, était devenu la caufe de toutes les Républiques, parceque l'Humanité, la Liberté, premiers & fouverains biens des humains, lui femblaient également violées en Amérique par la tirannie révoltante de la Grande-Bretagne. C'eft en grande partie à M. de Neufville que la République Américaine doit le Traité d'Alliance & de commerce qui l'unit aujourd'hui à la République des Pays-Bas-Unis. Le hazard donna lieu à cet évenement à jamais mémorable ; voici comment. Ce que nous allons rapporter, a pour bafe les documens les plus autentiques.

En 1778. M. de Neufville, pour les affaires de fon Commerce, fe trouva à Aix-la-Chapelle, dans la même auberge avec le fameux M. Lée, Américain. Le hazard feul les avait raffemblés. La converfation tomba naturellement fur le Traité d'alliance & de commerce que la France venait de conclure avec l'Amérique. L'un & l'autre également embrafés de l'amour de leur Patrie, en vinrent à difcuter, s'il ne ferait pas poffible d'en préparer un fem-

K 5

blable

Tu conduifais l'Etat au comble de la gloire.

La Batavie allait faire époque en l'Hiftoire,

Et

blable entre les Pays-Bas-Unis & l'Amérique-Unie. Ils trouverent la chofe également avantageufe aux deux Républiques. M.
de Neufville promit, à fon retour à Amfterdam, de fonder les
efprits de la Régence à ce fujet. La prife de Burgoine, le défefpoir & l'épuifement des Anglais, la Déclaration formelle &
foutenue de la France, tout en un mot, femblait préfager une
paix rapide, terminée par la reconnaiffance de l'Indépendance de
l'Amérique triomphante. Le projet de tracer d'avance un Traité,
qui préviendrait les Américains en faveur des Bataves, & fervi-
rait de canevas, lorfque les Anglais, forcés par leur détreffe univerfelle, auraient reconnus cette Indépendance, parut tel qu'il
était, une demarche innocente, qui ne compromettait ni la conftitution de la République, ni les intérêts de la Grande-Bretagne,
puifque ce Traité ne pouvait réellement avoir lieu que du confentement des Etats-Généraux, lorfque l'Angleterre aurait renoncé à
fes pretentions abfurdes & tiranniques. Ceux de la Régence
d'Amfterdam auxquels cette idée fut communiquée, autoriferent
en conféquence M. *van Berckel* à donner pouvoir à M. de Neufville de figner de leur part ce plan préparatoire. D'après cet arrangement, M. M. de Neufville & Lée, fe rendirent à Aix-la-
Chapelle, & fignerent cette efquiffe, le premier verbalement autorifé par un Officier de la Régence, mais qui n'agiffait
pas de fon chef, le fecond, avec la certitude d'être avoué par
fes Concitoyens dans une transaction dont ils pourraient
un jour recueillir les plus grands fruits. Cette affaire ne pouvait
donc être regardée que comme une fpéculation entre deux parti-

culiers

Et d'un œil prévoyant, jusqu'au delà des Mers,

Ta fageffe uniffait mille Peuples divers.

Tu ne pouvais prévoir, fous l'Union Belgique,

Sur les bords de l'Amftel, dans une République,

Que l'amour de l'Etat, tes efforts généreux,

Trouveraient des cenfeurs pervers, malicieux;

Et que les Partifans de cette Anglomanie

Qui voulait affervir ton ingrate Patrie,

De tes Concitoyens trahir les intérêts,

Changer un Peuple libre en d'ignobles fujets,

Couvriraient tes vertus d'une gaze odieufe;

Qu'ils oferaient taxer de brigue factieufe,

Et livrer au mépris de la poftérité

Les plus fermes foutiens qu'unit la Liberté.

Ainfi

culiers de deux Nations différentes, & c'eft fous ce point de vue que les Membres les plus éclairés du Parlement Britannique n'ont pu s'empêcher de la repréfenter. M. Burke a démontré d'une maniere victorieufe l'évidence de cette réflexion, lorfqu'il en a été queftion dans le Parlement Britannique, le difcours feul de cet orateur célebre à ce fujet, fuffit pour renverfer les abfurdes propos des Anglomanes de tous les pays du monde.

Ainsi l'on vit jadis Barneveldt (1) & Socrate (2)

Périr par l'ordre exprès d'une Patrie ingrate :

Ou

(1) *Jean d'Oldenbarneveldt, Grand-Pensionnaire de Hollande (a)*, est compté à juste titre parmi les fondateurs de la liberté

de

(a) Le titre de Grand-Pensionnaire est la qualification du premier Ministre de la Province de Hollande. Les Etats ne lui donnent à son élection que la qualité de *Conseiller-Pensionnaire*. Il est toujours député à l'Assemblée des Etats-Généraux, à celle du Conseil-Privé des Etats & à l'Assemblée des Etats de Hollande. Dans la derniere, il siege à côté des Députés de la Noblesse, mais il n'y a pas voix délibérative. Il recueille les voix, analise en peu de mots les divers sentimens, en trace la conclusion, & prononce ensuite ce qui a été décidé. C'est lui qui ouvre toutes les lettres & les paquets adressés aux Etats-Généraux; Il négocie avec les Ministres Etrangers & avec ceux du Pays sur toutes les affaires publiques de la République. Il veille sur l'état des finances; à la conservation des droits & des privileges des Etats & de la Province, ainsi qu'à l'observation des Ordonnances & des loix qui intéressent le bon ordre & la sûreté publique. Il a droit par sa charge d'assister à toutes les Assemblées de la Noblesse de Hollande, & fait en leur nom leur proposition aux Etats. Outre ce Pensionnaire de la Province entiere de la Hollande, chaque ville a son Pensionnaire particulier, & quelques unes même en ont plusieurs, mais avec une autorité différente de celle du Grand-Pensionnaire. Car dans quelques villes les Pensionnaires ne sont pas Membres du Sénat de la ville, comme à *Amsterdam*. Ils n'entrent point à l'assemblée des Sénateurs, & n'assistent jamais aux delibérations, qu'ils n'y soient expressément appelés. Dans d'autres villes, ils sont Membres du Sénat, assistent à toutes les assemblées dans lesquelles les Régences font quelques délibérations. Alors il est d'usage qu'ils fassent au nom des Bourguemaitres la proposition sur laquelle on doit délibérer ; qu'il recueille les voix, & prononce ensuite la décision qui en résulte. Outre cela, & partout, ils sont chargés de donner leur conseil dans toutes les affaires publiques : de porter la parole au nom de leurs Villes, dans l'Assemblée des Etats de la Hollande. Le titre de *Pensionnaire* tire son origine de ce que, lors de l'institution de cette charge importante, on lui assigna une pension annuelle.

Ou l'heureux Thémiftocle (3) arracher du tombeau

Par un fait étonnant, ftratageme nouveau,

Des

de fa Patrie. *Henri* le grand, & la Reine *Elifabeth*, bons juges du mérite, faifaient beaucoup de cas de cet habile négociateur. *Barneveldt* ayant voulu reftreindre l'autorité de *Maurice* d'Orange, oppofa les *Arminiens* aux *Gomariftes* partifans déclarés de ce Prince. Mais les premiers ayant été condamné dans la Sinode de *Dort*, par les intrigues de *Maurice*, avec autant de févérité que s'ils n'avaient pas été de la même communion & de la Réligion Réformée; *Barneveldt* fut enfuite accufé de crimes capitaux dont on ne donna jamais la preuve. Jugé par 26 Commisfaires que le Prince d'Orange avait choifi parmi les Ennemis les plus avérés de *Barneveldt*, ce grand homme eut la tête tranchée à la Haie en 1619, fous prétexte d'avoir voulu livrer fa patrie au Monarque d'Efpagne, lui qui avait travaillé avec tant de zèle pour fouftraire fon pays à la puiffance Efpagnole. Un Despote cruel n'en eût pas fait davantage. L'on pourrait faire aujourd'hui un reproche fondé à la République de Hollande, de n'avoir pas encore fait réhabiliter par un jugement contradiftoire, la mémoire de fon généreux défenfeur. Sans doute que cette République a toujours penfé que *Barneveldt* n'avait aucun befoin de cette réhabilitation.

(2) Il n'eft pas néceffaire d'entrer ici dans aucun détail au fujet de *Socrate*; la vie & la mort de ce grand homme font affés connues. Son ingrate Patrie ne tarda pas à fe repentir de l'indigne traitement qu'elle lui avait fait fubir.

(3) *Thémiftocle* Général Athénien, après avoir rendu les plus grands fervices à fa patrie; après l'avoir fauvée d'une ruine inévitable, en forçant les Athéniens à mettre le feu à leur propre ville, à l'abandonner & à fe rétirer fur leur flotte, aurait eu certainement

le

Des Citoyens ingrats, qui, par reconnaiſſance,

Le bannirent bientôt du lieu de ſa naiſſance,

Forcerent ce grand homme, objet de leur horreur,

Quoique couvert de gloire, & leur Libérateur,

A fuir chez un Monarque étranger, magnanime,

Qui, des Athéniens en déteſtant le crime,

Ne vit en ſon vainqueur qu'un Héros outragé,

Et l'accablant de dons, ſe crut aſſés vengé.

   Le moment approchait, où l'Amiral perfide

Allait teindre de ſang ſon poignard homicide.

Bien-

le même ſort dans Athenes, que *Barneveldt* à la Haie, s'il ne ſe fût enfui de ſa patrie. Quoique *Xerxes*, Roi de Perſe, que *Themiſtocle* avait trompé à diverſes repriſes par des avis abſolument faux, & battu dans toutes les rencontres, eût mis à prix la tête de ce Général, & promis une récompenſe très-conſidérable à celui qui le livrerait entre ſes mains, ce Prince ayant appris l'injuſtice d'Athènes, & ſachant que *Thémiſtocle* s'était réfugié dans ſes Etats-mêmes, lui fit rendre partout les plus grands honneurs, l'en combla dès qu'il le vit à ſa Cour, lui fit donner la ſomme qu'il avait décernée à celui qui le mettrait en ſa puiſſance, & lui aſſigna pour ſa ſubſiſtance un revenu des plus conſidérables.

Bientôt l'Ifle apperçut de nombreux pavillons,

Et des vaiffeaux chargés d'énormes bataillons

Où flottait dans les airs le drapeau Britannique.

La flotte cinglait droit vers l'Ifle pacifique.

C'était des Alliés, des amis bienfaifans,

Peut-être pourfuivis par la fureur des vens.

L'Infulaire charmé de prouver fa tendreffe

Au fameux Amiral qu'il fuppofe en détreffe,

Accourt fur le rivage & l'appele à grands cris.

Il brule de le voir, de fervir fes amis.

L'afpect des Léopards n'a rien qui l'épouvante,

Chaque jour il voyait une forêt flottante

Arriver dans fon port, ou mouiller fous fes murs.

Que ne peut-il percer tous les voiles obfcurs

Qui cachent à fes ïeux le fort qu'on lui deftine,

Et prévenir encor l'inftant de fa ruine!

Mais hélas! la Vertu juge d'après fon cœur;

Et n'ofe dans autrui foupçonner la noirceur.

Le

Le canon du Rempart, fuivant l'antique ufage,

Du Salut ordinaire a frappé le rivage. (1)

L'on accourt au devant du pavillon fatal.

L'on diftingue le pont qui porte l'Amiral. (2)

En forme de croiffant la flotte Anglaife avance.

D'un fi beau point de vue admirant l'ordonnance,

Sans le moindre foupçon, le peuple curieux

N'en peut jamais affez raffafier fes ïeux. (3)

Tels.

(1) Lorsqu'un vaiffeau de guerre entre dans une Radé ou dans un Port, ou en fortant, il falue le pavillon de la Puiffance chez qui il entre, par un nombre de coups de canon qui eft fixé partout, & on lui rend le Salut, felon le rang du Commandant du vaiffeau, où de la flotte qui fort ou qui entre.

(2) Le pavillon qui flotte au haut du grand mât, annonce toujours quel rang tient le Commandant du vaiffeau, ou de la flotte.

(3) Ce fut le 3 Février 1781, que l'Amiral Rodnei, & fon digne affocié l'illuftre, l'honorable Général Major Vaughan, Commandant des troupes de débarquement, arriverent dans la baye de St. Euftache, avec 16 vaiffeaux de ligne, plufieurs frégates, bombardes & autres petits bâtimens. Auffitôt que la flotte Anglaife eût mouillée dans la rade, M. *de Graef*, Gouverneur de l'Ifle, & M. le Comte *de Byland*, commandant la frégate le Mars, envoyerent complimenter l'Amiral *Rodnei* fur fon heureufe

Tels on vit autrefois les Incas, le Cacique,

Ou l'innocent fauvage, aux bords de l'Amérique,

Sai-

reufe arrivée, & s'informer fi l'on pouvait lui être de quelque utilité, ainfi qu'à fa flotte. Pour toute réponfe, la Chaloupe le *Mars*, commandée par le Lieutenant *van Stuyvezant* chargé de la commiffion, fut arrêtée, d'où il parut très-clairement à quoi l'on devait s'attendre. Quoique l'on ne dût pas prévoir des hoftilités ; car, le Comte de Byland, de l'aveu même de Rodney, dans fa lettre à M. Stéphens datée à bord du Sandwich à St. Euftache le 4 Fevrier 1781., était parti fur le *Mars*, vaiffeau de guerre Hollandais de 38 canons, & de 300 hommes, de l'Amirauté d'Am. fterdam, & à fon arrivée à St. Euftache, *avait calmé la crainte des habitans pour les hoftilités.* Cependant M. de Byland fe trouva dans une grande inquiétude, en ne revoyant point revenir fa Chaloupe. En détacher une feconde, c'était l'expofer au même fort que la premiere dont on ignorait la deftinée, mais que l'on foupçonnait être arrêtée. L'incertitude ne fut pas longue : demi-heure après, l'on vit la Chaloupe le *Mars* montée *d'Anglais*, quoiqu'arborant le pavillon de la République, traverfer la Rade, & s'aller ranger derriere un des vaiffeaux Anglais. Enfin un Officier de la *Réfolution* frégate Britannique, vint à bord du *Mars*, demander au Comte de Byland la reddition de fa Frégate, au nom du Roi de la Grande-Bretagne qui avait déclaré la guerre à la République. La réponfe fut, *qu'il attendrait les hoftilités.* Sur le champ, trois vaiffeaux de ligne un de 80. un de 74. un de 64. commencerent à faire feu fur le *Mars*, ce qui obligea le Comte, après avoir fait une décharge des deux bords, d'amener fon pavillon, ne pouvant échapper à des forces fi confidérables.

L

Saifis d'étonnement à l'afpect des vaiffeaux

Qui venaient ravager leurs paifibles hameaux.

Mais jamais l'Efpagnol, que l'avarice égare,

Dont la raifon fait place aux fureurs d'un barbare,

Qu'arme le fanatifme, au nom d'un Dieu de paix,

Ne prépara de loin de fi fanglans forfaits. (1)

Mufe, quoi! tu frémis à cet afpect horrible:

Pour tracer ces tableaux, ton cœur eft trop fenfible:

Soyons comme Rodnei, fans honte & fans pitié:

Dépeignons ce Brigand qu'accueillit l'amitié,

Des monftres qu'il conduit animant la furie, (2)

Dirigeant tous les coups, & de la Perfidie

Sur

(1) Les Anglais, depuis quelques années, & furtout depuis le commencement de la guerre actuelle, ne ceffent de renouveller les détails des horreurs que les Efpagnols commirent dans leurs premieres découvertes en Amérique, comme fi des exemples auffi affreux pouvaient autorifer la conduite préfente de la plupart des Généraux Britanniques, tant de terre que de Mer, dans les quatre parties de monde. Mais ils ne pourront jamais prouver que la Cour & le Miniftere de Caftille aient applaudis à ces atrocités, & que le Corps de la Nation en ait vu gaiment récompenfer les Auteurs.

(2) Afin de montrer la plus grande impartialité dans le récit de l'horrible conduite de l'Amiral Rodney à St. Euftache, nous puiferons les détails que nous en allons donner, dans le difcours

que

Sur un peuple sans arme épuisant les horreurs:

Sous le feu de sa flotte, inaccessible aux pleurs.

Sur

que fit sur ce sujet, dans la Chambre des Communes, l'honnête,
le sensible, le vertueux M. Burke le 14 de Mai 1781. Ce Membre éloquent & sage commença son discours par rapporter à la
Chambre la situation où se trouvait sa Patrie dans cette guerre,
ayant un grand nombre d'Ennemis ligués contre sa prépondérance, & aucun ami pour la seconder; dans une guerre, dont l'issue déciderait du sort de cette nation pour l'avenir. Et il en tire
la conséquence que la bonne politique exigeait de la part des Anglais de se conduire avec circonspection, de respecter le droit des
Gens, de ne pas aigrir de plus en plus les Peuples justement déja prévenus contre la Grande-Bretagne; enfin de ne prendre que
des mesures qui fissent honneur au caractere national, & qui convainquissent encore le monde entier, s'il était possible, que les
Anglais ne font la guerre que par principe d'honneur & de justice, & non pour opprimer les autres nations, & par amour du
pillage; conduite, qui seule pouvait faire des amis à l'Angleterre, pour lui aider à gagner des victoires, ou pour la soutenir
dans ses défaites, contre un Ennemi supérieur. Après avoir ainsi
tracé les devoirs de la Cour de St. James, conformes aux véritables intérêts de la nation Britannique, M. Burke compara avec
ces devoirs, les procédés de Rodney & de Vaughan dans la conquête de St. Eustache, surtout eu égard aux circonstances qui l'avaient précédée. Il remarqua, qu'en déclarant la guerre à l'ancien & fidele allié de l'Angleterre, le Roi George avait assuré
qu'il faisait cette démarche à *contrecœur*, & uniquement *par nécessité*, qu'une Proclamation suivante avait respiré des sentimens
encor plus amicaux, en ordonnant d'épargner en toutes les oc-

casions

Sur des monceaux de corps, pénétrant dans la place,

Y trainant le carnage, & d'une infame audace,

Pil-

cafions les perfonnes & les biens des particuliers, & de ne diriger les opérations que contre le Corps de l'Etat Ennemi. De pareils principes conviennent à une Nation grande, généreufe & civilifée. Mais fi jamais, reprit-il, la voix de l'Humanité eût du fe faire entendre entre Ennemis, c'eft certainement l'Hiver dernier aux Indes Occidentales. Un Ouragan terrible, des Elémens conjurés pour ainfi dire, pour détruire toutes les Colonies des Puiffances Belligérantes dans cette partie du Monde, en avaient plongés les infortunés habitans dans la détreffe la plus extreme. Il eût été bien féant, au moment que l'Orage qui était pret à nous écrafer eût ceffé, de fortir de la retraite où nous nous étions cachés, remplis les uns envers les autres d'une affection fraternelle, & prêts à nous foulager réciproquement dans nos miferes, & non d'ajouter encor les fléaux de la guerre à ceux de la Nature, la deftruction du fer & du feu à celle de la tempête & de l'orage.

Ce font-là auffi, continua M. Burke, les fentimens que le terrible Ouragan des Ifles au mois d'Octobre dernier, excita dans les cœurs de toutes les Nations, excepté dans ceux des *Bretons.* La fiere Amérique en fut attendrie. Des ordres furent expédiés à tous les Navires & Corfaires Américains qui les requéraient de ne molefter en aucune façon les vaiffeaux qui portaient des Vivres aux *Ifles Anglaifes.* Nos Ennemis d'Europe n'ont pas moins été généreux dans leurs procédés en cette occafion déplorable. Le Marquis de Bouillé ne voulut pas regarder comme Prifonniers de guerre des malheureux que le naufrage avait jettés fur la côte de la Martinique, & il les renvoya dans nos Poffeffions, après les avoir fauvé, fecourus, raffraichis, & avoir adouci leur fort

par

Pillant impunément Bataves, Affricains,

Efpagnols ou Français, Créole, Américains.

Le

par tous les moyens qui étaient en fon pouvoir. Nous, au contraire, nous nous fommes attachés à profiter de la détreffe générale ; & la deftruction, que nos Ennemis avaient fubie en commun avec nous, n'a été à nos ïeux qu'une raifon de plus pour
les attaquer. Sans parler de notre entreprife contre la malheureufe Ifle de St. Vincent, quelques jours après fon défaftre,
quelle a été notre conduite envers *l'Ifle Batave de St. Euftache* ? Le Manifefte contre la République des Pays-Bas-Unis, fut
publié les derniers jours de Décembre ; & dès le commencement
de Fevrier, nos forces aux Antilles l'avaient déja attaquée. L'ordre de faire cette conquête, a été probablement expédié avant la
Déclaration de guerre, du moins eft-il certain qu'on était occupé
ici du projet de completter les malheurs des Habitans de St. Euftache, dans le moment même que nous entendions le récit de
l'horrible défolation qu'ils venaient d'effuyer.

Après avoir ainfi montré l'injuftice & l'inhumanité des procédés Anglais envers l'Ifle de St. Euftache en général, M. Burke
paffa à montrer d'une maniere plus particuliere la rigueur inouie,
ou plutôt la cruauté barbare & flétriffante pour le caractere Anglais, que l'Amiral Rodnei, & Vaughan fe font permis dans cette Conquête. Pour la faire d'autant mieux fentir, il décrivit
l'Ifle & la nature de fon Commerce. C'eft un Rocher, dit-il,
fi peu étendu, fi dur & fi aride, que quelque tremblement de
terre femble l'avoir fait fortir du fein des eaux. Son Terrein de
pas plus de 30 à 40 milles d'efpace, peu fertile de fa nature,
n'a jamais été par lui-même d'un produit tant foit peu confidérable. Cependant l'activité, l'induftrie, l'économie, la fobriété,

L 3

l'es-

Le Sexe, la Vertu, l'Enfance & la Vieillesse,

Ont perdu tous leurs Droits sur cette âme tigresse.

Dans

l'esprit de Commerce infatigable de ses Habitans, en avaient fait, comme de l'ancienne Tyr, un Marché général pour toutes les *Indes Occidentales*. Ses richesses accumulées y facilitaient la vente & l'échange de toute espece de marchandises, comme la franchise de son port en ouvrait l'entrée aux Bâtimens de toutes les nations. Cette Isle était devenue de la plus grande utilité pour le Commerce en général & pour la communication de tous les Etablissemens Européens dans cette partie du monde en tems de guerre. C'était le centre commun de leurs besoins & de leurs secours mutuels. Aucun peuple n'y était préféré à l'autre. Anglais, Français, Espagnols, Américains, tous y étaient reçus avec cette facilité liante, qui est inséparable de l'esprit marchand. L'intérêt du Commerce y faisait une loi de ne repousser personne, & *l'Anglais* n'y trouvait pas moins que ses Ennemis, l'occasion de pourvoir à ses nécessités. C'est parce que nous ne jouissions pas seuls de cet avantage, que le premier effet de notre vengeance nationale à tombé sur la malheureuse St. Eustache. Sa sûreté, continua-t'il, ne consistait point en fortifications & en soldats, mais dans cet esprit de Neutralité & de Commerce, qui intéressait également tous les peuples à sa conservation. Il y avait, à la vérité, un bâtiment, que par honneur *les Bataves* appelaient un fort, & où il y avait une cinquantaine de soldats de la plus mauvaise espece. Contre une telle Isle, si absolument hors de défense, nous nous portames avec pas moins de 13 vaisseaux de ligne, un nombre proportionné de frégates, & 3 mille hommes de débarquement, sous les Ordres de nos Commandans en Chef, aux *Indes Occidentales*. On somma le Gouverneur de

se

Dans le fein des mourans , fous la tombe des morts ,

Ses mains ofent chercher d'invifibles tréfors.

De

fe rendre à difcrétion ; & une heure lui fut accordée pour fe rendre de la forte. Il fe rendit donc fans capituler, fe foumettant
à la difcrétion *de l'bonneur & de la générofité Britanniques.*

Quelle a été, pourfuit ce généreux défenfeur des droits facrés
des Nations, la conduite de nos Commandans envers un Ennemi
attaqué pour ces raifons, vaincu de cette maniere? L'on déclara
d'abord aux malheureux Habitans, que *tous leurs Biens & Effets
fans exception quelconque, étaient confisqués.* Les Tréfors du
Riche, les Marchandifes du Commerçant, les Néceffités du Pauvre, tout fut également compris dans cet ordre fans miféricorde,
& une Ifle entiere fut condamnée à la mendicité. Privés ainfi
de toute leur propriété, de tous les fruits de leur honnête Induftrie,
des Meubles même de leurs Maifons, par une fentence *d'Interdit général*, il reftait aux infortunés habitans l'efpoir unique, qu'en
expofant leur malheur & la nature de leur ruine à leurs Correfpon-
dans, tant dans les Ifles voifines qu'en Europe, ils trouveraient
chez eux de la compaffion & du crédit pour remettre fur pié
leur Commerce & fe rétablir un jour de leur perte par une vigi-
lance & une induftrie nouvelles. Mais on leur ôta bientôt cette
confolation derniere. Il leur fut ordonné de remettre aux Vainqueurs tous leurs papiers & leurs Livres de Commerce ; ordre,
qui tarit les fources de leur crédit, qui les dépouilla dans un
feul inftant de tous les moyens de rétablir leur Négoce. *Ordre
inhumain*, dit hautement M. Burke, *qui n'a point d'exemple
dans les Annales des Conquêtes, ni des envahiffemens ; ordre qui
viole les premiers principes de la Société humaine.*

De toutes parts on voit les plus nobles victimes

Tomber dans les cachots, fans connaitre leurs crimes.

Les

Ce ne fut pas néanmoins affez encore. Pour plonger ces malheureux Colons, dit toujours M. Burke, dans toute l'amertume de la détreffe, un ordre fuivant leur enjoignit de livrer jufqu'à leurs papiers domeftiques, leurs Lettres particulieres, leurs Documens de famille, fans en referver aucun. En vertu de la premiere Juffion, l'on voyait à découvert toutes les liaifons de commerce du Négociant; & la méchanceté était à même de s'affurer de quel côté l'on pouvait l'attaquer avec le plus d'avantage: par la feconde Ordonnance, la *Tirannie*, violant tous les Droits de l'Homme, ceux de la Guerre même, alla fouiller dans le fein des familles pour y ravir leurs fecrets. —— Dépouillés enfin de tous moyens de fubfifter, de toute reffource préfente ou future, ils jetterent naturellement les ïeux, pour leur entretien actuel, fur les Vivres, dont l'Ifle regorgeait, mais qui étaient comprifes dans la Sentence Générale de Confifcation. Ils s'adrefferent pour cet effet au Quartier-Maitre-Général, & ils le fupplierent de leur reftituer une petite portion de ces Vivres, pour prolonger la miférable vie d'eux & de leurs familles affamées. Quelle fut la réponfe remarquable & humaine de ce Quartier-Maitre? *pas une feule bouchée*. Ce font les propres termes dont il fe fervit, pourfuit M. Burke. Quelle fut la noirceur de ce trait deshonorant à jamais pour toute Nation qui l'approuverait par fon filence! M. Burke prévint la Chambre, qu'il n'était pas le feul de cette efpece; & il la pria d'écouter avec attention le refte des faits qu'il avait à lui expofer. *Faits, dit-il, que pour l'honneur de l'Humauité, pour celui du fiecle éclairé où nous vivons, & furtout pour celui du Chriftianifme, j'ai honte de rapporter.*

La

Les plus riches comptoirs, les Temples, leurs autels,

Ne fauraient affouvir ces féroces Mortels.

On

La vengeance qu'avait exercée les Conquérans de St. Euftache, contre les Biens des Habitans, ne put affouvir les deux Généraux: il fallut que ces Citoyens infortunés l'éprouvaffent encor dans leurs Perfonnes. Cette forte de perfécution tomba premierement & principalement fur les *Juifs.* On conduifit cette malheureufe Claffe d'Hommes, après lui avoir ôté tous fes Effets, dans une Maifon de Douane, où, environnée d'une nombreufe Garde Militaire & infolente, on dépouilla ces circoncis jufqu'à la chemife, & on les vifita pour s'affurer, qu'ils n'avaient fur eux ni Or, ni Argent; & leur ayant extorqué le peu qu'ils pouvaient en avoir encore, on les condanna à un Banniffement perpétuel de leurs Maifons & de leurs familles. Envain fe répandirent-ils en cris & en gémiffemens, qui euffent dû amollir les cœurs les plus barbares & les plus endurcis; envain fupplierent-ils *à genoux & les mains jointes,* qu'il leur fût permis du moins de prendre avec eux leurs femmes & leurs enfans, comme l'unique confolation qu'ils pouvaient avoir dans leurs malheurs accumulés, on fut fourd à leurs prieres, & cette derniere fupplication fut rejettée avec la dureté la plus inhumaine. (*a*) Arrachées ainfi des bras de ce

qu'elles

(*a*) On remarque dans les papiers Anglais, que la cruauté de Sir George Bridges Rodney envers la Nation Juive à St. Euftache, n'eft pas fans motif. Abîmé de dettes par fes excès en tous genres, & furtout par fa fureur pour le jeu, le Héros actuel de la Grande-Bretagne, fut obligé de s'expatrier, afin de fe fouftraire à la Prifon, dont le menaçaient fes Créanciers; & parmi ces Créanciers, les Juifs de Londres n'étaient pas les moins confidérables.

On charge les vaiſſeaux de dépouilles ſanglantes :

Les Epoux , leurs Moitiés , leurs Familles errantes ,

Ras-

qu'elles avaient de plus cher au monde, & privées de toute res‐
ſource pour ſubſiſter, excepté de quelques pieces d'argent qu'on
leur rendit comme une Aumône, trente de ces malheureuſes Vic‐
times furent conduites à bord du Vaiſſeau de guerre *le Shrewsbury*,
pour être transportées à St. *Chriſtophe*. Les autres Iſraélites furent
renvoyés chez eux, pour être les témoins de la miſere de leurs
Familles, & pour voir des Etrangers dans la poſſeſſion de ces
Biens, aquis au dépens d'une induſtrie active & d'un travail ſans
relâche.

Ce ne fut pas à une deſcription générale du traitement inhu‐
main, fait par l'Amiral Rodney & le Général Vaughan, aux Juifs
de St. Euſtache que s'en tint M. Burke. Il en cita des traits
particuliers qui font horreur. Il prit enſuite vivement le parti de
la Nation Juive. Il montra le peu de généroſité qu'il y avait par‐
ticulierement à maltraiter une Nation, qui, répandue ſur toute la
ſurface du Globe, n'apartenait proprement à aucun Peuple; qui,
Citoyenne du Monde, devait jouir de la protection générale de
tous les Etats, parcequ'elle était privée de la protection ſpé‐
ciale de tous; qui, enfin, partout active & induſtrieuſe, donnait
le mouvement au Commerce depuis *les extrémités de l'Aſie*,
jusqu'au *Nouveau Monde*. Il convint que la Nation Hébraïque,
avait des défauts qui la caractériſaient ; mais il remarqua, que ces dé‐
fauts provenaient en grande partie de l'état d'aviliſſement où
l'on la tenait, puiſque *l'expérience de tous les ſiecles avait
prouvé que l'eſprit humain, dans un état de ſervitude, per‐
dait toujours la moitié de ſa valeur.*

Après les *Juifs*, les premiers objets d'oppreſſion perſonnelle
furent

Raſſemblés, entaſſés ſans égard & ſans choix,

Contre le Droit des gens, contre toutes les Loix,

Dé-

furent les Américains établis à St. Euſtache : on leur ordonna
d'évacuer l'Iſle dans une eſpace d'heures marqué, ſans aucune
diſtinction, quoiqu'il s'en trouvât pluſieurs parmi eux, qui fideles à leur Roi, avaient quitté *l'Amérique* uniquement parcequ'ils
avaient été perſécutés par leurs Compatriotes de l'autre parti. Enfin le tour vint aux *ſujets des Pays-Bas-Unis* ; *& ce fut particulierement à ceux qui étaient originaires de la Ville d'Amſterdam , que Sir George Bridges Rodney* , dit M. Burke,
*avait cru pouvoir faire éprouver toute la vengeance Britan-
nique d'une façon atroce , & qui n'était autoriſée ni par le
Droit de Conquête , ni par les Loix de la Guerre.*

Ce ne fut pas néanmoins, à ce qu'obſerva M. Burke, pour
n'avoir pas été avertis de leur devoir, que les deux Commandans
avaient violé ces Droits d'une maniere ſi outrageante. Il leur
avait été préſenté des Requêtes & des Repréſentations multipliées, en faveur des infortunés Habitans de St. Euſtache, & des
Négocians Anglais en relation avec eux, dont les Biens & Effets,
trouvés dans l'Iſle, avaient été également confisqués. M. Burke
lut à la Chambre pluſieurs de ces Requêtes, ainſi que les Réponſes que MM. Rodney & Vaughan y avaient faites. Il donna ſurtout des éloges à la fermeté, avec laquelle le Solliciteur-
Général de St. *Chriſtophe* , leur avait rappelé *les Actes du Parlement Britannique-même* , en vertu desquels les Négocians Anglais étaient autoriſés à faire le Commerce avec St. Euſtache,
& l'exemple des Officiers de la Marine Britannique, qui y avaient
vendus leurs Priſes & les Cargaiſons ; Repréſentations auxquelles les deux Commandans avaient fait les réponſes les plus futiles

&

Dépouillés de leurs biens, fans appui fans défenfe,

N'ofant même entrevoir la plus faible efpérance,

Sont

& les plus arbitraires, telles par exemple que de dire, que les *Actes du Parlement d'Angleterre, fur lesquels fe fondaient les Négocians, avaient été obtenus par furprise, & étaient par conféquent de nulle valeur.*

Mais, outre les Actés du Corps légiflatif même de la Nation Anglaife, auxquels Mrs. Rodney & Vaughan avaient porté atteinte, Mr. Burke foutint, qu'ils avaient foulé aux piés *la Loi des Nations & le Droit de la Guerre*; & il le prouva en détail. Il pofa pour principe, *que la propriété particuliere, lors d'une Conquête, n'était jamais fujette à confiscation.* Il n'y avait pas, à la vérité, de Loi écrite qui établît ce Droit; mais la Loi des Nations n'était pas écrite elle-même : l'aveu unanime des Peuples, & fon obfervation durant une longue fuite de fiecles en formaient la regle & la fanction. La nature de la chofe l'exigeait d'ailleurs ; & le témoignage des Ecrivains les plus eftimés de toutes les Nations venait à l'appui.

Le Droit de la Guerre, dit-il en fecond lieu, *ne faurait être infini : il ceffe avec la réfiftance du Vaincu :* lorfque celui-ci fe foumet à la Souveraineté du Vainqueur, il a droit à fa protection; & un Souverain, qui accepte la reddition d'un Peuple, qui l'admet par conféquent au nombre de fes Sujets, s'il ufe enfuite de la Victoire pour dépouiller des vaincus, pour s'approprier les Biens qu'ils poffedent comme Individus, viole la promeffe qu'il a faite par fon acceptation ; il fe dégrade de la dignité de Souverain, & prend la qualité *de forban, de voleur.* M. Burke autorifa ces principes par l'ufage des Nations, défiant que l'on pût lui citer un exemple, que de mémoire d'homme, ja-

mais

Sont entrainés bien loin de leur pays natal,

Livrés à la merci d'un Ennemi brutal.

Eſt

jamais confiſcation ait eu lieu de la part d'un vainqueur, telle qu'à *St. Euſtache*.

La *Grenade*, s'était rendue à discrétion comme cette Iſle Batave; elle s'était rendue après avoir fait de la réſiſtance; elle avait été priſe d'aſſaut l'épée à la main : & neanmoins les Habitans avaient été laiſſés dans la paiſible poſſeſſion de leurs Biens & de leurs Terres. Enfin pour ne rien omettre de ce qui pouvait prouver invinciblement ſa Theſe, M. Burke avec l'Eloquence la plus vive & la plus rapide, cita l'autorité des Auteurs les plus accrédités, qui ont écrit depuis deux Siecles ſur le Droit des Gens & ſur les Loix de la Guerre.

Avant de terminer ſon diſcours, M. Burke refuta les argumens dont s'étaient ſervis les Héros de St. Euſtache pour rejetter les repréſentations du Solliciteur-Général de St. Criſtophe, & toutes les autres qui leur avaient été faites. Sur ce qu'on leur avait remontré que les Français pourraient uſer de Repréſailles envers les habitans de *la Grenade*, les deux Commandans avaient répondu, que *les Français n'en auraient pas la hardieſſe. Une telle réponſe* dit M. Burke, *à quoi peut-elle ſervir, ſinon qu'à provoquer nos Ennemis ? Peut-on s'attendre, qu'ils ſouffriront ainſi paiſiblement l'inſulte ajoutée à l'injuſtice ; & que pour nous prouver que ce n'eſt pas la crainte, qui les retient, ils ne feront pas uſage du pouvoir qu'ils ont en mains ? Et dans ce cas, à qui les malheureux Habitans de la Grenade devront-ils s'en prendre, ſinon à l'inſolence de nos Commandans & à l'injuſtice de notre Miniſtere.* Il pouvait ajouter *& à la mauvaiſe éducation que ces Commandans avaient reçue.*

Une

Eſt ce donc des Anglais, ou des monſtres féroces

Qui peuvent ſe ſouiller de ces actes atroces? (1)

Ja-

Une autre réponſe de ces Commandans, à laquelle les Partiſans de l'Adminiſtration avaient le plus hautement applaudi, était
celle, *par laquelle ils avaient renvoyé les Négocians Anglais aux
voies de la juſtice, pour réclamer leur propriété.* C'eſt une réponſe, dit M. Burke, *qu'un Militaire, dans l'ivreſſe de ſes avantages, peut faire à l'aiſe dans la Cabine, aſſis ſur un Canon.
Mais c'eſt une réponſe, qui n'eſt conforme ni à la juſtice, ni
à l'équité, ſurtout eu égard à la ſituation, dans laquelle Sir
George Bridges Rodney avait mis les Négocians lui-même.
Des Infortunés, auxquels il a laiſſé à peine des habits pour ſe
couvrir, où trouveront-ils de quoi faire les frais des procédures
néceſſaires? J'en puis citer un exemple,* dit toujours M. Burke.
*Il m'a été recommandé une Dame, dont le Mari, après avoir
été longtems abſent, & après des adverſités multipliées, eſt mort
en pays étrangers, laiſſant pour tout Biens à ſa triſte Veuve &
à ſes Enfans 9 mille livres Sterlings qui font, Argent de
France, 202,500 livres; qu'il avait placées dans le Commerce à
St. Euſtache. Cette petite ſucceſſion ayant été confisquée avec
le reſte de ce qui ſe trouvait dans l'Iſle, de quoi cette Dame
& ſa malheureuſe famille, dépouillée de tout ce qu'elle
avait au monde, fournira-elle aux frais du procès? De
quoi vivra-t'elle avant que ce procès, qui peut durer des années
entieres, ſoit finalement terminé? Comment enfin ſe procure-
ra-t-elle les preuves néceſſaires pour la Réclamation? Car,
& ceci n'eſt pas une des inconſéquences, ou plutôt des injuſti-
ces les moins manifeſtes qui réſultent des réponſes de Sir George Bridges Rodnei, il s'eſt emparé de tous les papiers, de*

tous

Jamais les flibuftiers, l'effroi des vaftes Mers,

N'ont égalé Rodnei dans leurs crimes divers. (2)

Eft-ce dans les forêts qui couvrent la Libie,

Que ce Monftre affamé put recevoir la vie?

Non: chez un Peuple illuftre & jadis généreux, (3)

Il a reçu le jour d'honorables Aïeux.

Son cœur n'était point né pour des forfaits femblables.

On lui crut des vertus & des droits véritables

A

*tous les Livres de Commerce des Négocians de St. Euftache:
comment vérifieront-ils jamais leurs réclamations, au cas qu'ils
aient recours à la voie de la Juftice? Et n'eft-ce pas une
façon d'agir révoltante, d'ôter à des Infortunés les feules armes dont ils pourraient fe fervir contre nous, & de les provoquer enfuite, avec un ris moqueur & d'une maniere infultante à nous attaquer.*

(1) Oui ce font des Anglais: eux feuls dans l'Univers aujour-
d'hui, auraient été & font encor capables de commettre de femblables horreurs.

(2) Après la victoire, les flibuftiers étaient toujours humains,
quelquefois même généreux & bienfaifans.

(3) S'il le fut, il fe fait gloire en ce fiecle de jouer un rôle
tout-à-fait oppofé.

A l'eſtime publique, aux égards des humains. (1)

Mais il oſa ſervir à de barbares mains

Pour opprimer un peuple ami de l'Angleterre. (2)

Rodnei ſait les devoirs que reſpecte la guerre;

II

(1) On ſe trompe lourdement, au jugement même de M. Burke.

(2) Un honnête-homme eût refuſé l'ordre d'exécuter une entreprise qui ne pouvait que flétrir à jamais le Général, le Miniſtre, le Souverain qui donnaient les ordres, & la Nation entiere qui leur applaudiſſait par ſes acclamations. En effet nous ne devons pas juger la conduite des Généraux Anglais à St. Euſtache, du même œil dont nous conſidérons les Généraux en France, en Eſpagne, en Pruſſe &c. Ceux-ci ont un Maitre, ils doivent exécuter ſes ordres à la lettre; mais il n'en eſt pas de même ſelon l'orgueilleux Anglais. Il ſe dit libre. La Nation entiere, repréſentée par ſes Députés, dans les deux Chambres du Parlement Britannique, a le Droit conſtitutionnel, de ſe faire rendre compte par ſon Roi & par ſes Miniſtres de tous les objets qui intéreſſent le Corps de la Nation : le Parlement peut examiner, juger & punir également tout prévaricateur dans les affaires publiques, fût-il même portant Sceptre & Couronne. L'Univers n'eſt-il donc pas fondé à dire hautement que la Nation Anglaiſe, collectivement priſe, eſt coupable de toutes les horreurs commiſes par l'Amiral Rodney, Vaughan, & tous ceux qui ont cru pouvoir, quoique de bien-loin, marcher ſur les traces de ces deux Officiers? Si le Parlement Britannique les a regardé comme coupables, pourquoi ne les a-t-il pas puni? S'il les a cru criminels, pourquoi

Rod-

Il eût voulu fauver aux fiecles à venir

D'un fi coupable exploit l'odieux fouvenir.

Mais l'ordre d'un Tiran , fon vouloir despotique

Echappés à l'accès de l'orgueil Britannique,

Ont fu lui commander ces baffes actions.

Eux feuls & leurs auteurs, aux ïeux des nations

D'un opprobre éternel doivent porter la peine.

Ils font déja punis pár la plus jufte haine, (1)

Et peut-être qu'un jour, la févere Equité,

Vengera le Batave avec l'Humanité. (2)

CHANT

Rodney a-t'il été reçu avec des acclamations extraordinaires, a-t'il reçu des récompenfes, a-t'il été de nouveau chargé du Commandement, & lavé en plein Parlement des accufations intentées contre lui? C'eft que tout ce qu'il a fait, a été approuvé par la Nation entiere affemblée en Parlement.

(1) Eh! Qu'importe à l'Angleterre, l'Amour ou la Haine des Nations?

(2) M. de la Mothe-Piquet eft le feul qui jufqu'à préfent ait puni Rodney & l'Angleterre de leurs forfaits à St. Euftache, en leur enlevant la meilleure & la plus riche portion de leurs vols odieux.

CHANT DIXIEME.

Ô vous ! qui d'Albion chériſſant l'alliance,

Laiſſiez languir vos Forts, vos Iſles ſans défenſe :

A ces traits de grandeur , à ces coups immortels,

Reconnaiſſez enfin vos amis naturels.

Tels ſont les Demi-Dieux, dont votre République

Célebrait les vertus, l'exiſtence héroïque.

Bataves, trop long-tems d'un vain masque éblouis,

Et par un faux éclat de plus en plus ſurpris,

Vous oſiez élever au niveau des Dieux-mêmes,

Exalter, ſans rougir, par des honneurs ſuprêmes

Des farouches mortels indignes de vos vœux,

Abhorrés de la terre & déteſtés des Cieux !

Mais le preſtige fuit, votre erreur ſe diſſippe ;

L'Anglais vous perſécute encor plus que Philippe,

Il oſe ſe montrer, & ſon masque eſt tombé,

Le Héros disparait, & le monſtre eſt reſté.

De-

Depuis un luftre & plus, l'Amérique éplorée,

Sous le fer des Tirans fanglante, déchirée,

De l'Amftel invoquait la valeur & le bras;

Infenfible à fes cris, il ne l'écoutait pas.

Au fein de vos cités, l'Angleterre elle-même,

Ofait dicter des loix & fon vouloir fupreme.

Par leurs complots pervers, fes hardis partifans

Enchaînaient les efprits par des reffors puiffans.

Au plus vil intérêt, l'aveugle Batavie,

Immolait fans effroi fa gloire & la patrie. (1)

La

(1) Les fommes immenfes qu'un grand nombre de fujets Bataves avaient dans les fonds de l'Angleterre, les faifaient pancher naturellement du côté de cette Puiffance, comme fi l'Amour de la Patrie, dans le cœur d'un vrai Républicain, ne devait pas l'emporter infiniment fur toute autre confidération. Ces âmes viles auraient vu de l'œil le pius indifférent la ruine de la République entiere, pourvu que leurs richeffes n'en euffent fouffert aucune atteinte; & ces mauvais citoyens feraient morts de rage & de défefpoir, fi, la Batavie reprenant la fplendeur dont elle jouiffait il y a cent cinquante années, il leur en eût coûté la moitié de leur fortune. O Bataves, Bataves, fi vos Ancêtres d'immortelle mémoire euffent penfé comme vous, vous gémiriez encor fous le joug de la Caftille!

La Tamife attirait fes plus tendres regards;

Pour elle fes tréfors paffait dans fes remparts;

Sur elle le Batave affeyait fa fortune;

La voix de la Raifon lui femblait importune,

Et George, en Souverain, regnait aux Pays-Bas

Plus defpotiquement qu'en fes propres Etats.

Tel eft le trifte effet de la foif des richeffes!

Un cœur qu'elle dévore entaffe les baffeffes,

S'avilit fans remords, s'endurcit dans les fers,

Et brave le mépris de cent peuples divers. (1)

O Batave! à ces traits, reconnais ton image:

Dans les fiecles paffés tu fus un peuple fage;

Ton

(1) Il n'eft perfonne, parmi le grand nombre de Savans qui fe diftinguent dans la République des Pays-Bas-Unis, qui n'ait lu cette phrafe dans Voltaire. *La Hollande n'eft plus une Nation, mais une Société illuftre de Marchands.* Quel eft l'honnête Batave, qui à cette lecture n'ait frémi d'horreur fur la fituation de fa patrie, & fur le fien propre? Les Sept Provinces ont connu ce paffage terrible, & n'ont pas profité de cette leçon, quel aveuglement funefte!

Ton active induſtrie enchainait les Deſtins;

La palme des guerriers fleuriſſait dans tes mains;

Et la Tamiſe altiere, à ton aſpect tremblante,

Voyait ſa Nimphe en pleurs & fuyant d'épouvante,

Neptune pour toi ſeul agiter ſon Trident,

Et ſoumettre à tes loix les Dieux de l'Océan.

Mais O Ciel! aujourd'hui, tu méprifes la Gloire;

Tu préfere ton Or aux chants de la Victoire;

Par un mélange impur, cent peuples corrompus

Etouffent dans ton ſein le germe des vertus:

De tes voiſins bientôt, imitant les caprices,

Tu te glorifiras d'épouſer tous leurs vices. (1)

En-

(1) Les mœurs corrompues des Etats voiſins font tous leurs efforts pour s'établir en Batavie. Il n'eſt pas auſſi de Pays où les femmes faſſent plus de folie pour parer leurs enfans. C'eſt avec la plus vive douleur que l'Auteur de cet ouvrage vit dernierement un aïeul vénérable qui, couvert de la reſpectable ſimplicité de ſon ſiecle, conduiſait à la promenade trois de ſes Petits-Fils, ſur qui la Mere Françaiſe ou Anglaiſe, avait épuiſé tout ſon art pour imiter en Batavie le faſte de ſa Nation. Bataves, ſouvenez-vous que le luxe fut toujours la ruine des Républiques, & que les femmes l'ont introduit partout.

En vain d'un Peuple libre & jaloux de ſes Droits (1)

La valeur terraſſait Albion & ſes Rois: (2)

En vain publiait-il, qu'inſtruit par tes Ancêtres,

Comme eux il refuſait de ramper ſous des Maîtres:

Sur ton propre intérêt, fur toi-même aveuglé,

Soumis, ſans le ſavoir, au Parti raſſemblé

Dont Albion chez toi ſalariait les peines,

Au bord du précipice & chériſſant tes chaînes,

Pour le Tiran des mers ton cœur formait des Vœux,

Et les fers ſe forgeaient pour tes derniers Neveux.

O Manes de Ruyter, (3) Ombre à jamais ſacrée! (4)

O Tromp! (5) Cher Barneveldt! (6) du haut de l'Empirée

Où

____

(1) Les Américains.

(2) Voyez le premier Mémoire préſenté aux Etats-Généraux par ſon Excellence M. John Adams, Miniſtre Plénipotentiaire des Etats-Unis de l'Amérique Septemtrionale, près la Républi-que des Pays-Bas-Unis.

(3) *Michiel Adrien de Ruyter* né à Fleſſingue ville de Zélande en 1607., entra dans la marine à l'âge de Onze ans. Il com-mença par être mouſſe, puis matelot, & n'en fut que plus reſ-pectable. Après avoir paſſé par tous les grades, il parvint au rang de Vice-Amiral, & de Lieutenant-Amiral-Général, le plus

haut

Où les Dieux immortels (7) couronnent vos vertus,

Ranimez d'un regard sept Peuples abattus!

Dai-

haut degré où il pouvait arriver dans sa République. Cette derniere dignité lui fut conférée après la victoire signalée qu'il remporta sur les Flottes *Française & Anglaise* le 7 de Juin 1672. Pendant les Conférences qui se tenaient à Bréda pour la paix, Ruyter, pour punir les Anglais des ravages qu'ils avaient faits en Affrique sur les terres de la République, & des pillages exercés dans la Manche sur les vaisseaux de sa nation, avant même que la guerre fût déclarée, résolut d'aller porter le fer & le feu dans le sein-même de la Grande-Bretagne. Pour cet effet, ayant levé l'ancre le 13 Juin 1667., suivi de soixante & douze vaisseaux, il arriva le 18 à l'embouchure de la *Tamise*, la remonta jusqu'à *Chatham*, prit & brûla plusieurs vaisseaux de ligne, un Fort dont il enleva l'artillerie, fit plus de cinq cens prisonniers, porta la terreur jusqu'à *Londres*, & sortit triomphant de la Tamise, sans aucune perte, après en avoir causé d'immenses à l'Angleterre. Ce grand homme, toujours vainqueur, toutes les fois qu'il eut le commandement en chef, qui sauva sa patrie & l'enrichit même pendant l'expédition de Louis XIV, au moment qu'elle semblait anéantie pour jamais, fut tué devant la ville d'*Agosta* en Sicile, dans un combat qu'il livra aux Français, le 17 de Mars 1676, lorsqu'il venait au secours des Espagnols. Son corps fut transféré à Amsterdam, inhumé dans le Temple neuf des Réformés, où, après de magnifiques funérailles, les Etats-Généraux lui firent élever un monument digne de la gloire de cet illustre Marin & de leur reconnaissance pour les services signalés qu'il avait rendu à la République. Louis XIV, dans la guerre précédente, avait décoré Ruyter du cordon de l'ordre de St. Michel; Charles II

Roi

Daignez venir encor:..... mais non:.... vos âmes magnanimes

Ne pourraient qu'abhorrer les indignes maximes

Que

Roi d'Espagne lui envoya les patentes de *Duc*, mais elles n'arriverent qu'après sa mort, & ses Enfans refuserent ce titre si recherché dans les Etats Monarchiques, mais au dessous du nom de Citoyen dans une République. Louis XIV, ayant appris la mort de Ruyter, en parut très-affligé. Quelques uns des Courtisans qui l'environnaient, lui représenterent *qu'il était délivré d'un Ennemi dangereux.* Louis répondit : *qu'on ne pouvait s'empêcher d'être sensible à la mort d'un Grand Homme.* Ces paroles honorent également le Monarque & le Guerrier.

(4) Quelque illustre que soit le nom d'*Orange & de Nassau*, il n'est pas au dessus de celui de *Ruyter.* Les Princes d'Orange ont fondé la République, mais elle dut son existence à *Ruyter*, dans le moment le plus critique où elle se trouva jamais.

(5) *Martin Harpertsz. Tromp*, Amiral de la République, était natif de *la Brille* dans la Province de *Hollande.* Comme Ruyter, il dut à son mérite seul la charge éminente où il fut élevé. Il s'embarqua pour les Indes à l'âge de huit ans. Ayant été pris successivement par des Pirates *Anglais & Barbaresques*, il apprit sous eux toutes les ruses des combats de Mer. En 1639. il défit la nombreuse flotte d'Espagne, & gagna 32. autres batailles navales. Il fut tué sur le pont de son vaisseau, dans un combat contre les *Anglais*, le 10 d'*Auguste* 1653. Les Etats-Généraux non seulement lui firent des Obseques solemnelles, à Delft, où ils lui éleverent un mausolée superbe, mais ils ordonnerent encor de frapper des médailles pour honorer sa mémoire.

(6) Nous avons parlé plus haut de cette illustre Victime du zèle & de l'amour pour sa Patrie.

Que chez vos Defcendans on adopte aujourd'hui!

La plus mâle valeur fut votre unique appui:

Il

(7) Les Bataves, ainfi que tous les Peuples Septentrionaux, avaient d'autres Dieux que les Grecs & les Romains. Ils n'honoraient jadis que trois Divinités, favoir: ODIN, FREA OU FRAYA fa femme, & THOR leur fils. A ces Déités étaient fubordonnés douze autres *Dieux* & autant de *Déeffes*. *Odin* était appelé *le terrible, celui qui donne la victoire, qui vit & gouverne pendant les fiecles, & qui dirige tout ce qui eft en haut & en bas.* Ce Dieu fut d'abord honoré en pleine campagne & fans temples. Mais à mefure que ces Peuples formerent des liaifons avec les autres nations de l'Europe, ils apprirent à élever des temples, dont le plus fameux fut celui d'*Upfal* en Suede; l'or y brillait de tous côtés; & une chaine de ce métal entourait le toit, quoique fa circonférence fut de 900 aunes de Paris. Dans les commencemens on n'offrait au Dieu *Odin* que les prémices des recoltes, & les plus beaux fruits des arbres & de la terre. Dans la fuite on lui immola des animaux, & quand on fe fut mis dans l'efprit que le fang appaifait fa colere, on alla jufqu'à lui offrir des victimes humaines en holocaufte. Durant les plus grandes calamités, on lui immolait les têtes les plus cheres: c'eft ainfi que le premier Roi de *Vermeland*, fut brulé en l'honneur d'*Odin*, pour faire ceffer une affreufe difette. Haquin Roi de *Norwêge*, & Annas Roi de *Suede* lui ont offerts leurs propres Enfans. Pour honorer *Odin*, prefque tous les Peuples du Nord, ont donné fon nom au quatrieme jour de la femaine. Ils le nommerent *Odens-dag*, enfuite *Wodensdag*, d'où il eft à prefumer que le *Woens-*

dag

Il fallait arrêter vos Cohortes guerrieres;

L'univers respectait le fer de vos bannieres;

La féroce Albion tremblait dans ses foyers;

Elle-même, en vos murs, par des propos altiers

N'aurait osé jamais vous commander en Maitre; (8)

Ses outrages sanglans (9) seraient encor à naitre,

Ou,

dag des Bataves de nos jours, tire son étimologie & les Anglais en ont faits *Wednesday*. FREA ou FRAYA, était leur *Venus* & leur *Pallas*, car elle accompagnait toujours son mari à la guerre, & partageait avec lui les ames de ceux qui avaient été tués. Les peuples du Nord lui avaient consacré le sixieme jour de la Semaine, sous le nom de *Freydag* ou *Vrydag*, les Anglais *Fryday*. THOR, troisieme grande Divinité des Peuples du Nord, présidait aux vens, aux saisons & à la foudre. Il était le défenseur & le vengeur des Dieux, & ne marchait jamais sans une grosse massue dont il se servait pour terrasser ses ennemis. Ses combats les plus fréquens étaient contre LOKE, regardé *comme le principe de tout mal*. On avait consacré à *Thor* le cinquieme jour de la semaine, qui chez tous les Peuples septentrionaux; sinifie *jour du tonnerre*. *Thursday* en Anglais, & en Batave *Donderdag*.

(8) L'on fait ici allusion au Mémoire du Chevalier Yorke Ambassadeur Britannique près les Etats-Généraux à la Haie; du 12. Décembre 1780. Voici cet admirable morceau de modestie, de modération & de justice. *Hauts & Puissans Seigneurs, la conduite uniforme du Roi envers la République, l'amitié qui sub-*

siste

Ou, votre bras vengeur dans son sang odieux,

Eût arrêté bientôt ses pas audacieux.

Que

siste depuis si longtems entre les deux nations, le Droit des Sou-
verains & la foi des engagemens les plus solemnels, décidéront
sans doute la réponse de V. H. P. au Mémoire que le soussigné
présenta il y a quelque tems, par ordre exprès de sa Cour.
Ce serait méconnaître la sagesse & la justice de V. H. P., que
de supposer, qu'Elles puissent balancer un moment à donner la
satisfaction demandée par S. M. Comme les Résolutions de V.
H. P. du 27. Novembre étaient le résultat d'une délibération
qui ne regardait que l'intérieur de votre Gouvernement, &
qu'il ne s'agissait pas alors de répondre au susdit Mémoire, la
seule remarque que l'on fera sur ces Résolutions est, que les
principes, qui les ont dictées, prouvent évidemment la justice de
la demande faite par le Roi. En délibérant, sur ce Mémoire,
auquel le Soussigné requiert ici, au nom de sa Cour une Répon-
se immédiate & satisfaisante à tous égards, V. H. P. se rap-
pelleront sans doute, que l'affaire est de la derniere importance;
qu'il s'agit d'une plainte portée par un Souverain offensé; que
l'offense; dont il demande une punition exemplaire & une satis-
faction complette, est une violation de la Constitution Batave,
dont le Roi est garant; une infraction de la foi publique; un
attentat contre la dignité de sa Couronne. Le Roi ne s'est ja-
mais imaginé que V. H. P. eussent approuvé un Traité avec ses
sujets rebelles; c'aurait été une levée de boucliers de votre part,
une Déclaration de guerre: mais l'offense a été commise par
les Magistrats d'une ville qui fait une partie considérable de
l'Etat; & c'est à la Puissance Souveraine à la punir & à
la réparer. S. M., par les plaintes portées par son Ambassa-
deur,

Que les tems font changés!.. Mais.. Dieux!. quelle merveille

Vient étonner mes fens, furprendre mon oreille!

Quel

deur, à mis la punition & la réparation entre les mains de
V. H. P.; & ce ne fera qu'à la derniere extremité, c'eſt-à-
dire, dans le cas d'un déni de juſtice de votre part, ou d'un
filence qui doit être interprété comme un refus, que le Roi
s'en chargera lui-même. *Fait à la Haie le 12. Decembre 1780.*
Signé le Chevalier Yorke.

(9) Plufieurs Citoyens, dont la fortune était confiée à la Banque de Londres, gouvernés uniquement par leur intérêt perfonnel, & non par l'amour de la gloire de leur Patrie, auraient préféré de fouffrir patiemment tous les outrages, toutes les injures,
atroces, dont le defpotifme Anglais les vexait journellement &
dans toutes les parties du monde, plutôt que d'en venir à de
juſtes répréfailles. Ce parti femblait même prévaloir. Déja un
Capitaine de Vaiſſeau *Batave*, arrêté par un Armateur *Anglais*,
avait été couché fur le pont de fon vaiſſeau, y avait reçu les plus
indignes outrages. L'Anglais ayant été pris quelque tems après
par un vaiſſeau de guerre *Français* & amené dans un port de
France, fur reconnu à fa jambe de bois, & transféré en *Batavie*
pour y recevoir le juſte châtiment qu'il méritait. L'affront était
public, tous les papiers l'avaient rapporté, & l'Europe ignore encore fi le fcélérat a été puni. Déja le Comte de *Byland* avait
vu les vaiſſeaux marchands de fa nation qu'il efcortait avec quelques vaiſſeaux de guerre, attaqué même fous fes ïeux & fous le
pavillon *Batave*. Le Comte ne les avait mis à l'abri qu'en faifant feu fur les affaillans. Déja le 10 d'*Augufte* 1780, un Exprès
arrivé à St. Euftache, de la part du Gouverneur de l'Iſle St. Martin, avait inſtruit le Gouverneur de la premiere Iſle, que 7. *Bâ-*

timens

Quel bruit frappe les airs ? par cent bouches d'airain

Le Salpêtre embrasé tonne dans le lointain !

Les Nimphes qui jouaient sur les plaines liquides,

Autour du char brillant des belles Néréides,

Le

timens Américains, poursuivis par quelques vaisseaux de guerre *Anglais*, s'étaient réfugiés au commencement du même mois dans le port de St. *Martin* qui appartient aux Bataves : mais que le 9. du même mois un vaisseau de ligne, six frégates, & un cuter *Anglais* y étant venus mouiller, & ayant débarqué un Détachement de Troupes, le Commandant de l'Escadrille avait exigé, qu'on lui livrât non seulement le 7. bâtimens *Américains*, mais aussi la partie de leur Cargaison qui avait déja été portée à terre, menaçant en cas de refus, de mettre l'Isle à feu & à sang: que le Gouverneur sur cette réquisition fit demander au Commandant *Anglais*, s'il agissait par ordre de sa Cour? Le priant, en cas d'affirmative, d'en certifier par écrit: que le Commandant en ayant effectivement donné l'assurance par *une Déclaration de sa main*, réitérant en même tems la demande de l'extradition des Bâtimens *Américains & de leurs Cargaisons*, le Gouverneur, hors d'état de résister à des forces aussi supérieures, s'était vû contraint de se soumettre à cette violence, en livrant non seulement les Navires *Américains*, mais aussi *le Tabac de leur Cargaison, qui avait déja été payé & mis en magasin*. L'on n'en eût pas certainement agi de la sorte sur le territoire du Roi de Prusse. Après des outrages semblables, l'Europe impartiale a-t'elle pu voir sans indignation le Mémoire & les plaintes des prétendus griefs de la Cour Britannique?

Le Dieu du Zuyderzée (1) & ceux du Doggersbank, (2)

Voient leurs ondes bondir & se teindre de sang:

Les Tritons effrayés s'enfuir dans la Baltique,

Ou couvrir de Bergen (3) la côte pacifique;

Et Téthys elle-même, (4) au comble de l'effroi,

Implorer Amphitrite, (5) Océan (6) & son Roi. (7)

Quel

(1) Le Zuyderzée est un Golphe de la Mer du Nord, qui s'étend du S. au N. dans la *Batavie*, entre les Provinces confédérées de *Frise*, *d'Overyssel*, *de Gueldre & de Hollande*. Les vaisseaux qui viennent d'Amsterdam, sont obligés de le traverser pour se rendre à l'ouverture du Texel, & entrer en pleine Mer.

(2) Ou banc du *Dogue* sur la Côte de Norvége, à 55. degrés. 50. Minutes de lat. Septentrionale: à 41. lieues Nord-Ouest du Texel.

(3) Capitale de la Norvége. Long. 23. 15. lat. 60. 11.

(4) Téthys fille du Ciel & de la Terre, était femme de l'Océan, Mere d'Amphitrite, & d'un grand nombre de Nimphes, connues sous le nom d'Océanies.

(5) Amphitrite était fille d'Océan & de Téthys & femme de Neptune.

(6) Océan était un Dieu marin, fils du Ciel & de Vesta, pere des fleuves & des fontaines. Il épousa Tethys, & en eut plusieurs enfans.

(7) Le Dieu ou le Roi de l'Océan, de toutes les mers, & de toutes les Divinités marines, était *Neptune*.

Quel prodige noùveau quel trouble épouventable,

Succedent aux douceurs de ce calme agréable

Que le vouloir des Dieux qui préſident au Nord,

Semblait éternifer par leur augufte accord!

Quels mortels ont ofé ?.... mais loin de leurs rivages,

Il eſt encor permis de punir des outrages:

Et le Batave enfin, rappelant fa vigueur,

A combattu l'Anglais, & retourne vainqueur.

O Reine des Cités de l'Union Belgique,

Généreufe Amſterdam, (1) illuftre République!

C'eſt ton front magnanime & tes braves Guerriers,

Que la Victoire ceint de fes premiers lauriers.

Seule

(1) Par une fatalité finguliere, les vaiſſeaux de guerre du *Département de la ville d'Amſterdam*, furent les feuls qui eurent part au combat du 5. *d'Augufte* 1781. Les ordres donnés, réitérés plus d'une fois aux vaiſſeaux de la *Meufe* de joindre le Convoi *Batave* au Texel, ne purent être exécutés; tandisque la Province de *Zélande*, menacée dans le même tems d'une attaque, de la part d'une Efcadre Anglaife, ne pu voir que l'on diminuât le nombre des vaiſſeaux alors à fa rade qui faifaient la fûreté de cet Etat.

Seule contre l'Anglais, tu braves sa puissance :

Déja je vois Zoutman (1) ton héros qui s'avance :

L'intrépide Dedel (2) la terreur d'Albion,

L'habile Kinsbergen (3) hissent leur pavillon.

Près d'eux marche Bentinck, (4) l'honneur de sa patrie,

S'il peut servir l'Etat, comptant pour rien la vie.

Braam, (5) Brak, (6) Staringh (7) invincibles héros,

Et leurs braves guerriers, sur l'Empire des eaux,

D'un

(1) L'Escadre aux ordres du Contre-Amiral *Zoutman* sortit le 1. *d'Auguste* 1781. du *Vlie*, une des Embouchures du *Zuiderzée* avec un gros convoi de vaisseaux marchands pour les mers du Nord. Ses forces consistaient dans les vaisseaux suivans : *L'Amiral de Ruyter de* 68. *La Hollande de* 68. *l'Amiral-Général de* 76. *le Batave de* 54. *Le Prince-Héréditaire de* 54. *L'Amiral-Piet-Heyn de* 56. *l'Argo de* 40. & huit Frégates ou Corvettes depuis 36. jusqu'à 20. Canons. Le Contre-Amiral Zoutman montait *l'Amiral de Ruyter*.

(2) Il montait *la Hollande*.

(3) Il montait *l'Amiral-Général*.

(4) Il montait *le Batave*.

(5) Il montait *l'Amiral-Piet-Heyn*.

(6) L'on a été forcé pour la mesure du vers, de supprimer un A du nom de cet Officier qui se nomme *Braak*, & qui commandait *le Prince Héréditaire*.

(7) Capitaine du vaisseau, ou plutôt de la frégate *l'Argo*.

D'un puiſſant Ennemi courent vaincre les forces.

La Patrie & la Gloire, & leurs douces amorces,

Enflamment leur courage & pénetrent leur ſein :

Le fer de la Victoire étincele en leur main :

Le ſignal eſt donné : la foudre & la fumée

Frappent, couvrent partout les Chefs & leur armée :

Une valeur égale ordonne tous les pas,

Chacun veut recevoir, ou donner le trépas.

Le plomb, d'un vol léger, vient hâcher les cordages,

Les mâts demi-rompus, le ſang des Equipages,

Les bleſſés & les morts embraſent la valeur :

Partout même courage & la même vigueur. (1)

Par-

(1) Le 5 d'Auguſte 1781 vers les 4 heures du matin, le Capitaine Comte de *Welderen* commandant le Cutter l'*Ajax*, vint rapporter au Contre-Amiral *Zoutman* qu'il avait apperçu un Convoi *Anglais* venant de la *Baltique*, ſous l'eſcorte du Vice-Amiral *Hyde Parker*. Auſſitôt la diviſion de l'Eſcadre *Hollandaiſe*, aux ordres du Capitaine *van Kinsbergen*, qui ſe tenait au vent du Convoi, vint ſe ranger près des autres vaiſſeaux. Sur le rapport de ce Capitaine, le Contre-Amiral arbora le ſignal de former la ligne de bataille. L'Eſcadre *Anglaiſe* s'approchait en atten-

N dant,

Parker (2) enfin battu, cédant à la vaillance, (3)

Certain de fon malheur, fans la moindre efpérance,

Voyant

dant, & à fon allure elle paraiffait certaine de la victoire. Elle était compofée de 8 vaiffeaux à 3 ponts; & fur un autre de 74 flottait le Pavillon de *Vice-Amiral*. L'Efcadre *Hollandaife*, fans être intimidée par la fupériorité, ni par l'air avantageux de l'Ennemi, s'avança en bon ordre, & *à cinq heures & demie* tous les vaiffeaux fe trouverent rangés, & en état de le recevoir. Ils l'attendirent jufqu'à *huit heures moins 10 minutes*. Alors, l'Efcadre *Anglaife* étant à portée du fufil, & *Zoutman* ayant fait le fignal d'engager, l'Action commença. Le premier feu s'ouvrit entre les deux *Amiraux*, qui s'approcherent à la demi-portée du fufil; & dans ce choc le vaiffeau de 74 que montait l'Amiral *Anglais* fut foutenu vigoureufement par celui à trois ponts de 80 qui lui fervait de matelot. Ils fe relevaient l'un l'autre dans leurs décharges; de forte que durant plus de *de deux heures*, le Contre-Amiral *Hollandais* effuya un feu des plus terribles. Le fien fut toujours fervi avec ardeur; & au milieu d'une grêle de boulets, les Officiers & l'Equipage, animés par l'exemple de leur digne Commandant, firent conftamment paraitre la réfolution la plus déterminée. Les vaiffeaux des Capitaines *van Braam & Dédel*, qui étaient à la queue de la ligne, foutinrent une attaque non moins furieufe de la part de ceux qui leur étaient oppofés dans la ligne *Anglaife*, particulierement le dernier, qui, durant une grande partie de l'action, eut à faire à deux vaiffeaux à la fois. *Le Batave* de 54 qui était à l'avant du *Contre-Amiral*, fe trouva pareillement écrafé quelque tems par le feu fupérieur de deux vaiffeaux *Anglais*. Le Baron *de Bentinck* qui le commandait, avait été bleffé dès le commencement de l'Action par une

groffe

Voyant ſes ponts ſanglans, & ſes mâts fracaſſés;

Ses agrêts en morceaux, ſes ſoldats terraſſés,

Or-

groſſe mitraille, qui, entrée par la poitrine, était ſortie ſous l'épaule & avait caſſé la clavicule. Son Capitaine en ſecond, craignant d'être enfin accablé par le nombre, lui fit demander ſes ordres; ſur quoi ce brave Commandant répondit *qu'il devait riſquer tout, & pé-rir, plutôt que de reculer.* L'Equipage n'avait pas attendu cet ordre de ſon Capitaine : il avait déclaré *qu'il ne conſentirait ja-mais à ſe rendre, & qu'il aimait mieux ſe laiſſer couler à fond, que de reculer devant des Anglais.* Le Combat ne fut pas moins ſanglant, ni moins opiniâtre à l'avant de la ligne. Le vaiſſeau qui formait la tête de celle des *Anglais*, ayant eſſuyé un feu des plus vigoureux, de la part du Capitaine *van Kinsbergen* & perdu ſon mât de grand perroquet, força de voiles; & en s'éloignant, reçut encor pluſieurs bordées très-vives du Capitaine *Braak*. Il y a même apparence qu'il aurait été forcé de ſe rendre, ſi, dans ce moment, la ſituation de *l'Argo* n'eût exigé le ſecours immédiat du Capitaine *van Kinsbergen*, qui le précédait dans la ligne. Cette frégate avait ſoutenue pendant plus de deux heures & demie les décharges continuelles d'un vaiſſeau de 74 & d'un autre vaiſſeau de ligne. Leur feu ſupérieur l'écraſait; leurs boulets la perçaient de part en part, & renverſaient ſouvent quatre hommes à la fois. Une bordée avait emporté partie de la Cabine; l'eau était à 4 à 5 *piés* près des *pompes*, le pont était couvert de morts & de bleſſés, tous les mâts & les vergues endommagés, les voiles déchirées, les manœuvres coupées, les agrêts hâchés : cependant le brave *Staringh* ne put ſe réſoudre à quitter ſa place, & à expoſer ainſi la ligne à ſe voir coupée par *l'Ennemi*. Il envoya la frégate *le Daupbin* pour informer *van Kinsbergen* de ſon état & lui dire

que

Ordonne en frémissant de hâter la retraite.

Le Batave vainqueur le suit dans sa défaite,

Et

que *dans la derniere extrémité, s'il ne voyait plus moyen de ré-fifter, il mettrait le feu aux poudres.* Van Kinsbergen aban-donna auffitôt la pourfuite du bâtiment *Anglais* qu'il avait mis en fuite, & envoya dire au Cap. *Staringh de quitter la ligne & de fe mettre par fon travers, fous le vent.* A peine *l'Argo* fut-il hors de fon pofte, que le vaiffeau *Anglais* tâcha de faifir le mo-ment pour traverfer la ligne *Hollandaife :* mais *Kinsbergen*, en faifant coëffer fon grand hunier, reprit la place de *l'Argo*, & fer-ma la ligne fi promtement, que *l'Anglais* fe vit contraint de fe défifter de fon entreprife, & peu après, de fortir lui-même du combat. Cependant il fut bientôt remplacé par le *Vice-Amiral Parker* lui-même, & par les autres vaiffeaux de l'Arriere-garde *Britannique*, qui, abandonnant en ce moment les trois vaiffeaux de l'Arriere-garde *de Hollande* qu'ils avaient combattus, vinrent tomber fur les bâtimens de *l'avant*, tandisque, celui qui avait quitté la tête de la ligne *Anglaife*, reprit fa place à la queue. L'Amiral *Parker*, avant d'attaquer *l'Amiral Général*, fit des ef-forts, foutenus par le vaiffeau *à 3 ponts*, pour forcer *le Batave* à fortir de la ligne, d'autant plus que ce vaiffeau, ayant perdu fon perroquet de fougue, dérivait fous le vent: mais malgré la bleffure du Capitaine *Bentinck*, les autres Officiers & l'Equipage foutinrent les efforts de ces deux gros vaiffeaux avec tant de vigueur, que *Parker* fut obligé d'abandonner fon projet, & de prolonger toujours la ligne *Hollandaife*, jufque par le travers de *van Kinsbergen*, tandisque les gens du *Batave*, témoignerent, en jettant leurs bonnets en l'air, avec mille cris de joie, qu'une mêlée de trois heures n'avait fervi qu'à enfiâmmer de plus en plus

leur

Et du haut des huniers, foldats & matelots

Ofent par leurs clameurs défier fur les flots

Ces

leur courage. Le Commandant *Anglais* étant parvenu avec fes vaiffeaux matelots, vis-à-vis *l'Amiral-Général*, l'action s'y ranima avec un nouvel acharnement. *Staringb*, s'étant un peu remis en ordre, *l'Argo* reprit courageufement fon pofte, & feconda à fon tour fon Commandant dans ce choc inégal. De part & d'autre le feu fut terrible pendant près de trois quarts d'heure. Alors *Parker* ayant perdu fa grande vergue, & le vaiffeau *à 3 ponts* fon grand perroquet, ils férrerent tous deux le vent, & s'éloigne-rent de la ligne Hollandaife en fermant les *fabords*. Leur retraite mit fin à l'action, environ *à onze heures & demie*. Cependant tous les vaiffeaux *Hollandais* refterent à leurs poftes; & le Con-tre-Amiral *Zoutman* ne fit amener à midi le fignal d'engager, que lorfqu'il eût vu les *Ennemis en panne*, après *avoir abandonné le Champ de bataille*; leur éloignement lui permettant alors de faire reprendre haleine à fa Flotte, il fe mit donc auffi en panne, & refta dans cette fituation jufqu'à *cinq heures après midi*, pour attendre une feconde fois l'Ennemi, au cas qu'il lui prit envie de recommencer le bal. Mais lorfque la fumée fe fut un peu diffipée, *Zoutman* fe convainquit qne les *Anglais* étaient dans un délabrement qui rendait impraticable une nouvelle attaque de leur part. Le *Contre-Amiral* eut néanmoins la précaution, d'abord après l'action, d'ordonner au Convoi de fe mettre en fûreté, en le faifant couvrir par un nombre fuffifant de *frégates*. Vers *les cinq heures*, lorfque les *Anglais* ne purent plus être apperçus que du haut des mâts, il fit à l'Efcadre le fignal de remettre à la voile, & fur le foir il reprit la route du *Texel.* Tel eft le précis du combat du 5 *Augufte* 1781. recueilli fur des mé-

moires

Ces Bretons infolens, fi fiers en leur fortune,

Dont le farouche orgueil, & l'audace commune

A

moires autentiques. Il ne refte à ajouter que, par un exemple rare, il n'y a pas eu un feul Commandant qui n'ait donné des preuves de bravoure, de lumieres & de zele pour le bien & la gloire de la Patrie ; & que les Equipages ont conftamment fait paraitre une ardeur extreme. Lorsque les *Anglais* abandonnerent le Combat, les matelots leurs criaient, les uns par les fabords, les autres grimpant fur les hautbans, *nous avons encore des boulets à votre Service, pour vous récompenfer de tous les mauvais traitemens qu'a effuyé de votre part le pavillon de la République.*

(2) Le Vice-Amiral *Hyde Parker* revenait de la *Baltique* avec un Convoi de fa nation de plus de 100 *voiles*, qu'il efcortait avec les vaiffeaux de guerre fuivans. La *Fortitude* de 74. La *Princeffe-Amélie* de 80. Le *Berwick* de 74. Le *Bienfaifant* de 64. Le *Buffalo* de 60. Le *Prefton* de 50. Le *Dauphin* de 44. L'*Artois* de 40. La *Latone* de 38. La *Belle-Poule* de 36. La *Cléopatre* de 32. & le Cutter la *Surprife* de 10 canons. Par une réticence à l'Anglaife, ce *Vice-Amiral* paffe fous filence dans l'énumération de fes morts & de fes bleffés, ceux de la frégate l'*Artois*, afin d'infinuer que ce bâtiment monté de 44 canons, & fi fin voilier que tous les Capitaines Britanniques en avaient brigué le commandement, n'avait été apparemment que témoin de l'Action. Mais, outre le rapport de tous les Capitaines *Bataves* qui affurent que l'*Artois* a combattu dans la ligne *Anglaife*, puisque le Convoi de Sir *Hyde Parker* continua fa route fous l'efcorte des *frégates*, & que le Capitaine *Macbride* qui commandait l'*Artois*, prit le commandement de la *Princeffe-Amélie* à l'iffue de la bataille, par la mort du Capitaine

Ma-

A tous les habitans des Cités d'Albion,

Infultaient en tous lieux, bravaient le pavillon

Du

Macartney qui venait d'être tué, il eft évident que la frégate *l'Artois* ne s'était pas éloignée avant l'action avec le convoi Britannique qui, certainement, n'avait eu d'autre efcorte que le *Leith*, le *Tartare*, le Cutter *l'Alerte*, & le Chaloupe le *Cabot*.

(3) Le très-peu véridique *Parker* dit dans fa lettre datié de la Fortitude en Mer, le 6 d'*Augufte* 1781 *que l'Action commença & fe continua avec un feu non interrompu durant* 3 *heures & 40 minutes, & qu'alors tous fes vaiffeaux fe trouverent hors d'état d'être gouvernés; qu'il fit un effort pour former la ligne dans la vue de reprendre l'action;* mais il ajoute ces paroles remarquables *je trouvai que cela était imprâticable.* Plus bas il dit : *Les deux Efcadres refterent en panne un tems confidérable, l'une proche de l'autre, jufqu'à ce que les Hollandais, avec leur Convoi s'éloignerent, faifant route pour le Texel.* Le brave Vice-Amiral s'eft trahi par le commencement de fa lettre où il dit formellement : *Hier matin, nous rencontrames l'Efcadre Hollandaife avec un gros convoi fur le Doggers-Bank. Je fus bien-aife de trouver que j'avais le vent fur elle.* Aveu remarquable, & qui feul décide que, lorsque les deux Efcadres mirent en panne, ce fut néceffairement les *Anglais* qui cefferent le combat les premiers, parceque l'Efcadre *Hollandaife* étant *fous le vent*, il était impoffible qu'elle mît en panne, fi l'Efcadre *Anglaife* n'eût été la premiere à faire cette manœuvre. Il eft de plus conftaté, que le Convoi marchand *feul* fit route pour le *Texel*, avec les frégates de fon efcorte, & que les autres vaiffeaux de guerre refterent jufqu'au foir fur le Champ de bataille d'où les *Anglais* s'étaient retirés. Les *Hollandais* perdirent 124 hommes,

&

Du Batave ennemi de toute tirannie.

Enfin l'Amſtel vainqueur, l'Angleterre punie

De ſes lâches forfaits, de ſes noirs attentats,

Offrent à l'univers, au Batave, aux Etats,

Ce que peut la valeur pour venger ſes injures.

Que Londres en ce jour, féconde en impoſtures,

Oſe encor ſe vanter d'un ſuccès éclattant !

Son Amiral a fui, & Zoutman triomphant

A conduit au Texel ſes vaiſſeaux (4) & ſa gloire ; (5)

Son front eſt couronné des mains de la Victoire,

Et

& eurent 403. bleſſés. L'honorable Sir *Hyde Parker* avoue qne ſur la *Fortitude*, le *Bienfaiſant*, le *Berwich*, la *Princeſſe-Amélie*, le *Preſton*, le *Bufallo* & le *Dauphin* qu'il dit avoir eu part ſeulement à l'action, il a eu 104 hommes de tués, & 339 de bleſſés. Croira qui voudra cette aſſertion. L'orgueil Britannique forcé de s'avouer vaincu, ſe conſolait du moins dans ſon malheur, en cachant ſelon ſa coutume la perte réelle qu'il avait faite.

(4) A l'exception de la *Hollande* de 68 commandé par le brave Capitaine *Dédel* qui coula bas le ſoir même de la Bataille, malgré tous les efforts que fit l'Equipage pour ſauver ce bâtiment.

(5) Tous les vaiſſeaux *Hollandais* ſe ſont empreſſés pour avoir part à l'Action, notamment la *Bellone* de 36 Cap. *van Haren-*

car.

Et son nom immortel entouré de lauriers,

Sera toujours au rang des noms de ces guerriers

Dont

carspel Decker. Le *Dauphin* de 24 Capt. *Mulder*, mais surtout le Cutter l'*Ajax*, qui, se tenant près de l'Amiral *Zoutman*,
profita de tems-en-tems de l'ouverture que la mêlée causait
dans la ligne, pour tirer sur l'Ennemi, & par une de ses bordées,
il renversa le mât de grand Perroquet d'un vaisseau *Anglais* de 74.
Malgré la supériorité constatée aujourd'hui qu'avait *Parker* de
127 *canons* de plus & de deux vaisseaux, la victoire de l'Amiral
Zoutman fera un honneur immortel à cet Officier qui a montré,
ainsi que tous ses Officiers & jusqu'au moindre matelôt la plus
grande habileté réunie au courage le plus réfléchi. Si l'on considere cette action dans toutes ses circonstances, & en la compa-
rant à toutes les autres qui ont eu lieu dans cette guerre; en rappelant les sanglantes batailles, que les *Tromp* & les *Ruyter* livre-
rent jadis au Tiran des mers, l'on aura une preuve convaincante
que le Corps de la Nation Batave ne mérite point l'avilissement,
ni le superbe mépris, où les Anglais voulaient la plonger, &
qu'en rétablissant sa marine, elle pourra encore se montrer digne
de ses Ancêtres sur un élément qui fut toujours le principal téatre de sa gloire, ainsi que la source de sa prospérité.

La conduite, tenue par le Contre-Amiral-Zoutman, par les Officiers, Matelots & Soldats à ses ordres dans l'action du 5 *d'Auguste* 1781. contre l'Escadre Anglaise paru telle au Prince *Stadhouder*, que, sur sa proposition, les Etats-Généraux jugerent à propos de gratifier le Vice-Amiral *Zoutman*, d'une *médaille d'or
de la valeur de* 1300 *florins*, pendante *à une chaine du même
métal*, & les Capitaines *Dedel*, van *Braam*, & van *Kinsbergen*,
ainsi que les autres Capitaines *Bentinck*, *Braak* & *Staringh*,
commandant les vaisseaux qui ont formé la Ligne de bataille,

chə-

Dont le fer effraya les côtes Britanniques,

Sut faire respecter les Citoyens Belgiques,

Et

chacun d'une pareille *médaille d'or*, pendante *à un ruban couleur d'Orange*. Que de plus, il serait accordé aux Officiers, Bas-Offi-ciers, Matelots & Soldats des susdits vaisseaux qui avaient eus part à la victoire, deux mois de leurs gages en forme de gratifi-cation extraordinaire.

En outre S. A. S. Mgr. le Prince Stadhouder, en sa qualité d'Amiral-Général, éleva le Contre-Amiral *Zoutman* au grade de Vice-Amiral, & les trois plus anciens Capitaines, qui se sont trouvés dans l'Action, savoir les Capitaines *Dedel, van Braam, & van Kinsbergen* au rang de *Contre-Amiraux-Extraordinaires*. De plus, son Altesse, pour témoigner sa satisfaction particuliere de la conduite pleine de bravoure & d'intelligence que tous les Com-mandans, Officiers & Equipages de l'Escadre avaient tenue sur le *Doggers-Bank*, leur accorda à chacun une marque de distinc-tion, savoir: au Vice-Amiral *Zoutman* une *Epée d'or*; aux Con-tre Amiraux *Dedel, van Braam, & van Kinsbergen*, à chacun un *sabre distingué avec son ceinturon*; aux Capitaines *Braak & Staringh* à chacun un *sabre avec son ceinturon*; avec la permis-sion de porter, comme les Officiers Généraux de Marine, *un plumet blanc* à leur chapeau d'uniforme, aux Capitaines *Mulder, van Harencarspel Decker*, & au *Comte de Welderen*, le premier employé comme *matelot* de M. van *Kinsbergen*, le second comme *répétiteur* des signaux, pour récompense de leur bonne conduite & de leur valeur, *la même médaille d'or* qu'au Officiers qui avaient com-battus dans la Ligne, & ces trois braves Officiers, peu de tems après, ont été faits Capitaines de haut bord. Comme aussi aux Capi-taines en second *Aberson, Staringh, Bosch, Smaasen*, à cha-cun un *sabre* avec *son ceinturon*; aux Lieutenans des vaisseaux qui avaient formé la Ligne, *deux Epaulettes d'or* sur leurs Uni-

formes;

Et de leur Liberté foutenant la fplendeur,

Affura pour jamais l'Etat & fa grandeur.

Mais O douleur profonde ! O perte irréparable !

O Victoire trop chere ! O Fortune coupable !

Jeune & vaillant Bentinck, guerrier trop malheureux, (6)

La Parque a donc tranché tes Deftins généreux !
Tes

formes ; & aux Cadets de Marine une *Epaulette-d'or* fur l'Epaule gauche. L'on frappa auffi, par ordre de fon Alteffe, pour perpétuer la mémoire de cette journée, une *Medaille*, qui a été diftribuée en fon nom aux Officiers & Bas-Officiers, ainfi qu'aux Matelots & Soldats qui ont été bleffés, pendante à un *ruban* couleur *d'O-range* pour la porter en marque d'honneur. M. *van Kinsbergen* a d'ailleurs été chargé, en qualité *d'Aide-de-Camp-Général* de M. *le Stadhouder*, de s'informer régulierement de l'état des bleffés, tant à l'hôpital d'Amfterdam que fur le vaiffeau-Hôpital au *Texel*, pour leur procurer même en *argent*, tous les fecours imaginables. Enfin S. A. S. ordonna de régaler à fes frais, tous les Equipages de l'Efcadre de M. *Zoutman*, & de leur accorder un jour de réjouiffance à cet effet, & différentes Villes, ainfi qu'un grand nombre de particuliers, ont ouverts une foufcription dont le produit a été des plus grands pour récompenfer ceux qui ont été tué pour leur Patrie, dans la fanglante journée du 5 *d'Augufte*, ou les Veuves & les Enfans de ceux qui font morts depuis de leurs glorieufes bleffures, en accordant à leurs familles des fommes confidérables.

(6) M. *Wolter Jean, Gerard Baron de Bentinck*, était le troifieme des fils de M. *Bernard Henri de Bentinck, & de Da-*
me

Tes vertus, & l'efpoir d'une illuftre famille, (7)

N'ont pu te garantir de la noire faucille!

Tu

me Bonne *Elifabeth Jurriana du Tertre.* Il naquit en 1745. Ce Héros n'avait que treize ans, lorsqu'il entra dans la Marine, fa premiere courfe fut en 1758 en qualité de *Cadet*, fous le Capitaine *Coetfe*, avec lequel il en fit plufieurs autres. Le jeune Baron fe conduifit de maniere à fe faire univerfellement aimer & eftimer: fes talens & fon mérite l'éleverent bientôt au grade de Capitaine, & on lui donna le commandement du *Batave*, avec lequel comme on l'a vu plus haut, il fe trouva à la bataille du 5 *d'Augufte* 1781, y fut bleffé dangereufement, fit paffer fon intrépidité dans le cœur de fes Officiers & de tout fon Equipage, & fauva ce beau vaiffeau du péril le plus éminent. Après la vic. toire, le Baron fut tranfporté à Amfterdam, & malgré tous les ef. forts de l'art & de l'amitié la plus tendre, il expira la nuit du 23 au 24 *d'Augufte.* S. A. S. du confentement de L. H. P. l'avait déja élevé à la dignité de *Contre-Amiral-Extraordinaire* de la Hollande, & de Weft-frife, au Département de l'Amirauté d'Amfterdam, & *d'Adjudant-Général* de S. A. S. Guillaume V., comme Amiral-Général. Sa mort fut celle d'un héros qui expire pour fa patrie, mais il fut univerfellement regretté. Les Peres de la Patrie lui ordonnerent des funérailles magnifiques au dépens de l'Amirauté d'Amfterdam. Il fut inhumé dans l'Eglife neuve de la même Ville, à la vue des guerriers qui l'avaient adoré pendant fa vie, & d'une foule immenfe de Citoyens dont les larmes & les fanglots faifaient fon Eloge. On érigera au deffus de fa tombe un Monument honorable pour annoncer à la poftérité & le mérite de l'illuftre défunt, & la reconnaiffance de la République, dont il était le plus ardent défenfeur.

Ma-

Tu tombes triomphant au printems de tes jours,

Emportant nos regrets, ta gloire & nos amours!

Per-

Madame sa Mere, était fille unique de M. Ambroise *du Tertre de Ecossen* qui, pour se mettre à couvert des cruelles persécutions occasionnées par la Révocation de l'Edit de Nantes, en 1684, s'enfuit de France avec ses deux freres, & se mit avec eux au service de l'Etat, dont ils mériterent la confiance & l'estime. A la nouvelle de la mort de son fils, cette tendre Mere s'exprima avec toute la fermeté d'une *Lacédémonienne. Quelque sensible que soit à mon cœur la perte de mon fils, la conviction où je suis qu'il n'a sacrifié sa vie qu'à son devoir & pour sa Patrie, me fait résigner à la sainte volonté de Dieu.* Telles sont les expressions qu'elle employa dans la réponse à la lettre qui lui annonçait cette fatale nouvelle. Le Pere de cette Dame, était *Colonel* d'un Régiment de Cavalerie, & *Quartier-Maitre-Général* de la Cavalerie, & ses trois autres Fils sont déja parvenus à un rang distingué dans les troupes de la République.

(7) La Famille de *Bentinck* est une des plus anciennes & des plus illustres du Duché de *Gueldres* & du Pays d'*Overyssel.* Dès le quatorzieme siecle, elle jouissait d'un rang distingué parmi les défenseurs les plus braves, & les plus nobles soutiens de la Liberté. Souvent aussi le Patriotisme des *Bentincks* fut-il récompensé par des Terres, des Seigneuries considérables & par les premieres charges de leur Province & de l'Etat, leurs talens & leur fidélité y brillerent dans tous les tems. Parmi les plus grands hommes qu'a produit cette illustre famille, un des plus recommendables en tout, fut M. *Jean Guillaume Bentinck,* Confident du Prince d'Orange & de Nassau. Ses négociations & son rare talent pour se concilier & gagner les esprits, furent en

grande

Permets à notre cœur, qui de douleur succombe,

De couvrir de lauriers le marbre de ta tombe :

Ecoute

grande partie ce qui fit réuffir l'Expédition du Prince fur l'Angleterre, & le plaça, fur le trône de fon Beau-Pere, fous le nom de *Guillaume III.* Dès l'année 1667, Bentinck avait été aggré. gé à la Nobleffe de Hollande, par la recommendation du Prince, & il y fut lui rendre les fervices les plus fignalés. Sur le trône des Bretons, Guillaume III. n'eut point d'ami plus intime ni de Miniftre plus habile que *Bentinck.* Il l'éleva à la Pairie le 19 Avril 1639, fous le titre de Comte de *Portland*, & de Vicomte de *Woodflok* dans le Comté d'*Oxford.* Il le fit Baron de *Cirencenfler*, *Premier Gentilhomme* de la Chambre & de la Garderobe, il était plus encore, toujours il fut *l'ami* de fon Maitre, & digne de fon amitié. En 1690 le Roi Guillaume envoya Bentinck en Hollande pour prendre féance dans les Etats, parmi la Nobleffe de cette Province, mais la ville d'Amfterdam, toujours plus Républicaine qu'adulatrice, lui fit éprouver quelques défagrémens qui lui firent repaffer la Mer. Quoique le Comte de *Portland* fût aufli grand Capitaine que politique profond & habile Négociateur, ce fut fous ce dernier point de vûe qu'il rendit les plus grands fervices au Roi d'Angleterre. Bentinck, par fa correspondance de lettres avec le Maréchal de Boufiers, prépara les fondemens de la paix de *Ryswick :* après cette paix il fut envoyé par Guil. laume en Ambaffade à la Cour de France, où il parut avec un éclat & une fuite fi brillante, où il fe conduifit avec tant d'adreffe & d'intelligence, qu'il fubftitua le crédit de fon Maitre à celui que pouvait y conferver encore le Roi Jaques, & fe fit extrêmement gouter des Miniftres & de Louis XIV. Bentinck eut encore la plus grande part en 1700, dans le fameux Traité

de

Ecoute nos fanglots du fein des Immortels: (1)

Daigne agréer l'encens qui couvre tes autels!

Ce combat glorieux & digne de mémoire, (2)

Décorera toujours les faftes de l'hiftoire.

Trop

de partage de la Monárchie Efpagnole. L'envie là-deffus, ofa dans la fuite attaquer ce grand homme, mais il la terraffa par fes vertus, & la réduifit au filence par de nouveux fuccès. A la mort du Roi Guillaume en 1702, il quitta la Cour, fe retira à fa terre de *Bulftrode*, dans le Comté de *Burksbire*, où il mourut à l'âge de 64 ans, le 4. Nov. 1709, & pour faire fon éloge en deux mots, il fut le *Sulli* de *Guillaume III.*

(1) Si les Dieux récompenfent les hommes vertueux après leur mort, l'homme de bien, qui, à la fleur de fon âge, defcend dans le tombeau, frappé par l'Ennemi de fa Patrie en combattant pour elle, doit s'attendre à une gloire au deffus de celle que mériterent jamais les vertus paifibles des autres Citoyens.

(2) Le Corps de la Nation, la partie la plus faine des Bataves, n'apprit qu'avec les plus grands tranfports de joie, la nouvelle de cet évenement mémorable. Il n'en fut pas de même chez les Anglomanes: Ils en furent dans une telle confternation qu'ils ne purent la diffimuler; fi l'on en croit même la voix publique, que notre deffein n'eft pas d'accréditer, il en eft quelques-uns qui fe poffederent fi peu, quand on leur en fit le récit, qu'ils en parurent furieux. *Quelle nouvelle*, dit l'un d'eux à un marin de la flotte?... *Nous fommes battus?* — *Non, mais bien les Anglais.* — *Cela ne peut-être.* — *Cela eft pourtant: Parker a pris la fuite.* — *Cependant il n'a pas baiffé pavillon?* A ces mots l'indigne Batave frappe du pied, voyant toutes fes efpérances renverfées. Mais tirons le voile fur cette horreur, qu'elle foit fondée ou non.

Trop longtems dans les bras d'un ignoble sommeil,

Le Batave a marqué l'instant de son réveil.

Il a senti sa honte; & sa vigueur premiere

Reçoit de ses malheurs une force guerriere.

Les efforts qu'il prépare, & ses terribles coups,

Vont bientôt égaler son trop juste courroux.

Le Lion, qu'assoupit un repos trop paisible,

Peut bien être insulté : mais il devient terrible,

Alors qu'il apperçoit un mortel insolent

Oser, en son sommeil, un dessein violent.

Quelquefois il fait feindre, il lui cede la place;

Il accroit par degré sa téméraire audace :

Il paraît même en proie aux douceurs du sommeil;

Et differe à dessein l'heure de son réveil.

Le Chasseur téméraire accourt avec vitesse,

Il prend, dans son erreur la ruse pour faiblesse :

Quand soudain le Lion, se leve furieux :

La colere étincelle & faillit de ses ïeux :

Il s'élance, il faifit fon trop faible adverfaire,

Il éteint dans fon fang fon defir téméraire,

Et les hôtes des bois, accourant à fes cris,

Difent qu'un tel forfait méritait un tel prix.

Braves Républicains, tant d'injures cruelles,

Tant de fanglans affronts, tant d'atteintes mortelles,

Demandent un vengeur à vos cœurs généreux,

Digne de vos vertus, digne de vos Aïeux! (1)

Au milieu des combats, que vos bras magnanimes

Dans le fein des Bretons effacent tous leurs crimes : (2)

Et que tout l'univers puiffe apprendre de vous

Qu'en dormant le Lion joint la rufe au courroux!

Déja, dans vos Cités, l'obfcure Anglomanie, (3)

Voit tomber chaque jour les fruits de fon genie.

Ses

(1) Les vertus, la valeur des premiers Bataves ne font point éteintes dans le cœur de leurs defcendans. La bataille de Doggers-Banck en fournit une preuve éternelle.

(2) Tout le fang des Anglais ne fuffirait qu'à peine pour laver les crimes dont ils fe font fouillés dans cette guerre feule.

(3) Pour fe faire une idée de la fureur des Anglomanes en

Ses plans pernicieux, fes propos féducteurs,

Ne trouvent plus d'accès dans vos généreux cœurs : (1)

La voix de la Patrie ofe s'y faire entendre, (2)

„ Bataves, vous dit-elle, enfin pour me defendre

„ Contre un Peuple tiran, ouvrez vos arfenaux :

„ Lifez y fur le fer & fur les javelots

„ Vos devoirs qu'y traça le fang de vos Ancêtres :

„ Ce font leurs bras unis qui vainquirent leurs Maitres :

„ C'eft par de promts efforts & de vaillans exploits,

„ Qu'ils foulerent aux piés le vain fceptre des Rois.

„ Sui-

Batavie, il fallait, à la premiere nouvelle de l'avantage de Sir Rodney dans les Antilles, le 13 d'Avril dernier, entendre les propos, les farcafmes qu'ils lançaient, qu'ils imprimaient contre le refte de la Nation, & furtout contre la France.

(1) Pourvu que les Anglais toujours battus, ne puiffent renouveler leur premiere tirannie, & leur infolente fierté.

(2) C'eft furtout dans la Province de *Frife*, que le Patriotifme Batave s'eft montré avec la noble hardieffe d'un peuple libre, toutes les démarches de cette Province lui ont fait un honneur infini dans tous les Etats de l'Europe, & l'Hiftoire s'empreffera partout d'en répandre, d'en honorer & d'en perpétuer la mémoire.

„ Suivez, d'un pas hardi, leur illuſtre carriere :

„ Et vous recouvrerez votre grandeur premiere :

„ Bentinck eſt mort pour vous, mais ſon nom glorieux,

„ Doit vous ſervir d'exemple en brillant à vos ïeux.

Mais, quel eſt ce Mortel qui, du ſein de Lutece,

S'avance vers la Meuſe avec tant de viteſſe ?

Son viſage ſerein, ſimbole de candeur, (1)

Annonce les vertus qui regnent dans ſon cœur :

Il n'eſt point entouré d'un cortege inutile,

C'eſt du mérite faux l'avantage futile.

Pour

(1) Le Mortel dont nous parlons, porte ſur ſa phiſionomie les marques les plus certaines de la candeur & de la probité. Il joint à la gravité convenable au caractere dont il eſt revêtu, une affabilité qui prévient en ſa faveur. Quoique taciturne comme tous les hommes profonds occupés de grands projets, il eſt doué d'une éloquence naturelle pour diſcuter les matieres qui font le ſujet de ſa deſtination, & pour perſuader les princi-pes dont il eſt convaincu. Sa conduite eſt ſimple, d'une auſtérité cependant qui plait & que l'on aime. Son âme eſt celle d'un vrai républicain ; peut-être le ſentiment intime de la Vertu, lui don-ne-t'il un degré de raideur qui, dans le commencement, ſe pliait avec peine aux maneges divers que la politique Européenne à ſubſtituée dans les Négociations à la noble franchiſe de nos Aïeux.

O 2

Pour gagner les efprits & leur faire la loi,

Un Grand-Homme partout n'a befoin que de foi.

Ce port fimple & fans art, cette démarche fiere,

Qui de la Liberté font le vrai caractere,

Et le figne évident d'un cœur républicain,

Ces traits bien prononcés, font d'un Américain.

C'eft Adams: (1) qui jadis, pour fervir fa Patrie,

Vint furgir dans les ports de l'antique Ibérie; (2)

Fut

(1) M. *John Adams*, Miniftre Plénipotentiaire des Etats-Unis de l'Amérique Septentrionale, près la République des Pays-Bas-Unis, eft né à Braintrec, fur la Baye de Maffachuffet, à douze milles environ de Bofton, d'une des premieres familles qui, en 1630, fonderent cette Colonie devenue depuis fi puiffante, fous le nom d'Etat de Maffachufet-Bey. Quoique les Ancêtres de M. *Adams* tinffent un rang diftingué parmi les premiers Colons, ils n'ont jamais figuré dans les emplois publics de la Province, mais ils ont laiffé un fouvenir plus précieux, celui d'une intégrité, d'un patriotifme à toute épreuve, & d'une très-grande bienfaifance, ils vivaient à la campagne.

M. *Adams* eut à peine obtenu les derniers grades en Droit dans l'Univerfité de Cambridge, que les talens fupérieurs qu'il annonça par fes premiers plaidoyers, lui attirerent un fi grand nombre de Cliens, qu'il réfolut de fe fixer à Bofton, où il ne tarda pas de l'emporter fur tous fes confreres, les principes qu'il

adopta

Fut partout honoré comme un Ange de païx,

Et comme Ambaſſadeur avoué du Congrès.

Licur-

adopta ſur les affaires politiques attirerent ſur ſa perſonne les regards de tous les bons patriotes.

Il ſe déclara vivement contre les deſſeins ambitieux & tiranniques de la Métropole contre ſes Colonies, & le Gouverneur
Bernard, l'Anglais le plus déteſté après le Général *Gage* qui
ait jamais commandé pour le Roi d'Angleterre en Amérique, ſen-
tant toute l'importance qu'aquérait de jour en jour un perſonnage
tel que M. *Adams*, eut recours à toutes les offres & à tous les
artifices poſſibles pour attirer ce jeune Avocat, mais célebre au
parti de la Cour, & pour l'engager dans ſes intérêts pervers, ſous
l'appas des plus brillantes eſpérances. M. *Adams* avait des principes ſacrés auxquels il immola les fantomes de l'Ambition, &
refuſa même la place importante, lucrative & honorable d'Avocat-
Général de l'Amirauté. Le Gouverneur ne fut point découragé
par le mauvais ſuccès de ſes premieres tentatives. Il fit dire à
M. *Adams* qu'il n'exigeait point qu'il renonçat à ſes principes:
mais que n'ayant en vue que l'avantage de la Colonie, il croyait
la ſervir, en conférant une Emploi de cette importance à un
homme d'un mérite auſſi diſtingué. Trouverait-on même dans nos
Etats Républicains de l'Europe, beaucoup d'hommes, qu'une
offre préſentée d'une maniere auſſi ſéduiſante & ſous des paroles
auſſi flatteuſes, ne fût parvenue à gagner. M. *Adams*, bien
loin de déguiſer les motifs de ſon refus, ſaiſit l'occaſion d'ôter
à l'avenir toute eſpérance à ceux qui pourraient encore le
tenter ſur cet article. Il déclara qu'il était trop attaché à ſes
principes, pour rien faire qui pût l'enchainer en aucune maniere,
& l'empécher de les produire, de les montrer au beſoin.

O 3

Une

(3) Licurgue dans Bofton, (4) Adams parut en France,
Comme un autre d'Avaux (5) rempli d'intelligence.

Ver-

Une chofe remarquable, c'eft que l'évenement dont nous parlons, arriva dans l'année 1758; bien avant que la rupture eût
éclaté; dans un tems où les Charges étaient remplies par les créatures
du Gouvernement Anglais. Depuis ce tems, le parti Britannique
eut recours aux injures publiques, aux menaces clandeftines,
mais un homme, que la faveur n'avait pu féduire, n'était pas
fufceptible de crainte. M. *Adams*, fatisfait d'avoir rempli fon
devoir, fûr d'un peuple magnanime dont il défendait les droits
les plus facrés, vit d'un œil ferme & courageux l'atmofphere fe
couvrir de nuages, bien loin de craindre la tempête, il ofa fierement
la braver. Après avoir paru dans l'Affemblée dés Repréfentans; avoir
été choifi deux fois pour Membre de la Chambre du Confeil, fans
y être admis par l'honorable négative du Gouverneur *Bernard*,
les Citoyens de Bofton le nommerent enfin pour affifter au premier
Congrès libre qui s'ouvrit le 5 Septembre 1774. Il eut part à toutes
les réfolutions importantes qui s'y prirent. Il fut un des principaux moteurs de la fameufe Réfolution du 4 Juillet 1776, où
l'Amérique ofa déclarer qu'elle était un Etat libre & indépendant,
& que tous fes liens politiques avec la Grande-Bretagne étaient
rompus.

Le Lord *Howe*, qui fe trouvait dans l'Ifle-Longue quelque
mois après, en qualité de Commandant en Chef des Troupes Royales en Amérique, demanda une entrevue avec quelques Membres du Congrès. Cette propofition fut long tems débattue; M.
Adams opina pour la refufer, mais elle paffa cependant à la pluralité des voix; & M. Adams lui-même avec M. M. Rutlege &
Francklin fut nommé pour cette Députation.

Le

Vergennes l'accueillit avec diftinction ;

De l'eftime en fon cœur naquit l'affection.

Ces

Le Lord *Howe* fit partir auffitôt un de fes principaux Officiers pour fervir d'ôtage ; mais les trois Députés eurent la grandeur d'âme de le ramener avec eux. *Howe*, venu pour les recévoir au débarquement, ne put s'empêcher d'avouer combien il était ravi de cette confiance, il déclara que jamais on ne lui avait rendu honneur qui l'eût tant flatté. Les trois Députés pafferent au milieu d'une armée de vingt mille hommes fous les armes, ainfi rangés pour faire parade d'une puiffance redoutable. Mais les trois illuftres perfonnages traverferent l'armée, comme s'ils en euffent été les Généraux. Le Lord les traita avec la plus haute diftinction & l'éclat le plus impofant. Après plufieurs honnêtetés infinuantes, il ouvrit la converfation en leur difant qu'il ne pouvait les regarder comme des Commiffaires du Congrès : mais que fes pouvoirs l'autorifant à conférer avec tout particulier de quelque influence dans les Colonies, fur les moyens de rétablir la paix, il était ravi d'avoir trouvé cette occafion. Il donna enfuite mille louanges aux talens, au mérite des trois Députés, mais il épuifa toute la flatterie de la Cour pour fe concilier la bienveillance de M. Adams, qu'il croyait fans doute le plus facile à gagner parce qu'il était le plus jeune. Ceux-ci répondirent que n'étant envoyés que pour entendre, le noble Lord pouvait les confidérer fous le point de vue qui lui plaîrait ; mais que, quant à eux, ils ne pouvaient fe regarder fous d'autres qualités que celle dont le Congrès les avait honorés. M. Adams ajouta *qu'il pouvait les envifager fous le titre qu'il jugerait à propos, excepté fous celui de fujets Britanniques.* Le Lord *Howe* fe mit alors à déployer tous les lieux communs du Miniftere de St. James, mais fon refrein continuel était toujours que les

Co-

Ces deux rares Mortels, l'âme d'un grand Empire,

Qui font palir l'Envie & taire la Satire,

Poli-

Colonies retournaffent fous la domination de la Grande-Bretagne, & promit une amniftie générale, le redreffement des griefs, la revifion des Actes du Parlement que l'Amérique regerdait comme attentatoires à fes privileges & à fa Liberté. &c. &c. &c. Les Députés répondirent *que le retour à la Domination Britannique était une démarche qu'on ne pouvait plus attendre.* Ils rappelerent *le mépris que l'on avait fait à Londres d'une multitude de leurs requétes les plus refpectueufes; & qu'au lieu de réparer les vexations, les torts & le brigandage dont les Américains fe plaignaient, on ne leur avait répondu que par de nouveaux outrages.* Ils repréfenterent *la patience qu'ils avaient marquée fous le Gouvernement tirannique de George III; & que ce n'avait été qu'à la fuite d'un Acte du Parlement qui leur déclarait la guerre, & les privait de la protection de la Couronne, qu'ils avaient prononcé la Declaration de l'Independance abfolue.* Ils obferverent à ce fujet que *cette démarche légitime avait été appelée à grands cris par le Peuple de toutes les colonies; que chacune l'ayant approuvée, fe confidérait comme Etat indépendant & s'occupait à régler fon gouvernement en conféquence; deforte qu'il n'était plus au pouvoir du Congrès de ramener ces Etats fous l'ancienne domination.* Ils avouerent effectivement *leur inclination pour la paix & leur difpofition à traiter avec la Grande-Bretagne, d'une maniere qui fût avantageufe à l'un & à l'autre pays,* mais ils ajouterent *que cela ne ferait jamais de part & d'autre, que fur le pié d'Etats libres & indépendans.*

Ce fut par ces dernieres paroles que ces illuftres Républicains répondirent à l'infinuation du Commandant Anglais. Sur ce qu'il

dé-

Politiques sans fard, Ministres sans hauteur,

Profonds sans être faux, & justes sans rigueur,

L'un

déplorait ensuite la prétendue opiniâtreté des *Américains* & les malheurs qui allaient fondre sur leurs têtes, & *qu'à cette vue*, disait-il, *il ne pouvait se défendre d'un mouvement de douleur*, le Docteur *Franklin* l'assura *qu'on ferait tout son possible pour ménager sa sensibilité*, & *lui épargner la douleur de gémir sur les calamités de l'Amérique*. Cette entrevue n'eut ainsi aucun autre succès que celui de faire connaître pleinement à la Grande-Bretagne la perte qu'elle venait de faire.

(2) M. *Adams* fut ensuite envoyé en France où il arriva en 1778. Il fut reçu à la Cour de Versailles en qualité de Ministre Plénipotentiaire adjoint à *M. M. Arthur Lée & Francklin.* Ce fut dans cette premiere mission, que M. le Comte de Vergennes conçut pour M. Adams la haute estime & la confiance véritable qu'il a toujours eues en lui, au point de le regarder comme le premier homme d'Etat que l'Amérique eût fait passer en Europe. Sa mission remplie, il s'en retourna à Boston, en 1779. & y fut choisi membre de la Convention, puis du Comité de cette même Convention. Ce fut lui qui dressa la *Déclaration des Droits*, ou le préliminaire contenant les principes de la Constitution future. Chargé une seconde fois d'une Commission des plus amples de la part du Congrès, qui lui avait joint comme Secrétaire de Légation, M. *Dana* dont nous avons parlé page 50 Chant 4. & le Sieur *Thaxter* en qualité de Secrétaire ordinaire, M. Adams mit avec eux à la voile de Boston le 13 Novembre 1779 sur la Frégate *Française* la *Sensible*. Ce bâtiment, peu de tems après son départ, fit une voie d'eau, qui mit dans la nécessité de faire aller les pompes jour & nuit sans interruption, & nos illustres Passagers, ainsi que tous les autres, y travaillerent à leur tour, malgré la force de l'E-

O 5

qui-

L'un chéri de fon Roi, pour fes talens infignes,

L'autre fier de fervir les humains les plus dignes

De

quipage compofé de 350 hommes. M. de *Chavagne*, Capitaine de la *Senfible*, dirigea fa route vers la premiere terre. Ayant reconnu le Cap Finifterre, il entra au *Ferrol*, le 8 Decembre, où M. Adams, M. Dana & leur fuite furent reçus avec diftinc-tion par *D. Jofeph St. Vincent*, alors commandant en Chef la Marine d'Efpagne au Ferrol, qui leur témoigna la plus grande cordialité. M. *Adams* paffa quelques jours dans cette ville pour fe repofer d'une traverfée fi pénible: y vifita les Chantiers, les Arfenaux & les Fortifications. Du *Ferrol*, nos voyageurs fe rendirenr à la *Corogne*, où ils furent traités avec tous les égards imaginables par toutes les perfonnes en place, & par les Officiers. L'Adminiftrateur des Finances, l'Avocat-Général, le Préfident de la Grande Audience, & D. *Pedro Martin Cermenio* Vice-Roi de la Province de Galice, qui, en vertu de fa place, réunit tou-te l'autorité Royale, accompagné de fon Lieutenant; le Gouver-neur de la ville, fuivis de tous leurs Officiers, fe rendirent en perfonne à l'hôtel où logeait M. *Adams*, pour lui faire une vi-fite le lendemain de fon arrivée, & le prier avec inftance de demander tout ce dont il pourrait avoir befoin. Le Vice-Roi lui offrit même des vivres, avec des guides au fait des routes, de la maniere de voyager en Efpagne & qui favaient encore parler *Américain*. Il infifta fort long-tems pour lui faire accepter une garde de foldats pendant toute fa route fur les terres du Roi. M. *Adams* s'excufa d'accepter aucune de ces offres fi noblement pré-fentées. Il eut l'honneur de dîner une fois chez D. *Cermenio* qui déclara à fon refpectable Convive qu'il avait du Roi les or-dres les plus pofitifs, *de traiter tous les Américains qui arrive-raient dans fes Etats, comme fes meilleurs amis.* M. Adams

avec

De jouir en vainqueurs de cette Liberté

Qui peut les rendre heureux, & de l'Humanité

Seule

avec fa fuite prit fa route par *Bitaneos*, *Lugo*, *Aftorga*, *Léon* & *Burgos*. On lui prodigua partout les mêmes attentions & les mêmes égards. Il eut furtout infiniment à fe louer de la Maifon *Guadorqui à Bilbao*. Les Banquiers *d'Alicante*, *de Bilbao*, *de Madrid*, *de Bordeaux*, de *Baïonne*, & plufieurs autres perfonnes de confidération de ces villes, lui offraient par lettres toutes les fommes dont il pourrait avoir befoin, & la tournure que l'on donnait à ces offres, y ajoutait encore le plus grand prix. Mais l'Agent de l'Amérique en Efpagne voulut feul pourvoir aux chofes néceffaires à M. Adams, il aurait été même très-fâché qu'un autre eût partagé avec lui la gloire de le fervir. D'Efpagne, où jamais aucun Ambaffadeur n'a été mieux traité que M. Adams, ce Miniftre arriva heureufement à Paris, avec fa fuite & fa maifon le 9 de Février 1780.

(3) Lycurgue, célebre Légiflateur des Lacédémoniens, était fils d'*Eunome* Roi de Sparte, & frere de *Polydecte* qui monta fur le trône après fon pere. *Polydecte* étant mort, fa Veuve, éprife depuis longtems de la beauté de Lycurgue, offrit de lui mettre la couronne de Sparte fur la tête, s'engageant même de faire périr en fecret le fruit qu'elle portait dans fon fein, pourvu qu'il l'époufât. Mais *Lycurgue* refufa conftamment les offres barbares mais avantageufes de cette femme paffionnée; veilla avec le plus grand foin à la confervation de l'illuftre rejetton de fa famille, & content de la qualité de Tuteur du jeune *Charilaüs* fon neveu, il lui remit le gouvernement de fon État, auffitôt qu'il eût atteint fa majorité. Après différens voyages, *Lycurgue*, de retour à Lacédémone, & voyant que tout y était

de-

Seule adoucir les maux & fermer les bleſſures;

Réparer des Tirans les cruelles injures,

Et

depuis longtems dans la plus grande confuſion, par le deſpotiſme des Rois & par la réſiſtance vigoureuſe des Peuples, entreprit de rendre le calme à ſa patrie, en réformant le Gouvernement, & mettant un frein à la fureur des deux partis. Il en vint à bout par des loix très-ſages, mais encore plus ſéveres; Sparte fut invincible, & plus encor, vertueuſe, pendant qu'elle obſerva ſcrupuleuſement les loix de ce grand homme. La Conſtitution Légiſlative de l'Etat de *Maſſachuſſet*, eſt autant ſupérieure en ſageſſe & en politique, au Loix de *Lycurgue*, que la puiſſance, l'étendue & la richeſſe de cet Etat l'emportent ſur le petit Royaume de Lacédémone, & notre ſiecle, ſur celui où vivait *Lycurgue*, c'eſt-à-dire l'an 870 avant notre Ere Chrétienne.

(4) M. *Adams* eſt l'Auteur de la Conſtitution de l'Etat de *Maſſachuſſet*, qui eſt ſans contredit le plus beau ſiſteme de légiſlation & de gouvernement qui ait jamais paru. Il eſt vrai que le Peuple y a voulu faire quelques légers changemens avant de lui donner ſa ſanction, mais il ne l'a ſûrement pas améliorée.

(5) Claude de *Mesmes*, plus connu ſous le nom de Comte *d'Avaux*, fut un des plus habiles négociateurs de ſon ſiecle. La réputation de probité de M. *d'Avaux* était telle, que dans les Cours où il négociait, ſa parole valait un ſerment. Quoique ſans ceſſe occupé des plus grandes affaires de l'Europe; il entretenait un commerce régulier avec les Gens de lettres les plus diſtingués; il était leur protecteur, leur bienfaiteur & leur ami. Cet homme illuſtre, mourut à Paris en 1650. avec la réputation d'un Magiſtrat integre, d'un Miniſtre des finances déſintéreſſé, d'un Négociateur adroit, habile, prudent & heureux; qui avait ſu concilier

la

Et d'un puissant Empire en fixant les Destins,

Ouvrir un vaste asile au reste des humains.

Tous deux, de l'Univers agitant la balance,

Et des murs de Québec, aux rives de la France,

Arrêtant à leur gré la dent des Léopards,

Enchainaient la Fortune & fixaient les Hazards.

Du-

la probité la plus austere avec la Politique la plus déliée ; d'un homme généreux, de Pere des pauvres & de consolateur des infortunés. Le Cardinal *Mazarin* l'envoya à *Munster*, puis à *Osnabrug*, où il conclut heureusement le célebre Traité dit de *Westphalie*, par lequel l'Empereur & l'Empire d'Allemagne, vendirent au Roi & à la Couronne de France, la Souveraineté de l'Alsace, pour six millions d'aujourd'hui, payables à l'Archiduc. Par ce Traité, devenu pour l'avenir la base de tous les Traités, un nouvel Electorat fut créé pour la Maison de *Baviere*. Les Droits de tous les Princes, de toutes les villes d'Allemagne, les privileges des moindres Gentils-hommes Allemans furent confirmés, le pouvoir de l'Empereur fut restraint dans des bornes étroites, & les *Français*, vainqueurs à Rocroi, à Lens, & à Norlingue, devinrent par ce Traité, les vrais Législateurs de l'Allemagne. Louis XIII connaissant tout le mérite du Comte, l'envoya en Ambassade à Venise, puis à Rome, à Mantoue, à Florence, à Turin, & de là en Allemagne où il eut à traiter avec la plupart des Princes de l'Empire. A son retour, le Roi fut si satisfait de la conduite & du succès de son Ambassadeur, qu'il le combla

de

Du berceau de Rubens (1) aux rives de la Meuse, (2)

Adams allait franchir la distance ennuyeuse. (3)

Et de Berg-op-Zoom (4) les creneaux redoutés

Dans un sombre lointain fuyaient à ses côtés.

Libre

de faveurs. Peu de tems après il l'envoya en Danemarck, en Suede, & en Pologne.

(1) Anvers, parmi les grands hommes de la naissance desquels ses citoyens s'honorent, fut le berceau de Rubens, le plus fameux des peintres modernes. Pierre Paul Rubens, naquit à *Cologne* en 1577. Mais son Pere & sa Mere étaient originaires *d'Anvers*, ainsi que toute sa famille. Comme il était d'une noble origine, son Pere le plaça d'abord en qualité de Page chez la Comtesse de *Lalain*. Mais de bonne heure le goût de Rubens se porta vers la peinture. Il partit pour l'Italie, après avoir pris des leçons *d'Octavio van Veen.* Le Duc de Mantoue, informé de son rare mérite, lui donna un logement dans son palais. Ce fut dans ce séjour, que Rubens fit une étude particuliere des ouvrages de Jules Romain. Bientôt il passa à Venise. L'étude qu'il y fit des tableaux du *Titien, de Paul Veronese,* & du *Tintoret,* changea son goût qui tenait de celui du *Caravage,* pour en prendre un qui lui fût propre. Cet artiste célebre se rendit ensuite à *Rome,* & de là à *Genes.* La maladie de sa Mere l'avait rappelé en Flandres, lorsque Marie de Médicis, Reine de France le fit venir à Paris pour peindre la gallerie de son palais du Luxembourg. *Rubens* fit les tableaux à *Anvers,* & revint en 1625. à Paris pour les mettre en place. Il devait y avoir une Gallerie parallele, représentant toute l'Histoire de *Henri IV: Rubens* en avait même déja commencé plusieurs tableaux, mais les malheurs affreux

Libre enfin du fardeau de fes pefantes chaines, (5)

Curieux d'admirer vingt cités Souveraines, (6)

Ja-

freux qu'éprouva la Reine, en empêcha l'exécution totale. L'on a vu longtems au *Luxembourg* les tableaux de la Gallerie exécutés de la main de *Rubens*. Mais *Louis* XVI en donnant ce beau palais à *Monfieur*, en a fait tranfporter tous les tableaux à *Verfailles*.

(2) D'Anvers, on defcend par l'Efcaut jufqu'au canal qui joint ce fleuve à la Meufe près de *Dort* Capitale de la Hollande.

(3) La diftance d'Anvers à Rotterdam par la riviere eft des plus ennuyeufes, à raifon des incommodités de la barque ordinaire & des brouillards prefque continuels qui couvrent l'horifon.

(4) Bergen-op-Zoom, c'eft-à-dire, *Mons fupra Zomam*, à caufe de la petite riviere de *Zome* fur laquelle cette Ville eft bâtie. Eft une ville du *Brabant* des Etats (*a*) dans le Marquifat à qui elle donne fon nom. Elle eft petite, très-jolie, & l'une des plus fortes places des Pays-bas, tant à caufe de fes fortifications, que des marais qui l'environnent. Ce fut envain que le Prince *de Parme* l'affiégea en 1581. Le Marquis de *Spinola* fut

obligé

(*a*) C'eft mal-à-propos que l'on dit le *Brabant-Hollandais*. Les Villes du Brabant conquifes fur l'Efpagne, appartiennent à la Généralité de la République, & non à une Province particuliere. L'Original porte formellement *Staats-Brabant, le Brabant des Etats*. Mais le caprice de la plupart des Ecrivains Français, & non la raifon, leur fait dire toujours *République de Hollande, Brabant-Hollandais, Flandre-Hollandaife*, & ils ne veulent pas remarquer que par cette fauffe dénomination ils font une injure palpable aux autres Provinces de l'Union.

Jaloux de s'aggrandir, l'Efcaut ambitieux

Voyait couler fes eaux en deux lits tortueux. (7)

L'illuftre Americain (8) contemple avec furprife

Un fol demi noyé, (9) mais que l'art fertilife :

Et

obligé d'en lever le Siege en 1622, après une perte de plus de 10,000 hommes. Les Français, vainqueurs à *Lawfelt*, allerent mettre le Siege devant cette ville, fous les ordres du Comte de *Lowendhal*, & l'emporterent d'affaut après 65 jours de tranchée ouverte.

(5) Tout le monde connait les fages entraves que la République a mifes fur l'Efcaut à la navigation de ce fleuve.

(6) Son cours eft parfaitement libre dans le fein de la République.

(7) L'Efcaut, quelques lieues au deffous du fort de *Lillo*, fe divife en deux branches, dont l'une paffe proche *Bergen-op-Zoom*, & fe nommè *Efcaut-Oriental*; & l'autre à *Fleffingue*, & fe nomme *Efcaut-Occidental*. Ces deux branches fe jettent dans la mer d'Allemagne.

(8) Mr. Adams.

(9) La Province *de Hollande*, ainfi que la plupart des autres Etats de la Confédération Batave, eft un pays fouvent fubmergé, & toujours en danger de l'être; où l'hiver eft froid, le printems court, l'été chaud, l'autonne pluvieux & l'air mal fain dans tous les tems. On y cueille à peine du blé pour la dixieme partie des habitans. Il n'y croit point de vin. Les arbres utiles n'y ont jamais pris, & on s'eft reduit à ceux qui font l'ornement des villes & des campagnes. Il n'y a de métaux & de minéraux que

ceux

Et cent canaux divers, (1) dont les bords verdoyans

Paraiſſent défier & Neptune & les vens. (2)

Il

ceux qu'on y apporte des autres climats. Les brebis toujours mal ſoignées, n'y ont qu'une laine rude & groſſiere. Le terroir ne produit que fort peu de lin & encore moins de chanvre. Le bois à brûler y eſt d'une cherté exceſſive, l'on y ſupplée par le *charbon de terre* que l'on tire de l'étranger, & par la *tourbe*, matiere terreſtre, d'un brun noirâtre, bitumineuſe & inflammable. Celle qui eſt poreuſe, légere, tiſſue, fibreuſe & de plantes à demi-décompoſées eſt la meilleure. On la coupe par mottes comme le gazon, pour la tirer des marais. La tourbe donne un beau feu, très-ardent, d'une odeur aſſez déſagréable, mais beaucoup moins que celle qu'exhale le charbon de terre. Les troupeaux qui enrichiſſent la République, y viennent du Nord maigres & décharnés & s'engraiſſent bientôt dans des paturages excellens, où les eaux ont porté un limon fécond. *Grotius* peignait d'un trait ſa Patrie, lorſqu'il diſait *que les quatre élémens n'y ſont qu'ébauchés.* Cependant il n'y a point de pays au monde plus abondant en toutes choſes, ni plus riche à cauſe de ſon grand commerce.

(1) Les ſept Provinces ſont partout entre-coupées de canaux bordés, près des villes, de maiſons de campagne délicieuſes où l'art ſupplée aux défauts de la Nature. Ces canaux ſervent à deſſécher les prairies, & à faciliter le tranſport des denrées & des marchandiſes. Dans toutes les villes, les principales rues ont un canal bordé d'arbres qui offrent un coup-d'œil raviſſant, mêlés ſurtout avec les mâts des vaiſſeaux qui viennent décharger juſqu'aux portes de leurs propriétaires les richeſſes des deux mondes.

Il arrive au hameau, (3) redoutable frontiere,

Où finit du Brabant l'enceinte irréguliere; (4)

Qui tantôt du Pontife, (5) & tantôt de Calvin

Ecoute & fuit les loix, ou fuit avec dédain

Les dogmes du parti que fon cœur défavoue,

Admire la Vertu, la pratique & la loue,

Et laiffe aux Immortels, dans leurs divins loifirs

Se choifir un encens qui plaife à leurs defirs. (6)

Ce-

(2) Les bords des canaux font autant de digues qui, par leur réfiftance & leur élévation, mettent un frein à la fureur des flots.

(3) *Le Moerdyck*, hameau où eft le paffage du Brabant des Etats par eau dans la Province de Hollande.

(4) Le Brabant eft une grande Province des Pays-Bas. On le divife en Brabant-Autrichien, & en Brabant des Etats, parceque celui-ci eft incorporé à la Généralité des Etats de la République Batave.

(5) Du Souverain Pontife de Rome & par conféquent Catholique.

(6) Il eft difficile à concevoir fur quel principe l'Intolérance, ce monftre avide de fang & de cruautés peut affeoir fon tribunal. Jufques à quand l'homme fe croira-t'il plus fage que fes Dieux, ou plus intéreffé qu'eux-mêmes à leur faire rendre le culte & les hommages qui peuvent leur être les plus agréables? Ces Dieux dans le féjour de la gloire, feraient-ils affes faibles pour ne pouvoir fe faire obéir par les êtres que leur main façonna? Cette

affer-

Cependant du Mordyck (1) la barque vagabonde,

Reçoit les voyageurs, part & vole fur l'onde.

Adams vole avec elle, & fon œil curieux

Examine en fecret de ce golphe orageux

Le mobile contour, la furface limpide :

Dans fes antres profonds porte un regard avide,

Tandis que matelots, pilote & paffagers

Se faifaient le récit des antiques dangers, (2)

Et des malheurs affreux (3) dont le courroux célefte

Vient effrayer ces bords, & fouvent manifefte

Aux

affertion n'eft pas foutenable aux ïeux de la raifon. Ne peut-on donc pas en conclure, que tous les cultes leur font indifférens, pourvû que les vertus morales & fociales foient la bafe des hommages qu'ils reçoivent ?

(1) L'on entend ici le Ponton fur lequel on paffe les voyageurs de l'une à l'autre rive.

(2) Ce paffage eft fouvent plus dangereux à franchir que les mers les plus orageufes.

(3) De tous les malheurs qui ont rendu fameux le paffage du *Moerdyck* ; le plus horrible, eft l'accident qui arriva le 14 de Juin 1711 au Prince d'Orange *Jean-Guillaume-Frifo.* Dès l'ouverture de la campagne, ce Prince infortuné s'était rendu à l'armée

P 2 des

Aux coupables mortels fon terrible pouvoir,

Et les ramene enfin fur les pas du devoir.

Sur

des Alliés contre Louis XIV pendant la guerre de la fucceffion d'Efpagne. Mais le Roi de Pruffe fe trouvant alors à la *Haie*, où il était venu pour terminer les différends, au fujet de la fucceffion du Roi *Cuillaume*, le Monarque Pruffien engagea les Etats Généraux à preffer le retour du Prince, quoiqu'il eût déja répondu que fa préfence était néceffaire à l'armée. Sur de nouvelles inftances, il fe réfolut enfin à revenir à la *Haie*, mais un accident, auffi funefte qu'imprévu, l'en empêcha. Etant arrivé au *Moerdyck* avec fa fuite, il entra dans la barque ordinaire avec Meffieurs *Verfchuur*, *Plettenberg*, *du Tour*, *Hilken* & quelques-uns de fes domeftiques, pour paffer au *Sas de Strye*. Un grand vent, accompagné d'une groffe pluie, s'étant fubitement élevé, le Prin-ce paffa dans le Ponton avec Meffieurs *du Tour* & *Hilken*, & fe mit dans fon caroffe pour fe garantir de la pluie, la barque où était le refte de fa fuite, ne gagna le bord qu'avec la plus grande peine, & après avoir couru le plus grand danger; le Ponton ce-pendant penchoit fi fort d'un côté, que l'on craignit qu'il ne renverfât. A peu de diftance de l'endroit où il devait s'arrêter, le Prince fortit de fon caroffe, afin de pouvoir defcendre plutôt à terre. Mais le Ponton porté par la tourmente, au deffous du lieu de la defcente ordinaire, & voulant remonter plus haut, fut en-tiérement renverfé par un coup de vent. Le Prince s'était d'abord accroché au mât & à *du Tour*, mais la violence des vagues l'a-yant emporté hors du Ponton, il alla à fond, & fe noya mal-heureufement. Le Colonel *Hilken*, refté dans le caroffe, eut le même fort que fon Alteffe, dont le corps ne fut retrouvé que neuf jours après qu'on le vit furnager. *Du Tour* eut le bonheur

de

Sur son char radieux embrasant l'atmosphere,

Phebus, à la moitié de sa route ordinaire,

Permettait un instant à ses Coursiers fougueux

De suspendre leur vol dans la plaine des Cieux.

Le Dieu de Tenedos, fixant la Caroline, (2)

Voit ses champs dépouillés, ses Cités en ruine, (3)

Sa

de se sauver avec le reste de la suite. *Jean-Guillaume-Frifo* fut fort regretté, & nommément des amis de la maison de *Naffau*. L'on assure même que le Roi de *Pruffe* fut si frappé de cet accident, qu'il fut obligé de se faire saigner. Le Prince *d'Orange*, qui dans plus d'une campagne, avait donné des preuves éclatantes de bravoure & de conduite, avait à peine 24 ans lorsqu'il finit ses jours d'une maniere si déplorable. Il laissa une fille, & son Epouse enceinte qui, le 11 Septembre de la même année, accoucha heureusement à *Leeuwaarden* d'un jeune Prince, que l'on a vu *Stadhouder* de toutes les Provinces de l'Union sous le nom de *Guillaume-Charles-Henri Frifo*.

(2) La Caroline est un des Etats libres de l'Amérique Septentrionale. Elle fut découverte en 1512. par *Ponce de Léon* Espagnol. Mais comme il n'y trouva point l'Or que son avarice cherchait, il la méprisa. L'Amiral de Coligny plus sage & plus habile, y ouvrit une source d'industrie aux Protestans Français. Bientôt le fanatisme qui les pourfuivait, ruina leurs espérances, par l'affassinat de cet homme juste, humain, éclairé. Quelques Anglais les remplacerent vers la fin du seizieme Siecle, & un ca-

price

Sa Capitale aux fers (4) & Rawdon triomphant (5)

Le courroux dans les ïeux, du pas d'un conquérant,

Par-

price leur fit abandonner cet établiffement. Cependant en 1663 ils s'y établirent de nouveau. Les Lords *Berkley, Clarendon, Albermale, Craven, Ashley,* & Meffieurs *Carteret, Berkley* & *Colleton* obtinrent de Charles II, la propriété de ce beau pays, dont *Loke* forma le fifteme légiflatif, qui, par une bifarrerie inconcevable dans un Anglais & dans un philofophe, donna aux huit Propriétaires qui en était les fondateurs & à leurs héritiers, nou-feulement les prérogatives de la Couronne, mais encore toute la puiffance légiflative, & mit même des entraves à la liberté des confciences. La Caroline forme aujourd'hui deux Etats que l'on nomme Caroline *feptentrionale* & Caroline *méridionale*. Ces deux contrées réunies occupent plus de quatre cens milles fur la côte & environ deux cens dans l'intérieur des terres. Le pays eft arrofé par un grand nombre de rivieres navigables. La Caroline feptentrionale eft un des plus grands Etats du Continent. Elle fut la premiere plage que les Anglais découvrirent dans le nouveau monde. *Wilminton* en eft la Capitale. Elle eft habitée par 7000, blancs & un nombre beaucoup plus confidérable de Negres & d'Indiens. La Caroline méridionale a trois villes confiderables; qui font en même tems des ports de mer. Savoir: *Georges-Town*, à l'embouchure de la riviere de *Black*, Sa fituation eft des plus avantageufes. *Pont Royal* ou *Beaufort*, dont la rade peut recevoir les plus grands vaiffeaux & les mettre en fûreté. La troifieme eft *Charles-Town* Capitale, dont nous parlerons plus bas. Cet Etat a 225000, blancs & un nombre très-confidérable d'autres couleurs. Ces deux Etats ont un fol naturellement fertile & aifé à cultiver. l'air y eft fain, les fruits

ex-

Parcourir les moiſſons de ces belles contrées,

Heureuſes autrefois, maintenant déchirées;

Leurs

excellens. Il y vient toute ſorte de grains, ſurtout du Riz regardé comme le meilleur du nouveau monde. L'on y a des abeilles en grande quantité, des vers à ſoie & quelques vignes. Les
deux Carolines ſont encore bien éloignées du point de grandeur
où il leur eſt permis d'aſpirer. Ni l'une ni l'autre n'ont pas défriché
le quart du terrein qui peut être utilement exploité. Des refu-
giés Français y établirent au commencement de ce ſiecle des manufactures de toiles dans la partie du Sud, qui ſont aujourd'hui
très-floriſſantes.

(3) Les Anglais y avaient paſſé.

(4) La Capitale de la Caroline méridionale eſt *Charles-Town*.
Cette ville occupe un grand eſpace au confluent de *l'Asbley* &
de la *Cooper*, deux rivieres navigables. Ses rues ſont bien ali-
gnées, la plupart fort larges. Elle renferme plus de deux
mille maiſons commodes, & ſes édifices publics paſſeraient pour
beaux en Europe même. Le canal qui y conduit, eſt ſemé de
récifs & embarraſſé par un banc de ſable: mais avec un bon pilote on arrive ſûrement dans le port. Il peut recevoir juſqu'à
300 voiles; & les navires de 400 tonneaux y entrent dans tous
les tems, avec leur chargement entier. Le double avantage qu'a
cette Capitale, d'être l'entrepôt de toutes les productions qui
doivent être exportées, & de tout ce que l'Etat peut conſommer
de marchandiſes étrangeres, y entretient un fort grand commerce.
Charles-Town ſe rendit le 12 de Mai 1780 aux forces Anglaiſes,
conſiſtant en 11000 hommes de Troupes réglées, onze vaiſſeaux
de guerre & 140 Tranſports. La garniſon, compoſée de 1800
hommes de Troupes *continentales*, & de 200 de Milices,

Ha.

Leurs Citoyens épars, & déplorant leur fort,

Mais bravant Albion, fes armes & la mort.

Grenne (6) les commandait: fous ce chef intrépide,

La Liberté tranquile à l'ombre de l'Egide

Dont

Habitans & Mariniers, en tout formant 400 hommes, fut prifonniere de guerre. Le fiege dura plus de trois mois, pendant lesquels la Place fut vigoureufement canonnée & bombardée. Elle ne voulut entendre parler de capitulation, que lorfque la troifieme ligne de circonvallation fut achevée à la portée de fufil des Ouvrages Américains ; & elle ne confentit à fe rendre, que lorfqu'elle fut reduite à une difette abfolue de vivres. Alors le brave Gouverneur Rutledge & le Confeil fe retirerent dans l'intérieur de l'Etat.

(5) A Guilford en Virginie le 15 Mars 1781.

(6) De tous les Généraux Américains dans cette guerre fanglante, aucun n'a effuyé peut-être plus de revers de fortune que le Major-Général *Nathaniel Green*. Mais aucun ne deploya jamais avec plus d'étendue & d'énergie cet efprit de reffource après un échec ou une défaite, efprit qui feul peut arrêter un ennemi vainqueur & audacieux, lui ravir les fruits de fa victoire, en faifant échouer fes projets ; le forcer à fe tenir lui-même fur la défenfive, & fe procurer bientôt l'occafion de le vaincre à fon tour. Auffi, parmi les grands hommes dont l'épée & les talens militaires cimenterent l'Indépendance Américaine, la nouvelle République & l'univers entier placeront toujours le Major-Général Green avec la diftinction qui lui eft dûe.

Dont partout la Valeur protegeait ſes drapeaux,

Eſpérait triompher de ſes revers nouveaux.

Si quelquefois du ſort la rigueur implacable

Trahiſſait l'Equité : Grenne plus redoutable,

Reparaiſſait bientôt, réparait ſon malheur,

Et forçait les Deſtins à ſervir ſa valeur.

Phébus applaudiſſant au héros qu'il eſtime,

Invite les guerriers d'un chef ſi magnanime

A braver avec lui les plus preſſans dangers

Et le feu des tirans.   Auſſitôt, des lauriers

Qui de ſa tête auguſte ornent le diademe,

Détachant deux rameaux, en ceint à l'heure-même

Le front majeſtueux du vainqueur de *Rawdon*

Et ſon char de nouveau vole ſur l'horiſon.

Cependant du Mordyck (1) la nacelle légere

Sillonnait à pas lens le ſein de l'onde amere.

Quand

____

(1) C'eſt-à-dire la Barque ſur laquelle on fait le trajet d'un rivage à l'autre.

Quand foudain le vent ceffe : un calme inattendu

Rend la voile inutile, & tout effort perdu.

L'aviron, dans les mains du matelot robufte,

N'a pas plus de pouvoir que le plus faible arbufte :

Le pilote interdit quitte fon gouvernail :

L'Equipage fuccombe haraffé de travail :

La Barque eft immobile. O prodige admirable !

O fpectacle étonnant ! O merveille ineffable !

Vingt Tritons fur les flots, & la conque à la main,

Précedent en nageant le char d'un Dieu marin.

Quatre puiffans chevaux, à la croupe alongée,

D'une double nageoire & d'écailles chargée,

Font voltiger le char fur l'humide élément

Et laiffent derriere eux un fillon écumant.

A ce nouvel afpect les Paffagers timides,

Saifis d'un faint effroi, quoiqu'ailleurs intrépides,

Attendaient en filence, & regardaient de loin

Le fpectacle nouveau du cortege divin.

Adams,

Adamis, feul au milieu de la foule tremblante,

Ne connait ni dangers, ni la moindre épouvante.

Que peut à la Vertu le front des Immortels !

Toujours elle eſt aſſiſe aux piés de leurs autels.

Déja le Dieu parait : & ſa face adorable,

Les traits les plus charmans, un coup d'œil agréable,

Diſſipent la frayeur & calment les eſprits,

Loin de le redouter, on n'en eſt plus ſurpris.

Couronné de roſeaux mêlés d'Algue marine,

Que réhauſſait l'éclat de la perle argentine,

Précédé de Dauphins folâtrant ſur les flots,

Et faiſant autour d'eux bondir le ſein des eaux,

Le Dieu s'approche enfin de la barque immobile :

De ſes chevaux fougueux ſuſpend la courſe agile,

Il reconnait Adams à ſa noble fierté,

Et d'un air gracieux, mais plein de majeſté

Il lui rend le ſalut, & lui tient ce langage :

,, Miniſtre vertueux d'un Peuple libre & ſage ;

,, Vous,

„ Vous, qu'un nouvel Empire honora de son choix,

„ Ecoutez les avis que vous offre ma voix.

„ Vous voyez ce Frison (1) que la Parque cruelle

„ Conduisit au tombeau de la même nacelle

„ Où la main de Neptune enchaine votre sort :

„ Attendez son signal pour parvenir au port.

„ Les Hauts Décrets des Dieux, profonds, impénétrables,

„ Maintes-fois aux Mortels paraissent condannables.

„ Comme eux je raisonnais ; je regrettais le jour,

„ Alors même qu'un Dieu me prouvait son amour.

„ Guillaume n'était plus : (2) ce Prince magnanime,

„ En qui le Roi Minos ne pu trouver un crime ; (3)

„ Guil-

(1) C'est le Prince d'Orange, Jean-Guillaume-Friso, dont nous avons parlé plus haut.

(2) Guillaume III Prince d'Orange, Stadhouder de cinq des Provinces de la République Batave, Capitaine & Amiral-Général de l'Union, Roi d'Angleterre, d'Ecosse & d'Irlande. Il mourut le 19 de Mars 1702, âgé de 52 ans.

(3) Sans doute que *Minos*, ce juge sévere des Enfers, voulait que l'on crût Guillaume III innocent de tous les crimes possibles, malgré *Burnet*, qui convient lui-même que ce Prince était

exemt

„ Guillaume que l'Europe admira fi long-tems, (4).

„ La gloire des Naffaus, & la terreur des Francs ,

„ Avait

exemt de tout vice, un feul pourtant excepté, *mais qu'il avait fait de cacher avec le plus grand foin. Burnet* eût donc beaucoup mieux fait de fe taire , puifqu'il n'a pas cru devoir nommer ce vice.

(4) Guillaume III fut un grand Prince, & méritait peut-être le trône où l'appelerent le vœu de la Nation Britannique. Il la gouverna pendant près de quatorze ans avec autant de réputation que d'éclat. Selon les Hiftoriens, Guillaume fut plus grand homme comme *Stadhouder*, que comme Roi. Mais la Raifon, & les Bataves n'admettront jamais cette affertion que comme un paradoxe. Politique éclairé , il connut mieux que perfonne les différens intérêts des principales Cours de l'Europe ; il s'appliqua furtout à pénétrer , à dévoiler les vues ambitieufes de Louis XIV, & à chercher les moyens les plus furs & les plus efficaces de mettre des bornes aux vaftes prétentions de ce Monarque. Auffi, l'on peut dire que ce point fut la paffion dominante de Guillaume III, & qu'il y eût toujours entre le Roi de France & ce Prince une forte de haine perfonnelle, qui nuifit certainement à la réputation de tous les deux. Il faut avouer que Louis XIV ne négligea aucune occafion de fe faire haïr d'un Monarque tel que Guillaume. Perfonne ne refufa à ce dernier le mérite du courage & de la bravoure; il en avait donné des preuves inconteftables dans fa jeuneffe; il ne fe démentit pas lorfqu'il fut revêtu des Charges éminentes de la République; & devenu Roi de la Grande-Bretagne, il n'en fut pas moins grand Capitaine, ni moins brave Soldat. Avec toutes ces qualités, Guillaume cependant fut affez conflamment un Général malheureux;

„ Avait déja fini son illustre carriere:

„ Mais comme il préféra le Sceptre d'Angleterre,

„ Aux

reux; il ne gagna jamais en personne que la bataille de la *Boyne* en Irlande; & ne prit que *Namur* dans les Pays-Bas. Ce qui a fait juger aux Maitres de l'art, que ce Prince manquait de conduite & de ce coup-d'œil juste & pénétrant, qui dans une minute, décide quelquefois du gain des batailles & du sort des armées. Guillaume fut bon Maitre & bon Roi. Quoique de la Réligion Réformée, & nourri par conséquent dans des principes opposés à ceux de l'Eglise Anglicane, il ne se vit pas plutôt sur le Trône, qu'il voulut réunir les *Presbitériens* & les Episcopaux avec les autres Communions différentes dont l'Angleterré fourmille. Mais il trouva toujours le Parlément Britannique entierement opposé aux mesures aussi prudéntes que modérées qu'il proposa pour cette union. Il faisait peu de cas des Cérémonies extérieures de l'Eglise, & témoigna toûjours peu d'estime pour le Clergé en général. Les Gens d'Eglise pour la plupart, sont ordinairement aussi peu portés à la tolérance civile qu'à la tolérance Ecclésiastique, & Guillaume affectait de déclarer ouvertement qu'un Etat devait tolérer toutes les sectes, toutes les communions, & ce qui irritait bien plus encor les Anglais, ce Prince n'exceptait pas au moins les Catholiques. Il éprouva plus d'une fois l'esprit changeant de ses sujets, & quoiqu'il s'y fût bien attendu, il avouait souvent avec chagrin *qu'il n'avait pas prévu tout ce qu'ils lui firent souffrir de dégouts.* Aussi par dérision les Etrangers l'appelaient *le Stadhouder d'Albion,* & *le Roi des Pays-Bas-Unis;* tant il avait peu de pouvoir en Angleterre, & tant il s'était aquis d'autorité dans sa République: ce trait seul suffit pour démontrer dans lequel des deux Etats il fut déployer

les

„ Aux nobles fonctions (5) de nos communs Aïeux,

„ Pendant un luftre entier les équitables Dieux

„ Des

les vrais talens qui font connaitre les grands hommes. Il profita avec trop peu de modération des circonftances malheureufes qui en 1612 avaient arraché trois Provinces du Corps de l'Union, en leur faifant racheter leur réincorporation par le facrifice expia-toire, mais injufte de leurs plus beaux privileges. *La Gueldre*, *Utrecht* & *l'Overiffel* s'étant vus forcés d'abandonner au Stadhouder une autorité prefque fans bornes dans le choix de leurs Magiftrats & dans les affaires de leur Gouvernement. La Puisfance qu'il exerçait en *Hollande* & en Zélande, était moins arbi-traire; mais il s'était fait dans ces Provinces un fi grand nombre de Créatures que, fi fa volonté n'y faifait pas loi comme ailleurs, les oppofitions qu'elle y rencontrait, étaient fi faibles, qu'il em-portait toujours par les intrigues de fes partifans, ce que l'on au-rait refufé d'ailleurs à fes prétentions. S'il refufa la Souveraineté du Duché de *Gueldre* & du Comté de *Zutphen*, c'eft que ces Etats n'étaient rien en comparaifon des grandes Provinces de l'Union qui n'étaient fûrement pas dans l'intention de fe donner un Maître, & cette frivole augmentation de puiffance, eût été réellement l'effet d'une politique mal raifonnée, & une diminution du pouvoir & du crédit qu'il exerçait plus univerfellement & avec moins de dangers. Cette prétendue modération de *Guil-laume*, ne le garantit pas du foupçon d'afpirer à la Souveraineté de la République. Cette opinion jetta furtout de profondes racines dans les grandes villes, où l'on était toujours en garde contre fes vues ambitieufes. Un Stadhouder grand homme n'au-rait jamais tenu une conduite pareille; jamais fes adulateurs n'au-

raient

„ Des Champs-Eliféens lui fermerent l'entrée.

„ Tout ce Luftre il erra le long d'une coudrée,

„ Que les triples cordons du grand fleuve infernal

„ Baignent inceffamment au port Oriental.

„ Parmi tous les héros que compte notre race,

„ Guillaume, à peine enfin fût-il mis en fa place,

„ Que, de mon trifte fort tendrement occupé,

„ Son cœur ne fe crut point envers moi difculpé. (6)

                                „ Dès

raient ofé élever un trône à leur Prince fur les ruines de la liberté de leur patrie.

(5) L'on reconnait à ce trait feul la Sageffe infinie des juge-mens des Enfers. Leur doctrine s'eft depuis répandue dans no-tre univers, car il eft un grand nombre de Princes & de grands hommes qui préféreraient au Sceptre de l'Angleterre, la glorieufe qualité de Chef & de premiers fujets d'une République libre & fédérative. Il eft hors de doute que le Général *Washington* re-fuferait en ce moment de regner fur les Anglais, lui qui n'a cependant aucun autre titre que celui de commander une armée d'hommes libres & victorieux.

(6) Sans doute qu'il fe croyait coupable envers fon Neveu, déja Stadhouder de *Frife*, *de Groningue* & *de Drente*, de l'avoir empêché, par le defpotifme impérieux qu'il exerça fur les Etats

                                                de

,, Dès que les Demi Dieux ont paffé l'onde noire ;

,, Qu'aux Champs Eliféens, une éternelle gloire

,, Devient le prix facré de leurs nobles travaux,

,, Tous les fiecles pour eux n'ont point d'objets nouveaux.

,, Le paffé, le préfent & les chofes futures,

,, Ne viennent point vers eux par des routes obfcures.

,, De l'Effence divine un miroir éternel

,, Renvoit à chaque inftant un reflet naturel

,, Qui porte aux Demi-Dieux, fans trouble & fans nuages,

,, Les vertus, les forfaits de tous les divers ages ;

,, Et la maffe des tems, le paffé, l'avenir,

,, Ne leur coûtent pas même un léger fouvenir.

,, Guillaume comprit donc le tort irréparable (1)

,, Que fon ambition glorieufe & coupable (2)
,, Et

de la République, de parvenir aux grandes dignités qu'il venait d'abandonner. Car, à fa mort, les Provinces qui, par tant de raifons, avaient tremblé pour leur liberté pendant tout le regne de Guillaume, étaient encor bien loin de nommer fon Neveu au Stadhoudérat de l'Union. Elles avaient même au contraire décidé d'abolir pour jamais ces Charges toujours fi dangereufes chez une Nation libre.

Q

„ Et le Sceptre de fer qu'il baiſſa maintes fois (3)

„ Sur des Républicains qui connaiſſaient leurs Droits,

„ Por-

(1) La mort de Guillaume III cauſa bientôt une révolution dans la forme du Gouvernement de la République. Cinq des Provinces qui la compoſaient, reſtaient par cette mort privées de leur Gouverneur, & l'Etat entier ſe trouvait ſans Capitaine & Amiral-Général. Dès l'année 1674, l'on avait rendu ces grandes Charges héréditaires en faveur des deſcendans mâles de *Guillaume.* Mais ce Stadhouder-Roi n'avait heureuſement point laiſſé d'Enfans. Dès-lors, les cinq Provinces, loin de penſer à diſpoſer de ces éminentes Charges en faveur de qui que ce fût, ne s'occuperent plus qu'à régler la forme de leur Gouvernement ſur le même pié qu'il l'avait été après la mort de Guillaume II. La *Hollande* fut la premiere à déclarer aux Etats-Généraux la réſolution qu'elle avait priſe de ne point élire de *Stadhouder.* Les autres Provinces ſuivirent bientôt l'exemple que leur donnait la *Hollande. La Gueldre, l'Overiſſel, la Zélande*, & la Province *d'Utrecht* firent une déclaration ſemblable, & la République encor voulut ſe gouverner ſans *Stadhouder*, & faire la guerre ſans Capitaine & *Amiral. Cénéral.* Mais les gens ſenſés de tous les pays, prévoyaient que cette forme de Gouvernement ne pouvait ſubſiſter longtems, parce qu'une machine ſi mal conſtituée, dont les parties ne formaient pas un tout ſagement ordonné, avait néceſſairement beſoin d'un moteur général, qui donnât le mouvement & la vie à tous les reſſorts compliqués de la République ; & que tôt ou tard les amis de la Maiſon de Naſſau, ſauraient amener le peuple à demander le rétabliſſement du Stadhoudérat.

(2) Il eſt en effet glorieux à Guillaume III d'avoir été placé ſur le trône d'Angleterre. Une Couronne ſera toujours d'un grand prix aux ïeux des mortels, & tout ſemble longtems encor légitimer tous les moyens qui peuvent y conduire. Mais la Nature & la Philoſophie

ne

„ Portaient à ma grandeur une atteinte mortelle :

„ Que déja l'on fentait une haine cruelle

„ Pour

ne pourront jamais approuver les refforts que Guillaume III fit jouer pour rendre odieux fon Beaupere, précipiter même fes écarts, & lui arracher enfin un fceptre qui lui appartenait à tant de titres, & furtout l'art avec lequel fes partifans voulurent jetter des nuages fur la naiffance du Prince de Galles, en flétriffant par la plus atroce des calomnies la vertu d'une Reine que la poftérité, même chez les Bretons, refpectera toujours.

(3) Les Princes de la Maifon d'Orange depuis Guillaume I, ont toujours femblé regarder le Stadhoudérat des Pays-Bas-Unis, comme un appanage appartenant à leur famille, plutôt qu'une faveur & une marque de reconnaiffance des Bataves pour les fervices qu'ils avaient reçus de cette illuftre Maifon. Toutes les fois que le Patriotifme a paru différer ou refufer l'élévation de quelqu'un de ces Princes, ils ont rempli de leurs cabales, de leurs intrigues, les diverfes parties de l'Etat, & la mauvaife conftitution du Gouvernement, leur en fourniffait malheureufement les moyens les plus efficaces. Dès-lors tout ce qui ne paraiffait pas dévoué au nom d'Orange était fon ennemi, & le peuple le plus doux de l'Europe, foulevé par des agens fecrets mais habiles, devenait le plus féroce de l'univers. Jamais l'Hiftoire d'aucune Nation policée n'offrit un crime auffi déteftable que celui du maffacre des freres de *Wits*, deux des plus grands hommes non-feulement de la République, mais encore de tous les fiecles. La Batavie entiere était incapable de payer dignement les fervices qu'elle en avait reçue, & pour prix de leurs vertus & de leur Patriotifme, Guillaume III les fit immoler à fa haine & à fa vengeance de la maniere la plus atroce & la plus barbare, parceque, de leur vivant, il n'eût jamais été *Roi* dans la Batavie, ni peut-être même *Stadhouder* de l'Angleterre. Il ne laiffa fans récom-

penfe

,, Pour ce nom de Naſſau, jadis ſi reſpecté.

,, Eh! Que n'excuſe pas la ſainte Liberté!

,, Guil-
penſe aucun des fauteurs de cet horrible aſſaſſinat, & *Tichelaar*,
ce monſtre infame, le premier agent de cette ſanglante vengeance, reçut juſqu'à la mort de Guillaume III quoique devenu Monarque, une penſion annuelle de 8co florins, & la mort
de ce Prince ne la vit diminuer que de moitié, juſqu'à ce que
les Etats-Généraux Exécuteurs du Teſtament du Roi, ayant vu
avec horreur la requête de *Tichelaar* qui demandait la continua-
tion du ſalaire de ſon exécrable forfait, l'en priverent avec horreur & le conduiſirent ainſi dans la miſere épouventable où il
périt enfin, déchiré des remords les plus affreux, maudiſſant &
ſon crîme & celui qui le lui avait fait commettre. La Maiſon
d'Orange pourrait à peine, par vingt ſiecles de vertus, d'humanité, de bienfaiſance & des ſervices les plus ſignalés, lever
la tache à jamais odieuſe, dont Guillaume III ſouilla ſa vie & ſa
famille. Ce n'eſt pas ſeulement la mort de ces deux illuſtres victimes, ni les indignités que l'on leur fit éprouver avant & après
leur maſſacre, qui impriment une tache preſque indélébile au nom
de Naſſau: c'eſt qu'une récompenſe ſi affreuſe après tant de vertus & de patriotiſme, en éteint pour longtems le germe & le flambeau
dans le cœur de quiconque ſerait aſſés grand pour vouloir imiter les
de *Wits*. Qui oſera déſormais ſe montrer vertueux & patriote
dans cette République, ſi tels ſont les fruits que l'on doit attendre
de ſon zele & de l'amour pour la Patrie? Auſſi n'eſt-on pas
moins étonné de la cruauté de Guillaume III, que de la lâcheté
de tous les Magiſtrats de la Haie dans ces jours à jamais abhorrés.
Dans toute cette Réſidence, aucun homme ne fut aſſés courageu-
ſement vertueux, pour entreprendre de ſauver les deux infortunés que l'on allait dévouer à la fureur du Prince. Au contraire, toute la Régerce de la Haie ſe rendit en caroſſe ſur le *Vy-
verberg*

„ Guillaume né fujet, ofait parler en Maître,

„ Quoique jamais fon cœur ne foupira pour l'être. (4)

„ Mais

verberg & aux environs, pour repaitre fes ïeux d'un fpeétacle affreux qu'elle dévait au moins détefter ; & *Tromp* lui même, revêtu d'une des grandes Charges de l'Etat ; *Tromp* lui-même, mêlé
parmi la foule des fpeétateurs de cet exécrable meurtre, applaudiffait à
toutes les fureurs d'une populace aveugle & fans frein. Quel eft
l'homme honnête, quel eft le véritable Batave, à qui *Tromp* ne
doit pas paraitre alors plus vil, plus lâche, plus déteftable, &
plus coupable peut-être, que les bourreaux-mêmes que fa préfence
enhardiffait, & juftifiait, pour ainfi dire, à leurs propres ïeux ?
Tromp était l'ennemi des deux illuftres freres ; il fe voyait venger des griefs prétendus dont il fe plaignait de leur part ; mais il
ne les avait jamais trouvés contraires à fes deffeins, que lorfqu'il
avait favorifé la Maifon d'Orange aux dépens de la Patrie. Qu'il
eût été grand ce même *Tromp*, fi, dans ce moment terrible, loin
de repaitre fes ïeux d'un fpeétacle dont les Cannibales eux-
mêmes auraient eu horreur, Tromp, n'eût vu que deux Perfonnages innocens dans les deux infortunés de *Wits*, & que, fe fervant de l'autorité que lui donnait fa charge de Lieutenant-Amiral
de la République, il eût diffipé la vile canaille qui trainait ces
deux grands hommes, & les eût arraché de leurs barbares mains !
Il eût bien mieux fervi le nom d'Orange, & eût épargné à fes
Contemporains l'indignation de tous les fiecles. *Voyez pour ce qui*
regarde cet abominable affaffinat, le Tableau de l'Hiftoire des
Pays-Bas-Unis, ou *l'Abrégé de l'Hiftoire de la Hollande par*
M. Kerroux Tome III depuis la page 803. *jufqu'à la page*
842.

Une autre preuve du Defpotifme de Guillaume III dans les

Pays-

„ Mais on le foupçonnait, il parut dangereux,

„ Le Batave dès-lors profcrivit fes Neveux.

„ J'é-

Pays-Bas-Unis, eft la requête qu'il fit préfenter par le nouveau Penfionnaire *Gaspard Fagel* aux Etats de Hollande, auffitôt après la fin funefte des deux freres de *Wits*, tendante à ce que cette Province charge S. A. du foin de changer la Régence des villes, partout où cette opération lui femblerait néceffaire. Le Prince obtint tout ce qu'il demandait, & quand même il eût été Roi de la République, il n'y aurait pas eû un pouvoir plus redoutable.

(4) Ce ferait un crime impardonnable aux mortels de fufpecter la véracité des Demi-Dieux. Ils doivent être crûs fur leur parole. Ainfi, loin de regarder Guillaume III comme ayant voulu férieufement fe faire déclarer Souverain de la République, nous devons traiter comme des fables inventées à plaifir, les offres de ce Prince à la Cour de Londres, au moment que Louis XIV femblait fur le point de fe rendre maitre de toute la Batavie. Ces offres fe réduifent aux neuf chefs fuivans: I. *Le Pavillon fera baiffé partout devant celui d'Angleterre*. II. *Cent mille livres par an feront payées au Roi d'Angleterre pour la liberté de la pêche*. III. *Surinam cédé du toute propriété*. IV. *Quatre millions de livres Sterlings à payer en des termes à convenir*. V. *En boftage pour ces fubdites conditions, la ville de l'Eclufe*. VI. *La Souveraineté des fept Provinces pour le Prince d'Orange*. VII. *A condition que fa Majefté faffe la paix avec cet Etat, & qu'elle n'affifte plus la France, de quelle maniere que ce puiffe être*. VIII. *Quand fa Majefté fera d'accord de ces conditions, il faudra propofer à la France des conditions point acceptables, & en cas de refus; leur déclarer que fa Majefté eft réfolu de ne plus continuer la*

guerre.

„ J'étais ainsi privé du rang le plus augufte:

„ Le choix fi glorieux d'un Peuple libre & jufte
„ Ja-

guerre. IX. *D'abord que fa Majefté s'aura déclaré fur les fubdites conditions pour les accepter, je fairai enforte, que l'on envoyera en Angleterre d'autres Ambaffadeurs de ce Pays, fur lefquels l'on pourra fe fier, & qui feront dans mes inté-réts.* Voyez Cofterus page 434. Ces neuf chefs, à qui nous avons laiffé les fautes du ftile de leur fiecle, portent avec eux un caractere évident d'autenticité, & font extraits d'un Auteur digne de foi. Il faut cependant bien fe garder de les prendre pour ce qu'ils font, d'après l'affertion contraire de notre demi-Dieu. Il en eft fans doute de même des intrigues par lefquelles, le Penfionnaire *Fagel*, fon Frere *Nicolas*, & quelques autres perfonnes de la Régence de *Gueldre*, engagerent ceux qui étaient provifionnellement à la tête du Gouvernement de cet Etat, d'offrir le 29 de Janvier 1675 par une députation folemnelle à S. A., la Souveraineté du Duché de *Gueldre*, & du Comté de *Zutphen*. Quelque agréable que fût cette propofition à Guillaume, il répondit aux Députés: *qu'il ne pouvait leur donner une réponfe pofitive, fur une affaire de fi grande importance, qu'il n'eût premierement confulté les autres Provinces.* Ce Prince était trop avifé pour agir d'une autre maniere. Pour un vrai patriote, l'on n'eût certainement pas machiné une complot fi coupable, mais un ambitieux l'aurait fans doute rejettée avec indignation s'il ne l'eût pas trouvé de fon gout. Mais Guillaume en écrivit auffitôt aux Etats de Hollande, de *Zélande* & *d'Utrecht*. Quoique le plus grand nombre des Régences de ces Etats, ne fuffent compofées que des Créatures que fa main même venait d'y placer, l'on y fut bien éloigné d'approuver la démarche de la *Gueldre*. Le Prince, s'appercevant donc que la

Q 4
plu-

„ Jamais ne m'eût remis les rênes de l'Etat :

„ Ne m'eût rendu fon cœur, ni le Stadhoudérat.

„ Guillaume prévoyait, je frémis de le dire :

„ Qu'un Confeil inconftant, (5) un Miniftre en délire,

„ Per-

pluralité & les principales Villes de *Hollande* & de *Zélande* ne verraient point d'un œil indifférent ou tranquille qu'il acceptât un honneur, que l'on y regardait comme le prémier pas vers une Souveraineté plus étendue, refufa fagement la dignité de Duc de *Gueldre* & de Comte *de Zutphen*, dont il fut cependant élu, dès le lendemain *Stadhouder héréditaire*, Capitaine & Amiral-Général. Après quoi il rétablit le Gouvernement de cet Etat, comme quelque tems auparavant il avait rétabli ou plûtôt changé celui de l'Etat *d'Utrecht*. Il fe montra dans la fuite très-piqué de la maniere dont la *Zélande* avait traité cette affaire. S. A. fit tenir aux Etats de cette Province une réponfe très-longue, très-forte, & même un peu piquante, & la République entiere, loin d'ajouter foi à ce que difait le Prince dans fa lettre, de fon indifférence pour les titres qu'il s'était fait adroitement offrir, fe confirma de plus en plus dans l'idée que fon défintéreffement n'était qu'affecté, trahi par le mauvais fuccès, & que réellement il avait cherché par l'offre de la Gueldre, à fe frayer, s'il était poffible, un chemin à la Souveraineté de l'Etat en général ; ainfi que l'on en avait foupçonné & même accufé tous fes prédécef-feurs, furtout fon Pere en 1647.

(5) Le Confeil & les Miniftres de la Reine *Anne* qui avait fuccédé à *Guillaume* III.

„ Perfides, (6) corrompus, (7) hâtaient la trahison

„ Qui, (8) de ses Alliés ruinant l'union,

„ D'un Monarque abbatu relevant l'espérance,

„ Et rendant la vigueur aux armes de la France,

„ Portait un coup mortel à nos Républicains :

„ Que son Sceptre, tombé dans d'imbéciles mains,

„ De

(6) Aux engagemens pris avec la Batavie.

(7) Par les *Toris* & les intrigues de la France.

(8) Les Alliés, que Guillaume III avait uni contre la France, & dont il était l'ame, s'étaient naturellement engagés à ne mettre bas les armes, qu'après avoir chassé d'Espagne le Petit-Fils de Louis XIV. Malgré la mort du Roi d'Angleterre, les Alliés auraient probablement réussi dans cette entreprise, sans la défection de la Reine *Anne*, qui, abandonnant la cause commune, entreprit de traiter séparement avec la France, retira ses Troupes de l'Armée combinés, & força enfin les Alliés eux-mêmes, l'Empereur excepté, de conclure la paix à *Utrecht* en 1713. Paix dont l'Angleterre retira le plus grand fruit, en demeurant en possession de Minorque & de Gibraltar, quoique la flotte & l'Armée des Bataves eussent concourues à la prise de cette forteresse, tandisque ces derniers n'obtinrent qu'une barriere dont l'utilité réelle est encor aujourd'hui un problème en politique, quoiqu'ils eussent faits des dépenses & des efforts incroyables pour la cause commune. Mais dans tous les tems & dans tous les Traités, la Batavie fût la dupe de la perfidie ou de l'avidité Britanniques.

,, De deux luſtres complets de triomphe & de gloire,

,, Allait dans un inſtant avilir la mémoire;

,, Et qu'enfin le Batave, outragé, furieux,

,, Croirait punir Guillaume en frappant ſes Neveux.

,, Pour prévenir les maux qui menacaient ma tête;

,, Me ſouſtraire au mépris, aux coups de la tempête

,, Que l'indigne Albion méditait contre moi,

,, Guillaume, honteux enfin de ce manque de foi,

,, Précipita mes jours dans la nuit éternelle :

,, Et Maurice (9) avec lui, renverſant la nacelle

,, Où l'ordre des Etats me portait ſur les flots,

,, Fixerent ma grandeur par des moyens nouveaux.

,, A peine enſeveli dans les gouffres de l'onde,

,, Eus-je perdu l'eſpoir de revoir ce haut monde;

,, A peine deſcendu dans le ſéjour des morts,

,, Neptune à mes amis eût-il rendu mon corps, (10)

,, A

(9) Le Prince *Maurice d'Orange* ſi attaché à ſa famille.
(10) Son corps ne fut retrouvé que neuf jours après qu'on

„ A peine eus-je reçu tous les honneurs funebres,

„ Prescrits chez les humains pour les Mânes célebres,

„ Que je franchis les bords du lugubre Achéron,

„ Et fus même honoré du farouche Caron.

„ Conduit devant Minos, Eaque & Radamante,

„ Un jugement flatteur couronna mon attente :

„ Au rang des Demi-Dieux des fleuves & des Mers ;

„ Sur eux je pus regner, ou jouir aux Enfers

„ D'un séjour glorieux, d'un bonheur inéffable,

„ Au milieu des héros dont la foule inombrable

„ Me pressait instamment de descendre avec eux,

„ Pour embrasser mon Pere (1) & mes divins Aïeux.

„ A ces noms si chéris, pénétré de tendresse,

„ Aux Champs-Eliséens je vole avec vitesse :

„ Je

le vit surnager, & il fut enterré à *Leeuwarden* en Frise le
25 de Fevrier 1712.

(1) Son pere était *Henri-Casimir* de Naſſau Stadhouder de
Frise & de *Groningue*.

,, Je ferre dans mes bras l'objet de mon amour,

,, Le Prince généreux qui me donna le jour.

,, J'y vis tous les héros dont le bras invincible

,, Renverfa les efforts d'un potentat terrible,

,, Et de la Liberté déployant l'étendard,

,, De l'Univers furpris maitrifa le regard.

   ,, Bientôt, loin de gouter, dans un repos tranquille

,, Les plaifirs éternels que ce divin afile

,, Offrait aux Demi-Dieux, fans trouble & fans ennui,

,, Je crus voir le Batave implorer mon appui :

,, Charmé de le fervir, adorant ma Patrie,

,, Je choifis librement une plus noble vie,

,, Et couronnant mon front de ces divins rofeaux,

,, Je quittai les Enfers, pour regner fur les eaux.

   ,, Depuis ce jour heureux, dominant fur les ondes,

,, Partout où le Batave enrichit les deux mondes,

,, Je dirige fes pas, je fuis fon pavillon :

,, J'arrête pour eux feuls le terrible Aquilon.

,, Main-

„ Maintes fois le Batave, au fort de la tempête,

„ Voit mon bras protecteur qui dérobe fa tête,

„ Ses flottes, fes marins à la fureur des vens:

„ Je calme d'un mot feul les flots & les Autans.

„ Adams, Vous, que les Dieux d'un fecond Hémifphere

„ Chargent de parcourir une infigne carriere,

„ Armez vous de courage: (1) il faura triompher,

„ Mais connaiffez l'Etat qu'il vous faudra hanter.

„ Deux Partis très-puiffans divifent la Patrie,

„ Se balancent l'un l'autre ; & de la Batavie

„ Ce conflict éternel affure le bonheur. (2)

„ Mais tôt-ou-tard l'un d'eux abattra fon vainqueur. (3)

„ De

(1) M. Adams en effet, avait befoin de tout fon courage & de la Politique la plus rafinée, pour réuffir dans la Négociation dont il était honoré: & l'on peut dire que de toutes celles, qui, jusqu'à préfent ont eu lieu dans ce Siecle en Europe, aucune n'offrit jamais autant de difficultés à ceux qui les conduifirent, que l'Alliance qui devait unir la République des Treize-Etats-Unis de l'Amérique à la République des Pays-Bas-Unis.

(2) Tous les Peuples, qui, après avoir gémi longtems fous la verge defpoftique d'un Tiran, font parvenus à recouvrer la liberté,

,, De la Liberté sainte adorateur sévere,

,, Tout effarouche l'un, (4) tout lui parait contraire

,, Aux

té, n'ont rien de plus à cœur que de perpétuer le bonheur dont ils jouissent. Le Prince qui les opprimait, met tout en œuvre de son côté pour se rétablir dans les Droits prétendus qu'il se voit enlever par la désobéissance ou la révolte de ses Sujets. De ces principes divers naissent aussi des opinions différentes, d'autant plus difficiles à concilier, que l'un & l'autre parti s'attache opiniatrement à se procurer l'avantage qui, selon ses idées, peut seul consolider sa félicité présente, ou rétablir ses pertes passées. De ce conflict d'intérêts, diamétralement opposés dans leurs causes & dans leurs conséquences, il suit que le Chef, le Roi, ou le Sénat d'une Nation pareille, visent natürellement à donner toute l'extension possible à leur autorité ou à leurs prérogatives, & le Peuple doit s'appliquer en conséquence à restreindre ces pretentions, à leur prescrire les bornes les plus étroites, & à se tenir toujours en garde contre les artifices & les coups arbitraires qui pourraient être tenté sur ses Droits & sa liberté. Telle est la source éternelle de la division des *Toris* & des *Wigs* dans le Royaume & le Parlement d'Angleterre. Les Bataves, dégagés des fers de la Cour de Castille, & par leur bravoure, autant que par leur constance, vainqueurs enfin de leurs Tirans; n'ayant plus rien à craindre du côté de l'Espagne impuissante & partout humiliée; recherchés de toutes les Puissances de l'Europe, redoutables sur toutes les mers par la force de leurs flottes, les talens supérieurs de leurs Amiraux & par la valeur de leurs équipages, se voyaient après tant de sang répandu, de travaux multipliés & glorieusement soutenus, respectés dans tout l'Univers. Ils n'avaient rien à craindre au dehors, où tout semblait coopérer à leur bril-

lante

„ Aux Droits toujours facrés qu'il tient de fes Aïeux.

„ L'autre connaît ces Droits, s'immolerait pour eux,

„ Mais

lante fortune. Mais lorfqu'ils jetterent les ïeux fur l'intérieur de leur République, ils reconnurent fans peine tous les vices qui réfultaient de la Conftitution. *Ses imperfections*, dit le célebre Raynal, *n'échapperent point vraifemblablement au Prince d'O. range fondateur de la République. Si ce grand homme permit qu'elles ferviffent de bafe au gouvernement qu'on établiffait, les vues de fon ambition profonde fe fondaient fur l'efpérance qu'elles rendraient un Stadbouder néceffaire, & qu'on le prendrait toujours dans fa famille.* Hift. Ph. v. 10. p. 75.

Le traité d'Utrecht qui avait mis le dernier fceau au code de la liberté Batave, n'avait point corrigé la multiplicité, ni la complication des états qui la rendaient un édifice irrégulier & facile à renverfer fur lui-même. Pour donner une autre forme à la charpente qui formait le bâtiment de la République, il eût fallu bouleverfer la République elle-même, dépouiller une foule de villes de leur fouveraineté particuliere, pour n'en former qu'un feul Etat Souverain dans chaque Province, où chacune des villes du même Etat aurait annuellement envoyé les Députés qui le nouveau reglement aurait fixé avec une équité particuliere. Ces Sept Provinces, formant fept Etats robuftes, riches, puiffans & conftitués de la forte, auraient envoyés eux-mêmes leurs Députés à l'Affemblée générale qui, à la pluralité, aurait alors décidé, d'après les inftructions de leurs Commettans, toutes les affaires qui auraient généralement intéreffé le Corps de la République entiere. Le Peuple dans chaque ville, eût lui-même choifi ceux qui devaient le gouverner, & ceux-ci auraient fait choix parmi leurs Membres, de perfonnes

ca-

„ Mais plus doux, moins ardent, ami du nom d'Orange, (4)

„ Aime à voir d'une Cour la brillante phalange

„ D'un

capables de veiller à leurs intérêts dans l'Assemblée-Générale de l'Etat ou de la Province où ils existaient, & l'Assemblée de l'Etat aurait elle-même choisi & donné la mission légale à ceux de leur Compagnie que le mérite aurait fait déléguer à l'Assemblée-Générale de la Confédération Belgique. Dans cette hipotefe, chaque ville pouvait avoir un Chef; chaque Etat pouvait s'en élire un, ou s'en rapporter uniquement aux foins paternels de fa Régence. Le Corps même de la Confédération pouvait s'en paffer ou s'en donner un. Mais dans la Conftitution préfente des Sept Etats qui forment la République Batave; conftitution, par laquelle il fe trouve dans chaque Etat Souverain, autant de petits Etats que de villes, quoique fouvent de la plus étroite enceinte & de la population la moins nombreufe, il fallait néceffairement un Chef à cette foule d'Etats plus ou moins forts, plus ou moins inftruits de fes droits véritables, qui, par fa naiffance, fon crédit ou fon influence, pût donner le mouvement à tous les refforts de cette étonnante machine, qui, décidant prefque tout à l'unanimité des fuffrages; par la réfiftance d'une bicoque feule, pouvait voir arrêter la marche de la République entiere. Ce Chef fut le Stadhouder. La reconnaiffance de la Batavie devait naturellement fe tourner vers les Princes de la Maifon d'Orange, qui par leurs fervices avaient renverfé la tirannie des Efpagnols, & cimenté par leur valeur la liberté de leur Patrie. Cependant, de la charge de protéger la République; du pouvoir accordé de commander les Flottes & les Armées; de nommer tous les Officiers de ces deux Départemens; de nommer les Régens dans toutes les villes, fur le choix que chacune avait précédemment faites; de

chan-

„ D'un pouvoir moins étroit environner fon Chef.

„ L'un, toujours foupçonneux, redoute derechef.

         „ Que

changer à fon gré les Régences de quelques Cités de la Confédé-ration, d'y faire monter fes partifans, ou d'en exclure ceux qui ne paraiffaient pas, vouloir fervir aveuglément la volonté du Stadhouder vindicatif ou ambitieux, il n'y avait qu'un pas à faire pour parvenir au Defpotifme & de là fur un trône qu'au-raient foutenues toute la Nobleffe de l'Etat, & les troupes de terre & de mer. Celle-la, parce qu'elle préferera toujours la Monarchie à l'Etat populaire. Celles-ci, à caufe que les Officiers qui les com-mandent, font généralement dévoués au Prince, de qui, par les vices de la Conftitution, ils efperent les graces & les dignités. Toutès les deux enfin auraient évidement adoptées un fifteme avantageux pour le Prince & pour elles, mais qui aurait creufé le tombeau de la Liberté publique. Si l'on avait donné un pouvoir moins étendu au Stadhouder, jamais il ne l'eût accepté, ou cédant aux circonftances, il ne s'en fût chargé, que dans l'efpoir confolant de profiter de tous les moyens pos-fibles pour rompre les chaînes dont il était embaraffé, & fe don-ner les coudées franches. Mille exemples de toutes ces vérités font tracés en caracteres de fang dans l'Hiftoire de chacun des Princes d'Orange qui ont été promus à la Charge éminente de Stadhouder de la République entiere, & de Capitaine, Ami-ral-Général de l'Union Batave. Par cette élévation dangereufe, des Princes, fans poffeder même le pays dont ils portent encore le nom, Souverains à la vérité d'une petite contrée d'Allema-gne, mais fans nulle confidération dans l'Empire même & moins encore en Europe, à la tête de la Confédération Batave; regar-dés comme l'âme & le bras d'une République puiffante, outre leur mérite perfonnel qui fouvent obtint la vénéra-tion de tous les peuples; les Princes de Naffaus, fe font vus une

R

Cour

,, Que le fang des Naffaus n'en veuille à fes murailles :

,, Ce fang, qui tant de fois coula dans les batailles

,, Pour

Cour brillante, une Garde nombreufe & bien entretenue, une foule d'Ambaffadeurs étrangers embellir le cercle qui les environnaient, & ont joué un rôle quelquefois auffi diftingué que ceux des plus puiffans Monarques de notre Continent. Il leur fut donc fouvent difficile de fe perfuader que, malgré le fafte & la pompe de leur Cour, le grand nombre de troupes & de vaiffeaux de guerre qui partaient ou s'arrêtaient au premier figne qu'ils recevaient de leur part, ils n'étaient néanmoins que les Mandataires du Peuple, à qui ils avait prêté ferment de fidélité, & qui les tenait à fes gages. Souvent les dignités éminentes dont ils étaient revêtus, leur parurent un droit inconteftable, dont on ne pouvait les priver fans une injuftice criante, & ils ne ceffaient de travailler à gagner l'efprit du Peuple par tous les moyens poffibles, afin de remonter au grade dont avaient joui leurs Ancêtres. D'après ces courtes obfervations qui embraffent toute la durée de la République jufqu'à Guillaume IV. Il eft facile de prévoir que dans le Corps de l'Etat, il y aurait fans ceffe un parti *Stadhoudérien*, & un autre qui tâcherait par la fageffe de fes mefures, & la fermeté de fes Magiftrats, de repouffer l'influence Stadhoudérienne dans les bornes qui lui étaient prefcrites. La ville d'Amfterdam fe diftingua toujours par fon amour pour la liberté, & l'on ne faurait apprécier fur ce point, tous les fervices effentiels qu'elle rendit dans tous les tems à la Patrie dont elle fait la force principale & la gloire premiere.

(3) Cette prédiction équivoque dans la bouche du Demi-Dieu Frifon, eft-elle dans le cas d'être bientôt vérifiée? C'eft ce que l'évenement feul po rra juftifier.

(4) Quiconque poffede le plus grand des tréfors, & dont la

perté

„ Pour cimenter l'autel où, de la Liberté

„ Le culte faible encor était perfécuté,

„ Ce fang n'eft point iffu des Tirans de la terre : (5)

„ Jamais il ne franchit la prudente barriere (6)

„ Qu'un

perte eft irréparable pour bien des fiecles, doit à chaque heure trembler de fe le voir enlevé par les ennemis de fa félicité.

(4) Ou pour mieux dire, uniquement avide des dignités dont la Maifon d'Orange eft difpenfatrice. Si les partifans de cette illuftre Maifon avaient toujours préféré fes véritables intérêts & fa gloire, à ce qui pouvait améliorer leur fortune, ils ne lui auraient pas porté des coups fi fatals, en la jettant dans des écarts à jamais déteftables. *Barnevelt* ferait expiré dans le fein de fa famille ; les deux illuftres & malheureux *de Wits* ne feraient point devenus la victime de leur patriotifme héroique ; Amfterdam n'aurait pas été menacée d'un Siege par un Prince de *Naſſau* &c. &c. &c. Jamais un *Stadhouder* n'eût penfé qu'il pouvait avoir d'autres intérêts que ceux de la République, & toute fa gloire aurait toujours été de faire le bonheur d'une Nation généreufe & reconnaiffante qui, le regardant comme fon premier fujet, le chériffait néanmoins comme fon Pere, toutes les fois qu'il voulait s'en faire aimer.

(5) L'ancienne & très-noble Maifon de *Naſſau*, de l'aveu des plus rigides Critiques, eft une des premieres de l'Empire d'Allemagne, puifqu'elle remonte jufqu'à *Adolphe* Comte de *Naſſau*, mort en 703. On voit encore à Nuremberg le tombeau d'un Comte de *Naſſau* nommé *Otton*, fils de *Jean*, neveu *d'Everard* & pere de *Valrave*, qui fut Général des Troupes de l'Empereur

R 2   *Henri*

,, Qu'un Peuple généreux, fage, libre & vaillant

,, Pofa par intervalle au Prince trop puiffant

,, Qui

Henri l'Oifeleur en 920. Il eft le 14me Comte dans les Tables *d'Hubner* ; & fes Petits-fils *Valrave* & *Otton* ont formé les deux Branches de *Naffau* & de *Gueldre*. Celle-ci prit fin en 1372. par la mort *d'Edouard* 5me Duc. *Henri* furnommé le *Riche*, 6me Comte après *Valrave*, eut deux fils *Valram* & *Otton*, qui, de leur nom, formerent deux lignes de la Maifon de *Naffau*. De la 1re, font forties les branches *d'Orange*, de *Siegen*, de *Dillembourg*, de *Dieft*, & *d'Hadamar*. De la 2de, vien-nent celles de *Saarbruck*, *d'Iftein* & *Weilbourg*. La Ligne *d'Otton* II commença en 1292; fe divifa en deux branches fous *Adolphe* en 1420. *Engelbert* fon fils ainé, hérita des *Pays-Bas* en 1504, & mourant fans héritier, les laiffa à *Jean* fon frere, ouche de fa Maifon en Allemagne, & qui lui fuccéda en 1516. *Réné*, petit-fils ainé de *Jean*, hérita de la Principauté d'Orange, & jouit des Pays-Bas jufqu'à fa mort arrivée en 1544. il ne laiffa oint d'Enfans. Son Neveu *Guillaume le Jeune*, & le *Tacitur-ne*, fils *de Guillaume l'Ancien* & petit fils de *Jean* en Allema-gne, fuccéda à fon Oncle Réné dans la Souveraineté d'Orange, & fut le premier Stadhouder dés *Pays - Bas* devenus libres en 1584. *Jean l'Ainé*, fils de *Guillaume l'Ancien*, fut la tige de la ligne d'Allemagne. *Guillaume* I laiffa deux fils *Maurice* & *Fré-déric Henri* : le premier, *Stadhouder* comme fon Pere, mourut en 1625, fans Enfans, & eut pour Succeffeur dans fes charges & dignités, fon frere *Frédéric Henri*, qui finit fes jours en 1647. *Jean le Jeune* en Allemagne eut quatre fils. *Jean* dit auffi le Jeune, chef de la branche de *Naffau-Siegen*, éteinte en 1743: *George*, chef de la Branche de *Naffau-Dillembourg*, éteinte en 1739.

Erneft

„ Qui pourrait attenter à l'Union Belgique :

„ Et si mon sang jamais, à notre République

„ Osait

Erneſt Caſimir de Naſſau-Dieſt *Stadhouder* de Friſe, & *Louis*
de *Naſſau-Hadamar* dont la branche s'éteignit en 1711.

Guillaume II fils de *Frédéric Henri*, fut le quatrieme Stadhou-
der & mourut en 1650. Guillaume III ſon fils fut le cinquieme
Stadhouder de ſa famille, & devenu Roi de la Grande-Bretagne,
après avoir détrôné ſon Beaupere en 1689, mourut en 1702.
Après ſon décès, la principauté d'Orange étant paſſée à *Frédéric*
II Roi de Pruſſe, ſon fils *Frédéric Guillaume* la céda en 1713
à Louis XIV avec tous ſes droits, ce qui fut confirmé par le
Traité d'Utrecht.

A la Mort de Guillaume III qui ne laiſſait aucune poſtérité,
Jean Guillaume Friſo, petit-fils *d'Erneſt Caſimir* de *Naſſau-
Dieſt*, premier *Stadhouder héréditaire* de la Province de *Friſe*,
hérita des biens du feu Roi *d'Albion*. Mais bientôt, par ſa mort à
jamais funeſte, il ne laiſſa qu'un fils poſthume qui fut nommé
Guillaume Charles-Henri-Friſo Stadhouder *héréditaire de Friſe*,
en 1747 revêtu du *Stadhoudérat* des Sept Etats de l'Union, &
des Charges de *Capitaine & Amiral-Général* de toute la République, *héréditaires* dans ſa poſtérité *maſculine* & *féminine*
Ce Prince mourut le 22 Octobre 1748 & laiſſa un fils ſon héritier ſous le nom de *Guillaume V.*

De la Ligne de *Walram* en 1289 deſcendent, ſon fils *Adol-
phe de Naſſau* élu Empereur le 6 Janvier 1292 : *Gerlac*
Comte de *Naſſau*, pere *d'Adolphe* Comte de *Naſſau-Idſtein* &
Weisbaden, qui eut 12 Succeſſeurs juſqu'en 1605 que Louis
de *Naſſau-Weilbourg*, fils d'Albert hérita de ſes Etats. Ses fils
Guillaume, Jean & *Erneſt* formerent, le premier, les branches

R 3

d'Ot-

,, Ofait un feul inftant montrer un œil hautain,

,, Moi feul je finirais fon fuperbe deftin :

,, Et ce bras tout puiffant, dans le fond du Ténare,

,, Entafferait fur lui les monftres du Tartare,

,, Et fa funefte erreur, fon oubli criminel

,, Subiraient aux Enfers un fupplice éternel.

,, Non, non : le fang d'Orange eft un fang magnanime

,, Que glacerait d'effroi la feule ombre du crime.

,, La

d'*Otweiler*, *Saarbruck*, & *Uffingen* : le Second *Idftein*, & *Erneft-Cafimir* continua la branche de *Weilbourg*.

Le fecond fils de *Gerlac* Comte de *Naffau*, fils de l'Empereur *Adolphe de Naffau*, fut *Jean*, Prince *de Naffau Weilbourg* & *Saarbruck*, pere de *Philippe*, qui le fut de *Louis*, & laiffa deux fils, dont le premier fut *Philippe de Naffau-Weilbourg*. Son quatrieme Succeffeur *Albert*, hérita de *Saarbruck* : & fon cinquieme *Louis*, d'*Idftein* & de *Weisbaden*. Il eut trois fils qui établirent en 1625 les trois lignes d'*Otweiler*, *Saarbruck*, & *Uffingen*, réunies en 1728 fous *Charles* Prince de *Naffau-Uffingen Otweiller* & *Saarbruck*.

L'autre fils de Louis, fut *Jean* de *Naffau-Idftein* & *Weisbaden* qui n'eut qu'un Succeffeur jufqu'en 1721.

(6) Il ne s'en fallut gueres du moins fous Guillaume II en 1650, & la Ville d'Amfterdam s'en reffouviendra long-tems.

„ La gloire du Batave eſt la gloire des miens, (7)

„ Ils ſauront reſpecter leurs antiques liens. (8)

„ Mais que ſert aux mortels la Vertu la plus pure!

„ Un Miniſtre perfide, & cette intrigue obſcure

„ Qui rampe autour des Grands, & ſurtout dans les Cours,

„ Corrompraient un Titus, s'il goûtait leurs diſcours.

„ A peine un Prince hélas! connait-il la lumiere,

„ Que l'adulation ſourit à ſa paupiere:

„ Dans un âge plus mur, l'éclat de ſa grandeur

„ Vient enivrer ſes ſens & corrompre ſon cœur:.

„ Et, bientôt égaré par la main qui le guide,

„ Il trouve vingt Séjans (9) pour un ſeul Ariſtide. (10)

„ Mon

(7) Cette vérité eſt inconteſtable.

(8) Autant que la République ſe trouvera ſatisfaite du Stad-houder; car, en déclarant les Charges éminentes dont il eſt revêtu, héréditaires même aux Princeſſes de la Maiſou de Naſſau, le Peuple, en qui repoſe partout eſſentiellement le fondement de toute Souveraineté, de toute Puiſſance légiſlative & exécutrice, n'a point entendu ſe dépouiller de ſon pouvoir originel, & peut défaire ſon ouvrage de la même maniere qu'il en a élevé l'édifice.

„ Mon fils, ce dernier fruit d'un himen abrégé, (11)

„ Par des monſtres pareils ne fut point aſſiégé.

„ Les

(9) Séjan, fils d'un Chevalier Romain, mais ſans fortune, s'attacha d'abord à *Caïus-Céſar* petit-fils de l'Empereur *Auguſte*. A force de ſoupleſſes, de flatterie & d'enjoument, il parvint à ſe rendre ſi agréable à Tibere, qu'il ne pouvait ſe paſſer de lui. Audacieux, habile à cacher ſes vices & à favoriſer ceux de ſon Maître, Séjan mit en œuvre tant d'artifices auprès de Tibere, que ce Prince n'avait rien de caché pour lui. Il l'éleva à la dignité de Chef des cohortes Prétoriennes, emploi des plus lucratifs, & le plus honorable de l'Empire, le nommant partout *le compagnon de ſes travaux*. Les perfides & injuſtes conſeils de ce Miniſtre attiraient ſur l'Empereur la haine & le mépris de l'Univers entier: maintes fois le Sénat en porta des plaintes ameres au pié du trone, mais Tibere le défendait lui-même avec tant de chaleur, qu'il fermait la bouche à ſes accuſateurs, & ne tardait pas même de les abandonner à ſa vengeance. Après avoir commis les forfaits les plus affreux, Séjan oſa dans la ſuite eſſayer de ſupplanter ſon Maître , & de lui arracher le bandeau imperial pour en couvrir ſon front; mais enfin, Tibere ayant ouvert les yeux, le fit arrêter & étrangler dans ſa priſon. Après ſa mort le Peuple exerça ſur ſon corps ſa fureur trop longtems retenue, & Rome fut vengée des maux que lui avait fait ce ſcélérat.

(10) Dans toutes les Républiques tant anciennes que modernes, ainſi que dans les Monarchies, le Peuple reſpecte ordinairement les Chefs de l'Etat, & dans les calamités publiques n'accuſe de ſon malheur que celui qui a la confiance du Modérateur ſuprême, quoiqu'il n'ignore point lequel des deux eſt le plus coupable. Quel parti doit prendre alors le Miniſtre innocent?

Celui

„ Les Dieux le chériffaient : & la bonté célefte,

„ Verfant à pleines mains fur ce précieux refte

„ Les dons les plus facrés, les plus riches faveurs,

„ De fes Concitoyens lui gagnait tous les cœurs.

„ Son berceau, qu'entouraient les vertus de fa Mere,

„ Protégé nuit & jour par l'Ombre de fon Pere,

„ Ne fut point arrofé du funefte poifon

„ Qui trop fouvent hélas ! fouilla notre Maifon.

„ Mon

Celui *d'Ariftide*, qui, plein de candeur & de zèle pour le bien public, voyait qu'une cabale qui lui était oppofée, voulait l'éloigner du Gouvernement de la République & le faire condanner à *l'Oftracifme*. L'homme jufte & Citoyen, voyant un payfan qui, ne le connaiffant point, le priait de mettre fur fa coquille le nom *d'Ariftide*, furpris de la demarche du villageois, il lui demanda quel crîme avait donc commis Ariftide, & s'il avait à fe plaindre de lui en quelque chofe? *Point du tout*, répondit le ruftre ; *mais je fuis fatigué de l'entendre toujours appeler* le jufte. *Ariftide*, fans fe troubler, écrivit fon nom fur la coquille, & la rendit au payfan. La faction ennemie fit condanner Ariftide à l'exil de dix ans, mais il en fut bientôt rappelé, & rendit dans la fuite les plus grands fervices à fa patrie. S'il eût été, *Séjan*, loin de céder aux clameurs & aux plaintes du Peuple; comme lui, il fe fut mis à couvert de l'indignation publique, fous le manteau de l'autorité.

(11) Guillaume IV.

„ Mon fils à la Vertu resta toujours fidele :

„ D'un Prince doux & sage il fournit le modele :

„ Adoré du Batave, en des tems orageux

„ L'amour d'un Peuple entier vint couronner ses vœux : (1)

„ Il monta sans efforts plus haut que ses Ancêtres, (2)

„ Il se fit un devoir de conserver ses Maitres, (3)

„ Mais

(1) Les villes de Veere, de Flessingue & de Middelbourg nommerent le Prince de Nassau aux dignités *de Stadbouder*, *de Capitaine & Amiral-Général* le 25 d'Avril 1747. *Goes*, *Tholen & Zierikzée* ayant suivi le même exemple, le 28 du même mois. Les États de la *Zélande* ratifierent par un Décret public l'é-lection que les Villes de la Province avaient faite chacune pour elle. Le 3 de Mai les Etats de *Hollande* élurent le Prince *Stadbouder*, *Capitaine & Amiral-Général* de leur Province. Il l'était déja de cinq des Etats qui forment la Confédération Batave. Les Etats *d'Utrecht* & *d'Overissel* ne tarderent pas à imiter l'exemple des autres. Il restait encor un titre à lui décerner ; c'é-tait la Charge *de Capitaine & Amiral-Général* de toutes les forces *de l'Union Belgique*, les Etats-Généraux la lui accorde-rent le 4 du même mois avec toutes les prérogatives dont avaient joui ses Ancêtres.

(2) Le Prince, son Epouse fille de George II *Roi d'Angle-terre*, & la jeune Princesse Caroline leur fille, partirent de *Leu-warde* en Frise leur résidence ordinaire, & se rendirent à la *Haie* où il arriverent le 12 de Mai 1747. Les Etats de *Hollande* lui

con-

„ Mais fon ambition, trop grande même encor,

„ A fa poftérité retrancha le reffort

„ Qui

conférerent la Charge de Grand-Maitre des *eaux* & *forêts*; on lui accorda la difpofition des *emplois militaires* à la répartition de la Province, depuis la place *d'Enfeigne*, jufqu'au grade de *Colonel* inclufivement; & ce qui avait été illicite jufqu'alors, ils déclarerent que les Députés *à l'Affemblée particuliere des Etats*, pourraient en même tems être au *Service du Prince*, & *liés par un ferment particulier*. Les Etats-Généraux de leur côté enchérirent fur ceux de *Hollande*. Ils révêtirent S. A. de la Charge de *Stadbouder* & de Capitaine-Général du Pays *d'Outre-Meufe*, & lui transférerent le droit d'accorder des *lettres* d'abolition & de graces dans la jurifdiction du Confeil de *Brabant* & de la Ville & Territoire de *Maftricht*, y compris le Comté de *Vroenbove*. Le 16 de Novembre même année, les Etats de Hollande par leur Réfolution dudit jour, déclarerent les Charges de Stadhouder, de *Capitaine* & *Amiral-Général* de cet Etat, *héréditaires* dans les lignes *mafculines* & *féminines* de la Maifon de Naffau. Les autres Etats de la Confédération, ne tarderent pas à fuivre l'exemple de la Hollande. Deforte que *Guillaume IV*, en réuniffant toutes les dignités que la République avait autrefois conférées à fes Ancêtres, eut un avantage dont aucun n'avait joui, celui d'en affurer, fous le bon plaifir des Bataves, la poffeffion à fes defcendans légitimes des deux Sexes. Jamais autant de titres & de dignités n'avaient été accumulés à la fois fur la tête d'aucun de fes Aïeux. *Stadbouder*, *Capitaine* & *Amiral-Général-Héréditaire* des Sept Provinces, il le fut également de tous les Pays de la *Généralité*. Les *Etats-Généraux* lui ayant déféré quelques jours après ces mêmes titres, pour le *Brabant* des Etats,

la

„ Qui mene à la Vertu par l'espoir héroïque

„ De mériter le choix de l'estime publique,

„ Avant

la *Flandre* & le *Haut-Quartier* de *Gueldre*. La Compagnie des *Indes Orientales* le choisit aussi pour son *Directeur* & *Gouverneur-Général*, dignité qu'aucun Stadhouder avant lui n'avait possédée. Au reste ce n'était pas un vain titre que lui accordaient les Directeurs de cette Compagnie. *Guillaume*, devenu Chef de la plus illustre Compagnie de commerce de l'Europe, réunit en lui seul tout le pouvoir de la Direction. Il eut & transmit à ses Successeurs le droit de présider toutes les assemblées de la Compagnie, soit en personne, soit par ses Représentans. Il pouvait y faire toutes les propositions qu'il jugeait convenables aux bien-être de la Compagnie; &, comme les Directeurs eux-mêmes, il avait voix active & passive dans toutes les délibérations. C'était à lui à faire observer tous les reglemens de la Compagnie dont il devait maintenir les Droits, les Octrois & les Privileges, de même qu'il était obligé d'en éloigner tous les abus. Il nommait aux places de Directeurs, de même qu'à toutes les grandes Charges de la Compagnie, d'après une présentation de trois personnes au moins. Dans le cas où les Chambres respectives de la Compagnie ne pourraient terminer les différends qui s'eleveraient entre elles, le Prince avait le Droit de prononcer définitivement. Après en avoir communiqué avec les Directeurs & les principaux Intéressés, il réglait toute la partie Economique de la Compagnie, dirigeait toutes les affaires des *Indes*, & principalement celles qui avaient pour objet la fortification & la défense des Places fortes de la Compagnie. Il pouvait convoquer les principaux Intéressés, & faire rapporter leurs Propositions à la Chambre des

Dix-

„ Avant d'être chargé du fardeau de l'Etat.

„ Il eût été plus grand, (4) & le Stadhoudérat,

„ Loin

Dix-Sept, lorfqu'elles avaient paffé à la pluralité des voix. Enfin les Directeurs & Principaux Intéreffés fe réferverent encor, pour comble d'adulation, la liberté de faire au Stadhouder, par une Déclaration ultérieure, & fous la ratification de LL. HH. PP, toutes les conceffions qui ne lui avaient point été faites par l'Arrêté de la Compagnie, ou fur lefquelles ils ne s'étaient pas clairement expliqués.

. La Compagnie des *Indes-Occidentales* ne tarda pas à revêtir *Guillaume* des mêmes titres, & à lui accorder les mêmes pouvoirs dans fon Corps. Deforte que ce Prince réunit en fa perfonne & en celle de fes defcendans, toutes les dignités, tous les honneurs, toutes les charges éminentes de l'Etat.

. L'Europe entiere vit avec étonnement la Révolution qui venait de fe faire en Batavie. Elle trembla pour la liberté de cette République. Que reftait-il en effet à défirer au Stadhouder que le fceptre & la couronne? Le Roi de Pruffe, dont l'autorité en fait de Politique & de Science d'Etat ne faurait être balancée par aucune autorité contraire, s'exprime ainfi fur l'élévation précipitée de Guillaume IV.

Après avoir parlé de Newton, & confeffé que ce grand homme s'égara comme St. Jean l'Evangélifte dans l'incompréhenfible ouvrage de l'Apocalipfe, le Roi philofophe dit:

Peu m'importe après tout que des Savans célebres
Egarent leur raifon au fein de ces ténebres.

Mais

„ Loin de tomber peut-être en des mains trop débiles

„ Pour guider la Patrie en des jours difficiles:

„ Loin

Mais ce qui doit toucher tout homme de bon fens,
C'eſt la funeſte ivreſſe, & les écarts fréquens
D'un Peuple (*a*) meſuré, timide, flegmatique,
Républicain zèlé, Commerçant pacifique,
Qui, fuivant les conſeils d'un frippon d'Ecrivain, (*b*)
Fit la Guerre à la France (*c*) & Naſſau Souverain.

Ep. X. au Général *Bredow*, fur la *Réputation*. Oeuvres du Philoſophe *Sans-Souci*, Tom. I. p. 162.

(3)

(*a*) Les Bataves.

(*b*) Le fameux Rouſſet de Miſſy cet impitoyable Ennemi de la France, qui déchira l'abbé Raynal, fur fon Hiſtoire du Stadhoudérat, fans diminuer le mérite de cet Ouvrage, même après l'avoir tronqué. Guillaume IV l'avait honoré du titre de fon Hiſtoriographe, pour le récompenfer du zèle que Rouſſet avait témoigné pour les intérêts de ce Prince, avant qu'il fut élevé au Stadhoudérat. Mais la plume de cet Ecrivain foufflant toujours la difcorde & la fédition, Guillaume, ne pouvant plus fupporter fes écarts fougueux, lui fit ôter au mois de Juin 1749 l'Acte par lequel il avait été nommé à la Charge d'*Hiſtoriographe*, & fes Remarques remplies de réflexions odieufes contre plufieurs Souverains, furtout contre la France, fur l'Abbé Raynal, fur fon Hiſtoire du *Stadhouderat*, publiées la même année, furent profcrites, lui-même décreté d'ajournement perfonnel, enfin il ne fe déroba à la juſtice qui s'était tranfportée chez lui, qu'en fe retirant hors du pays. Abrégé de l'Hiſt. de Hol. v. 4. p. 1190.

(*c*) En 1744.

„ Loin d'un Prince amolli dans le luxe des Cours,

„ Loin d'un ambitieux qui, dans l'aveugle cours

„ De tant de paſſions qui dévorent les Princes,

„ Aſſervirait bientôt, nos plus riches Provinces;

„ Et pour prix de l'amour d'un Peuple généreux

„ Quelque tems ſous des fers trainerait nos Neveux;

„ Aurait toujours été l'auguſte récompenſe

„ Des plus nobles talens, de la rare ſcience,

„ En ſervant en héros la Gloire & ſon pays,

„ De s'attacher les cœurs en gagnant les eſprits.

„ Et non le droit abſurde, indigne de ma race,

„ De naitre Stadhouder, & de pouſſer l'audace

„ A

(3) En effet en 1747. il y eut des perſonnes qui ſoutinrent qu'il fallait céder à S. A. tous les Droits de la Souveraineté en le déclarant *Comte de Hollande*. Le Prince pouvait l'accepter, mais Guillaume IV eut la prudente généroſité de faire ſentir qu'il était bien éloigné de penſer à ſe faire Souverain.

(4) Il eſt plus grand ſans contredit de recevoir le gouvernail d'un Etat quelconque par le choix libre & éclairé d'une Nation, que d'en jouir à perpétuité à titre d'héritage.

„ A prétendre aux respects de ses Concitoyens,

„ D'ôter à la Vertu ses plus précieux biens,

„ Et du fond du berceau des miseres humaines

„ D'un Etat compliqué, faire mouvoir les renes,

„ Avant d'avoir montré, par un fait éclatant,

„ Ou le bras de Maurice, ou le cœur de Trajan.

„ Mais qui peut mettre un frein aux frayeurs du Vulgaire! (1)

„ Aux desirs insensés des Princes de la terre!

„ Sage

(1) Dans tous les Etats, mais surtout dans les Républiques, le Peuple porte tout à l'extrême, sa haine comme son amour. Qu'un Citoyen illustre par sa naissance ou par un mérite supérieur, recommendable par de longs & importans services, se trouve au des-sus de ses Concitoyens; les circonstances du tems & des affaires le feront adorer ou proscrire. En paix, l'Envie, ce monstre qui ne dort jamais, représentera bientôt ce grand homme comme un sujet dangereux qui épie le moment de donner des fers à sa pa-trie, & dont on ne peut trop tôt arrêter, déconcerter, anéantir même les projets odieux & parricides. Dès ce moment le Peuple oublie que celui dont il va peut être ordonner la mort ou l'exil, est ce même Citoyen qui n'agueres était l'unique objet de son amour & de son adoration. La Justice, l'innocence, la recon-naissance, la sainte humanité même, seront sacrifiées au vain fan-tome de la sûreté de l'Etat. Cependant partout le Peuple est bon ;

par-

(273)

,, Sage Boftonien, vos climats fortunés

,, A des écarts fi grands ne font point deftinés.

,, Chez

partout il eft jufte & reconnniffant. Rien n'eft plus incoñteftable,
rien n'eft plus avéré. Les feuls criminels, les feuls que l'on devrait immôler, ce font les agens fecrets, ce font les fauteurs des
féditions populaires; ceux qui favent répandre les alarmes dans
les cœurs crédules d'un peuple qui fe laiffe facilement effrayer
par un épouventail ridicule, qui n'a de vrai que ce que lui prétent
des imaginations exaltées. Bientôt une ville, un Etat font en
combuftion & tremblent de périr, quoiqu'ils n'aient rien à craindre. Les deux illuftres *de Wits* dont nous ne nous lafferons
jamais de déplorer le fort, jufqu'à ce que nous leur voyions
des ftatues dans la Grand-falle des Etats de Hollande; les deux
illuftres & malheureux *de Wits* furent chez les Bataves les victimes de la fotte crédulité du peuple, de l'envie des Grands, &
de leur propre innocence. Un Ennemi, au contraire, menace-
t'il l'Etat d'une invafion; ou porte-t'il le fer & le feu dans les
Provinces de la République, tous les ïeux de la patrie fe tournent
vers ce même Citoyen, qui, peu de jours avant paraiffait fi redoutable: c'eft de lui, de lui feul, que l'on attend le falut de l'Etat:
c'eft fur fa tête que l'on accumule toutes les dignités: c'eft entre
fes mains que l'on confie prefque la Souveraineté de l'Etat: enforte que l'on peut dire de lui, ce qu'un Hiftorien latin raconte de
la faveur du Peuple d'Athenes pour Alcibiade qui venait d'être
l'objet de la fureur, de la cabale de fes ennemis & de la frénéfie
de fes concitoyens: *Omnes honores decreti, tota Respublica
domi bellique tradita, ut unius arbitrio gereretur.* Corn. Nep.
in *Alcibiade.* Dans la République Batave pareil évenement eut
lieu lors de l'invafion faftueufe de Louis XIV. Ce Monarque

S

ne

,, Chez vous le Peuple eſt Roi : ſon auguſte préſence

,, Eteint l'Ambition, enjoint l'obéiſſance

,, A des loix que lui ſeul forme, dreſſe & preſcrit,

,, D'un mot il récompenſe, il ordonne, il punit.

,, Vous allez à la Cour d'un Prince magnanime,

,, Que mon cœur paternel chérit, inſpire, anime.

,, Heureux ! Si, de mon ſang augmentant la ſplendeur,

,, Sur l'amour du Batave il aſſied ſa grandeur.

,, Né

ne fut pas plutôt maître de la Flandre des Etats, que les peuples ſe crurent perdus, ſi Guillaume III n'était, à l'inſtant même, revêtu de toutes les dignités de l'Etat. Les mêmes circonſtances, lors de l'attaque de Louis XV, amenèrent les mêmes ſéditions & des changemens ſemblables dans la Batavie. De ſorte que i'on peut dire que, dans tous les tems, *c'eſt au bras imprudent de la France*, que les divers Princes de la Maiſon de Naſſau durent leur élévation, comme ils ſont redevables à Louis XIII du titre impoſant *d'Alteſſe Sérénißime*, dont ce Monarque voulut bien le premier, honorer le Prince *Frédéric Henri.* Ces révolutions dans la République ne fuſſent jamais arrivées, ſi toutes les Régences des Villes euſſent été convaincues que c'eſt, lorsque l'ennemi eſt aux portes de l'Etat, que tous les Citoyens libres doivent le plus être ſur leurs gardes contre l'ambition des Chefs & des Grands, & contre les menées ſourdes qu'ils ne manqueront pas de former parmi le peuple épouvanté, afin d'élever, s'il leur eſt poſſible, leur puiſſance & leur autorité ſur les ruines ſanglantes de la liberté publique.

„ Né le premier sujet de notre République,

„ Il en sera l'idole & l'âme politique,

„ Si, des vrais intérêts du Peuple qu'il conduit

„ Sans préjugés il peut occuper son esprit.

„ Près de lui, vous verrez une Epouse charmante, (2)

„ Digne de son amour, du tendre nom d'amante.

„ Leurs Enfans (3) font les miens, je les porte en mon sein:

„ Je me plais à former leur cœur républicain

„ Aux mœurs de leurs Aïeux, aux vertus de leurs Peres.

„ Je leur montre des Cours les brillantes miseres,

„ Et les Dieux, fecondant mes efforts paternels,

„ En feront quelques jours des illustres Mortels,

„ Si l'on bannit d'autour de ces plantes chéries

„ Tout Mentor infecté de l'art des Monarchies, (4)

„ Dont

(2) S. A. Royale Frédérique - Sophie, Wilhelmine, Princesse de Prusse, que Guillaume V épousa à Berlin le 4 8bre 1767, avec une pompe & une magnificence dignes des deux illustres Epoux.

(3) Deux Princes, Guillaume, Frédéric: Prince héréditaire. Guillaume, George, Frédéric son cadet, & la Princesse Frédérique, Louise-Wilhelmine leur sœur.

(4) C'est un usage des plus anciens dans les Monarchies, de

S 2

con-

„ Dont la leçon conftante & l'unique favoir,

„ Sont d'élever un Prince à croitre fon pouvoir;

„ A montrer à fes ïeux les peuples les plus braves,

„ Comme un amas obfcur, un vil troupeau d'efclaves,

„ Dont les pefans labeurs n'enrichiffent l'Etat,

„ Que pour alimenter un heureux potentat;

„ Varier fes plaifirs, encenfer fes caprices,

„ Pallier fes forfaits, déifier fes vices,

„ Tan-

confier à des Evêques, ou à des Abbés de Cour, l'éducation des jeunes Princes de la famille Royale, & l'héritier même du Trô. ne. Cette pratique eft très-fage, fi le pere de ces augustes rejettons veut leur faire inculquer de bonne heure, l'obéiffance pasfive à fes ordres, & la doctrine des deux puiffances rivales, la Royale & celle du Clergé. Tout ceci eft dans l'ordre des chofes. Cependant Mgr. Comte d'Artois vient fagement de faire une exception à la regle générale, en confiant les Princes fes fils à un Laïque vraiment digne de ce choix. Mr. le Duc de Chartres a fuivi l'exemple de fon illuftre Coufin, d'une maniere bien plus étonnante. Il a donné la Surintendance de l'éducation des Princes & Princeffes fes Enfans, à Madame la Comteffe de Genlis, femme juftement célebre & par fes connaiffances étendues dans tous les genres de Littérature, & par les ouvrages précieux qu'elle a mife au jour, qui ne refpirent que la Sageffe & la Vertu. Mais pour élever des Princes, qui feront peut-être un jour les Chefs d'un Peuple Libre, un Républicain feul eft capable de ce grand emploi.

,, Tandisque le vrai Prince eſt un Pere adoré

,, Dont le mérite en lui doit ſeul être honoré.

,, Déja le fol orgueil du Tiran d'Angleterre,

,, A des malheurs nouveaux a condanné la Terre :

,, Hélas ! mon fils peut-être, iſſu du ſang Anglais, (5)

,, Par des cœurs ulcérés, qu'on ne gagne jamais,

,, Ac-

(5) Guillaume IV avait épouſé à Londres le 25 de Mars 1734 la Princeſſe Anne, fille ainée de George II Roi de la Grande-Bretagne, & S. A. R. Madame la Princeſſe d'Orange accoucha heureuſement le 8 de Mars 1748 d'un Prince, que ſon auguſte Pere tint lui-même ſur les fonds de Bateme, où il reçut le nom de Guillaume. A la mort de Guillaume IV arrivé le 22 d'Octobre 1751, le même jour, les Etats de Hollande nommerent une Députation de vingt de leurs Membres & du Penſionnaire *Stein*, chargés des complimens d'uſage en ces triſtes circonſtances, à la Princeſſe Douariere, & de faire prêter ſerment à cette Princeſſe, comme *Gouvernante* & *Tutrice du jeune Prince Mineur Guillaume* V Prince d'Orange & de Naſſau, *& Stadhouder Héréditaire de Hollande*. Les Etats-Généraux, deux heures après, s'aquiterent des mêmes devoirs & des mêmes fonctions, & les Etats particuliers des autres Provinces & du Pays de *Drente*, dès qu'ils furent informés de la mort du Stadhouder précédent. La Princeſſe *Anne* mourut le 12 Janvier 1759, & mérita d'être comptée parmi le petit nombre de ces femmes fortes, qui rempliſſent avec autant de réputation que de dignité les pénibles fonc-

tions

„ Accusé chaque jour de trahir la Patrie,

„ D'immoler à Windsor la faible Batavie,

„ Au lieu du tendre amour que méritent son cœur,

„ Ses talens, ses vertus & sa noble candeur,

„ Du Batave abusé va s'attirer la haine.

„ La France & vos Etats qu'unit la même chaine,

„ Dans le sang des Nassaus verront leur ennemi;

„ Leur courroux ne sait point se venger à demi :

„ Et bientôt, sur mon sang leurs mains victorieuses

„ Croiront devoir punir cent brigues factieuses,

„ Et

tions du Gouvernement. Avec tant de vertus & de qualités éminentes, aurait-il été possible que cette Princesse n'eût pas fait succer avec le lait à son fils, l'amour de sa patrie ? La minorité du Prince Stadhouder, au décès de S. A. R. sa Mere, obligea les Etats-Généraux & ceux de Hollande, à prendre les arrangemens convenables. Ceux-ci firent aussitôt prêter serment au Duc *Louis de Brunswik Wolffenbuttel*, désigné Gouverneur du jeune Prince, & chargé de représenter la personne du *Stadhouder* durant sa minorité. De leur côté les Etats Généraux réglerent tout ce qui concernait les fonctions de Capitaine & d'Amiral-Général de l'Union jusqu'à la majorité du Prince.

,, Et de Breft à Bofton les Naffaus déteftés,

,, Au mépris général fe verront dévoués.

,, Mais non : le tems viendra, tems à jamais célebre,

,, Où les Américains, l'Amftel, la Seine & l'Ebre,

,, Partout victorieux des cruels Léopards,

,, Et trainant à leur fuite Albion & fes dards,

,, Aidés par les exploits de l'Union Belgique,

,, Eleveront aux Cieux la fage politique (1)

,, Que le Prince-Amiral déployait lentement ;

,, Mais le Sage prévoit & fuit l'évenement.

,, De nos anciens guerriers la valeur triomphante

,, Déja de l'Univers a furpaffé l'attente.

,, Au

(1) La plus fage politique que l'on puiffe déployer dans les circonftances actuelles où fe trouve la République Batave, c'eft de pouffer la guerre avec vigueur contre l'ennemi de la Patrie ; d'en concerter les opérations avec la Cour de France ; d'agir de concert avec elle, & de prouver par une noble confiance dans le Monarque qui tient le Sceptre des Lis, la reconnaiffance des fervices fignalés & continuels, qu'il ne ceffe de rendre aux Bataves depuis le commencement des hoftilités préfentes avec la Grande-Bretagne. Agir autrement, ce ferait s'expofer aux plus dangereux inconvéniens.

S 4

„ Au fein de nos Cités elle s'exerce encor, (2)

„ Et la Gloire l'attend même au fortir du port.

„ Les

(2) Un ambitieux infenfé, dit *l'Auteur de l'Hiftoire Philofo-phique & Politique des deux Indes*, un guerrier féroce, un Stad-houder, un Prince révéré chez les Bataves, peut vouloir, peut ofer en devenir le Tiran. Parmi ceux qui font prépofés au Gou-vernement des Nations, cette efpece d'hommes eft-elle donc fi rare? Tout femble confpirer pour donner fur ce point important les plus vives inquiétudes à la République. A l'exception de quelques Officiers, il n'y a fur fes flottes que peu de nationaux. Ses armées font compofées, recrutées & commandées par des étrangers dévoués à un Chef, qui ne les armera jamais affez tôt à leur gré contre des peuples auxquels nul lien ne les attache. Les fortereffes de l'Etat font toutes foumifes à des Généraux qui ne reconnaiffent de loix que celles du Prince. On ne ceffe d'é-lever aux places les plus importantes, des Courtifans perdus de réputation, écrafés de dettes, dénués de toute vertu, intéreffés au renverfement de l'ordre établi. C'eft la protection qui y a placé, c'eft la protection qui maintient dans les Colonies des Commandans fans pudeur & fans talent, que la reconnaiffance, que la cupidité inclinent à l'afferviffement de ces contrées éloi-gnées. Contre tant de dangers, que pourront l'affoupiffement, la foif des richeffes, le goût des aifances qui s'introduit infenfible-ment, l'efprit de commerce, des condefcendances perpétuelles pour une autorité héréditaire? Selon toutes les probabilités, ne faut-il pas qu'infenfiblement, fans effufion de fang, fans violence, les Provinces-Unies tombent fous la Monarchie? Comme le defir de n'être contrarié dans aucune de fes volontés, ou le defpotif-me, eft au fond de toutes les âmes plus ou moins exalté, il naî-

tra,

„ Les Dieux aiment toujours leur noble Batavie :

„ Elle n'a point perdu l'amour de la Patrie :

„ Parmi ſes Citoyens, ſi l'Or eſt d'un grand prix,

„ De ſon éclat trompeur tous ne ſont point épris. (3)

La

tra, & peut-être bientôt, quelque *Stadbouder*, qui, ſans calculer les ſuites funeſtes de ſon entrepriſe, jettera la Nation dans
les chaines. vol. X pag. 78 & 79.

Ces aſſertions nous paraiſſent bien fortes ; il ſemble cependant
que les divers Etats de l'Union Belgique ſongent, à tout évenement,
d'être à même de défendre leur Liberté contre toute attaque intérieure. De tous côtés, dans les Villes, les Bourgs & les Villages de la République, les Citoyens ſe forment en compagnies
de milice, s'exercent au maniment des armes, & dans Amſterdam
ſurtout ; ces compagnies, en uniforme & leurs Officiers à leur tête,
exécutent toutes les évolutions militaires, avec une agilité &
une préciſion qui doit ſurprendre, ſi l'on conſidere que ces corps
guerriers ne ſont compoſés que de paiſibles Citoyens. Sans doute
que les victoires des Américains ont excité l'émulation des Bataves, quand ils ont vu les milices de Virginie & du Mariland fondre, ſans coup tirer & la baïonnette au bout du fuſil, ſur le régiment des Gardes Anglaiſes, le renverſer & le mettre en fuite.
Que les Bataves continuent à ſe former à l'exemple des hommes
libres de l'autre Monde : qu'ils aient toujours un corps de 30 ou
40 mille hommes de milice, tous Citoyens, à mettre ſous les armes
au premier coup de baguette, ils pourront défier tous les Tirans
de l'Univers.

(3) Une choſe avérée dans toute la République Batave, c'eſt

S 5

que

„ La gloire de l'Etat, l'honneur du nom Batave,

„ Ne souffriront jamais le vil surnom d'esclave.
„ Mes

que les fonds immenses qu'un nombre considérable de Membres des diverses Régences avait en Angleterre, étaient une des causes principales de l'attachement inoui que la Batavie semblait conserver pour Albion. Mais, d'un autre côté, rien ne fait plus honneur au caractere des Bataves en général, que la mâle fermeté, l'éloquence & la vigueur qu'un nombre très-grand de Membres des mêmes Régences ont développées depuis la guerre actuelle contre l'Angleterre. L'on distingue surtout parmi les généreux défenseurs de la majesté de la Confédération Belgique, M. *Egbert de Vry Temminck* vieillard octogénaire, profond dans les loix de sa Patrie ; M. *Henri Hooft, Danielsz.* homme plein de candeur, de bienfaisance & d'humanité; d'une famille patricienne, qui, dans tous les tems, marcha fierement sous l'étendart de la liberté. M. *Willem van Heemskerck* d'une famille ancienne, toujours patriote ; & la partie la plus saine de la Régence d'Amsterdam. M. *van Berckel* Pensionnaire de la même ville, ami de l'Amérique, victime de son zèle patriotique, mais cher au peuple, estimé même des Anglomanes & des ennemis de l'Etat, car personnellement il n'en eut jamais, & presque à côté de lui son Confrere M. *Visser* second Pensionnaire. MM. les Barons *de Nyvenheim, de Heeckeren* Seigneur *d'Engbuysen: de Zuylen de Nyevelt: de Lynden tot Older-Aller: de Capellen,* Seigneur *de Marsch,* parent de l'infortuné Seigneur *de Pol,* & l'oracle de la *Gueldre,* comme les autres y sont la gloire, l'ornement & le soutien de la liberté. La *Zélande,* parmi les Nobles de son Etat, ne prononce jamais sans respect le nom du Baron *de Lynden de Blitterswyk,* jadis Envoyé à la Cour de *Suede* qui le regrette encore, à jamais recommendable aux Ïeux de toute la République, par la noble franchise

,, Mes généreux Frifons, (4) un des bras de l'Etat,

,, Seuls puniraient bientôt le plus faible attentat

,, Que

chife avec laquelle il refufa, fous une Adminiftration regardée comme perverfe & corrompue, de fe charger de l'Ambaffade à la Cour de *Vienne*. Voy. le Pol. Holl. Vol. II. p. 97 & 98. En *Frife* toutes les Régences, & parmi la Nobleffe, M. M. *d'Ey-finga*, *d'Humalda*, de *Beyma*, *Bergsma*, *de Schwartzenbergen*, *de Burmania-Rengers*, *van Haren*. Dans *l'Overyffel* M. le Ba-ron *de Palland tot Zuithem* & dans l'Etat d'Utrecht M. M. *de Thuyl*, *Zuylen*, *Schalkwyk*, *Abbema*. Nous ne mettons ici que ceux des illuftres Patriotes qui fe font le plus diftingués par leur zèle contre l'Anglomanie, dans la crife actuelle. Mais nous n'entendons bleffer en aucune maniere le patriotifme de ceux qui auraient échappés à ce léger détail, & nous avouons hautement que, fi la mauvaife caufe eut des fectateurs nombreux, puiffans & actifs, enfans de la faveur; la voix de la Patrie, les exemples de tant de grands hommes qui ont foutenus l'honneur & la liberté Belgiques, ont parlé plus hautement encor dans tous les Etats de l'Union.

(4) C'eft avec l'admiration la plus affectueufe que les Bataves & l'Univers entier jettent les ïeux fur les Etats de Frife. Nul au-tre ne s'eft acquis autant de gloire, que le Peuple Frifon depuis l'aggreffion hoftile de l'Angleterre. Toutes les réfolutions de ces Etats ont égalé, peut-être même furpaffé ce qu'Athenes & Rome ont montré de grand, de ferme, de patriotique & de plus vigoureux. Ils ont porté dans les autres Etats de la Confédéra-tion le feu de l'Amour facré de la patrie qui les embrafa toujours. Heureux fi, malgré tant de vertueux efforts, ils peuvent ébranler l'obftacle odieux qui s'oppofe à la gloire & aux intérêts de la République !

„ Que l'intrigue oſerait pour trahir nos murailles.

„ Le ſeul patriotiſme embraſe leurs entrailles;

„ Et tremble le méchant, dont le cœur corrompu

„ Oſerait outrager la Friſe ou la Vertu!

„ Le brave Over-yſſel marchera ſur leurs traces:

„ De ſes Concitoyens réparant les diſgraces,

„ Il va briſer les fers ſous qui la Liberté

„ Gémit depuis longtems avec impunité. (5)

„ A

' (5) L'Europe regarde depuis longtems la Confédération *Belgique* comme le centre de la liberté civile & d'une tolérance générale en matiere de Réligion. Cependant cela n'eſt pas vrai dans toute ſon étendue. Les Juifs, à la vérité, ont dans toutes les villes de la République, des Sinagogues publiques & ſuperbes. Mais toutes les Egliſes de la Communion Catholique, n'ont rien à l'extérieur qui les diſtinguent des maiſons ordinaires. Bien plus, c'eſt que tout Catholique eſt ſelon les loix, exclus de toutes charges, & offices quelconques dans toute l'étendue de la République. Et c'eſt au dix-huitieme ſiecle, que l'on voit encor les traces, chez les Bataves mêmes, de l'injuſte, de l'affreuſe intolérance! Que dirons nos Neveux, un jour généralement éclairés par le flambeau de la raiſon, quand ils parcourront les faſtes de cette République; ils verront que, dans un Pays libre, où tous les individus en général ont combattus avec une égale viguenr,

„ A leur tête, on verra la Hollande invincible,

„ Punir ou menacer par un coup d'œil terrible,

„ Le

gueur, pour secouer les chaînes du plus cruel des Esclavages; quand ils verront encor que, contre les loix, contre la justice, contre la raison même, l'on a imposé tribut sur une partie des Citoyens de la République, pour leur permettre de prier selon leur rite & leurs dogmes le Pere commun de tous les hommes? Les Etrangers pourront-ils bonnement se persuader qu'en bien des endroits de la République, prier Dieu en latin, soit un crime que l'on tolere, moyennant une somme annuelle, extorquée par le *Sénéchal* ou le *Bailli*, & que, quelques uns de ces Seigneurs, mécontens de la somme qu'on leur offre annuellement, font fermer les Eglises, afin d'augmenter la contribution servile qu'il leur plait d'exiger? Ceux qui vont à la Messe, ne sont pas moins bons Citoyens, moins zélés pour la liberté de la Patrie, n'y payent pas moins la plus lourde portion des impôts, & ne vont pas moins dans les tems de calamités publiques, prier le Tout-puissant de protéger, de défendre & d'augmenter la gloire de la Confédération Belgique?

La liberté civile n'est pas plus assurée dans quelques Etats de la Confédération Belgique que la tolérance. En effet, les Etats *d'Over-yssel* sont composés de la Noblesse & des trois villes principales, *Deventer*, *Campen* & *Zwol*. Le plat Pays est divisé en cinq Baillages, dans lesquels les Baillis, & les Nobles ont un très-grand pouvoir, & leurs prétentions sur la liberté civile des Paysans, ne sont rien autre que les injustes droits de l'ancienne servitude féodale. Aussi prétendent-ils exiger annuellement certaines redevances qu'il faut que les Paysans ra-chetent en payant deux florins pour chaque feu. Ce joug, quoique léger, a tellement révolté ceux que l'on y soumettait,

qu'ils

„ Le traître qui pourrait mériter son courroux.

„ Le vaillant Zélandais, non moins ferme qu'eux tous,

„ Ga-

qu'ils ont tout fait pour le secouer. En 1631, cette redevance annuelle fut rachetée par une compensation, & elle fut totalement abolie par une Déclaration confirmée en 1657. Cependant en 1776, les Baillis imaginèrent d'aquérir, par une Résolution des Etats, le Droit de percevoir ces prétendues redevances. La Noblesse, toujours active, lorsqu'il est question de vexer les Paysans, se joignit aux Baillis, & les villes de *Deventer* & de *Campen*, dont les Régences étaient gagnées, y ayant consenties, l'affaire passa avec le succès desiré par l'Ordre Equestre. *Zwol* opina, non à la perception des redevances, mais pour leur second rachat, par chaque village qui se cottiserait lui-même, en offrant aux avides Baillis une certaine somme. Mais ceux-ci, qui se souciaient peu de promener sur la tête de chacun de leurs Concitoyens, la honte de l'ancien esclavage des Serfs, pourvu qu'ils y trouvassent une mine d'or, combattirent & firent échouer la proposition de *Zwol* ; tout réussit à leur gré. Mais *Zwol* protesta solemnellement contre cette usurpation. Alors on examina ces singulieres prétentions, & elles parurent bientôt d'autant plus révoltantes encore, que les Baillis percevaient en sus l'augmentation assignée à leurs honoraires, lorsqu'en 1631 on avait racheté les prétendues Redevances.

Les affaires étaient en cet état, lorsque du sein même des Nobles, de cet Ordre de Citoyens, qui jadis regardait comme un appanage de sa dignité d'exercer la tirannie la plus cruelle sur des Vassaux considérés comme des êtres vils, d'une espece bien inférieure, s'éleva un intrépide, un éloquent défenseur de la liberté & des droits inhérens à tous les individus de l'es-

pece

„ Garantira fes droits d'une légere atteinte,

„ Et le rempart de Dort renferme en fon enceinte (6)

„ Plu-

pece humaine. Le Baron *de Capelle*, Seigneur *de Pol*, plein de cet enthoufiafme facré qu'infpire la Vertu dans les cœurs juftes, & nourris des fentimens dignes d'un vrai Républicain, fe préfenta hardiment pour plaider la caufe des Payfans opprimés. Il fit paraitre le 13 d'Avril 1778 un difcours addreffé à l'Affemblée des Etats, en faveur des Payfans d'Over-yffel. Il commença par démontrer que l'établiffement primitif des Servitudes auxquelles on voulait les affujettir, s'était fait d'une maniere illégale. Il prouva par des documens autentiques, qu'elles avaient été abolies depuis plus de 300 ans, & que Philippe II tout Tiran qu'il était, les avait fagement prohibées. Il n'oublia pas de rapporter la Réfolution, par laquelle les Etats avaient augmenté les appointemens des Baillis en 1631, avec la claufe formelle qu'ils n'exigeraient plus ces redevances odieufes & vexatoires. Cependant, pour indamnifer, en quelque façon, les Baillis actuels qui les avaient perçues de bonne foi, le Baron propofa de leur donner une fois pour toutes, une fomme tirée de la Caiffe de l'Etat, & de prendre une réfolution folemnelle qui fupprimerait pour toujours ces extorfions indignes d'un Peuple libre. Mais la générofité de cette indamnifation, déja vexatoire par elle-méme, quoique colorée par l'ombre d'une juftice apparente, fut hautement rejettée. Loin de préter l'oreille aux humbles fuppliques que les Payfans apporterent de tous côés, à la lecture de la propofition du Baron, fes adverfaires profiterent de cette occafion pour le perdre. Ce vertueux Régent, pour avoir eu le courage d'inftruire la portion la plus nombreufe & la plus utile de fes Concitoyens, des vrais fondemens de la liberté, des Droits & des intérêts de la Société,

fut

„ Plufieurs de ces mortels, la terreur des Tirans,

„ Et dont la Batavie honore les talens.

„ Ver-

fut dépeint comme un artifan de révolte & de fédition. L'on
prit contre lui des mefures inouies & violentes. Pour fatisfaire
à la fois le reffentiment que fon oppofition faifait naitre, & le
mettre hors d'état d'en faire encor de nouvelles, le 23 Octobre
1778, par une Réfolution des Etats d'Over-yffel, il fut condanné
pour caufe de féduction de Peuple, de calomnie, de mauvaife
intention, &c. &c. *à retirer fon difcours: à témoigner fon repentir pour les expreffions injurieufes qui s'y trouvaient, ainfi
que pour l'avoir imprimé & répandu, & en promettant de fe
mieux comporter à l'avenir.* En lifant cet évenement tirannique,
qui croirait qu'il s'eft paffé de nos jours & dans un des fept Etats
de la Confédération Belgique! Ce n'eft pas tout encor. Vainement *Zwol*, & *le Bourguemaitre Greven* de cette ville protefte-
rent contre cette horrible Déclaration, elle paffa à la pluralité.
Un Fifcal fut auffitôt nommé pour actionner en Juftice le généreux Baron qui était bien loin de fe foumettre à cette inique fentence. Pour joindre enfuite le ridicule à l'atrocité, les mêmes
Etats firent paraitre une publication où, au mépris de la vérité
& des proteftations antérieures, ils déclaraient vouloir bien, pour
cette fois, pardonner miféricordieufement aux Payfans qui avaient
eu l'audace de leur préfenter des requêtes, voyant bien, difaient-
ils, qu'ils s'étaient laiffé gagner par M. de Capelle: ajoutant en
même tems, que c'était la plus infigne des fauffetés, que d'avancer qu'aucun Habitant eût jamais payé un liard pour le rachat
des Servitudes Balliviales. Cet arrêt fut affiché dans tout l'Etat,
& à la porte de tous les Temples. Le Baron, voyant fes efforts
patriotiques repréfentés fous un point de vue fi flétriffant pour fon

hon-

„ Vertueux Etranger ; fuivez votre carriere:

„ Allez fervir l'Europe & l'Amérique entiere :

„ Mes

honneur, eut recours au Stadhouder, invoquant l'exécution du ferment que ce Prince avait fait de défendre les droits, les libertés & les privileges, non-feulement des corps politiques, mais encore de chaque individu : demandant vivement, ou d'être rétabli dans fon droit d'affifter aux affemblées d'Etat, ou d'être jugé par un tribunal compétent, impartial. Mais le Prince, tenant le Baron pour coupable, crut même que les Etats d'Over-yffel avaient droit d'exiger de lui une réparation. Il fut d'avis que la Cour Provinciale de Gueldre, quoique remplie de membres unis par le fang aux parties adverfes du Baron, fût autorifée à déterminer l'efpece de fatisfaction que cet infortuné Citoyen pourrait donner, afin d'être rétabli dans fon droit d'affifter aux Etats. On fent combien ce procédé dut irriter un âme auffi fiere que celle de M. de Capelle. A l'inftant il envoie une feconde Réquifition au Prince Stadhouder, proteftant fortement contre une décifion auffi finguliere, qu'il n'avait, difait-il, aucunement follicitée. Il foutint que fon prétendu crime & fa disgrace certaine ne devaient pas dépendre d'une déclaration arbitraire, mais d'une décifion prononcée par un juge impartial qu'il accepterait, & qui connaitrait les loix & les coutumes d'Over-yffel. Il annonçait la réfolution qu'il avait prife, en cas d'un plus long déni de juftice, de recou

S

rir,

„ Mes Frisons vont parler, & l'Amstel avec eux,

„ Comptez sur leur parole & leurs bras généreux.

„ Les

rir, quoiqu'à regret, aux voies judiciaires. Enfin, nécessité par l'aiguillon de l'honneur & par la justice de sa cause, il fit une démarche d'éclat, en demandant une citation contre les Etats, pour cause de *diffamation*, requérant qu'ils fussent condannés, ou à suivre dans peu l'exécution de leur action de menaces, où à l'ensevelir pour toujours dans l'oubli, & à lui donner la satisfaction réelle qu'il avait droit d'exiger en qualité de Régent comme eux, & d'innocent persécuté. Mais sa citation fut rejetée: l'Ordre Equestre déclara sans détour, qu'il ne voulait paraître en justice avec M. de Capelle, que sur le pié proposé par le Stadhouder. Les villes garderent le silence. Ainsi un Citoyen, un Administrateur de l'Etat, par une fatalité bien révoltante dans un pays libre, trouve la justice fermée à ses plaintes, pour avoir voulu la faire rendre à ses concitoyens opprimés; on lui fait un crime de son patriotisme, de sa vertu, de son désintéressement, des lumieres que ses écrits ont répandues sur la liberté & les droits du peuple, sur le danger des nombreuses armées, sur l'amélioration de la marine, sur la protection du commerce; son opposition vigoureuse à nombre de démarches qu'il voit devoir être nuisibles à la République, en lui suscitant les plus puissans ennemis, ne sert qu'à rendre ce généreux Seigneur sans emploi dans sa patrie pendant près de quatre

ans

,, Les Deſtins ont réglé que votre République

,, Doit devenir la ſœur de l'Union Belgique:

,, Puiſ-

ans, & il ſe voit encore flétri par une Déclaration publique, autant que l'innocence peut l'être par un jugement injuſte autant
qu'illégal.

(6) Dort ou Dordrecht, Capitale de la Hollande, jadis le ſiege des anciens Comtes de Hollande, eſt une ville belle,
& riche; la Meuſe la défend, & c'eſt à ce fleuve qu'elle doit le bonheur de n'avoir jamais été ſubjuguée. Elle
eſt fameuſe par le Sinode des Egliſes Réformées qui s'ouvrit le 13 Novembre 1618 & ſe ſépara le 25 de Mai après
avoir condanné la doctrine des Remontrans. Les Proteſtans
reprochent aux Catholiques que, dans leur dernier Concile à
Trente, le St. Eſprit y venait de Rome dans une malle. Ceux-
ci à leur tour, pourraient retorquer qu'au Sinode de *Dort*, le St.
Eſprit y arrivait chaque jour *de la Haie* par la poſte. Outre le droit
d'étape, la pêche des ſaumons, le commerce de grains, & des
vins du Rhin, la Capitale de la Hollande eſt recommendable par la naiſſance de Paul *Merula*, de Corneille *Adrien*, de
Guillaume *Linda*, de Gerard *Voſſius* & de Jean & Corneille *de
Witt*; & de nos jours, la noble fermeté des illuſtres Répubii-
cains qui compoſent ſa Régence, eſt un des plus puiſſans boucliers de la liberté Batave.

S * 2

„ Puiffe cet heureux jour qui luit dans le lointain,

„ Enchanter l'Univers & mon cœur dès demain!"

Ainfi parla le Dieu : fur l'Elément limpide

A fes fougueux Courfiers abandonnant la bride,

Il vole, il difparaît à l'œil du voyageur.

Mais la douce efpérance eft déjà dans fon cœur.

A l'inftant les Zéphirs, viennent enfler les toiles,

Le Pilote ravi fait déployer les voiles,

Et la Barque foudain, fans peine & fans effort,

Fend l'écume falée & vient furgir au port.

FIN DU TOME PREMIER.

L'AMÉRIQUE DÉLIVRÉE.

TOME SECOND.

L'AMÉRIQUE DÉLIVRÉE,

ESQUISSE

D'UN POËME

fur l'Indépendance de l'Amérique.

Do thou, great Liberty, inspire our souls,
And make our lives in thy possession happy,
Or our deaths glorious in thy just defence.

ADDISON *Trag. of Cato.*

A AMSTERDAM

chez J. A. CRAJENSCHOT,

MDCCLXXXIII.

L'AMÉRIQUE

DÉLIVRÉE.

ESQUISSE

D'UN

POËME.

Sur l'Indépendance des Treize-Etats-Unis de l'Amérique Septentrionale.

CHANT ONZIEME.

Soit inftinct naturel, foit par reconnaiffance,

Toujours nous chériffons les lieux où notre enfance (*)

De

(*) L'attachement au lieu qui nous a vu naître peut-être fenti faiblement pendant quelques années. Dans l'intervalle d'un amour violent, ou y penfe peu, quelquefois point du tout. L'ambition, l'envie d'amaffer des richeffes peuvent auffi l'affoupir pendant qu'on court à la fortune; mais une fois qu'on eft parvenu à fon but, c'eft dans fa patrie, c'eft au milieu de fa famille qu'on defire d'en aller jouir. Celui que fon inconduite oblige de quitter fon pays, par cela feul eft rigoureufement puni. Ce fouvenir le fuit partout. Il compare tous les lieux où il va à celui où il

De mille jeux badins favourant les douceurs,

A vu les vrais plaifirs feuls régner en nos cœurs.

Des Tartares errans les barbares contrées,

Les régions du Nord les plus hiperborées,

Sont des rians climats pour leurs froids habitans;

Ils mourraient de langueur, ou feraient moins contens,

Si, jetés par le fort fur les bords de la Seine,

Ou dans les champs fleuris de l'heureufe Touraine,

Ces Peuples demi-nuds, affamés, vagabonds, ——

Se voyaient au milieu de l'or de nos moiffons.

Néanmoins les mortels que la noire Impofture

Dreffa de longue main à trahir la Nature,

De ce penchant fecret ne fentent plus les loix,

Et chez eux la Nature a perdu tous fes droits.

De-
a vu le jour; il foupire après celui-ci, quels que foient les autres; enfin il ne voit le bonheur nulle part ailleurs. Un fentiment fi profondément gravé dans nos ames eft fi naturel, que
la plupart des étrangers qui viennent à Amfterdam, s'ils ne
font retenus par des liens de famille, n'afpirent à y amaffer des
richeffes que pour les porter chez eux, quoique, de leur aveu,
il n'y ait aucun gouvernement en Europe auffi doux, auffi
équitable, auffi à l'abri de toute vexation.
                                    Note de l'Editeur.

Depuis bien des printems, la perfide Angleterre

Parmi les Chevaliers que fon contour enferre,

Pour tenir le Batave endormi dans fes rêts,

Epier fes difcours, éventer fes projets,

Et pénétrer les cœurs de cette Anglomanie

Qui bannit des Etats l'amour de la Patrie,

Avait fixé fon choix fur un de ces mortels

Qui des Rois d'Albion réverent les autels. (1)

Savant dans l'art des Cours, nourris dans les intrigues,

Habile à fomenter la cabale & les brigues,

Ennemi des Français; fur l'Empire des Lis

Semant abondamment la haine ou le mépris:

Et l'or donnant du poids à fa faible éloquence,

Même au fein de la paix, il combattit la France,

Et

(1) Le Chevalier *Yorke*, Ambaffadeur de la Grande-Bretagne, près la République des Pays-Bas-Unis. Il y avait plus de vingt années qu'il exerçait fes fonctions à la Haie, lorfque fon Souverain lui envoya l'ordre de revenir en Albion.

Et traina le Batave aux piés des Léopards,

En dégoûtant fon cœur de la Gloire & de Mars.

Forcé d'abandonner les rives de Hollande,

Yorke, au défefpoir, fe traine vers Oftende. (2)

Irrité contre lui, Neptune furieux

Commande aux vens, aux flots d'engloutir à fes ïeux

Ce dangereux mortel, dont l'orgueilleux délire

Allait encor au loin inonder fon Empire

D'un déluge de fang, & flétrir fes rofeaux

Par des combats cruels & des forfaits nouveaux. (3)

Mais

(2) Comme le Roi George fe flattait que la République des Pays-Bas-Unis, confternée à la nouvelle de la Déclaration de Guerre fi follement publiée contre elle, allait fe profterner aux piés des Léopards & crier miferiçorde comme de coutume, le Chevalier Yorke fe retirait à pas lens de la Batavie, & regardait inçeffamment derriere lui, fi les fept Députés des Etats de la Confédération Belgique, ne venaient pas en pofte invoquer fa méliation auprès du Roi de la Grande-Bretagne. Il féjourna quelques tems à Anvers; d'où enfin, voyant que l'Anglomanie perdait fon tems & fes peines, l'Ambaffadeur Britannique prit la route d'Oftende, d'où il furgit heureufement dans les ports de fa patrie.

(3) Venus, fans doute inftruite des doctes labeurs du Chevalier,

Mais Venus, qui chérit tendrement le Miniftre ;

Accourt, vient le fauver d'un avenir finiftre,

Et Neptune, fléchi par la Reine des cœurs,

Au lieu de le punir le comble de faveurs.

Yorke enfin revoit les bords de la Tamife :

Mais fon cœur ne fent point cette tendre furprife

Qu'infpire la Nature, à l'afpect raviffant

Du village & du chaume où, conduit en naiffant,

Inconnu même encor aux regards de fa Mere,

Il paffa dans les bras d'une femme étrangere,

Fut nourri de fon être, & pleura fur fon fein,

Et paya fes bontés d'un fourire enfantin.

Plus

lier, apprit à Neptune qu'il n'avait rien à craindre pour la tranquilité de fon Empire fur les côtes des *Bataves*, & que tous les efforts du patriotifme & du Souverain des fept Etats Belgiques, n'aboutiraient qu'à une feule action, glorieufe il eft vrai pour la République, mais qui, par cela-même, deviendrait un obftacle réfléchi à toute autre expédition navale qui pourrait enfanglanter les mers, tant le célebre Ambaffadeur de la Cour de St. James, était fûr des Anglomanes.

Plus loin, fon œil découvre une colline fombre,

Que vingt chênes toufus entourent de leur ombre.

C'eft là, qu'un jour laffé de courir les forêts;

Sur la verte peloufe il refpirait le frais :

Quand, du fentier voifin qui conduit au village,

Il apperçut venir au travers du feuillage

Une jeune Beauté dont les charmes naiffans

Etaient d'une Bergere en fon premier Printems.

Le Chaffeur, quoiqu'Anglais, fent treffaillir fon âme :

L'Amour en un inftant l'embrafe de fa flamme,

Il fe leve, il accourt vers ce divin objet,

Qui le voit, pouffe un cri, s'élance comme un trait,

Et malgré les efforts & la courfe rapide

Du jeune Chevalier dont l'Amour eft le guide,

La Bergere eft bien loin, vole & gagne pays,

Et le Chaffeur honteux, hâletant, ébahi,

Le cœur bleffé des traits de la belle Inconnue,

Qu'un fort trop rigoureux dérobait à fa vue,

S'en

S'en revient triftement dévorer fon malheur,

Et la Belle au pié fin n'en fut que pour la peur.

Telle on vit autrefois la légere Atalante

De mille Amans jaloux tromper la vive attente:

Telle Apollon jadis vit l'aimable Daphné,

Méprifer fon amour & fa Divinité.

Depuis ce jour funefte, Yorke inconfolable,

Chaque nuit croyait voir fa Nimphe plus aimable,

S'offrir à fes regards, infulter à fes feux,

Et ravir le fommeil à fon œil amoureux,

Mille fois il courut les coteaux, les montagnes,

Les vallons d'alentour, les forêts, les campagnes,

Sans retrouver jamais l'idole de fon cœur.

Un fort fi déplorable & cet affreux malheur,

Répandant fur fes jours une langueur cruelle,

Défolé de trainer une fleche mortelle,

A la Cour de Windfor il porte fes ennuis,

Y trouve des honneurs, mais jamais fon Iris.

T 5

En-

Enfin, loin du séjour qui cause son supplice;

Dans des climats nouveaux, par un autre caprice

Il espere adoucir la rigueur de son sort,

Former une autre chaine, ou rencontrer la Mort.

Au bout de vingt hivers, il sort de la Hollande :

Les Dieux ont exaucés ses vœux & sa demande;

Ont éteint dans son cœur l'Amour & tous ses feux.

La colline fatale est envain sous ses ïeux :

Ni l'aspect des hameaux, où sa tendre paupiere

Pour la premiere fois sourit à la lumiere;

Ni les chênes touffus, où ses premiers amours

Sous un astre ennemi commencerent leur cours,

Rien ne peut réchauffer les glaces de son âme,

La Nature & Venus pour lui n'ont plus de flâmme;

Son cœur n'est plus rempli que par l'Ambition.

Froidement il parcourt les plaines d'Albion :

Il voit à ses côtés les campagnes désertes,

Sans fruits, à l'abandon, & de chaume couvertes :

Les

Les troupeaux fans houlette errans fur les coteaux ;

Les bourgs & les cités pliant fous les impôts :

Et tous leurs habitans, la face confternée,

Maudire leurs Tirans, leur trifte deftinée :

Serrer entre leurs bras leurs enfans malheureux,

Les baigner de leurs pleurs, expirer avec eux

Sur le fein deffeché de leurs Meres mourantes,

Qui les preffaient encor de leurs levres brûlantes. (1)

Ces

(1) Pour fe former une idée de l'état actuel où fe trouve la Grande-Bretagne, il ne faut 1. que calculer les pertes immenfes que la tirannie du Miniftere a occafionnées dans les trois Royaumes, par la défection éternelle des Colonies de l'Amérique-Septentrionale, & par la ruine du prodigieux commerce que les Anglais y faifaient exclufivement à toute autre Nation, tant en importation qu'en exportation. Nous allons donner un état de ce commerce, d'après un auteur oculaire, qui y a eu une grande part pendant vingt années & dans ces régions mêmes ; nul ne faurait mériter plus de foi. L'Angleterre exportait chaque année dans les Etats compris ci-devant fous le nom général de *Nouvelle Angleterre* en marchandifes, eftimées au prix moyen de trois années, pour 395,000 livres Sterlings, à 22 ₶. 10 f. de France la livre : en exportait, au même Tarif, pour 307, 500. Dans *Connecticut*, *Rhode-Island*, & la *Nouvelle Hampshire*, pour 12,000 : elle en exportait pour 114, 500. Dans l'Etat de la

Nou-

Ces horribles tableaux qui déchirent le cœur,

Pour un homme de Cour ont perdu toute horreur.

Yorke

Nouvelle York, pour 531,000, & en retour pour 526,000. Dans la *Penſylvanie* pour 611,000: en exportation pour 705,500. Dans la *Virginie* & le *Maryland*, pour 865,000: en retour pour 1,040,000. Dans la *Caroline - Septentrionale*, pour 18,000; en exportation pour 68,350. Dans la *Caroline - Méridionale* pour 611,000: en exportation pour 395,666, 13. 4. Dans la *Georgie*, pour 4,8000, en retour pour 74,200. Total en importation, pour 3,091,000, & en exportation pour 2,941, 716. L. 13. 4. Ce Commerce occupait annuellement 642 vaiſſeaux, & 7,640 matelots. Ajoutons à la perte de ce riche commerce, celui bien plus conſidérable encore, que la Grande Bretagne faiſait aux Indes *Orientales*: triplons-le, pour le moins, dans les Indes *Occidentales*, tant aux Iſles dont les Français ſe ſont emparés & ſur les Anglais & ſur les Hollandais, que dans les deux *Florides* que l'Eſpagne a reconquiſes: & concevons, s'il eſt poſſible, quelle ſource immenſe de richeſſes eſt à jamais perdue, tarie ou fermée pour la Grande Bretagne! Il n'eſt donc pas étonnant que la détreſſe la plus affreuſe ſe faſſe ſentir dans les trois Royaumes, à cauſe de la privation des revenus qu'éprouve une foule inombrable de Propriétaires, dont les biens ſont ſitués dans les pays perdus ou tombés ſous la main victorieuſe des Ennemis de la Grande-Bretagne; de l'inaction preſque univerſelle de toutes les Manufactures qui ne ſe ſoutiennent que par le débit à l'Etranger. Mais à préſent ſurtout par les impôts dont la Grande-Bretagne eſt écraſée, qui forment une maſſe que la plume refuſe de calculer. Malgré le nombre de matelots & de gens de mer que le défaut de commerce laiſſe dans l'inactivité, & que le

Gou-

Yorke vole à Windsor ; il est auprès du Prince :

Il lui tait prudemment les maux de la Province :

Lui compte les Amis que la Meuse & l'Amstel

Entourent de leurs eaux.   Un serment solemnel

Répond aux Léopards de leur ardeur sincere :

Dussent-ils immoler la République entiere,

La gloire de l'Etat, le nom de leurs Aïeux :

Abîmer dans les flots ses guerriers valeureux,

Enchainer au Texel les ancres & les voiles,

Priver tous les vaisseaux de vivres & de toiles :

Ils

Gouvernement a fait passer sur ses vaisseaux de guerre ; malgré la violence de la Presse qui a étendu ses rigueurs cruelles jusques dans les moindres Ports, Havres, Bayes, Anses & Rivieres des trois Royaumes, ne voyons-nous pas que la Cour de St. James, faute de marins, est obligée de laisser inutile un grand nombre de ses vaisseaux de guerre ? Nous pouvons hardiment conclure que l'Agriculture elle-même a souffert infiniment pendant cette longue guerre, car ce n'est point dans Londres qu'il faut chercher à se convaincre de la misere actuelle de la Grande-Bretagne, mais dans les campagnes des trois Royaumes, quoique l'Orgueil National fasse ses efforts pour en déguiser toute la profondeur aux ïeux des Etrangers qui parcourent les Provinces Britanniques.

Ils fauront tout ofer pour fervir Albion,

Et fe fouftraire encor à la punition

Qu'à ces hardis forfaits, à ces trames coupables,

Dans leur jufte courroux, les Dieux inexorables,

Le bras du Souverain, le glaive des Etats,

Prefcrivent en tout tems, & dans tous les climats.

George, au fond de fon cœur, s'applaudit en filence,

Des effets glorieux de cette prefcience

Qui lui fait diftinguer parmi tant de fujets

Les feuls dont les talens illuftrent fes projets,

Depuis les bords couverts par les glaces de l'Ourfe,

Jufqu'aux champs fortunés où, commençant fa courfe,

Phebus, au teint vermeil, fur fon char radieux,

Brillante l'Empirée & réjouit les Dieux.

Le Monarque enivré des beaux jours de fa gloire,

Croit encor gouverner le char de la Victoire.

Yorke eft reconnu pour Miniftre zélé:

A de plus hauts emplois il doit être appelé:

La

La faveur de son Roi, les bienfaits les plus vastes,

Dont jamais Albion vit décorer ses Fastes,

Doivent fondre sur lui: les siecles à venir

Sauront apprécier l'éclatant souvenir

Des services d'Yorke & de la récompense

Dont le Prince a payé son zèle & sa prudence.

A ce brillant éloge, à ces mots si flatteurs,

Yorke des Courtisans voit palpiter les cœurs.

Mais loin d'être ébloui de ces vaines promesses;

Loin d'espérer jamais ces honneurs, ces richesses,

Qui doivent l'accabler sous leur poids glorieux,

Il feint un air modeste, un visage joyeux,

D'un cœur reconnaissant il emprunte les termes,

Mais de l'ingratitude entrevoyant les germes,

Loin des froids Courtisans, de la Cour & du Roi,

Au coin de son foyer, il va songer à soi.

Cependant, précédé de Minerve elle-même,

Dont un pâle olivier formait le Diadême,

Adams

Adams arrive enfin dans les nobles remparts (1)

Qu'Erafme (2) inftruit encor du feu de fes regards.

A

(1) De Rotterdam. Cette ville eft fituée au confluent de la *Rotte* & de la *Meufe*. Sept grands canaux qu'elle renferme, de la profondeur de 13 à 14 piés, peuvent y faire entrer facilement des vaiffeaux du fecond rang. La ville eft jolie, d'un coup d'œil fort agréable, de forme triangulaire, ouverte par dix portes dont celle de *Delft* mérite feule l'attention des voyageurs. L'on y compte 56,000 habitans ou environ. Elle furpaffe Amfterdam par la clarté de fes eaux, la commodité de fon port, la netteté de fes rues, & la largeur de fes canaux bordés de quais ornés de tilleuls, & qui forment des promenades charmantes. Aucun de fes Temples n'eft digne d'être vifité, à l'exception d'un feul, parce qu'on y peut voir les tombeaux de fameux *Mooi Lambert* mort en 1625; du Vice-Amiral *de Witte*, & du Lieutenant-Amiral *Kortenaar*. La Bourfe eft affés bien. Le College de Chirurgie renferme un beau Cabinet Anatomique : celui de la Société de Phifique Expérimentale eft curieux. Le Téatre eft hors des Murs de la ville, tout en eft beau, mais on n'y joue plus régulierement. Son port eft un des plus beaux de la République. Elle a un College de l'Amirauté. Les Hôtels des Compagnies des Indes & les Arfenaux méritent d'être vus.

(2) Didier Erafme naquit à *Rotterdam* le 28 Octobre 1467. Il fut le plus bel efprit & l'homme le plus éloquent de fon fiecle. Le plus connu de tous fes ouvrages, eft aujourd'hui fon *Eloge de la Folie*. Il fera lu, tant que l'on reconnaitra parmi les hommes les Originaux qu'il dépeint. Erafme fut Chanoine Régulier dans le Monaftere *de Stein*, & le Pape *Jules* II le releva de fes vœux.

(305)

À l'afpect impofant du bronze refpectable,

Qui nous offre les traits du Docteur vénérable,

Un fouvenir cruel, un mouvement fubit,

Viennent brifer fon cœur & frapper fon efprit.

Mal-

Il voyagea beaucoup, profeffa en diverfes Univerfités, & fut defiré de la plûpart des Souverains. Il mourut Recteur de l'Univerfité de Bâle le 12 Juillet 1536, L'on voit encor aujourd'hui la petite maifon que ce Savant occupait dans fa jeuneffe près de la Grand-Eglife à *Rotterdam*. Le Magiftrat y a fait placer une infcription en Latin, & en Hollandais. La voici dans les deux idiomes.

Ædibus bis ortus mundum decoravit ERASMUS
Artibus ingenuis, Religione, Fide,

In dit huis is geboren ERASMUS vermaart,
Die Gods woordt uitverkoren ons wel heeft verklaart.

L'on peut voir la chambre & le lit où il couchait, parce qu'il a toujours été défendu de rien changer dans cette maifon devenue facrée, par refpect pour la gloire de ce grand homme. Ses compatriotes lui ont fait élever fur la place du marché qui porte fon nom une ftatue de bronze, plus haute que le naturel, pofée fur un piédeftal en marbre. Il ferait à fouhaiter que cet hommage, qui fait plus d'honneur à ceux qui l'ordonnent, qu'à celui qui en eft l'objet, fût plus fréquent dans une République, dont tant de fujets fe font diftingués dans les Sciences & les Arts.

V

Malgré de vains efforts, une larme sincere

Humecte tout-à-coup sa tremblante paupiere ;

Une douleur profonde ébranlant sa vertu,

Et les pleurs sillonnant son visage abbatu,

Il accuse les Dieux d'injustice ou d'envie,

En prolongeant le cours de sa pénible vie,

Depuis le sacrifice, hélas ! trop important,

Qu'ils avaient exigé de son bras impuissant.

„ O fortunés, dit-il, Héros, dont l'Amérique

„ Regarde avec douleur le trépas héroïque !

„ Trop heureux Citoyens, qui, près de Lexington,

„ Aux ïeux de vos Parens, sous les murs de Boston,

„ Terminâtes vos jours, vos Destins & vos peines,

„ En bravant d'Albion les forces inhumaines !

„ O trois fois fortuné, tendre ami de mon cœur,

„ Docte & vaillant Warren, (1) illustre Sénateur,

„ Toi

(1) Le Général Gage , Commandant les Troupes Anglaises en Amérique , duquel nous avons parlé page 51, fit partir

de

,, Toi, que la main des Dieux forma dans leur sagesse

,, Pour instruire & guider notre ardente jeunesse,

         ,, Pour

de Boston, dans la nuit du 18 Avril 1775, un détachement chargé de détruire un magasin d'armes & de munitions assemblées
par les Américains à Concord, éloigné de Boston de 20 Milles.
Ce corps rencontre à Lexington, 15 Milles au dessus de la même
ville, quelques milices qu'il dissippe sans efforts, continue rapidement sa marche, & exécute les ordres dont il est chargé. Mais
à peine a t'il repris le chemin de la Capitale, qu'il se voit assailli
par une multitude furieuse, dont il fut très-maltraité, & la guerre civile est engagée.

Sur le même champ de bataille, furent livrés le mois suivant des
combats plus réguliers. Le Docteur Warren devint une des victimes de ces actions meurtrieres. Le Congrès honora sa mémoire
& sa valeur par un Eloge funebre dont voici deux fragmens.

,, Il n'est point mort, dit l'Orateur, il ne mourra pas cet excel-
,, lent Citoyen. Sa mémoire sera éternellement présente, éter-
,, nellement chere à tous les gens de bien; à tous ceux qui aime-
,, ront leur patrie. Dans le cours borné d'une vie de trente-trois
,, ans, il avait déployé les talens de l'homme d'Etat, les vertus
,, d'un Sénateur, l'âme du Héros.

,, Vous tous, qu'un même intérêt anime, approchez-vous du
,, corps sanglant de Warren! Lavez de vos pleurs ses blessures
,, honorables: mais ne vous arrêtez pas trop longtems auprès de
,, ce cadavre inanimé! Retournez dans vos maisons pour y faire
,, détester les coups de la tirannie. Qu'à cette peinture horrible,
,, les cheveux de vos Enfans se dressent sur leurs têtes: que
,, leurs ieux s'enflâmment; que leurs bouches expriment l'indi-
,, gnation! Alors, alors, vous leur donnerez des armes, & vo-

             ,, tre

,, Pour éclairer l'Etat sur ses vrais intérêts :

,, Hélas ! Mon tendre cœur t'a perdu pour jamais !

,, La perfide Albion, ce monstre insatiable

,, A d'un fer assassin étendu sur le sable

,, L'espoir de l'Amérique & mon plus cher ami.

,, Vous, qu'on ne vit jamais barbares à demi,

,, Bretons, peuple abhorrés, qui regnez sur la terre,

,, Pour épargner aux Dieux les frais de leur tonnerre,

,, Tirans trop altérés du sang Américain,

,, Adams, moins que Warren, est-il Républicain ?

,, A-t'il moins rassemblé contre vos perfidies

,, Tous les talens divers des plus rares génies ?

,, A-t'il moins que Warren su déployer sa voix

,, Contre vos cruautés & vos mépris des loix ?

,, Pourquoi mon sang encor coule-t'il dans mes veines ?

,, Nos crimes sont égaux, si, d'éviter vos chaines,

,, De

,, tre dernier vœu, sera qu'ils reviennent victorieux, ou qu'ils fi-
,, nissent comme Warren."

„ De brifer fous nos piés votre fceptre odieux,

„ C'eft un forfait réel à vos barbares ïeux !

„ Pourquoi, d'un trait pareil, de vos mains fratricides,

„ N'ai je pas vu mes flancs, déchirés & livides,

„ Sur le tronc de Warren, fur fes membres épars,

„ Pour étancher la foif des cruels Léopards,

„ Vomir à gros bouillons les fources de ma vie,

„ Affouvir tout d'un coup votre noire furie ?

„ Me referviez-vous donc des tourmens plûs cruels ?

„ Ou, penfiez-vous qu'un jour, au pié de vos autels,

„ Adams pourrait fléchir un genou facrilege ?

„ Dût-il favoir Bofton, ceint par un nouveau fiege,

„ Foudroyé nuit & jour par cent bouches d'airain ;

„ Vos Soldats triomphans & le fer à la main,

„ Moiffonner dans nos murs nos Citoyens fideles ;

„ La Mort même laffée & repofant fes ailes ;

„ La Moitié de moi-même & nos tendres Enfans

„ Confumés à mes ïeux fur des buchers ardens ;

V 3

„ Dût

„ Dût le grand Roi des Dieux, foutenant l'injuftice,

„ Opprimant l'innocence & couronnant le vice,

„ De fa foudre fur moi raffembler les carreaux,

„ Et de mes triftes jours terminer tous les maux ;

„ Je fuis votre Ennemi, Bretons, & je veux l'être :

„ Jamais le front d'Adams ne connaîtra de maitre :

„ Et quand du monde entier les lâches habitans

„ Pourraient confpirer tous à vous voir leurs Tirans,

„ Moi feul, je defcendrais dans les Royaumes fombres ;

„ J'en faurais-évoquer toutes les pâles Ombres

„ Que le fer des Tirans plongea dans les tombeaux,

„ Et je vous en ferais des ennemis nouveaux ;

„ Jufqu'à ce que vainqueurs, de vous, de vos femblables,

„ Nos vrais Américains, fur vos corps exécrables

„ Plantent les Etendards qu'unit la Liberté,

„ Et refpirent la paix & la félicité.

Dana (1) très-attendri, mais réprimant fes larmes,

Et ne s'occupant plus qu'à bannir les alarmes

Dont

(1) Nous avons parlé p. 10 de cet excellent homme que la

con.

Dont le senfible Adams fe déchirait le cœur,

Calme avec peine enfin fa trop jufte douleur.

Il l'arrache des lieux où ces penfers funeftes,

Rappelaient à fes ïeux les déplorables reftes

D'un ami, d'un héros admiré de Bofton, (2)

Favori d'Efculape & chéri d'Apollon.

Adams fuit à regret un ami magnanime,

Que l'Amérique a vu mériter fon eftime:

Mais Warren au tombeau fe montre à chaque inftant:

L'Ami qu'il a perdu, par fon ami préfent

Ne peut être égalé, quel que foit fon mérite:

Tant les mortels épris d'un objet qui les quitte,

Sou-

conformité de vertus & de caractere, attachait tendrement à S. Exc. M. John Adams.

(2) Ce brave homme, quoique d'un Etat bien éloigné de la profeffion des armes, était à table chez un de fes amis à Cambridge, lorsqu'il entendit les premiers coups de canon entre les Américains & leurs Tirans. Auffitôt, il faute au premier fufil qu'il trouve fous fa main, vole vers fes Compatriotes, fe met en ligne, & quelques minutes après, tombe fans vie aux piés de fes amis.

Souvent après sa perte, étonnés, attendris,

Reconnaissent trop tard ses vertus ou son prix.

Ainsi ne jugeaient pas Adams & l'Amérique :

Warren était fameux ; & l'estime publique

Pour ses rares talens, pour sa mâle vertu,

L'avait su distinguer, avant l'avoir perdu.

Non : jamais le bucher de Patrocle (3) ou d'Achille, (4)

Ni l'affreux désespoir qu'affectait Eriphile, (5)

Par

(3) Patrocle, fils de Menoetius & de Sthénélé, était l'un des Princes Grecs qui se trouverent au Siege de Troie. Son intime union avec Achille fit beaucoup de bruit. Pendant la brouillerie de ce dernier avec Agamemnon, Patrocle se mit à la tête de ses troupes, & s'étant couvert des habits & des armes d'Achille, qui s'était retiré dans sa tente pour ne plus combattre, il jeta la terreur parmi les Troyens, & donna un fameux combat dans lequel il fut tué par Hector, avec qui il se battit seul à seul ; ce qui détermina Achille, au désespoir, de reprendre les armes pour venger la mort de son ami.

(4) Achille était fils de Pélée roi de la Phthiotide en Thessalie & de Thetis. On le mit sous la discipline du Centaure Chiron, qui le nourrit de moëlle de lions, d'ours, de tigres & de plusieurs autres bêtes sauvages. Sa Mere, ayant su de Calchas qu'il périrait devant Troie, & qu'on ne prendrait jamais cette ville sans lui, l'envoya à la Cour de Lycomede dans l'Isle de Scyros, en habits

de

Par des fanglots pareils, enfans de la douleur,

N'apprirent aux héros de quel nouveau malheur

La

de fille, fous le nom de Pyrrha, pour l'y tenir caché. Etant ainſi déguiſé, il ſe fit connaître à Déidamie fille de Lycomede, l'époufa en fecret, & en eut un fi's nommé Pyrrhus. Lorſque les Grecs s'affemblerent pour aller affiéger Troie, Calchas leur indiqua le lieu de la retraite du fi's de Pélée. Il y députerent Ulyffe, qui, s'étant déguiſé en marchand, & préſentant aux Dames de la Cour de Lycomede, tous les jolis riens dont elles font fi curieuſes, & des armes, il reconnut le jeune Prince, au choix qu'il fit des armes, & fut l'engager à le fuivre devant la Capitale de Priam. Achille y fit bientôt voir, malgré ſa jeuneſſe, qu'il était le premier héros de la Grece; il devint la terreur des Troyens. Pendant le fiege, Agamemnon lui ayant enlevé une captive d'une grande beauté nommée *Briféis*, Achille, ne pouvant ſe faire rendre ſa belle priſonniere, ni ſe venger d'Agamemnon qui était ſon Général, ſe retira dans ſa tente, & ne voulut plus combattre. Pendant ſa retraite, les Grecs furent toujours vaincus, ou repouffés avec perte, mais ſa tendreffe pour ſon ami Patrocle, lui faifant préférer la vengeance à ſon ancien reſſentiment, Achille reprend ſes armes, mene les Grecs au combat, ramene la Victoire avec lui dans leur Camp, & venge la mort de ſon ami, en tuant Hector, qu'il traina trois fois autour des murailles de la ville affiégée, & ne le rendit que par ordre de ſa Mere, aux larmes du vieux Priam qui redemandait à genoux, & au fuperbe & féroce vainqueur de ſon fils, le corps du malheureux Hector. Achille ayant enſuite conçu de la paffion pour Polixene fille de Priam même, il la demande en mariage, & lorſqu'il va l'époufer, le lâche Paris lui décoche une fleche empoifonnée qui ayant atteint Achille

La colere des Dieux accablait la patrie:

Ainſi que le brancard, où ſanglant & ſans vie,

Warren était porté par ſes triſtes amis,

Couvrit d'un deuil affreux les Treize-Etats-Unis. (6)

Adams, quoiqu'entouré de cent objets funebres,

Appercevait déja les murailles célebres

Que l'Amſtel vient baigner à pas majeſtueux, (7)

Et curieux de voir de ſi ſuperbes lieux,

Bien-

au talon, lui fit une bleſſure dont il mourut. Les Grecs lui éleverent un tombeau ſur le Promontoire de Sigée, ſur lequel Pyrrhus dans la ſuite immola Polyxene aux mânes du héros ſon Pere. Homere ne connaiſſait point la fable qui ſuppoſe Achille invulnérable partout, excepté au talon : ce Poëte dit préciſement le contraire : ou s'il en était inſtruit, il n'avait garde de donner dans une ſiction qui aurait nui à la gloire de ſon héros. *Hom. Nat. Com.*

(5) Eriphile, femme d'Amphiaraüs, fils d'Apollon, & d'Hypermneſtre, ſachant que ſon mari devait périr dans la guerre de Thebes, enſeigna à Polynice pour un collier d'or, le lieu où ce Prince s'était caché. Ce malheureux Epoux ayant ſubi ſa triſte deſtinée, laiſſa pour venger ſa mort, un fils nommé Alcméon. Celui-ci, afin d'obéir aux ordres d'un Pere mourant, ſans être attendri par les vaines apparences du deuil affecté & des lamentations de ſa Mere, l'immola aux manes d'Amphiaraüs.

(6) Jamais Boſton n'éprouva une plus grande douleur.

(7) L'Amſtel eſt une riviere dont le cours n'eſt pas de longue

éten-

Bientôt, fe divifant en vingt lits magnifiques,

Après avoir lavé mille orgueilleux portiques,

Il réunit fon onde au Golfe fi vanté (8)

De l'heureufe Amfterdam (9) qui fait la fûreté.

A

étendue, & qui femble n'avoir aucune pente. Sa largeur eft peu confidérable, mais cette riviere eft devenue célebre par la Ville d'Amftel-dam, dont fes eaux parcourent prefque toutes les principales rues, dans des canaux fort larges, que l'on paffe fur 280 ponts-levis ou en pierre, qui joignent les 90 Ifles dont la ville eft formée. Ces canaux, revêtus de quais bordés d'Arbres, fervent à conduire les vaiffeaux, les barques & les bateaux dans toute l'étendue de cette grande ville. A l'entrée, du côté de l'Amftel, font des digues fort curieufes & entretenues à grands frais, qui ne laiffent entrer dans les remparts que l'eau néceffaire pour remplir les canaux. Le refte de l'Amftel forme les larges foffés qui défendent la ville, & va fe décharger dans *l'Ye* au deffous d'Amfterdam.

(8) *L'Ye* n'eft point une riviere ni un fleuve, c'eft un bras du *Zuider-Zée*, qui n'eft lui-même qu'un golfe de la Mer du Nord. *L'Ye* forme le port d'Amfterdam. A fon entrée, fe trouvent plufieurs bancs de fable fort à craindre pour les bâtimens. Le principal, & celui qui fait la fûreté d'Amfterdam du côté de la Mer, eft le *Pampus*. Il y a deux bancs de fable, où l'eau eft trèspeu profonde, & les vaiffeaux ne peuvent les franchir, fans être déchargés, ou portés fur des *chameaux*, efpece de coffres longs de 160 piés, que l'on emplit d'eau, & que l'on introduit par ce moyen, fous les flancs du bâtiment qui veut entrer ou fortir. Ces *Chameaux* s'attachent au vaiffeau avec de très-gros çables. Alors

on

A peine a-t'il franchi les redoutables portes,

Dont jamais des Tirans les barbares cohortes

N'o-

on fait fortir l'eau de ces machines, qui, en s'élevant à la furface du golfe, exhauffent le navire de 4, 6 ou 8 piés, felon qu'il
en eft befoin.   Cette invention, admirable par fa fimplicité, n'a
pas plus de deux fiecles; & avant ce tems-là, les vaiffeaux chargés ne pouvaient entrer ni fortir du port d'Amfterdam.

(9) Amfterdam, anciennement Amftel-dam, n'était en 1204
qu'un petit château des Seigneurs d'Amftel.   Son terrein bas &
marécageux, était arrofé par l'Amftel, riviere qui donna fon nom à
l'une des plus riches & des plus confidérables Villes de l'Europe,
comptée parmi celles du premier ordre, quoique, à tous égards,
fort inférieure à Paris & à Londres.   Amfterdam fut d'abord formée par quelques cabanes de pêcheurs.   Leur nombre s'accrut
avec leur profpérité.   En 1275 elle obtint le droit de commercer
librement par toute la Hollande, & 5 ans après, elle s'environna
de fortifications & de tours de bois. Mais la jaloufie ou quelque
autre motif porterent les habitans de Harlem à détruire Amfterdam
& fes fortifications.   Bientôt elle fut rebâtie, obtint fes anciens
privileges, & figura parmi les villes commerçantes.   Aggrandie
fucceffivement, elle eut en 1658 l'étendue qu'on lui voit aujour-
d'hui, & fa population s'augmenta comme la ville.   L'on y compte
aujourd'hui près de 300,000 ames, & plus de 26,000 maifons,
dont le plus grand nombre eft bâti en briques & d'une propreté
finguliere.   Sa forme circulaire, eft à peu près celle d'un arc,
dont l'Ye ferait la corde.   Des murs de briques, 26 baftions bien
entretenus & qui renferment chacun un moulin à vent, la forti-
fient du côté de terre.   Le tout eft baigné par un large foffé
ceint d'une forte levée, plantée d'arbres, qui forment une pro-

menade

N'oferent approcher pour y donner des loix,

Attenter fur l'Amftel, à fa gloire, à fes droits,

Que

menade autour de la ville, qu'il faut plus d'une heure & demie pour parcourir. Du côté du Port, la ville eft fermée par deux rangs de gros pieux fichés perpendiculairement; liés enfemble par des poutres horifontales. De diftance en diftance, l'on a pratiqué des ouvertures, par où les vaiffeaux peuvent entrer & fortir, & qui fe ferment tous les foirs. Ces pilotis forment une barriere d'environ 50,000 piés de longueur. L'Hôtel de Ville eft le bâtiment public le plus confidérable d'Amfterdam. Il fut bâti après l'incendie du premier en 1648, & fut occupé fept ans après. Il eft conftruit en pierres de Brême, & les pilaftres qui l'entourent, offrent les Ordres *Ionique* & *Corinthien*. L'on a dépenfé 60 millions de France pour le bâtir, & il mérite d'être vifité par les voyageurs, pour la richeffe de fon intérieur. Son Rez-de-chauffée fert de Prifons civile & criminelle, d'Arfenal à la Ville & de Dépôt à fon tréfor le plus riche qu'il y ait en Europe. Cette Banque fut établie en 1,609, les particuliers y peuvent dépofer les fommes qu'ils veulent mettre en fûreté fous la garde publique, & leur confiance n'a jamais été trompée. Ce bel édifice fait regretter de ne point lui voir une place digne lui. Amfterdam ne renferme en fon enceinte aucune fontaine publique d'eau douce. On y recueille celle qui tombe du Ciel, dans des citernes ou elle dégénere par le féjour, par les parties hétérogenes qui s'y rencontrent, & fouvent encor par l'infiltration des eaux faumâres. L'eau pure que l'on y boit eft amenée de trois lieues, dans de longues barques, & fe vend au même taux qu'à Paris les eaux de la Seine. Point de Biblioteque publique où les Gens de lettres puiffent trouver des fecours, & puifer dans les fources mêmes le

bon

Que s'avançaient déjà ces paisibles bannieres,

Des ombres de la Nuit sages avantcourieres,

Dans

bon goût des anciens & des modernes. Il y a un Téatre National dont la Salle & les décorations sont belles & la Musique bonne, mais les Acteurs y auront besoin de la plus grande indulgence,
jusqu'à ce que le Corps de la Nation plus éclairé, dépouillé même des préjugés du fanatisme ou de l'ignorance, sache apprécier les
grands talens & le mérite rare qui seuls peuvent faire un excellent
Acteur, & regarder, ainsi que l'Europe entiere, comme un homme de
mérite, celui qui est pourvu de ces dons extraordinaires de la Nature
& de l'Art, mais que l'estime publique peut seule développer. N'est-il
pas d'ailleurs impossible, qu'un Batave, qui a reçu une éducation
soignée, & qui se sent des talens pour le Téatre, puisse se décider pour une profession honorée partout ailleurs, tandis que le
plus modique appointement sera le fruit de son mérite, & qu'outre un état au-dessous de la médiocrité même, il se verra par sa
profession dévoué au mépris de ses Concitoyens? Les Hôtels de
l'Amirauté & des deux Compagnies des Indes, sont des bâtimens
considérables. La Régence d'Amsterdam consiste dans un Sénat composé de 36 Membres; 12 Bourguemaitres qui président
tour-à-tour, & dont chaque année il en sort trois & l'on en nomme
trois autres. Ils sont payés de toutes les dépenses extraordinaires auxquelles leur Dignité les oblige, & ce qui peut leur en
adoucir le fardeau, c'est la reconnaissance publique & le pouvoir
qu'ils ont en main de faire du bien à ceux qu'ils en jugent dignes.
Un Grand-Bailli, qui fait en même tems les fonctions de Procu-
reur Général & de Lieutenant Général de Police, & 9 Echevins,
forment avec les Bourguemaitres regnans, la Chambre de Justice
& d'Administration. Si les Etats de Hollande payent seuls 58
par

Dans leur repos actif, dont l'œil, toujours ouvert,

Veille autour de Plutus, & le garde ou le fert.
                                                    Les

par cent de toutes les impofitions de la Confédération Belgique, la Ville d'Amfterdam feule, à fon tour, paye la même fomme dans la quote-part des Etats de Hollande. Il n'y a point de Villes dans l'univers où fe trouve un plus grand nombre de toutes fortes d'établiffemens de Charité, foit Hopitaux, Enfans trouvés, que maifons d'Orphelins pour toutes les Communions. L'on vient d'achever furtout un bâtiment d'une étendue des plus confidérables pour renfermer les Mendians qui, autrefois, dans la ville la plus opulente de l'Europe, déchiraient les cœurs fenfibles, par l'afpect le plus affreux de la mifere. Les pauvres y font bien traités, nourris & occupés par un travail proportionné à leurs forces & à leur capacité. Toutes les perfonnes qui fe trouvent dans la ville fans travail, ou fans moyen de fubfifter, peuvent fe rendre dans cet Afile charitable, elles y trouveront de quoi s'occuper avec falaire; quand elles pourront mieux faire, il leur fera libre d'en fortir, & d'après leur bonne conduite, les Adminiftrateurs leur délivreront une atteftation qui annoncera qu'elles font entrées volontairement dans la Maifon, & que l'on a été fatisfait de la maniere dont elles s'y font comportées. Cette inftitution fait un honneur infini à la Régence actuelle. L'Empereur, étant l'année paffée en cette Ville, fut fi content de la conftruction & de la diftribution de cette Maifon, qu'il en demanda le deffin avec une defcription détaillée. Mais ce qui fait le plus d'honneur au caractere des Adminiftrateurs de ces Hofpices confacrés à la Bienfaifance, c'eft que, quoique toutes ces Maifons jouiffent en particulier de revenus immenfes, le bien des pauvres n'y devient pas comme ailleurs, le patrimoine ordinaire de ceux qui les gouvernent;

Sa Long. eft de 22. 39. Sa Lat. 52. 22. 45.

Les deux Américains, (1) fous la célefte Egide, (2)

Qui marche devant eux, les protege & les guide,

D'une route ennuyeufe à tous les étrangers,

Ont parcouru l'efpace; arrivent fans dangers, (3)

Au moment que, du haut de la voute azurée,

Phebé, d'un pâle éclat, d'étoiles entourée,

Sur la plaine des mers promenait fes regards,

Et couvrait d'Amfterdam les orgueilleux remparts.

Adams, encor ému, plongé dans la triftesse,

Mais détestant déjà fes pleurs & fa faiblesse,

Dans

(1) MM. Adams & Dana.

(2) L'Egide eft le bouclier ou la cuirasse de Jupiter, car les Poëtes en donnent l'une & l'autre idée. La Chevre Amaltée qui avait nourri Jupiter, étant morte, ce Dieu prit fa peau dont il couvrit fon bouclier qu'il nomma *Egide*, du nom de la chevre qui fe nomme ainfi en grec. Jupiter rendit enfuite la vie à cette chevre & la plaça parmi les Conftellations, fous le nom de *Capricorne*. Dans la fuite, Jupiter fit préfent de ce bouclier à Minerve Déesse de la fagesse. La Déesse y attacha la tête de Médufe, ce qui le rendit encor plus redoutable, par la vertu qu'elle lui donna de pétrifier ceux qui le regardaient.

(3) Ils arriverent à Amfterdam les premiers jours d'Augufte 1780.

Dans les bras du Sommeil espere le repos,

Et Morphée attendri le couvre de pavots.

Dix fois dans la Cité, l'ennuyeufe Crécelle,

Avait déja hurlé fa longue Kirielle : (4)

La

(4) Il eft impoffible, dans un pays, dans une ville habitée par des Citoyens, d'établir une troupe d'hommes ou d'efclaves armés, pour veiller & maintenir la tranquilité publique pendant les ténebres de la nuit. Cependant partout où il y a des hommes, l'on voit les paffions marcher avec eux. Les vices même les plus bas s'y manifeftent de tems en tems. Il a donc fallu dans les Républiques, que les Souverains, c'eft-à-dire le Peuple, ou les Chefs qu'il choifit, priffent des précautions affés fages pour arrêter les effets des paffions humaines & les crimes que peuvent enfanter les vices, afin d'en avoir moins à punir. Amfterdam a le glorieux avantage d'avoir une excellente police, fans faire craindre à fes Citoyens les dangers du pouvoir militaire, partout cruel ou oppreffeur. Les Citoyens eux-mêmes font cenfés garder les portes de la ville pendant la nuit, comme nous l'avons remarqué plus haut, page 148 & 149. Mais dans une Cité d'une étendüe auffi confidérable, les vigies des portes n'auraient jamais pu en parcourir toutes les rues, les canaux & les places publiques, ou il aurait fallu que la moitié des Citoyens euffent chaque nuit veillé à la fûreté de la moitié qui fe ferait livrée dans les bras du fommeil. Les Compagnies de Soldats qui gardent les portes & qui montent la garde devant l'hôtel de ville, pendant le jour feulement, n'auraient pas été en nombre fuffifant pour faire patrouille durant la nuit. L'on aurait été contraint de les augmenter confidé-

X

rable.

La tendre Volupté, fur un riche Edredon,

Sentait brûler fon fein des feux de Cupidon :

Mille

rablement.   Alors que n'aurait pas eu à craindre la liberté, quoique ces troupes ne dépendiffent uniquement que de la Régence !
Un expédient plus fage, plus fimple, admirable dans fa conduite
& fûr dans fes opérations, eft venu faire le bien, empêcher ou arrêter bientôt les malheurs que les ombres de la nuit peuvent favorifer.   Dès l'année 1585 Amfterdam établit une Garde de nuit,
& maintenant ce corps eft de 410 hommes, diftribués en 120
quartiers.   En hiver la Garde, à caufe de la longueur des nuits,
eft augmentée d'une patrouille fecrette & fans aucunes marques
extérieures.   Tous ces hommes utiles dorment le jour & marchent
dès les dix heures du foir dans toutes les faifons, fous les ordres
de deux Capitaines & de leurs Lieutenans, Sergens, Caporaux
&c.   Les Bourguemaitres nomment les Capitaines, & le choix
des autres Officiers dépend de Colonels des Compagnies de Citoyens.   Les Gardes de nuit font des habitans de la ville, fans
uniforme.   Leur devoir eft d'annoncer toutes les demi-heures
l'heure qu'il eft, à haute & intelligible voix.   Ces Stentors modernes font armés d'une Crécelle femblable à celle dont on fe
fert la femaine fainte dans les pays Catholiques, pour appeler les
Croyans à l'Office fingulier qui, quoique célébré en plein
jour, fe nomme *Ténebres*.   Ils ont dans leurs quartiers une gué-
rite large & commode, où, après leur courfe, ils peuvent fe retirer
& trouver du feu.   En cas d'incendie, les Gardes du quartier
où le feu fe manifefte, ont une maniere de retourner leur Crécelle, qui par fon bruit affreux, annonce l'incendie aux Gardes des
quartiers voifins : tous crient *au feu*, & dans un quart d'heure
les cent vingt quartiers favent que l'incendie paraît, & quelle
maifon

Mille Epoux amoureux, au Trône de Cithere,

Trois fois avaient payé le tribut ordinaire, (5)

Et

jadifon est la proie des flammes. Pendant ce court espace de tems, les Gardes pompes avertis avec une extrême célérité du lieu de l'incendie, s'y rendent à l'envi, & le feu est bientôt éteint par la facilité que les canaux procurent, même en tems de glace, parce que l'on a soin d'y tenir toujours une ouverture de distance en distance, capable de procurer toute l'eau nécessaire. Les Gardes de nuit marchent toujours deux-à-deux. Ils portent à leur côté un sabre, & à la main un bâton puissant, mais fort court; leur principale attention est de veiller à la sûreté publique, d'empêcher toute insolence, & de quelque personne que ce puisse être. Il est très-difficile à un voleur de leur échapper, & si leur nombre ou leurs forces ne sont pas suffisans, en retournant leur Crécelle d'une certaine maniere, les Gardes des quartiers voisins accourent, & les voleurs, ou les perturbateurs de la tranquillité publique, sont enveloppés & forcés de se rendre. Dans les quartiers de la ville, où l'eau menace les Citoyens, les Gardes veillent avec un soin extreme. Toutes les demi-heures, ils visitent la marque de la hauteur ordinaire de l'eau, & en cas de danger, tous les Citoyens sont avertis à tems de se dérober par la fuite aux fureurs d'un Ennemi vorace que rien ne peut arrêter.

(5) Nous sommes loin de soupçonner le célebre Abbé Raynal de mauvaise foi, moins encore de manquer de connaissances sur les matieres qu'il a traitées. Cependant nous ne pouvons concevoir sur quels fondemens il a pu s'asseoir, lorsqu'il a dit: *Les Hollandais sont trop froids, trop appliqués, trop dévorés de la soif de l'or, pour goûter une passion aussi tendre que l'amour. Les jeunes gens de ce pays s'en entretiennent quelquefois, non comme d'une chose qu'ils*

X 2

aient

Et les autres mortels, haraſſés de travaux,

Déja ſe préparaient à des efforts nouveaux.

Adams goûtait encor un ſommeil agréable,

Les ſonges les plus gais, (6) ſous une forme aimable,

Voltigeaient près de lui, prenaient mille couleurs,

Et par des jeux bouffons diſſipaient ſes douleurs :

Quand à ſes ïeux ſoudain, conduit par la Victoire,

Un Guerrier jeune encor, & rayonnant de gloire,

Le

aient ſentie, mais dont ils ont entendu parler. *Les Dames mêmes ne parviennent au plus qu'à être indifférentes.* Ce langage
n'eſt pas d'un Philoſophe, encor moins d'un homme de génie
qui doit connaitre le cœur humain. Il décele ouvertement un
Ecrivain qui n'a jamais ſéjourné dans la Hollande, ou la mauvaiſe humeur peut-être d'un Abbé de Cour, qui aura voulu, par cet
étrange paradoxe, ſe vanger de quelques Belles, dont les appas
l'auraient enflammé, ſans qu'il eût pu en obtenir le retour deſiré.
Si le célebre Auteur dont nous parlons, n'a pas été auſſi galant qu'à
l'ordinaire pour le beau Sexe Batave, il a du moins honoré la Vertu
dans ces contrées, en avouant que *la Chasteté y eſt héréditaire
dans les familles.* Hiſt. du Stadhoudérat, page 213 & 214.

(6) Les Songes, ſont des Divinités infernales ſubordonnées au Sommeil. Chaque ſonge avait une fonction particuliere. Ceux qui préſidaient aux viſions véritables, ſortaient
par une porte de corne ; & ceux qui ne formaient que de vains
fantomes & de pures illuſions, paſſaient par une porte d'ivoire. On
les repréſentait avec de grandes ailes de chauve-ſouris toutes noires.

Le front ceint de lauriers, de mirtes, de ciprès,

Chaffe par fon afpect tous les autres objets.

Le casque, qui couvrait fa blonde chevelure,

D'un acier pur & fin, mais fimple, fans dorure,

N'était point embelli par de vains ornemens.

Un pannache, qu'Amour forma dans ces momens,

Où la fombre douleur s'unit à la tendreffe,

Annonçait hautement la crainte & la trifteffe.

Une cuiraffe noire, & la peau d'un lion

Que Wolf (7) avait jadis apporté d'Albion,

Mais

(7) En 1759, la flotte Anglaife, forte de 28 vaiffeaux de guerre, avec dix mille hommes de troupes de terre, fous les ordres du Général *Wolf* parut dans le mois de Juin à l'Ifle aux Coudres, à peu de diftance de l'embouchure du fleuve St. Laurent en Canada. L'Amiral *Saunders* qui commandait la flotte, s'empara de cette Ifle, & le 30 du même mois vint occuper l'Ifle d'Orléans, ruina en partie & brûla Québec pendant le mois d'Augufte. Il avait plus de 4,000 hommes paffés fur des bateaux au deffus de cette Capitale, & ils cherchaient entre la pointe au Tremble & Québec, quelque endroit pour débarquer: mais ils appercevaient toujours des détachemens & de la Cavalerie qui s'oppofaient à leur defcente. Le 13 Septembre, au point du jour, ces troupes redefcendaient le fleuve, défefpérant de pouvoir exécuter leur

X 3
projet,

Mais dont l'amitié sainte, épurant l'origine,

En aurait toujours fait une armure divine,

Im-

projet, lorsque ils vinrent à paffer auprès de la redoute que gardait M. de *Vécors.* Les Anglais, fous le Colonel *Howe,* conjecturerent que cet endroit étant naturellement fort efcarpé, il ne s'y trouverait pas une forte garnifon. Un ou deux bateaux y abordent & débarquent des troupes fous les ordres du Colonel. C'était un piquet d'Infanterie légere & de montagnards Ecoffais. Auffitôt ils graviffent la côte avec beaucoup d'ardeur & de courage. Il *s'y* trouve un fentinelle Canadien qui leur lâcha fon coup de fufil, mais ne put fe replier fur fon pofte. Les Anglais arriverent à la file au haut de la Côte, & le pofte était dans une fi grande fécurité, que la plus grande partie de la garnifon était allé couper du foin ou du blé. Le Commandant lui-même était encore dans fon lit, où il reçut un coup de fufil près de la cheville du pié. Tous fes gens furent diffipés. Les Anglais fe hâterent de fe former auprès de cet endroit, & d'y tranfporter même quatre pieces de canon. Le Régiment de Guienne, averti affés tard par quelques fuyards, accourut & fe pofta de maniere à obferver les Bretons, & fit avertir M. de Montcalm en toute diligence. Il était alors près de 9 heures. Ce Général, accompagné de M. de Vaudreuil, Gouverneur du Canada, laiffe le camp & l'armée fous les armes depuis la riviere St. *Charles,* jufques au faut *Montmorenci,* & prenant feulement avec lui cinq Régimens, les troupes de la Colonie, au nombre de 800 hommes, & environ 3 à 400 Canadiens, malgré l'avis de M. de Vaudreuil, jugea plus expédient d'aller attaquer les Anglais, qui, après avoir completté leur débarquement, s'étaient déja placés. M. de Montcalm, ayant envoyé ordre à M. de Bougainville de le rejoindre avec le corps d'en-

viron

Impénétrable même aux plus terribles dards,

Si Jupiter encor aimait les Léopards,

Telle

viron 1,000 hommes d'élite qu'il commandait 5 lieues au deffus de Québec à la pointe au *Tremble*, fe mit en marche avec environ, 1,500 hommes, parmi lefquels il y avait beaucoup de Canadiens, entremêlés dans les Régimens, pour les rendre plus nombreux, mais ceux-ci n'ayant point de baïonnetes, & n'étant pourvus que d'un fufil de chaffe, firent un mauvais effet dans l'action. En vain repréfenta-t-on au Général Français qu'il convenait d'attendre M. de Bougainville qui avait avec lui tous les grenadiers & les plus braves troupes de l'armée, il trouva mauvais qu'on lui fît ces repréfentations, & marcha très-légerement aux Ennemis, toujours en bataille, à travers les blés fourrés, ce qui, avec la marche précipitée, efoufflait les Soldats. L'armée joignit cependant *Guienne* & fe forma, les Canadiens détachés, fe jeterent dans des bofquets fur les ailes de l'armée Anglaife, & dans très-peu de tems lui tuerent bien du monde & fon général le jeune & vaillant *Wolf* fut bleffé à mort. L'armée Françaife, qui allait à l'ennemi, fans avoir interrompu fa marche précipitée, le trouva pofté derriere de groffes paliffades qui formaient la clôture des champs, avec deux pieces de canon fur leurs ailes. Elle en fut accueillie par des falves à cartouche & par celle de la mousqueterie, auxquelles elle répondit une ou deux fois en s'avançant ; mais le feu des Anglais qui l'avait éclaircie, l'arrêta tout court, & ébranla les Canadiens qui quitterent leurs rangs & s'enfuirent. Les Soldats fe débandent auffitôt en arriere. M. de Montcalm, court à cheval pour les arrêter & les rallier, reçoit un coup de feu dans les reins, & refte fur la place avec beaucoup d'Officiers : d'autres furent pris, & prefque tous

X 4

bleffés.

Telle était du héros la modeste défense.

Son bras était chargé du tronçon d'une lance,

Dont le fer abbatu dans l'ardeur des combats,

De mille Anglais cruels avança le trépas.

Adams, quoique étonné d'un si nouveau prodige,

Loin de le regarder ainsi qu'un vain prestige,

Tel qu'aux faibles humains, au milieu du sommeil,

Les Dieux en font paraitre & fuir à leur réveil,

Considere à loisir la démarche & la taille

D'un héros qui semblait sortir d'une bataille,

Et dont les flancs ouverts, meurtris & déchirés,

D'un sang, fluide encor, paraissaient humectés.

A l'instant l'Inconnu, relevant sa visiere,

Découvre aux ïeux d'Adams sa face toute entiere:

Il

blessés. Les Anglais poursuivirent les fuyards jusqu'auprès de Québec. Le Général *Wolf* mourut presque sur le champ de bataille vivement regretté de ses compatriotes. Il avait demandé à l'Amiral de faire encor cette tentative comme la derniere, parce que la flotte Anglaise voulait s'en retourner. Ce Général dit en mourant: *je meurs content, puisque je puis voir fuir les Ennemis.* C'était la consolation *d'Epaminondas.*

Il reconnait ſes traits, treſſaille & fait un cri,

Et lui dit : eſt-ce toi, mon cher Montgommeri ? (8)

„ Oui, c'eſt moi, répond-il : moi, qu'une main barbare,

„ Crut autrefois plonger au fond du noir Tartare :

„ Mais que les Juſtes Dieux, ennemis des Tirans

„ Ont fouſtrait pour leur gloire à leurs coups déchirans.

„ Déja, de nos amis la valeur héroïque,

„ Sur les murs de Québec, de notre République,

„ Allait faire briller le nouvel étendard,

„ Quand un féroce anglais, en me perçant d'un dard,

„ Vint priver de mon bras l'eſpoir de la patrie,

„ Et trop tôt abréger les exploits de ma vie.

„ Mais

(8) A peine l'Amérique commençait-elle à réſiſter aux forces de la Grande-Bretagne, & voyait-elle échouer les vains & ridicules projets que la Cour de St. James enfantait pour ſa ruine, que le Congrès, par une Réſolution auſſi hardie que ſage, ordonna une diverſion dans le Canada. Auſſitôt une armée de 6 à 7 mille hommes ſous les ordres du jeune & vaillant *Montgommeri*, vole, & enleve les forts qui veulent s'oppoſer à ſa marche. Elle arrive en 1777 victorieuſe & en bon ordre à la vue de Québec Capitale de cette contrée. Un nombre prodigieux de Canadiens vient ſe ranger ſous les drapeaux de la Liberté, & les Anglais, ſurpris à l'improviſte, n'auraient pas tardé à ſe rendre, lorſqu'un plomb meurtrier vient, frappe le Général Américain & le plonge dans le tombeau. Après une ſi grande perte, ſes troupes découragées, ſont contraintes de lever le ſiege, & l'entrepriſe eſt manquée.

„ Mais, Ami, quel chagrin, quelle sombre douleur,

„ Semblent avoir flétri ton courage & ton cœur?

„ Tu parais harassé du séjour de ce monde;

„ Avec nous, tu voudrais avoir vogué sur l'onde

„ Qui conduit les héros aux Champs-Eliséens,

„ Et te voir confondu dans le cercle des tiens

„ Qu'Atropos a plongés dans la nuit éternelle,

„ Sous le fer des Bretons, par une mort cruelle.

„ Est-ce à toi de blâmer les Arrêts du Destin?

„ Notre sort n'est-il pas tout entier dans sa main?

„ Si l'un voit terminer son heureuse carriere,

„ Sous le rustique toit qu'a fait bâtir son pere:

„ Si l'autre a succombé sous le bras d'un Tiran,

„ Soit dans les flots émus du terrible Océan:

„ Ou dans les champs que Mars chaque jour ensanglante,

„ Qui d'eux, à Jupiter, d'une voix insolente,

„ Dans les accès fougueux d'une injuste fureur,

„ Oserait reprocher la plus légere erreur,

„ Ou

„ Ou d'avoir violé les loix de la Justice,

„ Par haine, par mépris, ou même par caprice?

„ La main qui façonna notre faible limon,

„ Sait mieux que les mortels tout ce qui leur est bon.

„ Ce bras qui fait rouler les Astres sur nos têtes,

„ Qui forme au sein des mers le calme ou les tempêtes,

„ Ne demande aux humains qu'amour & que respect.

„ Les Dieux, à nos regards offrent-ils leur aspect?

„ Ils ne prétendent point que, glacés par la crainte,

„ Nous n'osions les fixer, leur porter notre plainte,

„ Il n'en nâquit jamais dans les champs d'Albion:

„ Ils feraient des Tirans: leur seule ambition

„ Est de voir les mortels, unis comme des freres,

„ Leur offrir de concert leurs vœux & leurs prieres.

„ Païens, Bonze ou Chrétiens, Ottomans ou Chinois,

„ Auprès des Immortels tous ont les mêmes droits,

„ Le droit de les prier, d'implorer leur clémence,

„ De marcher sous leurs loix avec obéissance,

„ Et

„ Et sans distinction de culte ou de climats,

„ La Vertu peut toujours s'appuyer sur leur bras.

„ Adams, toi que les Dieux, avec tant de largesse,

„ Remplirent en naissant de leur haute sagesse;

„ Comment peux-tu blâmer le haut vouloir des Dieux,

„ Quand leur main te prépare un destin glorieux?

„ Tes propres intérêts ou ceux de la Patrie,

„ Te font-ils un fardeau du bonheur de la vie?

„ Les Ciprès noirs, sanglans, qui couvrent nos tombeaux,

„ Les pleurs de l'Amérique & les honneurs nouveaux

„ Que les Etats-Unis décernent à nos Mânes, (1)

„ Par des motifs secrets, ou pieux ou profanes,

„ Se-

(1) En 1778, le Congrès chargea Benjamin Franklin son Ministre Plénipotentiaire à la Cour de France, de faire sculpter à Paris par l'un des plus grands Maitres, un Mausolée de marbre en l'honneur de l'illustre & malheureux Montgommeri. Ce morceau, vrai Chef-d'œuvre de l'Art, a été exécuté par M. Pigalle, & transporté à Philadelphie, où il doit être placé dans la Grand-Salle du Congrès même, comme un monument éternel de reconnaissance, élevé en l'honneur du premier Général immolé pour la gloire & l'Indépendance de l'Amérique.

„ Seraient-ils à tes ïeux aveuglés ou jaloux,

„ Plus précieux pour toi, qu'ils ne le font pour nous ?

„ Sans doute, fi, du Ciel la fuprême puiffance,

„ Décidant de nos jours avant notre naiffance,

„ Voulut qu'en notre fang, un Anglais inhumain

„ Vint plonger fans remords fon infernale main,

„ Il nous eft glorieux de vivre en la mémoire

„ De ceux dont nos exploits cimenterent la gloire :

„ D'entendre nos Amis pleurer notre malheur ;

„ Par notre exemple même exciter la valeur ;

„ Raconter aux Français nos triftes aventures ;

„ Transmettre notre hiftoire à des races futures ;

„ Leur peindre les Tirans qui nous ont combattus,

„ Et hâter dans les cœurs le germe des vertus.

„ Mais quels que foient, Ami, tous ces honneurs funebres

„ Que tu vois décerner à nos guerriers célebres :

„ Les Dieux n'ont point réglé qu'un glorieux trépas

„ Ne pourrait s'aquérir qu'au milieu des combats.

„ Il

,, Il eſt, pour pénétrer au Temple de Mémoire,

,, Mille chémins divers ſans ceux de la Victoire.

,, L'integre Magiſtrat, (2) le Miniſtre ſacré, (3)

,, L'un, qui ſoutient les loix de ſon œil éclairé,

,, L'au

(2) Dans les Monarchies de l'Europe il n'eſt point de Magiſtrats, quoique le moindre juge de village uſurpe fierement ce
titre. Toutes les Cours de Juſtice ſont compoſées d'Officiers,
qui ont aché té leurs charges, & qui, crainte de les perdre, ſont
toujours les premiers à donner aux peuples l'exemple de l'obéiſſance paſſive aux ordres les plus arbitraires du Souverain. Nous
n'entendons ici par le mot *Magiſtrat*, que les chefs, les guides,
les modérateurs d'un Peuple libre & auxquels il a donné ſa voix
conſtitutionnellement pour les élever à cette dignité. Ces hommes
ſeuls méritent le nom de *Peres de la Patrie*, l'attachement & la
vénération des Peuples, dont ils ſavent faire le bonheur & la
gloire, & nous penſons que leurs travaux pénibles, jour-
naliers & continuels ne méritent pas moins des ſtatues & des
triomphes, après avoir ſauvé l'Etat dans une criſe publique, par
la ſageſſe de leurs meſures & la prudence de leur adminiſtration, que les guerriers heureux, auxquels les Magiſtrats ont
mis l'épée à la main pour la défenſe de Patrie, & dont ils ont
dirigé les exploits ou retenu la témérité.

(3) Pourquoi un Miniſtre des Autels, Evêque, ou Miniſtre
de quelque Réligion que ce ſoit, ne jouïrait-il pas des mêmes
prérogatives que le Magiſtrat & le Guerrier? Le bien que les
deux premiers font à l'Etat, n'eſt-il pas la meſure que doit ſuivre
la reconnaiſſance publique? Si ces deux-là conſervent & pro-
te-

„ L'autre, des Immortels conciliant l'hommage,

„ Avec les droits d'un culte & raisonnable & sage,

„ Aux ieux de la Raison, dans leurs nobles Emplois,

„ A l'Immortalité n'ont-ils pas mêmes droits,

„ Que les héros fameux, dont la valeur guerriere

„ Du fer de l'Ennemi garantit la frontiere ?

„ Adams, toi que les vœux de nos Etats-Unis

„ Ont chargé de servir autrement ton Pays ;

„ De

tegent la vie, l'honneur & les biens des Citoyens, celui-ci ne tranquillise-t'il pas les consciences, ne prêche-t'il pas la morale & la vertu, n'en démontre-t'il pas la nécessité, les douceurs & le bonheur que la Société peut en retirer ? Qui pensera jamais que l'Humanité, la Raison, la Réligion même ne doivent pas une Couronne civique & une Statue de marbre à *Jean Hennuyer* Eveque de Lisieux en France, qui, malgré les ordres de l'exécrable Charles IX, refusa de faire exécuter la massacre de la St. Barthelemi dans son Diocese, répondant, dans ce siecle féroce & fanatique que *les Protestans étaient aussi bien ses Enfans que les Catholiques* ? Tant que les hommes auront besoin de la crainte ou de l'espoir d'un autre monde pour être vertueux ; les Ministres de quelque Religion que ce soit, s'il méritent ce titre respectable, ont un droit bien puissant à l'estime & à la reconnaissance de tous les Ordres de l'Etat.

„ De faire defirer à l'Union Belgique

„ De joindre fes drapeaux à ceux de l'Amérique ;

„ Crois-tu moins mériter de tes Concitoyens,

„ En ferrant pour jamais ces illuftres liens,

„ Que ceux de nos Guerriers, dont les exploits célebres

„ Ont été couronnés par des pompes funebres ?

„ Ce n'eft point l'éclat feul des grandes actions

„ Qui nous fait obtenir l'amour des nations.

„ Ce brillant féducteur n'eft qu'un Aftre éphémere

„ Qui frappe les regards, enflamme l'Atmofphere :

„ Mais qui, dans un clin-d'œil, s'enfuit & disparait,

„ Sans laiffer après lui le plus léger bienfait.

„ Au lieu que le mortel, dans le cours de fa vie,

„ Dont les fages talens, d'une vafte patrie

„ Sur une bafe ferme ont affis le bonheur,

„ L'emporte infiniment fur ceux dont la valeur

„ N'enfanta qu'une gloire aquife par les larmes,

„ Et dont chaque laurier cueilli dans les alarmes

„ Fut

,, Fut toujours arrofé d'un déluge de fang.

,, Nous détournons les ïeux de Titus (4) conquérant,

,, Mais nous aimons le voir, exemt de tous les vices,

,, De l'Univers entier devenir les délices.

,, La douce Bienfaifance, autour de fon tombeau,

,, Chaque jour lui décerne un hommage nouveau.

,, Imite fes vertus en fervant l'Amérique:

,, Les Dieux t'ont deftiné dans notre République,

,, A porter fa grandeur en de nouveaux climats:

,, Garde-toi de gémir, fi le fort des combats

,, Ne veut pas terminer ta carriere honorable;

,, La volonté des Dieux eft toujours adorable.

,, Au

(4) Titus, au commencement de l'Empire de Vespafien fon fon pere, prit Jérufalem, où les Juifs brulerent le fameux Temple élevé fur les fondemens de celui que Salomon avait bâti, quoique le jeune Céfar fît tout fes efforts pour conferver cet édifice qui paffait alors pour le plus beau de l'Univers. Titus fut un grand Capitaine & un heureux guerrier, Marius & Silla obtinrent les mêmes tirtes. Mais ce qui rendra le nom de Titus immortel, c'eft qu'il mérita feul d'être furnommé *les délices du Genre humain.*

,, Au nom de l'Amérique, au nom de tes vertus,

,, Releve ton courage & tes fens abbatus :

,, Au nom d'un tendre ami qui t'eftime & qui t'aime ;

,, Qui préfere ta gloire à fa gloire elle-même :

,, Adams, entends ma voix : & fi Montgomméri

,, Eft encor à tes ïeux un Citoyen chéri,

,, Souviens-toi chaque jour, que l'Amérique entiere

,, Ne t'envoit en fon nom dans un autre hémifphere,

,, Qu'afin de la fervir par tes rares talens !

,, Son bras a terraffé les forces des Tirans :

,, Il lui faut des Amis, des Alliés fideles,

,, Qui l'aident à porter fes palmes immortelles :

,, Le Batave eft pour nous ; fon intérêt le veut :

,, Le Sceptre des Bretons lui devient odieux.

,, Ne crains point les fureurs de cette Anglomanie

,, Qui femblait autrefois étroitement unie

,, Aux rives de la Meufe, aux remparts de l'Amftel :

,, Les bienfaits de Louis ont brifé fon autel.

,, Et

„ Et fi quelques Suppots de l'orgueil Britannique

„ Ofaient braver la Frife & le Lion Belgique,

„ Un fupplice éclatant fuivrait ces attentats:

„ L'amour de la Patrie embrafe les Etats.

„ Pourfuis, ami, pourfuis ton illuftre carriere:

„ Franchis avec ardeur l'impuiffante barriere

„ Que les fiers Léopards poferont devant toi:

„ Méprife leurs efforts, leurs cabales, leur Roi.

„ Souviens-toi de Bofton; redouble de courage:

„ Sois toujours vertueux, Américain & fage:

„ Compte fur le refpect de tes Contemporains,

„ Sur l'amour le plus pur des vrais Américains,

„ Jufqu'au jour fortuné, que, couvert de ta gloire

„ Immortel comme nous, traverfant l'onde noire,

„ Tu pourras embraffer ton cher Montgomméri,

„ Et te voir dans les bras de Warren & de lui."

Il dit: & disparut, tel qu'une ombre légere,

Au moment que l'Aurore, appelant la lumiere,

Y 2

Vient

Vient ouvrir à grand bruit les portes du Soleil,

Et s'élance dans l'air fur un char de vermeil.

Les pavôts fur Adams ont fini leur puiffance.

A l'inftant dans fon cœur la main de l'Efpérance,

Tenant un vafe d'or, plein d'un baume divin,

En verfe en abondance, en humecte fon fein.

Le fouvenir cruel des difcordes civiles,

Les noirs preffentimens, les regrets inutiles,

Tous les poifons mortels de l'aimable gaîté

Abandonnent fon front à la férénité.

Il fe leve: il bénit les Déités fuprêmes,

Qui daignent à fon fort s'employer elles-mêmes:

Et rempli de courage, & d'une noble ardeur;

Va de l'Anglomanie affronter la hauteur.

Ce monftre fortuné, fils de la Politique,

Que l'Aftuce, l'Audace & l'Orgueil Britannique

Nourrirent en fecret dans les murs d'Albion,

De lait de Léopards, du fiel d'un Scorpion,

De

De l'univers entier méditant la conquête,

Jufqu'à l'aftre du jour ofait porter fa tête.

De fes jambes de fer, l'une, couverte d'or,

Sur un pié de criftal eft pofée à Windfor. (1)

L'autre à Lisbonne même (2) eft fife près du Tage (3)

Sur un bloc de rocher, d'où les vens & l'orage

Noirs

(1) L'autorité des Rois d'Angleterre eft fondée fur les loix: & de quelque brillant étalage que le Monarque foit environné, s'il a l'éclat du criftal, il en a la fragilité. Aujourd'hui que la Révolution de l'Amérique feptentrionale eft venue rappeler à l'Univers le droit primitif & inadmiffible de toutes les nations, l'on pourrait demander à George III, ce que finifie cette devife *Dieu & mon Droit*, puifqu'il eft certain que Dieu ne lui a point mis la Couronne fur la tête, & que fon droit ne vient que du Peuple Anglais qui peut le lui ôter, de la même maniere qu'il en priva jadis la Maifon de Stuard. Les prétendus droits du Prétendant & de fon fils n'étaient pas mieux fondés. La nation Anglaife avait dit à Jaques II: *Sortez du trône dont nous vous jugeons indigne: nous avons confié aux mains d'une autre famille le Sceptre d'Albion.* Que les Defcendans du Monarque disgracié euffent pu légitimement reprendre les rênes Britanniques, la voix de la Nation entiere aurait du les leur offrir.

(2) Lisbonne, Capitale du Royaume de Portugal, fituée fur fept montagnes à l'embouchure du Tage à 4 lieues de l'Océan, était une des plus célebres villes de l'Europe, avant le tremblement de terre du 1 Novembre 1755 qui la renverfa fur elle-mê-

me,

Noirs Enfans des Enfers accourent furieux,

Pour déchirer ces bords charmans, délicieux. (4)

Le

me, & détruifit en une feule nuit une des plus fuperbes villes du monde. Les premieres conquêtes des Portugais en Affrique & en Afie, n'avaient point étouffé les racines de l'induftrie nationale. Quoique Lisbonne fût devenue le magafin général des marchandifes des Indes, fes manufactures de laine & de foie fe foutinrent. Elles fuffifaient à la confommation de l'Etat en Europe, & à celle du Bréfil, grand pays de l'Amérique méridionale avec titre de Principauté, affecté à l'héritier préfomptif du trône de Portugal. Le Bréfil fut découvert par Alvarez Cabral le 24 Avril 1500 & forme la partie la plus confidérable des Domaines du Roi de Portugal. Parmi la foule de calamités dont la Tirannie Efpagnole écrafa ce petit royaume, on n'avait cependant pas encor à déplorer la ceffation du travail intérieur. Le nombre des métiers n'avait guere diminué, lorfque le Portugal recouvra fa liberté. La révolution qui plaça le Duc de Bragance fur le trône, fut l'époque de cette décadence. La pofition des Miniftres de ce nouveau monarque, les mettait dans la néceffité de former des alliances. La Politique feule leur affurait celle de tous les ennemis de l'Efpagne. Mais la nouvelle Cour, loin d'avoir des vues auffi étendues que fon entreprife le faifait préfumer, au lieu de fentir l'inutilité des facrifices qu'elle allait faire pour fe procurer des amis, fe livra à une précipitation funefte qui ruina fes affaires. Elle livra fon commerce à des Puiffances prefque auffi intéreffées qu'elle-même à fa confervation. Celles-ci, d'après l'aveuglement de la Cour de Lisbonne, crurent pouvoir impunément franchir encore les privileges qu'on leur avait fi immenfement & fi mal-à-propos accordés. L'induftrie Portugaife fut en-

tiere.

Le monſtre étend ſes bras ſur l'un & l'autre monde.

A ſa voix l'Océan arrête ou meut ſon onde:

Et

tièrement écraſée par cette concurrence, mais une faute de la Cour de Verſailles en 1664 la releva un peu, par l'interdiction du ſucre & du tabac du Bréſil. Le Rói de Portugal aigri, comme il devait l'être par cette prohibition inconſidérée, défendit de ſon côté l'entrée des manufactures Françaiſes, les ſeules qui euſſent à cette époque de la faveur dans ſes Etats. Genes s'empara auſſitôt de la fourniture des ſoieries, & l'Angleterre de celle des étoffes de laine, mais avec bien moins de ſuccès. Les Portugais, dirigés par des ouvriers appelés de toutes parts, commencèrent, en 1681, à mettre eux-mêmes en œuvre les toiſons de leurs troupeaux. Les progrès de cette induſtrie nationale, furent aſſez rapides, pour qu'en 1684 on pût proſcrire pluſieurs eſpeces de draps étrangers, & bientôt ceux de toute eſpece. Ce fut avec bien du chagrin que l'Angleterre vit ces arrangemens. Le bien que l'on faiſait ailleurs, était un grand mal pour elle, & ſon application ſe tourna toute entiere avec la plus grande vivacité, vers tous les moyens imaginables de ſe r'ouvrir la communication qui venait de lui être fermée. La fortune rendit bientôt Albion plus heureuſe qu'elle ne pouvait raiſonnablement le deſirer, par l'avenement d'un fils de la Maiſon de France à la Couronne d'Eſpagne. Le Portugal ne vit plus dans les Français l'appui ſolide qui avait élevé ſa liberté; il ne voulut plus enviſager en eux, qu'un ennemi naturel, qui devait néceſſairement procurer ſon oppreſſion politique. Cette inquiétude le précipita dans le bras de la Grande-Bretagne, & celle-ci, accoutumée à tirer parti de tout, ſigna le 17 Décembre 1703 un Traité, par lequel la Cour de Lisbonne s'engageait à permettre l'entrée de toutes les étoffes de

Y 4

laine

Et les Nimphes du Gange, (5) au fond de leurs roseaux,

Laissent flotter au loin le Sceptre de leurs eaux.

Au

laine d'Angleterre, sur le même pié qu'avant leur prohibition, à condition cependant, que les vins de Porto pairaient un tiers de moins que ceux de France aux douanes d'Albion. Les avantages de cette stipulation, bien réels pour les Anglais, qui obtenaient un privilege exclusif pour leurs manufactures, puisqu'on laissait sub-sister l'interdiction pour celles des autres nations, n'étaient rien pour le Portugal; ses vins n'en étaient vendus ni plus cherement, ni en plus grande abondance. Aussi les manufactures Portugaises ne purent soutenir la concurrence de celles de la Grande-Bretagne. Elles disparurent. Celle-ci habilla de pié-en-cap son nouvel allié, & comme ce qu'elle achetait de vin, d'huile, de sel, de fruits, n'était presque rien en comparaison de ce qu'elle vendait, il fal-lut lui livrer l'or du Brésil. Peu-à-peu elle se rendit maitresse des contrées qui servaient de téatre à son industrie, & envahit insensiblement tous les produits du Portugal & de ses colonies. Londres leur fournissait le vêtement, la nourriture, la quincail-lerie, les matériaux pour les édifices, tous les objets de luxe, & renvoyait même à Lisbonne ses propres matieres manufacturées. Un million d'Anglais, artisans ou cultivateurs, étaient occupés de ces travaux utiles. L'Angleterre vendait au Portugal des vais-seaux, des munitions navales, des munitions de guerre pour ses établissemens du nouveau-Monde; & faisait toute sa navigation dans l'ancien. Elle avait mis dans ses mains tout le commerce d'argent; on en empruntait à trois, ou trois & demi pour cent à Londres, & on le négociait à Lisbonne, où il en valait dix. Ainsi au bout de deux lustres, le capital était payé par les in-térêts, & il se trouvait encore dû. Des maisons Anglaises éta-

blies

Au Defpotifme altier, à la Difcorde unie,

Habile à s'en fervir, la fiere Anglomanie,

Sur

blies à Lisbonne, venaient enlever au Portugal tout fon commerce intérieur. Elles recevaient les marchandifes de leur patrie, les diftribuaient à des marchands répandus dans les Provinces, qui les vendaient le plus fouvent pour le compte de leurs commettans. Un modique falaire était l'unique fruit de cette induftrie aviliffante pour une nation, qui travaillait dans fon fein au profit d'une nation étrangere. Elles lui raviffait jufqu'à la commiffion. Les flottes deftinées pour le Bréfil, appartenaient en entier aux Anglais. Les richeffes qu'elles rapportaient, devaient leur revenir, ils ne fouffraient pas feulement que ces produits paffaffent par les mains des Portugais. Il eft prouvé par les régiftres des flottes, que, dans l'efpace de 60 ans, c'eft-à-dire depuis la découverte des mines, jufqu'en 1756, il était forti du Bréfil, en or feulement 2,400,000,000 livres de France, cependant tout le numéraire de Portugal fe réduifait, à cette derniere époque, à quinze ou vingt millions, & cet Etat en devait 100 ou davantage encore. Mais l'Angleterre s'enrichiffait des pertes du Portugal. Dès lors celui-ci fe trouva dans la dépendance de fes faux amis, pour tous les premiers befoins de la vie. La Cour de St. James, comme établie dans l'Univers pour la ruine de fes amis ou de fes ennemis, alla plus loin. Elle fit perdre à celle de Lisbonne toute confidération, tout poids, tout mouvement dans la combinaifon des affaires générales de l'Europe, en lui perfuadant de n'avoir ni forces, ni alliances. Répofez-vous fur nous, difaient les avides Léopards ; nous négocierons, nous combattrons s'il le faut pour vous. C'eft ainfi que fans avoir prodigué ni fang ni travaux ; fans avoir éprouvé aucun des

maux

Sur cent trônes divers étendant leurs poisons,

Effrayait, enchainait, le bras des Nations.

L'é-

maux qu'entrainent les conquêtes, les Anglais se rendirent plus maîtres du Royaume de Portugal, que celui-ci ne l'était des riches mines & des trésors du Brésil.

(3) Le Tage est un grand fleuve d'Europe, qui prend sa source dans la Nouvelle-Castille, aux confins de la Province d'Arragon, traverse une grande partie de l'Espagne & du Portugal, & se jette dans l'Atlantique, 2 lieues au dessous de Lisbonne.

(4) Le Portugal proprement dit, est un pays fertile, tempéré, abondant en toutes sortes de fruits excellens, & où il semble regner un printems éternel.

(5) Le Gange est le plus célèbre des fleuves de l'Inde. Il prend sa source dans les montagnes qui bordent le petit Tibet, traverse plusieurs Royaumes, & se jette par deux embouchures dans le Golfe de Bengale. Ces riches & fertiles contrées étaient heureuses avant que l'avarice Européenne y fût venue ouvrir la porte à tous les maux & à tous les vices. Le premier voyage des Anglais, fut sous la conduite de *Drake*, de *Stephens*, & de *Cavendich*, suivis de quelques autres, les uns par la mer du Sud, les autres en doublant le Cap de *Bonne-Espérance*. Le fruit de ces voyages fut assez grand pour déterminer en 1600 les plus habiles Négocians de Londres, à former une Société qui obtint un privilege exclusif pour le commerce de l'Inde. Les fonds de cette Compagnie furent d'abord peu considérables. Elle arma 4 vaisseaux qui partirent dans les premiers jours de 1701. *Lancaster* qui conduisait l'expédition, arriva l'année suivante au port d'Achem, grande ville Capitale du Royaume du même nom, dans la partie Septentrionale de l'Isle de Sumatra. Achem était

déja

L'éclat de fa grandeur, fes forces redoutables,

Et le masque emprunté des vertus véritables,

De-

déja un entrepôt célebre. *Lancafter* y fut reçu avec diftinction, & obtint du Roi toutes les facilités qu'il pouvait defirer, pour l'établiffement d'un commerce fûr & avantageux. Il ne fut pas moins bien accueilli à Bantam en l'Ifle de Java, capitale du Royaume du même nom, entre les Ifles de Sumatra, de Bornéo, de Banca, de Madure, de Bali, & de la terre d'Endragth, & un bâtiment qu'il avait détaché pour les Moluques, lui apporta une affez grande quantité de girofle & de mufcades. Avec ces précieufes épiceries, & le poivre qu'il avait chargés à Java & à Sumatra, *Lancafter* revint heureufement en Europe. La Société fut déterminée par cet heureux fuccès à former aux Indes différens établiffemens, mais elle ne voulut les devoir qu'au confentement des nations indigenes. Une conduite fi vertueufe ne fut pas longtems du goût des Anglais. Ils penferent qu'on aquérait difficilement de grandes richeffes, fans de plus grandes injuftices, & pour furpaffer les nations qu'ils avaient voulu cenfurer par leur probité premiere, ils fe hâterent d'imiter leur conduite. La Compagnie bâtit des forts ; fonda des colonies aux Ifles de *Java*, de *Pouleron*, d'*Amboine* & de *Banda*. Les Anglais ne tarderent pas de fe faire chaffer d'Amboine par les Bataves, à caufe d'une confpiration qu'ils avaient formée pour en expulfer leurs rivaux. Le crime fut découvert par un Japonnais, qui, arrêté, confeffa qu'il s'était engagé avec les foldats de fa Nation, à livrer la forterreffe aux Anglais. Son aveu fut confirmé par celui de fes complices. Sur ces dépofitions unanimes, on mit aux fers les auteurs de la confpiration qui ne la défavouerent pas, & qui même

la

Depuis le Sceptre heureux que porta Tamerlan, (6)

Jufqu'aux vaftes remparts de la riche Ispahan; (7)

De

la confirmerent. Une mort honteufe étouffa le complot dans le fang de tous les coupables.

(6) Dehli, grande, belle, riche & très-floriffante ville, eft Capitale de l'Indouftan, qui de tous les pays immenfes que Tamerlan avait conquis, eft la feule contrée qui foit reftée à fa famille. L'Indouftan n'a pas moins de 500 lieues de longueur. Les Anglais s'établirent enfuite au Coromandel en deça du Gange, & au Malabar. Ils formerent des comptoirs à Mazulipatam, à Callicut, en plufieurs autres ports, & à Dehli même.

(7) Ispahan, Capitale du célebre Empire des Perfes, eft la plus belle ville de l'Orient, & peut-être du monde entier. Elle a fept lieues de tour, & les Sciences y font très-cultivées. Les Portugais & les Bataves étaient les feuls Européens qui vinffent commercer dans la Perfe, & y euffent formé des établiffemens confidérables, lorfque Abbas le grand, Roi de Perfe, irrité de la tirannie que les Portugais d'Ormuz exerçaient fur tous les fujéts de fes Etats, propofa aux Anglais de réunir leurs forces de mer à fes forces de terre, pour affiéger Ormuz même. Cette place, à l'entrée du golfe Perfique était alors très-floriffante, & la petite Ifle dont Ormuz était la capitale, avait été, avant l'arrivée des Portugais, un Royaume important. La ville fut attaquée par les armées combinées des deux nations, & prife en 1622, après deux mois de combats. Les conquérans s'en partagerent le butin, qui fut immenfe, & la ruinerent de fond en comble. A trois ou quatre lieues de là, s'offrait fur le continent le port de *Gombroon*, nommé depuis *Bender-Abaffi*. L'avantage qu'avait

ce

De Surate à Daca (8), jufqu'au Golfe Perfique ;

Et des murs de Madras, (9) au fond de l'Amérique

Avaient

ce port, d'être placé à l'embouchure du golfe, le fit choifir au Monarque Perfan, pour fervir d'entrepôt au commerce qu'il fe propofait de faire aux Indes. Il affocia les Anglais à ce projet, leur accorda une exemption perpétuelle de tous les droits, & la moitié du produit des douanes ; à condition qu'ils entretiendraient au moins deux vaiffeaux de guerre dans le golfe. Dès ce moment toute la Perfe fut ouverte aux Anglais, Bender-Abaffi, qui n'avait été jufques là qu'un miférable hameau habité par des pêcheurs, devint une ville floriffante. Delà la Compagnie étendit bientôt fon commerce & fes établiffemens dans toute l'Afie, en Arabie, à l'Eft de l'Inde, à la Chine, & fes Agens auraient pénétré dans le Japon, fi les habitans, qui avaient horreur des Portugais, n'avaient appris que le Roi d'Angleterre avait époufé une fille du Roi de Portugal. Après les faveurs fignalées que les Anglais avaient partout obtenues, on s'attendrait peut-être à les voir généreufement reconnaitre ces bienfaits. Mais quelque apprivoifés que foient les Léopards, quelques careffes qu'ils femblent faire à la main qui les flatte, ils ne tardent pas à fe montrer dans toute la férocité de leur caractere, & bientôt ils furpafferent en atrocités tout ce que l'Orient avaient déja fouffert de la part des barbares Européens.

(8) Surate, grande & forte ville des Indes, dans les Etats du grand Mogol au Royaume de Guzarate avec un fort château, tenta l'ambition de la Compagnie Anglaife en 1611. On était difpofé à les y recevoir ; mais les Portugais déclarerent que fi l'on fouffrait l'établiffement de cette nation, ils brûlersient toutes les villes de la côte, & fe faifiraient de tous les bâtimens Indiens.

Ce

Avaient fafciné l'œil des plus grands Potentats,

Et porté la terreur prefqu'en tous les Etats.

Tel

Ce ton en impofa au Mogol. Midleton déchu de fes efpérances, fut réduit à fe retirer de devant la place, à travers une nombreu-fe flotte Portugaife qui le falua à boulets. Thomas Boft arriva l'année fuivante dans ces parages avec de plus grandes forces. Il fut reçu à Surate fans contradiction. Goa fit fortir une flotte re-doutable pour chaffer les Anglais, mais vainqueurs à diverfes repri-fes, les nouveaux venus s'établirent folidement à Surate, & y placerent le fort de leur commerce dans l'Inde. En 1688 Jofias Child, directeur de la Compagnie, fit paffer des ordres aux Indes pour imaginer des moyens qui la dédommageaffent d'un emprunt de 6,750,000 livres Sterlings dépenfés à un armement devenu inutile par les déprédations de Charles II. Jean Child, Gouver-neur de Bombai fut particulierement chargé de l'exécution de ce fifteme d'iniquité. Auffitôt cet homme avide & féroce annonce au Gouverneur de Surate des prétentions plus barbares les unes que les autres. Ces demandes ayant été accueillies comme elles méritaient de l'être, Jean Child fond fur tous les vaiffeaux qui appartenaient aux fujets de la Cour de Dehli, & de préférence fur les navires expédiés de Surate, comme les plus riches de tous. Il ne refpecte pas même les bâtimens qui naviguaient munis des paffeports qu'il avait fignés, & il pouffe l'audace jufqu'à s'empa-rer d'une flotte chargée de vivres pour une armée Mogole. Cet horrible brigandage, qui dura l'année entiere, caufa dans tout l'In-doftan des dommages ineftimables. Aurengzeb, qui d'une main ferme & vigoureufe, tenait les rênes de l'Empire, ne différa pas d'un moment la punition d'un fi grand outrage. Par fes ordres, un de fes Lieutenans, au commencement de 1689, avec vingt

mille

Tel eſt le monſtre affreux qu'oſe eſpérer de vaincre Adams, le ſeul Adams : & certain de convaincre

D'u-

mille hommes, débarque à Bombai, Iſle importante du Malabar, qu'une Princeſſe de Portugal avait apportée en dot à Charles II, & que ce monarque diſſipateur & voluptueux avait cédée à la Compagnie en 1668. A l'approche du vengeur de tant de forfaits, les Anglais abandonnent le fort de Magazan avec une ſi grande précipitation, qu'ils y oublient l'argent, les vivres, pluſieurs caiſſes remplies d'armes & quatorze pieces de canon. L'Indien attaque enſuite les Anglais dans la plaine, les bat, & les réduit à ſe renfermer tous dans la principale fortereſſe, où il les inveſtit, il eſpere bientôt de les forcer à ſe rendre. Child, auſſi lâche dans le danger qu'il avait été audacieux dans ſes pirateries, envoie ſur le champ des Ambaſſadeurs à la Cour de Dehli pour demander grâce. Après les ſupplications, les baſſeſſes les plus aviliſſantes; les Anglais ſont admis devant Aurengzeb, l'un des plus grands & des plus juſtes monarques du monde, ils paraiſſent au pié de ſon trône, les mains liées & la face proſternée contre terre. L'Empereur, pouvait, devait même ſe venger, mais ſon humanité le fit céder au repentir & aux ſoumiſſions des Anglais. L'exil de l'auteur des troubles, un dédommagement convenable pour ceux de ſes ſujets qu'on avait pillés, tels furent les actes de juſtice auxquels le deſpote le plus abſolu, mais le plus juſte qui fut jamais, réduiſit ſes volontés ſupremes. A des conditions ſi modérées, il fut permis aux Anglais de jouir des privileges qu'ils avaient obtenus dans les rades de l'Empire du Mogol. Ainſi finit cette odieuſe affaire, qui interrompit le commerce de la Compagnie pendant pluſieurs années, lui occaſionna la dépenſe de 9 à 10 millions, la perte de cinq gros vaiſſeaux, d'un plus

grand

D'une vaine terreur les deux mondes unis,

Par des faits évidens il parle à leurs efprits.

Ainfi

grand nombre d'autres navires de toutes grandeurs, qui couta
la vie à plufieurs milliers d'excellens matelots, & qui fe termina, dit Raynal, par la ruine du crédit & de l'honneur de la
Nation.

(9) Grande Ville des Indes, au Royaume de Bengale, fur le
Gange, fut une des premieres de cette vafte contrée où les Anglais
vinrent s'établir. Mais la conquête du Royaume entier eft bien
plus récente. Voici, d'après l'Auteur cité, ce qui donna lieu à cette
révolution prodigieufe, qui a influé d'une maniere fi fenfible &
fur la deftinée des habitans de cette partie de l'Afie, & fur le
commerce que les nations Européennes font dans ces climats.
Jufqu'en 1756, il s'était introduit dans ces contrées un ufage
pernicieux. Tout Gouverneur de quelque établiffement Européen, donnait impunément afile aux naturels du pays, qui craignaient ou la verge des loix ou les vexations du defpotifme. Les
fommes que ces protectenrs recevaient, fe trouvant toujours très-
confidérables, leur faifaient fermer les feux fur les dangers auxquels
ils expofaient leurs Commettars. Un des principaux officiers du
Bengale, connaiffant l'avidité Britannique, fe réfugia chez les Anglais à *Calcutta*, pour fe dérober aux peines que fes infidélités
avaient méritées. Il fut accueilli pour fon argent. Le Souba offenfé, comme il devait l'être, fe mit à la tête de fon armée,
attaqua la place & s'en empara. Il fit jetter la garnifon dans
un cachot étroit, où elle fut étouffée en deux heures. Il n'en
échappa que vingt hommes. L'Amiral *Watfon*, arrivé depuis
peu dans l'Inde avec une efcadre, & le Colonel *Clive* ramaf-
ferent les Anglais difperfés & fugitifs, remonterent le Gange

au

Ainſi vit-on jadis, armé de ſa vaillance,

L'heureux fils de Jeſſé (11), pour unique défenſe

N'a-

au mois de Décembre 1756, reprirent *Calcutta*, s'emparerent de pluſieurs places, & remporterent enfin une victoire complette ſur le Souba. Ce Prince était déteſté de ſes peuples, comme le ſont preſque toujours les Deſpotes. Ses Officiers vendaient leur crédit aux Anglais, il fut trahi à la tête de ſon armée, dont la plus grande partie refuſa de combattre, tomba lui-même au pouvoir de ſes ennemis, dont la magnanimité ſi vantée en Europe par les Anglomanes, fit étrangler ce Monarque dans une priſon. Les Anglais victorieux diſpoſerent de la Soubabie en faveur du chef de la conſpiration. Il céda quelques Provinces à ſes bien-faiteurs, & à la Compagnie tous les privileges, toutes les exemptions, toutes les faveurs auxquelles pouvaient aller ſa vaſte avidité. Mais bientôt las du joug qu'il portait, il chercha ſourdement à s'en affranchir. Ses deſſeins furent pénétrés, & on le mit aux fers dans ſa capitale même. Son gendre fut proclamé, mis à la place de ſon beau-pere qui perdit de la ſorte les ſommes immenſes qu'il avait données pour monter ſur le trône. Bientôt le nouveau Sonba, ne pouvant dévorer l'humiliation dont on l'accablait, devint indocile aux loix de ſes oppreſſeurs, & la guerre ſe ralluma. Celui que les Anglais tenaient priſonnier eſt de nouveau placé ſur le trône du Bengale. On marche contre ſon gendre, ſes généraux ſont corrompus : trahi, entierement défait, il s'enfuit avec des tréſors immenſes qu'il avait accumulés, & plein de courage, de reſſentiment & d'eſpérances malgré ſa défaite, il ſe retire chez le Nabab de Bénarès, premier Viſir du grand Mogol. Ce Nabab & tous les Princes voiſins ſe réunirent alors contre l'ennemi commun. Mais ce n'était plus à une poignée d'Européens, venue de la

N'ayant que fes vertus & les ïeux d'Ifraël,

Attaquer en champ-clos un fuperbe mortel (12)

Qui

côte de Coromandel, qu'ils avaient à faire. C'était à toutes les forces du Bengale que les Anglais tenaient en leur puiſſance. L'or, plus que leurs armes néanmoins, ſervit à leur aſſurer encore de nouvelles conquêtes. Les Chefs de l'armée Indienne furent corrompus, & lorſque le Nabab de Bénarès voulut en venir aux mains, il fut entrainé par la fuite des ſiens, ſans même avoir pu combattre. Les Anglais leverent des contributions immenſes dans les Etats du Nabab, & lui offrirent la paix à des conditions qui le mettaient dans l'impuiſſance totale de nuire déformais à l'am·bition de la Compagnie. Parmi ces défaſtres, l'infortuné Souba du Bengale trouva cependant encore le moyen de ſauver une par-tie de ſes tréſors, & ſe retira chez les *Seiks*, peuples ſitués aux environs de Dehli, d'où il chercha à ſe faire des Alliés ; & comme un ſecond *Mithridate*, il n'oublia rien pour ſuſciter des ennemis à ſes tirans. La fortune qui ſemblait voler au devant dés Anglais, leur amena peu de tems après l'Empereur du Mogol, qui, chaſſé de ſes Etats par les *Patanes*, peuples qui habitent la Preſqu'Iſle de *Malaca*, entre les royaumes de *Siam* & de *Paba*, & qui avaient mis le fils de l'Empereur ſur le trône de ſon pere, errait de Province en Province. Abandonné par ſes vaſſaux, trahi par ſes alliés, ſans appui, ſans armée, il fut frappé de la puiſſance des Anglais, il implora leur protection. Ils lui promirent de le conduire à Dehli, & de le rétablir dans ſes Etats, mais ils com·mencerent par ſe faire céder d'avance le Bengale en toute ſouve-raineté. Cette ceſſion fut faite par un acte autentique, revêtu de toutes les formalités en uſage dans l'Empire du Mogol. La Compagnie, avec ce titre qui légitimait en quelque ſorte ſes

uſur-

Qui, méprifant des Dieux la force & la juftice,

Voulait régir Sion (13) au gré de fon caprice,

Et

ufurpations aux ïeux des peuples, oublia bientôt fes promeffes. Ses Agens firent entendre à l'Empereur détrôné, que les circonftances ne leur permettaient pas encore de fe livrer à une pareille entreprife : qu'il fallait attendre des momens plus heureux; ils lui affignerent une réfidence, & un revenu fuffifant pour ne pas mourir de faim. Alors l'Empire fe trouva partagé entre deux Empereurs, dont l'un était reconnu dans les différentes contrées de l'Inde où les Anglais avaient des établiffemens & de l'autorité, & l'autre qui commandait dans les Provinces qui environnent Dehli, & partout où la Compagnie Anglaife n'avait aucune influence. Celle-ci, fouveraine d'un pays où elle a le plus grand pouvoir, & peut-être le plus fûr & le plus durable, le gouvernait encor fous le nom d'un *Souba* & percevait fous le nom de ce fantôme de Monarque, les impots qu'il lui plaifait d'ordonner elle-même. Ce *Souba*, qui était à la nomination & aux gages de la Compagnie, femblait donner des ordres. C'eft de lui que paraiffaient émanés tous les actes publics, les décrets qui avaient été réellement délibérés dans le confeil de Calcutta; de maniere qu'après avoir changé de maitres, les peuples purent croire pendant longtems, qu'ils étaient encore courbés fous le même joug. Etrange indignité, dit le fenfible Raynal, de vouloir exercer des vexations fans paraitre injufte, de vouloir retirer le fruit de fes rapines & d'en rejetter tout l'odieux fur un autre, de ne pas rougir de la tirannie, & de rougir du nom de Tiran!

Les Anglais, fouverains du Bengale, peu contens de percevoir le montant des tributs fur le même pié que les anciens Soubas, voulurent tout-à-la fois, augmenter le produit des fermes

Z 2

publi-

Et parmi les Hébreux répandant la terreur,

Les amener fans peine aux piés de leur vainqueur.

Dans

publiques & s'en approprier le bénéfice. La Compagnie devint la fermiere de l'Efclave à qui elle venait de donner le vain titre de Souba. Sous fon nom, toujours impofant pour les peuples, elle depouilla les fermiers & mit fes Agens à leur place. Toujours fous le nom & en apparence pour le compte du Prince, elle s'empara de la vente exclufive du *fel*, du *tabac*, du *bétel*, objets de premiere néceffité dans ces contrées. Elle fit créer par ce même Souba un privilege exclufif pour la vente du *coton* venant de l'étranger, afin de le porter à un prix exceffif. Elle fit augmenter les douanes, & finit par faire publier un Edit qui défendait tout commerce dans l'intérieur du Bengale, à tout particulier Européen, & qui le permettait aux feuls Anglais. Tout fut imaginé pour épuifer tous les moyens poffibles de nuire à ce malheureux pays. La Compagnie ofa même altérer le titre des efpeces, & dans quinze millions de roupies d'or qu'elle avait fait frapper dans le Bengale, il ne s'en trouvait réellement que neuf, parce qu'elle y avait fait mêler quatre dixiemes d'alliage & quelque chofe de plus même. Le mal que venaient d'éprouver les manufactures & les artifans, ferait bientôt retombé fur la Compagnie elle-même, elle avait tout prévu. Elle enjoignit de rapporter ces roupies d'or de *faux-aloi* au tréfor de Calcutta, & le rembourfement fe fit en roupies d'argent. Mais au lieu de dix roupies & demi d'argent que chacune d'or devait valoir, on n'en donna que fix, de maniere que l'alliage fut définitivement en pure perte pour le propriétaire. Que l'on cherche fi l'on peut des excufes ou des prétextes à de femblables vexations! Prefque partout les Agens de la Compagnie percevaient les tributs pour

elle

Dans un riant climat où les Nimphes Belgiques

Creuferent à l'envi leurs grottes pacifiques ;

Ou

elle avec une extreme rigueur, & levaient encor pour eux des contributions avec la derniere cruauté. Ils portaient l'inquifition dans toutes les familles, fur toutes les fortunes, dépouillaient indifféremment le laboureur & l'artifan, faifaient fouvent un crime à un homme, le puniffaient même de n'être pas affez riche. Ils vendaient leur faveur & leur crédit pour opprimer l'innocent ou pour fauver le coupable. On croirait après ces horribles détails qu'il était impoffible que le Bengale eût encore à redouter de plus grands malheurs. Cependant une féchereffe dont il n'y avait jamais eu d'exemple en ces climats, vint préparer une famine épouventable dans le pays de la terre le plus fertile. La récolte que l'on nomme la grande, qui fe cueille à la fin d'Octobre, & qui confifte uniquement en *ris*, manqua par la féchereffe en 1769. La même caufe fit encor manquer en 1770 la petite recolte formée par des menus grains qui fe recueillent en Avril. Les Anglais, occupés d'avance à s'affurer leur fubfiftance & celle de leurs troupes, ne manquerent pas auffitôt de faire enfermer dans leurs magafins une partie du peu de grains & de ris échappés à la féchereffe. On les accufa d'avoir abufé de cette précaution néceffaire, pour exercer le plus criminel des Monopoles. Raynal ne peut croire que, pour quelques millions de Roupies, la Compagnie voulût froidement dévouer à la mort la plus cruelle des millions d'Indiens. Il ne favait donc pas que la Compagnie de Batavia, ayant appris la famine qui dévorait déja les malheureux habitans du Bengale, fit partir auffitôt trois vaiffeaux chargés de *ris*, avec ordre d'en vendre la charge, non aux Monopoleurs, mais aux pauvres habitans du pays? Les vaiffaux arrivent,

Z 3

font

Où Vertumne & Pomone habitent tour à tour;

Que les parfums de Flore embaument chaque jour:

S'éleve

font vendus, à trois capitaux de bénéfice feulement, car tels étaient les ordres de la Compagnie Batave. A peine le marché fe trouve-t'il conclu, qu'arrivent les Monopoleurs. Ils demandent à acheter la charge des trois bâtimens: on leur annonce que l'affaire en eft déja terminée, & ces monftres témoignent la douleur la plus vive, en apprenant le prix pour lequel on l'avait vendue, affurant qu'au lieu de trois, ils en auraient donné dix capitaux. Cependant le fléau fe faifait fentir dans toute l'étendue du Bengale : les malheureux Indiens périffaient tous les jours par milliers, faute de pouvoir fe procurer la moindre noürriture. On les voyait dans leurs Aldées, le long des chemins, au milieu des Colonies Européennes, couchés par terre, attendant la mort, ou fe traînant à peine pour chercher autour d'eux quelques alimens, embraffant les piés des Anglais, en les fuppliant de les recevoir pour efclaves. Enfin pour finir des tableaux auffi révoltans, felon des calculs affez généralement avoués, la famine fit périr environ trois millons d'habitans. Mais ce qui caractérife la douceur des infortunés habitans du Bengale, c'eft que les Anglais avaient des magafins & que ces magafins furent refpectés. L'Indien livré à un défefpoir tranquille, fe bornait à implorer des fecours qu'on lui refufait, & attendait paifiblement la mort. Anglais, reprochez maintenant aux Efpagnols leurs cruautés au Mexique! Raynal, Raynal! Que ton cœur a fouffert, en écrivant les atrocités dont on vient d'efquiffer les horribles images.

(10) Madras, *Madraſ* ou *Madras-Patan*, eft une belle & grande ville des Indes, fur la côte de Coromandel. Il y a plus

d'un

S'éleve un Bourg fameux (14), fans portes ni murailles,

Mais dont n'ofe approcher le Démon des batailles.

C'eft

d'un fiecle qu'elle fut bâtie par Guillaume *Langborne*, elle eft fur le bord de la Mer, au pays d'Arcate. Placée dans un terrein fablonneux, & entierement privée d'eau potable, qu'il faut aller puifer à plus d'un mille, Madras eft divifé en ville blanche & en ville noire. La premiere, plus connue fous le nom de *Fort St. George*, n'eft habitée que par les Anglais. Elle n'eut pendant longtems que peu & de mauvaifes fortifications, mais on y a ajouté depuis peu des ouvrages confidérables. La ville noire, autrefois entierement ouverte, a été depuis 1767, entourée d'une bonne muraille & d'un large foffé rempli d'eau. Cette précaution, plus que la ruine de Pondichéri dans la derniere guerre, & dans celle-ci, a réuni dans la ville noire 300,000 hommes, Juifs, Arméniens, Maures ou Indiens. Le territoire de Madras s'étend actuellement cinquante milles à l'Oueft, & autant au Sud. On voit fur ce vafte efpace des manufactures confidérables qui augmentent chaque jour, des cultures affez variées qui deviennent de jour en jour plus floriffantes. Ces travaux occupent cent mille âmes. Ces conceffions furent le prix du plan que les Anglais avaient formé de donner le Carnate à *Mahomet-Ali-Kan*; des combats qu'ils avaient livrés pour le maintenir dans le pofte où ils l'avaient élevé, & plus encore du bonheur qu'ils avaient eu fous le Général *Clive*, de détruire la puiffance Françaife dans ces contrées. L'heureux Nabab ne tarda pas à recueillir le fruit de fa fortune. Pour leur intérêt & pour le fien en apparence, fes protecteurs entreprirent de reculer les bornes de fon autorité & de fes Etats. Ils en vinrent aifément à bout par la faibleffe du Gouvernement Mogol. Les Anglais affermirent

l'in-

C'eſt là que, réunis dans un vaſte Palais,

Les Sages de Hollande (15) à leurs nombreux ſujets

Par-

l'indépendance du pays qu'ils regardaient comme leur appanage : mais ils voulurent que les Provinces qui lui avaient été ſubordonnées autrefois, rentraſſent dans leurs premiers liens, Parmi les Princes, qui avaient ſecoué le joug de la Cour de Dehli, & qui refuſaient depuis longtems de lui payer les anciens tributs annuels qu'elle réclamait, ſans pouvoir, par les armes, ſe les faire compter, les uns étaient puiſſans ; ils réſiſterent au joug : les faibles lui vinrent au devant, & les uns & les autres furent aſſervis. Anglomanes de tous les pays, montrez du moins un coin de terre ſur le globe que nous habitons, où vos Léopards chéris ne ſoient pas tirans, oppreſſeurs & deſtructeurs de l'eſpece humaine !

(11) David.

(12) Le Géant Goliath.

(13) Montagne célebre d'Aſie dans la Judée. Elle joint la ville de Jéruſalem du côté du Sud, & n'offre plus aujourd'hui que des rúines.

(14) La Haie, bourg ou village magnifique dans l'Etat de Hollande à une lieue de la Mer. Il ne lui manque que des murs pour porter le nom de ville, mais il a plus qu'il ne faut pour être compté au nombre des plus belles de l'Europe. Ce bourg, le premier de ſon eſpece, renferme environ 40,000 habitans, & 7,000 mille maiſons. L'air y eſt moins impur que dans tout autre lieu de la Hollande. Son plus bel édifice eſt celui que l'on nomme la Cour. Le Stadhouder y fait ſa demeure, les Etats de Hollande y tiennent leurs aſſemblées, les Cours de Juſtice y ſiegent, en un mot, c'eſt le centre du Corps diplomatique. Les Etats-Généraux y tiennent auſſi leurs ſéances. L'Hôtel de ville

ne

Parlent en Souverains dans leurs Arrêts suprêmes,

Et leurs ïeux pénétrans, guidés par les Dieux-mêmes,

De

ne mérite guéres la peine de l'aller visiter. L'Eglise principale n'offre que le tombeau du Lieutenant Amiral *Obdam*. L'Ambassadeur de France logeait autrefois dans un palais superbe, mais qui a été réduit en cendres par accident, la même semaine que l'Indépendance de l'Amérique Septentrionale fut reconnue par la République. Il y a deux Salles de Comédie, l'une pour les Comédiens Hollandais qui y viennent jouer de tems en tems: l'autre est occupée par une Troupe Française. Elle est la seule de cette espece, qui soit annuellement occupée par des Comédiens Français, dans toute l'étendue de la Confédération Belgique. Les places publiques font autant de promenades charmantes, mais celle que l'on doit principalement visiter, est près la *Gevange Poort*, elle fut teinte du sang des illustres *de Wits*, & ils y attendent une Statue. La *Haie* est gouvernée par 3 Bourguemaitres & 7 Echevins, mais il n'y a gueres que les Marchands & les Artisans qui leur soient subordonnés. Le Tribunal de la Cour de *Hollande* étend sa compétence sur tout ce qui tient ou semble tenir au Ministere. Les environs de ce magnifique village font autant de promenades agréables & les seules que l'on trouve de variées dans toute la Hollande. La plus belle conduit à la mer par une superbe allée d'arbres tirés au cordeau, fort touffus, où l'on a placé des bancs de distance en distance. Elle se termine par une perspective qui n'en a point de semblable.

(15) Les Etats de Hollande, seuls & légitimes Souverains de l'Etat riche & puissant qui portent ce nom, tiennent leurs Assemblées à la Haie, dans une Salle du Palais nommée Cour de Hollande. Ils prennent le titre de *Nobles & Grandes Puissances*, &

il

De la Liberté fainte affurant le repos,

Veillent l'Anglomanie, éventent fes complots.

De

il n'appartient qu'à eux, les autres Etats de l'Union, ne prenant que celui de *Nobles-Puiffances*. Ils ne font point affemblés toute l'année, les Membres ne fe réuniffant ordinairement qu'aux mois de *Mars*, *de Juillet*, *de Septembre* & *de Novembre*; mais les Confeillers-Comités qui font comme le Confeil permanent de Hollande, peuvent les convoquer extraordinairement, foit de leur mouvement propre, foit à la réquifition des Nobles ou de quelque ville. Ils font compofés du Député de la Nobleffe dont le Stadhouder eft le premier, & de ceux de dix huit villes, favoir: *Dort*, *Harlem*, *Delft*, *Leyde*, *Amfterdam*, *Gouda*, *Rotterdam*, *Gornichem*, *Schiedam*, *Schoonhoven*, *la Brille*, *Alkmaar*, *Hoorn*, *Enkhuyfen*, *Edam*, *Monninkendam*, *Medenblik*, & *Purmerende*. Elles peuvent envoyer le nombre de Députés qui leur plaît, mais chacune des villes n'a qu'une voix, quel que foient le nombre de fes Députés, ou la grandeur & la puiffance de leurs commettans. Le Corps de la Nobleffe, le Stadhouder compris, avec les autres Membres, n'ont auffi qu'une voix. Les villes votent felon l'ordre de l'énumération que nous venons d'en donner, mais après le Corps de la Nobleffe. La Nobleffe eft privilégiée pour certains emplois qui lui font affectés. Elle jouit du revenu des biens eccléfiaftiques dont le Clergé Catholique était jadis en poffeffion. Elle a des Députés dans tous les Colleges de l'Etat, & nomme un Confeiller dans chacune des deux Cours Supérieures de Juftice. Tous les Députés doivent être nés Hollandais, les Penfionnaires des villes doivent avoir 25 ans accomplis. Pour favorifer la liberté des fuffrages, aucun Député ne doit être arrêté, ni repris en juftice pour s'être expli-

qué

De ce vaſte Palais l'enceinte irréguliere

Enfermé un Corps puiſſant, (16) dont la gloire premiere

Eſt

qué librement pendant la durée de ſa commiſſion : mais qui garantira ce privilege, quand Barneveldt & les deux illuſtres de Wit n'ont trouvé perſonne pour les ſoutenir ? Ce qui étonne le plus tout Etranger, tant ſoit peu inſtruit de l'eſprit des Cours, quand il fait un voyage à la Haie ; c'eſt de voir le premier Officier de Terre & de Mer de la République, environné comme un Monarque réel de Gardes du Corps & de Suiſſes, tandis que ſon Souverain légitime & naturel, logé dans le même palais que lui, dédaigne ce faſte militaire, & ſe confie à l'amour du fidéle Batave, garde la plus ſûre & la plus honorable qu'il puiſſe avoir : & que pour comble de ſurpriſe politique, on lui apprend que ce Souverain véritable, reconnu pour tel dans tout l'univers & à la Cour de tous les Monarques du monde, ſoudoie des gardes à ſon vaſſal, à ſon premier ſujet, qui peut les tourner à tout inſtant contre ſon Maitre. Alors l'Etranger n'y comprenant plus rien, ſe tait, mais n'en penſe pas moins. Américains, Américains, vous ſerez toujours plus prudens ſans doute !

(16) La néceſſité de ſe concerter ſur les affaires générales, engagea les Etats, Confédérés contre leur commun oppreſſeur, dès la pacification de Gand, le 8 Novembre 1576 ; mais plus particulierement encore trois ans après lors de l'Union d'Utrecht, à députer quelques perſonnes choiſies dans leurs corps reſpectifs, à une Aſſemblée Générale, à laquelle ils céderent certains droits, mais aucun de ceux qui conſtituent la Souveraineté, qui réſida toujours dans le Corps de la Nobleſſe uni aux Magiſtrats des 56 villes votantes, toutes, ainſi que chacun des Sept-Etats, indépendantes les unes des autres. On inveſtit les Etats-Généraux d'une Souveraineté de pure repréſentation, néceſſaire pour traiter

avec

Eſt de veiller au loin pour le bien de l'Etat:

Et quoique environné du plus auguſte éclat,

Il

avec les Puiſſances Etrangeres & figurer la République. Pendant long-tems les Députés à cette Aſſemblée ne reçurent de leurs Commettans que des procurations ſpéciales, bornées uniquement aux articles qu'on leur aſſignait pour objets de leurs délibérations. Ce ne fut que peu à peu qu'ils délibérerent ſur les affaires accidentelles, mais jamais ils n'ont été autoriſés à décider les affaires importantes ſans l'avis de leurs Maitres. Leur Aſſemblée, qui ſe tient à la Haie, dans le même Palais que les Etats de Hollande, eſt ſédentaire & perpétuelle. Elle ſe forme tous les jours, même le Dimanche. Les Etats-Généraux ont le titre de *Hauts & Puiſſans Seigneurs*, & dans les Actes, celui de *Hautes Puiſſances*. Le nombre des Députés n'eſt ni fixe ni égal. Chacun des Etats en envoie autant qu'il veut & ſe charge de leurs honoraires. La *Gueldre* députe 18 perſonnes, dont 4 Nobles, la *Hollande* 11, *la Zélande* 6, *Utrecht* 3, *la Friſe* 5, *l'Overyſſel* & *Groningue* un nombre arbitraire. Mais on compte les ſuffrages par Etat, ainſi il n'y a que 7 voix, quoiqu'il y ait environ 50 Députés. Chacun des ſept Etats préſide à ſon tour pendant une ſemaine. Celui qui tient le premier rang dans la Députation de l'Etat qui l'a envoyé a, d'ordinaire, les honneurs de la Préſidence qui commence à minuit, & finit à même heure. Le Préſident reçoit les Mémoires & les Requêtes, les préſente & les lit à l'Aſſemblée, propoſe les affaires, recueille les voix & conclut. Mais ſi l'avis général eſt contraire à celui de l'Etat qu'il repréſente, il céde le fauteuil à l'Ex-Préſident. Les Députés ſont aſſis ſur des chaiſes couvertes de drap verd, ſuivant le rang de leur Etat, autour d'une Table longue, couverte de même. Le fauteuil du Préſident eſt au milieu. Ce fauteuil eſt de velours

verd,

Il n'eſt pas Souverain de l'Union-Belgique.

Ses droits moins étendus, chers à la République,

Sont fixés par les loix, en tirent leur grandeur.

La Majeſté Batave offre en lui ſa ſplendeur:

Mais ne le chargea point de garder ſon tonnerre,

De conclure ſans elle ou la paix ou la guerre,
Moins

verd, réhauſſé d'un Lion en broderie d'or, autour duquel ſont les Ecuſſons des Sept Etats. Quoique les Députés ſoient en grand nombre, il n'y que 6 chaiſes pour chacun des Etats de *Gueldre* & de *Hollande*, 4 pour chacun des cinq autres. Tous les ſurnuméraires reſtent débout. Les Députés ſont ordinairement changés tous les 3 ou 6 ans, quoique l'on puiſſe renouveller leurs commiſſions. Cependant l'Etat de *Hollande* députe un de ſes Nobles à vie; de même *Utrecht* y envoie un Député Eccléſiaſtique & un Noble à vie, il en eſt de même des Députés *de Zélande*, *d'Overyſſel* & de *Groningue*, mais ceux des trois derniers Etats peuvent être révoqués. Les perſonnes chargées de quelque Ambaſſade ou Négociation importante dans les Cours Etrangeres, ont une commiſſion pour entrer à l'Aſſemblée, mais ſans apointemens. Par une Réſolution de 1625, tous ceux qui poſſedent quelques Charges militaires, n'y peuvent prendre ſéance, quoiqu'ils ſoient admis dans les Aſſemblées des Etats particuliers. Ce n'eſt même que depuis 1747 que les Stadhouders, mais ſans autoriſation expreſſe, aſſiſtent aux Délibérations & aux Conférences particulieres des Etats-Généraux. Les Députés à cette illuſtre Aſſemblée ne dépendent aucunement de ſa Juriſdiction, & ne ſont reſponſables de leur conduite qu'à leurs Etats reſpectifs.

Moins encor d'impofer les plus légers tributs :

Il figure, il propofe, obéit, rien de plus. (17)

Près de l'œil vigilant de ce corps refpectable,

Sont divers Tribunaux, (18) dont le bras vénérable

S'é-

(17) Les Etats-Généraux ne peuvent faire ni la paix ni la guerre, ni conclure de traité, fans le confentement unanime de tous les Sept Etats de l'Union. De même, ils ne peuvent lever ni troupes, ni fubfides. Mais dans les affaires de moindre conféquence, quand il ne s'agit point de l'explication de l'Union d'*Utrecht*, ou des anciens ufages, ils peuvent conclure à la pluralité. On peut paffer une Loi, au concours de fix des Etats, & alors il faudrait le même concours de voix pour l'abroger : mais on ne peut contraindre à l'adopter l'Etat qui n'y a point donné fon confentement. Non feulement il eft poffible qu'une loi foit exécutée dans plufieurs Etats, & ne le foit pas dans un autre, mais une ville votante a même le droit de rejetter celles que les Etats dont elle eft membre auraient agréées fans fon fuffrage. Si la République était fans Stadhouder, les Etats-Généraux ne pourraient en choifir un, parceque ce droit eft inhérent à chaque Etat refpectif, & que le Stadhouder ne l'eft pas de la République, mais de chacun des Sept Etats qui la compofent. Les Pays de la Généralité, c'eft-à-dire qui appartiennent au Corps de la République, fans faire partie d'aucun des Etats féparément, doivent être fous l'autorité immédiate de ceux qui repréfentent la République entiere. Auffi les Etats-Généraux en font-ils les Souverains dans toute l'étendue du terme. Mais partout ailleurs les Etats-Généraux, ne pouvant rien réfoudre fans le confente-

ment

S'étend fur un reffort qu'il n'oferait franchir,

Tant le Lion Belgique eft terrible à fléchir.

Sous

ment des Etats, & ceux-ci étant retenus de la même maniere par les Nobles & les Magiftrats des Villes qui les commettent, & comme il ne faut qu'une ville votante pour arrêter les délibérations ; il eft certain cas où L. L. H. H. P. P. peuvent conclure fans confulter, mais il faut que ces affaires foient bien de légere importance, encore requierent-elles l'approbation. C'eft à l'Affemblée des Etats-Généraux enfin, que s'addreffent les Ambaffadeurs & les Miniftres Etrangers pour toutes les affaires qui regardent leur Miniftere public. En 1584 les Etats-Généraux refuferent de donner le pas aux Etats de Hollande, au convoi du Prince d'Orange, ils l'emporterent même comme inveftis, difaient-ils, de la Souveraineté. Mais fans doute les Etats de Hollande leur voulaient accorder par honnêteté cet honneur paffager, de la même maniere qu'un Roi, dans fon propre Palais, accorde quelquefois le pas à un Monarque étranger, fans nuire aux droits que chaque Souverain poffede d'être le premier fur fon propre territoire.

(18) Pour remédier aux abus inévitables qui ne ceffaient de naître dans le commencement de la République, & qui ralentiffaient fon accroiffement, les Etats de *Hollande*, de *Zélande* & d'*Utrecht*, après le départ du Duc d'Anjou, formerent un plan pour établir un Confeil d'Etat. Il fut approuvé par les Etats du *Brabant*, *de Malines* & *de Frife*, mais il n'eut fon exécution qu'après l'affaffinat de Guillaume I. La mort de ce Prince rendit néceffaire une forme de Gouvernement qui pût prévenir l'anarchie. Il fut donc créé au mois d'Augufte 1584, & compofé de 12 Députés des Etats de l'Union, comme il l'eft encore aujourd'hui.

L'on

Sous les mêmes lambris, fous ces voutes dorées,

Des lances de l'Etat jour & nuit entourées,

Ré-

L'on mit à fa tête le Comte *Maurice* alors âgé de 18 ans. Mais depuis 1705, les Stadhouders n'y ont point féance : ils peuvent cependant y affifter, y donner leur voix, comme à l'Affemblée des Etats-Généraux. On confia à ce Confeil le Gouvernement Général de la République. Les Etats-Généraux furent dépouillés de la plus grande partie de leurs fonctions, on les fubordonna même en quelque maniere à ce Confeil, puifqu'il fut revêtu du droit de les convoquer. Le Confeil d'Etat jouit du droit de percevoir les impôts, de lever des troupes, de veiller à la fûreté de la navigation, d'ériger des Colleges d'Amirauté & d'en choifir les Officiers. L'Angleterre afservit pendant deux ans aux favori de l'impérieufe Elifabet la République entiere : mais quand Leicefter fe fut retiré, le Confeil d'Etat recouvra fa liberté & fon autorité premiere. Cependant la faction Anglaife ne cefsait de dominer dans le Confeil d'Etat qui, prenant un afcendant infenfible, menaçait l'autorité des Etats-Généraux. Auffi, fut-ce à cette époque, que L. L. H. H. P. P. réfolurent de rendre leurs Affemblées perpétuelles, & par là, firent entierement tomber l'influence des Anglomanes & du Confeil d'Etat lui-même, d'où la plûpart des affaires retournerent aux Etats-Généraux. Le Département du Confeil d'Etat eft depuis ce tems-là, borné à la connaiffance des affaires militaires & de finance. Ses fentences s'exécutaient autrefois fans appel, mais, par une Réfolution du 15 Septembre 1768 les Etats-Généraux ont accordé le privilege de Revifion. On donne au Confeil d'Etat le titre de *Noble* & *Puiffant*.

L'òn trouve encor dans le même palais la Chambre des

Comp-

Réfident des Naffaus les heureux héritiers. (1).

Leur front majeftueux eft ceint d'amples lauriers.

D'un

Comptes de la Généralité érigée en 1607. Elle eft compofée de 14 Députés; on en tire 2 de chaque Etat de l'Union.

La Chambre des Finances de la Généralité, établie avant celle des Comptes, quoiqu'elle lui foit fubordonnée, ainfi qu'au Confeil d'Etat. Elle eft compofée de 4 Commis nommés par les Etats-Généraux, d'un Greffier & de quelques autres Officiers.

La Chambre des Monnaies de la Généralité auffi ancienne que la République. Elle n'eft de nos jours compofée que de 3 Confeillers Infpecteurs-Généraux, d'un Sécrétaire, d'un Effayeur-Général, tous fes Officiers font à la nomination des Etats-Généraux.

(1) Le palais de la Haie que l'on nomme par excellence la *Cour*, a trois entrées. La premiere fe nomme la *Porte Stadbou-dérale*, mais l'honneur d'y paffer en caroffe n'en eft point refervé au *Stadbouder* feul. Quelle idée finguliere n'offrirait pas un privilege de cette efpece! Quoi! Le premier Officier des Etats de Hollande,' que L. G. & N. P. ont eu la bonté de loger à leurs côtés, dans leur propre Palais, y jouirait à leurs ïeux d'un droit qui leur ferait ôté? Quel eft l'Etranger que ne regarderait pas le Prince d'Orange comme le Souverain, & les Seigneurs des Etats pour fes Confeillers? Ce privilege, abfurde à tous égards, n'exifta jamais que dans les ouvrages de quelques écrivains mal informés. Le Prince même par refpect ne tient point cercle, & ne donne point de bal dans ce Palais, mais dans celui que l'on nomme la *Vieille-Cour*. On y admire fon Cabinet de pierres gravées, d'Hiftoire Naturelle, fa Biblioteque, fa Collection d'Eftampes, & fa Gallerie de tableaux. Deux fois par femaine, S. A. S. les fait ouvrir au public, & les autres jours, moyennant un écu de fix livres, 3 florins, l'on peut s'en procurer l'entrée.

D'un Peuple qui l'adore, heureux par fa préfence,

Il conduit, fait mouvoir & gere la puiffance. (2)

Quoi-

(2) Le *Stadhouder*, anciennement *Stede-houder* (*Lieutenant*) eft un Officier plus ancien que la République. On vit les Evêques d'Utrecht & les Comtes de Hollande en avoir quand leurs domaines s'accrurent. Ce fut fous *Albert*, en 1,404 que l'on rencontre les premiers. La pufillanimité de ce Prince en fit des Miniftres univerfels, de petits *Maires du Palais*. Ils convoquaient l'affemblée des Etats, donnaient les offices, levaient les taxes. Mais la prudence les faifait changer fouvent, afin que l'autorité ne pût favorifer leur ambition. Dans ces fiecles, que nous nommons aujourd'hui *barbares*, les Souverains les plus mal habiles, étaient néanmoins affez avifés, pour ne pas rendre des Officiers, fi puiffans, héréditaires de leur pouvoir. Quoique *Guillaume I*, Prince d'Orange, foit le fondateur de la République Bátave, on ne peut le regarder cependant comme le premier Stadhóuder depuis la Révolution, parce qu'avant elle, il l'était par la nomination de *Philippe*, & qu'après la Révolution, il fut réellement plus que Stadhouder. *Maurice*, fon fecond fils fut donc le premier que les Etats de cinq Provinces éleverent à la dignité *Stadbouderienne*, & l'on fait combien ce Prince en outre-paffa les pouvoirs. *Frédéric-Henri* fon frere lui fuccéda, & *Guillaume II*, fils de *Frédéric*, fut reçu dans toutes les charges de fon pere. Perfonne n'ignore l'abus que celui-ci fit de fa force. La mort l'enleva de bonne heure, & à cette époque les Etats réfolurent d'abolir une dignité quelquefois utile, mais toujours dangereufe. *Guillaume III*, fils pofthume du précédent, eut beaucoup à lutter contre la Liberté, jaloufe de fe conferver dans fes droits & fa fécurité préfente. Mais enfin la faveur, fes richeffes,

Quoiqu'au deſſus de lui, ſept Etats Souverains

Tiennent le Sceptre ſeuls en leurs auguſtes mains;

Sans le noble concours, & les ordres d'Orange,

De leurs vaillans guerriers l'immobile phalange

Eſt ſourde à leurs Edits ſur les deux élémens. (3)

La voix de la Patrie & la foi des ſermens,

Le

cheſſes, ſon nom, l'habitude que la Populace avait de dire *notre Prince*, l'emporterent : peu s'en fallut que cette même claſſe d'hommes ne pût bientôt dire auſſi *notre Maitre*. Les Etats furent même forcés de ſtatuer pour la premiere fois, que le Stad‑houdérat ſerait héréditaire dans la ligne maſculine. *Guillaume III* mourut ſans enfans, & les Etats ſe crurent par ſa mort rentrés en poſſeſſion de tous leurs droits. Ce dernier de la branche de *Naſſau-Dillembourg*, avait inſtitué pour héritier ſon Couſin *Guillaume-Louis* de *Naſſau-Dietz*, Stadhouder de *Friſe* & de *Groningue*; mais les autres Etats ne l'élurent point, & il n'eſt pas au rang des *Stadhouders*. Guillaume IV ſon fils réunit en lui le *Stadhoudérat* des Sept Etats Belgiques & du Pays de *Drente*, & Guillaume V, ſon fils, eſt le premier qui ait ſuccédé par droit d'hérédité. Ce Prince, en vertu de ſa dignité de *Stad‑houder*, & de toutes les charges dont il eſt muni, tire annuelle‑ment de la République plus de 300,000 florins. A ces gages très-conſidérables, le Prince joint un patrimoine immenſe, ce qui le rend le plus riche particulier de l'Europe.

(3) Parce qu'en qualité de Chef du pouvoir exécutif, s'il plaî‑

ſait

Le courroux des Etats, ou leurs menaces mêmes,

Si Naſſau veut braver tous leurs vouloirs ſuprêmes,

Ne ſont, le croirait-on ! que des bruyans éclats.

Le Batave gémit, & ſes nombreux Etats

Semblent avoir perdu cette énergie antique,

Dans les ſiecles paſſés, qui, de la République

Portait juſques aux Cieux la gloire & la grandeur. (4)

D'où vient cette inertie & ce peu de vigueur ?

Qui donc, oſe braver les ordres de ſon maitre,

Sans mériter les noms de parjure & de traitre ?

Quel eſt le traitre enfin qui, rébelle à ſes Rois,

Soudain ne tombe pas ſous le tranchant des loix ?

Les Dieux, les Juſtes Dieux, témoins de tant de crimes,

Voudraient-ils dérober les coupables victimes

Par-

ſait au Stadhouder de reſter dans l'inaction, ce ſerait en vain que les Etats donneraient des ordres pour agir, mais ils devraient punir.

(4) Tant il eſt facile à un Officier puiſſant de mettre obſtacle au vouloir de ſon Maitre ; tant il eſt dangereux à un Souverain d'avoir des ſujets en ſes Etats qu'il ne peut démettre ou châtier juſtement ſans les plus grands dangers !

Partout qu'un Peuple Roi doit à fa Majefté,

Pour l'honneur de fon fceptre & pour fa fûreté ?

Non, non: ne penfons point que le Lion batave

Endure fans rugir qu'on le joue ou le brave;

Ni que, du haut des Cieux, les premiers Immortels

Voient les plus grands forfaits affronter leurs autels.

En vain l'Anglomanie, adroite en fes menées,

Veut-elle des Etats changer les deftinées;

En vain le foufle impur de fes Agens pervers

Voudrait-il infecter tout ce vafte univers;

Les Dieux ont mis un terme à fa noire influence:

Ses crimes font pefés au poids de la balance

Que Thémis elle-même emporta dans les Cieux,

En fuyant à regret nos coupables Aïeux.

La Difcorde à la Haie (1) agitait fes couleuvres,

Et dans toutes les Cours y trainait fes manœuvres,

Quand

____

(1) On fait ici allufion à la fameufe querelle furvenue entre la Régence de la ville *d'Amflerdam* & le Prince *Stadhouder* au

A a 3

fujet

Quand Adams y parut le front calme & ferein,

Muni de pleins-pouvoirs & l'Olive à la main.

Il

fujet du Duc de *Brunswich*, Feld-Maréchal des Troupes de la République, d'après le Mémoire qu'une Députation de la même Régence avait préfenté à S. A. S. le 8 Juin 1781. Ce Mémoire qui fit tant de bruit dans fon tems, fruit d'un patriotifme auffi courageux qu'éclairé, roulait fur ces trois points. *1. Que M. le Grand-Penfionnaire de Hollande s'était plaint fouvent de la mé-fintelligence qui régnait entre lui & le Duc de Brunswich, & de ce que cet Officier-Général avait fur l'efprit du Prince Stad-houder un afcendant fi marqué, qu'il faifait échouer tous les efforts du Penfionnaire pour le bien de la Patrie. 2. Que ledit Duc était comme écrafé fous le poids de la haine des Grands & du Peuple, & regardé partout comme un Etranger qui ne connaiffait pas fuffi-famment le fiftême du Gouvernement de la République, & qui n'avait pas une affection réelle pour le pays. 3. Que cette malheu-reufe prévention, caufant une défiance générale, rendait le Feld-Maréchal totalement inutile & même pernicieux au fervice de l'Etat, & qu'il devait par conféquent être éloigné de la direction des affaires & de la Cour du Prince, comme étant un obftacle perpétuel au rétabliffement de la bonne intelligence, fi néceffaire dans les circonftances actuelles, entre fon Alteffe & les principaux Membres de l'Etat.* Voilà trois propofitions dont les deux pre-mieres repofent fur des faits. Quant à la méfintelligence avec le Grand-Penfionnaire, c'eft encore un fait public que le Duc de Bruns-wich ne défavouait pas. Quant à la haine & aux foupçons con-çus contre lui, la ville d'Amfterdam ne dit pas que le *Feld-Ma-réchal* ait mérité d'en être l'objet, mais *qu'il eft regardé & tenu pour tel par le bruit public.* Elle dit feulement, ce qui n'eft que

trop

Il marche vers la Cour, où déja le dévance

Le Dieu qui réunit l'Amérique & la France:

Une

trop vrai, *qu'une telle prévention générale, conçue même par les principaux Membres de l'Etat, contre un Officier-Général à qui le Prince donne toute sa confiance, ne peut que produire les conféquences les plus funestes pour la chofe publique.* Loin de montrer que ces préventions étaient fondées; Amsterdam déclare au contraire qu'elle ne faurait fe perfuader *qu'une Perfonne d'une naiffance auff illuftre, & revêtue de la feconde Charge militaire de l'Etat, puiffe avoir donné lieu à une accufation de corruption & de mauvaife foi.* Le Mémoire n'articule aucun fait pofitif à la charge du Duc; il dit fimplement *que la défiance tombe uniquement fur ce Seigneur détefté*; mais en ajoutant néanmoins *que c'eft parceque les plaintes du Grand-Penfionnaire à l'égard du Duc font trop notoires; parceque le Duc eft généralement tenu pour la premiere caufe de l'état déplorable du pays, de la négligence des Officiers, & des fuites fatales qui s'en font fuivies.* Il eft certain que, non-feulement la ville *d'Amfterdam,* mais encore tout l'Etat en général avait droit, d'après les deniers immenfes que l'on avait fournis, de voir la République dans un meilleur état de défenfe maritime; il eft certain que le Stadhouder eft à la tête du pouvoir exécutif; il eft certain que le Duc de Brunswich, il ne le nie pas, s'eft emparé de la confiance du Prince au point le plus étonnant; il eft certain qu'il eft étranger; il eft certain qu'il a toujours eu une affeétion particuliere pour la Nation Britannique; on ne dit pas que *cette affeétion l'ait porté à des procédés illicites*; on n'attaque pas même cette funefte *affeétion*; mais il s'agit de favoir fi, *ces particularités, ayant excité une prévention générale dans l'efprits des Grands & du Peuple, il n'eft pas à craindre,* comme le dit la ville *d'Amfterdam,* que

A a 4

l'on

Une foule innombrable attachée à ſes pas,

L'environne foudain, le porte entre ſes bras.

Il arrive en triomphe aux auguſtes portiques

Conſacrés au dépôt des Libertés belgiques.

Sur des ſieges brillans, d'émeraudes ornés,

Les Etats-Généraux s'y trouvaient aſſemblés.

Adams, au milieu d'eux, d'un air modeſte & mâle,

Vient frapper leurs regards en entrant dans la ſalle:

Il demande audience; on l'accorde à l'inſtant,

Et le bras d'Harpocrate (2) erre de rang en rang.

Tel, dans les murs de Rome, au ſein du Capitole

L'illuſtre Cinéas vint porter la parole,

Et crut voir au Sénat une foule de Rois.

Adams penſait de même, il éleve la voix. (3)

„ HAUTS

l'on n'en voie réſulter les conſéquences les plus funeſtes pour le bien public. Il n'y avait donc dans ce Mémoire rien que de très raiſonnable. Et quand même le Duc de Brunswich aurait été innocent, il aurait dû imiter *Ariſtide.* Malheureuſement il ne le fit pas. *Politique Hollandais,* Vol. I. page 373 & les ſuivantes.

(2) Le Dieu du ſilence.

(3) Ce fut le 21 Juin 1782, que M. Adams ſe rendit à la
Haie,

„ HAUTS ET PUISSANS MORTELS, dont les fages lumieres

„ Regnent également fur les deux hémifpheres;

„ Vous,

Haie, & préfenta aux Etats-Généraux fes lettres de Créance pour déployer le caractere de Miniftre Piénipotentiaire des Treize. Etats-Unis du Nord de l'Amérique, près la République des Pays-Bas-Unis. Nous aurions bien defiré que l'ufage dans cette République eût été, comme à la Cour de Ruffie, de ne préfenter aucun document public qui ne fût écrit en Français. L'Original Anglais, eft un Chef-d'œuvre d'érudition & de Politique, dont la force & la véhémence perdent infiniment à la traduction. Nous allons en donner cependant un extrait, où nous tâcherons de conferver de tout notre pouvoir les beautés & la richeffe de l'Original. Le voici:

Le Souffigné a l'honneur de repréfenter à *Vos Hautes-Puiffances*, que les *Etats-Unis* de l'Amérique, affemblés en Congrès, ont dernierement jugé à propos de lui envoyer une Commiffion, avec des inftructions & des pleins-pouvoirs pour conférer avec Vos Hautes Puiffances relativement à un Traité d'Amitié & de Commerce entre les deux Etats. Il a l'honneur d'en joindre à ce Mémoire une Copie autentique.

Dans les tems où votre République fe lia par des Traités avec la Grande-Bretagne, le Peuple qui compofe aujourd'hui les Etats Unis de l'Amérique, faifait partie de la Nation Anglaife. Il fe trouvait donc naturellement l'Allié de la République; il participait aux mêmes Traités, & puifqu'en ce moment il fe fait un plaifir d'en avouer les devoirs, il a donc le droit d'en réclamer les avantages.

Ce ne fut qu'après que le Gouvernement Britannique, eût conçu le deffein d'anéantir les Conftitutions politiques des Colonies Américaines, de les priver de leurs Droits & des Libertés de Citoyens Anglais, de les foumettre au plus affreux de tous les fiftemes de Gouvernement, de réduire à la famine les Habitans de ces contrées, en bloquant leurs ports, en interrompant leur pêche & leur Commerce, en envoyant des flottes & des

„ Vous „„ leur dit-il , ” qu'un Peuple , augufte & refpecté

„ Chargea du noble foin de fa fécurité :

„ Pré-

armées pour extirper tout principe , tout fentiment de Liberté , & détruire les habitations & les vies des Colons ; ce ne fut que lorsque le même Gouvernement forma des traités pour fe procurer des troupes étrangeres & des alliances pour attirer des hordes d'impitoyables Sauvages & les employer à l'exécution de fes deffeins ; ce ne fut qu'après toutes ces violences , que les Etats-Unis de l'Amérique , affemblés en Congrès , prononcerent cet Acte mémorable , eù ils annonçaient à l'Univers qu'ils prenaient leur place parmi les Nations Indépendautes.

Cette immortelle Déclaration du 4 Juillet 1776 , dans un tems , où l'Amérique était attaquée par cent vaiffeaux de guerre , par cinquante mille hommes de vieilles troupes , ne fut pas l'effet d'une paffion fubite , d'un entoufiafme momentané ; ce fut une démarche fur laquelle le Peuple avait longtems délibéré , qu'il avait mûrement difcuté dans plus de cent Affemblées populaires , & dans des Ecrits publiés dans tous les Etats. Ce fut une démarche que le Congrès fe garda bien d'adopter , avant d'avoir reçu les inftructions pofitives de fes Commettans dans chacun des divers Etats. Elle fut alors unanimement acceptée par le Congrès , fignée par chacun de fes Miniftres , tranfmife aux Affemblées des Etats refpectifs , reçue & ratifiée par chacun d'eux , & confignée dans les Archives. Jamais Loi fondamentale , Décret , Edit , Statut , Placard , chez aucune nation , n'a été fait avec plus de folemnité , adopté plus unanimement , avec plus d'ardeur , & ne porta à plus jufte titre le nom *d'Acte omané de la volonté libre & fuprême d'un Peuple entier.* Chacun des Etats jufqu'à ce jour , l'a tellement regardé comme un titre facré , & s'y eft tenu avec une fermeté fi inébranlable , que les moins confidérables , ainfi que les plus expofés aux armes de l'Ennemi commun , n'ont jamais pu fe laiffer perfuader d'y renoncer. Les Anglais ont prodigué des millions de livres Sterlings , ont perdu des armées nombreufes , & facrifié de grandes flottes ; mais loin d'en avoir ébranlé les fondemens , on a vu chacun des Treize-Etats fe créer une forme particuliere de Gouvernement , fous l'autorité immédiate du Peuple , fe donner des loix pour toutes les branches de la Légiflation , établir une autorité exécutive ,

„ Prêtez à mes difcours une oreille attentive :

„ Veuillent les Dieux puiffans qui gardent cette rive,

„ Y

tive, former les départemens judiciaires, léver une armée, uné milice, des revenus, & quelques-uns une marine. L'organifation de toutes ces parties du Gouvernement a été exécutée d'une maniere légale & réguliere depuis cinq ans, fous l'influence fupérieure de l'Affemblée fédérative. On peut affurer que tous ces divers établiffemens ont aquis depuis une confiftance & une activité, comparables à tout ce que peuvent offrir à cet égard les Gouvernemens les plus anciens & les mieux établis.

Il eft vrai que, dans quelques difcours ou dans quelques écrits fortis des plumes Anglaifes, *ou ofe encore foutenir que le Peuple Américain eft rempli d'inclination & d'attachement pour la Grande-Bretagne :* mais ces affertions font tellement contraires à l'évidence, qu'on ne revient pas d'étonnement, lorfqu'on voit ces abfurdes rapports trouver encore des efprits crédules. Le Souffigné prend la liberté d'expofer ce qu'il fait relativement aux difpofitions des Citoyens de l'Amérique. Comme il a eu plus d'occafions de les bien connaitre, ce qu'il atefte, mérite plus de confiance que le témoignage de quelque Breton que ce foit. Auffi ne craint-il pas d'affurer, que rien ne fera capable de faire chanceler le Peuple Américain dans la ferme réfolution de maintenir fon Indépendance jufqu'à la mort. Quand on penfe que toute la magie du pouvoir, des artifices, des intrigues & de la féduction, mife en ufage dans les différens Etats, n'en ont pu arracher à leur devoir qu'un petit nombre des êtres les plus méprifables, il faut avouer que cette fermeté eft un phénomene auquel on ne devait guère s'attendre, & quoique le Souffigné eût appris pendant tout le cours de fa vie, à quel point fes Concitoyens portaient le fentiment de vertu & l'uniformité de principes qui les caractérifent, leur unanimité fur l'article de l'Indépendance n'a pas laiffé de l'étonner.

Cette Indépendance eft tellement appuyée fur la bafe folide des intérêts, de l'honneur, des confciences & des difpofitions de tout un Peuple, qu'elle ne faurait même être ébranlée par aucun fuccès que les Anglais pourraient obtenir dans cette guerre, foit en Amérique, foit en Europe, ni par aucune des alliances que leur Roi pourrait former, s'il était poffible qu'il

trou-

„ Y ramener la paix, le calme & le bonheur,

„ Féconder vos travaux, nos vœux pour fa grandeur!

„ Sans

trouvât des Alliés, avec une caufe auffi vifiblement injufte, auffi défefpérée.

Quoique les Citoyens de l'Amérique, contraints par la loi impérieufe de
la néceffité, autorifés par les loix fondamentales des Colonies, & de la
Conftitution Britannique, par les principes avoués dans le Code des loix
Anglaifes & confirmés par plufieurs exemples des Annales Britanniques;
par des principes femés dans l'Hiftoire des Nations; dans le Droit public
de l'Europe, & particulierement dans l'exemple éclattant des Confédéra-
tions Helvetique, Belgique & de plufieurs autres, fouvent reconnus &
ratifiés par les Corps Diplomatiques, principes fondés fur la Juftice Eter-
nelle, fur les Loix de Dieu & fur celles de la Nature; quoique, dis je, les
Américains aient pour jamais rompu les liens qui les attachaient à la Grande-Bretagne, ils ne fe font cependant jamais regardés comme détachés de
leurs Alliés, furtout de la République des Pays-Bas-Unis; ni comme af-
franchis de leurs connexions avec aucun des peuples qui vivent fous le
même Gouvernement. Au contraire, ils ont invariablement & dans toutes
les parties du Monde, confervé pour la Nation Belgique les mêmes fentimens d'eftime & de refpect que leurs Ancêtres leur avaient tranfmis.

Quand le Congrès réfolut d'envoyer des perfonnes de confiance, chargées
de négocier des alliances en Europe, ce ne fut point par un oubli dédai-
gneux qu'il n'envoya pas en même tems un Miniftre à Vos Hautes Puiffances: mais connaiffant la nature des liaifons politiques entre cette République & la Grande-Bretagne, ainfi que le fifteme de paix & de neutralité,
qu'elle avait époufé depuis fi longtems, il jugea qu'il n'était pas convenable de tenter de la brouiller alors avec fes Alliés, de fomenter la Difcorde
dans la Nation, ou de la jetter dans une fituation embarraffante. Mais depuis que le Miniftere Britannique, uniforme & conftant dans fes plans d'i-
niquité, méprife fes Alliés comme il avait méprifé fes Concitoyens établis
dans les Colonies, fe jouant de la foi des Traités, comme il s'était joué
des Chartes Royales, violant les Droits des Nations, comme il avait violé
les loix fondamentales des Colonies & les Droits inhérens des fujets Bri-
tanni-

„ Sans doute, jufqu'à vous, l'agile Renommée,

„ A parcourir les airs fans ceffe accoutumée,

„ A

tanniques, a fupprimé arbitrairement tous les Traités entre la République & la Couronne, déclaré la guerre & commencé les hoftilités, tous ces motifs qui ont retenu le Congrès n'exiftant plus, il faifit l'occafion d'offrir de former des liaifons telles que les Etats-Unis de l'Amérique ont droit d'en former, telles qu'elles puiffent fe concilier avec celles qu'ils ont déja formées avec la France & l'Efpagne, liaifons qu'ils font tenus par tous les motifs du devoir, de l'honneur, de l'intérêt & de l'inclination d'obferver comme inviolables & facrées, liaifons enfin, qui ne foient pas contraires à tous les autres Traités qu'ils font dans le deffein d'établir avec d'autres Souverains.

S'il y eut jamais une alliance naturelle entre les Nations, c'eft affurément celle qui pourrait être formée entre les deux Républiques

Les premiers Colons qui jeterent les fondemens des quatre Etats Septentrionaux, trouverent dans cette République un afile contre la perfécution réligieufe. En ouvrant nos Annales, nous apprennons qu'ils refterent ici depuis l'année 1608 jufqu'en 1620; ainfi pendant les 12 années antérieures à leur émigration, ils ont conftamment appris à tranfmettre à leurs poftérité le fouvenir de l'hospitalité, de la protection, & particulierement de cette liberté réligieufe qu'ils avaient trouvées dans vos remparts, après avoir vainement cherché tous ces avantages en Angleterre.

Les premiers Citoyens des deux autres Etats, la Nouvelle-Yorck & le Nouveau Jerfey, étaient fortis directement de ce Pays, & leurs Defcendans confervent encore la Réligion, le langage, les coutumes, les mœurs & le caractere de votre Nation.

L'Amérique en général, avant qu'elle eût formé des liaifons avec la Maifon de France, a toujours regardé votre République comme fa premiere Amie en Europe. Les principaux traits de fon Hiftoire, les grands hommes qu'elle a produits, foit dans les différens arts de la paix, foit dans les opérations militaires par terre & par mer, ont été regardés comme des modeles & des objets particuliers d'étude & d'admiration dans chacun des Etats de l'Amérique.

Quoi.

„ A rapporté déja les efforts glorieux

„ Que votre propre exemple & ceux de vos Aïeux

„ Ont

Quoique la conformité de Réligion ne foit plus actuellement confidérée comme néceffaire à des Alliances, elle ne laiffe pas de paffer pour une circonftance heureufe. On peut, fans s'écarter de la vérité, affurer qu'il n'y a pas de Nations qui aient plus de reffemblance pour la Réligion, les dogmes & la difcipline Eccléfiaftiques, que ces deux Républiques.

La reffemblance dans la forme du Gouvernement eft encore ordinairement regardée comme une autre circonftance qui rend une alliance naturelle. Quoique la Conftitution des deux Républiques ne foit pas exactement la même, il y a cependant une grande analogie entre l'une & l'autre, affez du moins, pour faciliter les liaifons réciproques.

Quant aux ufages généraux, quant à la liberté des fentimens relatifs à l'examen des cultes, au droit du jugement particulier, à la liberté de confcience, avantages fi précieux à maintenir, & fi doux à difpenfer au Genre. Humain, avantages actuellement plus expofés dans la Grande-Bretagne par l'efprit d'Intolérance qui ne ceffe d'y fermenter, ils fe trouvent plus en liberté en Amérique, ainfi que dans vos Etats, qu'en aucun autre pays du monde. Quelle reffemblance plus frappante que celle qui fubfifte entre les deux Nations ?

L'Origine des deux Républiques a tant de reffemblance, que l'Hiftoire de l'une, parait n'être que la copie de l'autre. Il n'eft pas dans les PaysBas-Unis de Citoyen éclairé, qui ne foit contraint d'avouer la juftice & la néceffité de la Révolution Américaine, s'il ne veut condanner ce qu'il y a de plus brillant dans les actions de fes immortels Ancêtres, actions revêtues du fuffrage & de l'applaudiffement du Genre-Humain, & juftifiées, par les décrets irrévocables du Ciel.

Il eft une circonftance qui, pour la formation des amitiés nationales, dans ce fiecle furtout, a plus d'influence encore que toutes les autres. Je veux parler du grand, du puiffant intérêt du Commerce. Vos Hautes Puiffances en connaiffent d'une maniere trop fupérieure le fifteme général & les progrès continus dans toutes les parties du globe, pour qu'il me fût poffible de leur développer à cet égard des chofes qui leur fuffent in

connues.

„ Ont fait développer au Nord de l'Amérique.

„ Partout les Léopards, & l'orgueil Britannique

„ Flé-

connues. Il n'est cependant pas hors de propos de faire obferver que la pofition centrale de ce pays, la vafte étendue de fa navigation, l'importance de fes établiffemens dans les deux Indes, l'intelligence fupérieure de fes Négocians, le grand nombre de fes Capitaliftes, & la richeffe de fes fonds, ont infpiré à l'Amérique entiere un penchant particulier pour fe lier avec votre Patrie. D'un autre côté, l'abondance & la variété des productions de l'Amérique, les matieres premieres qu'elle offre aux Manufactures, à la Navigation, pour le Commerce en général, la grandeur de fes demandes & de fes confommations, en marchandifes Européennes, de la Baltique, des Indes Orientales, & la fituation des Etabliffemens Belgiques dans les Indes Occidentales, toutes ces confidérations levent les doutes que l'on pourrait avoir fur les avantages que votre République retirerait d'une alliance avec les Etats-Unis. Les Anglais font tellement convaincus de cette vérité, qu'ils ont toujours regardé votre Nation comme leur rivale pour le Commerce de l'Amérique. C'eft cette opinion qui leur infpira l'idée de faire & de maintenir ce terrible Acte de navigation, également funefte aux Négocians de votre République, & aux droits des Colonies. L'occafion s'offre actuellement aux deux Etats, de brifer pour toujours ces entraves odieufes. Si quelque confidération eût jamais pu défendre aux Anglais d'entrer en guerre avec Vos Hautes Puiffances, c'eût été la crainte de voir naitre une alliance entre les deux Républiques. Il eft même aifé de prévoir que rien n'eft plus capable d'obliger la Grande-Bretagne à faire la paix, qu'une Alliance femblable, dès qu'elle fera complettement formée. Il ferait inutile de particularifer les avantages infinis que retireraient les Etabliffemens de la République dans les Indes-Occidentales, d'un Commerce avec le Continent de l'Amérique, ouvert, encouragé & protégé. Il eft pareillement inutile d'indiquer en détail les immenfes avantages que retirerait la Compagnie des Indes-Orientales, en envoyant directement fes denrées aux marchés de l'Amérique. Quelle fécurité, quelle extenfion ne peut-on pas donner au Commerce même de la Baltique, par la liberté de la navigation avec l'Amérique, qui toujours a fait de fi grandes demandes

&

,, Flétris par la valeur d'un Peuple de héros

,, Ont rencontré des fers, la honte ou le tombeau.

,, Nos

& qui les augmentera bien plus encore dans la fuite, foit en chanvre, cordages, toiles à voiles, & en mille autres articles de ce commerce! Quels avantages la navigation nationale ne retirera t'elle pas de la conftruction & de l'achat qu'elle pourra faire de vaiffeaux de toutes grandeurs, dans les chantiers Américains! Combien le nombre de fes matelots pourrait s'augmenter! Enfin, quels avantages mutuels ne retireraient pas les deux Peuples, en ouvrant réciproquement leurs ports aux vaiffeaux de guerre & aux armateurs communs !

Si donc, la conformité de Réligion, de Gouvernement, de mœurs primitives ; fi les intérêts de commerce les plus durables & les plus étendus, peuvent former un motif & un attrait pour des liaifons politiques, le Sousfigné fe flatte que, dans tous ces points, l'Union eft fi évidemment naturelle, que jamais la Providence n'a défigné d'une maniere fi frappante, deux Nations éloignées à s'unir l'une à l'autre.

On foumet à la Sageffe & à l'Humanité de Vos Hautes Puiffances, fi ce n'eft pas vifiblement le bonheur du Genre Humain, que les Potentats de l'Europe, bien convaincus de la Juftice de la caufe des Américains, fe hâtent d'en reconnaitre l'Indépendance, afin de former avec les Etats-Unis des traités équitables, comme le plus fûr moyen de convaincre la Grande-Bretagne de l'impoffibilité d'atteindre au but qu'elle fe propofe

On vous prie encore de confidérer : fi le dernier Code maritime, relativement aux droits des vaiffeaux neutres, malgré la nobleffe & l'humanité qui y brille, peut être établi contre l'Angleterre ? Sans l'Indépendance de l'Amérique, jamais elle ne l'adoptera, elle ne s'y foûmettra nullement que contrainte par la néceffité. Dans le cas où l'on pût fuppofer que l'Amérique rentrât fous la domination & le Monopole Britanniques, avec la pepiniere de fes matelots, les magafins de fes matieres premieres pour la navigation & le commerce, les Etabliffemens de toutes les nations au delà des mers, ne tomberaient-ils pas à la merci de ce Royaume qui, depuis fi longtems, n'a fuivi pour regle de conduite que le fentiment de fon

pou-

,, Nos Etats ont brifé les redoutables chaines

,, Dont la fiere Albion voulait couvrir nos plaines.

,, Son

pouvoit , fans aucun égard pour la décence , la juſtice & l'humanité.

Puisqu'il eſt évident, inconteſtable que, d'un côté, les Américains font bien éloignés de rentrer fous la domination Anglaife ; qu'ils ne confervent aucun penchant pour cette nation ; & que, d'un autre côté, les Puiſſances de l'Europe ne pourraient ni ne devraient confentir à voir les premiers fe charger de nouveau de leur ancien joug, fans que la fécurité générale n'y fût compromife, pourquoi laiſſer ouverte cette fource de fanglantes querelles , pourquoi l'abandonner au hazard d'évenemens qui plongeraient les deux mondes dans de nouvelles fcenes d'horreur, lorfque les Puiſſances maritimes n'auraient qu'un pas décifif à faire pour la fermer à jamais ? Il fuffit pour cela , de former des traités avec une Nation qui jouit de l'avantage d'être Souveraine, & qui l'eſt de Fait & de Droit. Je crois pouvoir me flatter que l'exemple de Vos Hautes Puiſſances ferait imité par tous les Etats maritimes, particulierement de ceux qui ont eu part à la confection du dernier Code de marine.

L'idée que l'Indépendance de l'Amérique pourrait nuire au Commerce de la Baltique , eſt une crainte frivole. Non feulement cette objection eſt deſtituée de fondement, mais on peut aſſurer qu'il en arriverait précifément le contraire. Le frêt, les aſſurances que demandent les voyages où il faut traverfer l'Atlantique, font fi hauts ; la main-d'œuvre eſt fi chere en Amérique, que le goudron, la poix , la térébentine & les bois propres à la conſtruction navale, ne pourraient jamais être tranſportés en Europe, à un prix auſſi modique que le peuvent faire les Etats à même de naviguer dans la Baltique. Avant la Révolution, les Anglais ne foutenaient ce commerce qu'avec la plus grande difficulté. Le Parlement fe vit même contraint d'aſſigner des Primes énormes , pour encourager la culture de cette branche d'induſtrie. Quant au chanvre, aux cordages & aux toiles à voiles, bien des fiecles s'écouleront probablement encore, avant que l'Amérique puiſſe en recueillir une quantité fuffifante à fa propre confommation. La raifon eſt de la derniere évidence, en ce que ces articles peuvent être

appor

„ Son trône, qui n'aguere était si respecté,

„ Son bras de l'univers jadis si redouté,

                              „ Sont

apportés d'Archangel ou d'Amsterdam, à beaucoup moins de frais qu'ils ne couteraient en Amérique. Cette immense contrée sera, conséquemment pendant plusieurs siecles, un marché des plus lucratifs pour la plûpart des marchandises & des productions qui viennent de la Baltique.

Il est encore une supposition que les Anglais ont imaginé, & qu'ils ont bien eu soin de répandre, pour détourner les autres Nations de suivre leurs vrais intérêts. Ils ont fait courir le bruit que les Colonies des autres nations suivraient bientôt l'exemple des Etats-Unis. On n'a qu'à jeter les yeux sur les Puissances qui, dans cette circonstance, ont été les premieres à se déclarer contre l'Angleterre. Elle n'ont pas même soupçonné ces conséquences, quoiqu'elles aient, au delà des Mers, des possessions aussi considérables qu'aucun autre Etat de l'Europe, & qu'elles soient aussi éclairées & aussi habiles en politique que le peut être l'Angleterre. Certes, où est donc la probabilité qu'aucune autre Puissance de l'Europe, imagine jamais à l'imitation de celle-ci, de changer tout le sisteme de Gouvernement de ses Colonies, & de les forcer par l'oppression à la nécessité de se gouverner elles-mêmes? En effet si la Mere-Patrie ne se porte jamais à des traits pareils d'injustice & de cruauté, il n'y a pas à craindre que les autres Colonies forment jamais de semblables entreprises. Le fondement le plus solide de tout Gouvernement, est dans les cœurs, les passions, les idées & le génie du Peuple. Il faut les plus violentes innovations pour altérer & changer les inclinations & le caractere d'un Peuple entier quelconque. Il n'est pas dans la nature humaine d'échanger la sûreté contre les périls, un bonheur certain contre des avantages qui ne se voient que dans un mobile éloignement.

Le Soussigné soumet aux réflexions de Vos Hautes Puissances, si le sisteme que les Etats-Unis adopterent unanimement en 1776, en ébauchant le Traité qu'ils proposerent à la France; le sisteme de former des Traités de Commerce équitables avec toutes les Puissances maritimes de l'Europe, sans se soumettre à rien qui fût contraire à la liberté Politique ou de Commerce; sisteme qui fut ensuite approuvé par un Monarque sage, & posé pour fon-

                                                dement

„ Sont devenus l'horreur du peuple des deux mondes.

„ Son superbe Trident qui regnait sur les ondes,

„ N'est plus qu'un vain fantôme, un faible épouventail,

„ Qui languit dans l'opprobre & succombe au travail.

„ Des Dieux, des justes Dieux la longue patience

„ A fait voler enfin les traits de sa vengeance.

„ Tout

dement des Traités avec la France; sisteme auquel les Etats-Unis ont resté inviolablement attachés, & dont ils ne se départiront jamais, à moins que certaines Puissances ne vinssent à se déclarer contre eux : on soumet, dis-je, aux réflexions de Vos Hautes Puissances, si ce sisteme judicieux n'est pas l'unique moyen d'empêcher un pays qui s'éleve sous un point de vue aussi brillant, de devenir jamais un objet de jalousie & de guerres parmi les nations. Si cette idée est juste, il s'ensuit qu'il est de l'intérêt de tous les Etats de l'Europe, de reconnaitre immédiatement l'indépendance de l'Amérique. Si cette politique bienfaisante est adoptée, on ne tardera pas à voir jaillir du Nouveau-Monde une source inépuisable d'avantages pour toutes les parties de l'Ancien.

Le Soussigné a l'honneur d'informer encore Vos Hautes Puissances que les Etats-Unis de l'Amérique, assemblés en Congrès, conservant la plus haute opinion de la sagesse & de la magnanimité qui vous distinguent, & désirant cultiver l'amitié d'une Nation si illustre par sa sagesse, sa justice & sa modération, ont nommé le Soussigné pour résider auprès de Vos Hautes Puissances & vous donner des assurances plus particulieres de leur vénération, vous priant d'accorder une confiance entiere à tout ce que ledit Ministre vous dira de leur part. Tout cela est soumis aux réflexions de Vos Hautes Puissances, ainsi que la priere de choisir une ou plusieurs personnes, pour traiter sur l'objet de sa Mission.

Plus bas est signé

JOHN ADAMS.

,, Tout le fang que verfa la féroce Albion,

,, Ses forfaits entaffés, fa folle ambition,

,, Tels, qu'un nuage épais, de l'un à l'autre pole,

,, Soulevé jufqu'aux Cieux par les Enfans d'Eole,

,, Vers le trône facré des premiers Immortels,

,, Ont porté leurs noirceurs & leurs excès cruels.

,, Jupiter, irrité de cet amas de crimes,

,, A marqué de fon doigt les coupables victimes

,, Que les feux du Ténare auront à dévorer.

,, Mais les Américains, plus promts à fe venger,

,, Ont banni de leurs murs cette race exécrable,

,, Et dans le fang perfide, inhumain, déteftable

,, Des guerriers d'Albion, de leurs chefs furieux,

,, Ont vengé leur Patrie & la Terre & les Dieux.

,, L'Olimpe avec plaifir a vu l'Indépendance

,, D'un peuple vertueux, dont la haute vaillance

,, A brifé de fes fers la force & le fardeau :

,, Qui préféra la mort & l'horreur du tombeau,

,, Plu-

„ Plutôt que d'obéir à la verge d'un maitre.

„ Ses Tirans le nommaient séditieux & traitre,

„ Rébelle à la Patrie, à son Prince, à la Loi,

„ Ingrat à leurs bienfaits & parjure à sa foi.

„ Mais qui n'est point sujet, ne peut être rébelle.

„ Sied-il au Despotisme, à sa rage cruelle,

„ Des loix de nos Aïeux barbares destructeurs,

„ Dont l'Amérique entiere épuisa les fureurs,

„ De parler de bienfaits, de Prince & de Patrie ?

„ Amérique ! O Boston ! Terre à jamais chérie !

„ Sans ton noble courage & le bras de Louis,

„ De tes riches cités sous les vastes débris,

„ Et sous les toits fumans de tes fertiles plaines,

„ Tes Enfans écrasés, ou dévorans leurs chaines,

„ Auraient maudit le jour que leur donna ton sein ;

„ L'opprobre aurait flétri tout front Américain.

„ Quand vos braves Aïeux, d'éternelle mémoire,

„ Du Demon du Midi (1), guidés par la Victoire,

„ Bri-

(1) C'est ainsi que les Nations appellaient Philippe II Roi

B b 3
d'Es.

,, Briserent sous leurs coups le Sceptre détesté ;

,, HAUTS ET PUISSANS MORTELS ! l'auguste Liberté

,, Par ses appas divins seule excitait leurs âmes :

,, L'Amour de la Patrie en dilatant ses flâmmes,

,, En pénétra leurs cœurs, en forma des héros,

,, Et leur fit affronter mille périls nouveaux.

,, Leurs Tirans, comme à nous, prodiguaient les injures ;

,, Ils osaient inventer de viles impostures

,, Pour les rendre odieux à cent peuples divers ;

,, Ils invoquaient les Dieux qui tiennent l'univers

,, Sous les traits menaçans de leur juste tonnerre ;

,, Ils voulaient vous dompter par la flâmme & la guerre ;

,, Mais l'œil qui met un frein à la fureur des flots,

,, Des Tirans sut alors ruiner les complots.

,, Leur courroux impuissant, leurs armes meurtrières,

,, Ne purent résister au fer de vos bannieres,

,, Vos

d'Espagne, à cause de la méchanceté de son âme, & que l'Espagne est placée au midi de l'Europe.

,, Vos guérêts hériffés de leurs membres épars,

,, Et ces poudreux faifceaux de riches étendards (1)

,, Par lambeaux enlevés aux lances efpagnoles,

,, Ne nous prouvent-ils pas, combien étaient frivoles

,, Les vœux que vos Tirans adreffaient à leurs Dieux,

,, Quand loin de les fervir, leur bras ne frappait qu'eux ?

,, Livrés aux mêmes maux, pleins d'un même courage,

,, Nos braves réunis ont eu même avantage.

,, Chez nous, comme en vos murs, la tendre Piété

,, Rend grâce aux Immortels de la même bonté.

,, Vainqueurs de nos Tirans, aínfi que vos Ancêtres,

,, Nous ne redoutons plus les efforts de nos Maîtres,

,, L'augufte Liberté, l'idole des grands cœurs,

,, Peut braver d'Albion les atroces fureurs.

,, Elevant jufqu'aux Cieux fa tête triomphante,

,, Dans une douce ivreffe & la plus vive attente

,, De la félicité qui doit fuivre fes pas,

,, Elle répand des fleurs au fein de nos Etats.

,, Déja

(1) Le plafond de la grande Salle de la Cour eft garni de drapeaux & d'étendards pris fur les Ennemis.

Bb 4

„ Déja fous fon Egide, au nord de l'Amérique,

„ Treize puiffans Etats, formés en République,

„ Offrent à l'Univers un fpectacle charmant

„ D'union, de vigueur, d'un même attachement

„ Aux loix qui leur dicta la plus haute fageffe.

„ L'abondance & la paix, l'amour & l'allégreffe,

„ Sur nos vaftes climats épandent le bonheur,

„ Et tous ont oublié leur antique douleur.

„ Si dans quelques cités, ou fur quelques rivages,

„ Les Léopards encor promenent leurs ravages,

„ Ils font bientôt punis de leurs faibles efforts:

„ Et ces monftres, foudain relancés dans leurs forts,

„ Saifis d'effroi, fanglans, chargés d'amples bleffures,

„ Regagnent à grands pas leurs cavernes impures,

„ Où d'affreux hurlemens apprennent aux échos

„ Le prix que l'Amérique accorde à leurs complots.

„ Telles font aujourd'hui de l'Amérique·Unie

„ La force & la grandeur: la chaine qui nous lie

„ Né

„ Ne craint plus les efforts de tous les Potentats,

„ Et notre pavillon flotte en tous les climats.

„ HAUTS ET PUISSANS MORTELS! Cette même Amérique,

„ Treize Peuples amis de votre République,

„ Que de femblables loix, un culte tolérant

„ Affimilent à vous par un tableau frappant,

„ Me chargent en ce jour, à jamais mémorable,

„ De venir vous offrir une amitie durable,

„ Une alliance étroite, un concert généreux

„ De fecours mutuels & de commerce heureux.

„ Veuillent les Dieux puiffans qui reglent votre Empire,

„ Cet efprit noble & vrai qui toujours vous infpire,

„ Et la haute fageffe en vous, en vos décrets

„ Qui brille avec éclat, m'honorer du fuccès!

„ Puiffe ma faible voix, au nom de l'Amérique,

„ Nous unir à jamais à votre République,

„ De deux Peuples amis augmenter la grandeur,

„ Ils rempliraient par là tous les vœux de mon cœur!

Il dit : il gardait même un modefte filence,

La Perfuafion, le ton de la décence,

La Vérité fans art enchantaient les efprits,

Et les Membres divers, d'entoufiafme épris,

Né pouvant fe laffer de l'ouir & d'apprendre,

Immobiles, fiégeant, croyaient encor l'entendre.

Ainfi parla jadis à cent peuples ligués,

De mille foins réels déja trop fatigués,

Mentor, le grand Mentor, au fortir de Salente :

Son port majeftueux, fa face éblouiffante

Par les traits radieux que Minerve y grava,

Surent plaire, attendrir, & fon difcours prouva.

Cependant, revenu de la commune ivreffe, (1)

L'illuftre Préfident repond avec fageffe :

„ Prudent Américain, vénérable Etranger

„ Daigne la Liberté toujours vous protéger!

„ Inftruits de vos defirs en cette République,

„ Nous les expoferons à l'Union Belgique :

„ Elle

(1) Télémaque, vol. 11. Liv. XI.

„ Elle saura vos vœux, elle connait vos droits,

„ Ses vouloirs Souverains nous serviront de loix.

CHANT DOUZIEME.

La main des Immortels, en ses dons toujours sage,

Sut léguer aux Humains, pour leur propre avantage,

Sous des traits presque égaux, & sans art apparent,

Mille talens divers, un esprit différent.

L'Italien poli, profond en politique,

Sobre & spirituel, a l'humeur pacifique.

L'Espagnol intrépide, humain, dévot, guerrier,

Entouré de ses Dieux, saisit un bouclier,

Vole, appelle au combat les enfans de la Terre,

Et croit, s'il est vainqueur, le devoir au tonnerre.

Le Germain souple & fier, bon, vaillant & profond,

Porte sur tous les Arts un œil vif & fécond.

Le Français plus actif & rempli d'industrie,

Profond quand il le veut, charmant en sa patrie,

„ Pro-

Propre à tous les talens & les réhauffant tous,

Eftime fes voifins fans en être jaloux.

Bienfaifant en fecret, humain par caractere,

Généreux, ami vrai, (1) léger, vif & fincere,

Inconftant dans fes gouts, mobile en fes defirs,

Court de l'étude au jeu, de la gloire aux plaifirs.

L'Anglais eft trop connu pour le malheur du monde :

Il fe crut trop longtems le Souverain de l'Onde :

Il s'aveugla lui-même au faîte des grandeurs,

Devint intolérant, fanguinaire en fes mœurs.

Détefté des humains, aucun ne lui reffemble,

Et s'il eut des vertus, que de vices enfemble !

Le Batave fecret, froid, brufque & réfervé

Des fiers Ibériens a toujours confervé

Le flegme & la lenteur amis de la Sageffe.

Il ne fe pique point d'une folle viteffe,

Longtems il délibere, examine un objet,

Dans fes réflexions il épuife un fujet.

Mais

(1) Ami vrai ! Quand la paix fera conclue nous faurons qu'en dire. *Note de l'Editeur.*

Mais a-t'il résolu? Non moins promt que la foudre,

Dût-il voir à ses piés l'univers se dissoudre ;

Dût-il être enfoui sous les débris épars

De ses propres foyers frappés par les hazards,

Rien ne peut arrêter sa marche & sa constance :

Il roidit ses efforts contre la résistance,

Il poursuit nuit & jour ses desseins vertueux,

Et parvient tôt-ou-tard à l'objet de ses vœux.

Impatient du frein, né pour vivre sans maitres,

Mais jouet trop longtems du manege des traitres,

Il a rougi des fers que l'or embellissait ;

Las d'un joug odieux & dont il gémissait,

Il cherchait le moment où son prudent génie

Chasserait de ses murs l'obscure Anglomanie,

Qui, sous le bras secret d'un pouvoir usurpé,

A diviser, à nuire ardemment occupé,

Fiere de ses suppôts, comptant sur sa puissance,

Et poussant ses forfaits jusques à l'insolance,

Au

Au sein de l'Etat même élevait un Etat,

Couvrait du bien public son perfide attentat,

Et bientôt, s'avançant par l'intrigue & les crimes,

S'immolant chaque jour les plus nobles victimes,

D'un Corps puissant & sain démontant les ressorts,

Joignant la ruse aux coups, le secret aux efforts,

Allait de sept Etats, & d'une République

Ecraser les Cités sous un joug monarchique,

De la Liberté même abbattre les autels,

Et faire triompher des parjures mortels.

Europe (1) dans les Cieux déja voyait paraitre

Cet animal si doux, si caressant, mais traitre,

Qui,

____

(1) Europe, fille d'Agénor, Roi de Phénicie, & sœur de Cadmus, était une Princesse si belle, que l'on disait qu'une des Compagnes de Junon avait dérobé un petit pot de fard sur la toilette de la Déesse, pour en colorer les joues d'Europe. Elle fut tendrement aimée de Jupiter, qui prit la figure d'un taureau pour l'enlever, passa la mer la tenant sur son dos, & l'emporta dans cette partie du monde qui porte maintenant le nom de cette Princesse. Jupiter, pour récompenser le taureau, le plaça dans le Ciel. Il devint une des douze constellations, & préside au mois d'Avril.

Qui, du Dieu qu'il voilait favorifant l'ardeur,

L'enleva fur fon dos & lui ravit fon cœur.

Junon, fe rappelant cette galante hiftoire,

Dont fon cœur ulcéré confervait la mémoire,

A fon volage Epoux reprochait aigrement

Cette infidélité contraire à fon ferment.

Mais loin de s'irriter de cette humeur jaloufe,

Le Souverain des Dieux embraffe fon Epoufe,

Et ramene les ris fur fon front irrité.

Mais l'Olimpe en fecret condannait fa bonté.

Quand tout-à-coup des Cieux les portes s'entrouvrirent,

L'Erebe en retentit, fes monftres en frémirent,

La Tolérance en deuil, les ïeux baignés de pleurs,

Le teint pâle & flétri par de longues douleurs,

Parait dans l'Affemblée, où Jupiter lui-même

Déployait fa grandeur, fa majefté fuprême,

Et les Dieux, l'œil fixé fur fon augufte afpect,

Eprouvaient tour-à-tour la crainte ou le refpect.

D'un

D'un pas majeſtueux, d'une face aſſurée,

Près de ſon trône d'or, la Déeſſe éplorée

S'avance triſtement dans la foule des Dieux

Etonnés & ſurpris de la voir dans les Cieux.

Au Roi de l'Univers la douce Tolérance

Demande en ſoupirant un moment d'audiance ;

D'expoſer à ſes piés ſes douloureux ennuis :

Et d'implorer ſon bras contre ſes ennemis.

„ Parlez, Fille des Dieux, que l'Olimpe révere,

„ Lui répond Jupiter : dites le téméraire

„ Dont l'audace effrénée outragea vos autels,

„ Ou par un culte impie, ou des vœux criminels !

„ Stix, entends : ſois témoin du ſerment redoutable

„ Que je vais prononcer : il eſt inviolable.

„ Terre, Cieux, écoutez : je jure en ce moment,

„ De punir ſans égard, impitoyablement,

„ Quiconque.... Souverain de tout ce qui reſpire,

„ Arrêtez le courroux qui déja vous inſpire !

„ Je

„ Je ne connus jamais la colere, l'aigreur;

„ Un fentiment plus doux vient agiter mon cœur,

Interrompit foudain la Déeffe affligée :

„ Daignez ouir ma plainte & je ferai vengée!

A l'inftant il fe fit un filence profond,

Et Zéphire errait feul fous le divin plafond.

„ Créateur éternel de la Nature entiere;

„ Vous, Immortels puiffans, dont la gloire premiere

„ Eft de vous occuper du bonheur des humains,

„ Et d'adoucir pour eux la rigueur des Deftins,

Dit alors la Déeffe : „ une même origine

„ Me donne ainfi qu'à vous une effence divine :

„ Votre gloire & la mienne ont de femblables droits,

„ L'on ne peut m'outrager fans violer vos loix.

„ Si je quittai jadis le féjour du tonnerre,

„ Pour les champs malheureux des Enfans de la Terre;

„ Si je voulus chez eux établir mon pouvoir,

„ Le bonheur des mortels fut mon unique efpoir.

C c

„ Vous

,, Vous favez à quel point le cruel Fanatifme,

,, Entouré d'échaffauds bâtis par le fophifme,

,, Au nom même des Dieux exerçant fes fureurs,

,, Inondait l'univers de carnage & d'horreurs.

,, Avant ces jours affreux, dont la fanglante hiftoire

,, Me fait frémir encor en frappant ma mémoire,

,, Les mortels occupés d'un culte fimple & doux,

,, Approchaient fans remords de vos facrés genoux.

,, Un culte plus auftere établit fon empire :

,, Vous vîtes fans courroux propager ce délire,

,, Et le crime, avec lui, naiffant à chaque pas,

,, Les humains fe hâter d'avancer leur trépas.

,, Moi-même pour finir leurs rixes éternelles,

,, Pour adoucir du moins leurs honteufes quérelles,

,, Je vole au milieu d'eux ; ils entendent ma voix :

,, Mais toujours forcénés, ils méprifent mes loix.

,, Leurs Prêtres, en tout tems, cruels, inexorables,

,, Sous un manteau facré Tirans impitoyables,

,, De

,, De l'Univers, de nous, fe jouant fans remords,

,, Dans les fougueux accès de leurs fourbes tranfports,

,, Invoquant de leurs Dieux la force & le tonnerre,

,, Auraient, avec plaifir, des Enfans de la terre,

,, Vu le dernier, meurtri, par leurs barbares coups,

,, Expirer de douleur, embraffant leurs genoux,

,, Pourvû que fes tréfors, fes dépouilles fumantes,

,, Fuffent allé combler les cavernes fanglantes

,, De ces monftres facrés, noirs Enfans de l'orgueil,

,, On les eût vu chanter autour de fon cercueil.

,, Bientôt dans l'univers je n'eus plus de Patrie :

,, Chez tous les Potentats ma gloire était flétrie :

,, Partout le Fanatifme élevait fes autels,

,, Faifait couler le fang des malheureux mortels. (1)

,, Dé-

(1) Toutes les Hiftoires font pleines des outrages fanglans faits à l'humanité dans toutes les Religions. Juifs, Chrétiens Réformés ou non, Mufulmans, tous, au nom de Dieu crurent long-tems l'honorer en égorgeant leurs freres, parce qu'ils ne priaient ou ne penfaient pas comme eux.

,, Détestant leurs fureurs, pleurant leur infortune,

,, Voulant me délivrer d'une vue importune,

,, Déjà je me hâtais de remonter aux Cieux,

,, Quand sept Etats naissans m'appelerent chez eux.

,, Je vôle en ces climats, où la Nature entiere

,, Parait encor sortir du sein de la matiere;

,, Où tous les Elémens faiblement ébauchés,

,, Sous un brouillard épais semblent toujours cachés.

,, J'y trouvai des humains sages & pacifiques,

,, Qui venaient de briser des liens tiranniques,

,, De se donner des loix, & le fer à la main

,, De changer à leur gré la marche du Destin.

   ,, A peine en leurs remparts ma voix se fit entendre,

,, Que tous à mes drapeaux accoururent se rendre.

,, Mon trône fut assi dans toutes leurs cités;

,, Partout j'eus des autels & des solemnités;

,, Partout l'on invoquait l'auguste Tolérance.

,, Tous les dons de Cérès, la Paix & l'abondance,

,, Com-

» Comme un torrent fécond enrichirent leurs bords,

» Et l'univers entier y verfa fes tréfors. (2)

» Je coulais d'heureux jours au fein de mes Bataves;

» Maintefois je jouis de l'afpect de leurs braves,

» Qui, couverts de lauriers, modeftes, triomphans,

» Se faifaient gloire encor du nom de mes Enfans.

» J'oubliais avec eux tout le refte du monde,

» Son vil amas d'erreurs, fa malice profonde;

Et

(2) Il eft certain que fur un fol auffi complettement ingrat que celui des Pays-Bas-Unis, il eft incroyable combien ce petit efpace renferme d'habitans. Les facilités infinies que l'on y trouve généralement partout pour le Commerce, n'ont pas peu contribué à fa population. Mais la douceur du gouvernement de cette République, & la Tolérance telle quelle de toutes les manieres d'adorer Dieu, peuplerent les Etats d'un foule d'étrangers, & furtout de Wallons que l'Inquifition perfécutait dans leur Patrie, & qui, d'efclaves devinrent Citoyens. La Religion Calvinifte, dominant dans toute la Confédération Belgique, fervit encore fa puiffance. Ce pays fi pauvre au commencement de la Révolution, n'aurait pu fuffire à la magnificence des Prélats, ni nourrir des Ordres de Réligieux mendians des deux fexes, & cette terre où il fallait des hommes, ne pouvait admettre ceux qui s'engagent par ferment à faire périr, autant qu'il eft en eux, l'efpece humaine.

„ Et quoique le Soleil, fur fon char radieux,

„ Sous un autre horifon brillât de plus de feux;

„ Quoique Bacchus ailleurs verfât plus de largeffes,

„ Je ne pouvais quitter l'objet de mes tendreffes;

„ Et le Batave enfin, favori de mon cœur,

„ Sur la Terre lui feul faifait tout mon bonheur.

„ Dans peu la Renommée, orgueilleufe de plaire,

„ Inftruifit à la fois l'un & l'autre hémifphere

„ Du bonheur inouï qui coulait de mon fein :

„ Alors, de tous côtés, un innocent effaim

„ De mes Adorateurs pourfuivis par la Haine,

„ Des bords de l'Eridan, des rives de la Seine,

„ Des Campagnes de l'Ebre & des murs de Sion

„ Accourut implorer notre protection.

„ Le Batave attendri leur offrit un afile,

„ Un cœur hofpitalier, un commerce facile.

„ Et mon Empire accru par cent peuples divers,

„ Heureux en fon enceinte, éblouit l'univers.

„ Loin

„ Loin des bords de l'Amſtel, traverſant l'Atlantique,

„ Notre félicité vint frapper l'Amérique.

„ L'exemple du Batave & mes tendres bienfaits

„ M'y firent en tous lieux mille nombreux ſujets.

„ Un territoire immenſe, un redoutable Empire,

„ Long-tems livrés aux coups du plus ſanglant délire,

„ Qu'un orgueilleux Tiran & ſes Agens cruels

„ Voulaient enſevelir ſous des fers éternels,

„ A peine recouvrant leur liberté premiere,

„ Sont venus ſe ranger autour de ma banniere,

„ Et mon culte, établi dans leurs vaſtes Etats,

„ D'un nouvel univers m'ouvre tous les climats (3)

„ Pour

(3) Les lumieres philoſophiques & ſages des premiers fondateurs de la République Batave commencent enfin à percer en Europe. Joſeph II vient d'établir dans ſes Royaumes & dans ſes
Etats héréditaires une Tolérance générale, ſes ſujets Proteſtans
peuvent être promus aux premieres charges de l'Etat. Il eſt à
eſpérer que l'exemple de ce grand Monarque ſera bientôt imité
dans l'Europe entiere. Mais l'Amérique Septentrionale ſeule a
ſaiſi l'eſprit véritable du Créateur ſuprême, en admettant, non

Cc 4

une

,, Pour cimenter encor ma puiſſance & ma gloire,

,, Ces Peuples, couronnés des mains de la Victoire,

,, De mon premier domaine ont demandé l'amour.

,, Leur grave Aréopage a tranſmis à la Cour

,, Où repoſe le bras de l'Union Belgique,

,, Un mortel vertueux, au nom de l'Amérique,

,, Pour former un concert de ſecours mutuels,

,, Une amitié conſtante & des nœuds éternels.

,, Ces deux Peuples ſont miens: eux ſeuls dans les deux
mondes,
,, Dépoſent à mes piés l'hommage de leurs ondes:

,, Leur intérêt commun veut que leurs pavillons,

,, Protégés par le fer de tous leurs bataillons,

,, Puiſ-

une Tolerance génée en beaucoup de points eſſentiels, mais une liberté pleniere, indéfinie. Dans les Treize-Etats, il n'y aura jamais de Religion dominante : toutes les Communions Chrétiennes marchent tête levée & d'un pas égal en ſon enceinte. C'eſt une loi fondamentale de l'Etat. En pluſieurs Etats Européens, au contraire, c'eſt une faveur du Souverain, qui n'a de ſtabilité que ſon caprice ou ſon intérêt, & que ſon Succeſſeur pourra de ſon bon plaiſir abolir quand il lui plaira.

„ Puiffent en fûreté voiturer leurs richeffes;

„ Ou réprimer foudain les nations traitreffes

„ Qui, du Sceptre des mers ufurpant les vains droits,

„ Voudraient fuperbement leur impofer des loix,

„ Auffitôt qu'Albion, par fes vils fatellites,

„ Sut qu'Adams approchait des aqueufes limites

„ Qui du fol de Lorraine (1) & du fol Hollandais

„ Séparent de concert les fertiles marais,

„ Que

(1) C'eft improprement parler aujourd'hui, que de dire les Pays-Bas-*Autrichiens*. Il n'exifte plus de Maifon d'Autriche. Cette Maifon parvint à l'Empire d'Allemagne au mois d'Octobre 1275, par l'élection de Rodolphe I. furnommé le *Clément*, fils d'Albert Comte *d'Haspourg*, château fitué entre Bâle & Zurich. Son regne fut troublé par la guerre contre *Odoacre* Roi de Boheme, fur lequel il remporta une victoire fignalée, & le vaincu fut contraint de céder l'Autriche, la Stirie & la Carniole à *Rodolphe*. Ses Defcendans en 1630, étaient Souverains de l'Efpagne, du Portugal, & des tréfors de l'Amérique. Les Pays-Bas, le Milanais, le Royaume de Naples, la Boheme, la Hongrie, l'Allemagne même, fi on peut le dire, étaient devenus fon patrimoine. Cette Maifon, jadis fi redoutable à l'Europe qu'elle aurait enchaînée, fi tant d'Etats euffent été réunis fur une même tête, finit en Efpagne en 1700, par le décès de Charles II; & en Allemagne en 1740, par la mort de Charles VI, feizieme & dernier

nier

„ Que cet Américain, fameux par ſes lumieres,

„ Venait pour renverſer les antiques barrieres

„ Que

nier Empereur du ſang de Charles-quint, dont la tige maſculine s'éteignit avec lui. Sa fille ainée, *Marie Théreſe*, Princeſſe qui ne le cede en rien aux plus grands hommes de ſon ſiecle, Epouſe de *François* III. de Lorraine, hérita de tous ſes Royaumes & Etats. Son Epoux avait été mis en poſſeſſion dès l'année 1736 par le Traité de Vienne, Art. 9 du Grand Duché de Toſcane, en échange de l'ancien patrimoine de ſes Ancêtres, dont la jouiſſance & la Souveraineté furent accordées à Staniſlas Leszczynski, deux fois élu Roi légitime de Pologne, & deux fois dépoſſédé. La Lorraine & le Duché de Bar par un article du même traité devait reſter à la France. Le premier ſoin de *Marie Théreſe*, après la mort de ſon pere, fut d'aſſurer au Grand-Duc de Toſcane ſon Epoux, le partage de toutes ſes Couronnes ſous le nom de *Co-régent*, ſans perdre en rien ſa Souveraineté, & ſans enfreindre la pragmatique-ſanction. Elle ſe flattait dans ces premiers momens, que les dignités dont elle ornait ce Prince, lui préparaient la Couronne Impériale. Elle eut de grandes guerres à ſoutenir avant de parvenir à ce but ſi déſiré: ſouvent victorieuſe, & ſupérieure même aux ſanglantes défaites qu'elle eſſuya, elle parvint à faire élire Empereur ſon Auguſte Epoux à Francfort le 13 Septembre 1745. Enfin, après un regne des plus glorieux, Marie Théreſe finit le 29 Novembre 1780 ſa carriere immortelle. En elle finit auſſi la branche féminine de la Maiſon d'Autriche qui ceſſa d'exiſter à ſon décès. La Maiſon de Lorraine qui jouit maintenant du ſceptre Impérial & de la dépouille immenſe de la Maiſon d'Autriche, eſt une des plus illuſtres

Mai-

,, Que l'œil des Léopards plaçait de tous côtés,

,, Pour tenir ſes Colons ſous des fers déteſtés : (2)

,, Que ce Miniſtre illuſtre, à l'Union Belgique

,, Allait offrir les cœurs de toute l'Amérique,

,, Et d'un commerce immenſe établir les appuis ;

,, Auſſitôt, déchainant mille infernaux eſprits,

,, Dans chacun des Etats ſemant la zizanie,

,, Ameutant les ſuppôts qui, de l'Anglomanie

,, Suivent en aboyant les obſcurs étendards :

,, Albion, du Batave attaquant les remparts ;

,, Albion, ſur les mers, par d'infâmes baſſeſſes,

,, D'un ancien Allié dévorant les richeſſes,

,, Voyant

Maiſons Souveraines de l'Europe, & ſes Princes, depuis bien
des ſiecles ſont reputés Princes du ſang de l'Auguſte Maiſon de
France.

(2) Rien de plus abſurde que les préjugés répandus avec ſoin
par l'Angleterre dans toutes ſes poſſeſſions lointaines, contre toutes les autres Nations de l'Europe. Londres même en eſt imbu.
Partout la politique Anglaiſe peignait les Eſpagnols comme des
fanatiques & des barbares : les Français comme de petits hommes,

,, Voyant la Batavie en longs habits de deuil,

,, Pleurer sur un héros couché dans le cercueil:

,, Albion, succombant sous le fer de la France,

,, Vint encor provoquer l'augufte Tolérance

,, Dans son propre domaine, en son propre séjour,

,, Maitrifer fept Etats, l'objet de son amour.

,, Albion, de mon culte ennemie éternelle,

,, Qui me fit de tout tems une guerre cruelle,

,, De mon nouvel Empire arrêtant les progrès,

,, Oferait fe flatter d'un inique fuccès!

,, Non,

mes, hauts tout au plus de cinq piés, mous, lâches & efféminés; les Allemands, les Bataves &c. &c., comme d'une efpece bien inférieure à la gent Britannique. Mais ces préjugés, offenfans & injurieux pour tous les peuples, fe font évanouis par l'entrée des Troupes Françaifes fur le Continent Septentrional de l'Amérique, & par l'établiffement en Efpagne & en Batavie de plufieurs riches Négocians Américains. Les connaiffances que ceux-ci ont aquifes chez l'Etranger, le Pavillon des Etats-Unis flottant & accueilli dans tous les ports de l'Europe, ont appris à leur retour à leurs compatriotes qu'il eft des vertus dans tous les Etats Européens, & que les hommes ne le cedent en aucune maniere, pas même aux Anglais, par la hauteur de leur taille, les grâces du maintien, & la force du corps.

„ Non, non, des Léopards les rampans idolâtres

„ Bientôt étoufferont leurs voix opiniâtres:

„ Je faurai prendre en main la défenfe des miens;

„ L'Amérique & l'Amftel formeront des liens

„ Que l'Erebe en fureur voudrait en vain diffoudre.

„ Souverain des mortels! J'emploîrai votre foudre,

„ Pour terraffer quiconque oferait contre moi

„ Ou contre mes Amis élever une loi.

„ Moi, que l'Olimpe entier reconnait pour Déeffe;

„ Fille de l'Eternel, Enfant de la Sageffe,

„ Un Peuple fanatique, (3) orgueilleux, oppreffeur,

„ Du droit des Nations injufte raviffeur,

„ Par les Dieux féparé du refte de la terre,

„ Comme indigne à leurs ïeux d'exifter & de plaire,
„ Ce

(3) L'on n'a pas oublié tout ce que le fanatifme, dans tous les fiecles exerça dans la Grande-Bretagne: l'étonnante aventure du Lord Gordon, en 1780, & la feconde tentative qu'il vient de faire fur la fin de l'année 1782. Mais furtout que l'on jette les ïeux fur la fituation des Catholiques, aujourd'hui même, dans l'étendue des trois Royaumes, furtout en Irlande: & que ces Infulaires fe vantent enfuite de leur tolérance religieufe! Elle eft auffi vraie que leur liberté civile au moment de la preffe.

„ Ce même peuple enfin que je fuis, que je hais,

„ Voudra m'en impofer dans mon propre palais !

„ Avant qu'un tel affront, qu'une injure pareille

„ Viennent ternir ma gloire & bleffer mon oreille,

„ Pour la premiere fois, je ....." comme vous bleffés,

Dit Jupiter ému : „ de même intéreffés

„ A couvrir vos Autels d'une Egide invincible ;

„ A vous rendre aux méchans redoutable & terrible,

„ Déeffe, tous les Dieux qui compofent ma Cour,

„ Et moi qui fuis leur Roi, vous portons même amour.

„ Vous favez du Deftin que le pouvoir fuprême

„ A Jupiter, aux Cieux ofe commander même :

„ Tels étaient fes vouloirs : des fureurs d'Albion,

„ De fon féroce orgueil, de fon ambition

„ L'excès devait févir fur l'un & l'autre monde :

„ Il devait pour un tems agir en Roi fur l'onde,

„ Pour inftruire & punir les Peuples & les Rois,

„ Et leur montrer à tous leurs légitimes droits. (4)

„ De

(4) Il eft certain que la Révolution qui vient d'arriver en
Amé-

„ De tout ce vain fracas, de ces petites caufes,

„ Doit naitre inceffamment un bel ordre de chofes.

„ Votre culte éternel , ainfi que vos Enfans

„ Des complots de l'Enfer fortiront triomphans.

„ Vos Pays-Bas-Unis, votre brave Amérique

„ Connaitront mieux le joug d'un Etat monarchique:

„ Ils défendront leurs droits avec autorité,

„ Et fentiront bien mieux leur noble Liberté.

„ Leurs ennemis vaincus, fans foudre & fans tonnerre,

„ Sous le mépris du monde & les coups de la Terre,

„ Humiliés, confus & dévorant leur frein,

„ Sont dévorés chez eux par la guerre & la faim.

„ Que refte-t'il au Ciel pour punir leur démence?

„ Fille aimable des Dieux, divine Tolérance,

„ Raf-

Amérique, apportera bientôt un changement fenfible dans la Politique de l'Europe. Les bons Rois en deviendront meilleurs encore, les Tirans trembleront fur le trône, & les peuples connaitront mieux leurs droits.

,, Raſſurez vos eſprits, calmez votre douleur,

,, Et laiſſez au Deſtin protéger votre honneur !

Ainſi parla des Dieux le Monarque ſuprême.

Avec ſon Sceptre d'or, de la Déeſſe même

Il touche en ſouriant le front majeſtueux ;

La Déité ſoudain rougit, baiſſe les ïeux :

Puis avec dignité courbant ſa tête auguſte,

Elle rend grâce au Dieu toujours grand, ſaint & juſte,

Qui, des ſiecles futurs perçant dans le lointain,

Sondait la profondeur des Arrêts du Deſtin.

Tout l'Olimpe, à l'envi, célebre ſa ſageſſe ;

Mille voix, mille chans d'une vive alégreſſe,

Répétés mille fois, béniſſaient hautement

Le Dieu qui foule aux piés le vaſte firmament,

Et qui, des Immortels, ſeuls témoins de ſa gloire,

Sur le mortel impie aſſeyait la victoire.

Tous, dans leurs chœurs ſacrés, chantaient à l'uniſſon :

Le Destin va punir les forfaits d'Albion !

Pour

Pour fes Etats chéris l'aimable Tolérance

Quitte les cieux, part, vole: elle apperçoit la France,

Et s'écrie: ah, Deſtin! quand viendra l'heureux jour,

Où, ces rians coteaux, objets de mon amour,

De l'altier fanatiſme, abjurant le délire,

De mon culte ſacré verront naitre l'empire;

L'éternelle Raiſon y jouir de ſes droits,

Et moi-même régner à côté de leurs Rois? (1)

Ja-

(1) Si jamais la Tolérance a pu ràiſonnablement eſpérer de ſe voir établir en France, c'eſt dans ce moment ſurtout où la Révolution de l'Amérique eſt venue à l'appui des lumieres ſans nombre que les grands Ecrivains de ce ſiecle ont répandues d'un bout de la France à l'autre. Toutes les perſonnes éclairées de ce vaſte Royaume n'obéiſſent plus qu'à la ſaine Raiſon. Le haut Clergé, quoiqu'il ait intérêt d'avouer d'autres principes, prouve par ſes diſcours & ſa conduite qu'il n'a plus foi aux dogmes qu'il défendait il y a quelques ſiecles avec tant de chaleur. Le bas Clergé, plus inſtruit de nos jours qu'il ne le fut jamais; & plus en France qu'en aucun autre Etat de l'Europe, ſe montre partout tolérant & raiſonnable. Rien ne le prouve mieux que la liberté dont jouiſſent toutes les Communions Chrétiennes dans toutes les grandes villes de France. Il s'y trouve un nombre prodigieux de Réformés, ils y tiennent leurs aſſemblées religieuſes ſans trouble & ſans inquiétude. Pour entrer dans les différens Corps de Né-

go.

Jamais, des Léopards les nombreux émissaires

N'avaient encor armé leurs langues meurtrieres,

D'un

gocians ou de métiers, il n'est plus nécessaire d'aller à la Messe & de prier Dieu en latin. Les Juifs ont partout des Sinagogues protégées par le Gouvernement, & leurs bonnes œuvres annoncées dans les papiers publics, loin de trôuver des Censeurs, reçoivent une approbation générale. Les Provinces méridionales, où les deux tiers des habitans professent le Calvinisme, sans en être moins bons Français, jouissent d'une liberté tranquile, & l'on ne souffrirait pas que le zele de quelques Magistrats ou de quelques Prêtres fanatiques vînt troubler la paix de ces riches contrées. Un évenement qui prouve combien en France l'on est revenu des préjugés de Réligion, c'est que, non-seulement on a vu M. Necker, admis familierement à la table du défunt Archevêque de Paris, mais lui donner souvent à dîner lui-même; on les a vu vivre tous les deux dans une intimité qui les honorait également: on a vu même le Corps du Clergé, assemblé pour lors à Paris, venir s'asseoir à la table d'un Ministre des finances Protestant avéré, qui se donnait hautement pour tel; on a vu ces convives sacrés faire grand-chere à côté d'un Protestant: toute la France l'a su, & ce même évenement qui, il y a quelques siecles, eût révolté toute la Nation, n'y a pas même causé un instant de surprise, tant les bons livres ont servi la Raison, & tant celle-ci a fait de progrès dans l'esprit même des peuples. Il n'est pas douteux que les Réformés n'obtiennent bientôt des temples pour leur culte réligieux. Les Américains doivent jouir en France des mêmes grâces & faveurs qu'ils accordent aux Français dans leur Empire. Ceux-ci trouvent en Amérique la Réligion Catholique aussi libre qu'en France, il est donc raisonnable

nable

D'un poifon corrupteur fi noir, fi violent ;

Jamais, de leurs fuppôts l'efcadron turbulent

N'avait en Batavie aiguifé plus de lances,

Contre le bras vainqueur des trois grandes puiffances

Dont la foudre écrafait les guerriers d'Albion,

Lui raviffait le fruit de fon ambition,

Qu'au moment remarquable, où, fept Aréopages,

Dans leurs nobles confeils, toujours prudens & fages,

Agitaient fortement, en pleine liberté,

Quel puiffant avantage & quelle utilité

Pouvait fe procurer la Nation Belgique,

En préfentant fa main aux Héros d'Amérique ;

Ce que pouvaient encor, en leur faible courroux

Le Tiran Britannique & fes Anglais jaloux. (2)

Du

nable d'en conclure qu'ils doivent trouver dans les Etats de leur
Grand-Allié tous les avantages qu'ils procurent à fes fujets fur
leur immenfe territoire.

(2) Pour donner une légere idée des fureurs auxquelles fe livra la cabale vendue aux Anglais dans la République des Pays-

Bas-

Du Palais de Windfor, la Difcorde légere,

Elevant dans les airs fon horrible criniere,

Re-

Bas-Unis, au moment où l'on a fu qu'il s'agiffait dans l'Affemblée des divers Etats de la Confédération Batave, de traiter de la Recon, naiffance de l'Indépendance de l'Amérique & de former avec cette République naiffante un traité quelconque, il fuffit de rapporter quelques fragmens d'un ouvrage périodique, compofé dans le fein même des Etats, & diftribué publiquement. Il avait pour titre *Correfpondance politique*.

Il faut, dit l'Auteur, de grands intérêts nationaux pour amener de l'unanimité dans les réfolutions, & de la vigueur dans l'exécution. Il faut de grands biens à procurer à la patrie, ou de grands maux à éloigner de fes enfans, pour réunir les opinions diverfes, & raffembler dans un même centre les forces difperfées. Mais il faudrait être aveugle, pour s'imaginer que l'on verra régner le même concert, & développer les mêmes efforts, quand il s'agit d'intérêts légers & individuels; que l'on fera des facrifices auffi coûteux pour défendre la caufe de quelques Membres de la Souveraineté qui, ne confultant que leurs convenances, ont imprudemment jeté leurs concitoyens dans la confufion, & leur patrie dans le malheur; pour foutenir des hommes qui, fans miffion politique, ont formé des liaifons perfides & fait évanouir *le caducée entre deux Nations unies;* pour réalifer de petites fpéculations mercantiles, auffi incertaines que leur utilité ferait circonfcrite; pour appuyer les réfultats d'une négociation ténébreufe, fatal fruit d'un fiftême criminel. ---- Ce n'eft ni pour épargner des cataftrophes à leur pays, ni pour procurer l'aifance à leurs habitans, qu'ils ont furtivement contracté avec *ce Congrès éphémere, avec ce corps fantaftique qui fe diffoudra par la défection honteufe de fes dignes Membres, ou defcendra au tombeau, chargé du crime d'une rebellion atroce & de l'opprebre d'une révolte infâme.* ---- Si l'Amérique ne devient pas indépendante, comme cela fe pourrait bien, malgré les progrès que fon indépendance fait chaque jour dans nos Gazettes, le traité éventuel de commerce entre cette *malheureufe contrée* & les Pays-Bas-Unis, eft une pure chimere pour

faire

Revole en Batavie, animer fes Agens,

Elle offre à leurs regards tous les périls urgens

Qui

faire le bien de leurs habitans. Si, au contraire, elle le devient, comme cela fe pourrait auffi *dans quelques centaines d'années*, l'utilité des liaifons mercantiles, formées avec des hommes *qui la ravagent par* leurs extorfions, & la flétriffent par leur defpotifme, pourra intéreffer nos Neveux. ———— J'ai, fur le plaideur apoftat, M. Laurens, tant célébré il y a un an, aujourd'hui fi complettement oublié, une piece que le Public ne ferait fûrement pas fâché de connaitre. Elle eft trop longue pour entrer dans ces feuilles. Si j'aimais à débufquer les ufurpateurs de renommée de l'autel où la contemplation publique les admire, je pourrais livrer ce morceau à l'impreffion, & en faire une brochure qui ne contribuerait peut-être pas peu à démafquer ce Caffard politique. Mais à quoi bon défabufer les dupes, & fâcher les frippons? (*a*) Cependant, lorfque je manquerai de matieres plus effentielles, je pourrai bien révéler quelques traits du caractere, quelques anecdotes de la vie civile de M. Laurens, feulement pour faire connaitre le plus vain, le plus faux des hommes, qui a ruiné cent familles à Charles-Town fa patrie par des procès odieux, plus odieufement pourfuivis encore; qui s'eft élevé, à force d'hipocrifie, à la tête du Congrès, & à fini par le trahir, en vendant & fa défection, & les paperaffes funeftes d'Amfterdam au Miniftere Britannique. Et voila le grand, l'excellent homme, le zélé patriote, le profond politique dont on nous a chanté les louanges, & dont on ne parle plus, depuis, qu'avec le prix de la convention de fon Apoftafie, il donne à la Tour de Londres des feftins à fes convertiffeurs & à fes condifciples. ——— Il femble que le rôle de ce Tartuffe, qui a joué tour-à-tour l'Oppofition, fes Compatriotes & les

Etran-

(*a*) L'Auteur, fommé par le Politique Hollandais de prouver par l'impreffion, la vérité du mémoire, dont il fe dit être en poffeffion, pour appuyer les lâches calomnies que fa plume diftilait contre le refpectable M. Laurens, eft encor à produire cette piece fi curieufe. Mais la méchanceté, même la plus infâme, eft quelquefois prudente dans fes écarts.

Qui partout menaçaient leur chere Anglomanie ;

Si, des Américains, le funeste Génie

L'em-

Etrangers, devrait rendre un peu confus les Négociateurs de l'Amstel d'a-
voir mis en lui leur confiance. —— Si l'Ex-préfident du Congrès Américain
était réellement chargé d'une miffion honorable près notre République ;
s'il avait intention de la remplir avec honneur, & de fervir fa patrie,
pourquoi rempliffait-il fon porte-feuille de la Correfpondance d'Amsterdam
qui en avait confervé des copies autentiques ? Si fes inftructions portaient
qu'il dût être muni de ces fatales paperaffes, d'où vient, qu'à l'approche de
la Veftale, il ne s'eft pas défendu en héros, ou qu'il n'a pas abîmé fa malle
dans les flots ? Mais vraiment le traité portait qu'on ne tirerait point fur le
paquebot le Congrès, parce qu'un Ministre-Plénipotentiaire ultra-maritime
eft trop poltron pour le feu ; & qu'en retour de cette attention prudente, il con-
ferverait précieufement le dépôt qui lui était confié, arrangement qui con-
ciliait tout-à-la fois la vie, la honte & la fortune de M. Laurens, qui
après avoir fait dans fa jeuneffe des harnais pour les chevaux, a forgé
dans fa vieilleffe des chaines de fer pour fes Concitoyens, & d'or pour lui.
—— L'idée d'une alliance naturelle entre les Pays-Bas-Unis & l'Amérique eft ridiculé. L'appui des Hollandais feuls, ferait fans contredit utile
aux Treize-Etats, peut-être plus que celui des Français & des Efpagnols.
Les fecours de la République les ferviraient fans doute mieux que ceux
de ces deux Alliés. Une fois déclarée en leur faveur, elle agirait de bonne foi, avec vigueur. Elle remplirait férieufement les conventions fi elle
en avait contractées. Son argent, fes flottes, fes troupes, fi elle pouvait
leur en fournir, les aideraient à confommer leur indépendance qu'ils font
incapables de confolider eux-mêmes, parce qu'il n'y a que les factieux à
qui elle ferait avantageufe qui la defirent, & que le peuple, à qui leur
ambition coûte tant de facrifices, ne les feconde qu'autant qu'il ne peut
s'en difpenfer, fans être expofé aux injuftices, aux perfécutions de ces
cruels & avides tirans. —— On conçoit très-bien comment l'alliance des
Etats-Généraux pourrait être utile aux Etats-Unis ; mais comment appercevoir l'utilité qu'elle procurerait à la République ? Des Alliés, à deux mille
lieues de l'Amstel, feraient une faible reffource contre les ennemis qu'elle

doit

L'emportait à leurs ïeux fur l'efpoir d'Albion.

Quelle amere douleur, quelle confufion,

Allait

doit combattre à fa porte. Et quels Alliés encore? Des hommes, dans l'impuiffance & dans l'incapacité de fe défendre chez eux, malgré les fecours de la France; malgré les diverfions que l'Efpagne réunie à la France a fait en faveur des hommes qui manquent de tout: de principes, de fiftêmes, de force & de courage; qui n'ont ni Efpeces, ni Armée, ni Marine; qui éprouvent tous les inconvéniens de la difcorde, & toutes les calamités de la guerre civile; qui voient leur propre pays ravagé tour-à-tour par fes ennemis & fes défenfeurs; leur commerce tomber; leur population diminuer; leurs campagnes dévaftées; leurs villes emportées par le fer de leurs conquérans, ou rendues par des lâches; leurs habitans ruinés, & un peuple entier écrafé fous le poids d'une dette de plufieurs milliards diffipés en folie, ou expoliés par les Sénateurs & leurs fuppôts. —— L'Alliance avec les Américains ferait donc inutile aux Bataves: ils n'en retireraient aucun avantage, ni aucun fecours. Des Révoltés qui ne peuvent pas défendre leurs propres foyers, iraient-ils reprendre les Poffeffions de la République envahies par les Anglais dans les deux Indes, eux à qui il faut que leurs bons amis d'Europe portent des habits, des fufils, de la poudre, des fouliers pour leurs foldats & jufqu'à de l'argent pour les foudoyer? — Il faut être aveugle pour ne pas voir l'extravagance d'une alliance quelconque entre la République & les Américains. Non-feulement elle ferait inutile aux Bataves, mais elle leur ferait onéreufe, & leur deviendrait infailliblement funefte. —— Dans la pofition où fe trouve aujourd'hui la République, il n'eft pas prudent qu'elle s'expofe à faire les facrifices que réclamerait une alliance offenfive avec les Américains. Si elle exiftait une fois, il faudrait que les Bataves volaffent en Amérique pour y fecourir leurs Alliés. La France qui foutient fi mollement leur caufe, la foutiendrait avec plus de molleffe encore. Elle trouverait bien le fecret de fe repofer fur notre République du foin de défendre des Alliés qui lui font trop à charge. Le Congrès, mal fecouru ou abandonné par fon ancien ami, attendrait fon falut des nouveaux. — La République eft-elle dans une fituation à pouvoir contracter des engagemens onéreux, fi elle voulait

D d 4

les

Allait couvrir au loin l'Empire Britannique,

Si des lâches Français, les traitres d'Amérique,

Con-

les remplir, fuperflus, fi elle ne le voulait pas? Eft-elle dans un état de défenfe qui lui permette de prodiguer des fecours & des foins à une nation éloignée, qui ne fera jamais à portée de lui en rendre? Faut-il donc que les Bataves fe lient par des Traités avec l'Amérique-Septentrionale pour faire tête aux Anglais? Eh! qu'ont de commun les prétentions des Américains à l'Indépendance, avec le falut & l'honneur de notre patrie? Tandis que nous n'avons ni troupes capables d'en impofer aux Puiffances de terre, ni flottes fuffifantes pour combattre nos ennemis maritimes, avonsnous befoin de nous attirer les embarras d'un Allié incommode, compofé d'un peuple de poltrons, tirannifé par un Sénat d'oppreffeurs ou de meridians? Il n'y a que des Entoufiaftes de la Liberté Américaine, qui puiffent voir de la convenance & de la néceffité dans des idées auffi disparates. ——— Que nous font les Révoltés de l'Amérique, qui n'ont eu ni le courage de porter le joug de leurs anciens dominateurs, ni celui de s'en affranchir généreufement? Qui, incapables de fervir la Liberté à laquelle ils ofent prétendre, vont mendiant des défenfeurs dans toute l'Europe? Les Bataves nos Ancêtres n'agirent pas ainfi. Ils ne rejeterent pas, par caprice, l'autorité légitime d'un Souverain équitable & modéré. Quand il fallut brifer les fers d'un tiran fanguinaire, ils furent le faire eux-mêmes. D'une main ils renverferent la couronne du Despote, de l'autre ils confommerent leur indépendance. Abandonnons donc les Américains à leur deftinée. S'ils font dignes de la liberté, ils fauront bien lui élever des autels. S'ils ne le font pas, que nous importe qu'ils rentrent fous le joug d'un maître couronné, ou qu'ils foient livrés à la rapacité de cent ambitieux qui les dévorent, après leur avoir enlevé la fidélité & le bonheur? ——— Ne faifons point d'alliance avec les Américains qui ne font ni dignes de notre appui, ni en état de nous fecourir. L'Angleterre ne renoncera jamais à fes Colonies tant qu'elle y confervera un pouce de terrein. En nous alliant avec elles, nous nous ferions un ennemi éternel de leur Métropole. ——— Ne nous allions point avec ces fujets révoltés; nous les rendrions eux-mêmes irréconciliables.

De

Conjurés contre lui, s'uniffaient à l'Amftel,

Par les liens facrés d'un pacte folemnel !

Impregnés du venin que fa bouche infernale

Verfait de toutes parts fur fa noire cabale,

Ses infenfés fauteurs, fes vils falariés

Propagent en tout fens leurs efforts meurtriers,

Mais un Dieu (1) plus fort qu'eux, ruine leurs intrigues,

Renverfe leurs complots, déconcerte leurs brigues.

L'hon-

De tous les Ecrivains vendus à l'Anglomanie, l'Auteur de ces abfurdes raifonnemens eft encor celui qui déraifonne le moins. Quoique l'on ne puiffe lire fes feuilles qu'avec le mépris & l'indignation qu'elles méritent, il eft encor fupportable, en comparaifon de fes nombreux Confreres.

(1) L'Amour de la Patrie. Ce n'eft point lorfque la Puiffance & la gloire d'une Nation touchent à leur comble, que s'exalte ce fentiment naturel en nous, qui nous fait tendrement chérir le fol qui nous vit naitre. Les plaifirs, le luxe & l'opulence énervent le courage, aviliffent l'âme; tous les cœurs ne fongent qu'aux charmes de la volupté, & l'on s'y livre avec ardeur. Mais c'eft dans le moment terrible, où le fer de l'Ennemi vainqueur mena-ce nos propres foyers; qu'il appuye fur nos reins la verge de l'oppreffion & nous environne d'une foule de calamités honteu-fes; c'eft alors que le Patriotifme parle au cœur des Citoyens; qu'il réveille l'âme de fon engourdiffement, & que la valeur na-

tio-

L'honneur du nom Batave, & l'auftere Vertu

Relevent leur efpoir & leur front abbatu.

Dans

tionale recouvrant tous fes droits, fe manifefte par les efforts les plus héroïques. Mais cette énergie fubite & glorieufe ne parait encor avec rapidité, que dans les Etats où la corruption n'eft pas à fon dernier période, où regnent quelques étincelles de vertu. Rome ne fut jamais plus grande, que lorfque Annibal, vainqueur au village de Cannes, menaçait le Capitole d'une ruine totale. Louis XIV ne mérita jamais mieux le nom de grand, que lorfque fon âme, rappelée à la vertu par l'illuftre Maintenon, fe vit accablée par le fléau de l'adverfité, outragée par l'orgueil de fes Ennemis triomphans, & que fes ïeux paternels vinrent mouiller le cercueil du dernier rejeton de fa nombreufe famille. Ce fut alors que, trop loué d'abord, trop méchamment calomnié dans la fuite par l'injuftice humaine, ce Prince, voyant le découragement général répandu dans la nation Françaife qui l'avait idolâtré fi longtems; la mifere pufalique; fes troupes battues de toutes parts; Landrecies, la derniere place qui pût couvrir Verfailles, hors d'état de faire une longue réfiftance, ce Prince magnanime dit au Maréchal d'Harcourt: *en cas d'un nouveau malheur, je corvoquerai toute la Nobleffe de mon Royaume, je la conduirai à l'ennemi malgré mon âge de foixante & quatorze ans, & je périrai à fa tête.* Dans une fituation pour le moins auffi déplorable, l'Angleterre ne nous offre aucun exemple de vrai patriotifme. Quelques difcours patriotes ont, à la vérité, fait retentir quelquefois les falles de Weftminfter, mais la Nation entiere, repréfentée par fon Parlement, en a bientôt étouffé le germe vivifiant. Un feul particulier a offert de conftruire à fes frais & d'équiper un vaiffeau de ligne; la Grande Bretagne s'eft moquée de cette offre

ma-

Dans les Etats de Frife , une foule inombrable ,

De vrais Républicains élite refpeétable ,

Aux

magnanime, & cet exemple frappant de vertu patriotique eft refté fans imitateurs. D'où vient cela ? C'eft que la corruption, l'égoïf-me & tous les vices font parvenus au dernier degré dans cette Ifle fuperbe. Chez les Bataves, il en eft autrement. Grand nombre de Citoyens du premier ordre fe font diftingués dans toutes les Affemblées Souveraines de la République, par des harangues dignes des plus beaux jours de Rome & d'Athenes, le refte, corrompu par les Seétaires de l'Anglomanie, a fouvent même été forcé de céder au patriotifme de leurs Co-régens. Mais l'amour de la patrie n'a véritablement encore pénétré de fes flammes fa-crées que les cœurs du fecond & du troifieme ordre des Citoyens. C'eft qu'ils étaient vertueux. Les honneurs, les dignités, la fa-veur ne venaient pas en leur fein les dédommager de la honte & du mépris qui couvraient la République. Une noble fierté leur faifait compter dans le filence les plaies de l'Etat. Ils en fondaient la profondeur avec une douleur amere, & bientôt ils la mani-feftaient par des requêtes vigoureufes & décentes qui montraient les cicatrices de la patrie, indiquaient la main funefte qui déchi-rait la République, & demandaient refpeétueufement d'en arrêter la perverfité. Ce n'eft plus le vil troupeau d'une populace ga-gnée par quelques ducats, qui vient ordonner impérieufement à fes Souverains de donner la fanétion légale à fes caprices & d'ap-prouver fes attentats fur la liberté publique en couronnant fa démence incendiaire. C'eft l'Elite des Négocians, des Chefs des Manufaétures, des Artifans, des principaux Citoyens des villes, jufqu'aux plus petites mêmes, qui demandent, fans rumeur, le beaume falutaire qui peut feul guérir les plaies de l'Etat, en pré-

venir

Aux Traitres, aux Tirans offre des traits vengeurs:

L'ardent Patriotifme à fon trône en leurs cœurs,

Sans oppofition, d'un concert unanime,

Tout eft délibéré: d'une voix magnanime

Le Frifon veut, prefcrit qu'avec célérité

Les Pays-Bas-Unis confomment le traité

Qui doit joindre à jamais les héros d'Amérique

Aux vainqueurs de l'Ibere, à l'Union-Belgique,

Et qu'Adams, accueilli fous un titre impofant,

Soit l'organe facré d'un Empire naiffant. (2)

Dans

venir la ruine totale, obftinément pourfuivie pour le malheur général de la République. Bataves! C'eft de la forte que doit parler un peuple libre: vos nobles efforts ont reconcilié avec vos
climats l'eftime des Nations les plus efclaves même. Pourfuivez
votre plan fage & patriote, mais reffouvenez-vous que la décence, doit aller de pair avec la fermeté républicaine, & que
l'ordre & la tranquilité publique font toujours compagnes infé-
parables de toutes les démarches que la vertu & le patriotifme
infpirent.

(2) La Frife, celui de tous les Etats de la Confédération
Belgique qui eft le plus libre, & qui, par fa conftitution Dé-
mocratique, eft le plus indépendant des intérêts particuliers &
des

Dans les Etats de Gueldre, un Sénateur illustre,

Dont les titres, le nom, ne font pas le seul lustre,

Mais d'un Spartiate & d'un noble Romain

Qui joint la fermeté, la valeur d'un Germain

A

des petites intrigues qui en font les suites, ne suivant que l'honneur Républicain, & l'impulsion du grand intérêt national, déclara formellement qu'il fallait reconnaitre l'Indépendance Américaine. Voici le résultat de sa délibération.

Les Etats de Frise ont pris la Résolution suivante : ayant été portée à l'Assemblée & mise en délibération la demande de M. Adams, pour remettre ses lettres de créance des Etats-Unis de l'Amérique Septentrionale à L. L. H. H. P. P., comme aussi l'adresse ultérieure à cette fin, avec prière d'une réponse catégorique faite par le même, & plus amplement mentionnée dans les notules de L. L. H. H. P. P. du 4 Mai 1781. & du 9 Janvier 1782. Sur quoi ayant été pris en délibération, que le susdit M. Adams aurait vraisemblablement quelques propositions à faire à L. L. H. H. P. P. & à leur remettre des principaux articles & fondemens sur lesquels le Congrès de son côté voudrait entrer dans un Traité de commerce, d'amitié, ou d'autres affaires à proposer à l'égard desquelles diligence était requise.

Il a été trouvé bon & arrêté d'autoriser les Députés de cet Etat à la Généralité, & de les charger de diriger les choses à la Table de L. L. H. H. P. P., de maniere que le susdit M. Adams soit admis au plutôt comme Ministre du Congrès de l'Amérique Septentrionale, avec ordre ultérieur auxdits Députés que, s'il était encor fait quelques semblables propositions par le même, d'en informer L. N. P. & il leur sera envoyé extrait de la présente, pour les en instruire, & pour se conduire en conséquence

Ainsi résolu à l'Hôtel de l'Etat, ce 26 Février 1782.

D'accord avec le Régistre, était signé

A. J. V. SMINIA.

A la mâle éloquence & de Rome & d'Athenes,

Capelle, (3) se levant : ,, Puissances Souveraines,

,, Sous ces lambris sacrés," dit-il, ,, de nos Aïeux

,, Qui tenez en vos mains le Sceptre glorieux !

,, Trop long-tems éblouis d'une gloire étrangere,

,, Nos ïeux s'ouvrent enfin aux traits de la lumiere

,, Qui vient de toutes parts couvrir notre horison :

,, Il est tems d'écouter la voix de la Raison.

,, Ce Peuple généreux, vaillant & magnanime,

,, Qu'Albion nous peignait chargé du plus grand crime,

,, Comme un amas obscur de rébelles errans,

,, Un faible peloton de sauvages brigands,

,, Tels

(3) M. de Capelle de Marsh avait fait éclater aussi son zele patriotique dans les Etats de Gueldre. C'est ce qu'on voit dans l'Extrait du Récès du Comté de Zutphen, dans l'Assemblée extraordinaire tenue à Nimegue le 23 du même mois. Il y prononça un discours des plus éloquens, sur l'attention sérieuse que méritaient les offres de M. Adams. Mais, délibération faite à la réquisition dudit M. de Capelle de Marsh, il fut résolu d'attendre pour se décider que les Etats maritimes, comme plus intéressés à la Reconnaissance de l'Indépendance de l'Amérique, eussent pris à cet égard une Résolution définitive.

,, Tels enfin que, jadis, fi l'on en croit l'Hiftoire,

,, L'on nommait nos Aïeux d'éternelle mémoire,

,, Quand, frémiffant de rage, armés par la valeur,

,, Ils briferent les fers d'un monarque oppreffeur !

,, Ce Congrès refpecté, que l'orgueil britannique

,, Difait redemander fon Sceptre tirannique ;

,, Tels qu'un Lion terrible, ayant brifé fes fers,

,, Par fes nobles exploits étonne l'Univers.

,, Loin de prêter fon front à de nouvelles chaines,

,, Il pourfuit fans pitié, fur les monts, dans les plaines,

,, Les mortels odieux qui ternirent fon front,

,, Dans leur fang téméraire il lave fon affront.

,,Dans les fiecles paffés, comme aux jours où nous fommes,

,, Il nâquit maintes fois chez les Enfans des hommes,

,, Des Princes curieux d'aggrandir leur pouvoir.

,, Pour ces cœurs corrompus il n'eft plus de devoir.

,, Le nom facré de Loi, de Vertu, de Juftice,

,, Ne font qu'un vain jouet, une idole factice,

,, Qu'ils

,, Qu'ils foulent tour-à-tour fous leurs pas criminels.

,, La fainte Liberté, nos droits & fes autels,

,, Fantome ridicule, orgueilleufes chimeres,

,, Dont pouvaient fe bercer nos imbécilles peres,

,, Aux ïeux des fiers Tirans de leur poftérité,

,, Sont des mots impofteurs & fans réalité.

,, Les Droits des Nations font à qui s'en empare:

,, Quiconque s'en faifit, eft un mortel grand, rare:

,, Celui-là feul enfin qui, d'un fol mal aquis,

,, Ufurpé fur le faible, ou vaillamment conquis,

,, Se laiffe impunément enlever la richeffe,

,, Eft un lâche, un Tiran, une âme fans nobleffe,

,, Au deffous de fon rang, indigne de régner,

,, Que Bellone irritée a voulu dépouiller.

,, Telle eft la Politique & favante & moderne

,, Qui déchire mon cœur, l'agite & le confterne. (1)

,, Les

(1) La Gueldre tient le premier rang dans la Confédération Belgique, parce que, lors de la Révolution, elle était décorée

du

„ Les deux tiers de ce monde, efclaves de leurs Rois,

„ De leur joug brillanté méconnaiffent le poids.

„ Qu'ils

du titre de Duché. Cependant elle eft beaucoup moins confidérable que plufieurs des autres Etats de la République. Son terroir infertile, fon commerce peu confidérable & gêné beaucoup encor par fa pofition, le ravage des conquérans dont elle s'eft longtems reffentie, influent fur fon aifance, & la richeffe feule peut lui donner quelque prépondérance. Une grande partie de la Gueldre fut originairement comprife dans le pays nommé *Batavie*, territoire occupé par les Bataves & les Frifons. Quand les Francs fe répandirent comme un torrent dans les Gaules, les *Antuariens*, peuplade de ces nouveaux conquérans, vinrent s'établir en Gueldre & dans le Comté de Zutphen. Après la mort de Clovis, Théodoric, un des quatre fils de ce Monarque, eut en partage le Royaume d'*Auftrafie*, dont faifaient partie & la Gueldre, & le territoire qu'occupaient les Antuariens. Quand les fils de l'Empereur Louis I ou le *Débonnaire*, en 843, firent à Verdun le partage des Etats de leur Pére, la Gueldre échut à Lothaire, avec une grande partie des Pays-Bas qui fut enfuite appelée *Lorraine*. Ce ne fut qu'au tems où commença la Féodalité, que la Gueldre eut un Souverain particulier. Le territoire de la République était alors partagé en quatre fiefs principaux. La *Gueldre*, la *Hollande*, l'Eveché d'*Utrecht*, & la *Frife*. Après avoir été longtems enclavé dans la Lorraine, il releva de la Couronne Impériale. Les Gouverneurs de la Gueldre portaient le titre d'*Avoués*, de *Protecteurs*. Le pouvoir civil & militaire dont ils difpofaient, favorifa leur indépendance. Ce fut fous Louis de Germanie, & fous Charles le Chauve Roi de France, que les Avoués devinrent grands feudataires. La Gueldre jouit

E e

quel-

„ Qu'ils rampent fans rougir fous un joug qu'ils chériffent:

„ Que cent verges de fer chaque jour les puniffent,

„ D'a-

quelque tems du calme & de la paix fous ces nouveaux Souverains. Bientôt, leurs querelles avec leurs voifins ou avec des
Princes plus puiffans qu'eux, la déchirerent pendant longues années & à diverfes reprifes, jufqu'à ce qu'enfin Guillaume Duc
de Juliers & de Cleves, qui avait pour titres le fuffrage de la
Nation, celui de Charles fon dernier Souverain, & les droits
d'Adolph Duc de Berg dont il avait hérité, trop faible pour
réfifter à la puiffance de l'Empereur Charles-quint qui marchait
en perfonne contre les Gueldrois, après quelques efforts pour
défendre fes Etats, & craignant de tout perdre, vint implorer
la clémence du vainqueur. Charles-quint le laiffa longtems à
genoux devant lui, & finit par le renvoyer à fes Miniftres.
Cependant il lui donna la paix en 1534, à condition de renoncer
au Duché de *Gueldre* & au Comté de *Zutphen*, & à ce prix il
lui confervait *Cleves* & *Juliers*. Quelques jours après les Etats
prêterent ferment à leur nouveau Souverain qui les laiffa dans la
libre jouiffance de leurs droits, & voulut que leur Stadhouder entendît la langue du pays & fût capable de gérer cette charge
par lui-même. Le Prince d'Orange fut élevé à cette dignité.
La Gueldre ne s'apperçut guere alors du changement de domination. Mais en 1547, la Cour Provinciale que l'Empereur
érigea à *Arnhem*, fut l'époque de l'infraction aux droits de la
Province. Les Officiers du nouveau tribunal étaient tous gens de
l'Empereur. Le Stadhouder en était Chef, & toutes les affaires civiles & eccléfiaftiques y furent portées. Il connaiffait auffi des droits
& des revenus Régaliens. Depuis cette révolution, la Gueldre
fe trouva confondue avec les fix autres Provinces. Sous les
Ducs

„ D'avoir perdu leur gloire & leurs droits primitifs :

„ Et qu'ils trainent partout leurs fronts vils & captifs !

„ L'Eu-

Ducs elle fut plus libre qu'elle ne l'eſt même aujourd'hui. Le Gouvernement Populaire à ſubſiſté juſqu'en l'annee 1591. En 1618, la ville de Nimegue voulut rentrer dans ſes droits. Elle voyait avec chagrin *Maurice* diſpoſer de tous les emplois de la Magiſtrature, dont on ne lui avait accordé la diſpoſition que pendant la guerre ſeulement. Mais ce Prince, grand ennemi de tout ce qu'il lui plaiſait appeler privileges, quoique ce ne fût que les Droits ſacrés des nations, étouffa par le bruit des armes, les cris de la révendication publique. En 1651, après la mort de Guillaume II, *Nimegue*, *Tiel*, *Bommel*, *Arnhem*, & quelques autres villes ſe remirent en poſfeſſion de leurs droits, au grand préjudice de la Nobleſſe qui n'avait que trop aidé à porter à la liberté des villes, les coups les plus funeſtes. En 1675, les Etats de cette Province, gagnés par le grand nombre des Nobles, toujours prés à briguer les emplois, & pour les obtenir, en tout-tems diſpoſés aux plus grands ſacrifices, voulurent déférer la Souveraineté à Guillaume III. Nous avons dit plus haut par quelle politique ce Prince la refuſa. Cette démarche donna un rès-grand poids dans la Province au Stadhouder, mais plus encore les Conquêtes qu'y firent les Français, en 1672. On ſait que leurs armes avaient arraché trois Etats du Corps de l'Union. La Gueldre était du nombre, & le Stadhouder, médiateur pour la réincorporation, fit acheter à la Gueldre, comme à Utrecht, au prix de ſes droits les plus ſacrés, une grâce qui lui était due. Elle fut forcée de lui céder une autorité preſque ſans bornes dans le choix des Magiſtrats, & dans les affaires du Gouvernement. Il décida tous les différens qui s'éleverent entre les Quartiers: Il préſida la Cour de Juſtice établie à Arnhem;

E e 2

tous

„ L'Europe affez longtems crut maitrifer le Monde ;

„ Enchainer l'Univers & dominer fur l'Onde ;

„ L'A-

tous les actes, toutes lettres & dépéches furent expédiés en fon nom &
en celui des Confeillers. Les chofes furent mifes fur un pié plus
étroit encore qu'en 1591, & l'on avoue que les Princes de la
Maifon *d'Autriche*, dans les plus grands excès de leur ambition,
n'auraient jamais ofé exiger des conceffions femblables. On fent
bien que ce fut dans la crife de ces facrifices amers, que les Etats,
qui n'avaient plus rien à perdre, préfenterent à Guillaume la Souveraineté du Pays. Sans ceffe humiliés, ils cherchaient à reconquérir une efpece de confidération, aux dépens d'un fantôme de liberté dont la
réalité n'était plus. Sous les Ducs, la Gueldre était divifée
en cantons ou quartiers. Mais il n'y en a que 3 qui foient entrés dans l'Union, *Nimegue*, le *Veluwe*, & *Zutphen*. Le quartier de *Ruremonde* eft paffé fous d'autres dominations par différens évenemens. La ville de *Gueldre* & fon territoire, appartient au Roi de Pruffe depuis la paix d'Utrecht. L'Empereur
poffede *Ruremonde* & fes dépendances, par ceffion faite en 1719.
Erkelens & fon territoire ou *Ammanie*, en forme d'hipoteque,
fut donné au Báron de Franquen par l'Electeur *Palatin*, qui le
tenait de l'Empereur, en vertu d'un traité fait le 8 Mai 1715.
Cependant la République conferve dans ce quartier *Venlo*, la
forterefle de *Stewens Wart*, & l'Ammanie de Montfort, mais
ces places dépendant de la Généralité, l'adminiftration fupreme
en appartient aux Etats-Généraux par l'article XVIII du Traité des
Barrieres, du 15 Novembre 1715. La Gueldre contribue aux
dépenfes de l'Union de 5. 12. 3., rélativement à 100.
Tout bon Citoyen de Gueldre doit gémir au fond de fon cœur
avec M. de Capelle de l'état funefte où eft réduite actuellement,

la

„ L'Amérique, à fon tour, vient venger les mortels

„ Des attentats des Rois, de leurs fers criminels.

„ Ses braves Citoyens, que la Sageffe éclaire,

„ Loin de fe profterner fous un bras téméraire;

„ D'obéir à des loix qui les aviliffaient;

„ De flatter les Tirans qui les inveftiffaient,

„ Ont préféré la mort au plus bas efclavage.

„ La Fortune a fervi leur vertueux courage,

„ Et ce peuple vainqueur, rentré dans tous fes droits,

„ S'annonce fièrement l'égal des plus grands Rois.

„ Illuftres Sénateurs, de cette République

„ Qui portez fur vos fronts la Majefté publique,

„ C'eft à vous de juger, fi treize Etats naiffans,

„ Qui formeront bientôt treize peuples puiffans,

„ Sont dignes à vos ïeux de haine ou de tendreffe.

„ Pourriez-vous, en ce jour, par crainte ou par faibleffe,

„ Ou

la Liberté d'un Peuple que l'on ofe nommer libre, quoique chargé d'un joüg à qui il ne manque que le nom, pour être complettement monarchique.

E e 3

,, Ou pour vous ménager leurs fanglans ennemis,

,, Leur refufer les noms de Freres & d'Amis?

,, Si vous les rejetez, vous condannez vos Peres:

,, Mais en les couronnant, dans les deux hémifpheres

,, La Liberté dira: Tirans audacieux

,, Tremblez: la Gueldre encor refpecte fes Aïeux!

Ainfi parla Capelle: & fa ferme éloquence

Allait en fa faveur décider la balance,

Quand un avis timide (1) entraina les efprits,

Et contre la Raifon, fit prefcrire un furfis.
Ce-

(1) La lecture de cet avis ayant été faite, M. Jacob Adolf de Heecke-ren d'Enghuifen, Confeiller & premier Maître des Comptes de la Gueldre, Préfident actuel de l'Affemblée du Quartier, repréfenta à M. de Capellè de Marsch que: bien qu'il fût obligé de convenir de la juftelle de tout ce qu'il venait d'expofer, outre plufieurs raifons également fortes qui fe préfentaient à fon efprit, la Délibération, fur l'objet en queftion, lui paraiffait prématurée, vu que les Seigneurs Etats de Hollande & de Zélande, comme principaux Etats commerçans & les plus intéreffés, ne s'étaient cependant pas encore expliqués à cet égard. Conféquemment, qu'il ne ferait guere convenable aux Etats de Gueldre, qui n'y étaient intéreffés que d'une maniere indirecte, de vouloir néanmoins former les premiers leur Réfolution à cet égard. C'eft pourquoi il donnait à confidérer s'il ne ferait pas plus à propos de renvoyer les délibérations fur cet objet à une occafion poftérieure?

Cependant M. de Capelle infiftant à ce que les voix fuffent recueillies fur fon avis en queftion, & ce faifant, y ayant été déféré; L. N. P. ont
trou-

Cependant le Deſtin, qui de l'Anglomanie

Ne voulait plus laiſſer l'inſolence impunie,

Appelle à haute voix, des murs de l'Union

Les Dieux qui les couvraient de leur protection. (2)

Il leur enjoint à tous d'ordonner au plus vite

A tous leurs Citoyens, en la forme preſcrite,

De conjurer leurs Chefs d'obéir à ſes loix,

De s'unir aux vainqueurs des Tirans & des Rois.

L'é-

trouvé bon & ſtatué que : quoique les motifs allégués par ce Seigneur paraiſſent mériter une conſidération ſérieuſe, cependant, pour les raiſons allé-
guées ci-deſſus, on juge devoir en ſuſpendre la déciſion, juſques à ce que
les Etats commerçans de la République aient formé leurs réſolutions là deſſus.

Et que ſur la réquiſition dudit Robbert; Jasper, de Capelle de Marsch, il
lui ſera délivré un Extrait de la préſente, tant ſur l'un que ſur l'autre.

Conforme à l'Original

Signé

Heem Schomaker.

(2) C'étaient les Dieux Penates. On plaçait leurs Statues dans
les foyers, dans les villes & ſur les chemins. C'eſt ſans doute,
par les mêmes motifs que, dans les Pays-Bas Catholiques ſurtout, ont
trouve dans chaque carrefour des villes, & collés contre les arbres ſur
les grandes routes, tant de ſtatues de la Vierge & des Saints. C'était
aux Penates que les Cités & les familles attribuaient la proſpérité de
leurs affaires domeſtiques. Ces Dieux faiſaient continuellement la
guerre au Génie noir qui ne cherchait qu'à nuire, & ne trouvait de ſatisfaction qu'à renverſer l'ordre dans les Républiques,
les Royaumes & les Empires.

L'éclair est moins agile à percer les nuages,

Les noirs enfans d'Eole à grossir les orages,

Que ces Dieux bienfaisans à voler aux remparts

Où, depuis tant d'hivers, des cruels Léopards

Chaque jour ils avaient à combattre les armes.

Ce n'est point par cabale, en semant les allarmes,

Par des séditions, ressource des Tirans,

Ni par des cris affreux de cent monstres errans,

Que ces Divinités, tutélaires Génies,

Prétendent terrasser les forces réunies

Qui devaient mettre obstacle au vouloir du Destin.

L'Honneur & l'Intérêt commandent; & soudain

De la Meuse à l'Amstel, un Peuple magnanime,

Selon l'ordre des loix, d'une voix unanime,

Et de sa Majesté conservant la grandeur,

Expose clairement les désirs de son cœur.

Höft (3) entend ces désirs; aussitôt sa grande âme

S'émeut, ressent l'ardeur d'une nouvelle flâmme:

Il

______

(3) Nous avons déja parlé de ce Patriote célebre, & nous ne
nous

Il vole au Magiftrat & lui tient ce difcours:

,, Dans nos honteux délais languirons-nous toujours?

,, Nous, le plus noble appui de l'Union Belgique,

,, La gloire de l'Europe & de la République!

,, Quel Génie, ennemi de nos vrais intérêts,

,, Penfe étouffer nos voix, fufpendre nos arrêts?

,, Nous Citoyens, oui nous, que l'atroce Angleterre

,, A voulu les premiers frapper de fon tonnerre;

,, Qu'elle ofa dépouiller des plus amples tréfors;

,, Nous balançons contre elle à dreffer nos efforts!

,, Nous refterións ici les fpectateurs tranquilles

,, Des vœux de la Patrie & du zèle des villes?

,, Sur nos fieges facrés, indignes Sénateurs,

,, Nous nous perdrons encor en d'ignobles lenteurs!

nous lafferons jamais de lui rendre le jufte hommage que lui doit tout vrai Républicain. C'eft à caufe de la mefure que nous avons été forcés de fupprimer une lettre de ce nom à jamais refpec-table chez les vrais Bataves.

„ Attendrons-nous enfin, que, de l'Anglomanie

„ On vienne nous taxer d'encenfer le Génie ?

„ Non non, que, dès ce jour, le brave Américain

„ Reçoive nos fermens, accepte notre main :

„ Et périffe à mes ïeux l'Anglomane ou le Traitre,

„ Qui cache un autre avis, ou le fera paraître ;

„ Et que fon âme, en proie aux monftres des Enfers,

„ Etonne par fa chûte Albion, l'Univers !

Il dit : & la Difcorde abandonne la Ville.

Mais en fes noirs projets induftrieufe, agile,

Dans les remparts de Dort elle croit s'établir,

Elle y voit Gyzelar, (1) & recommence à fuir.

C'eft

(1) M. Corneille de *Gyzelaar*, Grand-Penfionnaire de la Ville de *Dort*. En 1782 la Régence de cette Ville réfolut d'augmenter de 600 florins les appointemens de cet illuftre Magiftrat,
afin de lui prouver combien le Confeil était fatisfait du zèle infatigable, de la mâle conftance & de la loyauté patriotique qu'il
avait montrés en toutes les occafions dans ces tems difficiles, pour l'a-
vancement du bien-être de la République en général, ainfi qu'à
l'effet de l'encourager à continuer de fervir la Ville fur le même
pié,

C'eſt ainſi, dans les champs de l'heureuſe Limagne, (2)

Que, chaſſé par la faim des creux d'une montagne,

Un Loup, monſtre abhorré, la terreur des troupeaux,

Deſcend d'un œil hagard du ſommet des coteaux.

Il

pié. Ce ſont les propres termes de la Régence que l'on a traduits.
M. de *Gyzelaar* ſe ſignala ſurtout encore, dans les Etats de Hollande, lorſqu'on y délibérait ſur l'Indépendance de l'Amérique,
& ſur l'admiſſion de M. Adams en qualité de Miniſtre-Plénipo-
tentiaire de ces nouvelles Puiſſances. Le Grand Penſionnaire de
Dort, voyant les Nobles chanceler, porta l'indignation du Patriotiſme, juſqu'à leur dire en pleine Aſſemblée que: *dans une
affaire où les Villes étaient d'un avis unanime, quoiqu'elles n'y
paruſſent que par Députés, il était bien étrange que l'Ordre
Equeſtre qui y ſiégeait en Corps, refuſât d'accéder à une Réſolution auſſi patriotique!* La Nobleſſe, ayant le Stadhouder à
ſa tête, en qualité de premier Noble de Hollande, laiſſa paſſer
la Réſolution conclue à l'unanimité des 18 villes votantes; elle
ne s'y oppoſa point, elle n'y conſentit point, tant il eſt vrai
que les Gens de Cour ont plus de lumieres que de ſimples plé-
béyens que le ſeul bien évident de l'Etat peut guider, ainſi
que le vœu général de la République, repréſentée par ſes Régens! Les vrais patriotes, ſenſibles à ce nouveau témoignage de
la noble fermeté & du mâle courage de ſon Penſionnaire, voulaient lui faire dreſſer une ſtatue dans la Grande Salle du Sénat,
au bas de laquelle devoit être écrite en lettres d'or l'inſcription
ſuivante en vers Hollandais.

Il foule aux piés les fleurs des plus vertes prairies ;

Par fon foufle infecté les plantes font flétries .

Quand

> Dit 's Gyzelaar. die jong, maar wys, met mannentaal
> Voor recht en vryheid fpreekt, in *Hollands* Staaten-Zaal,
> Die Dordrechts achtbaarheid op 't Kusfen vast doet zitten;
> Men plaatf' dit Beeld by die van *Barneveld* en *Witten*.
>
> s.

En voici la Traduction :

C'eft Gyzelaar, qui jeune, mais fage, par un langage mâle,
Défendit & la Liberté & les Droits du Peuple à l'Affemblée des Etats de *Hollande:*
Qui rendit à la vénérable dignité des Magiftrats de Dort fa premiere fplendeur.
Que l'on place fon bufte près de ceux de *Barnevelt* & des de *Witts!*

La ftatue n'a pas eu lieu ; mais la reconnaiffance publique lui a élevé un monument plus précieux dans les cœurs des bons citoyens où le nom de *Gyzelaar* eft en vénération. La Nobleffe dut reconnaître dans quelque erreur on l'avait jetée, en voyant combien les vœux de la Patrie étaient contraires aux fentimens que l'Ordre Equeftre avait adoptés : mais comme la Nobleffe (nous l'avons peut-être déja dit) n'eft compofée que de 9 Membres, y compris le Prince Stathouder ; que ces Membres réunis n'ont qu'une voix, & que les voix des 18 villes étaient unanimes, la pluralité étant feulement requife en pareil cas, la reconnaiffance de l'Indépendance des Treize-Etats-Unis fut légalement reconnue dans les Etats de Hollande, & M. John Adams y fut déclaré & admis comme leur Miniftre Plénipotentiaire. La Nobleffe ne remporta de cette affaire que le défagrément de s'être vue vertement reprimandée par M. *Gyzelaar.* Amérique, Amérique! que je bénis le Ciel de ce que tu n'as en ton fein, ni Cour, ni Courtifans !

(2) La *Limagne* eft une contrée de France, dans la Baffe-Auvergne, fameufe dans la Littérature Françaife par le célebre Roman de *l'Aftrée.* La Limague eft le long de l'Allier, d'en-

viron

(445)

Quand le tiran des bois découvre par hazard

Un grouppe de brebis qui dort, broute à l'écart.

Il s'en promet déja la plus fraiche curée ;

Il soupire l'inftant qu'il l'aura dévorée,

Il l'avale des ïeux : il s'élance, il franchit

Les guérêts, les buiffons, les foffés ; & fans bruit,

De plus en plus preffé par la faim qui le guide,

Il allait pénétrer dans l'enceinte timide,

Mais il eft arrêté par des cris menaçans :

D'un vigilant pafteur les terribles accens,

Sa vigueur, fon épieu, le fer de fa houlette

Forcent bientôt le monftre à hâter fa retraite,

Et le bercail tremblant, mais exemt du danger,

Doit fon falut, fa vie à l'œil de fón berger.

Non moins épouvantée & non moins fanguinaire

La Difcorde s'enfuit, cherche un autre repaire.

Elle

viron 15 lieues de long du N. au S. C'eft une des plus belles plaines & des plus fertiles qu'il y ait dans le Royaume,
elle eft auffi très-peuplée.

Elle vole à la Haie, & s'y repose enfin,

Après tant d'efforts nuls, & de courses en vain.

La gloire de l'Etat, l'amour de la patrie

Enflâmment cependant toute la Batavie. (3)

Tous les bons Citoyens, d'un unanime accord,

Sans tumulte & sans cris, mais par un noble effort,

Font parler leurs desirs en de libres requêtes : (4)

Et dans les Sept Etats, les respectables têtes

Qui

(3) Depuis l'existence de la Confédération Belgique, jamais événement n'a été plus populaire dans les Sept Etats. Il n'y a pas eu une petite Ville, quelque peu considérable qu'elle fût, qui n'ait voulu participer à la gloire de coopérer à la Reconnaissance de l'Indépendance Américaine. Chaque Citoyen ne voyait en cette affaire que l'état où se trouverent ses Ancêtres, lorsqu'ils renverserent la tirannie Espagnole, & partout il disait : *Si nos braves aïeux n'eussent pas trouvé des appuis contre les tirans, nous gémirions aujourd'hui nous-mêmes, dans les fers du plus cruel esclavage. Notre exemple est suivi par les Américains ; le fléau dont les frappait la barbare Albion s'est étendu jusqu'à notre Patrie ; nous avons les mêmes intérêts, leur gloire devient la nôtre, donc les Américains sont nos amis : ils doivent être nos freres !*

(4) Il ne s'est peut-être jamais rien dit de plus éloquent, de plus noble, de plus vraiment libre, que ce qu'exprimait la fou-

le

Qui portent fur leurs fronts les fept Bandeaux facrés,

Purs organes du Peuple, (5) & par lui révérés,

Or-

le des requêtes que toutes les Villes des Sept Etats Belgiques
ont préfenté à leurs Régences. Mais comme l'Amour de la patrie, l'honneur de la République diétaient ces Requêtes, les termes en étaient d'une décence, d'une confiance en la fageffe du
Magiftrat qui, jointes au refpeét le plus tendre pour ces vénérables Sénateurs, exprimé de la maniere la plus énergique, ne
pouvaient manquer d'affeéter leurs âmes de la maniere la plus forte, fur la demande univerfelle d'un peuple fi magnanime.

(5) Il n'y a de Peuple que dans les Républiques. Là feulement un homme jouit d'une exiftence pléniere. Là feulement,
il peut connaitre les vrais intérêts de l'Etat, les examiner fous
toutes les faces, en raifonner librement, blâmer, condanner, ou
approuver les mefures du Gouvernement. Là on ne peut lui rien
cacher. Le dernier des Citoyens peut s'inftruire fur les feuilles
publiques des objets qui peuvent intéreffer fon honneur, fa gloire ou fa Liberté. Les Ecrivains s'empreffent de lui mettre fous
les yeux le véritable état des affaires; ils dirigent fes regards vers
le but qu'il ne peut manquer fans s'égarer ou fe perdre infailliblement. C'eft ce qui eft arrivé de nos jours en Batavie. L'A,
mérique y était peu connue: les Américains, enveloppés de toutes
les couleurs dont les Anglais & l'Anglomanie les chargeaient pour
les rendre odieux, y étaient peu confidérés. Un Ouvrage périodique,
le Politique Hollandais, a paru, écrit dans une langue étrangere au
Corps de la Nation Batave, il n'était fait que pour les perfonnes au
deffus du vulgaire. Auffi la force de fes raifonnemens, la folidité de
fes preuves, l'évidence des faits fur lefquels il appuyait fes affertions, ont frappé les efprits les plus prévenus en faveur de l'An-

gle-

Ordonnent à ſes vœux la Sanction légale.

L'alégreſſe partout eſt vive, pure, égale. (6)

Les

gleterre, & l'on peut dire que cette feuille a opéré chez les Bataves une Révolution patriotique qui fera certainement Epoque
dans les Annales de la République. Le Deſpote peut former des
projets audacieux; mais le Peuple, le voit, le fuit, l'arrête, le
punit. La reconnaiſſance de l'Indépendance des Etats-Unis de
l'Amérique Septentrionale, n'a pas été dans la Batavie le réſultat
du Conſeil d'un Prince qui a cru devoir l'établir en ſes Etats par
politique ou par intérêt, ſans appeler ſes ſujets à ſes délibérations, peut-être même ſans avoir en vue leur bien-être, mais le
cri généreux d'un Peuple vraiment libre. Les Républiques feules peuvent agir de la ſorte, tous les individus qui les compoſent ſont des hommes. Partout ailleurs, ſous quelque Gouvernement que ce ſoit, quelque dénominations qu'ils prennent,
quelques qualités qu'ils annoncent, les hommes ſont eſclaves, ou
rien, ce qui revient au même; car le Monarque y eſt tout.

(6) Le 9 Janvier 1782 M. *John Adams* remit au Préſident
des Etats-Généraux & à celui des Etats de Hollande le Mémoire
qui ſuit.

*Le 4 de Mai dernier, j'eus l'honneur d'une Conférence avec
M. le Préſident de L. L. H. H. P. P., dans laquelle je l'infor-
mai d'une Commiſſion que j'avais reçue des Etats-Unis de l'Amérique, avec pleins pouvoirs & inſtructions, pour propoſer &
conclure un Traité d'amitié & de commerce entre lesdits
Etats-Unis, & les Pays-Bas-Unis. Dàns la même Conférence,
j'eus l'honneur de demander une audience à Leurs Hautes Puiſſances, afin de pouvoir leur préſenter mes lettres de créance &
mes pleins pouvoirs. M. le Préſident m'aſſura qu'il ferait ſon*

rap-

Les Etats-Généraux, instruits de leurs devoirs,

Munis par l'Union des plus amples pouvoirs,

Ju-

rapport à L. L. H. H. P. P. de tout ce que je lui avais dit,
afin que la chose fût transmise aux divers Membres de la Sou-
veraineté de cette République, pour être soumise à leurs déli-
bérations & à leurs décisions. Je n'ai pas encore été honoré
d'une réponse, & par cette raison, j'ai l'honneur de m'adres-
fer à vous, Monsieur, pour vous demander, ainsi que je le fais,
une réponse catégorique, laquelle je puisse transmettre à mon
Souverain. Le 22 Février, il fut fait communication aux Etats
de Hollande, de la part des Etats-Généraux, du mémoire présenté
le 4 de Mai précédent, ainsi que de la réquisition ultérieure de
M. Adams du 9 Janvier dernier. Sur quoi l'un & l'autre furent
renvoyés au Comité pour les grandes affaires, & pris *ad refe-*
rendum par toutes les Villes. Les Etats de *Frise*, comme on l'a
vu page 429, y avaient consenti le 26 Fevrier. Ceux de *Hol-*
lande le 3 Mars; ceux de *Zélande* le 4 Avril, le même jour les
Etats *d'Overyssel*, le 10 *Utrecht*, *Groningue* en même tems, &
la *Gueldre* enfin le 17 du même mois. Le 22 Avril 1782. Les Etats
Généraux, déclarerent que *par Résomption, sur l'adresse & l'a-*
dresse ultérieure, faite par M. John Adams le 4 Mai 1781.
& le 9 Janvier de l'année courante, à M. le Président de
l'Assemblée de L. L. H. H. P. P. pour remettre à L. L. H. H.
P. P. ses lettres de créance au nom des Etats-Unis de l'Améri-
que Septentrionale & par laquelle adresse ultérieure, le susdit
M. Adams demandait une réponse catégorique, afin d'en pou-
voir donner connaissance à son Souverain, il a été trouvé bon
& arrêté que M. John Adams sera admis & reconnu en qua-
lité d'Envoyé des Etats-Unis de l'Amérique Septentrionale près

de

Jurent à l'Amérique une amitié fidele,

Une alliance étroite, unanime, éternelle :

Adams en fait de même au nom des Treize-Etats.

Tous maudissent l'Anglais & ses noirs attentats.

Et la Discorde en proie aux fureurs les plus grandes,

La rage dans le cœur, à ses infâmes bandes

Reproche leur faiblesse & leur peu d'union,

Quand, sur leurs vains sermens, la royale Albion,

Les croyant partager son courroux & sa haine,

Osait en espérer une palme certaine :

Et

de L. L. H. H, P. P. comme il est admis & reconnu par la pré-
sente. Signé W. Boreël, plus bas était signé : s'accorde avec le
susdit Registre. H. Fagel.

M. Adams fut alors au comble de ses vœux; il oublia les peines inexprimables, les dégoûts & mille désagrémens plus aisés à
sentir que faciles à décrire qu'il avait eu à devorer. Tous
les bons patriotes éprouverent la plus vive joie; ils la témoignerent dans toutes les villes, par des adresses de remerciment où leur alégresse, & leur reconnaissance envers leurs
Magistrats se déployaient avec effusion de cœur. La Société
Américaine établie à Amsterdam se distingua surtout au milieu des
réjouissances publiques, par une fête brillante où M. Adams fut
solemnellement invité, & l'Anglomanie désespérée, perdant con-
tenance, se vit forcée quelque tems à garder un silence que les
circonstances actuelles commandaient à sa politique.

Et ces fuppôts maudits, confus d'un tel revers,

Accufaient à leur tour les Dieux & l'Univers.

Tels on .vit dans la fuite, effrayés par la foudre,

Qui des Forts de Minorque avait réduit en poudre

Le rempart orgueilleux & les fiers défenfeurs

Paraitre deux guerriers au pié de leurs vainqueurs,

Se reprocher l'un l'autre une foule de crimes,

Avilir à l'envi leurs ames magnanimes,

Du flegme Caftillan fe faire méprifer,

Et fournir aux Français matiere à les railler. (7)

Ce-

____

(7) On fait allufion ici à l'indécente querelle que le Général *Draper*, Commandant en fecond, dans le fort St. Philippe, fufcita au Général *Murray*, Gouverneur de l'Ifle entiere. Le jour de la prife de la Citadelle, M le Duc de Crillon invita à dîner l'un & l'autre avec leurs principaux Officiers. Le Général Draper refufa feul d'y affifter, *ne voulant pas*, dit-il, *fe trouver, encore moins dîner, avec un Traitre envers fa patrie.* Le Général dit, étant à table: *Vous avez été témoins, Meffieurs, de l'humeur de mon Commandant en fecond Je fuis certain qu'il va m'accufer à Londres, & que fes Partifans rempliront les papiers publics d'invectives contre moi cependant il y a plus de dix jours qu'il a été le premier à me confeiller de me rendre, & à me prouver que toute réfiftance était inutile.* Il fut prophete, le Général *Draper*

F f 2

in-

Cependant fur ces mers , nourries des deux mondes ,

Les Tritons , effrayés dans leurs grottes profondes ,

Voyaient encor au loin flotter mille débris.

L'amoureux Alcion (1) , tremblant pour fes petits,

N'o-

intenta dans la fuite en Angleterre un procès à fon Commandant en Chef. Le Confeil de guerre qui devait décider leur différent, s'ouvrit le 30 Janvier 1782 dans *Houfe-Guards*, à *Whiteball*, prononça fur les accufations du Général *Draper* contre le Général *Murray*, ancien Gouverneur de *Minorque*, & le Roi approuva la fentence. Ces deux Généraux étaient préfens. Le Juge-Avocat déclara que des 29 chefs d'accufation portés par le Général *Draper* contre le Gouverneur, 27 étaient frivoles & deftitués de fondement, & que, fur les autres, le Prifonnier recevrait une Réprimande du Confeil, favoir, *pour avoir ordonné, le 15 Octobre 1781, de ne point tirer de canons, de quelque efpece que ce fût, fans le commandement exprès du Gouverneur de la Place, & pour avoir mis en vente publique quelques provifions, fur lefquelles on l'accufait d'avoir tiré du profit.* Cette Sentence lue, le Juge-Avocat dit au Général *Draper* que le bon plaifir de la Cour était qu'il s'excufât vis-à-vis du Général *Murray*, de lui avoir intenté ce procès, & Sir *Draper* fit d'abord l'excufe apologétique ordonnée. Adreffant enfuite la parole au Général *Murray*, le Juge-Avocat voulut l'engager de la part du Confeil à s'excufer auffi à l'égard de fon Ennemi, *de ce qu'il avait bleffé fa fenfibilité, comme Militaire, pendant le fiege de Minorque.* Mais Sir *Murray le refufa*, & dit avec force *qu'il était le protecteur de fon propre bonneur, & laiffait à chaque autre homme le foin propre de protéger le fien.*

N'ofait répondre aux feux de fa chere compagne :

On les trouvait l'un l'autre errans dans la campagne,

Par des chans langoureux & des gémiffemens

Déplorer le retard de leurs tendres momens.

Les Dauphins, irrités contre l'efpece humaine,

Maudiffant les fureurs, trifte effet de fa haine,

Du Golfe Adriatique, aux mers de Marmora, (2)

Et furtout dans les eaux qui baignent Mifiltra, (3)

S'é-

---

(1) *Alcione*, fille d'Eole, fut inconfolable de la mort de *Ceix* fon mari, fils de Lucifer, qui s'était noyé dans la mer en la traverfant pour aller trouver fa femme, qui l'attendait avec une impatience extreme. Les Dieux récompenferent leur tendreffe mutuelle, en les métamorphofant l'un l'autre en une efpece d'oifeaux nommés *Alcions*, & voulurent que la mer fût tranquille dans le tems que ces oifeaux feraient leurs nids fur l'eau, où ils les font ordinairement.

(2) La mer de *Marmara* ou de *Marmora*, ou Mer-Blanche, eft un grand Golfe, entre l'Hellefpont & la Mer-Noire. C'eft ce que les Anciens appelaient *Propontide*.

(3) A une lioue & demie des ruines de *Lacédémone*, ou de *Sparte*, ville de *Grece*, Capitale de la Morée, dans la Province de *Sacanie*, avec un Archevêché fuffragant de Conftantinople, un château qui paffe pour imprenable, fi ce n'eft par famine.

S'étaient depuis longtems retirés à la file,

Pour y trouver au moins le calme en cet afile :

Et dès que le Soleil, fortant du fein des flots,

Colore de fes feux la furface des eaux ;

Ou que, fur le déclin d'une belle journée,

Il quitte de Claros la rive fortunée,

Les amis d'Arion, (4) libres en leurs ébats,

N'ayant point à frémir à l'afpect des combats,

Bondiffent auffitôt : & leurs têtes dorées,

De mille feux divers tour-à-tour colorées,

Faifant plier les flots fous un léger effort,

Promenent leurs plaifirs de l'un à l'autre bord.

Tout à-coup fur ces mers, les foudres de la guerre

Font réfonner au loin le bruit de leur tonnerre.

Mars

(4) Arion, fameux muficien, étant fur un vaiffeau, les matelots voulurent l'égorger pour avoir fon argent ; mais il obtint avant que de mourir de jouer de fon luth, au fon duquel les *Dauphins* s'attrouperent autour du vaiffeau ; enfuite il fe jeta dans la mer, & l'un de ces poiffons le porta fur fon dos au bord de la mer, d'où Arion fe rendit chez Périandre qui fit courir après ces pirates, & la plûpart furent punis féverement.

Mars & Bellone unis aux drapeaux Castillans,

Ont déja rassemblé cent bataillons vaillans.

Vingt énormes châteaux, citadelles mobiles,

S'élancent à l'envi sur les ondes tranquiles.

Leurs nombreux pavillons semblent voiler les Cieux;

L'Epouvante & la Mort marchent à côté d'eux:

Sous les coups d'avirons, la Mer obéissante

Laisse loin derriere eux son écume flottante,

L'escadre est à Minorque (5), & ses braves guerriers

Se hâtent de sauter sur ces bords étrangers.

A

(5) C'est une Isle d'Espagne dans la *Méditerranée* au N.E. & à 10 lieues de celle de Maïorque. Elle a environ 12 lieues de long sur 4 de large. C'est une des quatre *Baléares*. Elle abonde en tout ce qui est nécessaire à la vie, en blé, vins, pâturages, oranges, fruits, & bestiaux. Il y a beaucoup de lapins, de perdrix, d'autre gibier, & d'excellens mulets. Elle est à 60 lieues S. de la Catalogne. Les Carthaginois la prirent sur ses habitans Phéniciens, vers 4 2 avant J. C. Les Romains la conquirent sur Carthage. Pline assure que les habitans demanderent un secours de troupes à l'Empereur Auguste contre les lapins qui renversaient leurs maisons & leurs arbres. Les *Vandales* prirent Minorque sur les Romains l'an 421 de J. C. Les

Sar-

A leur tête parait, certain de la victoire,

Un Héros qui nâquit héritier de la gloire

Dont

Sarrasins la leur enleverent vers 697. Charles-magne la prit sur les *Maures*, au commencement du neuvieme siecle, mais ils y rentrerent peu après. Jacques I. Roi d'Arragon la rendit tributaire en 1230. Alphonse son petit fils acheva de soumettre *Maïorque*, *Minorque*, *Iviça*, & *Formentera*, & les unit à sa couronne. Elles ont ensuite suivi le sort de ce royaume, & ont été réunies à la Monarchie Espagnole. Stanhope, Amiral *Anglais*, uni aux *Hollandais*, prit Minorque le 28 7bre 1708, pour la Maison d'Autriche, mais par la paix *d'Utrecht* les Anglais s'en assurerent la possession. Enfin les Français, commandés par le Maréchal Duc de Richelieu, la prirent à leur tour sur ceux-ci en 1763. Il n'y a dans l'Isle de Minorque ni loups, ni renards. Citadella en est la Capitale. C'est une petite ville forte avec un port, elle est à 11 lieues au N. O. de Port-Mahon, qui est aussi une ville maritime dans la partie méridionale, avec une bonne Citadelle & un bon port qui est à l'abri de tous les vens, ce qui fait que l'on dit en proverbe: *Juin, Juillet, Auguste & Port-Mahon, font la sûreté des vaisseaux.* La Ville est riche & commerçante, & doit sa fondation au fameux *Magon* Carthaginois. Les Français rendirent l'Isle de Minorque à ses anciens possesseurs par le Traité de Paris en 1763. Ce fut le 20 d'Auguste 1781 que se fit à Minorque le premier débarquement des Espagnols. Le Gouverneur ne s'attendait point à cette invasion soudaine. Il n'avait fait aucun préparatif pour empécher la descente, ni retarder les approches. Aussi, dès le jour même du débarquement, la Capitale, Port-Mahon, l'Isle entiere, avec les Magasins, l'Arsenal, plusieurs Frégates, grand nombre de bâtimens chargés en mar-

chan-

Dont fes nobles Aïeux illuftrerent leurs jours,

Invincibles à Mars & chéris des Amours.

Cril-

chandifes, toutes les munitions & approvifionnemens militaires & de bouche, furent au pouvoir des Efpagnols. Par des témoignages authentiques il eft avéré que le butin que l'on fit lors de la prife de Minorque, égalait au moins celui qu'enleverent de St. Euftache les Brigands qui la pillerent, quoique les Efpagnols fe foient comportés dans leur invafion felon la ftricte obfervance des loix de la guerre, & qu'ils aient même fait mettre en réferve les habillemens & les papiers que la Garnifon avait abandonnés dans fa fuite au fort St. Philippe, où elle fut bloquée le jour d'après, à 3 heures du matin. Le *Fort* St. Philippe eft la Citadelle de Port-Mahon. On le regarde après *Gibraltar* comme la Place de l'Europe la plus forte, par fa fituation, par la nature de fon terrein, & par 40 ans de foins qu'on avait mis à la fortifier. C'eft partout un roc uni, qu'entourent des foffés profonds de 20 piés & en quelques endroits de trente. C'étaient plus de cent mines fous des ouvrages devant lesquels il eft impoffible d'ouvrir la tranchée : tout y eft impénétrable au canon, & la Citadelle eft entourée partout de ces fortifications extérieures taillées dans le roc vif. Le village qui avait fervi à couvrir les batteries des Français dans le dernier fiege, avait été rafé, & les habitans tranfportés de l'autre côté du fort. Le Duc de Crillon fut obligé de faire venir de France & d'Efpagne dans des facs, toute la terre dont il avait befoin pour affeoir & couvrir fes batteries. Cependant le Fort St. Philippe fe rendit le 4 Février 1782. Pendant la nuit du 3 au 4 les affiégés firent un feu très-vif & continu, qui tua 8 ou 10 hommes & en bleffa plufieurs. Les batteries Efpagnoles répondirent avec tant de fuccès, que le lendemain matin, l'on vit un

                                         Dra-

Crillon (6) ne cede en rien à ſes vaillans Ancetres :

Comme eux, il eſt l'honneur, l'idole de ſes Maitres :

Comme

Drapeau blanc arboré ſur le Fort ; & peu de tems après un Officier s'avança vers nos lignes. On alla à ſa rencontre, il ſe dit
porteur d'une lettre pour le Général Duc de Crillon. Le Colonel
Cara à qui il avait parlé, lui fit donner un cheval, & il l'accom-
pagna au Quartier-Général. Le Commandant du Fort expoſait
dans ſa Miſſive, que *le défaut de munitions & de proviſions,*
ainſi que l'état de ſa Garniſon haraſſée de fatigues & diminuée
par les maladies, le forçait d'entrer en pourparler avec ſon
Excellence, qu'il était prêt à lui remettre le Fort aux termes
de la Capitulation que la Place obtint de M. le Duc de Riche-
lieu ; c'eſt-à-dire que la Garniſon ſerait libre &c. Le Duc de
Crillon répondit ſur le champ, *qu'il était bien fâché de ne pou-*
voir pas accorder à ſon Excellence ſa principale demande ; qu'il
était lié par les ordres de ſa Cour, qui, dans le cas d'une Capi-
tulation, portaient expreſſément de faire la Garniſon priſon-
niere ; qu'ainſi il ne pouvait lui offrir & lui accorder que les
honneurs & les égards dictés par les loix de la guerre, & par
l'eſtime particuliere qu'il avait pour ſon Excellence. L'Officier
Anglais s'en retourna avec cette réponſe ; & ce ne fut que le
ſoir que le Commandant du Fort abandonna ſon premier projet
de Capitulation, qu'il accepta les offres du Duc de *Crillon*, &
que, pour preuve de ſon conſentement, il offrit de mettre le
même jour les Eſpagnols en poſſeſſion des Ouvrages extérieurs
de la Place. En conſéquence, à 11 heures du ſoir, trois Compagnies de Grenadiers Eſpagnols, occuperent le Fort Marlborough, & les deux baſtions voiſins furent livrés aux Troupes
Françaiſes. Le lendemain, la Capitulation ayant été ſignée, le

Gé-

Comme eux de Venus-même il obtint les faveurs,

Et dans tous les combats vit ses efforts vainqueurs.

Aux

Général Duc de Crillon se rendit en carosse au Fort St. Philippe à 9 heures du matin. Il avait avec lui le Lieutenant-Général D. Felix *Buch*, M. le Baron de *Falckenbaim*, & un autre Général Espagnol. L'armée se mit sous les armes, & les *Anglais* sortirent en colonnes, Tambour-battant, meche allumée, allerent déposer leurs armes en faisceaux à l'extrémité de l'aile gauche de l'armée Espagnole. Le Général *Murray* & son Etat-major fermaient la marche. Après cette cérémonie humiliante pour les fiers Ecossais, les Officiers des deux armées se mêlerent, & l'on porta les secours les plus promts à la Garnison, soit en lui fournissant des remedes, & les provisions fraîches dont elle manquait, soit en transportant les malades dans des endroits plus aërés & plus sains que les Casemates où ils étaient.

(6) Le Duc de Crillon, Maréchal de Camp. Le nom de Crillon fut toujours porté par un Héros. Sans remonter plus haut qu'à la bataille de Mont-contour où le Duc d'Anjou frere de Charles IX s'acharnant à pourfuivre les fuyards, *arrêtez, Prince*, lui dit un Crillon : *fongez que vous êtes redevable de votre personne à l'Etat, & que la gloire de pourfuivre un ennemi qui fuit, n'est pas digne du frere d'un Roi de France.* En même tems il se met lui-même à la tête du corps que commandait le Prince, il acheve la victoire. Comme il revenait tranquilement, il se sent atteint au bras du coup d'une Arquebuse. Il court à l'assassin. C'était un Protestant qui, par la mort de Crillon croyait réparer la défaite de son parti. A peine Crillon a-t'il levé le bras pour le frapper, qu'il se jette à ses piés en lui demandant la vie. *Je te la donne, dit le Héros &, si l'on peut ajouter foi aux promesses*

d'un

Aux antiques lauriers cueillis en sa patrie,

Fier d'enlacer encor les palmes d'Hespérie, (7)

Et de deux puissans Rois hautement estimé,

Il marche : & la valeur dont il est animé

Embrase en un instant ses légions guerrieres.

L'Anglais, saisi d'effroi, déserte les frontieres,

Abandonne au Héros, armes, munitions,

Arsenal, magasins, d'amples provisions,

Lui

d'un *homme qui a trahi sa patrie & son Roi, j'exige ta parole* de ne jamais porter les armes contre ton Souverain. Le Protestant promit, tint parole & se fit Catholique. Tout le monde connait le fameux billet que lui écrivit le Grand Henri, après la bataille d'Arques, & sur le champ même de bataille : *pendstoi, brave Crillon : nous avons combattu à Arques & tu n'y étais pas ; je t'aime à tort & à travers.* Crillon, se trouvant dans une Eglise un jour de *Vendredi Saint*, pendant que l'on y prêchait la passion, & entendant le détail des tourmens que l'on avait fait souffrir à J. C., le guerrier, saisi d'un entousiasme sacré, & ne se possédant plus, tire son épée, se leve, & *s'écrie où était alors le brave Crillon?* L'histoire des Crillons remonte au berceau de la monarchie qu'ils honorerent tous par leur valeur & leurs vertus.

(7) C'est ainsi que les Anciens nommaient l'Espagne.

Lui permet de faisir ses vaiffeaux, son bagage,

Et court dans faint Philippe enfermer son courage.

De même que jadis le Prince des Troyens (8)

Vit fuir à ses côtés ses pâles citoyens,

Ofa les réunir, pourvoir à leur défenfe,

Ranimer en leur fein leur antique vaillance,

Dans les murs d'Ilion raffembler leurs drapeaux,

Et braver avec eux mille dangers nouvéaux.

Ainfi Murrai furpris par un guerrier terrible,

Que fuivait à grands pas une armée invincible,

Maî-

(8) Enée, Prince Troyen, fils d'Anchife & de Venus. Lorfque les Grecs prirent Troie, il foutint quelques combats dans les
rues de la Ville, mais ne pouvant réfifter aux forces de l'Ennemi
il fe retira avec ceux de ces Citoyens qu'il avait pu raffembler,
dans *Ilion*, citadelle de Troie; prêt à être emporté par les Grecs,
il en fortit, portant fon pere Anchife fur fes Epaules, fes
Dieux pénates d'une main, & tenant fon fils Jule de l'autre;
& fe retira avec les compagnons de fon infortune qui voulurent
le fuivre, & s'embarqua heureufement avec eux. Aprés plufieurs
avantures que les Poëtes ont embellies ou inventées, il arriva en
Italie, campa fur les bords du Tibre, y fonda un petit royaume
que les Romains regarderent enfuite comme le berceau de leur
Empire. Enée était honoré chez eux fous le nom de *Jupiter-*
Indigete.

Maître de son courage, ose encore espérer,

Ou, du moins, sous son Fort veut se faire enterrer.

Déja soumise aux loix de ses Rois légitimes,

L'Isle entiere adoptait de nouvelles maximes.

Crillon, toujours actif, pressait de toutes parts

L'Ennemi renfermé dans ses derniers remparts.

Tel on voit un chasseur, dans les sables d'Affrique,

D'un Léopard, surpris dans sa retraite antique,

Ou pendant plusieurs jours vertement relancé,

Examiner le gîte, où l'animal blessé

Croit échapper encor à l'épieu qui le presse,

Ou du moins dérober ses terreurs, sa faiblesse.

Mais le chasseur, expert en sa profession,

De sa future proie a vu l'intention.

Il entoure de pieux le monstre hors d'haleine,

Il l'investit soudain de la plus forte chaine;

Il chasse le sommeil d'autour de son grabat,

À coups de javelots il le blesse, il l'abat.

Si,

Si, furieux, fanglant, le Léopard s'élance,

Le rempart qui le ceint arrête fa vaillance :

De rage il en dévore & la terre & les pieux ;

La foif de la vengeance eft peinte dans fes ieux :

Mais le prudent chaffeur méprife fa furie ;

Il l'accable de traits, lui fait vomir la vie,

Et le monftre, étendu fur le fable brûlant,

Aux ieux de fon vainqueur expire en frémiffant.

C'eft ainfi de Crillon que les braves Cohortes

De l'Anglais fugitif affiégerent les portes.

Qu'on les vit l'accabler de leurs dards enflâmmés ;

Retenir fes efforts dans fes murs enfermés ;

Et le forcer enfin, malgré fa réfiftance,

A céder à l'Efpagne, unie avec la France, (1)

Les

______

(1) La France n'avait à ce fiege qu'environ 6,000 hommes de troupes auxiliaires, fous les ordres du Comte de Falkenhaim, Maréchal des camps & armées du Roi. Rien ne caractérife mieux
la prévention Anglaife & cet orgueil national qui fe diffimule
fes pertes & fa faibleffe, que ce qui fe paffa quelques heures

Les crenaux redoutés où le Roi d'Albion

Croyait éternifer fa vafte ambition,

Dans les divers climats, où l'avide Angleterre

Avait fait retentir fa foudre & fon tonnerre,

Le

res avant la reddition de la Place. M. le Marquis de Crillon, fils du Général ayant été envoyé le 4 au foir vers le Général Murray, pour favoir à quelle heure celui-ci voulait remettre le Fort Marlborough, Murray s'écria avec fa vivacité ordinaire: *Qu'eft-ceci? Eft ce que l'on fufpecte ma bonne foi? Eft-ce que l'on me croit capable de trahir mes engagemens?* Le Marquis allait lui répondre: Ah! je le vois bien, continua le Général Anglais: *on me preffe, on a de l'inquiétude, c'eft que le fecours approche, c'eft que j'allais être délivré; on a déjà vu du Camp paraitre la flotte Britannique!* M. le Marquis de Crillon lui répondit fans s'émouvoir: qu'il ne venait pas preffer la reddition de la Place; que, par ordre du Général fon pere, il ne faifait que fe rendre à fes propres invitations; que l'on ne voyait rien du Camp, & que bien loin qu'il fût fecouru, toute l'armée favait qu'il était impoffible à la Grande-Bretagne de faire le moindre effort en fa faveur. M. Murray s'appaifa & livra les Forts. On trouva dans la place beaucoup de provifions en viandes falées, 3,450 quintaux de poudre, une quantité confidérable de boulets, mais pas plus d'une feule bombe. Douze cens hommes dépoferent leurs armes; il y avait outre cela dans le Fort 700 malades ou bleffés; 250 hommes d'artillerie, 700 matelots employés au fervice des batteries, & 70 Corfes ou Grecs.

Le Deftin pourfuivait l'orguëil de fes drapeaux,

Et chaque jour, marqué par des revers nouveaux,

Confolait l'univers, après tant de bleffures,

Tant d'outrages fanglans, d'inhumaines injures,

Après tant de forfaits, en voyant fes tirans,

Sous le courroux des Dieux terraffés, expirans.

Un Héros, en fecret, (2) fort de la Martinique;

Il vole pour venger de l'Union-Belgique

Les

(2) Le Marquis de Bouillé, Gouverneur-Général des Ifles du vent, fachant que le Gouverneur de St. Euftache ne fe gardait pas avec attention, partit de la *Martinique* le 15 9bre 1781, avec environ 1200 hommes, commandés par le Vicomte de *Damas* & le Comte de *Dillon*. Après mille contre-tems, après avoir couru les plus grands dangers, il parvint avec 2 Frégattes, une Corvette & quatre bateaux armés, à la vue de St. Euftache le 25 du même mois. Le Débarquement fe fit de nuit. Les bâtimens légers devaient mouiller & les Frégates refter fous voiles, à portée d'envoyer leurs troupes à terre. Mais nos Pilotes fe trompèrent, & le feul bateau, où était le Comte de Dillon, put effectuer le débarquement avec 50 Chaffeurs de fon régiment. Un ras de marée inattendu, mais qui régnait fréquemment fur cette côte, fit perdre les Chaloupes qui furent brifées fur les roches dont elle était couverte, & plufieurs foldats furent noyés. Le Marquis arriva fur le fecond bateau & fit fon débarquement; mais fon Canot fut auffi calbuté dans la mer, & l'on parvint avec peine à en tirer les troupes. L'on découvrit enfin un lieu de débarquemeut moins dangereux, où, dans le courant de la même nuit, on réuffit à mettre à terre une grande partie des troupes qui étaient fur les bateaux & fur la Corvette *l'Aigle*. Les Frégates avaient dérivé. Une heure avant le jour, il n'y avait cependant encore qu'envi-

ron

Les pertes, les affronts, pour calmer ses douleurs,

Et dans la Batavie animer tous les cœurs.

Rien

ron 400 hommes à terre, & il ne restait plus d'espoir d'avoir le reste des troupes,
la plupart des Canots, & des Chaloupes ayant été brisés sur la plage. Privé de
tout moyen de retraite, il ne restait plus de ressource au Chef de l'entreprise, que
celle de vaincre l'Ennemi, dont les forces étaient presque du double des
troupes Françaises. Mais les soldats étant pleins d'ardeur & de courage, le
Marquis de Bouillé se décida pour l'attaque. Il était 4 heures & demie du
matin, & les Français étaient à près de deux lieues du Fort & des Casernes, lorsque les troupes furent mises en marche au pas redoublé. Le
Comte de *Dillon* avec les *Irlandais* au service de France, avait ordre d'aller droit aux Casernes, & d'envoyer un détachement pour se saisir du
Gouverneur dans sa maison ; le Chevalier de *Fresne*, Major de *Royal-Com-
tois*, de se porter, avec 100 Chasseurs *d'Auxerrois* & de son Régiment au Fort &
de l'escalader, s'il ne pouvait en rompre les portes, tandis que le Vicomte de
Damas, avec le reste des troupes devait soutenir l'attaque. Le Comte de
Dillon arriva aux Casernes à 6 heures, & trouva une partie de la Garnison
faisant l'exercice sur l'Esplanade. Trompée par l'habillement des *Irlandais*,
elle ne fut avertie que par une décharge à brûle-pourpoint qui en jeta
plusieurs à terre. Le Gouverneur *Cockburn*, qui se rendait au lieu de l'exercice à cheval, fut pris au même instant par le Chevalier *O-Conner*,
Capitaine des Chasseurs de *Walsh*. Le Chevalier de *Fresne* marcha droit
au Fort où les Anglais se jetaient en foule, & arriva au Pont-levis, au moment où ils cherchaient à le lever. M. de la *Motte* Capitaine des Chasseurs
d'Auxerrois, qui était parvenu à l'entrée du Pont, fit faire une décharge
sur les Anglais qui abandonnèrent les chaines du Pont levis, & il se jeta
dans le Fort, où il fut suivi par les Chasseurs de *Royal Comtois*. Le Chevalier de *Fresne* fit lever le pont après lui, & les Anglais, qui étaient en
grand nombre dans le Fort, mirent bas les armes. Dans un moment l'Isle
fut prise, & l'on réunit ensuite dans le Fort les Officiers & soldats de la
Garnison qui venaient s'y rendre de toutes parts. Les Français n'eurent
que 10 hommes tués ou blessés, mais le nombre des Anglais fut beaucoup
plus considérable. La Garnison était composée de 677 hommes, avec 68

pieces

Rien ne peut de Bouillé (3) suspendre la victoire,

Mille obstacles nouveaux vont servir à sa gloire;

Il est à St. Eustache : & l'Anglais étonné,

Des drapeaux de Louis partout environné,

Doute

pieces de Canons. Les Anglais avaient fait dans l'Isle les plus belles batteries, depuis qu'ils s'en étaient emparés, & il y avait peu de choses à ajouter aux moyens de défense. Le Gouverneur de St. Eustache gardait en séqueftré dans sa maison, jusqu'à la décifion de la Cour de St. James, un million en especes, appartenant aux malheureux habitans de St. Eustache. Après les preuves autentiques de leur propriété, le Marquis de *Bouillé* leur fit rendre cet argent. Il se trouva encor 1,600 mille livres argent des Colonies, appartenant à Rodney, au Général Vaughan & aux autres Officiers, provenant de leurs prises. Le Vainqueur en fit faire un bloc, avec ce que l'on put tirer de 5 à 6 bâtimens Anglais, qui se trouverent à la Rade, qui, formant environ 2,000,000, fut partagé, conformément à l'Ordonnance des prises, entre l'Armée & la Marine. Le Lieutenant-Colonel *Cockburn* du 35me Régiment qui commandait dans l'Isle, ayant déclaré que, fur l'argent dépofé dans cette Colonie par Rodney & Vaughan, il se trouvait 264 mille livres qui lui appartenaient, ils le réclama; & d'après l'avis des Officiers supérieurs des Corps de l'armée, le Marquis de Bouillé fit remettre cette fomme au demandeur. Deux jours après, le Vicomte de *Damas*, par ordre du Marquis de *Bouillé*, se rendit à l'Isle *St. Martin* & à l'Isle de *Saba* dont il s'empara. La garnifon de ces deux Isles, ainsi que celle de St. Eustache, fut faite prifonniere de guerre. M. de Bouillé le lendemain de la prise de celle-ci, y fit arborer le pavillon *Batave*, à côté de celui de France, & y rétablit le Gouvernement civil de la République. Telle fut la glorieuse reprise des Conquêtes de Rodney. La poftérité seule pourra rendre justice aux deux nations; car les Anglais, loin de punir les auteurs du plus infâme brigandage qui fut jamais, les en ont magnifiquement récompensés.

(3) Lieutenant-Général, Commandeur de l'Ordre de St. Louis, Gouverneur Général des Isles fous le Vent.

G g 2

Doute encor s'il eſt vrai, que la Mer, les orages

Ne ſont plus un rempart qui gardent ſes rivages : (4)

Si le fer des Français, toujours impétueux,

Le pourſuivra ſans fin, èn tout tems, en tous lieux.

Mais il eſt convaincu de ſa honte certaine :

Il veut fuir, il eſt pris & conduit à la chaine.

De

(4) M. Cockburne, le même qui, au nom du Roi d'Angleterre, & par les ordres de Rodney, était venu ſommer le Gouverneur de St. Euſtache pour la Compagnie des Indes Occidentales,
de rendre l'Iſle aux forces Britanniques, n'avait pas manqué de
faire exactement la viſite des rivages de l'Iſle, accompagné de
ſes Ingénieurs. Mais, arrivés aux lieux où M. le Marquis de
Bouillé fit ſa deſcente dans la ſuite, ils déclarerent que cette côte
était inabordable, & ſuffiſamment défendue par les rochers qui
l'environnent & les courans qui regnent dans ces parages. Les
Anglais paraiſſaient avoir oublié que ces petits obſtacles n'étaient
rien pour des Français qui , entr'autres actions hardies, le 10
Juillet 1744, à la journée de Château-Dauphin dans les Alpes,
avaient eſcaladé en plein jour, ſans canon, un roc eſcarpé ſur
lequel deux mille Savoyards étaient retranchés & qui, ſoutenus
par leur Roi même, foudroyaient les aſſaillans avec le leur : que
les Grenadiers s'élancerent les uns ſur les autres, & paſſerent
même par les embraſures du canon ennemi, dans l'inſtant où les
pieces ayant tiré, reculaient par leur mouvement ordinaire. Il
était donc à propos de rappeler aux Bretons ce dont les troupes
Françaiſes ſont capables.

De ſes noirs procédés l'abominable fruit,

Naquit en un inſtant, un inſtant le ravit.

Rodnei, tu céderas tes infâmes rapines :

Tes compagnons pervers, ſur les faibles ruines

Où leur main ſanguinaire enferma ſes tréſors,

Dépouillés à leur tour, rangés parmi les morts,

Eprouvent aux Enfers les vengeances céleſtes.

Vois leurs membres épars, leurs miſérables reſtes :

Ne les entends-tu pas t'accuſer de leurs maux ?

Maudire les momens où, ſuivant tes drapeaux,

Et forcés d'obéir à ta rage cruelle,

Ils chargerent leur front d'une tache éternelle ?

Tremble pour toi, Tiran : crains le bras de Louis :

D'un bonheur paſſager tes ïeux ſont éblouis ;

Au lieu de te punir, ſi ta digne Patrie

Applaudit par ſes dons aux forfaits de ta vie,

Sois ſûr que, ſi les Dieux ſont lens à te frapper,

A leur juſte courroux tu ne peux échapper !

Gg 3

L'Iſle

L'Ifle refpire enfin : le Drapeau Britannique

Difparait auffitôt que l'Etendart Belgique

Près de ceux de Louis vient flotter dans les airs. (5)

La Déeffe aux cent voix en inftruit l'univers ;

Le

(5) Le 3 de Décembre le Marquis de *Bouillé* convoqua les anciens Habitans ou Bourgeois de St. Euftache, & dans fon difcours, où il les félicitait de leur heureufe délivrance, il leur déclara *qu'il avait repris l'Ifle par ordre du Roi fon Maître ; non dans l'intention d'étendre la domination de S. M. dans ces Mers, mais uniquement pour délivrer les Bataves de la détreffe & de l'oppreffion où ils gémiffaient fous la domination Britannique & pour les rétablir dans leur ancienne forme de Gouvernement fous la Souveraineté de la République, au nom de laquelle il voulait occuper cette Ifle, & la protéger, jufqu'à ce que les troupes du Roi fuffent relevées par celles de la Compagnie, & qu'ainfi, pour le préfent, il établirait dans le Département civil les Officiers choifis parmi leurs anciens Citoyens, afin de les gouverner, à tous égards, felon leurs anciennes loix.* En confequence de cette Déclaration, le rétabliffement du Gouvernement Batave fut annoncé le 7 au foir publiquement, en arborant au Fort le pavillon de la République qui fut falué par l'Artillerie ; les Frégates qui mouillaient à la Rade, répondirent au falut. Enfuite l'on arbora & l'on falua également le Pavillon Français. Après quoi l'on biffa de nouveau, mais en filence le Pavillon Britannique que l'on laiffa encor flotter pendant quelques jours, pour tromper les navires Anglais qui pouvaient ignorer que l'Ifle avait changé de Maître. Cette rufe, digne d'un *Rodney* & d'un *Vaughan*

répu-

Le Batave attendri, plein de reconnaiſſance,

Leve les mains aux Cieux, & de ſa délivrance

Il ne peut aſſez voir les bienfaiſans auteurs;

Il chante les hauts faits de ſes libérateurs,

Et dans les doux tranſports de ſa vive allégreſſe,

Il leur voue à jamais ſon bras & ſa tendreſſe. (6)

Cet exploit glorieux, où nos braves guerriers

Cueillirent à Louis les plus nobles lauriers, (7)

Fut

répugnait, il eſt vrai, autant à la généroſité Françaiſe, qu'à l'honnête franchiſe qui diſtingue les *Bataves*, mais les Anglais, ſe mettant dans cette guerre au deſſus des loix d'un honneur délicat, & des devoirs qu'impoſent les loix de la guerre envers quelque Ennemi que ce ſoit, ç'aurait été ſe manquer à ſoi-même, & perdre une occaſion de les punir par de juſtes repréſailles, en négligeant d'en agir avec eux, ſelon leurs propres exemples.

(6) Ces vœux étaient réellement ſinceres dans la République entiere, mais elle n'était pas capable d'en prouver la réalité, tant qu'elle aurait à gémir ſous les chaines perfides des Anglomanes.

(7) Les plus nobles lauriers dont un Roi vertueux peut ceindre ſa tête, ſont ceux qui, en dépouillant ſes Ennemis, rendent la liberté à une Nation injuſtement opprimée, hors d'état de tirer vengeance de ſes pertes & des inſultes qu'elle reçoit; la forcent, par des bienfaits ſans nombre, ſans même en être prié, à une re-

G g 4

con-

Fut couronné bientôt de nouvelles conquêtes. (1)

Kerfaint, (2) prêt à braver la foudre & les tempêtes,

Par

connaiſſance éternelle. Ajoutons que lorſque l'habile intrépidité du Général triomphe encor de tous les obſtacles qui ſe ſont oppoſés a ſa conquête, la Victoire ne peut être plus grande. Telle fut l'expédition de la repriſe de St. Euſtache. Les Français pourront peut-être en faire de plus brillantes encor à l'avenir, mais ils n'en feront jamais de plus glorieuſe, ni de plus conſolante pour l'humanité. Dans ce cas ſeul, pour ainſi dire, la guerre eſt un bienfait.

(1) Les Iſles de *Saba* & de *Saint Martin*, ſont toutes les deux dans les Antilles. La premiere n'a qu'environ 4 ou 5 lieues de tour. Elle eſt agréable, fertile, & habitée par quelques familles ſorties de Saint Euſtache, qui font toutes le métier de Cordonnier. La ſeconde, plus conſidérable, dans le Golfe du Mexique au N. O. de *St. Barthelemi*, & au S. O. *de l'Anguille*, a 18 lieues de tour, ſans port ni rivieres, mais poſſede pluſieurs ſalines importantes. Après pluſieurs révolutions, elle eſt enfin reſtée aux Français & aux Bataves qui la poſſedent conjointement. Le lendemain de la priſe de Saint Euſtache, le Vicomte de Damas, fut chargé par M. de Bouillé de la conquête de ces deux Iſles qui ſe rendirent ſans coup férir, & obtinrent le même traitement que St. Euſtache. Selon la Capitulation *St. Martin* doit reſter neutre pendant cette guerre.

(2) Démérari, Eſſéquébo ſont deux Colonies de la Compagnie Occidentale des Pays-Bas-Unis. Elles ſont ſituées dans la *Guiane*, grand pays de l'Amérique méridionale, entre les rives de *l'Oronoque* & celles de la riviere des *Amazones*, à l'Eſt du *Pérou*. Eſſéquébo fut le premier établiſſement des Bataves dans ces contrées. On ignore préciſément à quelle époque, mais il eſt certain qu'en 1598, ils en furent chaſſés par les Eſpagnols.

Par ordre de fon Roi, vole à Démérari,

Et l'Anglais, fur ces mers, difparait devant lui.

Il

gnols. Ces Républicains étaient retournés enfuite à leurs plantations, puisqu'en 1666, ils en furent expulfés par les Anglais, qui ne purent s'y foutenir un an entier. Cet établiffement, qui avait toujours été peu de chofe, ne fut rien à la reprife de poffeffion. En 1740, fes productions ne formaient pas la cargaifon d'un feul navire. Deux ou trois ans après, quelques colons d'Eſſéquébo jeterent les ïeux fur la riviere de Démérari, qui en eſt très-proche. Les bords s'en trouverent des plus fertiles, & cette découverte eut des fuites favorables. En 1769 on comptait déja fur les rives du Démérari cent trente habitations, où le fucre, le caffé, le coton étaient cultivés avec fuccès. Le nombre des plantations s'eſt accru depuis cette époque, & il augmenterait beaucoup plus encore fous une meilleure Admini-ſtration. Ces deux Colonies, encore moins en état de défenfe que Saint Euſtache, devaient fubir le même fort. A la nouvelle de la rupture, le Gouverneur fit prier celui de la *Barbade* d'y envoyer un vaiffeau du Roi d'Angleterre auquel ou pût fe rendre, pour n'être pas expofé aux fuites de l'attaque violente du moindre Corfaire. Les Anglais acceptèrent ces offres, & toujours généreux, ils préfenterent les mêmes conditions qu'à Saint Euſtache. Cependant ils fe contenterent de faifir les vaiffeaux qui fe trouvaient dans les deux ports & les magafins de la Compagnie. Ils laifferent les habitans en pleine poffeffion de leurs propriétés, *parce que*, difaient-ils, *à l'exemple de Saint Euſtache, ils n'avaient pas fecouru les Ennemis publics de la Grande-Bretagne.* Les Berbices font un établiffement borné à l'E. par la riviere de *Corentin*, & à l'O. par le territoire de Démérari, & n'occupent que dix lieues de côte. Dans l'intérieur du pays, rien ne l'arrêterait jufqu'à la partie des *Cordelieres*, connue fous le nom de *Montagnes bleues.* Le grand fleuve qui lui a donné fon nom, embarraffé à fon embouchure par un banc de fable & de boue, n'a d'abord que 14 ou 15 piés de profondeur, mais il en aquiert bientôt 40; & l'on en trouve la navigation facile jufqu'à 36 lieues de la mer, terme des plantations les plus éloignées. La Compagnie des Indes Occidentales vit jeter les premiers fondements de cette Colonie en 1626. Elle ne compte aujourd'hui que 104 planta-

tions,

Il femble du deftin des nations célebres

D'avoir de ces momens, où d'épaiffes ténebres

S'emparent des efprits & regnent fur les cœurs.

Alors, à chaque pas, & d'erreur en erreurs,

L'Etat, mal dirigé trébuche vers fa perte.

A peine une bleffure a ceffé d'être ouverte,

Que de plus rudes coups heurtent la nation.

C'eft toujours ce moment que, foit ambition,

Soit

tions, la plupart peu confidérables, femées de loin en loin fur les bords de la riviere de *Berbice* ou fur celle de *Canje* qui fe jette dans la premiere à trois lieues de la mer. Le 30 de Janvier 1782, une efcadrille fous les ordres du Comte *de Kerfaint* arriva à *Demerari*, & fomma cette Colonie de fe rendre. Les Anglais qui l'occupaient obéirent d'abord, & le 5 Fevrier *Effequebo* & les *Berbices* furent également délivrées des mains de l'Angleterre. L'on y prit 7 à 8 petits bâtimens de guerre & 12 vaiffeaux marchands, dont quelques-uns portaient jufqu'à vingt canons. La garnifon fut prifonniere de guerre, & l'on en ufa encor envers les propriétaires fonciers, & quant au Gouvernement civil, comme à St. Euftache. Les Anglais, fans doute par reconnaiffance pour le Gouverneur Batave qui les avait appelés à la poffeffion de ces Etabliffemens, lui laifferent fous le Sceptre Britannique la même autorité que fous la Compagnie Belgique. Mais le Comte *de Kerfaint* fut indigné d'un procédé fi extraordinaire, qu'on n'en vit peut-être jamais de femblable dans les annales du monde. Tous les jours les Sujets d'une Puiffance, fubjugués par l'Ennemi, fe trouvent contraints de prêter ferment de fidélité à leur nouveau Maître. Mais il fallait vivre dans le tems où nous fommes, pour voir le Gouverneur d'un Pays conquis, conferver fa place même fous les Conquérans. Cette métamorphofe finguliere devait étonner le nouveau vainqueur.

Soit pour fe procurer une promte vengeance,

Un voifin fait choifir par haine ou par prudence.

Tel était d'Albion l'état infortuné,

A cet aveuglement fon orgueil condanné,

De faux pas en faux pas courait au précipice

Que creufait devant lui fa barbare injuftice,

Quand Louis, pour venger la France & fes Aïeux,

Prit en main la querelle & du monde & des Dieux. (3)

D'un

(3) Une queftion difficile à réfoudre, ferait celle qui déciderait pourquoi, dès qu'un Peuple opprimé par fon Souverain, s'eft déterminé à fecouer le joug qui l'écrafe en l'avilillant, & qu'il déclare formellement vouloir fe former en République indépendante, pourquoi, difons-nous, les Etats Républicains ne prennent pas auffitôt le parti, la défenfe d'un peuple qui vient imiter leur exemple, & que ce font toujours les autres Rois qui fe hâtent d'époufer la querelle des nations tirannifées par des mains portant Sceptre & Couronne? La politique, l'intérêt de l'Etat, l'envie d'affaiblir la puiffance d'un rival, font-ils feuls la caufe de ce mouvement fubit dans le cœur des Rois? Le fentiment interne de l'équité naturelle, de la raifon intérieure qui demandent que tout homme foit libre & heureux fous le Gouvernement qu'il a choifi pour veiller à fa profpérité & à fa grandeur, n'y entrent ils donc pour rien? La Nature humaine ferait-elle affez corrompue, pour n'opérer même les plus beaux actes de bienfaifance,

que

D'un côté, la valeur & de longues victoires, (4)

L'infolence à fon comble & des crimes notoires,

Des Confeils aveuglés, des troubles inteftins,

Tout femble préfager les maux les plus certains.

De l'autre, plus de force, (5) une valeur égale,

Un vif reffentiment, une ardeur générale

Pour

que par des motifs que la juftice éternellement gravée dans le cœur de l'homme, doit à jamais défavouer & profcrire? Ce qu'il y a de certain, c'eft que non-feulement Louis XVI, en fecondant les généreux efforts des Américains, a défendu les droits facrés des Nations, mais qu'en brifant le Sceptre Tirannique des Anglais fur les mers, il a foutenu les titres de tous les Etats du monde, à une liberté générale de commerce fur un vafte élément qui doit être commun à tous les peuples.

(4) Les revers fans nombre que l'Angleterre a éprouvés dans cette guerre, ont été la fuite ordinaire & funefte des victoires précédentes. Si mieux confeillée, la Nation entiere eût fenti que la modération convenait à un peuple victorieux ; fi elle eût donné plus de foins à fa marine, elle en aurait augmenté les forces à proportion des progrès qu'ébauchait fon voifin humilié & battu dans les deux mondes par une puiffance trop fupérieure fur les mers, pour qu'il fût poffible de réfifter à fes coups. Mais fe fiant trop fur fa marine, elle l'a négligée, après en avoir abufé de la maniere la plus outrageante pour tous les peuples du Globe, furtout contre les Français & les Bataves. Elle en eft punie, & l'univers entier applaudit à fon humiliation méritée.

Pour venger à la fois ſa honte & ſes malheurs;

Un Monarque eſtimé, regnant ſur tous les cœurs; .

. . . . Cent

(5) Parmi les préjugés dont les Anglais, plus qu'aucun autre peuple de l'Europe, ſont environnés, quoiqu'ils ſoient bien loin d'en convenir, il en était un avant cette guerre, par lequel ils prétendaient qu'eux ſeuls ſur ce globe qu'ils tiranniſaient partout, étaient également invincibles ſur terre & ſur mer; qu'eux ſeuls pouvaient régner ſur les deux Elémens, à cauſe de leur expérience, de leur courage, & de leurs connaiſſances nautiques. Nous devons préſumer aujourd'hui qu'ils ſont déſabuſés. Les Français leur ont prouvé par des actions éclatantes qu'ils entendaient auſſi la marine, qu'ils y étaient propres, & qu'à forces égales, jamais le Pavillon blanc n'avait cédé au pavillon d'Angleterre. Cependant les Anglais & les Anglomanes admirent encor la Grande-Bretagne dans ſes forces navales, qui, diſent-ils, a fait tête à quatre puiſſances maritimes. En bonne foi un paradoxe plus abſurde ſaurait-il être imaginé ! C'eſt la France qui mérite une admiration réelle, pour avoir réſiſté ſi longtems, & remporté ſi ſouvent de ſi grands avantages ſur la plus formidable Puiſſance que l'Océan vit jamais fendre le ſein de ſes ondes. La France, qui n'avait preſque pas un vaiſſeau de ligne à la derniere paix, douze ans après, a couvert, protégé, défendu toutes ſes poſſeſſions éloignées à peu de choſe près; a conquis plus de 12 Colonies Anglaiſes, mis ſous ſa protection ce que les Bataves avaient perdu; a ſecouru puiſſamment les Treize-Etats-Unis & l'Eſpagne par ſes flottes & ſes convois. Quel eſt l'homme impartial, éclairé, que ne frappera pas d'étonnement & de la plus juſte admiration un phénomene auſſi ſingulier dans ce ſiecle, que l'Indépendance de l'Amérique-Septentrionale ?

Cent Héros, à fa voix, prets à voler fur l'onde,

A porter fes drapeaux aux deux poles du monde,

Contens, pour le fervir, d'affronter les dangers,

Et de trouver la Mort fur des bords étrangers.

Si l'abus des fuccès mene à la tirannie,

Et fi l'ambition ne peut être impunie,

Tant qu'il fera des Dieux protecteurs des humains;

Si le Sceptre des Rois n'eft remis en leurs mains,

Que pour des Nations maintenir la balance,

Et repouffer les traits d'une avide puiffance,

La caufe de Louis appelait l'univers,

Puifque fon bras n'armait que pour brifer des fers.

Auffi le monde entier formait des vœux finceres

Pour le voir triompher de fes fiers adverfaires,

Et fes moindres fuccès, comme un bienfait des Dieux

Répandaient l'allégreffe & fa gloire en tous lieux.

A peine Saint Euftache, au comble de la joie,

Voyait les Léopards enchainés fur leur proie,

A peine en leurs foyers, fes libres Citoyens,

Songeaient à raffembler les débris de leurs biens,

Que de Graffe & Bouillé, guerriers faits pour la gloire,

Méditaient de concert le plan d'une victoire.

En vain les Elémens, armés pour Albion,

Voudraient-ils l'arracher à fon abjection;

La valeur du Français furmonte les orages,

Les courans de la mer; & de nouveaux rivages

S'oppoferaient envain à fes braves efforts,

Il les voit, il y vole & triomphe en leurs ports.

Héros, dont les exploits n'auront point de femblables;

Dont le vafte génie, en tous lieux habitables

Etonna les humains, les pénétra d'effroi,

Et dans un nouveau monde ofa porter ta loi,

Colomb! (6) dont les vertus égalaient la vaillance;

Ne va point redouter que les armes de France

Man-

(6) L'Ifle de *St. Criftophe*, une des Antilles, porte le nom
du Célebre *Criftophe Colomb* qui en fit la découverte en 1493.
Elle

Manquent au vrai respect qu'inspire ton grand nom :

Ton bras, sans le savoir, conquit pour un Bourbon

. La Barbade (7) à Louis allait rendre les armes,

Quand un bras ennemi, par d'invisibles charmes,

Sur un autre rivage entraine nos guerriers,

Mais loin de les abbattre, avance leurs lauriers.

Trompé dans son espoir, & bravant l'infortune,

Bouillé mépriserait la victoire commune

Qui

Elle a environ 25 lieues de tour. Les Français & les Anglais s'y établirent en même tems, se la partagerent, jusqu'en 1713 qu'elle fut toute cédée aux derniers par le Traité *d'Utrecht.* Elle est fertile surtout en fruits & en cannes à sucre. Il y a aussi une belle saline & de hautes montagnes.

(7) La *Barbade* est une Isle d'environ 10 lieues de longueur sur 5 de largeur, auprès & à l'E. de *St. Lucie.* C'est la Colonie la plus considérable des Anglais dans les Antilles. Elle peut armer 10,000 combattans. Son sol est très-fertile, surtout en cannes à sucre, & les arbres y sont toujours verds. Il y a une riviere, nommée la *Tuigb,* dont l'eau est couverte d'une espece de liqueur qui brûle comme de l'huile, & dont on se sert pour les lampes. On y voit aussi une petite mouche dont les ailes, tandis qu'elle vole durant la nuit, jettent la plus grande clarté. On peut dire que cette Isle abonde en toutes choses, excepté en eau qui y est fort rare. On croit que les Anglais y ont plus de 40,000 Negres. Sa Capitale est *Bridgetown.*

Qui préviendrait fes coups en lui tendant la main.

Il faut à fa vaillance un fuccès incertain,

Mille dangers réels, un obftacle terrible,

Afin de s'y montrer intrépide, invincible.

Au lieu de la Barbade, au lieu de fes remparts

Repaire favori des cruels Léopards,

Saint Criftophe & fon Fort (8) hériffés de défenfes,

S'offrent à fes regards : diverfes éminences

Où l'Art & la Nature épuifant leurs tréfors

Semblent de l'univers y braver les efforts.

Bouillé touchait à peine aux fables de la plage,

Que les drapeaux Français volent fur le rivage.

Il s'avance à leur tête, & le fer à la main,

A fes braves foldats il montre le chemin.

„ Amis "

(8) Si l'on en avait voulu croire les Anglais, Brimftone - Hill regardé comme la fortereffe ou la Citadelle de St. Chriftophe, était un fecond *Gibraltar*. Mais les Français leur ont prouvé du moins qu'il n'était pas imprenable.

„ Amis, allons” dit-il, „ c’eſt Bouillé qui vous guide :

„ Montrons au fier Anglais ce courage intrépide,

„ Ces fronts victorieux qui le glacent d’effroi,

„ Il faut le vaincre encor, marchons & ſuivez moi.”

Il dit : & ſes guerriers partageant ſon audace,

Le ſuivent à grands pas, ils marchent à la Place,

Malgré le feu des tours, la foudre des remparts,

Et l’affreux ſifflement de cent globes épars,

Qui, chaſſés dans les airs par l’effort du ſalpetre,

Tonnent, frappent ſans ceſſe & même ſans paraitre.

Cependant l’Anglais fuit ou gagne les hauteurs,

Et l’Iſle en ce moment eſt ſoumiſe aux vainqueurs.

Pour la ſauver, en vain l’eſcadre Britannique

Force de voiles, oſe, avec un art unique,

Attirer dans ſes eaux l’eſcadre de Louis,

La tourner, à ſa place, à nos marins ſurpris,

Offrir ſes pavillons flottant dans le port même ;

Cette habile manœuvre, en un péril extrême,

D’un

D'un honneur mérité couvre son Amiral,

Et de Graffe lui-même admire son Rival.

Mais cet instant de gloire est encor inutile.

Hod (9) espérait en vain, du fond de son asile,

Inacceffible aux coups de la Terre & des Mers,

Arracher ses amis & Brimstone-Hill aux fers.

En vain des Corps nombreux, sur des barques légeres,

Descendent au rivage, y déploient ses bannieres;

Bientôt sanglans, vaincus, ils regagnent leurs bords

Et le Français vainqueur ensevelit leurs morts.

Hod en vain secondé par les vens en furie,

Réhauffe-t'il encor les exploits de sa vie,

Par

______

(9) Outre les talens distingués pour le commandement d'une flotte que l'Amiral *Hood* avait plusieurs fois développé durant cette guerre, rien ne lui a fait plus d'honneur que sa manœuvre hardie pour occuper le mouillage de *Baffe-terre*, & la maniere avec laquelle il y disposa ses vaisseaux. La flotte Françaife ne pouvait pas l'entamer, & M. de Bouillé, qui était venu sur le rivage avec des mortiers, vit à regret qu'il lui était impossible de l'atteindre, *Hood* étant à 1,800 toises de la terre.

Par l'adreſſe étonnante & le rare bonheur

Qui viennent le ſouſtraire au bras ſupérieur

D'un habile ennemi qui veille ſa retraite.

Hod fuit, ce brave Anglais échappe à ſa défaite :

Mais Fraſer, écraſé par ſes propres boulets,

Voyant crouler ſes forts ſous le feu des Français,

Le ſecours diſperſé, la breche praticable,

Et Bouillé préparant un aſſaut formidable,

Curieux de ſauver le peu de ſes guerriers

Que le fort préſerva de cent coups meurtriers,

Arbore en frémiſſant le ſignal ordinaire.

Bouillé vient l'écouter, l'accueille comme un frere;

Reſpecte la valeur de ce brave ennemi;

Et pour ne point s'offrir généreux à demi,

Loin d'enchainer encor ce courage héroïque,

Il permet à Fraſer, d'une Iſle Britannique

D'aller garder les bords pour la troiſieme fois,

Juſqu'à ce que Bouillé la range ſous ſes loix. (10)

Pen-

(10) L'Expedition projetée était contre la Barbade. M. de
Bouillé

Pendant ces jours d'éclat, ornemens de l'Hiftoire,

Tandis que les mortels croiront trouver leur gloire

A

Bouillé y ferait defcendu, aurait été attaquer l'Amiral *Hood*, & l'aurait forcé de tomber dans la flotte Françaife. Les vens en ordonnerent autrement. L'armée fut retenue douze jours dans le Canal de Ste. Lucie. Le vent & les courans firent dériver quelques tranfports & furtout le *Lion Britannique* portant l'artillerie, qui tomba fous le vent jufqu'à *St. Euftache*. Il fallut fe décider à le fuivre & à attaquer St. Criftophe, ce qui fe fit le 11 Janvier 1782. Dès que le Marquis *de Bouillé* fut débarqué, il finifia aux habitans *que leur propriété ferait refpectée, s'ils voulaient être fimples fpectateurs de la guerre qu'on allait faire à la Garnifon, & lui fournir, en payant, les vivres & autres objets dont il pourrait avoir befoin.* Les Habitans fe trouverent fort heureux d'acquiefcer à ces propofitions; & pendant le Siege l'on a rien eu à leur reprocher. A mefure que le Général Français s'avançait dans l'Ifle, les différens piquets des Troupes Anglaifes fe renfermaient dans le Fort de *Brimftone-Hill*. On en aurait pu couper quelques-uns, fi M. de *Bouillé*, avec fa prudence ordinaire, n'eût pas ordonné, avant d'inveftir le Fort, de reconnaitre & de vifi-ter tous les Ravins & l'Ifle entiere, où il était poffible que quelques corps de Milice fuffent en embufcade, & cela prit la moitié de la journée. L'armée Françaife était de 6,000 hommes effectifs, & de 800 Volontaires de la Martinique. Le Général, voulant refferrer *Brimftone-Hill* le plus près poffible, fit occuper par la Brigade de M. de St. Simon, un petit Bourg qui eft au pié de ce Morne, dans l'efpérance que les Ennemis refpecteraient ce joli endroit & qu'ils ne voudraient pas le détruire. Il avait trop efpéré d'eux; car les troupes Françaifes ne furent pas plutôt

H h 3

dans

A planter leurs lauriers fur des monceaux de corps.

Le Sol de l'Amérique avait vu fur fes bords

Les

dans le Bourg, que la Citadelle fit un feu d'Enfer, qui les obligea d'en
fortir. Ainfi, ce font les Anglais & non M. de Bouillé qui allumerent cet incendie dont on s'eft plaint à Londres. Cela n'empêcha pas que les Batteries ne fuffent dreffées contre le *Morne*
fans beaucoup de fuccès, parce que l'on n'avait que des canons
de 10, & que *le Lion Britannique*, chargé de la plus grande
partie de l'Artillerie & des munitions de guerre, fe brifa fur des rochers près de *Sandi-point*. En attendant que l'on eût pêché quelques-unes des plus groffes pieces d'artillerie & qu'il en fût venu
des Ifles Françaifes où l'on avait dépéché plufieurs bâtimens à cet
effet, un Ingénieur fort habile confeilla de prendre les canons du
vaiffeau le *Caton:* il les arrangea fur des affuts de fon invention,
& l'on battit en breche. On n'avait pas trop de bombes, mais
par un bonheür fingulier, on en avait trouvé fur le rivage 1,500, avec 6,000 boulets de 24, 8 canons de fonte
du même calibre & 2 mortiers de fonte de 12 pouces,
que les Ennemis, en abandonnant les défenfes fur la côte, n'a-
vaient pu emmener avec eux, & que les habitans refuferent de
tranfporter dans le Fort. Les bombes fe trouverent être propres
au calibre des mortiers des Affiégeans, on les renvoya donc à leurs
anciens maitres. *Brimftone-Hill*, attaqué de la forte, vit bientôt
fes premiers retranchemens emportés, & lorfqu'on fe fut logé fur
celui qui était au milieu de la montagne, l'Ennemi épouvanté,
craignant l'affaut que l'on lui préparait, & où il aurait été
certainement forcé, demanda à capituler. Quinze cens hommes que le Général *Anglais Prefcott* avait mis à terre le 28
Janvier, furent repouffés avec grande perte par 300 Grenadiers & Chaffeurs, aux ordres de M. le Comte de Flechen,

Les Anglais augmenter la maffe de leurs crimes,

S'immoler à deffein d'illégales victimes,

Et

chen, Colonel en fecond du Régiment de Touraine. Cet Officier fe couvrit d'honneur à cette occafion. Voyant fa petite
Troupe prête à être tournée fur une crête, où il s'était
pofté, il eut bien de la peine à faire defcendre fes Grenadiers,
qui, le fabre à la main, appelaient l'Ennemi & le défiaient de les
forcer. M. de Flechen par une marche rapide gagna une autre
hauteur, d'où, par un feu très-bien dirigé, il culbuta les 3 Colonnes Anglaifes & les força de fe retirer. Sa perte fut cependant
de 85 hommes. Le Comte de Graffe, dans la journée du 26,
attaqua deux fois la flotte Anglaife. L'attaque du matin obligea
plufieurs vaiffeaux de l'Arriere - Garde ennemie, de couper leurs
cables & de prendre une meilleure pofition. Il n'eut point
d'avantage dans celle de l'après-midi, les Anglais étant fer-
rés & emboffés dans une pofition des plus formidables.
Les Vaiffeaux, qui dans la Flotte Françaife, perdirent le
plus de monde, furent *la Ville de Paris*, & *le St. Efprit*.
Le feu prit au premier & il perdit 40 hommes par cet accident.
Un Lieutenant fut tué à fon bord. M. *de Graffe* pouvait efpérer
d'entamer l'Arriere-Garde Anglaife lors de fa retraite, mais il en
fut empéché par les vens contraires. Vers les fix heures du foir le 12
Fevrier la Capitulation provifoire fut fignée pendant la nuit. Elle
fut terminée à 8 heures du matin le 13, & alors un Détachement de Grenadiers & de Chaffeurs de l'Armée, alla occuper la
breche. A dix heures, la Garnifon, au nombre de 750 hommes
de troupes, & de 300 de Milices, évacua le Fort, & fortit par
la breche avec les honneurs de la guerre, & après avoir défilé
devant les affiégeans, elle pofa les armes, & fe rendit Prifonniere de guerre. Le Général *Frafer*, qui commandait la Garnifon
Anglaife, avait déja été pris à la *Dominique.* Après la reddition de

Brim-

Et fûrs d'être impunis, même au mépris des loix,

Outrager la Juftice en bravant tous fes droits.

Refpectable guerrier, mais trop malheureux Haine, (1)

Tu tombes égorgé fous la main de la haine:

Des

Brimftone-Hill, M. *de Bouillé*, lui ayant annoncé qu'il était libre, *je vois bien* répondit ce brave Vétéran, *que vous voulez me faire l'honneur de me prendre une troifieme fois.* Le Comte de Dillon, Colonel du Régiment Irlandais de fon nom, en fut nommé Gouverneur. Le Général Français remit aux Habitans le tiers des Impofitions qu'ils payaient au Sceptre Britannique, ce qui n'eft pas un petit foulagement; & les Colons, dont les habitations ont fouffert, feront indemnifés de leurs pertes par le tréfor commun de l'Ifle.

(1) Le Colonel *Ifaac Haynes*, commandant un Régiment des Milices Américaines, fut condanné par Lord *Rawdon* à être pendu à *Charles-Town*, & exécuté le 4 Augufte 1781, pour avoir été pris les armes à la main, après avoir prêté ferment de fidélité à la Couronne d'Angleterre, & avoir été mis en liberté en conféquence. Voici fur cette matiere, malheureufement trop importante, une décifion juridique, prononcée par un homme de loi des plus habiles, qui mettra fous le point de vue le plus odieux & le plus évident, l'iniquité de la fentence prétendue que l'on rendit contre cet infortuné Colonel.

    Confultation fur le cas du Colonel *Haynes*, incluse dans la
        lettre de celui-ci,
    (Sous No. IV.) au Lord *Rawdon* & au Colonel *Balfour*.
Le Colonel détenu prifonnier dans la conciergerie du Prévôt, &

ayant

Des monftres, en ton fang lâchement répandu,

N'ont point fait oublier tes exploits, ta vertu !

Si

ayant été pris, à ce que l'on dit, les armes à la main contre S. M. B., reçut jeudi au foir, de la part du Major *Frafer*, un avis conçu dans les termes fuivans: *une Cour-d'Enquête, compofée de 4 Officiers de l'Etat-Major & de 5 Capitaines, s'affemblera demain à 10 heures à l'Hôtel de la Province, à l'effet de conftater fous quel point de vue vous devez être confidéré.* La Cour s'affembla le lendemain matin, & le Prifonnier y comparut. Ni les Membres ni les témoins ne prêterent ferment. Le Prifonnier ne la confidérant pas autrement que comme une Cour d'Enquête qui précédait la féance pour le jugement formel, ne profita point de la permiffion qui lui avait été donnée d'employer un Avocat, & ne produifit pas des témoins pour vérifier un grand nombre de faits néceffaires à fa défenfe, en outre pour laquelle on ne lui laiffa en vérité que très-peu de tems. Ce matin il a été informé que Lord *Rawdon* & le Commandant ont pris, enfuite de cette Cour d'Enquête, la réfolution de le faire exécuter Lundi 31 du courant. Le Prifonnier demande : *fi ces procédés font autorifés par aucune loi, & fi la fentence fondée fur iceux, eft légale ?* Répondu I. *que dans la notification qui vous a été faite, que l'on avait deffein de vous examiner devant une Cour d'Enquête, il n'y a pas même, fuivant la forme de procéder Militaire, une certitude fuffifante ni une accufation expreffe qui pût faire l'objet de l'examen de la Cour, ni celui de votre défenfe.* II. *Qu'aucun Ennemi ne peut être condamné à mort, en vertu des Articles de Guerre, ni d'aucune autre Regle ou Loi Militaire dont j'aie jamais eu connaiffance, fans jugement préalable, excepté les Efpions, qui, par les Articles de Guerre,*

H h 5

font

Si tu meurs innocent, tu meurs pour ta patrie ;

Non : tu n'es point flétri par la fin de ta vie ;

Et l'Amérique en pleurs, pour te juftifier,

Sur tes propres bourreaux s'apprête à te venger. (2)

Quelle

font expreſſément privés de ce droit. III. Qu'aucun ſujet Bri-
tannique ne peut ni ne doit être privé de ſa vie, de ſes biens ou
de ſa liberté, ſinon en vertu du Jugement de ſes Pairs, & con-
formément à la Loi du Pays ; & qu'il n'y a aucune Loi que je
ſache, qui autoriſe un Jugement & une Condamnation, tels
que l'on s'en eſt permis dans cette Affaire : que c'eſt une regle
invariablement autoriſée par la Loi, que tout homme eſt préſu-
mé innocent, juſqu'à ce qu'il ſoit trouvé coupable : que même,
d'être trouvé ou pris ſous les armes, n'eſt pas une preuve de
criminalité, au point d'empêcher l'Accuſé de ſe défendre, ſoit
en prouvant une Commiſſion ou de quelque autre maniere, &
que pluſieurs de ceux qui avaient été pris, ont été abſous ſur
une pareille preuve. IV. Que, d'après ces principes, je ſuis
poſitivement d'avis, qu'en vous conſidérant comme Ennemi,
non comme Eſpion, les procédures faites contre vous, ne ſont
pas autoriſées par la Loi ; & que, ſi l'on vous regarde comme
Sujet, elles y répugnent directement & y ſont diamétralement
contraires. A Charles-Town le 29 Juillet 1781. Signé John
Colcock.

D'après cette Confultation, faite fur les lieux-mêmes & rendue
publique, Confultation qui pofe fur les loix les plus facrées & les
plus cheres aux Anglais, qui pourrait fe perfuader que Lord
Rawdon eût paffé outre, & fait exécuter le malheureux Colonel Haynes ? Cependant il fut pendu.

(2)

Quelle nouvelle fcene à mes ïeux fe préfente ?

D'où vient cet appareil; d'où nait cette épouvante

Dont

(2) Voici la proclamation par laquelle le Général *Greene* dénonça le deffein qu'il avait formé de fe venger par des repréfailles, fur les Officiers Britanniques, de la mort de l'Infortuné Colonel *Haynes*.

De par Nathaniel *Greene*, Ecuyer, Général Major, Commandant l'Armée Américaine dans le Département de la Caroline Méridionale.

PROCLAMATION.

Attendu que le Colonel *Ifaac Haynes*, commandant un Régiment au fervice des Etats-Unis, a été fait prifonnier par un parti de Troupes Britanniques & qu'après une détention rigoureufe, dans la Conciergerie du Prévôt à Charles-Town, il a été condanné & exécuté le 4 du préfent mois de la maniere la plus cruelle & la moins fufceptible de juftification, en violation ouverte du Cartel convenu entre les deux Armées pour la rélaxation & l'échange de tout prifonnier de guerre, & attendu qu'il n'eft pas moins du devoir que de l'inclination de l'Armée Américaine de défavouer toute diftinction que l'on voudrait établir pour faire différence entre les divers Ordres d'hommes trouvés fous les armes pour le maintien de l'Indépendance des Etats-Unis; attendu de plus, que ces violences ont pour but d'effrayer le bon Peuple de ce Pays & de l'empêcher par là d'agir conformément à fes intérêts politiques & à fon inclination particuliere, & que la façon de juger & de punir qui s'enfuit de ces diftinctions, n'eft pas moins oppofée à l'efprit de la Conftitution Britannique; qu'elle renferme une atteinte infoutenable aux droits de l'Humanité & à ceux de Citoyens libres de ces Etats-Unis; A ces Caufes, j'ai jugé à propos de rendre la préfente, pour déclarer expreffément que c'eft mon intention d'ufer de repréfailles, pour toutes femblables infultes inhumaines, auffi fouvent qu'elles auront lieu. Et attendu que l'Ennemi femble prêt à expofer le petit nombre de Citoyens trompés & féduits qui font attachés à fes intérêts, s'il peut feulement trou-

ver

Dont je fens friffonner mes membres & mon cœur?

Mes cheveux fur mon front fe hériffent d'horreur!

Sur

ver l'occafion de facrifier le grand nombre qui fe montre pour la défenfe de notre caufe, je déclare ultérieurement : que c'eft mon intention de prendre les Officiers des Troupes réglées Britanniques & non les Citoyens féduits qui ont joint leur armée, pour objet de mes repréfailles. Mais tandis que je fuis déterminé à reffentir toute infulte qui pourrait être faite aux Etats-Unis pour avoir maintenu leur Indépendance, je regrette infiniment la néceffité où je me trouve, d'en appeler à des mefures qui bleffent fi fort l'Humanité, & qui font fi contraires aux principes de la liberté d'après lesquels je defirerais faire la guerre. Donné en notre Quartier-Général à Camden le 26 d'Augufte 1781, la fixieme Année de l'Indépendance de l'Amérique Septentrionale. Signé *Nath. Greene.* Plus bas, par ordre du Général, *Will. Pierre* Junior, Aide de Camp & Secrétaire.

Le Duc de Richemond ayant appris par une voie fûre & la violation manifefte du Droit des gens & ceux de la guerre, dans le procès & l'exécution du Colonel *Haines*, annonça dans la Chambre haute du Parlement Britannique, que fon intention était de faire le lundi fuivant, 4 Fevrier de l'année fuivante, une Motion relative à l'exécution du Colonel Haynes à Charles-Town. Il en appela à la fenfibilité & à l'humanité des Pairs, fur la néceffité d'examiner jufqu'au fond une affaire auffi tragique, tant à l'égard de fes circonftances, que des fuites terribles qu'elle aurait par les repréfailles dont les Américains, d'après la proclamation du Général *Greene,* avaient réfolu d'ufer envers les Officiers Anglais d'un rang fupérieur. Outre les informations que l'on avait eues à ce fujet par les papiers publics, le Lord produifit une lettre qu'il avait reçue d'un Loyalifte de Charles-Town nommé *Bowen* qui, malgré fon attachement à la caufe Britannique, confirmait pleinement ce qui en avait été dit dans les Gazettes, & repréfentait

toute

Sur ce honteux gibet, inſtrument de ſupplice,

Qui doit être frappé du bras de la Juſtice ?

Eſt-

toute l'affaire comme irréguliere, violente & dont le ſimple récit devait faire frémir tout homme qui n'avait pas perdu tout ſentiment d'honneur. En conſéquence, le Duc de Richemond pria les Miniſtres du Roi, de vouloir communiquer à la Chambre tous les papiers ou autres informations qui leur étaient parvenus, concernant l'exécution du malheureux Colonel. Le Vicomte *Stormond* répondit évaſivement que la demande des papiers était irréguliere, & hors de ſaiſon, auſſi long-tems que le Duc n'aurait pas fait ſa motion. Le Lord Richemond voulut inſiſter vainement que les papiers devaient ſervir à le diriger dans ſa motion ou peut-être à la ſupprimer, s'il voyait par les papiers communiqués que l'on avait repréſenté l'affaire ſous un faux jour. Stormond, toujours magnanime, n'en perſiſta pas moins dans ſon refus ; & ſur ce que le Duc de Richemond ſe plaignit, ainſi que les Français pendant ſon Ambaſſade, de la hauteur opiniâtre avec laquelle Stormond & tous les Miniſtres traitaient tout ce qu'on leur propoſait, il s'éleva une conteſtation preſque perſonnelle entre ces deux Seigneurs. Le Comte *d'Abingdon*, & le Marquis de *Rockingham* appuyerent le Duc, tandis que le Comte de *Hillsborough* tâcha de juſtifier ſon Collegue. Cependant, s'ouvrant plus que lui, il dit : *que les Miniſtres n'avaient reçu juſqu'alors aucun rapport Officiel touchant l'exécution du Colonel Américain.* Le Comte de *Huntingdon*, Oncle de *Rawdon*, expliqua cette circonſtance, en diſant que la Malle, qui contenait les dépêches relatives à cette affaire, *avait probablement été jetée en Mer.* Mais comme le Marquis de *Rockingham* avait obſervé que les Miniſtres avaient pu ſuffiſamment être inſtruits de bouche ſur cet objet par *Rawdon* lui-même,

revenu

Eſt-ce un nouvel Arnold, (3) un traitre, un ſcélérat,

Dont les Américains vont purger leur Etat? (4)

Dans

revenu à Londres depuis la fatale exécution, les Comtes *d'Hills-*
borough & de *Huntingdom* prierent que l'on différât du moins
l'examen propoſé, juſqu'au retour du Lord *Rawdon*, qui ſe trouvait alors près du Comte de *Moira* ſon Pere en Irlande. Le
Duc de Chandos, n'aguere ſi attaché à la Cour, ſe déclara de nouveau en cette occaſion contre les Miniſtres, ſous les ïeux desquels il mit inutilement leurs devoirs trop ſouvent négligés envers
le Public. Le Duc de Richemond propoſa de nouveau ſa motion le 4 Février, le Comte *d'Abingdon* la ſoutint par un discours des plus forts & des plus patriotiques. En parlant du Colonel *Haynes* il dit: *qu'eſt ce que le cas dont il s'agit? Quelque*
grave, quelque terrible qu'il ſoit, en comparaiſon de pluſieurs
autres faits qui l'on précédé, & ſur leſquels c'était le devoir
indiſpenſable de cette Chambre de faire des recherches? Qu'eſt
ce que ce cas? C'eſt le cas d'un crime cruel & barbare, commis
ſur un Individu. Mais qu'eſt ce que le cas cruel & barbare
d'un individu, ſi on le compare avec la multitude d'autres meur-
tres également cruels & barbares que la guerre contre l'Amé-
rique a occaſionnés & qui ne ſauraient ſe juſtifier. Qu'eſt ce
que ce cas comparé à celui d'un Pair de cette Chambre, pro-
teſtant ſolemnellement ſur les Regiſtres contre les principes de
cette guerre, & cependant allant lui-même enſuite agir contre
ces principes, & commettre des actes pareils à celui dont nous
friſſonnons aujourd'hui? Il s'agit du Comte Cornwallis qui, au
commencement de la rupture avec l'Amérique, ſigna une très-
forte proteſtation contre ces meſures du Gouvernement. *Qu'eſt ce*
que ce cas, lorſqu'on le compare avec celui d'un certain Ar-
nold

Dans les Etats-Unis il n'eft plus de coupable:
Arnold eft échappé (5): ce monftre abominable

Ne

nold, qui, venant en ce Royaume, les mains fumantes du fang de fes Compatriotes qu'il a abandonnés en traitre, & égorgés en bandit, fe voit admis à une conférence fecrette, face-à-face avec le Roi, gracieufement reçu à la Cour, flatté, careffé, récompenfé, à la flétriffure éternelle, & au deshonneur des Armées Britanniques fouillées par fa préfence, & pourquoi? Pour qu'il ferve encore d'inftrument afin d'entretenir ce malheureux Pays dans l'illufion: illufion que d'autres Réfugiés fes pareils, (s'il peut en avoir,) ont effectuée & entretenue avec tant de fuccès pour eux-mêmes, mais à la ruine de la Nation.

Malgré la force de ce difcours, & le témoignage refpectable du Chancelier, les Miniftres réuffirent à étouffer dans leur naiffance des recherches peu propres à faire paraitre la générofité Britannique fous un jour favorable; la Motion fut rejetée par la négative de 73 contre 25 voix, & le crime fut approuvé fans doute, puisqu'il ne fut pas puni.

(3) Suivant une Lettre digne de foi, datée de Philadelphie du 10 Novembre 1781, il venait de fe paffer en Amérique un fait qui prouvait quels moyens les Anglais & les Adhérens à leur caufe, croyaient pouvoir employer pour rétablir leurs affaires dans ces régions indépendantes. Le Général *Arnold*, ayant rencontré par hazard dans les rues de *New-Torck*, une perfonne qui avait été employée en qualité de Commis dans les Bureaux de M. *Thompfon* Secrétaire du Congrès, & qui avait été prife par les Anglais fur mer & conduite à *New-Torck*, l'honnête *Bénédict*, fuppofant peut-être que tous fes Compatriotes étaient remplis d'honneur à un dégré auffi éminent que lui-même, propofa à

cet

Ne trouvera jamais qui marche fur fes pas,

Et la foudre des Dieux l'attend à fon trépas.

Raf-

cet homme de retourner à *Philadelphie*, d'y enlever dans *le Bureau* où il avait été employé, les Journaux fecrets du Congrès & de les lui apporter à *New-Torck*, lui promettant une récompenfe confidérable s'il éxécutait heureufement ce projet. L'ancien Commis, craignant qu'un autre que lui fe chargeât de cette Commiffion, feignit de fe prêter à la propofition, & partit pour *Philadelphie*, accompagné de deux Soldats Britanniques déguifés, qu'on lui donna pour l'aider dans fon entreprife. Mais arrivé à Philadelphie, il n'eut rien de plus preffé que d'aller découvrir au Congrès la trame dont on avait ofé lui offrir d'être l'inftrument. Les deux foldats furent arrêtés la nuit fuivante, ils confefferent fans détour la commiffion dont on les avait chargés, & dans un interrogatoire ils découvrirent une centaine de Toris, déguifés dans les *Jerfeys*, dont les maifons fervaient de retraite à une bande d'affaffins qui, fous des noms empruntés, venaient fréquemment de *New-Torck* répandre la dévaftation & le carnage dans les Etats voifins. Les deux foldats Anglais furent enfuite traduits devant une Cour d'Enquête, préfidée par le Marquis de la Fayette. Ils furent déclarés Efpions, condannés comme tels au fupplice ordonné par les loix de la Guerre, & exécutés en conféquence. Il eût été plus grand de les renvoyer fains & faufs après la Condannation, fi, dans cette guerre, on pouvait être généreux avec des Anglais.

(4) Il y avait quelque tems, difent les papiers Anglais du mois de Juillet 1781, qu'un homme s'enfuit du Camp du Général *Greene*, avec le cheval d'un Officier à qui il appartenait. Le traitre gagna *Charles-Town*. Le Général *Américain* envoya

Raſſurez-vous mes ſens : enfin c'eſt l'Angleterre

Qui, malgré ſes forfaits en cette horrible guerre,

Des

voya un Pavillon parlementaire à l'Officier commandant la Garniſon, pour lui redemander le voleur & le cheval. La réponſe
fut que l'homme, s'étant mis ſous la protection du Roi, ne ſau-
rait étre rendu, mais que le Propriétaire pouvait faire reprendre
ſon cheval. M. *Greene* ayant reçu cette réponſe, dit à l'Officier
d'envoyer pour cet effet un Sergent à *Charles-Town*, & le nommé
Peters partit auſſitôt pour ramener le cheval. Pendant que le
Sergent était à la Ville, on le ſonda ſur ſon attachement à la
cauſe qu'il défendait, & ſur ſa fidélité envers ſon Général. On
trouva qu'il aimait encor mieux l'argent que ſon Commandant &
la cauſe de ſa patrie. Cette découverte lui fit propoſer de tenter les Sergens de l'Armée Américaine, & de ſonder s'il pourrait
les gagner afin de livrer leur Général, & faire introduire les Anglais dans ſon Camp. Il lui fut fait de grandes offres d'argent,
& comme un gage de ce qu'il pouvait attendre s'il réuſſiſſait,
il lui fut donné ſur le champ une ſomme conſidérable. *Peters*
fut fidelle aux promeſſes qu'il avait faites; & ſonda ceux des Sergens qu'il crut trouver diſpoſés comme il le ſouhaitait. Le Complot fut concerté. *Peters* avait coutume de ſe rendre fréquemment à *Charles-Town*, pour des affaires qui lui étaient confiées par
ſes propres Officiers. A ſon dernier voyage en cette Ville, il
eut une longue conférence avec les Commandans Anglais, & l'on
convint qu'à certain jour qu'il fixa, un détachement de Cavalerie
légere Britannique de 250 hommes, ſerait rendu & ſous les armes le long de la liſiere d'un bois qui flanquait à une certaine
diſtance, le Camp du Général *Greene*, & qu'il y reſterait, juſqu'à ce que *Peters* fît un ſignal déterminé. Ce ſignal devait

être

Des fiens, des Treize-Etats, par un effort nouveau,

Va confoler ainfi les Mânes au tombeau.

Voyez

être fait fans faute à un tems convenu, & lorfque tout fe-
ferait prêt au Camp pour l'exécution du deffein. Ce projet fut
renverfé par la curiofité. La femme d'un Sergent, appercevant avec
furprife les forties fréquentes & nocturnes que fon Mari falfait
pour fe rendre auprès des autres Conjurés; & foupçonnant qu'elle avait fans doute une rivale aimée, réfolut de découvrir,
s'il était poffible, l'heureux objet qui la privait ainfi de fes droits
chéris. Dans l'obfcurité des ténebres, elle fuit fon infidelle, jufqu'à ce qu'elle vînt à la Tente où les Sergens étaient affemblés;
écoute avec attention, la plus grande circonfpection, & découvre bientôt que l'Amour & l'infidélité n'entraient pour rien dans
le fujet de fes douleurs. Elle en ouit & comprit affez pour
comprendre qu'il y avait quelque confpiration fur le tapis. Elle
fe rend auffitôt à la Tente du Général lui-même; & après avoir
préalablement obtenu la grâce de fon Mari, elle découvrit tout ce
qu'elle favait. Les Conjurés arrêtés fur le champ, furent féparément interrogés; mais *Peters* était le feul parmi eux qui fût
pleinement inftruit de chaque particularité du Complot, & durant
quelque tems, il fit difficulté de rien découvrir. La raifon de fon
refus était généreufe, noble même, dans le cœur d'un fcélérat.
C'était la nuit, à la pointe du jour de laquelle la tentative
devait fe faire. Il favait que la Cavalerie Anglaife était, à cette
époque en embufcade au Rendez-vous convenu; il favait que,
s'il découvrait d'abord toutes les particularités de la Confpiration,
le Détachement ennemi allait probablement être fait prifonnier,
ou peut-être taillé en pieces. En effet les Anglais étaient véritablement au pofte défigné: ceux-ci, après avoir attendu le tems fixé pour
le fignal & au-delà même, craignant quelque furprife, s'en re-

tour-

Voyez flotter au loin cette longue nacelle:

N'y diftinguez-vous pas la tête criminelle

Qui va fubir le fort ordonné par les loix?

Je me fens attendrir; une fecrette voix

Me vient intéreffer à ce trifte coupable.

Hélas! il fit le crime, il eft donc puniffable,

Mais dans un noir moment, la plus mâle vertu,

Souvent après avoir vainement combattu;

Au feu des paffions, fous leurs tendres amorces,

Sent faiblir à la fin fon courage & fes forces,

Et

tournerent à toute bride, aux lieux d'où il étaient venus. C'eft à quoi *Peters* s'attendait, & le matin fuivant, il fit une ample découverte du Plan qu'il avait formé lui-même, mais encor fans découvrir fes Complices. Il fut pendu fur le champ, ainfi que quelques-uns de ceux qui avaient été faifis en fa compagnie, & au moment que le particulier qui rapporta ce dénoûment à *Charles-Town*, fortait du Camp *Américain*, le Général donnait tous les foins imaginables pour arracher le dernier germe que pouvait avoir laiffé dans fon camp cette Confpiration dangereufe.

Cette conduite honteufe entre ennemis, ainfi que la précédente à *New-Yorck*, ne peuvent être approuvées que par ceux qui ont pu donner au Judas *Bénédict Arnold*, une place diftinguée & un rang parmi leurs Officiers-Généraux.

Ii 2

Et souvent malgré soi, malgré son vrai desir,

A le tems de tomber & non du repentir.

Dieux! que vois-je? quels traits! me trompez-vous ma vue?

Mais non: O jour affreux! O fureur imprévue!

C'est Huddi que je vois, c'est un Américain

Pour qui l'on a formé ce lacet assassin...

Barbares! en vos murs, d'innocentes victimes

Auront-elles encor le châtiment des crimes?

Quel forfait a commis ce guerrier valeureux?

Respectez les lauriers qui couvrent ses cheveux!

Eh quoi! vous êtes sourds à mes cris lamentables!

Ma voix semble hâter vos desseins exécrables!

Huddi marche à la mort, il en voit l'appareil

Sans trouble, sans frayeur, avec un teint vermeil.

Je le vois: je l'entends qui parle & qui s'écrie:

„ Reçois mes derniers vœux; O ma chere Patrie!

„ Mon corps peut être en proie aux fureurs des méchans,

„ Mais je n'ai point flétri la gloire de tes champs.

„ Je

,, Je ne demande aux Cieux ni pardon ni clémence,

,, Mais vous, Américains, fongez à ma vengeance."

Il n'était déja plus.   Les monftres d'Albion,

Monftres nés pour le crime & pour l'ambition,

Ont à jamais comblé leurs forfaits déteftables.

Bretons, peuple abhorré, tirans infatiables,

Quel mortel déformais vous verra fans frémir?

Si votre cruauté nous condanne à gémir

Sur le fort malheureux de l'Innocence même,

Croyez-vous que du Ciel la colere fuprême

Ne mettra pas un frein à vos noires fureurs?

Et bien: elle attend trop: de fes carreaux vengeurs

Tout l'univers uni dévancera les flâmmes.

Il exterminera vos cohortes infames;

Dans le fang le plus pur de vos vils bataillons

Il faura bien venger le fang des nations,

Et par vous, l'Amérique accoutumée au crime,

Dût-elle s'immoler l'innocence en victime,

La

La mort, l'atroce mort du malheureux Huddi, (5)

Votre férocité, fon excès inoui,

Ne

(5) Le Capitaine *Huddy* de la Milicè des *Jerfeys* fut attaqué dans un petit Fort fitué fur la riviere de *Tome*, (*Tomes-River*) par un parti de Réfugiés au Service Britannique, fait prifonnier avec fes gens, conduit à *New-Torck*, il fut jeté dans la Conciergerie du Prévôt de la Ville. Environ trois femaines après on l'en retira, on l'embarqua fur une Chaloupe, on le conduifit fur le rivage des *Jerfeys* fous prétexte de l'échanger, & là, en violation des loix de toutes les Nations, excepté peut-être encor parmi les Sauvages les moins civilifés, il fut pendu à un arbre fans aucune procédure préalable & laiffé dans cet état, jufqu'à ce qu'ayant été trouvé par les Américains, ils détacherent & inhumerent fon cadavre. Un cri général de douleur & d'indignation s'éleva auffitôt de toutes les parties de cet Etat, à la nouvelle de l'exécution barbare que les Anglais venaient d'ordonner. De toutes les villes, de tous les villages, une foule de Députés fe rendent au Camp du Général *Wafhington*, & jufqu'à *Philadelphie*-même pour demander juftice de cet horrible affaffinat, dont ils fournirent des preuves & des témoins irréprochables. Alors le Congrès, frappé de cette atroce barbarie, fe détermina fur le champ, tant à la punir, qu'à en prévenir de femblables. Sa patience était à bout. Il ordonna à fon Héros, au Général des troupes réunies de la Confédération, d'écrire au Général *Clinton* qui avait alors le commandement des forces Britanniques à *New-Torck*, pour demander qu'on lui livrât l'Officier réfugié qui avait ordonné l'exécution & y avait affifté, pour qu'il fût pendu lui-même en forme de repréfailles comme un affaffin ; & en cas de refus, l'immortel

Wafhing-

Ne fauraient plus longtems exifter fans vengeance.

Les Dieux, la Terre émue embraffent la défenfe,

D'un

Washington était autorifé de déclarer *que la perfonne de quelque Officier Britannique, prifonnier des Etats-Unis, fubirait le fupplice.* L'Officier qui avait délivré cet ordre cruel fe nommait *Lippencote*, mais il n'avait agi que d'après des ordres fupérieurs. On ne pouvait le livrer à la jufte demande des Américains, fans lui abandonner en même tems celui qui l'avait fait agir: bleffer le Chef de ces Réfugiés, c'était exciter à la révolte toutes leurs hordes qui n'étaient pas mal nombreufes à *New Yorck*. Clinton fe trouva fort embarraffé. Il ne refufa point la demande, mais il n'y fatisfit pas non plus. Cependant les délais promis par *Washington* expirent. D'après les ordres du Congrès pofitifs & réitérés, le Général fait tirer au fort les Officiers Anglais détenus prifonniers, il tombe fur le Capitaine *Asgill* de la Brigade des Gardes, qui fur le champ fut conduit *de Lancafter* au Camp de l'Armée Continentale, pour y fubir la peine due aux véritables criminels, & fervir d'exemple de l'ingratitude de ceux qu'il fervait. Cependant le Congrès, fondé fur mille & mille promeffes de *Clinton*, puis de *Carleton* fon fucceffeur dans le Commandement à *New-Yorck*, ne défefpérant point qu'on ne lui livrât enfin *Lippencote*, reculait toujours l'exécution des repréfailles, en déplorant le fort du malheureux *Asgill.* Ce jeune Officier était fils únique d'une Maifon Anglaife fort ancienne, & il avait été fait prifonnier, avec *Cornwallis*, à *Yorck-Town.* En vain fa famille en pleurs vint-elle fe jeter aux piés du Roi d'Angleterre pour qu'il fauvât du fupplice cet infortuné jeune homme. George III favait le prix que les Américains auraient attaché à fa recommandation.

Ii 4

Le

D'un mortel égorgé par votre lâche main,

Et ſa cauſe devient celle du Genre-humain.

   Mais ſur qui tombera le fer de l'Amérique ?

Eſt-il aſſez d'Anglais aux bords de l'Atlantique,

Pour laver dans le ſang leurs forfaits odieux ?

Le Congrès n'en veut qu'un : ſon bras victorieux

A conſulté le Sort pour punir tant d'injures,

Et le Sort va parler.   Entre les mains impures,

Dont

Le Pere du Capitaine *Asgill*, ſe figurant ſans ceſſe avoir devant
les ïeux ſon fils infortuné expirant ſur un gibet & ne pouvant
réſiſter à cette horrible image, en mourut de douleur. Sa Fille, Sœur
de cette innocente victime, en a perdu l'eſprit. Mais la Mere oſa ſeule
écrire à M. *de Vergennes* pour l'intéreſſer en faveur de ſon fils.
Cette tendre & courageuſe Dame ſe ſervit dans cette lettre admirable de toute la force & de toute l'énergie dont un cœur ma-
ternel peut être pénétré en pareille occaſion. Le Comte *de Ver-*
gennes de ſon côté réſolut, pour mieux réuſſir, d'intéreſſer la
Reine de France dans une affaire digne de ſa bienfaiſance. S. M.
le chargea d'écrire de ſa part au Congrès pour obtenir la grâce
& la délivrance du Capitaine *Asgill*, & tout lui fut accordé ſur
le champ. Nous n'avons jamais pu lire de ſuite toute la
lettre de la Mere, nos larmes coulaient en abondance ; mais la
lettre de l'illuſtre *de Vergennes* au Congrès eſt encor au deſſus.
Quelle ſatisfaction pour M. *de Vergennes !* Quel moment pour
ſon cœur !

Dont la méchanceté signa l'Arrêt-fatal

Qui de la mort d'Huddi prescrivit le signal,

La Discorde a sauvé les seules criminelles.

Les vrais Chefs des Toris, & leurs hordes cruelles

Avaient trempé leur bras dans le sang innocent

L'Amérique sur eux jette un œil menaçant:

Mais Clinton n'oserait les trainer au supplice.

Il préfere en secret devenir leur complice.

Et le Sort, dédaignant de si lâches mortels,

(Des Dieux, leur sang infect eût souillé les autels;)

Il choisit à dessein l'Innocence elle-même,

Pour venger l'Innocent. Cette rigueur extrême

Est l'ouvrage des Dieux; telle est leur volonté,

Albion trop longtems outragea leur bonté.

Jeune & vaillant Asgill, je plains ta destinée:

Tu mourras innocent; ta vie infortunée

Méritait, je l'avoue, un sort plus glorieux;

Contemple Washington: les pleurs baignent ses ïeux.

I i 5

Quoi-

Quoiqu'il ait, par devoir, preſcrit des repréſailles,

D'un Anglais il n'a point les barbares entrailles;

Il frémit de te voir, & dans ton triſte cœur

Ses conſolations vont chercher la douleur.

Eſpere, brave Asgill; il eſt des Dieux ſur terre

Qui ſavent détourner l'orage & le tonnerre;

ANTOINETTE a daigné prendre ſoin de tes jours;

Ton ſort n'eſt plus affreux; la Reine des Amours

Pour toi de l'Amérique implore la clémence :

Vergenne, il ſuffirait, va de la bienfaiſance

Se hâter de couvrir le front d'un Ennemi :

Mais apprends que nos Rois ne ſe vengent qu'ainſi !

Héros infortunés, reſpectables victimes,

Votre ſang fume encor, & nous offre les crimes

Qui vous ont arraché du ſéjour des vivans :

Vous tombates, hélas ! ſous la main des méchans,

Et vous nous demandez, qu'en forme d'Hécatombes,

Vos bourreaux, à leur tour, immolés ſur vos tombes,

Vien-

Viennent y confoler vos mânes généreux :

Nous pleurons tendrement vos Deftins rigoureux :

Nous fentons comme vous, que notre bienfaifance,

Que les foins maternels de la Reine de France

Sont des actes perdus dans les cœurs d'Albion.

Mais n'eft-il pas encor dans cette Région

Des cœurs vraiment épris des vertus les plus rares ?

Parmi les Léopards, n'eft-il que des barbares ?

Un grand nombre, il eft vrai, digne de nos mépris,

Eft l'horreur de la Terre, a flétri fon pays.

Cependant tous chez eux n'approuvent point les crimes

Dont on voudrait charger leurs têtes magnanimes.

Leur indignation s'éleva maintes fois ;

Ofa faire trembler les courtifans des Rois :

Si leurs nobles efforts ont été fans puiffance ;

Sied-il à l'Amérique, aux guerriers de la France

D'imiter les forfaits des Tirans & des Cours ?

A ces affreux moyens aurons-nous donc recours,

Pour

Pour les punir, les vaincre ou borner leur furie ?

Non, non; loin d'avilir la chaine qui nous lie,

Pénétrons de remords les Bretons abbatus :

Et ne nous vengeons d'eux qu'à force de vertus.

Jamais des Immortels la foudre vengeresse

Ne punit mieux l'orgueil & la scélératesse

Dont Albion partout déchirait l'univers,

Que par les maux affreux & les honteux revers

Dont elle terrassait dans les deux Amériques

Les drapeaux éperdus des guerriers Britanniques. (1)

Ce-

(1) Depuis la capture de l'Armée de *Cornwallis* qui devait conquérir tous les Etats méridionaux de l'Amérique Septentrionale, l'Angleterre ne tenait que la Cité de *New-Yorck*, la Ville de *Charles-Town*, & le bourg de *Savannah* dans la vaste étendue depuis la contrée sauvage à l'entour de *Pénobscot*, jusqu'aux frontieres de la *Floride*. Les habiles calculateurs de probabilités dans la Grande-Bretagne étaient fort embarassés à trouver la juste proportion géométrique entre le progrès des armes Britanniques depuis 7 ans & la subjugation finale des *Etats-Unis*. Sans être fort profond en Algebre, & à juger simplement par la comparaison qu'offrait l'expérience, il était évident que l'Amérique, considérée, prise collectivement, était alors plus en etat de

faire

Cependant la Difcorde (2) avait dreffé les plans
Qui devaient diriger fes lâches adhérans.

De

faire la guerre que lorfqu'elle éclatta. Les Américains avaient alors
une armée permanente, bien compofée, bien difciplinée, bien
aguerrie, des Officiers expérimentés, des munitions de guerre
en abondance, une vafte quantité de grains & de provifions de
toute efpece. Les productions des Indes Occidentales fe vendaient chez eux à auffi bon marché qu'avant la guerre; celles
d'Europe étaient affez abondantes, quelques-unes même l'étaient
trop, c'eft-à-dire celles qui fervent à avancer le luxe & l'extravagance. Ainfi l'on pouvait dès-lors affurer que, d'année en
année, la nouvelle République était mieux en état de fupporter
la guerre. Les partifans de la *Grande-Bretagne* affectaient encore
de penfer le contraire; mais le tems, qui avait fi fouvent déja
démenti leurs prédictions, fruftré leurs efpérances, ne pouvait
manquer de démontrer laquelle des deux affertions approchait le
plus de la vérité. Cependant les Anglais, dans le mois d'Octobre
1781, fous la conduite de Sir *John Johnfon*, avaient paffé le lac
Ontario, s'étaient portés jufqu'à *Kats-Kill* fur la riviere de *Hudfon* au nombre de 26 hommes du 8me Régiment; 100 du 34me. 30
du 84me. Montagnards Ecoffais; 120 du Régiment de Sir *John
Johnfon*; 40 de la Compagnie indépendante de *Lake*; 150 des
Chaffeurs de *Butler*; 12 des Yagers; 130 des Indiens, en tout
608 hommes. Cette armée, partagée en deux Corps différens de
troupes & d'Indiens Royaliftes, fortit du Canada; l'un, fous les
ordres du Colonel *St. Leger*, l'autre fous ceux du Major *Rofs*, &
marcha pour attaquer les derrieres de l'Etat de *New-York*. Le
premier de ces Corps ne s'avança pas beaucoup, l'autre plus
hardi, fut auffi le plus malheureux. Ayant été attaqué à deux

repri-

De l'Empire des Lis elle parcourt l'enceinte ,

Sans pouvoir y troubler par promeſſe ou par crainte

L'or-

repriſes par le Colonel *Willet* , à la tête de quelques nouvelles levées & milices , il paya cher , par la famine , les fatigues les plus rudes & la mort , l'objet de ſa venue qui était de piller & de ruiner un Pays qu'il croyait ſans défenſe. Il faut que la perte du Corps du Major *Roſs* ſe trouvât fort conſidérable , & qu'il en ſût péri près des deux tiers , puiſqu'un Officier Américain écrivait *d'Albany* le 8 Décembre qu'un Caporal de ſon Régiment , qui , ayant été fait priſonnier l'été précédent ſur la riviere de *Moawk* , & conduit à *Bucks-Island* , venait de s'en échapper , avait rapporté que le Major *Roſs* y était revenu & n'avait ramené que 210 hommes. L'on pouvait d'autant mieux compter ſur cette information , que , de l'aveu de l'Officier Américain , ce Caporal était un homme vrai. Dans cette expédition , les Indiens *Onéïdas* , les ſeuls juſqu'alors qui ſe fuſſent rangés de leur propre mouvement , du côté des Américains , rendirent de grands ſervices à la bonne cauſe. Mais après l'action où le Major *Walter Butler* fut tué avec 8 autres du détachement Anglais , le ſouvenir des cruautés & des dévaſtations que ce fameux Partiſan avait commiſes , anima ces Sauvages au point , qu'on ne put les empêcher de ſcalper ſon cadavre & ceux de ſes compagnons. Cette Action ſe donna dans la partie déſerte du Comté de *Tryon* , à 14 milles du Fort *Dayton.* Les Américains n'y eurent qu'un ſoldat de tué ; & toute cette expédition des Anglais & des Indiens de leur parti , qui avait d'abord répandu l'alarme juſqu'à *Albany* , ſe termina à leur honte , & leurs cadavres , épars çà-&-là dans les déſerts de ces Régions inhabitées , ſervirent de pâture aux animaux ſauvages. Pendant

que

L'ordre qu'elle admirait, ni la brûlante ardeur

Dont chacun pénétré jufqu'au fond de fon cœur

Tra-

que les armes Américaines, réunies à celle du Roi leur Allié, repouffaient de toutes parts les attaques de l'Ennemi commun & faifaient même contre lui une guerre offenfive avec des fuccès éclatans, le Gouvernement de cette nouvelle République fe raffermiffait & fe perfectionnait. L'expérience avait appris les inconvéniens d'une Adminiftration dont les diverfes branches étaient confiées à des Bureaux compofés de plufieurs individus. En conféquence, le Congrès réfolut de mettre à l'avenir une feule perfonne à la tête de chaque Département. Enfuite M. *Robert Morris* eut la direction des Finances, avec le titre de *Sur-Intendant*. M *Rob. R. Livingston*, ancien Membre du Congrès, fut nommé *Secrétaire d'Etat* pour les *Affaires Etrangeres*, Département qui, jufqu'alors, avait été adminiftré par un Comité du Congrès. Le 10 Décembre de la même année, le Général *Greene* attaqua à *Eutaw-Springs* dans la Caroline-Méridionale le Lieutenant Colonel *Stewart*, lui tua 2 Officiers, 6 Sergens, 75 Soldats & un tambour; lui bleffa 16 Officiers, 20 Sergens, 213 foldats, 8 tambours; 224 foldats Anglais furent égarés, & les forces Britanniques en cet Etat, quoique n'aguere fort confidérables, furent de beaucoup diminuées par les défaites nombreufes qu'elles avaient effuyées, & les Américains remporterent une victoire complette. *Les évenemens de la guerre des Anglais en Amérique, ont fuffifamment démontré*, dit un Ecrivain Britannique, *que ce n'eft pas en prenant une poffeffion temporaire de quelques villes maritimes, ou en parcourant des Etats dans toute leur grandeur, qu'un pays auffi étendu que l'Amérique Septentrionale, faurait être conquis, Confidérant l'état hors de dé-*

fenfe

Travaillait à l'envi pour fervir la Patrie.

Ce concert magnanime excite fa furie,

Et

fenfe où fe trouvaient les Ifles Anglaifes & la politique évidente de la Maifon de France d'occuper les Bretons en Amérique, tandis qu'elle enlevait leurs autres poffeffions les unes après les autres, l'Europe entiere fut étonnée de voir qu'après l'expérience faite pendant plufieurs années confécutives, le Cabinet de St. James laiffât fes plus belles armées fur les excroiffances de ce Continent. La poffeffion de ces excroiffances n'a jamais eu aucun effet fur le refte de l'Etat envahi, quoiqu'on eût fait croire au Miniftère Anglais, & avec lui au refte des efprits crédules ou Anglomanes de l'Europe, que la capture de chacune de ces villes, était autant de conquêtes décifives en faveur des Anglais. Quoique leur cinq Céfars, c'eft-à dire Howe, Burgouine, Clinton, Cornwallis & Carleton, aient marché à travers tout le pays, excepté la petite diftance depuis Efopus jufqu'à Saratoga; & que, dans leurs Commentaires, ils aient entretenu les Miniftres & la Nation de la fupériorité de la valeur Britannique, de la poltronnerie des foldats fuyards de l'Amérique, & du Congrès vagabond; cependant les armées Anglaifes n'ont jamais pu retenir fous l'obéiffance de la Couronne, plus de terrein que celui qu'elles occupaient. Le gouvernement du refte eft conftamment retombé entre les mains du Congrès, felon que les vaftes & impraticables projets de conquête de fes ennemis dirigeaient leurs opérations militaires vers un autre quartier, ou que le manque de fubfiftance contraignait les Généraux Anglais d'abandonner les fruits de leur bravoure écervelée, & à fe retirer vers les côtes les plus voifines, pour y chercher des provifions & des quartiers d'hiver. Chaque effort que

firent

Et malgré ſes efforts, ne pouvant le changer ,

Le monſtre furieux jure de ſe venger.

La

*firent les guerriers Bretons, pour ſoutenir la conteſtation , a produit
dans le cœur des Américains un ſentiment de réſiſtance proportionné aux efforts de l'Angleterre. Lorſque l'Ennemi réuniſſait ſes forces contre eux , les Etats éloignés jouiſſaient en attendant des avantages de la paix & de la tranquilité. La charrue , la que-
nouille, la navette, l'enclume y reprenaient leur activité premiere ; & chaque fois que l'on choiſiſſait l'autre alternative
en partageant les troupes , elles trouvaient partout la défaite,
la honte ou les fers. La victoire-même n'était aux Anglais d'aucune
utilité. Que l'on jette les ïeux ſur l'iſſue infructueuſe du plus
brillant ſuccès des armes du Roi en Penſilvanie, & de leur campagne triomphante dans les Jerſeys: après leurs victoires réitérées à New-Yorck ; à Long-Island ; au Fort Washington : & les
Bretons feront convaincus de la vérité de cette aſſertion. Maitres alors de toutes les villes , de tous les villages pour-ainſi-di-
re de cet Etat fertile & puiſſant, rien ne put réſiſter au prémier choc des guerriers d'Albion, dont la valeur avait été exal-
tée par ſes revers dans la Nouvelle-Angleterre. Ils tenaient
une chaine de poſtes depuis les Plaines-Blanches, à une diſtance
de 90 milles à travers le cœur de cet Etat ; & croyant l'affaire
finie, Cornwallis paſſa en Europe pour faire dans le Cercle de St.
James le magnifique récit des triomphes de ſa Nation. Mais
ſes troupes ne furent pas plutôt cantonnées dans les différens di-
ſtrits ; elles n'eurent pas plutôt recommencé leurs cruautés ordinaires , qu'une poignée de Miliciens tirés des quartiers voiſins, & animés par le ſentiment le plus vif des torts perſonnels
& irréparables qu'ils avaient eſſuyés, les coupa , les enleva*

en

La Diſcorde auſſitôt du pié frappe la Terre :

Et déja parvenue au ſéjour du tonnerre,

Tra-

en détail, & après avoir confiné l'armée ennemie durant une année entiere dans les limites étroites de Brunswick & d'Amboy, où le paſſage lui était ouvert juſqu'à New-Yorck, ces Milices la forcerent enfin à abandonner leur Etat avec honte & précipitation. Ainſi cette entrepriſe, pour laquelle Albion avait raſſemblé toutes ſes forces, & qui avait été ſoutenue avec tant d'ardeur & d'obſtination, ne ſe trouva, lors de ſon iſſue, qu'un brillant monument de la folie nationale. Les Torys ne furent pas plus heureux à ſubjuguer les Américains dans les autres Etats. Leurs armées n'entrerent jamais dans l'intérieur du Pays, ſans trouver chaque hauteur, chaque rocher, chaque montagne, chaque riviere, vaillamment défendus, ou ſans être contraintes de les emporter au prix d'une bataille & de la perte de la moitié de leurs gens, ce qui ne ſervait qu'à familiariſer la milice Américaine avec le danger & les combats, & à s'endurcir dans le ſervice militaire. Les Bandits de l'Angleterre, ſans diſcipline, comme ſans miſéricorde, (ſes troupes ont perdu le caractere honorable de ſoldats;) ſes bandits avaient à peine pillé un Juchoir, volé le dîner d'un pauvre payſan, ou violé une femme ou une fille innocente & éplorée, que la nombreuſe Milice les convainquait auſſitôt de la néceſſité d'une retraite précipitée & de la témérité de pareilles entrepriſes. N'ayant pu gagner de ce côté-là le terrein de front, ils ternirent l'honneur de la Nation en faiſant une alliance honteuſe avec les Sauvages, & tombant comme des voleurs de nuit, le poignard & la torche à la main, ſur les derrieres de l'Etat de New-Yorck. Pour ne pas bleſſer la ſenſibilité des

âmes

Traverſait l'Océan, quand par ſon ſouffle impur

Les Cieux ſont dépouillés de leur brillant azur,

Un

dmes bien nées, nous ne ferons point le récit des horreurs de la
guerre Indienne, commiſes à Wyoming, par Johnſon, Brant,
Butler; horreurs qui flétriraient les Annales des ſiecles les plus
barbares. Nous ne rappelerons point comment un Sécrétaire
d'Etat, le feu Comte de Suffolk, oſa étouffer les cris de l'humanité, les reproches de ſa propre conſcience, pour juſtifier l'uſage
du Tomahawk & du Scapel, employés contre ceux qu'il appelait
d'obſtinés rebelles; comment, en face du Révérend Banc des Evî-
ques, il ſoutint en plein parlement avec impunité, avec applau-
diſſement même de la part de quelques Membres des Pairs, une
aſſertion ſi contraire à l'humanité. Nous ne conduirons point
nos lecteurs aux hauteurs de Bemus, pour y examiner les retranchemens que ces lâches Américains emporterent d'aſſaut à Ben-
ning-ton, à Saratoga; pour montrer la folie de ces croiſades;
pour faire voir quels excellens juges leurs Généraux ſans expérience, leur ſoldatesque poltronne, ſont du tems, des circonſtances & de l'occaſion; ou comment, avec une magnanimité
ſans exemple, malgré les injures récentes qu'ils avaient reçues,
ils ne purent oublier au milieu de leurs triomphes, qu'autrefois
ils avaient été Anglais; comment, rougiſſant des disgraces de
leurs Tirans, ils ſe retirerent derriere une hauteur, pour ne
pas être ſpectateurs de l'humiliation Britannique, lors même
que par leur bravoure, ils forçaient les Anglais à dépoſer aux
piés du brave Gates, leurs armes ſanguinaires; comment ils
augmenterent ainſi l'éclat de leur triomphe par la délicateſſe
avec laquelle ils recevaient la ſoumiſſion des drapeaux d'Albion.
Fruſtrés dans les Colonies du Nord & du Midi, de leurs deſirs
cruels, les Anglais changerent de poſition & ils ſe tournerent vers

les

Un nuage de sang vient ternir les Etoiles,

La Nuit semble accourir avec ses tristes voiles ;

Dans

les Etats les plus faibles de la Confédération moins à même de se défendre, comme la Georgie, les deux Carolines & la Virginie, surtout avant que les forces Continentales pussent se rassembler vers le point attaqué. Les troupes Britanniques, selon leur coutume, inonderent une partie de ces provinces, réunirent toutes leurs forces. Après deux tentatives infructueuses, elle entrerent enfin en triomphe à Charles-Town ; insolentes au moment de la victoire, se ressouvenant peu de la versatilité de la Fortune, elles se jouerent de la conscience d'hommes libres, ainsi que des loix d'une guerre entre deux nations civilisées ; elles convainquirent les infortunés Citoyens de cette Ville, de la douceur & de la générosité Anglaises, en leur extorquant le serment de fidélité, en leur appuyant la baïonnette sur la poitrine : disons plutôt, par la tendre persuasion du glaive & de la corde. A peine Albion avait-elle fait reposer sa soldatesque des travaux d'un siege meurtrier ; à peine ses Ministres sanguinaires, leurs Intriguans chargés de former, de présenter des Adresses, respirant la vengeance & le carnage, s'étaient-ils réjouis des victoires de leurs Généraux & s'en targuaient-ils aux ïeux de toute l'Europe & de l'Amérique qui ne daignaient pas même laisser tomber sur ces vils personnages un coup d'œil de mépris, ni sur des victoires peu décisives, remportées sur une Milice sans discipline, sans expérience, à Camden & à Guilford, que le Général Greene surprend ces prétendus vainqueurs, les attaque à l'improviste & les met itérativement en déroute à Kings-mountain, Motts-house, Moncks-Corner, à Augusta ; & que le 8 7bre 1781, il remporte, avec des forces inférieures à Entaw's-Springs, dans le voisinage même de Charles-Town, une victoire signalée, tandis que le Comte de Grasse

dans

Dans ſa courſe ordinaire, & Phebus égaré,

Incertain, ſur ſon char, de l'Erebe entouré,

Ne

dans la Cheſapeak apprenait à d'autres Anglais qu'ils n'étaient pas même invulnérables à Charle's-Town , à New-Yorck , à Hallifax & dans le reſte des poſſeſſions qu'ils pouvaient tenir encore ſur le Continent de l'Amérique. Après des faits ſi évidens, ſi notoires qu'ils ſautent aux ïeux; après une expérience ſi longue, ſi cherement achetée , quelles raiſons ſolides pouvait avancer le Cour de St. James, pour béſiter un ſeul inſtant de faire la paix avec les Américains, en reconnaiſſant leur indépendance ? Si les Germaine, les Stormond & tous les autres mauvais Conſeillers de cette Cour égarée, euſſent pris en conſidération l'état où ſe trouvait dès-lors un Pays qui leur avait été préſenté comme une conquête aiſée, comme une contrée propre à choyer & engraiſſer les aſſaſſins penſionnés de la liberté de l'Amérique; après cette conſidération, après 7 années d'eſſai, s'ils euſſent demandé à leur cœur même, quel eſpoir raiſonnable ils pouvaient avoir de ſubjuguer trois millions d'hommes qui s'avançaient rapidement en population, habitant un pays ſans bornes, abondant en poſtes inacceſſibles, en fortes barrieres naturelles, poſſedant tous les objets néceſſaires à leur défenſe, pour le commerce, pour les jouiſſances de la vie; endurcis à la fatigue dès leur enfance, ſupportant les excès de la chaleur & du froid avec une indifférence égale, accoutumés aux dangers; dans la pleine vigueur d'une diſcipline martiale; remplis de patriotiſme; ayant perfectionné leur ſiſteme de politique civile, de réligion, toutes les branches du Gouvernement; faiſant des progrès rapides dans les Arts, les Sciences, l'Agriculture, trois millions de tels hommes pouvaient-ils être ſubjugués par l'Angleterre? Elle

K k 3

de-

Ne fait fi Jupiter, pour des amours nouvelles,

Et voulant fubjuguer quelques beautés mortelles,

N'au-

devait s'imaginer qu'une Nation qui s'élcve comme une Etoile nouvelle dans l'hémifphere politique avec tant de particularités diflinélives en fa faveur, dirigée par les fages confeils d'une foule de grands hommes, commandée par des Généraux enflammés de l'amour de la gloire militaire, circonfpeéls & en même tems hardis & entreprenans, engagés dans une guerre défenfive de poftes, d'efcarmouches & de furprifes, poffédant une connaiffance parfaite du pays, dont l'Indépendance d'ailleurs était foutenue noblement & conflamment par le bras jufte & vengeur de la France, garantie par deux autres des premières Puiffances maritimes de l'Europe, & encouragée par les vœux & les fecours du refte de l'univers; qu'une telle Nation ne pouvait jamais être fubjuguée & foumife au joug d'un peuple ruiné dans fes finances, égaré dans fes confeils, déchiré par des partis oppofés l'un à l'autre, fans fageffe, fans confiflance, fans aélivité, fans fecret dans fes mefures, corrompu & avili.

Telle était la fituation des Anglais d'après eux-mêmes, à la fin de 1781. L'année fuivante ne fut pas plus heureufe. Tout fe borna des deux côtés à quelques rencontres de partis, où les Américains eurent toujours l'avantage. Chaffés par les Efpagnols de la *Floride*; de *la Baye* dé *Honduras* & de tout ce que leurs armes, leur ambition avaient ufurpé dans le *Mexique*, les Anglais perdirent encor les Ifles de *Bahama* qui leur furent enlevées par les mêmes Efpagnols, fecondés de quelques vaiffeaux de guerre Américains.

(2) Ce fut dans ce tems-là fans doute, que la Compagne inféparable de l'Anglomanie, la cruelle *Difcorde*, dreffa de loin les batteries odieufes qu'elle devait faire jouer avec tant d'art dans

tous

N'aurait pas à deffein troublé l'ordre des Cieux,

Afin d'en impofer à Junon comme aux Dieux.

Cependant la Difcorde, habile en l'art de nuire,

D'Amphitrite à la hâte avait franchi l'Empire,

Et

tous les Etats de la Confédération Belgique. Alors elle fe propofait de faire mettre des bornes à la Preffe, parce que les Ecrivains patriotes dévoilaient avec des armes victorieufes les artifices fcandaleux dont les Anglomanes ufaient pour pofer fur un
fondement folide le trône malheureufement déja trop élevé d'un
defpotifme véritable. Ecrafée par la voix décente mais ferme
des vrais patriotes, la Difcorde s'avife d'un nouveau ftratageme. Elle endoffe la cuiraffe des Citoyens & fe déclare la guerre
à elle-même, par des écrits de la derniere impudence, où les
outrages les plus infenfés fe multipliaient à chaque ligne. Ce ton
n'était pas celui de la Vertu fur la défenfive ; on lui fit tomber
le mafque, on la reconnut, & l'indignation, le mépris la cou-
vrirent de leurs railleries les plus fanglantes. Voulut-elle, au nom
des patriotes, foulever, outrager dans les endroits les plus fenfibles, les braves Marins de la Nation, elle fut encore découverte.
Elle invoqua le glaive des loix contre une feuille mefurée, fage,
patriotique & généralement applaudie: un jugement contraire à fes vœux dérangea fes deffeins, & *Utrecht* - même la
chaffa honteufement de fes murs, & la força de s'enfuir à la
Haie. Que reftait-il donc à faire à fes adhérens? Le filence était
le meilleur parti qu'ils puffent embraffer ; ils le prirent, mais fans
ceffer de contrarier fourdement les vues du Souverain, de la Pa-
trie-même qui ne les craignaient plus, parcequ'ils étaient flétris
par la haine & le mépris de la Confédération Belgique.

K k 4

Et déja du Mexique elle apperçoit les bords :

Mais fon deffein n'eft pas d'atterrer en ces ports.

Elle rode les Mers pour découvrir fa proie,

Et bientôt elle atteint le comble de la joie.

De Graffe encor heureux, (3) déployait fur les Mers

Les forces de Louis, & rempliffait les airs

Du

(3) Le Comte de *Graffe* fit voile avec fon armée de la *Baye*
de la *Chefapeak* le 5 Novembre 1781. Son but en partant,
était de fe porter vers la *Barbade*, pour intercepter l'Amiral *Hood*
à fon retour, ou du moins quelques convois venant d'Europe.
Mais la Flotte Françaife fut accueillie par des vens fi contraires
& fi violens, qu'une partie des vaiffeaux de l'Armée fut endom-
magée dans la mâture. Chaque inftant fut marqué par quelque
fignal d'incommodité, & le Comte de *Graffe* contraint d'abandonner fa réfolution premiere, alla fe réparer à la *Martinique*, pour reprendre la mer auffitôt qu'il lui ferait poffible. L'armée mouilla au *Fort Royal* le 26 de Novembre, & le Marquis
de *Bouillé*, étant revenu de fa glorieufe expédition à *St. Euftache*,
les deux Généraux fe concerterent, & réfolurent d'embarquer
3500 hommes pour aller attaquer *la Barbade*. M. de *Barras*,
Lieutenant-Général des Armées navales devait favorifer le débarquement avec quelques vaiffeaux, & le Comte de *Graffe*, avec
le gros de l'Armée, bloquer l'Amiral *Hood* nouvellement arrivé
de *New-Torck* avec 18 vaiffeaux. L'Armée Françaife mit à la
voile le 17 Decembre; mais elle trouva des brifes fi fortes, des

grains

Du son fier & guerrier des clairons, des trompettes

Mariés avec art aux tendres clarinettes.

Ses

grains si impétueux dans le Canal de *Sainte Lucie*, qu'elle fut obligée de relâcher. Le Comte de *Grasse* remit à la voile le 28 avec le même projet, mais il ne fut pas plus heureux, & les contrariétés soutenues qu'il éprouva le forcerent encor de revenir au *Fort Royal*. Voyant que l'expédition projetée sur la *Barbade* ne pouvait avoir lieu, le Comte & le Marquis de *Bouillé* tournerent leurs vues sur *St. Cristophe*. Près de 6,000 hommes s'embarquerent à bord des vaisseaux de guerre & de quelques petits bâtimens. On fit voile le 5 Janvier & l'on arriva le 11 devant *St. Cristophe*. A peine l'Armée mouillait-elle dans la Rade, que les Notables de l'Isle vinrent en députation, promirent de ne point prendre les armes, & de ne commettre aucun acte hostile. Les Troupes & les Milices *Anglaises* se renfermerent dans le Fort de *Brimstone-Hill*. Les Troupes Françaises furent débarquées le même jour & se mirent en mouvement pendant la nuit pour aller investir ce rocher que l'Art & la Nature avaient fortifié. Le 24 les Frégates de découverte signalerent 22 vaisseaux de guerre. Ne doutant point que ce ne fût l'Amiral *Hood* qui venait au secours de *St. Cristophe*, le Comte de *Grasse* mit sur le champ à la voile & plusieurs raisons le déterminerent à prendre ce parti. En restant à la *Basse-Terre*, il laissait les Anglais maitres du mouillage de *Sandy-point*, d'où ils auraient été à portée de jeter du secours dans *Brimstone-Hill*. Les vaisseaux, laissés à la Martinique pour se réparer, & que l'on attendait alors à *St. Cristophe* où on leur avait donné ren-

Kk 5

dez-

Ses pavillons vainqueurs que Zéphire agitait ;

Mille foudres bruyans dont l'air retentiſſait,

Les

dez-vous, pouvaient être interceptés en ſe réuniſſant au corps de la flotte, enfin il importait ſurtout d'aſſurer une communication libre entre l'Iſle aſſiégée & la Martinique d'où l'on tirait les munitions de guerre & de bouche, & tous les ſecours néceſſaires pour la réuſſite du ſiege. Le 25 au point du jour on apperçut les Ennemis ſous *Montferrat*, courant la bordée du Nord. Ils virerent de bord & porterent ſur *St. Criſtophe.* Le Comte de *Graſſe* mit tout en uſage pour approcher l'Ennemi. Il forma une Eſcadre légere des 4 plus petits vaiſſeaux & une ligne de 25 des plus gros. Les Anglais ne parurent pas diſpoſés à accepter le combat. Les vens s'étant fixés à l'E. S. E. leur donnerent la facilité de venir, *vent largue*, au mouillage de la *Baſſe-Terre.* Ils ferraient la terre de fort près, & gagnerent ce mouillage, ſous le feu de l'Avant-garde Françaiſe qui ne put joindre leur Arriere-garde. La Nuit s'approchait, le Comte de *Graſſe* la paſſa ſur les bords, réſolut d'attaquer l'Amiral *Hood* au mouillage le lendemain 26 ; ce qu'il exécuta deux fois dans la journée. Le Comte de *Graſſe* voyant l'impoſſibilité d'entamer les Ennemis, & que de nouvelles attaques ne pouvaient produire qu'une perte d'hommes de part & d'autre, ſans qu'il en pût réſulter aucun avantage déciſif, ſe borna à les bloquer juſqu'à la fin du ſiege. Il aſſurait d'ailleurs par ce moyen l'arrivée des Convois attendus d'Europe. Il garda cette ſtation juſqu'au 14 Février, qu'un Convoi venant de la Martinique, apportant des vivres pour les aſſiégeans, était arrivé à *Névis.* Cette petite Iſle, diſtante de 4

lieues

Les cris des matelots, le chant des Equipages,

Neptune sans courroux, & le Ciel sans nuages,

Tout semblait sur les flots inspirer le plaisir,

Et l'Escadre volait au gré de son desir.

Tout-à-coup le Ciel change: une pâle lumiere

De la fureur des eaux funeste avant-couriere,

N'éclaire qu'à demi sur la plaine des Mers:

D'horribles sifflemens circulent dans les airs:

           Mille

lieues de *St. Cristophe*, avait été prise le 12 Janvier, par le Comte de *Grasse* à son retour de la *Chesapeak*. Il s'y rendit pour recevoir ces vivres, mais dans la nuit les *Anglais* appareillerent sans faire aucun signal & se refugierent à *Antigoa*. Quelques jours après il leva l'ancre, prit en passant l'Isle de *Montferrat* le 22 Fevrier, & joignit cette Conquête à celle de *St. Cristophe* & de *Névis*. Dans les trois combats le nombre des morts fut de 107, & celui des blessés de 207. La perte des Ennemis fut beaucoup plus considérable, de l'aveu même du Capitaine de pavillon de l'Amiral *Hood*, qui vint en parlementaire à bord du Comte de *Grasse*, pour demander la permission d'envoyer les blessés à *Antigoa*. L'Amiral Français eut la plus grande part dans les deux actions du 26. Son vaisseau reçut 84 boulets dans le Corps-même. Il était naturel que le Comte *de Grasse*, au moment où nous le représentons, fût occupé de célébrer avec son armée leurs triomphes précédens.

Mille ferpens hideux, noirs enfans du Cocite,

Que l'Enfer a vomis, que la Difcorde excite,

Chargent en un inftant tous les ponts des vaiffeaux :

Aucun n'eft à l'abri de ces monftres nouveaux ;

Ils defcendent partout, on fuit, on court, on crie,

Chacun veut éviter leurs langues en furie,

Mais les coups font portés : déja leurs dards vainqueurs

Du fiel de la Difcorde ont bleffé tous les cœurs.

C'eft ainfi que, doutant du fuccès de fes armes,

Mais trop fier pour fentir les plus juftes allarmes,

Le Vainqueur de Varron, l'intrépide Annibal

Ami de Prufias, fut au premier fignal

Jeter un trouble affreux fur la flotte d'Eumené,

S'affurer fans péril une palme certaine,

Et malgré fes revers, jufqu'aux derniers abois,

Effrayer la fortune & les vainqueurs des Rois.

La Difcorde en voyant l'effet de fes preftiges,

Et de 'Graffe étonné de ces rares prodiges,

Vole

Vole à son cher Rodnei : (4) lui montre l'Ennemi :

Lui dit qu'il est déja vaincu plus qu'à demi :

L'ex-

(4) *Rodney*, flétri par l'opinion publique & dans l'esprit de tous les honnêtes gens en Angleterre-même, repassa aux Antilles avec sa flotte après le brigandage de St. Eustache. Rappelé à Londres peu de tems après la perte de *Tobago* enlevée à ses ïeux sans qu'il eût osé la secourir, quoiqu'il en eût fait semblant, en se mettant en mer plus tard qu'il ne l'aurait dû, & quoiqu'il n'ignorât pas que toute la flotte Française était devant l'Isle & l'avait dévancé, partit de *St. Cristophe* le 1 d'Auguste 1781, & arriva à Londres dans les derniers jours de Septembre, d'où il se rendit à *Windsor* auprès du Monarque. *Il prit*, (fait-il dire lui-même au Général Advertiser le 25 du même mois,) *la liberté de faire humblement supplier S. M. de lui permettre de se jeter à ses piés ; la réponse que le Roi eut la condescendance de faire à ce message, fut gracieuse au-delà de toute expression. Il lui plut dire que, comme la soirée était fort avancée, que d'ailleurs, il était plus que probable que l'Amiral était très-fatigué de son voyage, il ne lui donnerait pas pour ce moment-là, la peine de mettre pié à terre ; mais que le désir qu'il avait de le voir le plutôt possible, & d'entendre de sa bouche une infinité de détails intéressans, l'engageait à le prier de ne pas manquer de se trouver le lendemain au lever, au Palais de St. James. Le lendemain l'Amiral se rendit en conséquence au lever & fut honoré de la réception la plus flatteuse qu'aucun sujet Anglais ait jamais eu le bonheur de recevoir de son Monarque. Sir George Bridge se rendit ensuite chez le Comte de Sandwich, qui le reçut avec toutes les marques du respect le plus distingué. Telle*

fut

L'exhorte à réparer les coups de l'infortune :

Lui promet le fuccès, la gloire peu commune

De combattre de Graffe & d'en être vainqueur.

Rodnei, par ces propos, fent renaitre en fon cœur

L'efpoir d'envelopper les crimes de fa vie

Au fein d'une victoire utile à fa patrie,

Et comptant beaucoup plus fur fa divinité,

Que fur tous les exploits de fon habileté,

Il

fut la réception d'un Amiral dont on n'attendait pas moins que la tête, afin d'expier par ce facrifice les crimes commis à St. *Euftache*, la perte de *Tobago*, pour fatisfaire aux juftes plaintes du Colonel *Ferguson* ci-devant Gouverneur de cette Ifle, outragé dans fon honneur par les dépêches-mêmes de Rodney, relativement à la reddition de cette Colonie ; venger les Négocians que Rodney avait mis dans le cas de fe voir enlever leurs bâtimens dans la traverfée par l'abandon qu'en avait fait l'Amiral, en fe féparant du Convoi avec un vaiffeau neuf de 80 canons le meilleur de fon Efcadre, & en laiffant les bâtimens du commerce fous la faible efcorte d'un vieux vaiffeau de 60 & de deux Frégates. Tout cela fut jugé de peu de conféquence fans doute, & Rodney n'en fut pas moins bien accueilli, fi l'on en croit ce qu'il a autorifé lui même l'auteur de la feuille périodique citée, à dénoncer au public.

Il ordonne auſſitôt de faire enfler les voiles. (5)

La Diſcorde elle-même aide à tendre les toiles,

Guide le gouvernail, preſſe les matelots,

Fait braquer les canons, étend les javelots,

Et voit cingler enfin la flotte Britannique.

Ses ïeux ſont ſatisfaits : elle vole au Mexique,

Y trainer à loiſir ſes odieux poiſons,

Et ſemer les forfaits dans d'autres régions.

La paix régnait alors (6) dans ces riches contrées.

D'un fanatiſme étroit conſtamment enivrées,

Sous

(5) Chargé de nouveau du Commandement ſuprême des forces Britanniques aux Indes Occidentales, Rodnéy partit le 14
de Janvier 1782 de la Rade *de Torbai* pour ſe rendre à ſa deſtination. Il arriva à la Barbade avec 12 Vaiſſeaux de ligne le 19 de
Fevrier, effectua ſa jonction avec le Contre-Amiral *Hood* le 25
au vent *d'Antigoa*, & ſortit de la Baye *du Gros-Iſlet de St. Lucie*, & ſe mit à la pourſuite de la flotte Françaiſe.

(6) Depuis que le Mexique a ſubi le joug des Caſtillans, dit
l'Abbé Rainal, cette vaſte contrée n'eſt plus expoſée à l'invaſion.
Aucun ennemi voiſin ou éloigné ne ravagea ces Provinces. La
paix n'y fut extérieurement troublée que par des Pirates. Pendant que ceux-ci infeſtaient du Sud au Nord la navigation &
les rivages de cette opulente région, & qu'elle était en proie

aux

Sous un joug despotique & de séveres loix,

Elles voyaient leurs Dieux dans leurs chefs & leurs rois,

Plus

aux Corsaires & aux Escadres des Nations révoltées par l'ambition
de l'Espagne, ou seulement jalouses de sa supériorité, les *Chiche-
mecas* troublerent seuls l'intérieur de l'Empire. C'était les peuples qui
occupaient les meilleures plaines de la contrée avant l'arrivée des
Mexicains. La douceur put seule les soumettre. Ils se refuserent longtems à l'instruction qu'on voulait leur donner & repous-
serent même toutes liaisons avec des Instituteurs bienfaisans &
Américains. Ce ne fut qu'en 1608 que l'Espagne fut déchargée du
soin de les habiller & de les nourrir. Dix-huit ans après, *Mexico*
vit se heurter avec le plus grand éclat la Puissance civile & la
Puissance ecclésiastique. Un homme convaincu de mille crimes
recherche au pié des Autels l'impunité de tous les forfaits. Le
Viceroi *Galvès* l'en fait arracher. Cet acte de justice nécessaire
passe pour un attentat contre la Divinité même. La foudre de
l'Excommunication est lancée, le Clergé séculier & régulier
prend les armes; on brûle le Palais du Commandant, on enfonce le poignard dans le sein de ses Gardes, de ses Amis, de
ses Partisans; il est mis lui-même aux fers, embarqué pour l'Europe avec soixante & dix Gentilshommes qui ne craignirent
point d'embrasser ses intérêts. L'Archevêque, auteur de tant de calamités, & dont la vengeance n'était pas assouvie, suit sa victime
avec le desir & l'espoir de l'immoler. Après avoir quelque
tems balancé, la Cour de Madrid se décide enfin pour le Fanatisme. Le défenseur des Droits du Trône & de l'ordre est condanné à un oubli entier, & son successeur autorisé à consacrer
solemnellement toutes les entreprises de la Superstition, & plus
particulierement la superstition des Asiles. Il était réservé à la

Su-

Plus humains & plus doux, fans en être moins braves,

Les guerriers d'Arragon, par d'énormes entraves,

Condannaient au repos les reftes malheureux

De ces fiers Mexicains vaincus fous leurs Aïeux.

La Volupté, le Luxe, une molle indolence, (7)

Des climats énervés au fein de l'Opulence,

Les

Superftition de rendre en ce monde l'Etre fuprême protecteur des mêmes crimes, qu'on lui fait punir, & de bien plus légers encore, par des
peines éternelles en l'autre vie. On doit efpérer que l'excès du mal
fera peut-être un jour fentir la néceffité du remede. Cette heureufe révolution arrivera plutôt ailleurs qu'au Mexique, où les
peuples font plongés dans une ignorance plus profonde encore, que
dans les autres régions foumifes à la Caftille. En effet en 1732 les éle-
mens conjurés engloutirent une des plus riches flottes qui
foient jamais forties de cette opulente partie du Nouveau Monde. Le
défefpoir fut univerfel dans les deux hémifpheres. Chez un peuple plongé dans la Superftition, tous les évenemens font miracu-
leux. Le Ciel fut généralement regardé comme la caufe unique
de ce grand défaftre que la fureur des vens, l'inexpérience des
pilotes & d'autres caufes tout auffi naturelles avaient certainement
amené. Un *Auto-da-fe* parut le plus fûr moyen de recouvrer les
bontés divines, & 38 malheureux périrent dans les flammes, victimes du p'us déplorable de tous les aveuglemens.

(7) L'indolence des Peuples qui habitent la Nouvelle-Efpagne
fera toujours, dit l'Auteur cité, une des principales caufes qui
retarderont la profpérité de cette région fameufe. Mais elle n'eft

L l

pas

Les Indiens aux fers, accablés fous le joug,

Surveillés chaque inftant par un Maitre jaloux,

La Superftition, les Prêtres qu'elle infpire, (8)

Dont elle accroit les biens, éternife l'empire,

Tout,

pas la feule. La difficulté des communications doit ajouter beaucoup à cette inertie. La circulation y eft continuellement arrêtée par toutes les entraves qu'a pu imaginer une Adminiftration injufte & fiscale. Il n'y a tout au plus que deux rivieres qui puiffent porter de faibles canots, & chacune n'a même ce genre d'utilité que dans quelques faifons. On ne voit de traces de chemin qu'auprès des grandes villes. Partout ailleurs il faut voiturer les denrées à dos de mulets, & fur la tête des malheureux Indiens tout ce qui eft fragile. Dans la plupart des Provinces, la Police fixe aux voyageurs ce qu'ils doivent payer pour le logement, les chevaux, les guides & la nourriture. Cet ufage, tout barbare qu'il le paraiffe, eft préférable encore à ce qui fe pratique dans les lieux où la liberté parait plus refpectée.

(8) Des troubles civils dérangerent en 1652 l'ordre établi. Le Commandant *Rofas* eft affaffiné, & ceux de fes amis qui tentent de venger fa mort, périffent après lui. Les atrocités continuent jufqu'à l'arrivée tardive de *Pagnaloffe*. Ce Chef intrépide & févere avait prefque étouffé la rebellion; dans l'accès d'une jufte indignation, il donne un foufflet à un Moine turbulent qui lui parlait avec infolence. Auffitôt, les Cordeliers, maitres du pays l'arrêtent: il eft excommunié, livré à l'Inquifition, & condanné à des amendes confidérables. Inutilement il preffe la Cour de venger l'autorité royale violée en fa perfonne. Le crédit de fes
Enne-

Tout, dans ces régions, affure aux Caftillans

Des peuples fans vigueur & des Sceptres brillans.

Pour

Ennemis l'emporte fur fes follicitations : leur rage & leur influence lui font même craindre un fort plus funefte, & pour fe
dérober à leurs poignards, pour fe fouftraire à leurs intrigues, il
fe réfugie en Angleterre, laiffant les rênes du Gouvernement à
qui voudra ou pourra s'en faifir. Cette retraite plongea encore la
province dans de nouveaux malheurs, & ce ne fut qu'après dix ans
d'anarchie & de carnage, que tout rentra enfin dans l'ordre &
dans la foumiffion.

C'eft dans une libre & fainte indignation que *Rainal*, après le
récit de cette horrible fcene, s'écrie : eft-il rien de plus abfurde
que cette autorité des Moines, furtout en Amérique ? Il y font
fans lumieres & fans mœurs ; leur indépendance y foule aux piés
leurs Conftitutions & leurs vœux. Leur conduite eft fcandaleufe,
leurs Maifons font autant de mauvais lieux & leurs Tribunaux
de pénitence autant de boutiques de commerce. C'eft là que,
pour une piece d'argent, il tranquilife la confcience du fcélérat :
c'eft-là qu'ils infinuent la corruption au fond du cœur des âmes
innocentes & qu'ils entrainent les femmes & les filles dans la
débauche. Ce font autant de Simoniaques qui trafiquent publiquement des chofes faintes. Le Chriftianifme qu'ils enfeignent
eft fouillé de toutes fortes d'abfurdités. Captateurs d'héritages,
ils trompent, ils volent, ils fe parjurent, ils aviliffent les Magiftrats, ils les croifent dans leurs opérations, il n'y a point de forfaits qu'ils ne puiffent commettre impunément. Ils infpirent aux
peuples la fuperftition la plus méprifable, caufe de tous les
troubles qui ont agité ces contrées lointaines. Tant qu'ils y fubfi-
fteront , ils y entretiendront l'ignorance par la confiance auffi

aveu-

Pour fentir l'efclavage, il faut être des hommes.

Pour ofer s'écrier : Prince, tu nous affommes

Sous un fardeau trop lourd & trop injufte encor,

Il faut des efprits fains, capables d'un effort,

Du Droit des nations inftruits par la Science ;

Loin des vils préjugés qu'enfante l'Ignorance.

Mais quand, par un mortel cent Peuples enchainés,

Devant un trône d'or lâchement profternés,

A fa volonté feule abandonnant leur vie,

Verront l'Olimpe en lui, leurs biens & leur Patrie,

Qui pourrait efpérer que la jufte Raifon

Voulût rendre jamais à ce même horifon

La liberté, fes droits, fon courage & fa gloire ?

Un exemple pareil étonna-t'il l'Hiftoire ?

Par-

aveugle qu'illimitée qu'ils ont obtenue des peuples, & par la
pufillanimité qu'ils ont infpiré aux dépofitaires de l'autorité royale,
dont ils difpofent par leurs intrigues. Voyez Tome III depuis la
page 342, jufqu'à la 355 *de l'Hiftoire Philofophique & Politique.* Eh ! Sont-ils donc autres en Europe ?

Partout un peuple efclave a vu des Conquérans,

Et la Liberté feule arrêta les Tirans. (9)

Malgré tous les refforts qui, de la Politique

Affuraient le pouvoir fur les bords du Mexique,

La Difcorde y pénetre, ofe y parler de loix,

De vertu, de patrie, & blafphémer les Rois.

Mais que peuvent les mots que fa bouche profere ?

On ne la connait plus dans cet autre Hémifphere,

Et

(9) Les Anglais & les Anglomanes, pour effrayer les divers potentats de l'Europe & les empêcher de fecourir ou de faire alliance avec
les Américains, ne ceffaient de leur expofer les dangers auxquels ils
allaient s'expofer, en reconnaiffant l'Indépendance des *Etats-Unis.*
Du moment que ce nouvel Empire, difaient-ils, libre à jamais des fers
tiranniques d'Albion, prendrait la place que les deftins lui affuraient
parmi les Puiffances du monde, toutes les régions éloignées que l'Europe poffedait au delà des mers, allaient fecouer le joug & recouvrer
leur liberté. C'était à l'Efpagne furtout, que les Miniftres & les
Agens Britanniques voulaient perfuader cet étrange événement.
Mais la Cour de Madrid était trop bien inftruite de fes forces &
de l'état de fes poffeffions en Amérique, pour craindre une révolution femblable. Afin de prouver même le peu de cas qu'elle faifait de ces terreurs chimériques, elle s'eft hâtée de s'approcher de plus près encore des bornes des *Etats-Unis,* par la
conquête de l'une & de l'autre Florides.

Et le Monstre infernal, par son organe impur,

Rendrait la Raison fausse & le Soleil obscur.

Si quelques mouvemens naissent à sa parole,

L'on réprime aussitôt de cette ardeur frivole

La faible effervescence, on abat son pouvoir,

Et le Mexique encor retourne à son devoir. (10)

De Rodnei cependant les voiles orgueilleuses

Sillonnaient de concert les vagues orageuses.

De Grasse vole à lui, comptant que ses guerriers

L'aideraient à cueillir un faisceau de lauriers.

Il combat, il triomphe, & déja la Victoire

Allait orner son front d'une nouvelle gloire, (11)

Mais

(10) Cependant, par les intrigues de l'Angleterre peut-être, ou peut-être aussi par quelques autres motifs, qui, jusqu'ici n'ont pas été parfaitement découverts, il s'éleva des troubles au Mexique pendant la guerre actuelle. Mais l'Espagne, qui a dans ces contrées des bonnes troupes réglées d'Europe, qu'elle change tous les 4 ans, & une milice nombreuse, a bientôt eu mis un terme à cette légere insurrection. L'on dit même que c'est l'Archevêque qui a calmé les esprits, & ramené une tranquilité parfaite.

Mais O malheur cruel! O revers inouïs!

La Difcorde a frappé les Marins de Louis.

De Graffe, en un inftant enflâmmé de colere,

Se voit feul à lutter contre fon adverfaire.

Il eft environné d'ennemis valeureux :

Comme un lion fanglant il vole au milieu d'eux.

Des deux bords à la fois il vomit le tonnerre.

Affis à fes côtés le Démon de la Guerre,

Sur lui guide les coups, & la cruelle Mort

De cent guerriers fameux vient terminer le fort.

Con-

(11) Le 9 Avril 1782, il y eut une Action entre M. le Comte de Graffe & l'Amiral Rodney. Le combat fe donna fous l'Ifle de la *Dominique*. Il fut affez vif, quoiqu'il n'y eût que 13 vaiffeaux Français aux prifes avec 17 Anglais. L'avantage fut tout du côté de Comte de Graffe, les Anglais s'étant retirés les premiers, & ayant eu 4 vaiffeaux, dont un à trois ponts très-défemparés. Du côté des Français, le *Caton* & le *Jafon* furent un peu maltraités : il creva à bord du premier un canon qui mit 40 hommes hors de combat. Après l'Action, ces deux vaiffeaux relâcherent à la *Guadaloupe*, & les deux flottes refterent en préfence pour fe raccommoder, en manœuvrant cependant pour ne pas tomber fous le vent.

Contre tant d'ennemis, contre tant de vaillance,

Que pouvait efpérer fa noble réfiftance?

La Mort: mais la barbare, il l'invoque à grands cris,

Elle fuit qui l'appele, & frappe qui la fuit.

De Graffe, toûjours ferme, en ce péril extrême,

Ordonne maints fignaux: la Difcorde elle-même

Les dérobe aux regards des plus vaillans marins

Elle éblouit leurs ïeux, rend tous leurs efforts vains.

L'Amiral de Louis, écrafé par la foudre,

Abandonné des fiens, voyant fes mâts en poudre,

Son vaiffeau prêt à fondre en l'abime des eaux,

Laffé de répéter d'inutiles fignaux,

Cede à la force enfin dans ce combat funefte,

Plutôt pour ménager le déplorable refte

De fes braves foldats autour de lui mourans,

Et qui fur lui tout feul fixaient leurs ïeux errans,

Que pour fe conferver quelques inftans de vie,

Toujours empoifonnés par le fiel de l'Envie,

Et

Et qui, par l'infortune, en butte aux détracteurs,

Déchirés à la Cour par d'indignes flatteurs,

Pour prix de mille exploits, de fa haute vaillance,

Se verraient accueillir du mépris de la France,

De la fierté des Grands, oublier par leur Roi,

Comme fi l'Amiral, fans bravoure & fans foi,

Eût lâchement vendu fa patrie & fon Prince,

Introduit les Anglais au cœur d'une Province,

Et comme fi le Sort trahiffant la valeur,

N'eût jamais arraché des palmes au vainqueur. (12)

Rod-

(12) Pour ne pas manquer à la vérité dans le récit que nous aurions pu faire de la journée du 12 Avril, nous renvoyons nos lecteurs au Mémoire que M. le Comte de Graffe donnera bientôt lui-même au Roi fur cette mémorable bataille. Un Confeil de Guerre doit juger le Général & les Officiers, qui y ont eu part. Ce que nous pouvons affurer de fcience certaine, c'eft que le malheureux Amiral Français eft bien éloigné de fe croire coupable, qu'il marche tête levée à la Cour & à la Ville, & qu'il n'a ceffé de folliciter un examen juridique de fa conduite, jufqu'à ce que S. M. lui ait eu promis, même par écrit, qu'il lui donnerait cette fatisfaction, auffitôt que les Officiers de Marine qui étaient en Amérique, feraient de retour en Europe.

Rodnei triomphe enfin : une gloire réelle

Environne fon bord, & de Graffe avec elle,

Bleffé, vaincu, monta fur l'Amiral Anglais,

Déplorant fon malheur & ceux de fes Français.

Mais loin d'être abattu par fa défaite étrange,

Méprifant d'Albion l'infipide louange,

Il parut en héros & montra dans les fers

Un courage au-deffus de fon trifte revers.

Tel on vit autrefois, défait par Alexandre,

Porus, à fon vainqueur obligé de fe rendre,

Soutenir fa fierté, défarmer le courroux

D'un Roi victorieux, toutpuiffant & jaloux,

L'intéreffer lui-même à relever fa gloire

Par un noble pardon qui pût orner l'Hiftoire :

A faire aimer un Roi qui porta la vertu,

Jufqu'à la refpecter dans un héros vaincu.

Il n'en fut pas ainfi du vainqueur Britannique.

Soit orgueil infolent ou baffe politique,

De

De Graſſe priſonnier parut dans Albion.

Fut parcouru des ïeux chez une Nation

Dont n'aguere on vantait la haute grandeur d'âme. (13)

Bretons, qui vous dicta cette conduite infame?

Les Français manquaient-ils de vos nobles guerriers?

Combien ſous nos drapeaux étaient leurs priſonniers?

Avons-

(13) M. de Graſſe fut conduit à la Jamaïque où il ſe propoſait quelques jours auparavant, de faire une entrée bien différente. On lui avait fait eſpérer un vaiſſeau qui l'aurait tranſporté en France. Mais pour completter ſon infortune, Rodney jugea plus glorieux pour les Armes Britanniques & plus grand pour ſa Nation, de donner à la vile populace de Londres le ſpectacle d'un Général Français fait priſonnier ſous ſa main. M. de Graſſe forcé de ſubir la loi du vainqueur, étant arrivé en Angleterre ſur le *Sandwich*, mit pié à terre à *Goſport*, afin d'éviter la foule qui s'était raſſemblée à l'endroit ordinaire de la deſcente, pour voir ce priſonnier ſi peu commun. Il arriva à Londres le 30 Juillet. Le 8 d'Auguſte il fut préſenté au Roi d'Angleterre, avec quelques uns des braves Officiers faits priſonniers avec lui. Le Monarque les reçut d'une maniere d'autant plus gracieuſe, qu'il s'attendait peu à les voir. Si M. de Graſſe ne put éviter les ſarcaſmes & les ironies de la populace de Londres, étonnée de voir un Français d'un port majeſtueux & d'une taille ſi élevée, il en fut amplement dédommagé par les attentions & les honnêtetés qu'il reçut de tout ce que la Capitale offre de vraiment grand & de vraiment eſtimable. Il revint à Paris ſur ſa parole le 19 du même mois.

Avons-nous de la forte outragé leur vaillance,

Surpaffé leur malheur en les trainant en France?

Honorés dans leurs fers, parmi nous refpectés,

Secourus en amis, & noblement traités,

Jamais ils n'ont paru dans les murs de Verfailles?

Avons-nous mérité de telles repréfailles?

Mais comment refpecter fes braves Ennemis,

Quand on a déchiré fes freres, fes amis!

Tant que l'Aftre du jour fécondera nos plaines,

Et que le fang Français coulera dans nos veines,

Cet opprobre mortel, empreint dans tous les cœurs,

Chez nos derniers neveux trouvera des vengeurs.

Si, fur les vaftes mers qui baignent les Antilles,

La Difcorde affligeait les puiffantes familles

Qui tiennent fierement le Sceptre des Bourbons;

Si la Victoire enfin (1) portait chez les Bretons

Sa

____

(1) Avant la funefte journée du 12 Avril, durant tout le cours de cette guerre, les Anglais ne pouvaient fe vanter
d'avoir

Sa palme enfanglantée & l'éclat de fa gloire ;

Si Rodnei, (2) fes guerriers, au Temple de Mémoire

Doivent en lettres d'or voir leurs noms radieux

Attendre le refpeçt de leurs derniers neveux ;

L'honneur du nom Français n'en fouffre aucune atteinte:

De Graffe n'a point fui par baffeffe ou par crainte;(4) (3)

Et

d'avoir remporté un feul avantage fur les flottes Françaifes. Toutes les mers les avaient vu fuir, ou éviter le combat, devant le
pavillon de France. Il était donc bien tems que la Victoire enfin refolût de favorifer leurs armes, & il était naturel qu'une fupériorité marquée, une difcipline plus févere, un Général expé-
rimenté qui n'avait plus rien à perdre, l'emportaffent une fois
au moins fur un brave rival, mal fecondé & peut-être trahi.

(2) Le Roi d'Angleterre le 27 de Mai éleva à la pairie *Bri-*
tannique Sir *George, Bridges, Rodney*, lui & fes defcendans
mâles, fous le titre de Lord Rodney, de *Rodney-Stoke*, au Comté de *Somerfet*. Le brave Contre-Amiral Sir *Samuel Hood*, fut
créé en même tems Pair *d'Irlande*, fous le titre de Lord Hood
de *Catherington*. Le Contre-Amiral *Francis Samuel Drake*, &
le Commodore *Edmund Affeck* obtinrent auffi le titre de Chevalier Baronnet de la *Grande-Bretagne*.

(3) *Rodney*, dans la relation qu'il donna de la bataille du 12
Avril fait lui-même les plus grands éloges des Officiers
Français, & ces louanges ne font point fufpectes dans la bouche
du panégirifte. *Les deux flottes*, dit-il, *fe font battues avec*

au-

Et l'injufte Fortune, abandonnant Louis,

Vendit cher le triomphe à nos fiers ennemis, (5)

Cet

autant de valeur, que fi l'honneur de leurs Rois en eût unique-
ment dépendu. Les Français font de braves ennemis. Le brave
Hood rend le même hommage à M. de Graffe & à l'armée Françaife. La *Ville-de-Paris*, dit-il, eft un vaiffeau de 100 canons:
après avoir longtems combattu *le Formidable* de 98, il fut attaqué par le *Barfleur* que je montais, auffi de 98. Défemparé de
toutes parts, ce Vaiffeau Contre-Amiral fut enfin forcé de céder
à la fupériorité des Ennemis réunis contre lui; & au moment
qu'il fe rendit, fon pont était couvert de 400 morts ou mourans.
Mais *Rodney* n'eft pas auffi véridique fur le compte qu'il rend des
forces refpectives des deux flottes dans ce mémorable combat.
Il eft prouvé aujourd'hui que le Comte de Graffe n'avait que 30
vaiffeaux de ligne, & les Anglais 36. Tous les vaiffeaux Français firent feu & foutinrent celui de l'Ennemi avec le plus grand
courage. M. de Graffe fe couvrit de gloire; tant par la vivacité
de fon feu, que par le fupériorité de fes manœuvres. Il tenta
jufqu'à deux fois d'aborder le *Formidable*, qui, à chaque fois, évita
la manœuvre, répondant néanmoins au feu de la *Ville-de-Paris*
avec la plus haute valeur. Le *Glorieux*, ayant eu longtems affaire avec 4 vaiffeaux Anglais, totalement défemparé & criblé,
de façon que l'eau y entrait de toutes parts, coula bas pendant que les Anglais envoyaient leurs chaloupes à fon fecours;
elles n'eurent que le tems de fauver l'Equipage & de mettre le
feu au vaiffeau.

(4) Loin de fuir, ce brave & malheureux Général dit expref-
fement *qu'il fut abandonné par fes vaiffeaux-matelôts la Côu-*
ronne & le Languedoc, ainfi que par une partie de fon armée.

ii

Cet amour simple & vrai, cette tendresse extrême

Que la France nourrit pour le Maitre qu'elle aime,

Ont doublé leur effort à ce triste revers :

Et de la Seine au Tarn, par mille efforts divers,

Tous

il a fait l'éloge du *Triomphant* monté par M. *de Vaudreuil*, du *Pluton* & de tous ceux qui succomberent, excepté de *l'Ardent* qui se rendit d'une maniere moins honorable. *Je me suis battu*, dit-il, *pendant 7 heures, avec 6 vaisseaux contre* 14. *J'ai succombé, de maniere que mes amis pourront me revoir sans rougir de moi. L'Armée Anglaise a été plus heureuse que celle du Roi, mais aussi était-elle mieux disciplinée.* Rodney lui-même confirme cet esprit d'indiscipline Française, en disant qu'il n'y a forte de désobéissance & d'insultes que ne fissent les Matelôts Français à leurs Officiers, lorsqu'ils virent leurs vaisseaux au pouvoir de l'Ennemi. Au reste-ce fera après la publication du Mémoire du Comte de Grasse & la tenue du Conseil de Guerre qui doit juger sa conduite, que l'on fera instruit positivement de ceux à qui l'on doit strictement attribuer l'issue de cette malheureuse journée.

(5) Il est certain que la Victoire de *Rodney* coûta cher à l'Angleterre, que ses vaisseaux, de son propre aveu furent horriblement maltraités. Aussi n'ont-ils pas été en état de tenter la moindre expédition contre les Iles *Françaises* ou *Espagnoles*. La *Jamaïque* fut peut-être sauvée d'un danger évident, & le vainqueur remplit son but de la forte ; mais le vaincu sauva ses troupes & le Convoi entier qui les portait, malgré sa défaite, il parvint de la forte à remplir le sien.

Tous les Français, émus à la feule nouvelle

Du malheur étonnant, de la perte cruelle

Qui flétriffaient ainfi tant de nobles lauriers,

Et navraient jufqu'au cœur nos généreux guerriers,

S'empreffent à l'envi d'offrir à leur Monarque

Les dons les plus preffans, qui, des coups de la Parque, (6)

Du

(6) Si l'iffue du malheureux combat de M. le Comte de *Graffe* fut un événement affligeant pour la Nation, l'entoufiafme du moins dont il fut fuivi, fera pour la France une époque dés plus glorieufes, en rappelant les plus beaux fiecles de la Monar‑ chie, ceux où ce fentiment inné chez les Français, l'amour de la Patrie était porté à fon dernier période. Il n'y a point de facrifices que des Citoyens de tout rang n'afent paru prêts à faire dans cette circonftance, pour contribuer à l'augmen‑ tation de la marine ; point de Soufcriptions volontaires, que des particuliers, même peu fortunés, ne fe foient empreffés d'ouvrir, pour fecourir au moins les Veuves & les Orphelins des Matelôts & Soldats tués dans l'Aft on, & pour foulager les malheurs de ces êtres ifolés qui font devenus les Enfans de l'Etat. Les traits de cette fenfibilité généreufe & touchante qui diftingue les Français fe font tellement multipliés dans toutes les Claffes & dans tous les Ordres de l'Etat, & cela dans toute l'étendue du Royaume, même en *Corfe*, que nous ne pouvons nous arrêter qu'aux plus remarquables. Monfieur, & Mgr. Comte d'Artois offrirent au Roi un vaiffeau de ligne du premier rang, & donnerent auffitôt

leurs

Du Sort & des Anglais vengeront nos drapeaux,

Et nous rameneront des triomphes nouveaux.

L'A-

leurs ordres pour fa conftruction. Le Prince de Condé, Gouverneur de la Bourgogne en offrit un de 110 canons au nom des Etats de cette Province. Les Receveurs-Généraux des finances donnerent 600,000 pour la conftruction d'un vaiffeau de Ligne. Le Corps-de-Ville de la Capitale en fait conftruire un à fes frais de la même force que celui qui portait fon nom. Les villes de *Lyon* & de *Bordeaux* en offrirent également un du premier rang. Le Clergé une fomme confidérable pour être employée au foulagement des Veuves & des Orphelins des Matelots tués dans la bataille. La Compagnie des Fermiers-Généraux 1,000,000. Les Régiffeurs-Généraux des Poftes, les Adminiftrateurs-Généraux des Domaines, les Fermiers de la Caiffe de Poiffi, toutes les Compagnies, les 6 Corps des Marchands de Paris, donnerent les mêmes marques de leur zele pour la gloire de la Patrie. Le Roi accepta toutes fes offres, & de la forte il aura 14 vaiffeaux du premier rang qui, joints à 12, dont S. M. a commandé la conftruction fur le champ à fes frais, au lieu des vieux vaiffeaux qui font tombés au pouvoir des Anglais, la France en aura 26 de neufs, propres à venger la Nation, fi les Anglais jugent à propos de tenter encore la fortune d'une autre campagne. Mais ce qui fait un bonneur infini aux Français, c'eft que des Militaires vétérans, ne pouvant plus, à leur grand regret, verfer leur fang pour la Patrie, ont voulu offrir un dixieme de leur penfion de retraite. Des Citoyens de toutes conditions, fe font réunis pour ouvrir entre eux une foufcription qui, en peu de jours, produifit 100,000 livres & qui devait être portée à cent mille écus. Beaucoup de particuliers, les uns connus, les autres qui ne voulaient pas l'ê-

M m

tre,

L'Amérique en ces jours d'une fombre trifteffe,

De fon cœur magnanime a montré la nobleffe, (7)

Et

tre, remirent entre les mains du Maitre du Caffé de *Foix* une fomme affez confidérable. D'autres Citoyens choifirent pour dépofitaire celui qui tient le Çaffé du *Caveau*, & lui confierent une forte fomme pour les veuves & les Enfans des matelots tués à la journée du 12 Avril. Il fut auffi fait de plufieurs Provinces des propofitions femblables au Bureau de la Correfpondance nationale & étrangere. L'on vit des Négocians, des Fermiers de la campagne faire de pareilles offres, & des Inconnus apporter des billets de la Caiffe d'Efcompte. Ce qu'on doit admirer furtout dans les foumiffions reçues de toutes parts, c'eft que la plus grande partie de ceux qui les faifaient, fe tenaient foigneufement cachés. Mais le Roi, quoique touché jufqu'au fond de fon cœur de cette énergie attendriffante, refufa l'argent des particuliers, & ne reçut que les offres faites par les Corps publics de l'Etat.

(7) *Il eft bien naturel*, difent les papiers Américains du 11 Juin 1782, *que 36 vaiffeaux de ligne en battent 30. Mais la victoire de* Rodney *eft un arbre dont les fruits ne pourront qu'être amers pour lui, & qui répand fur la conduite & le courage de l'Amiral infortuné la gloire d'avoir réfifté pendant 12 heures à une force fupérieure d'un cinquieme à la fienne. Selon tous les rapports, la Flotte Françaife s'eft réunie à 15 vaiffeaux Efpagnols qui l'attendaient à St. Domingue, de forte que la victoire des Anglais n'a pas pu empêcher cette jonction, quoiqu'ils fuffent réfolus de n'épargner aucun effort pour la prévenir. Mais la confidération la plus propre à nous confoler de cet évenement, fi quelque chofe pouvait nous fervir de confolation*

pour

Et **N**eptune en courroux, de ce qu'un vain fuccès

Ofât accroitre encor l'orgueil des cœurs Anglais, (8)

Or-

pour le revers d'un *Allié fidele & généreux, c'eſt qu'il nous
a fourni l'occaſion de faire briller un caractere national, une
bonne-foi, une conſtance, une fermeté dignes d'un Peuple libre
& déterminé à périr, plutôt que de ceſſer de l'être.* Carleton
*s'offrait à nous, la branche d'olivier à la main, au moment
que l'on reçut ici cette déſagréable nouvelle.* Peut-être avait-il
*aſſez mauvaiſe opinion de nous, pour ſuppoſer que cette criſe
était favorable pour nous détacher de nos Alliés.* Il nous a annoncé ſon plan, il a envoyé M. Morris, ſon ſecrétaire, au Congrès; & peut-être nous a-t'il cru aſſez lâches, aſſez ignorans ſur ce
que notre devoir, notre bonneur, notre intérêt nous preſcri-
vaient, pour nous laiſſer prendre à l'appât d'une paix prochaine. *Mais, quoiqu'il n'ait été encore qu'environ un
mois ſur ce Continent, il doit avoir déja commencé à connaitre les Américains.* Il s'eſt écoulé 4 ans depuis la date de
l'heureuſe alliance qui nous unit à la France. *Chaque année
nous avons reçu de nouveaux avantages de la part de cette nation, ſans être en état de lui donner aucun retour, ſinon celui
d'une ſtérile reconnaiſſance: & comme un ami conſtamment obligé par un autre, ſans avoir pu lui rendre des ſervices réciproques, nous avons attendu avec impatience le moment de prouver que nos profeſſions de foi & de gratitude étaient profondément gravées dans nos cœurs, & n'étaient point ſuſceptibles de
changer par les viciſſitudes d'une longue guerre.* Cette occaſion
eſt enfin arrivée; l'Ennemi nous l'a fournie lui-même, *& nous
ne ſaurions exprimer la joie avec laquelle nous avons vu le Maryland,* la **P**enſilvanic *& la* **V**irginie *déclarer à l'envi, & de*

la

Ordonne aux vens, aux flots de hâter sa vengeance,

De punir les vainqueurs, en sauvant à la France

Le

la maniere la plus unanime, leur résolution inébranlable de re-
jeter avec dédain toute offre d'une paix séparée & toute pro-
position qui ferait rejaillir la moindre tache sur le caractere
national ou sur l'alliance. En ce moment nous apprenons avec
le même plaisir les Résolutions passées par l'Assemblée de **New-**
Jersey, *elles respirent un vrai patriotisme. Les Anglais ne*
peuvent plus impudemment avancer que neuf dixiemes des
Américains sont portés en leur faveur; ils ne peuvent pas mê-
me dire qu'ils aient un seul partisan dans les **Treize-Etats,**
vu que ces Résolutions ont toutes été prises à l'unanimité. Mais
la circonstance la plus heureuse en cette affaire, c'est que
dans le tems-même que les Assemblées des Etats respectifs pre-
naient ces Résolutions sages & nobles, le Gouvernement fut
informé qu'il avait été fait à notre grand Allié par un Agent
Britannique envoyé à Versailles, les propositions les plus éblouis-
santes; qu'on lui avait offert les concessions les plus propres à
séduire une Puissance conduite par l'ambition, par avarice ou par
un sentiment de sa propre faiblesse. Mais l'Agent refusa en
même tems de traiter de l'Indépendance des Etats-Unis, & no-
tre Grand-Allié fit répondre simplement que cette Indépendance
formait la base de son sisteme. *La négociation n'alla pas plus*
loin. La conduite des Français a été si uniforme, si sincere du-
rant tout le cours de la présente guerre, que cette réponse ne
nous a point surpris. Cependant l'on ne peut nier qu'une Cou-
ronne, qui eût suivi d'un pas moins ferme les sentiers de la
Justice & de la Sagesse, aurait pu se laisser éblouir par l'é-
clat des offres qui lui furent faites. Voilà de notre part & de

la

Le désespoir cuisant de voir son pavillon

Flotter en prisonnier dans les ports d'Albion. (9)

Louis

la part de la France, la conduite la plus propre à faire bon-
neur aux deux nations. Il est heureux pour leur gloire mu-
tuelle que, sans aucune communication, elles aient l'une &
l'autre, par l'effet de la même droiture innée, adopté les mê-
mes Résolutions contre des négociations insidieuses, qui ne ten-
daient qu'à nous désunir en semant la jalousie parmi nous.

(8) **La Victoire du 12 Avril** releva non-seulement la fierté
nationale, mais elle fit en particulier reprendre à l'ancien Parti
Ministériel le ton de la confiance orgueilleuse qu'il employait
avant sa chûte, envers ceux du parti contraire, c'est-à-dire envers les Ministres qui lui avaient succédé. Il s'énorgueillissait
d'autant plus de ce succès inattendu, qu'il était le résultat des
arrangemens qu'il avait dressés & l'ouvrage de l'un de ses favoris,
que les nouveaux Ministres avaient résolu de rappeler. On s'apperçut de ce changement dans la Chambre des Pairs le
27 Mai, lorsqu'il y fut résolu de faire des remercîmens à l'Amiral *Rodney*. Le Comte de *Sandwich* y triompha à son avis, de la
victoire que Sir *George* venait de remporter: il prétendit qu'elle
était la plus brillante dont il y eût jamais eu un exemple dans les
annales de la Marine Britannique, & le rappel du nouveau vainqueur était une démarche des nouveaux Ministres qui méritait la
plus forte censure. Mais le peu de popularité de *Rodney* dans les
Isles Britanniques, fut la raison que mirent en avant les nouveaux
Ministres pour appuyer le rappel du vainqueur, à qui le Roi
d'Angleterre venait même, quelques tems avant le départ du Lord
Pigot, d'ôter une place qui lui rendait des émolumens très-considérables.

M m 3

(9)

Louis fe venge encor; fur des côtes lointaines,

Après mille dangers & d'incroyables peines,

Les

(9) Si l'on demande aux Anglais quels font les avantages qu'ils ont retiré de la prife des vaiffeaux Français à la journée du 12 Avril, ils répondront qu'ils ne s'en font emparés qu'à la derniere extrémité; qu'aucun Capitaine de ces vaiffeaux n'était en vie au moment que le bâtiment fut contraint de fe rendre; que la flotte Anglaife était dans un fi horrible état, qu'il ne fallait pas moins, de l'aveu-même de Rodney, que l'immenfe provifion de toute efpece qui venait d'arriver à la Jamaïque, pour en réparer les dommages; que malgré cela, elle ne ferait pas encore en état de faire la moindre entreprife pendant le refte de la Campagne, pas même d'empêcher le Convoi du Comte de Graffe de fe rendre heureu-fement à St. Domingue. Ils diront: que ces prifes étaient in-capables de pouvoir jamais tenir la mer; que Rodney, efpé-rant revenir en triomphe dans les ports d'Angleterre avec fes pri-fes, n'avait pas même donné le tems d'en réparer les dommages les plus urgens; mais que, chériffant trop fon exiftence, il n'avait pas voulu dans la fuite monter fur aucun de ces vaiffeaux; qu'il les avait abandonnés, & que la plupart avaient malheureufement péri. L'on peut ainfi décider quels avantages les Anglais ont retiré de ces prifes; quand pour un ou deux vaiffeaux qui leur reftent, ils ont perdu une foule d'officiers, de foldats & de matelots, abî-més dans les flots avec les trophées de la Victoire. Les Français du moins dans leur malheur, ont encore la confolation de ne pas entendre les plaifanteries injurieufes des Anglais qui fe targuaient déja, de venir une fois par an, fans fortir des brouillards de leur Ifle, faire du *Punch* & boire à la fanté de Rodney, dans la *Ville* même de *Paris*.

Les rivages d'Hudſon voient paraitre un Héros (10)

Qui vient donner des loix à leurs paiſibles eaux.

Il

(10) Louis XVI fut fort touché en apprenant le premier revers que venaient d'éprouver ſes armes. Mais en même tems, il montra beaucoup de fermeté. *Il ne faut pas vous laiſſer abattre,* dit-il au Miniſtre de la Marine; *redoublez d'activité: doublez, triplez les moyens: je vous ferai fournir tout l'argent néceſſaire; & que mes Ennemis ne croyent pas avoir pour cela une meilleu- re compoſition de moi: ils n'obtiendront la paix qu'au prix que j'ai voulu la mettre.* Il tiendra parole. Ses Ennemis le ſavaient parfaitement, car quelques jours après, l'Agent Britannique dé- clara au nom de ſa Cour, que *l'intention du Cabinet de St. Ja- mes, n'était pas de changer la moindre choſe aux avances qu'il avait déja faites pour les préliminaires d'une paix future.* Mais ce qui fait le plus d'honneur au cœur du Roi de France, ce ſont ces paroles qu'il dit en préſence de toute la Cour qui s'em- preſſait de lui témoigner la part qu'elle prenait à cet échec affli- geant: *ce n'eſt pas la perte de mes vaiſſeaux que je regrette; je puis aiſément m'en procurer d'autres; mais qui me rendra tant de braves gens qui viennent de périr glorieuſement pour la Patrie?* Il lui en reſtait encor aſſez pour venger l'honneur de ſon pavillon & porter aux *Anglais* les coups les plus ſenſibles. Telle fut l'expédition du Chevalier de la Perouſe dans la Baye *d'Hudſon.* Ce détroit, dont la profondeur eſt de dix degrés, eſt formé par l'Océan, dans les régions éloignées du Nord de l'A- mérique. Son embouchure à 6 lieues de largeur. L'entrée n'en eſt praticable que depuis le commencement de Juillet, juſqu'à la fin de Septembre, encore eſt-elle aſſez dangereuſe. Les vaiſſeaux ont à s'y préſerver des montagnes de glace auxquelles les naviga-

M m 4

teurs

Il livre tout en proie aux flâmmes dévorantes;

Mais l'avide Breton & ſes hordes errantes,

Trou-

teurs ont donné 1,400 à 1,800 piés d'épaiſſeur. A l'exception de *l'Algue marine*, cette mer produit auſſi peu de végétaux que les autres mers du Nord. Dans les contrées qui bordent cette Baye, le Soleil ne ſe leve, ne ſe couche jamais ſans un grand cône de lumiere. Lorſque ce phénomene a diſparu, l'aurore boréale en prend la place, & blanchit l'hémiſphere de rayons colorés ſi brillans, que leur éclat n'eſt pas même effacé par la pleine lune. Cependant le ciel y eſt rarement ſerein. Un des effets du froid rigoureux ou de la neige qui regne dans ce climat, eſt de rendre blanc en hiver, les animaux dont le poil eſt brun ou gris naturellement. Tous ont reçu de la Nature des fourrures douces, longues, épaiſſes, mais dont le poil tombe à meſure que le tems s'adoucit. Sous ce ciel triſte, toutes les liqueurs deviennent ſolides en ſe gelant, & rompent les vaſes qui les contiennent de quelque matiere qu'ils puiſſent être. L'eſprit-de-vin même y perd ſa fluidité. On a découvert ſous cette Zone glaciale, du fer, du plomb, du cuivre, du marbre, une ſubſtance analogue au *charbon-de-terre*. Le ſol y eſt d'ailleurs d'une ſtérilité extrême & tout s'y reſſent de la ſtérilité de la Nature. Les hommes y ſont en petit nombre & d'une taille qui n'excede guere 4 piés. Ils ont la tête énorme à proportion de leur corps. Quoique ſans barbe & ſans poil, les jeunes gens y ont un air de vieilleſſe. Tels ſont les *Eskimaux* qui habitent non ſeulement le *Labrador*, où ils ont pris leur nom, mais encore les contrées qui s'étendent depuis la pointe de *Belle-Iſle*, juſqu'aux régions les plus Septentrionales de l'Amerique. Ceux de la Baye *d'Hudſon*, ont comme ceux du *Groënland*, le viſage plat, le né petit, mais non écra-

ſé,

Trouvent en leur vainqueur un guerrier généreux

Qui veille fur leurs jours en ces deferts affreux. (11)

A

fé, la prunelle jaunâtre, & l'iris noir. Leurs femmes ont des caractères de laideur qui leur font propres. Les *Eskimaux* n'ont, ni hordes entierement noires, ni des habitations creufées fous terre. Ils paffent l'hiver fous des huttes conftruites à la hâte de cailloux liés entre eux par un ciment de glace, fans autre feu que celui d'une lampe allumée au milieu de la cabane, pour y faire cuire le gibier & le poiffon dont ils fe nourriffent. La chaleur de leur fang & de leur haleine, jointe à la vapeur de cette légere flâmme, fuffit pour changer leurs cafes en étuves. Les *Eskimaux* vivent conftamment au bord de la mer qui fournit à toutes leurs provifions. Leur fang, leur chair, la couleur & l'épiderme de leur peau, fe reffentent de la qualité de leur nourriture. L'huile de baleine qu'ils boivent, le chien marin qu'ils mangent, leur donnent un teint olivâtre, une forte odeur de poiffon, une fueur graffe & gluante, quelquefois une forte de lepre écailleufe. Auffi les Meres, à l'exemple des ours, lechent-elles leurs nouveaux-nés. Cette nation faible & dégradée par la Nature, eft intrépide fur une mer continuellement périlleufe. Avec des bateaux faits & coufus, pour-ainfi-dire comme des outres, fi bien fermés que l'eau ne peut y entrer même par deffus, ils fuivent les colonies de harengs dans toutes leurs émigrations du pôle; ils affrontent les baleines & les chiens de mer, dans une guerre où il y va de la vie pour les affaillans. Ces peuples, environnés d'une nuit de fix mois, voient obliquement l'aftre du jour, encore ne femble-t-il les éclairer que pour les aveugler. La plupart font privés de bonne heure de la vue, le plus doux préfent de la nature. Un mal

plus

A quoi peuvent fervir tant d'actes honorables ?
Eft-ce à des Ennemis cruels, impitoyables,

Fran-

plus grand encore les confume lentement. Le fcorbut s'attache
à leur fang, en altere, en épaiffit, en appauvrit la maffe. Les bru-
mes de la mer qu'ils refpirent, l'air épais & fans reffort qui regne
dans leurs cabanes fermées à toute communication de l'air extérieur, l'inaction continuelle de leurs longs hivers, une vie tour-
à-tour errante & fédentaire, tout provoque en eux cette maladie
fcorbutique, qui, pour comble de malignité, devient contagieufe,
fe tranfmet par la co-habitation, & peut-être auffi par les voies
de la génération. Malgré ces incommodités, aucun peuple n'eft
plus paffionné pour fa patrie que les *Eskimaux*. Ils étaient
habitans du pays qui fut découvert en 1607 par *Henri Hudfon*,
occupé du foin de chercher au *Nord-Oueft* un paffage pour entrer dans la Mer du *Sud*. Cet intrépide & habile navigateur par-
courait pour la troifieme fois en 1611 ce détroit jufqu'alors inconnu, lorfque fes lâches & perfides compagnons le jetterent,
ainfi que fept matelots animés de fon efprit, dans un bateau des
plus fragiles & l'expoferent fans provifions, fans armes, à tous
les périls de la mer & de la terre. Les barbares qui lui refufaient
le fecours de la vie, ne purent lui ôter la gloire de fa découverte.
La Baye où il entra le premier, eft & fera toujours la *Baye
d'Hudfon*. Les guerres civiles d'Angleterre firent perdre de vue
aux Bretons une contrée éloignée qui n'avait rien d'attrayant.
Des jours plus fereins n'en avaient pas rappelé le fouvenir, lorfque *Grofeiller* & *Radiffon* deux Français *Canadiens*, mécontens
de leur patrie, avertirent les Anglais qu'il y avait de grands pro-
fits à faire fur les pelleteries qu'ils pouvaient tirer d'une terre où
ils avaient des droits. Ceux qui propofaient l'entreprife, mon-

trerent

Français! qu'il faut offrir la bonté de vos cœurs?

Sachez donc une fois que vaincus ou vainqueurs,

Tou-

trerent tant de capacité, qu'on les chargea de la commencer. Le premier établissement qu'ils formerent, surpassa leurs espérances & leurs promesses. Ce succès chagrina la France, qui craignit avec raison de voir passer à la Baye *d'Hudson* les belles fourrures que lui fournissaient les contrées les plus septentrionales du Canada. On aurait bien desiré de pouvoir aller attaquer la nouvelle Colonie par la même route qu'avaient suivie les Canadiens, mais la distance était trop grande, & il fut décidé que l'expédition se ferait par mer. Elle fut confiée à *Groseiller* & à *Raddisson*, qui, mécontens des Anglais, avaient abandonné leurs intérêts, & se trouvaient de retour en leur patrie. Ces deux hommes inquiets & audacieux partirent en 1682 de Quebec sur deux bâtimens mal équipés. A leur arrivée, ne se trouvant pas assez forts pour attaquer l'Ennemi, ils se contenterent d'élever un Fort au voisinage de celui qu'ils s'étaient flattés d'emporter. Alors on vit naître entre deux Compagnies, l'une établie en Canada, l'autre en Angleterre pour le commerce exclusif de la Baye, une rivalité qui devait toujours croitre dans les combats d'une funeste jalousie. Ces misérables hostilités finirent pas la paix *d'Utrecht* qui assura aux Anglais la propriété & la jouissance de ces arides contrées. La Baye *d'Hudson*, n'est à proprement parler, qu'un entrepôt de Commerce. La rigueur du climat y a fait périr tous les grains semés à plusieurs reprises, y a interdit aux Européens tout espoir de culture & par conséquent de population. On ne trouve sur ces immenses côtes que 90 ou 100 soldats & facteurs, enfermés dans 4 mauvais forts, dont celui d'*York* est le principal. Leur occupation est de recevoir les pelleteries que les sauvages

voi-

Toujours les Léopards ont la même furie:

Et vous daignez encor prendre foin de leur vie!

Vous

voifins viennent échanger contre quelques marchandifes dont on leur a fait connaitre & chérir l'ufage. Quoique ces fourrures foient fort fupérieures à celles qui fortent des contrées moins feptentrionales, on les obtient à meilleur marché. Les *Eskimaux* donnent dix *Caftors* pour un fufil; deux pour une livre de poudre; un pour une hache; un pour fix couteaux; deux pour une livre de grains de verre; fix pour un furtout de drap; cinq pour une jupe, un pour une livre de tabac. Les miroirs, les peignes, les chaudieres, l'eau-de-vie, ne valent pas moins de caftors à proportion. Comme le Caftor eft la mefure commune des échanges, un fecond tarif, non moins frauduleux que le premier, exige deux peaux de Loutre ou trois peaux de Martres, à la place d'une peau de Caftor. A cette tirannie autorifée, fe joint encore une tirannie que l'on tolere. On trompe habituellement les fauvages fur la mefure, fur le poids, fur la qualité de ce qu'on leur livre, & la lézion eft à peu près d'un tiers. Ce brigandage métodique doit faire deviner, dit Rainal, dont nous avons extrait cette note, que le commerce de la *Baye d'Hudfon* eft foumis au Monopole. La Compagnie qui l'exerce n'avait originairement qu'un fonds de 241,500 livres, qui a été porté fucceffivement à 2,380,500. Ce capital lui vaut un retour annuel de 40, à 50,000 peaux de caftors ou d'autres animaux, fur lefquelles elle fait un bénéfice exorbitant qui excite l'envie & les murmures de la nation. Les deux tiers de ces belles fourrures font confommés en nature dans les trois royaumes, ou employés dans les manufactures nationales. Le refte paffe en Allemagne, où le climat lui ouvre un débouché fort avantageux.

Cette

Vous ofez leur parler de foi, d'humanité,

, Ces noms font-ils donc faits pour la férocité?

Com-

Cette Compagnie, malgré tant d'avantages qui lui ont été cédés, n'a pas cependant fait la moindre démarche pour découvrir le fameux paffage dans la mer de Sud que l'on cherche depuis fi long-tems inutilement, quoiqu'elle fût fpécialement chargée d'une entreprife dont elle devait profiter la première, & plus que tout autre établiffement Européen dans le Nouveau-Monde. Ce fut contre la Colonie Anglaife de la *Baye d'Hudfon*, que, loin d'être découragés par l'échec du 12 Avril, les Français réfolurent de porter leurs armes. Le Chevalier de la Peroufe partit le 31 Mai 1782 du Cap Français avec le vaiffeau le *Sceptre* de 74, & les Frégates *l'Aftrée* & *l'Engageante* de 36 canons, avec 250 hommes du Régiment *d'Armagnac* & *d'Auxerrois*, 40 hommes d'artillerie, 2 mortiers de 8 pouces & 300 bombes. Le 17 Juillet, l'Efcadrille eut connaiffance à minuit de l'Ifle de la *Réfolution*. A peine les Français eurent-ils fait 20 lieues dans le détroit *d'Hudfon*, que les obftacles de tout genre fe multiplierent. Les vaiffeaux refterent plufieurs jours pris dans les glaces, & les matelots allaient à pié d'un bâtiment à l'autre. Les Frégates fouffrirent infiniment & endommagerent leur avant, de maniere à caufer les plus vives inquiétudes. Le *Sceptre* fut auffi fur le point de perdre fon gouvernail. Tout était nouveau pour eux dans cette navigation, ce qui avait fait négliger de prendre des ancres à glace. Enfin le 30 Juillet l'on apperçut le Cap *Walfingham*, qui était la partie la plus occidentale du Détroit. L'on n'avait eu pour fe guider jufques-là, que quelques points déterminés aftronomiquement, inférés dans le *Practical-Navigator* & d'après lefquels l'on traçait une carte que l'on

corri-

Comme eux foyez cruels, injuftes & barbares :

De leur fang corrompu ne foyez point avares :

Ven-

corrigeait à mefure que la brume permettait de faire quèlque relevement des terres. L'on fe flattait que les plus grandes difficultés étaient vaincues, & l'on brûlait d'impatience d'arriver au fort du Prince *de Galles*. C'était le premier point de vue que le Chevalier de la Peroufe fe propofait d'attaquer. Il n'avait pas un inftant à perdre, mais fon impatience fut mife à une nouvelle épreuve. Naviguant avec affez de fûreté dans la *Baye d'Hudfon*, il fut environné de brume le 3 *d'Augufte* & bientôt il fut entouré de gros glaçons qui le forcerent de donner à fa Divifion le fignal de mettre en panne. Le brouillard fe diffipa & l'on apperçut les trois bâtimens enclavés dans les glaces qui s'étendaient à perte de vue. Le Commandant en Chef eut alors la crainte la mieux fondée de manquer la faifon d'opérer. Il était à peu près décidé à renvoyer fon vaiffeau avec une Frégate aux Ifles du Vent, & d'hiverner lui-même avec l'autre Frégate & un petit nombre de troupes. Il aurait attaqué & détruit les Etabliffemens Anglais à la faifon fuivante. Mais le 5 *d'Augufte*, la barre dans laquelle on fe trouvait engagé, s'éclaircit peu à peu, & l'on fe détermina à la franchir à force de voiles, quelques rifques que puffent courir les bâtimens. On fut affez heureux pour y parvenir, & le 8 au foir l'on découvrit le pavillon du Fort du *Prince de Galles*. L'on en approcha la fonde à la main, les vaiffeaux s'étant avancés très-près du Fort, & la marée fe trouvant contraire, les Chaloupes ne fe mirent en mouvement qu'à 2 heures du matin. On débarqua fans obftacle à trois quarts de lieue du Fort, bâti de pierre de taille & qui paraiffait en état de faire une réfiftance vigoureufe. Le

Sieur

Vengez-vous hautement : vengez les Nations :

Que l'Anglais terraffé dans fes plantations,

Dans

Sieur de *Roflaing*, Major du Régiment *d'Armagnac*, marcha avec les troupes jufqu'à la portée du canon, où il fit alte, & n'appercevant aucune difpofition de la part des ennemis pour fe rendre, il envoya fommer le Fort. On ne fit aucune difficulté. Le Gouverneur fe rendit à difcrétion. Il y avait dans le Fort une très-grande quantité de marchandifes ; l'artillerie était dans le meilleur état poffible, & tous les magafins étaient couverts en plomb. N'ayant pas un inftant à perdre, pour achever fes opé-rations dans la Baye, le Chevalier fe détermina à tout brûler, excepté quelques pelleteries de Caftor & d'autres animaux qui furent embarquées fur *l'Aftrée*. Il donna aux Sauvages tout ce qu'ils voulurent ou purent emporter, furtout de la poudre & du plomb. Il mit à la voile le 15 pour le port *d'Torck*, chef-lieu de tous les Etabliffemens Anglais dans cette Baye, mais il éprou-va des difficultés bien plus confidérables que celles qui s'étaient préfentées jufques alors à vaincre. Il favait que la côte était pleine d'écueils ; il n'avait point de cartes, & fes prifonniers s'obftinaient à ne vouloir lui donner aucun éclairciffement. Enfin après des précautions infinies, des rifques de toute efpece que les vaiffeaux avaient courus, en naviguant par 6 ou 7 braffes fond de roche, il parvint à l'entrée de la riviere de *Nelfon*, où l'Efcadrille mouilla le 20 du même mois, à environ cinq lieues de terre. Il avait heureufement joint à fa Divifion 3 bateaux pontés pris au Fort & qui furent du plus grand fecours. M. *de la Peroufe* en con-fia le commandement aux Sieurs du *Bordbieu* enfeigne de vaif-feau, *Dorie* Lieutenant de Frégate, & *Carbonneau* Garde de la Marine. Ils fonderent, en allant à la découverte de la

Ri-

Dans ses mûrs, en ses ports, par droit de représailles,

Sente vos fers brûlans dévorer ses entrailles:

Jus-

Riviere des *Hayes*, sur laquelle est située le Fort *d'Torck* & dont on savait que l'abord était impraticable pour de gros bâti- mens. Le 18 les Sieurs *du Bordbieu* & *Carbonneau* dans leur bateau, & le Sieur *Lesebire* Officier auxiliaire dans le canot du *Sceptre*, prirent une exacte connaissance de cette Riviere. Le Commandant les attendait au mouillage à 8 lieues du large, hors de vue de la terre. Ils firent un relevé exact des fonds. De re- tour à bord, ils piloterent l'Escadrille, & le 20 au soir, elle mouilla par un très-bon fond de vase. M. de la *Perouse*, le 21 au matin, se disposa à faire sa descente au commencement de la marée, & crut devoir se mettre lui-même à la tête des Chaloupes, n'ayant rien à craindre par mer du côté de l'Ennemi. Le grand éloignement des vaisseaux pouvait faire naitre à la Garnison des projets de défense, dont celle du Fort précédent n'avait pu avoir l'idée, par la facilité que les vaisseaux avaient d'approcher du rivage. Le Chevalier de *Langle* eut ordre de suivre le Comman- dant & le Sieur de la *Jaille* fut chargé du commandement de la Division. Avec l'assurance que, la descente faite, le Comman- dant en Chef retournerait à son vaisseau, & laisserait le Cheva- lier de *l'Anglade* chargé du commandement des Chaloupes, jusqu'après la réduction du Fort. L'Isle des *Hayes*, sur laquelle est située le Fort *d'Torck*, est à l'embouchure d'une grande riviere qu'elle divise en deux branches. Celle qui est devant le Fort, s'appelle la Riviere des *Hayes*, l'autre *Nelson*. Tous les moyens de défense étaient sur celle des *Hayes*. Il y avait de plus un vaisseau neuf de la Compagnie portant 26 canons, mouillé à l'embouchure de cette riviere, d'ailleurs pleine de bancs. Les

Cou-

Jufqu'à ce que fes maux, le rendant plus humain,

Il vous faffe tomber le glaive de la main.

Non

courans font très-violens, la marée monte & fe perd avec une rapidité incroyable. Les Chaloupes Françaifes pouvaient refter échouées à portée du canon du Fort & du vaiffeau. L'on fe dé-termina pour la rivière *Nelfon*, quoique le Chevalier de la *Pei-roufe* fût parfaitement inftruit que les troupes auraient à faire une marche d'environ 4 lieues; mais par ce moyen toutes les batteries étaient tournées, & devenaient inutiles aux Eunemis. La petite flotte arriva le 21 au foir à l'embouchure de la *Nelfon*, au nombre de 12 tant Chaloupes que bateaux pontés. Elle portait en-viron 250 hommes, avec tous les mortiers, les canons & pour deux jours de vivres. Les difpofitions faites, les Chalou-pes reçurent ordre de mouiller par 3 braffes, à l'entrée de la rivie-re, & le Commandant en Chef s'avança dans fon Canot avec le Chevalier de *l'Angle*, M.M. de *Roftaing* & de *Monneron*, afin de fonder la riviere fur laquelle il fuppofait que les Ennemis au-raient fait quelques difpofitions pour empêcher la defcente. Il paffa à 5 heures du foir affez près du Port *d'Yorck* & du vaiffeau de la Compagnie, pour, qu'à l'aide de leurs lunettes, ils pûffent diftinguer la couleur de l'habit des troupes. Le Vaiffeau avait même tiré un coup de canon à boulet, mais hórs de portée, & le Fort y avait répondu. L'on trouva, en fondant l'efpace d'u-ne lieue, que les rives étaient inabordables, les plus petits Ca-nots n'en pouvant approcher qu'à 100 toifes ou environ, & que l'efpace qui reftait à parcourir, était une vafe molle. L'on fe détermina donc à attendre le jour & à refter à l'ancre. Mais les Chaloupes fe trouverent à fec fur les 3 heures du matin. Le Cheva-lier de *l'Angle* propofa alors à M. de *Roftaing* de fe mettre

dans

Non non : n'écoutez point ces confeils fanguinaires :

Les Bretons, quels qu'ils foient, n'en font pas moins vos
(freres :

Loin

dans la vafe, & d'aller droit à terre. L'avis fut trouvé bon,
& toutes les troupes, le fufil fur l'épaule, le Commandant toujours à la tête, firent un quart de lieue enfoncées jufques au genoux, & arriverent enfin fur un pré, qui n'était cependant qu'un
marais à une lieue du bord. La troupe s'y rangea en bataille, & marcha environ une lieue vers un bois où l'on fe flattait de trouver un fentier qui conduifît au Fort. Un prifonnier, que l'on avait payé généreufement, s'était offert de fervir
de guide. Il indiqua un chemin que M. *de Roftaing* fit reconnaître, il fut trouvé impraticable, mais l'on apprit dans la
fuite que c'était le meilleur de l'Ifle. Toute la journée fe paffa
en reconnaiffance de chemins qui n'exiftaient pas. Enfin le Chevalier de la *Peiroufe* fe décida à en tracer un à la bouffole, au
milieu du bois & du marais. Les Sieurs de *Monneron* & de
Manfuï, furent chargés d'un travail extrêmement pénible. La
Troupe campa à l'entrée du bois, & le foir on annonça qu'il y
avait à traverfer deux lieues de marais où l'on enfonçait fouvent
jufqu'au genoux. Dans la nuit il venta grand frais, & le Commandant en Chef eut les plus vives inquiétudes pour fes vaiffeaux
mouillés en pleine côte, dans un parage où la mer eft affreufe.
Il fe détermina tout de fuite à faire fes efforts pour rejoindre l'Efcadrille qui était dans un péril évident. Il ordonna au
Chevalier de *l'Angle* de refter chargé du commandement des
Chaloupes, & il fe rendit au bord de la mer. La tempête con-
tinuait encore, & il lui fut impoffible de s'embarquer. Cependant, mettant à profit un petit intervalle le lendemain, il arriva

à

Loin de les corriger par leurs propres fureurs,

Vos dards irriteraient la rage dans leurs cœurs.

Les

à bord, une heure avant le second coup de vent. Le Sieur de *Carbonneau* qui était parti avec lui fit naufrage, & fut assez heureux pour se sauver à terre lui & son équipage. I's revinrent à bord 3 jours après, nuds, & n'ayant vécu que d'herbes & de quelques fruits sauvages. *L'Engageante* perdit 2 ancres dans le second coup de vent, & *l'Astrée*, s'il avait duré quelques heures de plus, était perdue avec 300 hommes. Le vent s'étant calmé, M. de la *Peirouse* apprit que les troupes étaient arrivées devant le Fort le 24 au matin, & qu'à la premiere sommation, les portes en avaient été ouvertes à M. *de Rostaing*, après avoir cependant offert une capitulation qui fut acceptée. Il écrivit aussitôt à M. *de Rostaing* pour le presser de tout brûler & de s'embarquer tout de suite, à cause des dangers du mouillage où l'Escadrille se trouvait. Le vainqueur fit toute la diligence possible. Sur ces entrefaites un nouveau coup de vent mit encore *l'Engageante* dans le plus grand danger. Sa troisieme ancre cassa, ainsi que la barre de son gouvernail, sa Chaloupe fut perdue, celle du *Sceptre* & son canot également, il perdit même une ancre. Enfin le beau tems revint, & M. de la *Peirouse*, dans la matinée du 30 d'Auguste, eut le plaisir de voir le Fort *d'Yorck* en feu & M. de *Rostaing* avec sa troupe revenir à bord dans un grand bateau appartenant à la Compagnie. Il mouilla la nuit à une lieue de l'Escadrille, & au jour, il se rembarqua sur le *Sceptre*. L'on remit à la voile tout de suite, ayant à bord les 3 Gouverneurs des Forts du Prince de *Galles*, *d'Yorck*, & de *Severu*, petit établissement dépendant *d'Yorck*, que l'on négligea de détruire, parce qu'il n'était d'aucune importance, & que

les

Les monſtres que nourrit la ſauvage Libie,

Ne ſont point curieux de conſerver leur vie.

Il faut les enchainer, éviter leur courroux.

Dociles à la voix, ſoumis, à nos genoux,

Souvent par nos bienfaits, ces animaux féroces;

S'approchent de nos mœurs; leurs allures atroces

Se changent par degrés, mais inſenſiblement,

Tant partout le bien ſeul opere lentement!

Sur les vaiſſeaux ſans ancres ni chaloupes, ayant 300 malades à bord, n'avaient rien de plus preſſé que de quiter ces mers, qui, depuis le 25 d'Auguſte, ſont plus orageuſes que la Manche au mois de Janvier. La perte occaſionnée aux Anglais peut monter à 12 millions.

(10) M. de la *Peirouſe* eut l'attention en brûlant le Fort *d'Yorck*, de laiſſer ſubſiſter un grand magaſin dans un lieu éloigné du feu, dans lequel il fit dépoſer des vivres, de la poudre, du plomb, des fuſils & une certaine quantité de marchandiſes d'Europe, & les plus propres aux échanges avec les Sauvages, afin qu'à leur retour, dans leur ancien établiſſement, quelques Anglais, qu'il ſavait s'être réfugiés dans les bois, trouvaſſent dans ce magaſin de quoi pourvoir à leur ſubſiſtance, juſqu'à ce que l'Angleterre eût pu être inſtruite de leur ſituation, *perſuadé* dit le généreux Chevalier, *que le Roi approuvera ma conduite à cet égard, & qu'en m'occupant du ſoin de ces malheureux, je n'ai fait que prévenir les intentions bienfaiſantes de S. M.*

Sur les rives de l'Inde, accueillis par Neptune,

Les Lis, à leur approche, avaient vu la Fortune

Jour & nuit voltiger près de leurs pavillons;

S'affeoir d'un air riant parmi leurs bataillons;

Le fer de leurs héros conduit par la Victoire,

Moiffonner des lauriers dans les champs de la Gloire;

Le vainqueur de Johnftone, (1) intrépide amiral,

Toujours victorieux de fon digne rival, (2)

A

(1) M. *de Suffren de St. Tropès*, Bailli de l'Ordre de Malte, Lieutenant-Général des armées navales de France.

(2) M. *de Suffren* ayant pris le commandement en chef des forces navales de France aux Indes Orientales après la mort de M. d'Orves, en vint deux fois aux mains avec le Vice-Amiral Hughes, notamment le 12 Avril 1782, & dans les deux com. bats, l'avantage fut du côté des Français, fans que les Anglais ca. pendant perdiffent aucun vaiffeau. Après le combat du 12 Avril, le Vice-Amiral Hughes refta dans *Trinquemale* jufqu'au 24 Juin. Pendant ce tems-là, le Bailli de *Suffren* alla débarquer l'Artillerie fur la côte, faire des vivres & de l'eau. Sachant les Anglais for- tis & au vent, entre les fecours qu'il attendait & fa flotte, il par- tit le 2 Juillet. Le 6 il y eut un combat, qui ne fut pas couron- né du fuccès qu'il devait avoir par les mêmes raifons que les au- tres, c'eft-à-dire par les menées d'une cabale formée par les Offi- ciers de l'Efcadre contre le Commandant en Chef. Le Vice-

Amiral

A fes ïeux réparer la honte du Batave;

Oftenbourg (3) d'Albion ceffer d'être l'efclave;

Et

Amiral Anglais qui était au vent abandonna le combat. M. *de Suffren* ne l'aurait pas ceffé, fi *le Brillant* n'eût pas été démâté du grand mât. Il revint à *Goudelour*, y eut une entrevûe avec le *Nabab Hyder Ali-Can*, qui le retint jufqu'au 31. Les Anglais étaient partis le 18 de *Negapatnam*, (autre conquête qu'ils avaient faite la même année fur la Compagnie Batave, à la côte de *Coromandel*.) Ils avaient fait le crochet pour gagner *Madras* fans être vus. La flotte de France partit le 1 *d'Augufte*, elle fut jointe par la Divifion de M. *d'Aymar* le 21 au foir fûr *Ba-tacalo*. Celle-ci apportait un bataillon de l'Ifle *de France*, qui four-niffait des garnifons à *l'Illuftre* & au *St. Michel*. Le Bailli, après la prife de *Trinquemale* & du Fort *d'Oftenbourg*, fit rembarquer les Equipages des vaiffeaux le 1 de Septembre. Le 2, l'Efcadre Anglaife parut. Le 3, les Français appareillerent pour l'aller cher-cher; elle évita le combat tant qu'elle put, enfin à 2 heures la bataille s'engagea. Tous les vaiffeaux Français purent approcher, mais il n'y en eut que 3 qui fe battirent réellement à portée. Auffi furent-ils écrafés. Le *Héros*, que montait M. de *Suffren*, perdit fen grand mât, le petit mât de hune, le perroquet de fougue & 100 hommes, dont 50 moururent fur la place ou de leurs bleffures. *L'Illuftre*, commandé par M. de *Bruyeres-Chalabre*, partagea tous les périls de fon Général, ne le quitta point & fe couvrit de gloire. Si tous euffent fait de même, la France était maitreffe de l'Inde à jamais. M. de *Suffren* ne put regagner *Trin-quemale* qu'à force de travail; il s'y répara & attendit M. de Buffi. Si la réunion des deux Divifions s'effectue, elles pourront entamer de grandes chofes. M. de *Suffren*, dans fa lettre minifté-

rielle

Et Trinquemale en proie aux dens des Léopards,

A leur rage effrénée arracher fes remparts. (4)

La

rielle dit formellement : *quoique je n'aie pas détruit la flotte Anglaise, on m'eftimera comme Militaire, furtout, fi l'on favait quel courage il m'a fallu pour réfifter ici malgré la difette de tout & les follicitations & les rufes que l'on a employées, pour me faire retourner à l'Ifle de France ; je ne fais ce qui en arrivera, mais je fuis perfuadé que, fi j'euffe quitté la côte, tout était perdu. Voici cependant le réfultat de mes opérations depuis que je fuis dans l'Inde. J'ai été Maitre de la mer ; j'ai foutenu 4 combats, & pris le Port de l'Inde le plus important ; je me fuis emparé de 5 bâtimens appartenant au Roi d'Angleterre ; de 3 à la Compagnie & de plus de 60 bâtimens particuliers. J'ai foutenu notre armée, je l'ai racommodé avec* Hyder-Ali ; *je lui ai fourni & vivres & argent. Tout ce que je defire eft de bien faire, de mériter l'eftime de ma patrie, du Roi & de fes Miniftres.* Sur le refte de la Côte de *Coromandel*, au 15 Septembre, l'armée Anglaife, compofée de 1,200 *blancs*, de 18 bataillons de *Cipayes* de 750 hommes chacun, & de 1500 chevaux, avec un train d'Artillerie de 2 groffes pieces de canon & de 50 de campagne, après avoir campé pendant quelques jours fur la côte de *Perimbre*, s'était rapprochée avec précipitation de Madras, après le dernier combat fur la nouvelle du retour de leur efcadre devant cette Place. Il parait qu'*Hyder-Ali* avait de fon côté quitté le Camp qu'il occupait depuis un mois à 3 lieues de *Goudelour*, pour fe rapprocher *d'Arcate*, après avoir campé à *Harni*, au Sud dudit *Arcate*. Il marchait à petites journées fur *Tirvenon*, pour attirer de plus en plus les Anglais dans le *Nord*, & *Tipune Saël* fon fils, qui com-

man-

La Difcorde, accourue au bruit de ces merveilles,

Malgré fes vils fauteurs, perd le fruit de fes veilles;

Et

mandait un Corps détaché dans le *Sud*, s'était rapproché de *Goudelour*, où étaient reftées les troupes Françaifes aux ordres du Comte *d'Offelize*, dont 1,200 hommes avaient été détachés pour l'expédition de *Trinquemale*, & dont un fecond détachement, avec une autre de l'Artillerie, avait marché vers le *Nord*, avec *Hyder-Ali*. Ce Prince attendait avec impatience l'arrivée du Marquis *de Buffi* & les renforts qu'il devait amener. Toutes négociations de paix avec les *Marattes* & les Anglais étaient rompues, & la Régence de *Poonack* avait envoyé 3. *Waquitz* à la Côte de *Coromandel*, pour fe concerter avec *Hyder-Ali-Can*, & y attendre l'arrivée prochaine de M. *de Buffi*.

(3) Fortereffe de l'Ifle de Ceylan, fur la cime d'une haute montagne qui commande le havre de *Trinquemale* même, qui eft, à la vérité, un Port vafte excellent, mais placé dans un terrein ingrat & trop éloigné de tous les lieux d'approvifionnement. Ils s'étaient l'un & l'autre rendus aux Anglais commandés par le Vice-Amiral Sir *Eduard Hugbes*, le 11 Janvier 1782. Cet Officier, à la fin de la relation de fes deux conquêtes, ofe dire à fa Cour en parlant des Troupes de la Compagnie Batave ce qui fuit: *l'Ennemi ne perdit que peu de gens, puifque la plûpart jeterent leurs armes; & la vie qu'ils avaient forfait, leur fut accordée par un effet de cette difpofition à la clémence, qui diftingue conftamment les Bretons.* Il faut obferver que la Compagnie n'avait à *Oftenbourg* que 359 hommes tant Officiers, matelots Européens que Málais; elle ne pouvait donc pas faire de grande perte en ce genre: que les Anglais y eurent plus de 30 hommes de tués & près de 50 bleffés, dans l'affaut qu'ils donnerent au Fort: en troifieme

lieu,

Et bientôt elle voit, chargés de leurs forfaits,

Ses amis dans les fers détester ses projets, (5)

Les

lieu que, si le brave Vice-Amiral eût tenu ce langage en parlant des Américains, on aurait pu lui pardonner peut-être des expressions aussi déplacées, mais, parce qu'un brave ennemi ose faire quelque résistance contre des forces supérieures, défendre son poste & son honneur, l'accuser avec ses gens *d'avoir forfait leur vie*, cela parait aussi singulier, que les paroles qui suivent cette étrange expression, sont contraires à la vérité.

(4) La Citadelle & le Port de *Trinquemale* se rendirent à M. *de Suffren* le 29 *d'Auguste* de la même année & le Fort *d'Ostenbourg* le 31 & aux mêmes conditions. Les Anglais alors plus sages que les Bataves, ne *forfaiterent-point leurs vies* dans une occasion semblable, car loin de vouloir se défendre dans *Trinquemale*, dans la *citadelle*, ou dans le fort *d'Ostembourg*, ils se rendirent sur le champ & à la premiere sommation. Cela leur paraissait plus glorieux sans doute.

(5) Toutes les lettres de l'Isle de *France* ne parlent qu'avec la plus grande indignation des Officiers démontés de la flotte de M. *de Suffren* & par les ordres de ce brave Commandant. Personne de cette Colonie n'a voulu les voir ni les loger. On les dit arrivés à Cadix. Le même accueil les attend dans leur patrie, avec le juste châtiment qu'ils méritent, les uns, pour avoir abandonné leur Général dans le combat du 6 de Juillet, les autres, pour être demeuré tranquilles spectateurs des dangers de leur Amiral & de leurs Concitoyens, sans avoir voulu leur donner le moindre secours. Outre M. *Bouvet* qui a demandé lui-même à se retirer, sa tête n'étant plus propre à commander, ces Capitaines sont M.M. *de Forbin*, *de Cillard*, démontés après le combat du 6 de Juillet.

Nn 5

Tre-

Les Drapeaux de Louis, fur les rives du Gange,

De l'univers entier méritent la louange.

Leur fidele Allié, l'augufte Hider-Ali (6),

Combat, frappe en héros le commun ennemi,

Et

Tromelin & la *Palliere* après celui du 3 Septembre. Peut-être qu'une infubordination auffi généralement répandue dans les deux Indes, ouvrira les ieux aux Miniftres Français, fur les exemples vigoureux qu'ils doivent employer pour mettre un terme enfin à l'indifcipline qui regne depuis fi longtems dans la Marine de leur Roi.

(6) Le premier nom de ce Héros fut *Heyder-Naig*, c'eft-à-dire *Seigneur Heyder*. Son pere, *Fatté-Naig*, (*Seigneur victorieux*,) était Seigneur de la ville & du territoire de *Colalam* & Vaffal du Nabab de *Hirpy*, dans les armées duquel il fervait en qualité d'Officier-Général. *Fatté-Naig* & le Nabab fon Souverain furent tués en 1728, dans une bataille contre les Marattes qui s'emparerent des Etats du vaincu. *Heyder-Naig* était alors âgé de 8 ans, ainfi il eft actuellement dans fa 63eme année. Après la conquête du pays de *Hirpy* par les Marattes, les Oncles paternels du jeune *Heyder-Naig* abandonnerent leur patrie, fe retirerent dans le Royaume de *Mayffour*, où ils entrerent au fervice en qualité d'Officiers-Généraux. Ils y menerent leur Neveu & fa Mere. Cette femme extraordinaire par fa beauté, fon efprit & fon courage, n'était point Afiatique. C'était une Efclave Abiffine & Chrétienne, nommée *Sia-Merouari* (*perle noire*), & fon mérite la mit au rang des Epoufes de *Fatté-Naig*. Ce fut au Service du Roi de *Mayffour*, que, fous la tutelle de fes braves Oncles & de fon illuftre Mere, notre Héros fit l'apprentiffage du métier de la guerre, auquel il s'adonna fi exclufivement, que l'on ne put jamais l'engager à apprendre à lire & à écrire. Mais en revanche, la Nature l'a doué d'une mémoire fi prodigieufe, que fes Sécrétaires regardent comme impoffible de le tromper. Il leur dicte fes or-

dres,

Et l'Anglais, abbatu par vingt ligues puissantes,

Sur les flots, dans les champs, à ses troupes errantes,

Ne

dres, se les fait lire & les signe à la griffe. *Heyder-Naig*, parvenu à l'âge de 21 ans, & au grade de Colonel d'Infanterie de *Cipayes*, vit pour la première fois des troupes Européennes au Siege de *Trichin-Paly*, où il était employé dans l'armée *Mayssourienne* qui agissait alors en conjonction avec l'Armée Française contre les forces combinées des Anglais & du Nabab de *Carnate*. Son génie belliqueux & l'esprit d'ordre qui le caractérise, lui firent saisir bientôt les avantages & les principes de la Tactique de l'Europe. Il l'étudia par les Elemens comme le Czar *Pierre le Grand*, en se familiarisant avec les derniers des soldats Français, tandis qu'il consultait respectueusement leurs Officiers, afin de tirer des uns & des autres les lumieres que leur discipline lui avait fait entrevoir. Sa téorie & la pratique formerent en peu de tems sur ce nouveau modele son Régiment qui se distingua dans cette Campagne par l'enlevement d'un convoi Anglais, & par la destruction totale de son escorte. En récompense de ce Service, il obtint du Roi son Maitre, pour sa part du butin, la propriété de 3,000 fusils & de 4 pieces de canon enlevés dans le convoi. Aussitôt il sollicita une nouvelle faveur qu'il obtint sans peine. Ce fut la permission d'employer ces mêmes armes au Service de son Prince, au moyen d'une augmentation proportionelle des troupes qu'il commandait, & *Heyder-Naig* devint de la sorte propriétaire d'un Corps de 4,000 hommes d'Infanterie, Cavalerie, Artillerie qu'il disciplina à l'Européenne. Depuis ce tems-là le Roi de *Mayssour* l'employa toujours en Chef en diverses expéditions, soit pour réduire des Vassaux rébelles, soit pour ramener des voisins inquiets. Les brillans succès de ce jeune Général, l'éleverent en peu d'années, au rang de *Généralissime*, ce fut en cette qualité, qu'il vint au secours de *Pondichéri* bloqué par les Anglais en 1760. Il força leurs lignes, & fit entrer un convoi dans la Place. Peut-être l'eut-il même sauvée par sa valeur, si le Roi de *Mayssour* ne l'eût aussitôt rappelé pour faire tête aux *Marattes* qui venaient de faire une irruption dans ses Etats. *Heyder-Naig* accourut à la défense de son Roi; trouva l'armée ennemie campée sous les murs de *Cheriugapatam*, Capitale du

Mays-

Ne trouve plus d'abris affez promts, affez forts,

Contre tant de guerriers & de vaillans efforts.

Amé-

Mayffour, rompt les *Marattes* & fe retranche à leur vue fur l'efplanade de la ville inveftie. La belle manœuvre que *Heyder-Naig* venait de faire pour fecourir fon Maitre, fut repréfentée par un Miniftre jaloux de la gloire du jeune Guerrier, comme une preuve d'intelligence entre lui & l'Ennemi, qui, dix fois plus nombreux, n'aurait pas manqué de l'écrafer, s'il n'y avait eu, difait le Miniftre, une collufion fecrette entre eux. Le Camp retranché *d'Heyder-Naig* fut interprété comme une circonvallation imaginée pour refferrer là Ville de plus près, & fes ouvrages n'étaient pas encore achevés, qu'il vit le canon de la Place tirer fur lui & fur fes troupes. A l'inftant elles fe difperfent, excepté le corps particulier qui lui appartenait, à la tête duquel il perce une feconde fois les lignes des Affiégeans pour fe retirer à *Bengelour*, ville très-forte dont *Ibrahim Saëb* était Gouverneur. Là il apprit les menées de *Canderao*, Miniftre abfolu d'un Roi faible qu'il gouvernait à fon gré. Rempli d'indignation & fecondé par fes trois oncles & par fes Amis, il raffemble une nouvelle armée, retourne à l'Ennemi & le force de lever le fiege de la Capitale qu'il affiege auffitôt lui-même. Peu de jours lui en ouvrent les portes. Il entre au Palais, fe jette aux piés du Roi, protefte de fon innocence, accufe à fon tour *Canderao* d'avoir appelé les Marattes pour ruiner fon Maitre, enferme ce Miniftre dans une cage de fer & le livre en cet état à la fureur des foldats qui le font périr de mille coups. *Heyder-Naig* vengé, déclare au Roi qu'il eft réfolu de ne plus laiffer le Royaume expofé aux dangers dont il venait heureufement de le délivrer; il lui en fait voir la fource dans la jaloufie occafionnée par le partage de l'autorité entre le premier Miniftre & le Généraliffime, & conclut par vouloir-être à l'avenir l'un & l'autre. Son Maitre foufcrit à toutes ces prétentions, & le fait bientôt une efpece de Maire du Palais en France. Son élévation à un fi haut dégré de puiffance fut célébrée par des réjouiffances à la Cour & dans l'Armée; mais le triomphe dont il fut le plus flatté & auquel on pourrait attribuer la caufe de ces progrès ultérieurs, fut une fête que lui donna fa Mere. Cette ha-

bile

Amérique! tu vois combien l'Indépendance

De tes rians vallons fait verser à la France

D'un

bile femme imagina d'introduire dans les divertissemens qu'elle avait préparés à son fils, une très-belle danseuse, muficienne & poëte nommée *Latébimi*. La Virtuose inféra dans les vers qu'elle avait compofés & qu'elle chanta à la louange du guerrier, une Prophétie qui ne bornait fa gloire future à rien moins qu'à la conquête de tout *l'Indoftan*. En même tems fa Mere lui fit entendre que de fi hauts préfages, annoncés avec tant de feu, ne pouvaient être l'ouvrage d'une flatterie étudiée, & qu'elle était émue au point d'y fentir une infpiration du Ciel. A ces mots, fon fils, ivre d'amour & de gloire, fe leve, tire fon fabre, *j'accepte*, dit-il, *les hautes deftinées que ma Maitreffe m'annonce & que ma Mere me confirme ; mais il faut que l'une & l'autre m'accompagnent dans toutes mes expéditions, pour être mes Confeillers & les témoins de ce que je vais faire pour vérifier leurs Oracles.* Les deux Dames s'y engagerent, & depuis elles fuivirent toujours fon camp dans un même Palanquin couvert, efcorté d'une Garde d'élite, au centre de l'Armée, à qui l'entoufiafme, habilement communiqué par le Général, faifait révérer cette voiture comme fon Palladium. La premiere conquête ambitionnée par *Heyder-Naig*, fut celle du Pays de *Sirpy* fur les Marattes, fous prétexte d'y venger la mort de fon pere, & de rentrer en poffeffion des biens de fa famille. Il y réuffit dans une feule campagne & fe fit adjuger par fon Maitre la propriété de l'Etat conquis. Cette petite Souveraineté, voifine du Royaume de *Canara*, gouverné alors par une Reine qui avait fait périr fon mari, fournit à *Heyder-Naig* un prétexte pour s'immifcer dans les affaires de cet Etat, affectant de prendre l'enfant du défunt Roi fous fa protection. Il attaque la Reine, la met en fuite & la pourfuit jufque dans une Ifle de la Mer, nommée *Fortifiée*. La Reine fe rendit bientôt à difcrétion avec fon fils, tandis que l'Amant de cette Princeffe, fatale caufe de la mort de fon époux, s'enfuit chez le Roi de *Sonda* fon parent ; y arme contre *Heyder-Naig* qui va le chercher, le prend dans une bataille, le fait pendre, détrône le Roi de *Sonda*, & s'empare de fes Etats. Auffitôt il revient fur ceux de la Rei-

ne,

D'un fang toujours chéri d'inombrables torrens ;

Si fon bras joint aux tiens a chaffé les tirans

Qui

ne, & pour s'en affurer la poffeffion, il lui offre de l'époufer. Mais cette femme défefpérée de la mort infâme de fon Amant, ayant donné au vainqueur jour pour la célébration, mit elle-même, au moment qu'elle crut *Heyder-Naig* entré dans le Palais, le feu à un amas de poudre qu'elle y avait raffemblé, & périt fous fes ruines avec toute fa Cour, & une grande partie de l'efcorte qui avait précédé le nouvel Epoux. Il admira fa fortune qui l'avait garanti de l'explofion & n'en fut que plus encouragé à tenter de nouvelles entreprifes. Maitre abfolu de 3 Royaumes, & tout-puiffant dans celui de *Mayffour*, il en réunit toutes les forces contre les *Marattes* : d'abord il perdit deux batailles, & ne fit cependant la paix avec eux qu'à condition de conferver toutes fes conquêtes. Ce fut à cette époque, que le Mogol, intéreffé à l'affaibliffemént de la Puiffance *Maratte*, envoya à *Heyder-Naig* des préfens magnifiques ; lui décerna les noms *d'Ali-Can*, (*fublime Prince*) & le furnom de *Babader* (*Héros*). C'eft fous ce dernier titre qu'on lui adreffa toujours la parole dans la fuite, parce qu'il le préfere à tout autre. La ruine de *Pondichéri* & des autres Etabliffemens Français dans l'Inde par les Anglais, durant le cours de la précédente guerre, fut un évenement favorable aux vues ultérieures *d'Hyder-Ali-Can-Babader*. Toutes les troupes que le Général *Lally* put dérober à la captivité générale, pafferent, par fes ordres, au Service de ce Conquérant, fous le Commandement d'un Officier nommé *Hugel*. Un corps de Portugais lui fut auffi amené par *Dom Moronba* que l'Inde a vu fucceffivement *Cordelier*, *Aga*, *Evêque* titulaire *d'Halicarnaffe*, *Partifan* dans l'Armée Françaife, *Nabab* de la *Vezzing* ; *Brigadier* des armées du Roi de Portugal & *Gouverneur* de la Province de *Ponda* pour S. M. T. F. Les talens militaires de ces deux hommes furent d'un grand fecours à *Hyder Ali* dans fes guerres contre les Puiffances Indiennes, mais ils l'abandonnerent, dès qu'il tenta d'attaquer *Goa* qu'il voulait enlever aux Portugais, pour y établir une marine. Cette défection reftreignit fon projet à un Arfenal dans le Port de *Mangalor* fur la côte de *Canara*. Il y conftruifit une flotte, à l'aide de laquelle il conquit les Ifles *Laguedives* fur le *Samerin* Roi de Calicut, & bientôt, l'atta-

quant

Qui voulaient affervir tes fertiles contrées;

Si des fiers Léopards elles font délivrées,

Amé-

quant fur le Continent, il lui enleva fon Royaume. Le *Samorin* fe renferma daus une Pagode, & fe voyant prêt d'être forcé par le vainqueur, s'y brûla avec 1,200 *Brames.* Un des fils de ce malheureux Roi fe réfugia chez le Roi de *Travancor* fon Oncle. *Ali-Can* en prit le prétexte d'attaquer ce Souverain, dont les Etats s'étendaient depuis *Calcutta,* jufqu'au *Comorin,* à l'extrémité méridionale de *l'Indoftan*; mais au moment qu'il était prêt à y entrer, les *Anglais* en 1767, déclarerent la guerre, & fufciterent contre lui toutes les Puiffances voifines. Les *Marattes* l'attaquerent au Nord; le Souba de *Décan* à *l'Eft*, & au *Sud* les *Anglais* par mer & par terre. Mais fa politique habile diffipa en 6 mois cette ligue formidable. Il contint le *Travancor*, par une armée fur les frontieres. Il acheta la retraite des *Marattes* par argent, &, par une négociation admirable, il attira dans fon parti contre les *Anglais* ce même *Souba* de *Décan* qui s'était confédéré avec eux pour le détruire. A l'aide de ces Alliés, il fit aux Anglais une guerre, dans laquelle les fuccès furent balancés de part & d'autre, jufqu'au moment où le *Souba*, faifant une paix particuliere, le laiffa continuer feul les hoftilités. Après cette féparation qui le rendit maitre de fes mouvemens, fa valeur & fa fortune fixant bientôt la Victoire fous fes drapeaux, il les porta triomphans jufqu'aux remparts de Madras, où il força fes Ennemis à une paix humiliante. Ce fut à cette occafion qu'il ajouta à fes titres le nom de *Fatté,* (*victorieux*) qu'avait porté fon pere, comme on l'a vu ci-devant. Vainqueur des Anglais, *Fatté Hyder-Ali-Can-Babader* fe vit affez redoutable pour refufer impunément aux *Marattes* le Lac de Roupies qu'il reftait à payer du traité qu'il avait fait avec eux. *Madevarao* leur Roi vint en exiger le pafment à la tête de 150,000 hommes. *Hyder-Ali*, perdit d'abord 3 Provinces, mais la mort du Roi fon ennemi, & l'efpece d'anarchie occafionnée dans fon Royaume par les troubles de la minorité de fon Succeffeur, vinrent au fecours du nouveau *Fatté.* Il profita des circonftances pour recouvrer tout ce qu'il avait perdu; il pourfuivit même fes avantages jufqu'à entamer les Provinces des *Marattes*, qui, alarmés de fes progrès, fufpendirent la guerre civile, pour repouffer l'invafion & l'arrêter dans fa courfe,

en

Amérique, à Louis tu dois tant de bienfaits,

Puiffe-tu le chérir & la France à jamais!

D'Albion cependant le fuccès éphémere

Ranimait les efprits d'un ignoble vulgaire.

La fombre Anglomanie ofait même entrevoir

Une aurore propice à fon plus cher efpoir.

Mais fon regne eft paffé, tel qu'un noir météore

Que l'on voit s'élever aux rives du Bosphore

De-

en même tems qu'il en fut détourné par les Anglais qui, le voyant engagé contre cette Puiffance, crurent avoir trouvé une occafion favorable de prendre leur revanche. Alors le vainqueur lâche prife contre les *Marattes*, & retombe fur les Anglais auxquels il fait depuis 4 ans fur leur propre territoire une guerre vigoureufe, dans laquelle ils ont déja perdu beaucoup, & dont il eft facile de prévoir l'iffue par le calcul combiné de leur fauffe politique, de l'infériorité de leurs forces & de la fupériorité des moyens de leur ennemi, accrus encor, par les fecours en tout genre qu'il a reçus de la *France*. Son armée, qu'il commande toujours lui-même, accompagné de fon Fils *Tipou-Saël*, eft de 100,000 hommes de pié, bien difciplinés, & de 50,000 de Cavalerie, braves & bien montés. Ses revenus fe montent à 120 millions.

Nous avons cru devoir donner ici le précis de la vie de ce Grand homme, pour défabufer plufieurs perfonnes des fauffes notions qu'elles avaient de lui. Le fameux Abbé *Raynal* lui-même, en parlant *d'Hyder-Ali* dans fon *Hiftoire Politique*, n'a pas toujours été en garde contre les préjugés les plus vulgaires, furtout en difant qu'*Hyder-Ali, Soldat de fortune, après avoir appris de nous l'art de faire la guerre, ... était un Aventurier hardi & actif.* Tome II. p. 148. Le Traité de paix futur entre *Heyder-Ali-Can* & les Anglais, nous apprendra quel a été dans la préfente guerre, leur fuccès contre ce Héros.

Devant lui brille au loin le feu de mille éclairs

Un bruit fourd , menaçant voltige dans les airs ;

Dangereux précurfeurs de la foudre célefte ,

Ils femblent annoncer la famine ou la pefte.

A ce terrible afpect , le peuple épouvanté

Invoque en gémiffant la divine bonté.

Mais à peine Phébus , entouré de lumiere ,

Vient-il de fes rayons parfemer l'hémifphere ;

A peine Philomele , entonnant fes amours ,

De fes tendres accens reprend-elle le cours ,

Que foudain l'horifon dépouille fes nuages ,

Bifance ne craint plus la foudre & les orages ,

Et l'heureux Mufulman , court au fond du ferrail

Sourire avec Hébé de cet épouventail.

Malgré tes noirs projets , ta détestable envie ,

Tel était ton deftin , cruelle Anglomanie ;

Fille de l'Achéron , & du courroux du Ciel ,

Tu pouvais effrayer les rives de l'Amftel ,

Y troubler les esprits par des voix menfongeres :

Mais le Patriotifme arborant fes bannieres,

Et faifant retentir la voix de la Raifon,

Devant lui tu devais déferter l'horifon.

Laurens était déja libre de fes liens. (1)

Un nouveau Miniftere (2) aimé des citoyens

Qui

(1) Le 1 Décembre 1781, M. *Laurens* fit préfenter à la Chambre-haute du Parlement Britannique une requête tendant à demander fon élargiffement fous des claufes & des conditions raifonnables. M. *Burke*, cet excellent Citoyen, fe chargea de la préfenter lui-même, ce qu'il fit le 21 du même mois. Cette requête donna lieu à une difcuffion vive, entre lui & Milord *North*, fur la qualité en laquelle l'illuftre prifonnier devait être confidéré, foit comme Prifonnier *d'Etat*, ainfi que le Miniftre le prétendait, foit en qualité de prifonnier de *guerre*. Enfin il fut réfolu, fans rien décider, que la requête refterait fur la table. Les efforts du vertueux *Burke* en faveur de M. *Laurens*, ne furent cependant pas fans effet. Ce que la feule humanité n'avait pu obtenir du Gouvernement *Britannique*, la honte des reproches publics l'effectua, & il fut donné ordre de permettre aux parens & aux amis de l'ancien Préfident du *Congrès*, de le voir à la Tour, auffi fouvent qu'il voudrait les recevoir. Le 31 du même mois, à une heure après midi, en vertu d'un ordre de la Secrétairerie d'Etat, M. *Laurens* fut conduit de la *Tour*, par le Lieutenant de cette prifon d'Etat, devant le Comte de *Mansfield* aux appartemens que ce Seigneur

oc

Qui détestait les maux qu'éprouva l'Amérique,

Condamna hautement la guerre tirannique

Dont

occupe, en sa qualité de Juge, dans la *Cour des Sergens-ès-loix.*
Dès que M. *Laurens* comparut devant lui, il fut informé qu'on
lui rendrait sa liberté, à condition qu'il donnerait caution de
comparaître dans un délai de six mois, après avoir été sommé
pour cet effet. M. *Laurens* répondit qu'il était prêt à donner
telle sureté que l'on pourrait exiger. En conséquence sa rélaxation lui fut accordée, & de son côté, il donna sur le champ
la caution requise, en réservant néanmoins *son Allégeance envers les
Treize-Etats-Unis de l'Amérique.* La santé de M. *Laurens* parut extrêmement dérangée, par la dureté de sa longue détention ; & ses
forces étaient épuisées au point, qu'il avait besoin de béquilles
pour se soutenir. On le conduisit en chaise à porteurs dans les
appartemens qu'on avait loués pour lui dans *Norfolks-Street.* Nous
doutons si la *Bastille,* dont le séjour fait jeter des cris si justes & si
lamentables à M. *Linguet,* a eu pour lui autant de rigueurs que
la *Tour,* de Londres en a fourni au plus honnête des vieillards.
Nous l'avons vu à Amsterdam, ainsi que le livre sur la marge
duquel il écrivait avec du charbon les diverses réflexions que
sa cruelle situation lui permettait de tracer par abréviation, &
le seul récit des maux qu'il a enduré chez une Nation qui ose
se dire libre & généreuse, est capable de déchirer les cœurs les
plus insensibles.

(2) Enfin l'expulsion d'un Ministere qui avait précipité la
Nation Anglaise dans la corruption & sur le bord d'un précipice
presque inévitable, était arrivée. Les impitoyables *Torys,* les tirans de l'Amérique ; les ennemis déclarés ou secrets tour-à-tour,
suivant leur intérêt personnel, de toutes les nations de la terre,

firent

Dont le fol du Batave effuyait la rigueur.

Fox (1) que guidaient encor les vertus de fon cœur,

Vou-

firent place le 30 Mars 1782 à des hommes plus vertueux, plus fages & plus modérés. Mais le mal était fait ; il était irréparable, & les fucceffeurs de tant de mauvais politiques, ne pouvaient que difficilement fermer les plaies faites à l'Etat. Toute l'Angleterre fit éclater la joie la plus vive & la plus jufte ; la France feule parut regretter avec raifon les Miniftres précédens.

(1) M. *Fox*, devenu fous la nouvelle Adminiftration Secrétaire d'Etat au Département du Nord, déclara à la Chambre des Communes le 8 Avril 1782 que, par la faute des ci-devant Miniftres Britanniques, dont l'inattention abfolue pour les intérêts les plus chers à la Nation avait régné pendant toute leur Adminiftration, il y avait eu un fiftéme général de négligence & de létargie dans l'enfemble de toutes les opérations nationales. *J'ai toujours cru, dit-il, que les affaires de ce Royaume avaient effentiellement fouffert durant la geftion de mes prédéceffeurs ; qu'ils avaient rabaiffé la fierté naturelle de la Grande-Bretagne, & nous avaient jeté dans la fituation la plus alarmante : mais ces derniers 15 jours j'ai reçu tant de lumieres, j'ai fi clairement pénétré toute l'horreur de la fituation où nous nous trouvens, que mes idées précédentes, qui n'étaient jufqu'alors que fimples conjectures, fe font tournées en jugement pofitif ; mes craintes font devenues de vives alarmes, & je trouve que notre état eft bien pire encore que je ne l'avais fuppofé. Quelque mauvais que j'aie cru les anciens Miniftres, jamais je n'aurais penfé qu'ils euffent été auffi inatentifs, auffi indolens, fi abfolument infoucians pour tout ce qui regarde les intérêts de leur Patrie, que je le trouve aujourd'hui. Le Royaume, difait il le 30 Avril*

même

Voulant concilier l'intérêt des deux mondes

Par un art féduifant & des routes profondes,

Déja

même année, *a été plongé dans un état infiniment pire que les tableaux défefpérans que moi ou d'autres Membres de la Chambre en ayons jamais tracé. Jamais je n'aurais penfé que les maux que les Anciens Miniſtres ont attirés fur la Nation fuſſent auſſi grands que je les vois réellement, depuis que j'ai l'honneur de remplir la Charge de Secrétaire d'Etat. Jamais je n'aurais cru que le Royaume fût fi affaibli, fi épuifé, & fi hors d'état de fe défendre plus longtems; en un mot, dans une condition auſſi déplorable que celle où je le trouve avoir été réduit par la conduite abfurde de la derniere Adminiſtration: jamais je ne me fuſſe imaginé que des hommes qui devaient être convaincus de cette triſte vérité, auraient ajouté une guerre contre la République des Pays-Bas-Unis, à tant d'autres calamités qui nous dévoraient. Ils auraient dû être préparés à cette guerre, ou ne jamais l'entreprendre. Mais furtout je n'euſſe jamais cru que des hommes à qui la fituation du Royaume était connue fi parfaitement, fuſſent fi infenfés que de tenir jufqu'au dernier moment aux Puiſſances Etrangeres un langage fi hautain, ou, pour mieux dire fi infolent, que celui que j'ai trouvé dans la correfpondance de mon Bureau, & dont Milord* Stormont *a fait ufage au mois de Décembre dernier. L'ancien Cabinet a encore ofé parler alors aux Puiſſances Médiatrices d'une punition à infliger à M.* van Berckel, *comme la condition préliminaire d'une pacification avec la République, pacification qui devait finir une guerre commencée fans motif. Effectivement, ma furprife a été à fon comble, lorfqu'en examinant attentivement les papiers de mon Bureau, j'ai vu qu'on n'a pas eu l'ombre*

de

Déja, tenant en main l'olive de la paix,

Croyait ensevelir tant d'énormes forfaits

Sous

de raison pour déclarer la guerre à la République notre ancienne Alliée ; qu'on l'a attaquée sans le moindre prétexte plausible, & d'une maniere absolument contraire à la foi des Traités.

Orgueilleux Anglomanes, Ecrivains impudens vendus à cette cabale perverse, que nous répondrez-vous, après la lecture de cette assertion du génie le plus profond, le plus clair-voyant & le plus éloquent de la Grande-Bretagne ? Oseriez-vous prétendre que vos lumieres politiques l'emportent sur celles de M. Fox ? Vos documens sont-ils mieux digérés, plus sûrs que ceux sur lesquels cet Orateur célebre à tant de titres, appuye ses jugemens ? Avez-vous mieux examiné la matiere dont il s'agit ? Le nouveau Secrétaire d'Etat vous dit : *que la guerre contre les Bataves fut commencée sans motif;* il dit *que sa surprise a été à son comble, lorsqu'en examinant,* il l'a donc examiné la cause de cette guerre; *attentivement*, il y a donc donné une attention sérieuse; *les Papiers de son Bureau:* (Anglomanes, aviez-vous de meilleures instructions?) *j'ai vu*, décide-t'il, pesez la force du mot ! *J'ai vu qu'on n'a pas eu l'ombre de raison pour déclarer la guerre à la République, notre ancienne Alliée;* Et vous osez dire le contraire ! *& qu'elle a été attaquée sans le moindre prétexte plausible, d'une maniere absolument contraire à la foi des Traités.* Cette décision est-elle claire, motivée ? Cependant, encor même à l'heure où nous écrivons, l'Anglomanie veut persuader à l'univers entier que c'est M. *van Berckel*, M. *de Neuville*, la ville *d'Amsterdam*, les Bataves enfin, qui ont violé les Traités faits anciennement avec la Grande-Bretagne. Anglomanes pervers, puissent

Sous les dehors flatteurs de cette ombre chérie.

Mais loin de l'écouter, la sage Batavie

Re-

sent le mépris de notre siecle, celui de la postérité, & la main vengeresse de l'Etat punir en vous les maux que vous avez faits à votre Patrie par vos absurdes assertions!

Toute l'Europe est de l'avis de M. *Fox*, la démarche de l'Angleterre, en rompant d'une maniere si injuste & si perfide avec les Pays-Bas-Unis, semblait un rêve, une démarche inconcevable, mais les évenemens ont dévoilé ce mistére d'iniquité. M. *Fox* pensait avec raison que l'Angleterre devait être préparée à soutenir les efforts de Batave avant que de l'attaquer; mais le Conseil Britannique était bien assuré que les Anglomanes de la République tiendraient lieu aux Anglais de forces navales, d'hommes & de matelots; il voyait que d'un seul coup de filet, il pouvait se procurer des trésors prodigieux; fournir aux dépenses publiques, & le Commerce d'Albion, qui ne se fût jamais relevé des ruines qui le menaçaient, si le Pavillon Batave, couvert de l'Egide de la Neutralité-armée, s'était librement déployé sur les côtes des Etats-Unis Américains, se trouvait dès-lors en droit d'exclure les Bataves & de les piller dans toutes les parties du Monde. Telles furent les vûes de la Cour de St. James; vues profondes en méchanceté, qui étonnerent tous les politiques, ruinerent une foule de Négocians Bataves, tandis que l'Anglomanie, enchaînant, retardant, contrariant chaque jour les forces & les conseils des Etats, éludant leurs ordres souverains, attirait sur la Confédération Belgique le mépris des nations qui n'étaient pas à même de percer le voile d'iniquité dont les Anglomanes, à la ruine de leur Patrie expirante, enveloppaient leurs scandaleuses & coupables démarches.

Rejette avec mépris ſes offres & ſes dons,

Et demeure attachée à la foi des Bourbons. (1)

Bien-

(1) Le 3 Avril 1782 le Prince de *Gallitzin* & M. de *Markoff*, Envoyés Extraordinaires de S. M. l'Impératrice de toutes les Ruſſies, préſenterent un Mémoire à L. L. H. H. P. P., par lequel, pour témoigner combien leur Auguſte Souveraine avait à cœur les intérêts de la République, ils déclaraient en avoir reçu ordre d'accélérer autant qu'il était en eux l'ouvrage ſalutaire de la Médiation déférée à l'immortelle Catherine; & qu'en conſéquence, ils s'empreſſaient de faire part aux Etats-Généraux de la lettre écrite à M. *de Simolin* Miniſtre de leur Souveraine à la Cour de Londres, par M. *Fox*, Secrétaire d'Etat de Sa Majeſté Britannique qui portait ce qui ſuit: *Ayant mis ſous les ïeux de S. M. la lettre que vous m'avez fait l'honneur de me communiquer de la part de M. le Prince de* Gallitzin *& de M. de* Markoff, *j'ai les ordres du Roi pour vous informer que, S. M. deſirant donner les preuves de ſes intentions envers Leurs Hautes Puiſſances, & renouveler l'amitié qui a été ſi malheureuſement interrompue entre des anciens Alliés qui devraient être unis par les nœuds de leurs intérêts mutuels, eſt prêt d'entrer en négociation avec Leurs Hautes Puiſſances, pour former un Traité de Paix ſur le pié du Traité de* 1674 *entre S. M. & la République; & que, pour faciliter l'exécution d'un objet que S. M. a tant à cœur, le Roi eſt prêt à donner des ordres immédiats pour un Armiſtice, ſi, de leur côté, les Seigneurs Etats-Généraux jugent une telle meſure convenable au but propoſé, &c. &c.* Tel était alors le langage de la ſuperbe Puiſſance, qui, vers la fin de l'année précédente réponqait par la bouche de l'orgueilleux Stormont aux Ambaſſadeurs de Ruſſie & de Suede *que la République avait*

Bientôt les cris décens de l'Union-Belgique

Et l'indignation dé cette République

Rap-

avait violé les engagemens les plus facrés, & qu'elle n'avait d'autres moyens de réconciliation, que d'accepter un Sifteme d'union étroite , d'alliance efficace & de protection mutuelle. C'eft-à-dire de faire caufe commune avec l'Angleterre dans tous les projets infenfés qu'elle fe voyait pour lors obligée d'abandonner. Non-feule-ment elle va au devant d'un Peuple qu'elle foulait n'aguere indi-gnement à fes piés , mais elle établit pour bafe d'une réconciliation future , les mêmes articles dont le maintien , de la part de la République , avait occafionné l'aggreffion des Anglais. Ce Traité de 1674 , cette liberté des Mers, que les Bataves ne ceffaiènt de réclamer depuis longtems contre les déprédations *Britanniques* , deve-naient alors des points fondamentaux , que la Cour de *St. Ja-mes* était difpofée à ériger en loix facrées & inviolables. Mais les vues, du nouveau Miniftre ne purent échapper aux ïeux clair-voyans de la Batavie. Elle n'apperçut dans les doucereufes propofitions du Miniftere Anglais, qu'un piege tendu à fa cré-dulité. M. *Fox* ne parlait ni des articles de la Neutralité-armée , ni du rétabliffement de tous les anciens traités , ni des reftitutions & furtout des indemnifations réquifes d'après cette injufte aggref-fion; quatre points effentiels cependant , fur lefquels les Etats-Généraux avaient accepté la Médiation de la Ruffie , outre leur ftipulation expreffe, qu'elle ne porterait aucune atteinte, aucun préjudice à la Réfolution prife de concerter les opéra-tions de l'année courante avec la France , Réfolution ac-ceptée des deux parties , & qui ne pouvait fe concilier avec l'acceptation d'une fufpenfion d'armes. Cette offre infidieu-fe de la Grande-Bretagne venait dans un moment que la Répu-

bli-

Rappellent Van Berckel à fes nobles emplois,

Et l'Anglomane feul lui refufe fa voix. (1)

Ca-

blique était fur le point de conclure des liaifons effentielles avec les Etats-Unis de l'Amérique, & M. *Fox* voulait les faire échouer. Le Batave comprit que le Cabinet de St. James ne cherchait à fe reconci-lier avec la République, que pour la tromper, ou afin d'être plus à même de tourner tous fes efforts contre la Maifon de France: qu'il tâchait de détacher l'Amérique de cette Maifon généreufe & bienfaifante, pour fe l'attacher exclufivement par des concef-fions brillantes & pour recouvrer par cette habile politique une préponderance maritime à l'aide de laquelle l'Angleterre aurait été comme auparavant en état d'impofer la fierté de fes loix tiran-niques au Pavillon de la République, & d'interpréter à fon-gré, c'eft-à-dire fuivant fes intérêts & fa convenance, les Trai-tés les plus récens & les plus folemnels. D'ailleurs, il était évi-dent que le Roi de la Grande-Bretagne ne pouvait plus ren-dre aux Bataves, non-feulement les vaiffeaux & les marchandifes que fes ordres injuftes leur avaient ravis, mais encor les pof-feffions territoriales qui étaient paffées dans les mains des Anglais, & de ceux-ci au pouvoir de la France. Mille autres raifons auffi folides fe préfentaient en foule aux ïeux des Citoyens. Dès-lors une voix générale s'éleva de toutes les villes Confédérées pour demander un refus formel & pofitif de ces offres dangereufes. Tous les Etats la rejeterent avec indignation, & Enfin le 12 Juin de la même année, L. L. H. H. P. P. déclarerent dans leur ré-ponfe au Prince de Gallitzin & à M. de Markoff: *que la Républi-que, malgré la reconnaiffance éternelle dont elle était pénétrée pour les foins empreffés & la bienveillance de S. M. Impériale, ne pouvait agréer les offres de l'Angleterre pour une paix par-*

ticu-

Capelle (2) eſt retabli d'un concert unanime,

Par une nation déſavouant le crime

Qui,

ticuliere, ni ſe ſéparer des liaiſons qu'elle avait formées avec la Cour de France. Ainſi fut trompé le Cabinet de St. James, à qui Sir *Joſeph Yorke* avait aſſuré qu'il n'avait qu'à tenir ferme, à menacer, enlever les vaiſſeaux & déclarer la guerre à toute extrémité à la Batavie qui, ſelon cet ancien Ambaſſadeur, n'avait d'autre mobile que la crainte; qui, étant ſans forces & ſans armées, verrait bientôt la terreur faire triompher dans ſes murs le parti *Anglomane.* Mais l'iſſue n'a pas répondu à cette attente: *Yorke* & tous ceux qui penſaient comme lui, ne connaiſſaient pas le cœur du Batave. L'oppreſſion, la tirannie révoltent la fierté de ſon âme, & quelque patience qu'on veuille lui attribuer, dès qu'elle eſt à bout, il eſt impoſſible d'arrêter l'impétuoſité de ce Peuple doux & bon, mais nullement capable de ſouffrir patiemment ni les tirans ni la ſervitude.

(1) Peu de perſonnes, dit le *Politique Hollandais,* vol. 3. p. 264, ont bien entendu l'affaire de M. *van Berckel.* Il plut à George III, de choiſir cet oracle public entre mille autres Hollandais, pour demander qu'il fût puni exemplairement. Son fidele Ambaſſadeur le Chevalier *Yorke,* peignit M. *van Berckel* comme le chef d'une faction & d'une cabale dominante qui avait troublé la paix publique & violé le droit des nations. Les Etats-Généraux faibles & déſarmés, ayant beſoin de ménager un Monarque dont ils éprouvaient déja la funeſte puiſſance, & redoutaient encor plus les mauvaiſes diſpoſitions, conſentirent à déſavouer & à déſapprouver publiquement tout ce qui s'était fait ſur le Traité préparatoire entre l'Amérique & les Pays-Bas-Unis. George ne fut pas ſatisfait de cette condeſcendance. Il voulait que les Etats-

Gé-

Qui, d'un bon patriote opprimant la vertu,

Le punit pour avoir fierement combattu.

De

Généraux, qui font bien loin d'être les Maitres abfolus des perfonnes & des biens des fujets de l'Etat, fiffent une punition
exemplaire, analogue à l'injure qu'il difait avoir reçue. On fait
que, lorsqu'un Etat éprouve quelque déni de juftice contre quelque
fujet d'un Souverain auquel il aurait demandé fatisfaction, il peut
avoir recours à des moyens violens. Ainfi *Cromwel* fit arrêter
des vaiffeaux & vendre des effets Efpagnols jufqu'à la concurrence d'une fomme réclamée par des fujets Britanniques. D'a-
près ces principes & des exemples fans nombre, le défaveu formel
des Etats-Généraux devait fuffire au Roi d'Angleterre. Mais
comme il infiftait fur une punition conforme à l'injure qu'il
voulait avoir reçue, cette affaire devait être foumife aux formes
judiciaires ufitées dans la République. George III ne pouvait ignorer que les Etats-Généraux n'exercent aucune jurisdic-
tion dans aucun des fept Etats de la Confédération. Mais
le Miniftere Anglais qui s'était fait depuis longues années un
code particulier, tant envers fes fujets qu'à l'égard des autres
nations, demandait un bouleverfement total dans la Conftitution
Belgique, afin d'obtenir pour une offenfe imaginaire, une fatisfaction
illégale au fujet de M. *van Berckel.* Cependant les Etats de Hollande,
les feuls Souverains du Penfionnaire, réfolurent unanimement de
requérir l'avis de leur Cour de Juftice, lui enjoignant même
de fufpendre toute affaire pour s'expliquer fur celle-ci. Ainfi
donc, bien loin d'éluder la demande d'une punition légale, un
libre cours fut ouvert à la pourfuite d'une procédure dans les
formes, d'après les principes conftitutifs de la République. Bien loin
d'être fatisfait d'une marque auffi évidente du defir de conferver la

bonne

De quelques vains tirans, l'orgueil infatiable,

Avait ofé flétrir ou traiter en coupable

Un

bonne intelligence, la Cour de *Londres* prétendit avoir effuyé de la République un déni de juftice & lui déclara auffitôt la guerre fur ce prétexte même en apparence, mais dont on ne fut pas la dupe. Ainfi le Monarque fe rendant à lui-même la fatisfaction qu'il demandait, il ne convenait plus de pourfuivre, par égard pour un ennemi déclaré, un examen qu'on n'avait entamé que pour ménager un ancien allié, un puiffant & dangereux voifin. Le 30 Mars de la même année la Cour de Juftice ayant infinué l'abfurdité d'entamer l'examen qu'elle n'avait par conféquent pas encore commencé, les Anglomanes répandirent auffitôt dans le public une multitude de bruits au défavantage de M. *van Berckel*. Ces calomnies s'accréditerent d'autant plus, que M.M. les Bourguemaitres *d'Amfterdam* affecterent mal-à-propos de prendre avec eux un autre Penfionnaire pour les accompagner, fuivant la coutume, dans l'Affemblée des Etats de *Hollande*. Ce fut fans doute pour réfuter ces bruits accrédités par l'abandon des Bourguemaitres, que M. *van Berckel* préfenta fa fameufe requête qui fut lue le 4 Mai de l'année 1781 dans l'Affemblée des Etats de Hollande. Cette adreffe tendait moins à provoquer une procédure réguliere, pour l'inftruction de laquelle il favait bien que l'on ne pouvait former aucun document, que pour expofer à tout l'univers l'innocence de fa conduite, faire triompher fon honneur indignement attaqué, & forcer au filence fes ennemis, c'eft-à-dire tous ceux de l'Etat. La réintégration de cet Officier, dont l'expérience, les lumieres & les talens auraient pu guider les Régens dans bien des démarches qui dans l'intervalle de l'oubli auquel l'on femblait le condamner, n'ont pas eü le fuccès & la gloire qu'elles annonçaient

Un vrai Républicain, le vengeur de l'Etat.

Envain l'ufurpateur, de fon lâche attentat

Vou-

çaient d'abord, n'était pas feulement le vœu ardent de la généralité de la Nation ; mais la Ville d'Amfterdam , dans une efpece de requête très-forte & très-preffante, la demanda enfin à fes Régens. On dit qu'elle fut l'objet des plus vives & des plus férieufes délibérations dans le Confeil d'Amfterdam ; que l'illuftre, le jufte *Hooft* avait beaucoup infifté pour qu'il en fût accompagné aux Etats de *Hollande*. Enfin, il ne fera pas dit que l'Anglomanie ait toujours eu affez de crédit fur la Régence de la premiere ville de la République, pour en éloigner un homme du premier mérite, qui péut contribuer infiniment à fa gloire , & dans le mois de Novembre dernier le patriotifme l'a emporté : M. *van Berckel*, plus grand encore par l'injufte perfécution qu'il a éprouvée, fut de nouveau rappelé à fes nobles & glorieufes fonctions, à la fatisfaction générale de tous les bons Citoyens & en dépit de tous les Anglomanes.

(2) Dans le Mois d'Octobre 1782 , le vœu général de l'Etat d'*Over-Tffel* s'eft manifefté de la maniere la plus vive & la plus forte, au fujet de M. *de Capelle de Poll*, dont nous avons déja parlé page 287. Les requêtes de la bonne Bourgeoifie & des Corps de métiers ont été fignées & préfentées avec un empreſfement extraordinaire, mais fans bruit, fans tumulte, & les fuffrages ont été prefque unanimes. Le petit nombre de ceux qui refuferent formellement de concourir avec les autres, au plus une demi-douzaine , jouiffent de la même fûreté que s'ils s'étaient montrés les plus ardens amis du Baron & les plus zélés défenfeurs de la caufe des Payfans. Mais auffi la populace n'avait point été foudoyée pour piller & brûler. M. *de Capelle*, ce

cou-

Voudrait-il colorer la vifible injuftice ;

L'auftere Liberté n'y voit que l'avarice,

Et

courageux Patriote , dont le fort paraiffait dépendre des Etats *d'Over-yffel* affemblés dans le mois d'Octobre , fut enfin rétabli dans tous les droits que fa naiffance lui donnait moins que fes lumieres & fa noble fermeté. Les trois villes *d'Over-yffel* ayant voix à la Diete , convaincues de la juftice de la caufe du Baron, & preffées par les requêtes du Peuple des Villes & des Citoyens de la campagne qui demandaient fa réintégration inftamment, quoiqu'avec toute la décence poffible , ne purent s'empêcher de propofer cette affaire à la Diete le 24 Octobre. Dès le premier jour, elles y porterent une Réfolution pour que M. le Baron de Capelle fût rétabli inceffamment & fans referve d'aucune procédure. A ces mots M. *de Palland*, Droft d'Yffelmuiden déclara noblement que, *quoiqu'il fût intéreffé au maintien des fervitudes féodales, en qualité de* Droft, *il ne pouvait s'empêcher de les regarder comme injuftes, & qu'il tenait M.* de Poll, *comme ayant tout droit de paraitre dans l'Affemblée, avec réferve cependant à chacun de fes droits*. Le Corps Equeftre ne s'oppofa point à ce rétabliffement, *mais à condition que les Villes & la Nobleffe commenceraient inceffamment les procédures*. Les Villes ayant déclaré *n'avoir aucune action à former contre le Baron de Capelle*, fe refuferent à cet avis, & la différence de fentiment menaçait de retarder cette Affaire. Mais les Communes Jurées de toutes les Villes ayant refufé leur confentement à un fubfide, la fermentation & les murmures devinrent fi générales que, les Villes fe propofant de conclure, malgré l'oppofition de la Nobleffe, cet Ordre fe vit néceffité par l'énergie mâle & uniforme de la nation de prendre la Réfolution fuivante.

Ex-

Et pleine de vigueur, fous le rempart des loix,

Prétend jufqu'au tombeau maintenir tous fes droits.

Près

Extrait des Régiftres des Réfolutions de Mrs. du Corps Equeftre de l'Etat *d'Over-Yffel.*

Zwoll 31 *Octobre* 1782.

Après délibération, il a été arrêté de déclarer à M. *de Capelle de Poll* que Meffieurs de l'Ordre Equeftre veulent & peuvent bien fouffrir que le Décret provifoire d'exclufion porté contre ledit M. *de Capelle de Poll* , ainfi que les procédures décernées contre lui, fuivant la Réfolution de l'Ordre Equeftre & des Villes du 24 Octobre 1778, ceffent dès à préfent & quant aux effets, reftent nul & fans conféquence. Cependant fous cette condition expreffe, que M. *de Capelle de Poll* fera obligé d'étendre la Déclaration faite par lui le 26 Octobre 1778, à Mrs. les précédens Drofts & Régens de l'Adminiftration de cet Etat, & le Greffier eft chargé de remettre l'extrait de cette Réfolution au dit M. *de Capelle de Poll,* & d'attendre là-deffus fa décifion, afin qu'il foit pris enfuite par L. N. P. telles mefures qu'elles jugeront convenables.

Signé P. Putman.

M. le Baron ayant reçu cette Réfolution, y fit la réponfe fuivante addreffée au Greffier.

MONSIEUR!

Je fuis fâché que Meffieurs de l'Ordre Equeftre, par la chaleur de leur mécontentement contre ma perfonne, fe foient portés à des démarches qu'ils font enfuite obligés de défaprouver. Ma réadmiffion m'eft une chofe très-indifférente; je n'ai jamais cherché, ni goûté d'avantage particulier dans l'Adminiftration, & ce n'eft pas non plus ce que j'y cherche. Mais dès l'année 1778, au commencement des troubles préfens, j'ai fait fous main des offres d'abandonner volontairement une Régence dont j'étais déja fatigué, & Monfieur, fi je pouvais ainfi fatisfaire la Nation qui m'honore de marques fi nombreufes & fi publiques d'approbation & qui

m'ap-

Près du Détroit fameux, (1) où les flots en furie

Menacent d'engloutir les côtes d'Ibérie ;

Où

m'appelle à grands cris à la Régence, je me déchargerais volontiers, je le
proteste, de ce fardeau, & je remercîrais Dieu de pouvoir reprendre mon
ancienne tranquilité. Mais faire des Déclarations pour être réintégré dans
l'Affemblée de l'Ordre Equeftre & des Villes, légitimer ainfi ma dépofition
réelle, c'est une démarche à laquelle je ne me réfoudrai jamais. Lorfque
les Déclarations que je faifais auparavant de mon bon gré furent rejetées,
je les retirai. Ainfi elles n'exiftent plus. Cela eft bien connu de Meffieurs
de l'Ordre Equeftre. Une information folemnelle, faite par dévoir à la
Puiffance Légiflative, touchant l'abus du pouvoir d'une autorité confiée, ne
faurait jamais être une injure, particulierement dans mon cas, étant moi-
même Membre du pouvoir Légiflatif, tandis qu'en même tems, j'ai auffi
fur les prédéceffeurs de Meffieurs du Corps Equeftre, du chef de mon
Epoufe & de ma fille qui comptent plus d'un Dros parmi leurs Ancêtres,
un intérêt fi grand à cette affaire, que j'efpere que Meffieurs du Corps
Equeftre voudront bien croire, après réflexion ultérieure, que je n'ai
jamais eu l'intention d'offenfer aucun d'eux ; ainfi que je le déclare par
la préfente.

    Moi fouffigné reconnais avoir donné de bouche à M. *le Greffier Putman*
la réponfe ci-deffus, à la Réfolution du Corps Equeftre, en date du 31
Octobre 1782, qu'il m'avait communiquée le même jour.

Signé J. D. de Capelle Baron de Poll.

Environ trois quarts d'heure après, le Greffier, revenu auprès de
M. *de Capelle* lui préfenta à figner une Déclaration tirée littéra-
lement de la derniere phrafe de fa réponfe, ajoutant que *Meffieurs*
du Corps Equeftre regardaient le préambule comme n'ayant au-
cun rapport à la fin, & l'avaient en conféquence omis. Mais
M. de Poll pria le Greffier de rapporter à ces Meffieurs *qu'il lui*
était impoffible d'y faire le moindre changement ; que le Préam-
bule était fi étroitement lié avec la conclufion & avait tant de
liaifon avec les circonftances où il s'était trouvé, ainfi qu'avec

P p

la

Où l'Ocean terrible a fendu les rochers,

Ouvert un Golphe immenfe (2) aux avides nochers,
De

la Réfolution qu'on verait de lui communiquer, qu'on ne pou-
vait féparer l'un de l'autre, & qu'ainfi fa réponfe devait refter
telle qu'il l'avait dictée au Greffier. En conféquence le Corps
Equeftre prit le 1 Novembre une Réfolution, par laquelle ces
Meffieurs confentaient enfin à fa réintégration. C'eft ainfi que
le courageux Baron de Capelle de Poll, après une disgrace de
4 années, s'eft vu rétablir avec l'éclat le plus honorable dans le
droit de paraitre aux Etats *d'Over-Yffel*, & en conféquence il y
parut le même jour 1 Novembre, à la grande fatisfaction de
tous les vrais Patriotes. La fuppreffion des Servitudes féodales
avait été le prélude de cette réintégration, parce que le Corps
des Villes ayant pris la Réfolution de les fupprimer abfolument
& pour toujours, il ne fallait qu'une feule voix d'un Membre de
la Nobleffe pour donner à cette Réfolution force de loi, il s'en
trouvait dès lors deux, celle de M. *de Palland* Droft *d'Yffelmui-*
den & celle de l'illuftre perfécuté, M. le Baron de Capelle de
Poll; ainfi l'affaire honteufe de ces fervitudes féodales fut dès lors ir-
révocablement terminée. La joie fut univerfelle dans toutes les
Villes, & furtout dans les Campagnes. L'air retentit pendant
plufieurs jours d'acclamations réitérées de *Vive Capelle de Poll;*
les Bourgeois & les Payfans fe donnerent des repas, illuminerent
les maifons où ils étaient affemblés, tirerent des feux d'artifices
pour exprimer la joie publique, mais perfonne ne fut maltraité ni
forcé de fuivre l'exemple des autres, & tout fe paffa très-pacifi-
quement.

Ainfi fut relevée avec honneur une victime que l'Anglomanie
s'était dévouée, du moment que le Baron ofa parler dans les Etats
d'Over-Yffel en faveur de *l'Amérique;* qu'il s'oppofa avec vigueur
à

De Tritons bienfaifans une troupe d'élite

Creuferent autrefois par ordre d'Amphitrite

Une

à ce que la Nation confentît à livrer les Brigades Ecoffaiffes au Roi d'Angleterre pour les transporter en Amérique & les remplacer dans la Batavie par un corps de troupes Hanovriennes. Les fervitudes féodales furent feulement le prétexte de fon exclufion, mais le reffentiment vif & profond des Anglomanes fut la caufe premiere du facrifice qu'on voulut lui faire endurer.

(*) Quelle douce jouiffance pour tout homme qui fent le prix de la liberté, de voir cet illuftre citoyen triompher des intrigues de fes ennemis, & proclamé par la voix de tout un peuple le Libérateur des opprimés! Nous l'avons vû ce mortel généreux, qui, pour vouloir délivrer d'un joug oppreffif une claffe entiere de citoyens utiles & malheureux, s'eft vu rejeté d'un affemblée qui eût dû fe glorifier de le poffeder. Nous l'avons vu entouré d'une foule de perfonnes de tous les états, le touchant prefque, & fe demandant les uns aux autres: Où eft-il? tant fa grande ame eft au deffus de tout éclat extérieur. Comment à tant de magnanimité peut-on allier tant de fimplicité & de modeftie? Il a brifé le joug de la fervitude entre les mains de ceux qui, par droit de naiffance, fe prétendaient autorifés à fouler, vexer, opprimer leurs femblables, à transformer en efclaves des hommes libres; & il femble ignorer lui-même qu'il s'eft couronné d'une gloire immortelle. On voit de toutes parts des monumens érigés en l'honneur des conquérans; l'on voit gravés fur la pierre & fur l'airain leurs hauts faits, c'eft-à-dire des dévaftations, des cruautés, des horreurs exercées par leurs mains & leurs ordres; & le cri public ne s'éleve pas pour ériger une ftatue à M. *de Capelle de Poll*, à ce bienfaiteur de l'humanité! Il n'eft qu'un petit nombre de vrais patriotes de zélés adorateurs de la liberté, qui faififfent (a) les moyens propres à tranfmettre aux races futures la victoire

a

(a) *L'Editeur fait ici allufion au Repas que quelques patriotes ont donné à Amfterdam le 26 Avril de cette année, à un nombre des illuftres Défenfeurs du peuple.*

Une profonde Baye, (3) inconnue aux mortels,

Qu'ombrageaient d'un côté des chênes éternels.

Dans

(1) De *Gibraltar*, que les Anciens ont regardé comme un des travaux d'Hercule. Les deux côtés de ce Détroit font bordés de hautes montagnes, fur la plûpart desquelles font des fanaux néceffaires à la navigation. L'irrégularité des courans oblige quelquefois les vaiffeaux d'attendre douze à quinze jours aux bouches du Détroit, principalement du côté de la Méditerranée, pour paffer dans l'Océan, ayant le vent contraire, & à caufe des courans qui entrent continuellement à l'E. Les tourbillons qu'ils occafionnent, font virer les vaiffeaux, malgré toutes les manœuvres; quand le vent n'eft pas affez fort pour refouler. Ils ne jettent cependant pas vers la terre, au contraire ils en éloignent & font courir quelque tems la côte à l'E.

(2) De la Méditerranée. Ce n'eft point une mer proprement dite. Elle n'eft qu'un Golphe immenfe qui communique à l'Océan par le Détroit de *Gibraltar*. La Méditerranée a l'Europe

au

à jamais mémorable qu'il a remportée fur l'injuftice & le préjugé. O peuple Batave! la réadmiffion de M. *de Capelle de Poll* eft votre ouvrage; Ce ne font ni les cabales ni les fourdes menées de quelques intrigans qui vous ont fait élever la voix en fa faveur; c'eft la juftice, c'eft la connoiffance que vous avez de vos droits imprefcriptibles & inaliénables. Joignez toujours, comme vous avez fait dans cette glorieufe conjoncture, la modération à la fermeté; & vous verrez vos Régens, les peres de la patrie, les vôtres, toujours prêts à entrer dans vos vues & à employer la puiffance qu'ils tiennent de vous, à repouffer le defpotifme, fous quelque forme qu'il fe préfente. (*)

Note de l'Editeur.

Dans des grottes d'albâtre, au fond de cet afile,

Ou dans les verds bosquets d'une rive tranquile,

Fuy-

au N., l'Affrique au S. & l'Afie à l'E. Elle forme elle-même la Mer de *Marmara* par le Détroit des *Dardanelles*, & n'eft féparée de la Mer *Rouge* que par l'Iftme de *Suès*. Il eft probable que la Méditerranée ne doit fon exiftence qu'à quelque révolution du Globe qui aura brifé la maffe énorme de rochers qui empêchait l'Océan de fe répandre dans les terres.

(3) Les vaiffeaux peuvent mouiller & ancrer dans plufieurs bayes du Détroit, mais celle de *Gibraltar* eft la plus confidérable, ayant la profondeur fuffifante. Les gros bâtimens ne peuvent s'avancer que jufqu'à cinq cens pas de la Place, fans courir les rifques d'échouer dans les fables, ou de toucher contre les rochers qui s'y trouvent, dont quelques-uns font cachés fous l'eau. Au commencement du *Vieux Mole de Gibraltar*, la mer s'avance confidérablement dans la terre vers l'Orient, & à 150 toifes de là, elle pénetre par un petit canal dans le terrein où elle forme une flaque d'eau qui s'étend jufqu'à l'extrémité des glacis de la Place. Enfuite, continuant fon cours vers le nord par une ligne courbe, elle forme une anfe affez profonde, au bout de laquelle, & à 2,500 toifes du Mole, on voit paraître une dune de fable qu'on appelle *Punta de Mola*, après laquelle la Mer fe courbe vers le Septentrion, pour former une nouvelle anfe qui fe termine à une autre pointe appelée *Punta de Rocadillus*. Cette anfe à 700 toifes de contour. Depuis cette pointe, la mer s'enfonce de nouveau dans la Terre toujours vers le Nord, & prend fon cours vers le Midi par une ligne courbe, femblable à celle du *vieux Mole*, & après l'efpace d'environ 2,200 toifes, la terre s'avance dans

Pp 3

la

Fuyant de fon Epoux les fréquentes fureurs,

La Fille de Doris (4), les ïeux baignés de pleurs,

Ve-

la mer par une petite pointe qu'on nomme *Punta de l'Ami-rante.* Depuis cette pointe, jufqu'à une autre nommée *Punta de Roda,* le rivage de la mer s'étend en continuant toujours vers le Midi par une ligne tant foit peu courbe, pendant l'efpace de 1,500 toifes, après quoi elle s'enfonce dans la terre, & forme l'anfe *d'Algeziras* fur le bord de la mer. Cette ville eft fort ancienne, a été confidérable, mais elle fut ruinée de fond en comble jadis par les Sarrafins. Depuis la pointe de *Roda,* la mer fe replie vers la terre, & après l'efpace de 400 toifes, la terre s'avance dans la mer l'efpace de 500 toifes, & forme une pointe nommée *Punta de San Garcia.* Depuis cette pointe, jufqu'à celle de Carnéro, la Mer s'enfonce fi confidé-rablement dans la terre, qu'elle forme une anfe qui a plus de 2,000 toifes de contour, que l'on appele *Anfa de San Garcia.* A l'extrémité de cette anfe parait la fameufe pointe *del Carné-ro,* qui termine la baye & commence le Détroit. C'eft une montagne efcarpée, d'une hauteur prodigieufe, où l'on voit des pointes de roches qui s'élevent les unes fur les autres per-pendiculairement, & préfentent un afpect furprenant par la bifar-rerie de leurs différentes figures. Il faut obferver que depuis *Gibraltar,* jufqu'à *Algefiras,* les bords de la baye font peu ef-carpés, fi ce n'eft aux endroits où font les anfes, mais à quel-que diftance des bords, la terre s'éleve, & l'on y voit des montagnes inacceffibles.

(4) C'eft *Amphitrite,* fille de *l'Océan* & de *Doris.* On la regardait chez les Païens comme la Déeffe de la mer & la fem-me de Neptune. Après avoir fui le mariage, Neptune qui l'aimait

Venait jadis chercher une douce retraite

Que refpecta long-tems la cruelle trompette.

Sur ces bords enchantés, dans ces rians vallons,

Zéphir ne luttait point contre les Aquilons.

Un printems fans hiver, des fleurs toujours éclofes,

Le parfum du jafmin, de l'œillet & des rofes,

Des ruiffeaux ferpentant fous des ombrages frais,

De leur brillant criftal égayant les forêts,

Ou fur un fable d'or roulant une onde pure

Tombaient en des baffins formés par la Nature.

Tout enfin, réuni dans ces aimables lieux,

Annonçait le féjour de la paix & des Dieux.

Carnéro, (5) vers l'Oueft, le couvrait de fon ombre :

Vers le Sud, Abila (6) par fon rivage fombre

Sem-

mait envoya deux Dauphins qui la trouverent au pié du *Mont Atlas*, la lui amenerent fur un char en forme de coquille, & ce Dieu l'époufa.

(5) C'eft la fameufe pointe *del Carnéro*, dont nous avons parlé dans la Note 3.

(6) Abila eft une montagne *d'Affrique*, vis-à-vis *de Calpé*,

autre

Semblait feul attirer les ïeux des matelots

Qui frémiffaient de loin à l'afpect de fes flots.

Les feux qui s'exhalaient des plaines de Grenade, (7)

Contre le froid Borée abritaient cette rade.

Vers les bords, où l'Aurore, avec un teint vermeil,

Vient ouvrir chaque jour les portes du Soleil,

Un roc majeftueux, (8) dont la tête chenue

Comme un fecond Atlas (9) voit fe former la nue,

Of-

autre montagne en Efpagne, dont la féparation forme le Détroit de *Gibraltar*.

(7) Province confidérable d'Efpagne, borné au Nord par la Nouvelle Caftille, à l'O. par l'Andaloufie, à l'E. par le Royaume de Murcie, & au S. par la Méditerranée.

(8) A l'extrémité de la partie méridionale de l'Efpagne, dans la Haute Andaloufie, & au bout oriental du célebre Détroit qui fait la jonction de l'Océan Atlantique & de la Méditerranée, s'éleve un rocher efcarpé de toutes parts, d'une hauteur prodigieufe, & qui s'avance fi fort dans la mer, qu'il femble vouloir fe joindre au mont *Abila* qui eft, comme nous l'avons déja dit, de l'autre côté du Détroit fur la côte d'Affrique & au pié duquel eft fituée la ville de *Ceuta*. Ce roc fe nommait anciennement *Calpé*. Il s'avance d'une grande lieue en mer, a demi-lieue de hauteur & un quart environ de largeur. Il fut célebre dans tous les fiecles tant par fa hauteur, par le Cap qu'il forme & qui domine

fur

Offrait de toutes parts un contour efcarpé,

Où le bouquetin feul (10) pouvait avoir grimpé.

Son

fur les deux mers, que par la vue charmante dont on y jouit. On y grimpe avec beaucoup de peine, mais quand on eft arrivé au fommet, on ne peut regarder perpendiculairement en bas fans frayeur, mais auffi, quand on porte la vue au loin du côté de l'Orient & du Midi, on découvre jufqu'à 40 lieues fur la Méditerranée, ce qui forme une perfpective charmante. Du côté de l'Occident, la pente n'eft pas fi rude, ni fi effrayante, mais auffi la vue n'en eft pas fi étendue, parce qu'elle eft bornée par la *Punta del Carnéro*, c'eft-à-dire *Pointe* ou *Cap du Mouton*, qui eft précifément à l'entrée Orientale du Détroit, du côté de l'Efpagne, & à l'entrée occidentale de la *Baye de Gibraltar*. Cela n'empêche cependant pas que, de ce côté-la-même, on ne découvre diftinctement les deux mers, les Royaumes de Barbarie, Fez, Maroc en Affrique, & les Provinces de Séville & de Grenade en Efpagne. Cette montagne eft plus groffe du côé de la terre que du côté de la mer, où elle aboutit en pointe arrondie, & comme elle eft environnée de la mer à l'orient, au midi & à l'occident, & que du côté du feptentrion elle ne tient au Continent que par une langue de terre, elle peutêtre regardée comme une véritable péninfule. Au deffus du roc que l'on vient de décrire, il s'en éleve un autre à peu près de la même hauteur, lequel, venant à s'abaiffer du côté du midi, forme une efpece d'efplanade qui peut avoir environ 80 toifes de longueur fur 30 de largeur & qui fe termine à un autre roc parallele à celui au pié duquel elle a pris fon commencement. Ce roc, après s'être ainfi élevé, s'abaiffe infenfiblement du côté du midi, & fe prolonge prefque toujours à une hauteur égale, jufqu'à la

par-

Son aspect, effrayant l'un & l'autre Neptune,

Repouffait en tout fens la vifite importune

Des

partie méridionale de la péninfule, à laquelle on a donné le nom de *Pointe de l'Europe*. Après qu'on a doublé cette pointe, la montagne commence à s'élargir confidérablement du côté de l'Occident par un élancement dans la mer qui forme un promontoire, après quoi elle fe replie vers fon centre ; & ce repliment fait une anfe peu profonde qu'on appelle *Anfe de l'Europe*. A deux cens toifes de cette anfe, on en voit une fuivante que l'on nomme *Anfe de Remedes*. A pareille diftance, la montagne s'avance affez confidérablement dans la mer, & après elle fe renfonce vers fon centre, & dans ce renfoncement parait *l'Anfe Saint Jean*, qui eft très-grande. A l'extrémité feptentrionale de cette anfe, la montagne s'avance pour la troifieme fois dans la mer, & c'eft en cet endroit-là qu'elle eft plus large qu'en aucun autre. Au bout le plus occidental de cet avancement, fe trouve une jetée d'environ 40 toifes qui forme le *nouveau môle*. Depuis ce môle jufqu'au vieux, c'eft-à-dire, pendant l'efpace de 1,150 toifes, le pié de la montagne forme une ligne courbe, s'enfonçant dans la mer depuis le milieu, en tirant vers le Septentrion, ce qui la rend plus large de ce côté-là, que du côté du midi. Après qu'on a doublé le *vieux Môle*, elle fe retire de nouveau vers fon centre, & devient par conféquent plus étroite. Telle eft la forme & la figure de cette fameufe montagne. Entrons dans le détail de fon intérieur. Dans toute la partie feptentrionale, fa pente eft très-roide & très-efcarpée jufqu'au bord de la mer. Depuis là jufqu'au *môle neuf*, la pente eft beaucoup moins efcarpée : c'eft auffi là que commence la ville *de Gibraltar* au pié de la montagne, elle a 680 toifes de long, fur environ 200 de large. On

y

Des plus hardis marins, de cette ambition,

Qui déja ne cherchait une autre région

Que

y compte quatre portes, en y comprenant celle du château. Celle qui est au Nord, s'appelle *Porte de terre*, celle qui est à l'occident, *Porte de la mer*, & celle du Midi, *Porte neuve*. Les Edifices n'en font ni magnifiques, ni réguliers : il est cependant vrai que cette ville a été regardée de tout tems comme une place importante, par rapport au grand nombre de vaisseaux de toutes les nations qui, en entrant dans le détroit en venant du levant, ou en sortant au retour du ponent, passent à la vue de son port, bien souvent s'y retirent, tant pour y chercher un abri contre les tempêtes qui font très-fréquentes fur cette côte, que pour y prendre des rafraichissemens ; ce qui rend fa situation très-avantageufe. *Gibraltar* est à 10 lieues de Ceuta, 18 de Cadix, 34 S. de Seville, Long. 12, 30 Lat. 36.

(9) L'Atlás est une montagne des plus élevées de la terre qui s'étend l'efpace de 1,000 en *Affrique*, depuis l'Océan *Atlantique* jufqu'en *Egipte*, & qui fépare la *Barbarie* du *Zaara*. L'élévation de la montagne de *Gibraltar* arrête les nuages, & empêche le foleil de paraître fur la ville avant 9 heures du matin, de forte que le fommet en est prefque toujours couvert, ce qui rend *Gibraltar* fi humide, que tout s'y corrompt, & que les vivres particulierement ne peuvent s'y conferver que fort peu de tems. Un Auteur diftingué affure que cette montagne *est toute entiere de pierre calcaire*, & il ajoute : *elle est telle, qu'une pluie d'eau forte la diffoudrait aifément*.

(10) Le *Bouquetin* est un animal fauvage, que l'on préfume être la fouche primitive du bouc domeftique, auquel il reffemble exactement par la conformation, l'organifation, le naturel

&

Que pour y déposer le germe de ses vices,

Ou la couvrir de sang par de vains sacrifices.

Le vertueux Ibere, aux rives d'alentour

N'avait point étendu son pénible labour.

Content de cultiver des champs vastes, fertiles,

Il ne fréquentait point des rochers inutiles,

Et la Cour d'Amphitrite, en ces lieux écartés,

Sur ces tranquiles bords tous encore indomptés,

De ses trésors divers sans trouble & sans alarmes,

Pouvait en liberté déployer tous les charmes;

Sans qu'un autre Actéon, (1) par un œil curieux,

Vint souiller les ébats des Nimphes ou des Dieux.

Mais

& les habitudes phisiques, n'y ayant de différence que dans les cornes, que le *Bouquetin* a beaucoup plus grandes & autrement conformées. Il n'habite que les deserts, surtout les lieux escarpés des plus hautes montagnes, où il est même fort rare.

(1) Il était fils d'Aristée & petit fils de Cadmus, fut élevé par Chiron & devint un grand chasseur. Ayant un jour surpris Diane dans un bain, cette Déesse en fut si piquée, qu'elle le métamorphosa en cerf, & ses chiens, ne le reconnaissant plus, le dévorerent.

Mais à peine en Sirie, un Calife barbare

Eut porté fûr l'Europe un regard fier, avare,

Que des bords de Calpé l'Innocence & la Paix

A l'afpect des combats s'enfuirent à jamais.

Auffitôt un Arabe accourt de la Sirie:

Ses voiles font trembler les côtes d'Ibérie:

Il atterre à Calpé, malgré tous les efforts

Que le Peuple, accouru pour défendre fes bords,

Contre l'Ufurpateur ofe mettre en ufage.

En vain prodigue-t'il fes bras & fon courage,

Tarik, (2) fur fon rocher inacceffible aux coups,

Repouffe leur vaillance & leur réfifte à tous.

Ses

_____

(2) La montagne de *Gibraltar* portait chez les Anciens le nom de *Calpé*. Mais au commencement du VIII Siecle, un nommé *Tarik*, Général d'Ulit, premier du nom, Calife de Da. mas, ayant été envoyé en Efpagne pour en faire la conquête, débarqua au pié de *Calpé*, s'y cantonna & s'y maintint, malgré tous les efforts des *Goths* qui s'oppoferent vainement à fa defcente; en mémoire de quoi les Maures appellerent ce promontoire *Gebel-Tarik*, qui en leur langue veut dire *Montagne de Tarik*, parce qu'en Arabe, *Gebel* finifie *Montagne*, & c'eft par la même

raifon

Ses guerriers, à sa voix, jusqu'aux rives de l'Ebre,

Sur l'Ibere vaincu, d'un Empire célebre

Qui bientôt fit trembler l'un & l'autre élémens,

Aux ïeux de l'Univers posent les fondemens.

Maints siecles de grandeur à la fin s'écoulerent ;

Du vaillant Sarrasin les forces s'énerverent ;

Et les Goths rassemblés, du fond de leurs deserts

A leurs anciens tirans vinrent donner des fers. (3)

Le

raison qu'en Sicile le *Mont Etna* s'appelle *Mont-Gibel*. Par une succession de tems, *Gibel-Tarik* fut transformé par corruption d'idiome, en *Gebel-Tar*, ensuite le nom de *Gebeltar* dégénera en celui de *Gilbratar*; & enfin par une corruption encore plus grande, ce nom disparut pour faire place à celui de *Gibraltar*; après quoi la montagne communiqua son nom à la Ville & au Détroit.

(3) L'Espagne, connue dans les premiers âges du monde sous le nom *d'Hespérie* & *d'Ibérie*, était habitée par des peuples qui, défendus d'un côté par la mer, & gardés de l'autre par les Pirénées, jouissaient tranquilement d'un climat agréable, d'un pays abondant, & se gouvernaient par leurs usages. La partie du Midi était un peu sortie de la barbarie, par quelques faibles liaisons avec les étrangers : mais les habitans des côtes de l'Océan, ressemblaient à tous les peuples qui ne connaissent d'autre exercice que celui de la chasse. Ce genre de vie avait

pour

Le vieux roc de Calpé, perdu dans leur mémoire,

Pour eux ne vivait plus qu'oublié dans l'Histoire.

Du

pour eux tant de charmes, qu'ils laissaient à leurs femmes tous les travaux de l'agriculture. On était parvenu à leur en faire supporter les fatigues, en formant tous les ans une assemblée générale, où celles qui s'étaient le plus distinguées dans cet exercice, recevaient des éloges publics. Telle était la situation de l'Espagne, lorsque les Cartaginois vinrent se présenter comme des amis qui, en échange des métaux inutiles que renfermaient ces régions, offraient des commodités sans nombre. L'appât d'un commerce si avantageux en apparence, séduisit à tel point les Espagnols, qu'ils permirent à ces Républicains de bâtir sur les côtes des maisons pour se loger, des magasins & des temples. Ces établissemens faibles & modestes dans leur origine, devinrent insensiblement des forteresses, dont une puissance plus rusée que guérrière profita pour asservir des peuples crédules & de bonne foi, toujours divisés entre eux, toujours irréconciliables. En achetant les uns, en intimidant les autres, Cartage vint à bout de subjuguer l'Espagne, avec les soldats & les métaux de l'Espagne même. Les Cartaginois, devenus maitres de la plus grande & de la plus précieuse partie de l'Espagne, parurent ignorer ou mépriser les moyens d'y affermir leur domination. Ils en devinrent les tirans, & leur conduite violente jeta les provinces soumises dans le désespoir, & inspira à celles qui étaient encore libres, une horreur extrême pour un joug si dur. Ces dispositions déterminerent les unes & les autres à accepter des secours aussi funestes que les maux dont elles croyaient se délivrer. L'Espagne devint un téâtre de jalousie, d'ambition, de haine & de carnage entre les Cartaginois & les Romains. Les Espagnols voulurent imprudemment être acteurs

dans

Du premier conquérant il avait pris le nom,

Et rougiffait encor de fon antique affront.

A

dans ces fcenes fanglantes, ils fe trouverent efclaves des Romains & ils continuerent à l'être jufqu'au V. Siecle. Bientôt
la corruption des maitres du monde infpira aux peuples fauvages du Nord, l'audace d'envahir des Provinces mal gouvernées
& mal défendues. Les Sueves, les Alains, les Vandales, les
Goths, pafferent les Pirénées. Accoutumés à vivre en brigands,
ces barbares ne purent devenir citoyens, & ils fe firent une
guerre très-vive. Les Goths plus heureux ou plus habiles fou-
mirent leurs ennemis, & compoferent de toutes les Efpagnes
un Etat, qui, malgré le vice de fes inftitutions, malgré les rapines des Juifs qui en étaient les feuls commerçans, fe foutint
jufqu'au commencement du VIII Siecle. A cette époque, les
Maures qui avaient fubjugué l'Affrique, paffent la mer. Ils trouvent un Roi fans mœurs & fans talens, beaucoup de courtifans
& point de miniftres ; des foldats fans valeur, & des Généraux fans expérience ; des peuples amollis, pleins de mépris
pour le gouvernement & difpofés à changer de maitres ; des
rebelles qui fe joignent à eux pour tout ravager, brûler, détruire & maffacrer. En moins de 3 ans, l'Empire des Chrétiens eft détruit & celui des Infideles établi fur des fondemens
folides. L'Efpagne dut alors à fes vainqueurs des femences de
goût, d'humanité, de politeffe, de philofophie, plufieurs arts &
un affez grand commerce. Ces jours brillans durerent trop peu.
Ils furent éclipfés par les inombrables fectes qui fe formerent
parmi des conquérans qui ne connaiffaient point la tolérance religieufe, & par la faute qu'ils firent de fe donner des Souverains particuliers dans toutes les villes confidérables de leur do-
mina-

A peine les héros (4) vainqueurs des deux Caſtilles,

Par l'auguſte union de deux nobles familles, (5)

Au

mination. Pendant ce tems-là, les Goths, qui, pour ſe dérober au joug des Muſulmans, avaient été chercher un aſile au fond des Aſturies, ſuccombaient au joug de l'anarchie, croupiſſaient dans une ignorance barbare. Opprimés par des prêtres fanatiques, ils languiſſaient dans une pauvreté inexprimable; ne ſortaient d'une guerre civile que pour rentrer dans une autre, & trop heureux d'être oubliés ou ignorés, ils étaient bien loin de ſonger à profiter des diviſions de leurs ennemis.

(4) Les anciens Goths.

(5) Auſſitôt que dans les montagnes des Aſturies, la Couronne d'abord élective, fut devenue héréditaire au X Siecle; que la Nobleſſe & ſurtout le Clergé eurent perdu la faculté de troubler l'Etat; que le peuple, ſorti de l'eſclavage, eût été appelé au gouvernement, on vit ſe ranimer l'eſprit national. Les Arabes, preſſés de tous côtés, furent dépouillés ſucceſſivement. A la fin du XV ſiecle il ne leur reſtait plus que le petit royaume de Grenade. Leur décadence aurait été beaucoup plus rapide, s'ils avaient eu affaire à une puiſſance qui pût réunir vers un centre commun toutes les conquêtes que l'on faiſait ſur eux. Les choſes ne ſe paſſerent pas ainſi. Les Mahométans furent attaqués par différens chefs, dont chacun forma un Etat indépendant. L'Eſpagne fut diviſée en autant de Souverainetés qu'elle contenait de Provinces. Combien il a fallu de tems, de ſucceſſions, de guerres, de révolutions, pour que ces faibles Etats ſe trouvaſſent fondus dans ceux de *Caſtille* & *d'Arragon!* Enfin le mariage *de Ferdinand* & *d'Iſabelle* ayant heureuſement réuni dans une même famille toutes les couronnes d'Eſpagne, on ſe trouva des forces ſuffiſantes pour attaquer le royaume de *Grenade.*

Au trône de Madrid, de vingt trônes épars,

Eurent-ils réunis le Peuple & les remparts,

Que leur bras valeureux vint afliéger Grenade. (1)

Cette fiere Cité, d'abord avec bravade,

Vit aux piés de fes murs les drapeaux Caftillans.

Elle brava leurs coups durant près de dix ans ;

Mais, épuifée enfin par fa propre vaillance,

Et par fes ennemis & par fa réfiftance,

Elle

(1) Ce Royaume, qui portait le nom de fa Capitale, avait toujours été floriflant depuis l'invafion des Sarrafins, quoiqu'il ne fît qu'à peine la huitieme partie de la Péninfule. Il avait vu croître encore fes profpérités, à mefure que les conquêtes des Chrétiens avaient déterminé un grand nombre d'Infideles à s'y réfugier. Le refte de l'Europe n'offrait pas des terres mieux cultivées, des manufactures aufli nombreufes & aufli parfaites, une navigation aufli fuivie, aufli étendue. Le revenu public montait, dit-on, à 7,000,000 de livres, richeffe prodigieufe dans un tems où l'or & l'argent étaient encor très-rares. Tant d'avantages, loin de détourner les Souverains de la Caftille & de l'Arragon d'attaquer *Grenade*, furent les motifs qui les poufferent le plus vivement à cette entreprife. Il leur fallut dix ans d'une guerre fanglante & opiniatre, pour fubjuguer cette floriffante province. La conquête en fut achevée par la prife de la Capitale, vres les premiers jours de l'an 1492.

Elle cede aux vainqueurs fon Sceptre & fes Etats,

Et l'heureux âge d'or renait en ces climats. (1)

C'eft

(1) Ce fut dans ces circonftances glorieufes, qu'un homme obfcur, mais plus avancé que fon fiecle dans la connaiffance de l'Aftronomie & de la Navigation, propofa à l'Efpagne heureufe au-dedans, de s'aggrandir au-dehors. Chriftophe Colomb fentait comme par un inftinct, qu'il devait y avoir un autre continent, & que c'était à lui à le découvrir. Les Antipodes, que la raifon même traitait alors de chimere, la fuperftition d'erreur & d'impiété, que foudroyait l'orgueilleux Vatican, étaient aux ïeux de cet homme de génie une vérité inconteftable. Plein de cette idée, l'une des plus grandes qui foient entrées dans l'efprit humain, il propofa à *Genes* fa Patrie de mettre fous fes loix un autre hémifphere. Méprifé par cette petite République, par le Portugal où il vivait, & par l'Angleterre même, il porta fes vues & fes projets à Ifabelle. Les miniftres de cette Princeffe prirent d'abord pour un vifionnaire un homme qui voulait découvrir un monde. Ils le traiterent longtems avec cette hauteur infultante que les hommes en place affectent fi fouvent encor de nos jours avec ceux qui n'ont que du génie. Colomb ne fut pas rebuté par les difficultés. Il avait, comme ceux qui forment des projets extraordinaires, cet entoufiafme qui les roidit contre les jugemens de l'ignorance, les dédains de l'orgueil, les petiteffes de l'avarice, & les délais de la pareffe. Son âme ferme, courageufe, fa prudence & fon adreffe, le firent triompher de tous les obftacles. Ifabelle lui accorda trois petits navires & 90 hommes. Sur cette faible efcadre, dont l'armement ne coûtait pas 100,000 livres, Colomb mit à la voile le 3 d'Augufte 1492, avec le titre d'Amiral & de Vice-Roi des Ifles & des terres qu'il découvrirait.

Q q 2

C'eſt alors que Calpé, ſoumis par Iſabelle,

Vit ſes monts orgueilleux changés en citadelle :

Que la Nature & l'art prodiguant leurs tréſors,

Purent des nations y braver les efforts.

Quelques ſiecles après, le Sceptre de Caſtille

Se vit encor porter dans une autre famille.

Un Prince né Français, (1) en ces riches climats,

Du ſang de Charles-Quint gouverna les Etats.

Auſſitôt le deſir d'affaiblir un grand Prince

Qui de pluſieurs Etats ne fit qu'une Province,

Et durant trente hivers, ſeul grand, victorieux,

Contraignait au ſilence & la Terre & ſes Dieux,

Parut dans Albion, comme à la Politique

Obligé de s'armer en cet inſtant critique,

Pour

____

(1) *Philippe V.* ci-devant Duc d'Anjou, Petit-fils de Louis XIV. Il ne fut appelé à la ſucceſſion d'Eſpagne, que parce qu'il ne devait pas eſpérer celle de France ; & le teſtament de Charles II, qui, au défaut des Puînés du ſang de Louis le grand, rappelait l'Archiduc Charles depuis Empereur, & VI du nom, portait ex- preſſément, que l'Empire & l'Eſpagne ne ſeraient jamais réunis ſous un même Souverain.

Pour défendre l'Europe & protéger ses droits

Contre l'ambition du plus fier de ses rois. (2)

  L'Amstel, perdant alors sa prudence ordinaire,

Epousa l'intérêt d'une Cour étrangere,

Prodigua ses trésors, ses flottes, son crédit,

Et quelques jours de gloire en furent tout le fruit. (3)

Bien-

(2) Suivant les clauses dont nous venons de parler, strictement & clairement stipulées dans le testament du dernier Roi d'Espagne, tous les esprits devaient être tranquilles sur l'évenement qui plaçait un Prince de la Maison de France, sur le trône de ses Aïeux maternels. A peine le nouveau Monarque avait-il fait son entrée à Madrid, au mois de Février 1701, qu'il fit part de son élévation aux Etats-Généraux des Pays-Bas-Unis qui reconnurent solemnellement le Duc d'Anjou en qualité de Roi d'Espagne. L'Angleterre elle-même suivit quelques semaines plus tard l'exemple que lui avait donné la République, mais l'ambition, & la haine de Guillaume III, contre Louis XIV, plutôt que la saine politique, furent cause que ces deux Puissances déclarerent la guerre aux deux rois.

(3) Quelle gloire encore! si l'on jette les ïeux sur les pertes immenses que fit la République durant le cours de cette guerre, sur l'anéantissement de sa Marine, l'épuisement de ses finances, sur les dettes qu'elle fut forcée de contracter pour faire face à ses engagemens, & sur l'état enfin où elle se trouva lors de la paix d'Utrecht.

Q q 3

Bientôt la Catalogne, aux forces combinées

Abandonna ses ports, ses villes ruinées,

Et vit le Fanatisme insulter les autels.

L'Anglais, du fier Vandale & des Alains cruels,

Dans l'horrible succès de ses armes avares,

Surpassa mille fois les triomphes barbares;

Aux ïeux des Espagnols qu'il aurait dû gagner,

Il ne montra que trop comment il sait régner.

Le Batave, entrainé par l'Anglais sanguinaire,

Dans l'Espagnol vaincu ne connut plus son frere;

Il porta la fureur jusqu'aux derniers excès,

Du Démon du Midi surpassa les forfaits, (1)

En se gorgeant hélas! d'un sang chaste & paisible,

Qui, déja malheureux dans son état pénible,

Où

(1) Tirons le rideau sur les horreurs commises en Espagne par les troupes Anglaises & Bataves dans les différentes Places dont elles se rendirent maitre. Si c'était de la sorte que ces derniers voulaient se venger de Philippe II, était-ce donc sur des peuples innocens des crimes de leurs Souverains, qu'il fallait exercer des cruautés qui font frémir la Nature & verser des larmes de sang à l'humanité?

Où le feu de l'Amour le brûle & le pourſuit,

L'eſclavage l'enchaine & l'Amitié le fuit, (1)

Un déſeſpoir ſecret mine ſon exiſtence,

De ces cruels vainqueurs méritait la clémence.

Le Batave & l'Anglais revolent ſur les eaux,

En ſe félicitant de leurs nobles travaux,

Tant il eſt dangereux pour les âmes bien nées,

D'unir à des tirans leurs tendres deſtinées!

Dirigés ſur les flots par un guerrier fameux, (2)

Mais indigne du rang, du nom de ſes Aïeux,

Les deux peuples unis, ſecondés par Neptune,

Favoriſés d'Eole & ſuivant la Fortune,

Découvrirent bientôt le roc de Gibraltar,

Et de ſes forts nombreux les tours & les remparts.

Dans

(1) L'Amour cependant pénetre toujours dans les cloitres les plus auſteres, malgré les duegues, les grilles & les verroux. Mais l'Amitié n'entra jamais dans le ſanctuaire de l'hipocriſie, de la ſuperſtition & de l'eſclavage. *Joſeph, Joſeph*, que de victimes infortunées ta main bienfaiſante n'arrache-t'elle pas au plus cruel des martires! Si tu connaiſſais encor comme moi toutes les horreurs des cloitres, que ne ferais-tu pas!

(2) L'Amirante de Caſtille.

Dans ces jours d'infortune, une guerre cruelle

Déchirait les Etats de l'Efpagne fidelle

A fon Roi légitime, au choix qu'elle avait fait,

Et tour-à-tour Philippe errait ou triomphait. (1) ·

Gibraltar oublié, dépourvu de défenfe,

Ne pouvait oppofer la forte réfiftance

Que paraiffaient offrir tant d'ouvrages divers,

Dont le front efcarpé menaçait les deux mers.

Cependant Albion, de ce rocher fi fiere,

N'en dut point la conquête à fa valeur guerriere.

En vain l'attaqua-t'elle impétueufement :

Deux cens bouches d'airain, de l'humide élément

Contre le fier Calpé, fes murs inébranlables,

Vomirent fans effet leurs foudres inombrables ;

Mais

(1) Au mois de Juin 1706, tout paraiffait défefpéré pour Philippe V, mais les Efpagnols qui, jufque-là, avaient fait peu d'efforts pour foutenir leur Roi, en firent de prodigieux quand ils
le virent prefque abbatu & délibérant d'aller régner au moins en
Amérique.

Mais le Destin lui seul, aux Léopards heureux

Remit en un moment ces remparts orgueilleux. (1)

Le Batave surpris, au comble de la joie,

Espérait partager une si belle proie ;

Il n'apprit que trop tôt, avec quel Allié

Le bras de sa Patrie avait été lié.

A peine la Discorde & ses armes sanglantes

De la face des mers & des cités fumantes,

Con-

(1) Un des premiers exploits des flottes combinées d'Angle-terre & des Pays-Bas-Unis, fut de prendre *Gibraltar* qui passait pour imprenable, mais sa force même fut cause de sa prise. Il n'y avait que cent hommes de garnison ; c'en était assez s'ils n'eussent pas manqué de poudre, de boulets, d'affuts, & surtout, s'ils n'avaient pas négligé un service qu'ils croyaient inutile. Le Prince de Hesse, un des Généraux ennemis, avait débarqué avec 1,800 soldats, dans l'Isthme qui est au Nord derriere la ville ; mais de côté-là, un rocher escarpé rend la ville inattaquable. Les deux flottes tirerent au moins inutilement 15,000 coups de canon. Enfin des matelots, dans une de leurs réjouissances, s'approcherent dans des barques sous le *Môle vieux*, dont l'Artillerie devait les foudroyer ; elle ne put jouer. Ils montent sur le *Môle*, ils s'en rendent maitres, les troupes y accourent, il fallut que cette ville se rendît.

Contraintes de s'enfuir à l'afpect de la **Paix**,

Dans le fein des Enfers defcendaient leurs forfaits,

Qu'Albion, de Calpé foumis à fa puiffance

Ayant feule obtenu l'étroite jouiffance,

Au mépris du Batave, au mépris des traités,

Vint épuifer fon art fur ces monts redoutés.

Gibraltar, Souverain fur la Terre & les ondes,

Sut toujours réfifter aux forces des deux mondes,

Braver tous les efforts qu'on arma contre lui

Et porter la terreur jufqu'au fond du Midi. (1)

Deux fois des Efpagnols les nombreufes cohortes

De ce roc monftrueux attaquerent les portes;

Et Gibraltar deux fois, d'un feul de fes regards,

Les éloigna bientôt du feu de fes remparts.

Les Treize-Etats-Unis, de leur indépendance

Par leur fage conduite & leur mâle vaillance,

En-

(1) Les Efpagnols l'affiegerent en vain en 1705 & en 1708. Cette forterefie eft demeurée à l'Angleterre par les traités d'U-trecht & de Séville, laiffant pour toute récompenfe aux Bataves leurs alliés & leurs coopérateurs, la gloire précieufe de l'avoir accompagnée dans cette expédition.

Entrevoyaient déja le terme fortuné.

Dans ſes poſſeſſions & l'Anglais conſterné

Craignait à chaque inſtant que des bords de la Seine,

Quelque nouveau guerrier le vînt mettre à la chaine,

Et George, ſans eſpoir de remonter jamais

Au faite des grandeurs perdu par ſes excès,

De ſon trône ébranlé conſidérant les pertes,

Ses Etats aux abois, leurs campagnes deſertes,

Ses vaiſſeaux ſans marins ſe heurter dans les ports,

Ne ſavait où porter ſes impuiſſans efforts.

　　Minorque n'était plus un rempart Britannique.

Une haine implacable armait la République

De ces Belges puiſſans, ſi jaloux de leurs droits,

Que l'injuſte Albion outragea tant de fois.

Lens à délibérer, mais promts en leur vengeance,

Ils ſemblaient revenir de leur inſouciance,

Doubler, tripler les bras, hiſſer leurs pavillons,

Pour ſe montrer encor aux ïeux des nations, (1)

Les

(1) Toute l'Europe le croyait ainſi, mais ceux qui pouvaient errer
au-

Les dignes defcendans des vainqueurs de Philippe.

Deja le brave Amftel agit, commande, équipe,

Et les Frifons, aigris par mille affronts fanglans,

Brûlent d'exterminer leurs iniques tirans.

Louis, partout vainqueur, aux deux bouts de la Terre,

Attaquait, divifait les forces d'Angleterre;

D'un fi long démêlé tout l'Univers furpris,

Attendait en filence & le terme & le prix.

Charles, toujours navré de voir, fur fes frontieres,

Du haut de Gibraltar infulter fes bannieres,

Et les bords de Séville hériffés de Soldats,

Réfout de mettre un terme à ces honteux débats.

Il affemble auffitôt fon grave Aréopage,

Il s'affied, & lui tient ce vigoureux langage:

„Approchez, écoutez, O vous! dans mes labeurs,

„ Qui daignez m'alléger le fardeau des grandeurs:

„ Il-

autour des chantiers des diverfes Amirautés de la République,
favaient mieux à quoi s'en tenir.

,, Illuſtres confidens du trône de Caſtille,

,, Il eſt tems de venger les torts qu'à ma famille

,, Autrefois à cauſé la main des Léopards.

,, Votre Roi, de Calpé voit les hideux remparts

,, De leur tonnerre altier foudroyer ſon Empire ;

,, L'Eſpagne me demande & la France ſoupire

,, Le moment fortuné, de notre antique affront

,, Qui levera la tache empreinte en notre front.

,, La Fortune parait ſourire à ma vieilleſſe ;

,, Mon trône eſt entouré d'une ardente jeuneſſe

,, Qui brûle de venger ſes aïeux & ſes rois,

,, Et déja Port-Mahon n'obéit qu'à mes loix.

,, Albion, ſur les flots, d'une rage impuiſſante

,, Ne peut nous oppoſer que la force expirante.

,, Louis vient de m'offrir ces valeureux guerriers

,, Qui, ſous nos étendarts, avec nous, de lauriers

,, Ont cueilli à Minorque une moiſſon fameuſe ;

,, Crillon nous prêtera ſa main victorieuſe.

,, Mes

„ Mes voiles fe joindront aux voiles des Français ;

„ Et tout m'annonce enfin le plus heureux fuccès.

„ Je prévois les dangers qu'une telle conquête

„ Doit néceffairement amener fur la tête

„ Des guerriers Efpagnols & de leurs généraux :

„ Mais qui brava Minorque, enleva fes drapeaux,

„ Ne redoute plus rien pour fervir la patrie,

„ Et chaffer Albion de fa retraite impie. (1)

„ Je vais faire marcher mes braves Caftillans,

„ Et ce que l'Ibérie enferme de vaillans. (2)

„ J'irai, moi, s'il le faut, animer leur courage.

„ Malgré le poids des ans, au milieu du carnage,
                                        „ L'on

(1) Rien ne devait décider plus promtement le Confeil du Roi d'Efpagne à la conquête de *Gibraltar* & au fiege qui devait la précéder; rien ne devait plus animer les troupes de la nation à déployer toute la valeur qui lui eft connue, que l'idée feule que le Ciel ne pouvait manquer de favorifer cette périlleufe entreprife, puifqu'il s'agiffait de chaffer de l'Efpagne des drapeaux qui n'étaient rien moins que catholiques.

(2) L'Armée du Camp de St. *Roch* devait être portée à 32,000 hommes de troupes Efpagnoles & Françaifes, ces dernieres fous les ordres du même Général qui les avait commandées à *Mahon*.

„ L'on me verra gravir le sommet des rochers,

„ Voler même au devant des plus pressans dangers.

„ Quel est l'Ibérien, qui, des coups de la Parque,

„ A mes propres côtés, aux ïeux de son Monarque,

„ N'affrontera soudain la visible fureur ?

„ Un moment fortuné peut me rendre vainqueur

„ Du superbe étendard des Isles Britanniques.

Il dit : & le Conseil, à ces mots héroïques,

Applaudit hautement au dessein de son Roi ;

Chacun s'offre à marcher sans retourner chez soi.

Les peuples, admirant cette ardeur généreuse,

Exigent à grands cris qu'une flâmme pieuse

Dévore en holocauste, aux piés des Immortels,

Quiconque en ce moment de leurs sacrés autels

N'ira pas encenser les images augustes. (1)

Mais Charles leur répond : „ vos demandes injustes

„ Me

____

(1) Tels devalent être les sentimens d'un peuple superstitieux ;
& si le Roi, la Cour & les Grands n'eussent pas été plus éclairés

que

,, Me pénetrent d'horreur; & le fang des humains

,, Ne doit point ruiffeler fous nos barbares mains,

,, Pour appaifer des Dieux la trop jufte colere.

,, L'incrédule ou l'impie eft toujours votre frere;

,, Gémiffons de leur fort, déplorons leurs erreurs,

,, Mais ne leur fermons point la porte de nos cœurs.

Auffitôt vers Calpé, des plaines de Valence,

Des remparts de Mahon, des côtes de la France,

Aux ordres de leurs Rois accourent maints guerriers

Qu'avaient rendu fameux cent exploits meurtriers.

Fiers de pouvoir encor déployer ce courage

Qui fent croitre fa force à l'afpect du carnage,

Ravis d'avoir pour Chef un héros, un Crillon,

De vaincre ou de périr en quelque région

Que le Dieu des combats promene fon tonnerre,

Ils font prets à voler aux deux bouts de la terre.

Un

____

que lui, il n'eft pas à douter qu'un pieux *Auto-da-fé* n'eût précédé les attaques du fiege.

Un ordre des Bourbons suffit à la valeur,

Quand à leur voix on suit le penchant de son cœur.

Ainsi l'on apperçoit à la premiere aurore

D'un de ces jours brillans, où les tréfors de Flore

Succédant aux glaçons, à la neige, aux frimats,

Ramenent par la main l'Amour en nos climats,

Ces infectes chéris, ces utiles Abeilles,

D'une main bienfaitrice étonnantes merveilles,

Au signal de leur Roi parcourir l'horifon,

Ou vivre autour de lui dans l'ordre & l'union.

Mais au fein de la paix, du travail domeftique

Un frélon trouble-t'il l'activité publique?

Prétend-il fe gorger des plus pénibles fruits,

De ces Etats nombreux envahir les réduits?

Mille dards acérés qu'embrafe la colere,

Volent en un inftant fur l'ignoble adverfaire:

On l'attaque, on le fuit, on le preffe en son fort,

Et fa témérité le conduit à la mort.

R r

De-

Devancé par la fleur des guerriers d'Ibérie ,

Crillon (1) part, vole au camp, qui de l'Andaloufie

Gar-

(1) M. le Duc de *Crillon* revint le 6 d'Avril 1782, de Minorque à Madrid, & fe rendit d'abord à *Aranjuès*, où était alors la Cour d'Efpagne. Il fut reçu du Roi de la maniere la plus honorable. Dès qu'il eût baifé la main du Monarque, S. M. lui dit : *je vous ai fait Capitaine-Général de mes armées, en vous donnant un grade militaire, comme à tous les autres Officiers qui m'ont bien fervi. Mais je me fuis réfervé le plaifir de vous dire moi-même que je vous fais Grand de mes Royaumes. C'eft une vieille dette de mes Ancêtres envers les vôtres pour les bons fervices qu'ils leur ont toujours rendus, & une vraie fatisfaction pour moi, de la payer en confidération de ceux que vous venez de me rendre.* Le Roi joignit à ce compliment le don de plufieurs riches Commanderies en Efpagne, & la nation entiere le combla d'honneurs & de louanges. Mais rien ne fut plus flatteur pour lui après fa victoire, que la lettre dont l'Empereur voulut bien l'honorer fur la conquête importante qu'il venait de faire. Après plufieurs Confeils tenus en préfence du Roi d'Efpagne, le fiege de *Gibraltar* fut définitivement décidé, & la conduite en fut confiée au vainqueur de Minorque. Parmi le grand nombre de projets qu'on avait préfentés à la Cour d'Efpagne depuis quinze ans pour fe rendre maitre de *Gibraltar*, on en avait diftingué 4. Celui de M. *de Valliere*, un des plus grands ingénieurs de l'Europe, Lieutenant-Général au fervice de France ; celui de M. *Gautier*, Conftructeur à *Cadix* ; un troifieme du Directeur du Génie, & le quatrieme de l'Ingénieur en Chef du camp de St. *Roch*. M. *d'Arçon* vint en donner un cinquieme qui fut adopté, parce que, compofé d'après

les

Gardait les triftes bords depuis plufieurs hivers.

Son blocus inutile & fes efforts divers,

Loin de femer l'effroi dans les lignes Anglaifes,

Loin d'avoir fubjugué leurs énormes falaifes,

N'of-

les quatre autres, il femblait réunir tous les avantages que les autres offraient féparément. M. le Duc de *Crillon* en avait auffi fait un d'après fes propres idées & fa façon de voir, qui peut-être n'eût pas été le plus mauvais. M. le Comte de *Crillon*, Meftre de Camp du Régiment de Bretagne, fils du Duc, reçut le 20 Avril ordre du Roi de France de fe rendre à Algéfires le 25 de Mai fuivant, avec le Vidame de *Vaffé* fon Meftre-de-Camp en fecond. Plus de 200 Volontaires avaient demandé à Louis XVI la permiffion d'aller chercher la gloire ou la mort à *Gibraltar*, mais elle ne fut accordée qu'au Prince de *Naffau* qui, avec l'agrément du Roi d'Efpagne, partit de Paris la nuit du 29 Avril. Le Duc de *Crillon* préfenta le *Marquis* fon fils aîné au Roi & à la Famille Royale. Le Cadet l'avait été le 18, le Prince de *Naffau* & le Vidame de *Vaffé* le furent par l'Ambaffadeur de France, & partirent le 25 Mai pour le Camp de St. *Roch*. La nuit du 12 Juin, M. le Duc de *Crillon* prit enfin la route de *Gibraltar*, accompagné du Prince de *Naffau*, fes fils s'étant déja rendus au Camp, & il était arrivé le 25. Le premier objet dont il s'occupa, fut de fixer un emplacement pour les troupes Françaifes qui devaient fervir au fiege. Leur Camp fut tracé fur le champ. Il fit ceffer les cannonades & le feu des Batteries qui ne fervaient qu'à faire tuer à pure perte nombre de braves gens. Le Lieutenant-Général Dom d'Alvarez, Commandant du blocus, fe retira au moment-même que parut le nouveau Général.

N'offraient à Gibraltar que de nombreux drapeaux,

Une vaine conſtance & d'immenſes travaux, (1)

Et l'Anglais, dans ſes forts toujours inacceſſible,

Quoique frappé ſouvent par un réveil terrible,

Mais bientôt revenu d'une faible terreur,

D'un repos éternel eût gouté la douceur.

Le vainqueur de Mahon, aux tentes d'Algéſire,

Fait paſſer tout le feu que ſon âme reſpire.

Il parait, tout ſe meut : il commande, on agit :

La chaleur du climat, les ombres de la nuit,

Rien ne peut arrêter ſes vaillantes cohortes.

Tantôt des Ennemis il menace les portes,

Tantôt ſur leurs rochers, au ſein de leurs remparts,

Il parait s'élancer parmi les Léopards.

Cependant que Calpé, pendant la nuit obſcure,

Invoque le ſommeil qui ſoutient la nature ;

Que

____

(1) Qui font un honneur infini aux Ingénieurs qui les avaient conduits, ainſi qu'au Commandant qui les avait or-donnés.

Que l'Anglais, haraffé d'inombrables travaux,

Croit éviter la mort, fe couvrir de pavots;

Mille globes ardens qu'emporte le falpêtre,

Terrible effort de l'art & le dernier peut-être,

Pour la voute des cieux partent rapidement,

Volent comme un éclair, tombent en un moment.

Sous leur énorme poids la roche eft fracaffée:

Les palais font détruits, la terre eft enfoncée:

Le feu qu'ils renfermaient dilate fa prifon,

Un bruit épouventable ébranle l'horifon,

La Mort fur chaque éclat, court, frappe fes victimes,

L'intrépide guerrier, les héros magnanimes,

L'enfant dans fon maillot, le bourgeois endormi

Rien ne peut fe fouftraire à ce globe ennemi.

Dans les airs, il eft vrai, qu'une flâmme légere

De loin femble annoncer la maffe meurtriere:

On la voit fillonner: un léger fifflement

La devance & la fuit auffi rapidement.

R r 3

Mais

Mais fon vol eft fi promt, fa chûte eft fi fou.laine,

Que l'œil le plus actif peut l'éviter à peine,

Tels font de nos fureurs les déteftables droits,

Tels font les fruits cruels de la force des Rois.

Quand viendra l'heureux jour, cet inftant mémorable,

Où le temple de Mars, ce temple abominable,

Sur fes propres débris renverfé pour jamais,

Fera place au féjour d'une éternelle paix ? (1)

Conquérans, dont le bras enfanglante la terre,

Jufques à quand enfin, par votre affreux tonnerre,

Vous verra-t'on joncher nos campagnes de morts,

Dévafter nos cités fans caufe & fans remords ?

Les Dieux, dont on vous dit les images vivantes,

Trainent-ils après eux des meutes dévorantes,

Dont la rage effrénée & les cœurs endurcis,

Par nos gémiffemens ne font point adoucis ?

Rare-

___

(1) Il arrivera peut-être ce jour fi defiré des Nations, où le bon Abbé de **St.** *Pierre* & le vœu de tous les peuples fe verront fatisfaits.

Rarement nos forfaits excitent leur vengeance;

Le cri du repentir éprouve leur clémence:

Et vous, fiers Potentats, qui briguez nos autels,

Vous vous jouez du fang des malheureux mortels:

De nos cœurs voulez-vous obtenir les hommages,

De l'univers entier mériter les fuffrages?

Brifez vos javelots: pofez vos boucliers:

Arrachez de vos fronts leurs coupables lauriers:

Nous baignons leur tiffu d'un déluge de larmes;

Au fond de l'Océan précipitez vos armes:

De vos droits mutuels défignez l'horifon:

Que Bellone, & fa fœur l'injufte Ambition,

Dans le fein du Tartare abiment leur furie:

Que l'Europe du moins devienne une patrie,

Où les Loix & les Arts, la Science & les Rois,

Le Prince & les Sujets jouiffent de leurs droits!

Cependant un guerrier, des rives de la Seine,

Dans le camp de Crillon arrive hors d'haleine. (2)

Son

(2) Mgr. Comte d'Artois. Le voyage de ce Prince pour Gi-
bral-
R r 4

Son casque est enrichi de rubis & de fleurs :

Sur sa cuirasse d'or, mille & mille faveurs

Que l'Amour y grava par une main savante,

Mais qu'Himen ombrageait d'une gaze décente,

De l'enceinte Espagnole attiraient les regards.

Richement sculptés, deux sanglans Léopards,

Dont un Lis enchaînait la machoire cruelle,

Arrêtait la fureur de leur rage éternelle,

Or-

braltar était inattendu. Il n'avait mis personne dans sa confi-
dence, & après avoir obtenu le consentement du Roi son frere,
il avait envoyé un Courrier en Espagne pour obtenir l'agrément
de S. M. Ce Monarque, après avoir lu la lettre du Comte
d'*Artois*, en témoigna non-seulement la satisfaction la plus vive,
mais elle chargea M. l'Ambassadeur de France à sa Cour, de marquer au Prince : *que la joie & le saisissement que lui causait sa
résolution, l'empêchaient de lui écrire.* Sa suite n'était composée que de 16 Officiers & de quelques domestiques, & son départ
fut fixé au 2 de Juillet suivant. Ce Prince arriva à St. *Ildéphonse*
le 23. Il fut reçu par le Roi d'*Espagne* avec les témoignages de
la plus vive tendresse, & l'entrevue fut des plus touchantes. Le 2
d'Auguste, il arriva avec toute sa suite à *Madrid*. Le 6 il alla
visiter *Aranjuès*, d'où il se rendit enfin au Camp de St. *Roch*,
le 15 du même mois à 9 heures du matin, & alla descendre
chez M. le Duc de *Crillon*.

Ornaient le fond d'azur du vaste bouclier

Qui décorait le bras de ce charmant guerrier.

Les deux monstres couchés & mordans la poussiere,

Levaient de tems en tems un œil atrabilaire,

Fixant une Déesse au teint noble & vermeil,

Qui semblait s'abaisser des plaines du soleil.

La Pudeur la couvrait de ses plus simples voiles;

De son front radieux, treize grandes Etoiles

Sur un monde nouveau répandaient la clarté;

Pour devise elle avait Sagesse & Liberté.

L'on voyait à ses piés Cornwallis & Burgoine

Enchaînés, & honteux ainsi qu'un jeune Moine,

Les Léopards tremblans à cet auguste aspect,

Au lieu de leurs fureurs n'offraient plus que respect.

Au bas du bouclier, les armes de Castille,

Le Lion du Batave assis près de la Brille, (1)

Sur

(1) La *Brille* fut la premiere place dont les Partisans de la Liberté *Belgique* se rendirent maîtres, & cette conquête importante à la cause commune, décida les Provinces à secouer le joug tirannique de Philippe II.

Sur les monſtres confus lançaient des traits brûlans,

Dont la flâmme & le fer leur déchiraient les flancs.

Le guerrier jeune & brave, à ſa haute naiſſance,

Joignait de ſes Aïeux l'héroïque vaillance.

A peine arrivait-il, (1) qu'il parcourt à l'inſtant

Les côtes d'Algéſire & les remparts du camp

Sous le feu de la Place & des forts Britanniques,

Malgré tous les périls & les clameurs publiques,

Il vole à Gibraltar, l'approche de fort près,

En obſerve l'aſſiette & le pénible accès.

Le plomb n'oſe frapper une tête ſi belle :

Eſpagnols & Français tous le craignent pour elle,

Mais les Dieux protecteurs du pur ſang de nos Rois,

D'une égide ignorée avaient couvert d'Artois. (2)

Près

(1) Mgr. Comte *d'Artois*, à peine arrivé, monta à cheval & fut viſiter le Camp de St. *Roch* dans le plus grand incognito & ſans aucune marque diſtinctive. Arrivé aux lignes, le Baron de *Falkenbain* eut l'honneur d'accompagner le Prince dans toute la tranchée. Il ſe faiſait tout expliquer.

(2) Le Comte *d'Artois*, lors de ſa premiere viſite dans les

tra-

Près du guerrier chéri de Mars & de Cithere,

De la Cour adoré, que la France révere,

L'on voyait Dammartin (1) illuftre rejeton

Du vainqueur de Norlingue (2), & d'un héros Bourbon.

Il ne démentait point fon augufte origine.

Un air mâle & vaillant, la fierté de la mine,

A

travaux des Efpagnols, fe trouva fouvent obligé avec les principaux Officiers & toute fa fuite, de marcher à découvert dans beaucoup d'endroits. Les Ennemis ne tirerent pas du tout pendant près de deux heures que dura cette vifite ; mais une demi-heure après que le Prince en fut forti, la Place tira deffus les travaux 3 coups de canon.

(1) Mgr. le Duc de *Bourbon*, fils unique de Mgr. le Prince de *Condé*, ayant auffi demandé au Roi la permiffion d'aller fervir comme Volontaire au Siege de *Gibraltar*, & l'ayant obtenue, ainfi que l'agrément du Roi Catholique, partit de *Paris* le 18 de Juillet, fous le nom de Comte de *Dammartin*. Il arriva à St. *Ildéphonfe* le 2 d'Augufte au foir, & le Roi l'ayant reçu fur le champ, lui fit l'accueil le plus gracieux, ainfi que toute la Famille Royale. Ce Prince fe rendit le 4 à *Madrid*, pour affifter à une fête que l'on donnait à Mgr Comte *d'Artois*, Il arriva le 16 fur les 9 heures du matin à cheval au camp de St. *Roch*, & mit pié à terre chez Mgr. Comte *d'Artois*, d'où il fe rendit, accompagné du Baron de *Falckenbein* & du Marquis de *Bouzols*, à *Buenavifta* chez le Duc de *Crillon*.

(2) Le grand *Condé*.

A côté des Bourbons, tout indique un Naſſau. (1)

Iſſu de ce beau ſang, Germain dans le berceau,

Guerrier par caractere, impétueux, agile,

Intrépide ſoldat, ou Général habile,

Eſtimé de Louis & Français dans le cœur,

Il attend les combats pour montrer ſa valeur.

Eſpagnol un inſtant par amour de la gloire,

Il était accouru pour aider la Victoire

A faire triompher la cauſe des deux Rois.

Aux ordres de Crillon obéiſſant tous trois,

Ils apprenaient ſous lui le grand art des batailles,

A creuſer la tranchée, à forcer les murailles,

A mépriſer le faſte, (2) & de deux nations

A maitriſer l'eſprit & les affections;

Avare

(1) Le Prince de *Naſſau-Siegen.*

(2) On ſe rappelle ſans doute les bruits ſinguliers que l'on avait répandus ſur les préparatifs extraordinaires que faiſait M. le Duc de *Crillon* pour la réception & le logement de Mgr. Comte *d'Artois*, au point d'avoir fait enlever, diſait-on, tous les fauteuils, tables à jeu, & tapiſſeries de Cadix. Rien n'était plus faux. Les

Prin-

Avare de leur fang, à leur fervir de pere,

A réprimer en eux toute ardeur téméraire,

Et par l'heureux concours du Chef & des foldats,

Un jour à remporter la palme des combats.

Tels on vit autrefois Condé (7) former Turenne, (8)

Ou le grand Coligni (9) le vainqueur de Maïenne, (10)

Et tel on vit Crillon former les trois guerriers,

En leur montrant de près les périlleux fentiers

Qu'ont fuivi leurs aïeux, dont l'immortelle gloire

Jufqu'aux fiecles derniers tranfmettra la mémoire ;

Tous trois de Gibraltar de l'œil toifant les forts ,

Sa hauteur effrayante & les puiffans efforts

Dont

Princes ont été logés & meublés fort fimplement & n'en ont pas été moins fatisfaits des foins de leur Général.

(7) Le même dont nous venons de parler.

(8) Le Maréchal de *Turenne*, éleve du grand *Condé*.

(9) L'Amiral de *Coligni*.

(10) Henri IV, ou le grand. Le Duc de Maïenne, après la mort de fon frere le Duc de Guife, devint le Chef de la Ligue formée par Rome, l'Efpagne & le Fanatifme contre le meilleur des Rois.

Dont la Nature & l'Art ont couvert son enceinte,

Les braves qu'il renferme, intrépides, sans crainte,

Un soupir douloureux s'échappe de leurs cœurs,

De ces rocs, disent-ils, quand serons-nous vainqueurs?

Déja de Carnéro (1) les ondes mugissantes

Voyaient avec effroi ces machines flottantes,

Dont la main du Génie, ordonnant tous les pas,

Sut clorre dans leur sein la gloire ou le trépas. (2)

Déja sur Gibraltar, le Démon de la guerre

Dirigeait nuit & jour les efforts du tonnerre. (3)

Le

(1) Pointe *del Carnéro* ou du bélier, dont nous avons fait mention pag. 598.

(2) L'on veut parler ici des fameuses Batteries flottantes de l'invention de M. *d'Arçon*, exécutées par ses ordres & sous ses feux à Algésires. On prit à cet effet les Carcasses de 10 gros navires. On les renforça de maniere à les rendre impénétrables au canon, & on les blinda au dessus, pour les mettre également à l'abri des bombes. Elles avaient 2 batteries de 28 pieces de 24 chacune, ce qui faisait en tout 560 bouches à feu. Ce fut dans la Baye d'Algésires que l'on fit leur construction, & rien n'égala jamais chez les Espagnols l'activité qu'ils y mirent.

(3) Les batteries flottantes touchant à leur perfection, le siege

de

Le repos avait fui de ſes triſtes remparts ;

La rage & la vengeance armaient les Léopards.

Loin de s'abandonner à des vœux inutiles,

A la voix d'Elliot, induſtrieux, dociles,

Dans

de la Place fut ouvert le 15 d'Auguſte 1782, ainſi que la tranchée, & les Ennemis ne commencerent à tirer ſur les ouvrages que le 18. Le lendemain M. de *Crillon* envoya un Trompette au Gouverneur *Elliot*, pour lui annoncer l'arrivée au Camp de Mgr. Comte *d'Artois* & de Mgr. le Duc de *Bourbon*. Le meſſager était accompagné de toutes ſortes de rafraichiſſemens qu'il offrait à M. *Elliot*. Le Trompette était auſſi chargé de lui remettre, de la part de Mgr. Comte *d'Artois*, une lettre d'un parent de ce Gouverneur qui était en France. M. *Elliot* répondit *qu'il voyait avec plaiſir & regardait comme un très-grand bonneur, de ſavoir deux Princes de la Maiſon de France aux piés de ſes murailles, qu'il tâcberait de ne point ſe rendre indigne de la faveur qu'ils lui faiſaient, en venant exercer leurs premieres armes contre lui.* Il remerciait M. de *Crillon* des attentions & de l'honnêteté qu'il venait de lui faire, mais il le pria *de ſuſpendre dorénavant de pareils envois, parce qu'il ne manquait point de légumes & d'autres proviſions fraiches, & que d'ailleurs, il était décidé à partager avec ſes braves ſoldats leur abondance ou leur diſette.* Mgr. Comte d'*Artois* avait eu la complaiſance de permettre que l'on inſérât dans ſes Equipages, divers paquets pour quelques particuliers de la Garniſon, & M. *Elliot* en faiſait les remercimens les plus vifs à S. A. R.

Dans leurs murs qui croulaient, réſiſtant à Crillon,

Ils déſiaient encor Morénas (4) & d'Arçon.

C'eſt ainſi que jadis, accouru de Féſule,

Le vainqueur de Capoue, au pié du Janicule,

Vit Rome & le Sénat délivrer à l'ençan

Le ſol même où Cartage avait placé ſon camp.

Cependant tout eſt prêt:(5)tout marche & tout s'avance:

L'Ibere (6) dans ſes Dieux mettait ſon eſpérance,

Aux

(4) *Dom. Buenaventura Morénos* Chef d'Eſcadre, Commandant des Batteries flottantes.

(5) M. *d'Arçon* écrivait *d'Algeſires* le 22 d'Auguſte, qu'il avait mépriſé tous les propos que l'on tenait autour de lui, pendant la conſtruction de ſes batteries flottantes. Que ce ſerait un *Sabot; qu'elle ne pourrait pas ſe mouvoir* &c. Mais que le moment était arrivé où ce langage avait ceſſé. Que le 18, jour auquel Mgr. Comte *d'Artois* vint diner à bord de la Frégate la *Junon,* la premiere Batterie flottante fut eſſayée: qu'elle manœuvra, marcha comme une Frégate, fit trois décharges de tous ſes canons de 24 liv. de balle, & n'en fut pas plus ébranlée qu'un vaiſſeau de 100 canons ne l'aurait été. Tout le monde alors ſauta au cou de M. *d'Arçon,* & il reçut les complimens les plus flatteurs. Mais il ajoutait que, comme on avait trop blâmé ſon ouvrage, il lui ſemblait qu'on en faiſait alors trop d'éloges, & que, quoi qu'il en fût, les Eſpagnols convenaient
que

Aux piés de leurs autels invoquait son appui,

Mais d'Arçon comptait plus sur son art que sur lui.

Le

que sa mission était finie, & que la leur allait commencer; ils n'avaient qu'à embosser ces batteries, & que leur effet n'était plus douteux. *Elles ne craindront*, disait-il formellement, *ni les bombes, ni les boulets rouges; ayant disposé pour ces derniers une grande quantité d'eau, qui se répandra par tous les endroits tangibles.* Le 8 Septembre elles furent toutes achevées. Elles portaient les unes 700, les autres 500 hommes d'équipage, & on leur avait donné des munitions pour 5 jours, à raison de 80 coups par piece. Etant venues *d'Algésires* à *Punte majorca*, lieu du rendez-vous général, elles en partirent le 13, à 7 heures du matin, & vinrent sur les 9 heures & demie s'embosser à 250 toises de la Place, entre le vieux & le nouveau Môle, sous le feu de l'ennemi, manœuvre que les connaisseurs & les gens de l'Art, regardent comme la plus audacieuse qui ait jamais été faite à la mer. La *Pastora*, commandée par Dom *Morénos*, Chef de l'attaque, faisait la tête. La *Tallapiedra* de 23 par le Prince de *Nassau*, Major Général, qui suivait immédiatement. Quoique tous les Boulevards & les batteries Anglaises, plus nombreuses que l'on ne l'avait cru jusqu'alors, fissent un feu non interrompu & général, contre ces 2 prames seules, elles réussirent néanmoins à se placer à 4 brasses & demie d'eau, & à 140 toises de distance. Les autres batteries flottantes se placerent successivement aux postes qui leur avaient été assignés, savoir la *Paula* de 23, sous les ordres de Dom *Cayetano Langara: le Rosario* de 21, de Dom *Francisco-Xavier Munoz*; le St. *Cristoval* de 13. de Dom *Francisco Gravina*; le Prince *Charles* de 10, de Dom *Antonio Bajurto*; Le St. *Juan* de 9, de Dom *Joseph Angeler*; la *Paula*

Se-

Le signal est donné : soudain toutes les Prâmes

De leurs nombreux volcans ouvrent la route aux flâmmes.

Mo-

Segonda de 9, de Dom *Pablo la Cafa* ; la St. *Anna* de 9, de Dom *Joseph Goicoechea* ; & *le Dolores* de 7, commandé par un Officier Français. A mesure qu'elles s'embossaient, elles dirigeaient un feu très-vif & continu contre la Place & ses défenses, de sorte qu'elles produisaient un effet admirable. Il avait été réglé que les différentes divisions de Chaloupes cannonieres & de bombardes, viendraient se poster par le travers du front de la Place & de la montagne, pour diriger leurs coups sur tous les points & les endroits les plus convenables, de façon que la Garnison, surtout les détachemens destinés au service des batteries, n'auraient eu aucun repos ni abri dans leurs travaux. Mais cette disposition si essentielle dans les circonstances, ne put absolument avoir lieu, parce que le vent devint extrêmement violent & la mer fort grosse. Des obstacles très-graves empêcherent qu'il ne passât, comme en d'autres occasions, quelques vaisseaux à la *Pointe d'Europe*, pour faire à propos une diversion utile. Il en résulta que, de tous les points de la Place, où l'Artillerie de terre ne pouvait porter, les Anglais dirigeaient sans interruption & sans embarras, leurs décharges de bombes, grenades, mitraille, & surtout de boulets rouges jusqu'au calibre de 42, contre ces dix batteries flottantes.

(6) L'on n'entend point ici jeter le moindre soupçon sur les Espagnols ni sur leur valeur. Ils se sont assez distingués dans toutes les actions périlleuses du siege, pour que l'on doive leur rendre la justice qui leur est due, surtout par rapport à l'attaque terrible des 10 Prâmes.

Morénos & Naſſau devancent les guerriers

Qui brûlent d'emboſſer, de frapper les premiers.

A l'inſtant le feu part & la foudre étincelle:

L'impitoyable Mort panche ſa faulx cruelle:

Les murs de la Cité, les Môles & les Forts

Semblent enſevelis ſous ces bruyans efforts.

Gibraltar eſt ouvert: vingt breches acceſſibles

Montrent aux Aſſiégeans, à leurs armes terribles,

Des ſentiers périlleux, mais propres à l'aſſaut.

Du côté de Crillon, rien ne s'offre en défaut.

De ſes retranchemens, de ſes lignes profondes,

Sort un nuage épais qui domine les ondes.

De leur front embraſé, cent tourbillons roulans,

Vomiſſent & le fer & le feu de leurs flancs. (7)

Le

(7) Le ſpeĉtacle le plus terrible que l'on puiſſe contempler, tout ce que l'imagination humaine peut ſe figurer en pareille circouſtance, n'approchent pas de l'aſpeĉt qu'offraient les Lignes, la Place, les batteries flottantes couvertes de feu & de fumée, dans la journée du 13 Septembre 1782, jour à jamais déplorable pour l'humanité.

S s 2

Le rocher fe diffoud : des blocs épouventables

En croûlent fréquemment, rendent impraticables

Les hauteurs de Calpé : fes foudres font éteints. (8)

Les bleffés, les mourans, portés de mains en mains,

Souvent frappés encor fur un brancard funefte,

Perdent en cet état tout le fang qui leur refte,

Et fous des coups nouveaux, qu'ils ne peuvent parer,

Abandonnés au roc, on les voit expirer.

Bientôt dans Gibraltar il n'eft pas un afile :

Un amas de débris a remplacé la ville.

Soldats & Citoyens écrafés ou perclus,

Voudraient fuir fur les monts, & ne le peuvent plus.

Cet inftant glorieux ne fut pas de durée.

La Place, de boulets, de flâmmes entourée,

Fait ouvrir à fon tour fes immenfes fourneaux.

Du fommet de fes monts, & de tous fes créneaux

Mille

(8) M. *Elliot* ménageait fes provifions, & furtout fes munitions de guerre.

Mille tonneaux ouverts, répandent le falpêtre :

Sur cent grils enflâmmés commencent à paraitre

Un effaim rouge & noir de ces globes ardens

Que la tenaille en feu faifit entre fes dens,

Fait rouler auffitôt dans le bronze homicide.

L'Art a tout préparé : l'Artilleur qui les guide

Embrafe la vifiere & le tonnerre part :

L'efpace eft calculé, rien ne donne au hazard.

Un déluge effrayant de fumée & de flâmmes

Environne foudain les Lignes & les Prâmes :

Le feu s'attache à tout : les mâts, les avirons,

La cale, les hautbans, les affuts & les ponts,

N'offrent plus qu'un monceau d'étincelles volantes :

Les pompes ont lancé leurs ondes impuiffantes,

La foudre fuit la foudre, & frappe coup fur coup :

Le feu parait éteint & renait tout-à-coup :

La poix des bâtimens lui prête encor des forces ;

Et du ciclope affreux les redoutables forces

Ne

Ne ceſſent de charger les bronzes meurtriers.

En ces momens cruels, les Prâmes, leurs guerriers

Ne trouvent point d'afile & ſe jettent dans l'onde.

Partout mêmes dangers, partout la foudre gronde,

Vole, frappe, confume, & les Prâmes en feu,

Braſiers affreux à voir, plongent au même lieu ;

Ou, par le ſouffre enfin, vers les aſtres lancées,

N'offrent plus ſur les flots que planches diſperſées,

Que ſoldats à la nage ; épuiſant leurs efforts,

Pour atteindre la Place ou quelqu'un de ſes bords. (1)

Grand,

(1) Quoique les Batteries flottantes, abandonnées à elles-mêmes, ne ceſſaſſent de répondre vigoureuſement à l'Ennemi, cau-
ſant dans la Place un dégat effroyable, & renverſant des paus en-
tiers de murailles, l'affiduité avec laquelle les boulets rouges
étaient jetés à une proximité ſi grande, fut cauſe que, malgré
les précautions avec lesquelles on les avait conſtruites & diſpo-
ſées, les coups pénétrèrent enfin dans le revêtement extérieur ;
& d'où enſuite le feu s'étendit en d'autres parties. Ceci étant
arrivé à différentes repriſes durant le jour, dans toutes on réuſſit
à éteindre les flâmmes par l'eau que fourniſſaient les pompes, &
par d'autres moyens préparés d'avance pour ce cas. Mais les
mêmes inconvéniens, qui ne permettaient ni aux vaiſſeaux, ni
aux Chaloupes-cannonieres, ni aux bombardes de faire aucune
ma-

Grand, généreux encore, Elliot (2) court, s'empresse,

Se hâte d'arracher au péril qui les presse,

Tant

manœuvre, subsistaient toujours, & la nuit étant déja fort avancée, la Prâme du Prince de *Naffau* prit de nouveau feu avec tant de violence, qu'il fut impoffible de le couper. Le même accident arriva bientôt à celle de Dom *Morénos*. Dans cette situation embarraffante, & ne pouvant faire ufage ni de la voilure ni de la remorque, l'on penfa à en retirer les équipages, ainfi qu'à jeter les poudres à la mer, pour empêcher que ces bâtimens ne fautaffent, & pour les laiffer brûler de façon que l'Ennemi n'en pût faire aucun ufage. Les mêmes circonftances mirent bientôt toutes les autres Prâmes dans un état femblable, d'autant plus que les Anglais tiraient déja fans rifque & fans oppofition fur des points déterminés très-vifibles. Le Duc de *Crillon* & Dom *Cordova* prirent auffitôt les mefures les plus promtes & les plus efficaces pour que toutes les Chaloupes & tous les petits bâtimens allaffent recueillir les équipages des Prâmes & leur porter toutes fortes de fecours. Dans cette opération brillante & périlleufe, il fe fit des prodiges de valeur, au mépris du feu extrêmement violent de mitraille que firent toutes les batteries de la Place, pointant avec la jufteffe que leur permettait une nuit fort claire. L'on réuffit en effet à fauver la plus grande partie des équipages des Prâmes, & à mettre à quelques-unes un feu très-étendu, pour qu'elles fe confumaffent à l'inftant, & à jeter dans les autres une affez grande quantité de poudre pour les faire fauter quand il en ferait tems. Cependant, malgré toute l'activité & la diligence avec lesquelles on travailla, l'Ennemi parvint, au moyen de fon feu, à couler bas quelques-unes des Chaloupes, notamment une de celles où était defcendue une partie de l'équipage

Ss 4

de

Tant de braves guerriers dignes d'un fort meilleur;

Alors l'Humanité commandait en fon cœur.

Morénos & Naffau, votre rare vaillance

Eût mérité des Dieux une autre récompenfe,

Vous échappez enfin au feu des Ennemis,

En cela notre efpoir & nos vœux font remplis!

Après

de la Prâme que montait M. le Prince de *Naffau*, quoiqu'une grande partie des gens qui fe trouverent fur toutes, fe fauvât à la nage, & fût recueillie par d'autres bateaux.

(2) Dès que le Gouverneur fut affuré que les Prâmes ne pouvaient plus faire feu, il donna ordre à fes Chaloupes-cannonieres & aux barques armées de la Place de voler au fecours des malheureux qui luttaient contre les vens & les flots. Elles en fauverent beaucoup, fe rendirent maitres du refte des équipages qui attendait fur les Prâmes que leur tour vînt pour être fecouru. Ainfi le matin fuivant, M. *Elliot* fe trouva avoir fait plus de 335 prifonniers, y compris les bleffés, auxquels il fit donner tous les fecours qui étaient en fon pouvoir. Tous fe font loués de fon humanité & de fes foins, les Officiers Français en furent furtout parfaitement bien traités, régalés-même en viande & en végétaux frais. Il pouffa l'honnêteté, fi c'en était une, jufqu'à leur préfenter à lire la gazette de *Madrid* de la derniere date, honnêteté qui fit attacher au gibet quelques Efpagnols qui habitaient la côte entre la Place & *Malaga*, fourniffaient à fes approvifionnemens & lui portaient des nouvelles.

Après un tel malheur, une perte ſi grande, (3)

Exigerais-tu, Mars une ſeconde offrande?

Gi-

(3) Cette perte, au moment de ce malheur terrible, fut extraordinairement exagérée. Aujourd'hui il eſt avéré qu'il n'y eu en tout qu'environ 900 hommes de morts. Tous les Officiers de Marine tués, bleſſés ou priſonniers, ſe trouverent ſur la *Paſtora*, la *Paula*, la *Tailla-Piedra*, & le S. *Criſtoval*. Le Roi d'Eſpagne y perdit 210 canons de bronze du plus gros calibre, & plus de 100 autres de fer. On dit que les Anglais, en 7 heures de tems, tirerent plus de 20,000 coups. Le 17 un Commiſſaire-Ordonnateur paſſa avec un Commiſſaire des guerres à *Gibraltar*, à bord d'un Bâtiment Parlementaire que M. *Elliot* avait envoyé au Camp pour traiter de l'échange des priſonniers, & ayant marqué au Duc de *Crillon* qu'il prenait un ſoin particulier des bleſſés, & qu'il avait été lui-même à l'Hôpital pour voir par ſes ïeux ſi les ordres qu'il avait donnés à ce ſujet, étaient réellement exécutés, M. de *Crillon* lui fit cette réponſe. *Les armes ſont journalieres; on m'avait donné pour vous combattre des machines qui n'étaient point de mon goût. Il en fallait de meilleures pour attaquer un Général tel que vous. Mais il m'a fallu obéir. Je vous rends mille grâces des ſoins que vous avez de nos Officiers. Les égards que méritent les deux Cours pour qui je commande, doivent attirer votre bienveillance ſur leurs Soldats. Je les recommande tous à vos bontés, & vous pouvez compter ſur les mêmes bons procédés en faveur des vôtres.* Les 8 Officiers, les 2 Aumoniers, & les Chirurgiens de Marine que M. *Elliot* renvoya, rapporterent avoir appris des Officiers de la Garniſon, que leur Général, voyant les Prâmes s'embofſer auſſi près, ne put s'empêcher de leur dire preſque les larmes aux ïeux: *Voyez*

Ss 5

Alex-

Gibraltar & fon port, fes monts audacieux,

Poùrraient-ils donc valoir tant de fang précieux ? (4)

Quoi ! de nouveaux dangers ! le tonnerre encor gronde : (5)

Une flotte parait, va combattre fur l'onde ?

Tant

Meffieurs: Voyez à quoi s'expofe l'obéiffance. La valeur & le courage feront inutiles à nos ennemis. Ils le penfent peut-être eux-mêmes, & ne s'avancent pas moins pour fe faire maffacrer. Que leur obéiffance anime la vôtre ! Je vous réponds que vos efforts ne feront point infructueux, & que la victoire eft à nous. Cependant M. *Elliot* ne voulut confentir qu'à l'échange des prifonniers *Français*, & retint les Efpagnols.

(4) Non pas aux ieux de la Nature & de l'humanité.

(5) Le 16 de Septembre M. le Duc de *Crillon* dit à plus de 40 Officiers qui étaient venus lui rendre leurs devoirs: *Il ne faut pas que cet échec vous refroidiffe: vous favez que je ne comptais pas fur ces machines, & que je n'avais fait qu'obéir en les employant. Actuellement nous agirons fur un nouveau plan qui fera de moi & dont je ferai refponfable. Ce fera d'après lui, & par les mains de ce brave ingénieur,* en prenant celles du Directeur-Général de l'Artillerie qui était auprès de lui, *que j'efpere de brifer ce Boulevard.* Jufqu'à préfent, & d'après la lettre du Général au Gouverneur *Elliot*, & les paroles que nous venons de rapporter il eft bien certain que M. le Duc de *Crillon* n'avait jamais approuvé les Prâmes: il eft également certain que, contre la parole de M. *d'Arçon* rapportées dans la Note 5, page 641, elles n'ont point été à l'épreuve des boulets-rouges, comme il ofait l'affurer. Quel eft donc le jugement que l'on doit porter fur ces machines? C'eft ce qu'il eft impoffible de décider.

L'in.

(651)

Tant de guerriers perdus en cet affreux revers,

Ne suffiront-ils pas aux monstres des deux mers?

Infortunés mortels, quelle erreur est la vôtre!

Au sortir d'une mort vous courez vers une autre!

Quoi! vous n'écoutez point mes douloureux sanglots:

Vous aiguisez encor vos cruels javelots?

Puissé-je!... non:.. je vois;.. c'est Louis qui l'ordonne;

Charles veut rétablir l'honneur de sa Couronne;

Cordova, de Guichen, & la Motte & Crillon,

Vengeront & l'Espagne & la France & d'Arçon.

Cependant de Plimouth, (1) l'agile Renommée

Accourt, vole à Madrid, dans la Place affamée,

Divul-

L'infortuné *d'Arçon* était sur la Prâme du Prince de *Nassau*. Quelle fut sa douleur, lorsqu'il vit brûler son ouvrage! L'on nous avait promis un Mémoire de sa part qui nous aurait mis sans doute à même de le justifier, mais probablement il ne paraitra qu'après la paix. Les Espagnols l'ont vu depuis d'un très-mauvais œil, mais les Princes & les Officiers Français faisaient tous leurs efforts pour le consoler.

(1) L'Amiral *Howe* partit le 11 Septembre 1782, à 4 heures

Divulgue à haute voix que des secours puissans,

Secondés par Neptune; Amphitrite & les vens,

Volent à Gibraltar y porter l'abondance,

Et du brave Elliot célebrer la défense.

Sa valeur, ses talens, méritaient ces efforts,

Et non l'affreux Calpé, son enceinte & ses forts.

  A l'instant Cordova, plein d'une ardeur secrette,

De la flotte ennemie a prévu la défaite.

Il appelle en son bord les chefs de ses vaisseaux,

Et d'un air intrépide il leur parle en ces mots:

„ Héros, qui de nos Rois, de l'Ebre & de la Seine,

„ Voyez tromper l'espoir, & la palme incertaine:

„ Voici l'heureux moment de venger nos affronts,

„ De bannir la douleur qui regne sur nos fronts.

„ L'An-

res du matin de *Portsmouth* pour aller ravitailler & porter du
secours à *Gibraltar*. Sa flotte était composée de 36 vaisseaux
de ligne & d'un nombre proportionné de Frégates, Corvettes
& Cutters à proportion, avec un grand nombre de vaisseaux
munitionnaires destinés pour la Place assiégée.

„ L'Anglais, jufqu'à ce jour, à l'afpect de nos voiles,

„ Soit que Phébus aux Cieux éclipfât les étoiles,

„ Ou que la trifte nuit, du jus de fes pavôts,

„ Couvrît autour de nous & la Terre & les flots,

„ A toujours évité nos foudres vengereffes.

„ Maintes fois, il eft vrai, fes immenfes richeffes

„ Réjouirent nos mains (2), enrichirent ces bords ;

„ Nous l'avons affronté, provoqué dans fes ports :

„ Mais à notre valeur il faut une autre gloire.

„ Des guerriers, tels que nous, ont droit à la victoire ;

„ Et l'injufte Albion doit connaitre une fois,

„ Que nous favons combattre & mourir pour nos Rois.

„ Les

(2) La Fortune, en cette guerre, a favorifé l'Efpagne, plus qu'aucune autre nation d'Europe, après cependant la *Grande-Bretagne*. Excepté la perte des vaiffeaux fous les ordres de M. *de Langara*, elle n'a éprouvé aucun revers ; n'a foutenu aucune bataille, & M. *Cordova* s'eft à fon aife promené fur les mers, fans que le hazard ait voulu lui procurer l'occafion d'en venir aux mains avec l'Ennemi qu'il cherchait de tous les côtés, tandis que deux riches Convois de l'Angleterre font venus comme d'eux-mêmes fe livrer à fes flottes.

„ Les Deſtins, ennemis du Sceptre Britannique,

„ Qui veulent de ſon joug délivrer l'Atlantique,

„ Ont enfin raſſemblé ſes derniers pavillons,

„ Comme pour les livrer à nos deux nations.

„ Si la bonté des Dieux, ou plutôt leur juſtice,

„ Offrit à la valeur l'occaſion propice

„ D'anihiler jamais l'orgueil des Léopards,

„ De planter nos drapeaux ſur ces fiers Boulevards,

„ Héros, il faut ſaiſir cet inſtant mémorable!

„ Les Dieux, les vens, les flots, tout nous eſt favorable.

„ Marchons à l'ennemi: je réponds du ſuccès.

„ La Motte aura ſous lui l'élite des Français:

„ A ſes rares talens je commets l'Avant-garde.

„ L'Arriere eſt à Guichen: pour ce qui me regarde,

„ Le Centre & les ſignaux demeureront ſous moi,

„ Ma vieilleſſe & mon rang m'en impoſent la loi.”

Il dit: tous les guerriers, à ſa haute ſageſſe,

Qui ne reſpirait point une lente vieilleſſe,

Pro-

Prodiguent de concert les applaudiſſemens.

L'allégreſſe en inſtruit l'un & l'autre élémens.

Tout eſt bientôt réglé : le ſignal de partance

Voit la flotte étaler la plus belle ordonnance ;

Mille inſtrumens divers, les cris des matelots

De Calpé, d'Abila, fatiguaient les échos.

Gibraltar vomiſſait la foudre & la mitraille

L'Avant-garde au Détroit s'avançait en bataille,

Quand ſoudain le vent tourne, & les flots irrités

Diſperſent les vaiſſeaux. (1) Déja de tous côtés

La

(1) La nuit du 10 au 11 Octobre, un ouragan des plus impétueux que l'on ait jamais reſſenti dans la Baye *d'Algéſires*,
cauſa beaucoup de dommages à la Flotte combinée d'Eſpagne
& de France qui y mouillait ſous les ordres de M. *Cordova*, &
ſe tenait prêt à recevoir l'Ennemi qu'il ſavait approcher & ſe
trouver dans les Mers d'Eſpagne. Cet Amiral Eſpagnol avait
pris les meſures les plus ſages & les plus certaines, en plaçant
les vaiſſeaux de ſa flotte, & tous les autres bâtimens plus
petits de divers rangs, de maniere que, ſans la moindre confuſion, il puſſent remplir ſes deux objets principaux, d'intercepter le Convoi & d'attaquer l'Eſcadre. Dans le même deſſein,
le 10, dès que M. *Cordova*, par les avis réitérées des vigies
de la Côte & par les bâtimens légers envoyés à la découverte

dans

La tempête s'unit aux plus vives alarmes.

Les côtes, à l'inftant, voient leurs peuples en larmes

Des autels de leurs Dieux humecter le pourtour.

Le Soleil disparait: la nuit fuccede au jour,

La

dans les mers de *Cadix* & de *Galice*, fut affuré que les *Anglais* étaient déja fort près, il fit avancer fes vaiffeaux, en les étendant dans la Baye, jufqu'à la pointe *del Carnero*, à une diftance convenable. Ils refterent tous affourchés fur une feule ancre, après avoir retiré à bord chacun fa chaloupe & fes esquifs pour être plutôt prêts. Le vaiffeau le *St. Michel* de 70 canons, un des meilleurs voiliers Efpagnols, commandé par le Brigadier *Jofeph Moréno*, fut obligé de prendre le large, après avoir perdu fes ancres. La violence des courans s'oppo-fa à la manœuvre, & il fut jeté fur le fable fort près de la Place ennemie, où il fut forcé d'amener, après quelques volées que l'on lui tira. Alors M. *Elliot* envoya fes chaloupes pour en retirer les équipages, & le Pavillon *Anglais* fut hiffé à fon bord. Le *Majeftueux* de 110 canons, commandé par le Vi-comte de *Rochechouart* & le *Triomphant*, vaiffeau Efpagnol, coururent le même danger; mais ils donnerent heureufement fur la côte *d'Algéfires*, & l'on parvint à les dégager. Tous les pe-tits Bâtimens qui étaient à la Côte, y périrent. Le Camp ne fut pas à l'abri de l'ouragan. La plus grande partie des trou-pes y perdirent leurs tentes, & plufieurs foldats furent grievement bleffés, par la chûte de mille objets que la force des vens renverfait ou emportait de toutes parts, & de mé-moire d'homme, dans le pays, l'on n'a pas l'idée d'un ouragan auffi terrible, ni d'une pluie auffi forte.

La flotte cingle au loin : tantôt jufqu'aux étoiles

Elle femble élever & fes mâts & fes voiles ;

Tantôt, jufqu'aux Enfers defcendant à grands pas,

Elle femble courir s'y livrer au trépas.

Rien ne peut réfifter à la mer en furie.

En vain le matelot jure, travaille & crie,

En vain les Amiraux prodiguent les efforts

Pour atteindre Algéfire ou quelques autres bords.

Il faut céder aux vens, s'éloigner du rivage.

Déja plufieurs vaiffeaux, renverfés par l'orage,

Entendent dans leurs flancs les vagues fe heurter,

Menacer l'entrepont & vouloir y monter.

Elliot, oubliant fon premier caractere,

Et fuivant d'Albion la fureur ordinaire,

Sur des guerriers foumis (1), de fes globes ardens

Ofe joindre la foudre à la rage des vens.

En

(1) Le caractere, par fois, généreux & humain, du Gouverneur
de la Place, ne pouvait manquer de fe reffentir un peu du terroir

En ces momens d'effroi, de terreur générale,

Parait l'Escadre Anglaise; (2) & déja l'on signale

Ses

où il avait pris naissance. Aussi vint il à se démentir, lorsqu'il donna ordre de tirer à *boulets-rouges* sur les vaisseaux échoués près de *Gibraltar* par la tempête du 9 au 10 Octobre. Les gens équitables & judicieux ne lui ont point contesté ce droit à l'égard des *batteries flottantes*, puisque le devoir de conserver sa Place, semblait lui commander l'emploi de tous les moyens possibles, pour la destruction de ces machines. Mais on ne lui pardonnera jamais d'avoir fait usage de ce moyen destructeur, défendu dans les combats par les loix de la guerre, contre des navires battus par la tempête. Le *Majestueux* de 110 canons, commandé par M. *de Rochechouart*, & le *Triomphant* vaisseau Espagnol de 80, furent accueillis de cette maniere à l'instant même où ils allaient périr. Ce n'est pas ainsi que M. *de Sartines* en a usé pendant cette guerre même, contre un vaisseau *Anglais*, échoué sur les côtes de France par une tempête. Non seulement on ne fit point tirer sur ce bâtiment à boulets rouges; mais le Ministre déclara formellement que *le Roi son Maitre ne pouvait même regarder comme prisonniers de guerre, des malheureux qui venaient heureusement d'échapper à la fureur des flots*; & tout fut généreusement renvoyé avec le bâtiment. Un Gouverneur *de la Havane*, il y a 40 ans, voyant arriver sous ses batteries un vaisseau également *Anglais* que lui envoyait la tempête, ne le reçut pas même à coups de canon. L'ayant au contraire amicalement traité, il pourvut à ses besoins, lui donna tout le tems pour se réparer, & le renvoya, *ne voulant pas*, dit-il, *profiter du hazard malheureux qui l'avait fait relâcher dans un port ennemi.* Il lui donna des passeports jusqu'à une certaine hauteur, & lui dé-

clara

Ses nombreux pavillons, ſes tranſports & ſes feux.

L'audace & la fortune étaient au milieu d'eux.

Eole à les ſervir employait ſa puiſſance;

Il calmait pour eux ſeuls, les flots, leur violence,

Et

clara *que, ſi quelques vaiſſeaux Eſpagnols le rencontraient au delà, pour lors il ſerait de bonne priſe.* Si le Général *Elliot* n'avait pas l'âme aſſez noble, ni aſſez élevée pour imiter de pareils exemples, l'on avait du moins droit d'attendre que, reſpectant les Droits des Nations & ceux de l'Humanité, il ſe ferait abſtenu d'employer une arme, telle que les *boulets-rouges*, contre des Ennemis rendus ou luttant contre les flots en fureur.

(2) A peine le matin ſuivant la Flotte combinée, le Camp & les Côtes s'apperçevaient-ils de tous les déſaſtres arrivés dans cette nuit fatale ; à peine les équipages pouvaient-ils commencer à réparer leurs dommages, & à remettre les vaiſſeaux en état de faire voile avec la plus grande célérité, que, le ſoir du même jour, les Vigies ſignalerent la Flotte ennemie qui s'approchait avec un vent fort frais & favorable. Comme l'on ignorait alors, dans quelle diſpoſition elle naviguait, & qu'il paraiſſait impoſſible à M. *Cordova* de mettre à la voile dans l'état où ſa flotte avait été réduite, cet Amiral fit aſſembler tous les autres Généraux, afin de prendre leur avis ſur le parti qu'il reſtait dans cette circonſtance. Ils opinerent unanimement, qui n'était point queſtion de mettre à la voile, quand même une partie de l'armée ſerait en état de le faire ; mais que l'unique objet, auquel l'attention devait ſe borner en ce moment, était de remettre les vaiſſeaux qui avaient ſouffert, à même de chercher l'Ennemi & de l'attaquer.

Et pour les garantir d'un naufrage certain,

Il porte leur Efcadre au rivage Affricain. (1)

 Cependant le jour vient, & la Flotte Efpagnole

Voit Cordova tranquile & qui partout confole

Officiers & foldats, ranime leurs efprits,

Et leur promet encor la victoire à ce prix.

„ Des Dieux, leur difait-il, adorons la fageffe :

„ Que peut fans leur fecours notre vaine proueffe ?

„ Leur bonté quelquefois feconde les méchans ; (2)

„ Mais leur gloire eft bornée, & ne brille qu'un tems."

Il

(1) L'Efcadre *Anglaife* ne put cependant gagner le mouillage qu'elle fe propofait ; car, outre que les *Chaloupes-Cannonieres* y mirent obftacle, autant que la groffe mer le leur permettait, les différens mouvemens qu'elle vit faire hors la pointe *del Carnero* par la Flotte combinée, lui firent croire qu'elle en allait être attaquée ; en conféquence elle n'ofa point s'approcher de trop près de la côte. La force du vent & les courans contribuerent auffi beaucoup à l'entrainer dans la Méditerranée avec tout le Convoi, à l'exception de 2 Frégattes & de quatre tranfpörts que la hardieffe de leurs Commandans, ou la force des vens firent hardiment mouiller fous la protection du canon de la Place.

(2) Il ne fallait pas moins que ces paroles du Général Efpagnol pour confoler les marins de fa nation, & leur faire comprendre

la

Il exhorte au travail la main des équipages;

Son œil s'étend à tout, & déja les dommages

Réparés sans relâche ont comblé son desir.

Sur les Anglais errans disposés à courir,

Les vaisseaux à l'envi fendent le sein des ondes:

Ils sillonnent au loin sur les plaines profondes,

Et dans le doux espoir de joindre l'ennemi,

Les malheurs précédens s'effacent à demi. (1)

Ce

la raison pour laquelle la mer & les vens paraissaient favoriser de la sorte une flotte *d'Hérétiques*, contre la bravoure, les forces & la piété des vrais croyans.

(1) Les Généraux de la flotte combinée ne perdirent cependant pas un instant à réparer tous leurs vaisseaux, pour qu'ils fussent en état d'aller à la rencontre de l'Ennemi. La nuit suivante, il survint de nouveau une tempête assez forte, qui, moyennant les précautions déja prises alors, ne causa aucun dommage à l'Armée, mais qui, au contraire, dispersa l'Escadre ennemie dans la Méditerranée. Elle empêcha néanmoins M. *Cordova* de mettre à la voile avant le 13, à 10 heures & demie du matin; & à 4 heures de l'après-midi, toute l'Armée se trouvait déja dans la Méditerranée à 4 ou 5 lieues de celle de l'Amiral *Howe*. Au commencement, toutes les apparences semblaient promettre qu'elles pourraient se joindre; mais le 14 on apprit que les *Anglais* s'enforçaient dans la Méditerranée. Les Vigies les plus élevées les avaient perdus de vue, & *Cordova* les suivait à toutes voiles.

Ce n'eft plus l'Océan ce refervoir immenfe,

Où des Dieux immortels la fage providence

Se découvre à nos ïeux, pourvoit à nos befoins,

Tandisque nos fureurs deshonorent leurs foins.

Ce n'eft plus l'Océan, ce lien des deux mondes,

Qui va fous nos efforts voir obéir fes ondes;

Mais dans ce Golphe heureux, où Cartage autrefois

Fit trembler les tirans de l'Europe & des Rois,

Du fort de Gibraltar, le Démon des batailles

Va décider bientôt par maintes funérailles.

Piquet volait au loin (1): Neptune autour de lui

Semblait avec plaifir lui prêter fon appui.

Les flots le refpectaient: fous ce Chef intrépide,

Qu'embrafe la vengeance & que la valeur guide,

Les

(1) L'Efcadre *Anglaife* courut toujours le 14 & le 15. M.
de la Motthe Piquet en approchait à la tête de l'Avant-garde,
il voulait même engager l'action, mais le Général en Chef lui
fit le fignal de l'attendre, parce que l'on ne pouvait combattre
les uns fans les autres.

Les pavillons Français, la gloire de ces mers,

Suivaient de l'Ennemi les mouvemens divers.

Trois fois à l'attaquer le Héros se prépare ;

Trois fois à Cordova, par un mérite rare,

De son obéissance il donne le signal,

En gémissant tout bas de cet ordre fatal.

   Ces jours infortunés, marqués par les prodiges,

Lui préparaient encor de plus affreux prestiges.

Un sombre crépuscule accourt sur l'horison :

Son voile ténébreux, aux vaisseaux de Bourbon

Dérobe en un moment la mer & les étoiles ; (1)

Tandis qu'Howe à son gré développant ses toiles,

Tan-

(1) Dans la journée du 15, peut-être, ou durant celle du 14, l'Amiral *Howe* parvint à se dérober à la vue de l'Armée combinée. Ce fut pour la seconde fois en cette guerre, qu'au moment d'être attaqué, les Ouragans ont sauvé l'Amiral *Howe*, en mettant hors de combat les forces supérieures de son Ennemi. M. *d'Estaing*, prêt à l'attaquer à la hauteur de *Rhode's-Island*, en essuya un terrible, au moment qu'il allait le joindre ; & sans la tempête du 10 au 11, qui mit *Cordova* dans l'impossibilité de sortir à son approche, il est certain, qu'outre les dangers qu'il avait à courir

T t 4

pour

Tantôt femble d'Alger reconnaitre les ports ;

Soudain, vers Malaga dirigeant fes efforts,

Il gagne Gibraltar, y jette l'abondance,

Infulte les Drapeaux & d'Efpagne & de France,

Et fier d'un vain fuccès dont les Dieux font auteur,

Au fein de l'Océan il revole en vainqueur. (1)

Mal-

pour fes vaiffeaux de guerre, fon convoi ne ferait jamais entré dans la Place. Les Chaloupes cannonieres feules lui en fermaient l'entrée. Les fourneaux étaient établis fur un petit bateau placé à côté d'elles, &, par des expériences répétées, l'on avait vu que les boulets, rougis fur ces grils d'une fort petite étendue, confervaient affez de chaleur deux heures après avoir été retirés du feu, pour enflammer tout ce qu'ils touchaient. Ainfi on aurait pu s'attendre aux plus grands ravages de la part de ces Chaloupes fur les tranfports *Anglais*, fi l'ouragan ne les eût toutes jetées à la côte, la veille du jour que le convoi fe préfenta devant le détroit. L'on eût appris aux Anglais, par ces terribles repréfailles, à refpecter l'humanité; car le meilleur moyen de les punir, c'eft d'imiter leur conduite.

(1) Depuis le 16, l'Efcadre *Anglaife* fe partagea en courant des bordées du *Levant* jufqu'au *Détroit*, ce qu'elle continua le jour fuivant. Mais alors elle était réunie & compofée de 34 vaiffeaux de ligne, de 8 Frégattes & de 4 Corvettes. Dans l'intervalle, on appercevait du Camp, qu'elle envoyait fréquemment de petits bâtimens au mouillage. Jufqu'au 17 l'on n'avait point vu la flotte combinée. Mais de la côte, l'on avait appris qu'il avait

Malgré tous ces détours, fa cruelle difgrace,

Piquet, des Léopards découvre & fuit la trace. (1)

Près

avait régué dans ces parages des vens variables & très-orageux, de forte que plufieurs vaiffeaux Efpagnols, des premiers rangs, avaient été éloignés à une affez grande diftance des autres, & que nombre de petits étaient entrés à Malaga avec plufieurs dommages. Dans ces circonftances, il ne fut pas poffible à la flotte combinée de fe réunir à tems pour regagner le Détroit avant l'Ennemi comme c'était fon intention, réfolue de retourner fur fes pas, dès-que, parvenue à une certaine diftance du Détroit, elle n'aurait pas rencontré l'Efcadre ennemié. Le 18 & le 19 l'Amiral *Howe*, toujours heureux, profitant d'un vent d'E. fort frais, fe hâtant d'embouquer le Détroit, jeta en paffant, ce qu'il put de fon convoi dans *Gibraltar*, & gagna *l'Océan*. Mais de 148 ou 150 bâtimens de tranfports qu'il avait fous fon efcorte à fon départ de *Portsmouth*, deftinés pour *Gibraltar*, 4 ou 5 étaient revenus en *Angleterre* ou en *Irlande*: 1 fut pris par la Frégate la Surveillante, 1 autre conduit à la *Corogne*. Il en reftait 40 à l'Amiral *Howe*, felon les fignaux des Vigies, lorsqu'il parut au Détroit: 16 fe glifferent dans la Place depuis le 11 jufqu'au 17. 3 ou 4 furent pris dans la Méditerranée, & conduits à *Carthagene*, ou à *Malaga*; mais ce qu'il y a d'avéré, c'eft que il n'en entra que 24 en tout fous le canon de *Gibraltar*.

(1) L'Efcadre légere formant l'Avant-garde, fous les ordres de M. *de la Mothe Piquet*, parut peu après. Le refte de la flotte bien réunie, fans perdre un feul inftant, embouqua le détroit & pourfuivit l'Efcadre Anglaife, qui n'était qu'à une ou deux lieues de diftance.

Près Gadès il atteint leurs vaisseaux fugitifs,

Tandis que l'Espagnol marchait à pas tardifs.

Sur l'heure, n'écoutant que son mâle courage,

Méprisant d'Albion la force & l'avantage,

Il donne le signal & l'exemple à la fois. (1)

Tous les braves guerriers qui marchent sous ses loix,

Imi-

(1) Ce fut le 20, que les deux Escadres se cannonerent. L'Amiral *Howe*, poursuivi de près depuis deux jours, étant alors à environ 16 lieues de *Cadix*, ne voyant que 32 vaisseaux à M. *de Cordova*, se détermina à mettre en panne, & à soutenir le choc. Il était environ 6 heures du soir. Les Espagnols ayant encore 16 vaisseaux restés fort en arriere, ne refuserent cependant pas le combat. M. *de la Motte Piquet* l'engagea le premier, & le feu devint général jusqu'à 9 heures du soir, que les *Anglais* jugerent à propos de quitter la partie & de forcer de voiles. Le lendemain matin on ne les voyait plus, & les vaisseaux restés en arriere, ne rejoignirent que sur le soir du même jour. La flotte combinée souffrit dans ses agrès & dans sa mâture. Elle eut 16 hommes de tués & environ 212 blessés, parmi lesquels se trouvaient 24 Officiers. Si l'Amiral *Howe* fut heureux, il ne peut pas du moins se glorifier d'avoir eu affaire à un Ennemi qui l'ait évité; il est certain au contraire, que cet Amiral n'accepta le combat, que lorsqu'il se vit supérieur en forces; & qu'il l'abandonna, dès-que les suites de l'action menaçaient évidemment de troubler ou de retarder la retraite que les besoins pressans de sa Nation & la bonne politique lui prescrivaient certainement.

Imitent à l'envi fes efforts magnanimes:

Partout leur bras vainqueur s'immole des victimes:

Howe ne peut fuffire à repouffer leurs traits;

Ses voiles en lambeaux, fes mâts & leurs agrès,

Ses vaiffeaux fracaffés ordonnent fa retraite,

S'il defire éviter une entiere défaite;

Mais pour fe dérober à fes fiers ennemis,

Ou fauver fon honneur déja trop compromis,

Par un forfait cruel, inoui, puniffable,

Son bras ofe employer une arme déteftable,

Repouffer en pirate un brave Général.

Apperçoit-il de loin le terrible fignal

Que Cordova fur lui précipite fes voiles;

Soudain, il lâche aux vens tout l'effort de fes toiles,

Il fuit, il difparait, vole vers Albion,

Enfevelir fon crîme & fa confufion. (1)

Héros,

(1) Le Major Général de la Flotte combinée écrivait peu de jours après l'action: que, dans la cannonade du 20, les *Anglais* qui fe vantent fi fort de leur générofité, en manquent toujours

dans

Héros ! qui de vos Rois, dans les deux hémifpheres,

Avec tant de grandeur portâtes les bannieres,

Soit que votre vaillance affaillit les remparts

Où triomphaient jadis les fanglans Léopards,

Soit que vos payillons, fur l'onde mugiffante,

Viffent à leurs côtés la gloire ou l'épouvante,

Que

dans les occafions les plus effentielles, puifqu'avec des forces au moins égales, ils fe font fervis d'armes prohibées fur mer par une convention tacite de toutes les nations policées. Dans une rélation imprimée à *Cadix* à l'Imprimerie Royale, & diftribuée le 29 Octobre fuivant, on va même jufqu'à dire: que, *par égard pour la dignité de la Couronne Britannique, l'on fe difpenfe de difcuter l'ufage que les Anglais ont fait de boulets incendiaires dans la même action; mais que, fi par l'iffue du combat, le vaiffeau Amiral fût tombé au pouvoir de la flotte combinée, l'on n'aurait pu s'empêcher de traiter le* Commandant en Chef, *comme un Incendiaire, fans aucune rémiffion, ni confidération perfonnelle, comme coupable de s'être fervi de moyens fi révoltans pour l'humanité.* Au refte ces boulets inflammables ne mirent le feu qu'aux voiles & aux agrès, mais non pas au corps des vaiffeaux. Ils ne reffemblaient point à ceux inventés fous Louis XV par M. *de Bellegarde,* que l'on fait confifter en deux calottes de fer unies l'une à l'autre, & lançant des feux de toute leur circonférence. Ceux de l'Amiral *Howe* que l'on put ramaffer, étaient bien remplis d'artifices & de matieres inflammables; mais ils n'avaient qu'une ouverture comme les grenades ordinaires.

Que penfiez-vous alors de ce Peuple effréné,

Qui pour tous les forfaits vous femblait être né ?

Hélas ! vos cœurs humains, pénétrés de tristeffe,

Voyaient avec horreur ces actes de baffeffe.

A force de vertus, vous penfiez adoucir

Ce monftre furieux que rien ne peut fléchir.

Les rives de l'Indus, les champs de l'Amérique,

Cent parages divers fur le vafte Atlantique,

Pruffiens, Efpagnols, Bataves & Français,

Américains furtout, victimes des excès

Dont un feul peuple enfin défolait les deux mondes,

Outrageait chaque jour & la Terre & les ondes,

Tous furent les témoins de fa férocité.

Jufques à quand, ô Cieux ! dans fon impunité

Ofera-t'il braver la vengeance divine ?

Qui peut vous empêcher d'ordonner fa ruine ?

Votre bonté peut-être, attend pour le punir

Qu'il ait même abufé du tems du repentir.

Au

Au lieu de nous venger, ah! pour les méchans-mêmes,

Votre bras paternel retient les anatêmes

Qui devraient pour jamais les réduire au néant.

Puiffe votre clémence, à l'Anglais infolent

Rappeler les vertus dont brillaient fes Ancêtres!

Mais gardez-nous d'avoir les Bretons pour nos Maitres!

A peine la douleur du malheureux d'Arçon,

Et l'étonnant fuccès des voiles d'Albion,

Sur l'aile des Zéphirs portés en Batavie,

A l'affreufe Difcorde ont-ils rendu la vie,

Et verfé l'amertume aux cœurs des Citoyens;

Qu'à l'inftant la Déeffe a brifé les liens

Dont le patriotifme enchainait fa malice: (1)

Elle n'emprunte plus la rufe & l'artifice,

Et

____

(1) Quelques perfonnes connues par leurs fentimens pervers fur les affaires qui troublaient alors les efprits dans les Pays-Bas-Unis, crurent ne pouvoir en donner de meilleures preuves, qu'en motivant une Adreffe de remerciment à Mgr. le Prince Stadhouder, pour les ouvertures qu'il venait de faire aux Etats Généraux touchant fa direction en qualité d'Amiral-Général de la République.

Le

Et levant fans pudeur un front audacieux,

Elle ofe fe montrer fous un maintien joyeux.

L'im-

Le Mémoire juftificatif de S. A. S. était encor foumis à l'examen du Pouvoir Légiflatif de l'Etat; & les pieces n'en étant pas même encor publiques, tout jugement que des particuliers pouvaient porter à cet égard, devait parajtre au moins indécent, & bleffer le refpeȼt dû au Souverain. Cependant l'Adreffe portait: *que l'Expofé de S. A. S. était très-fatisfaifant.* C'était juger avant le Souverain, ou vouloir lui dicter le jugement qu'il devait en porter, & dès-lors cet acte était coupable. D'ailleurs l'Adreffe était conçue dans les termes les plus révoltans & les plus léfifs pour les Affemblées Souveraines & les Régences diverfes de la République, qui avaient cru avoir des griefs à la charge de l'Adminiftration. La meilleure & la plus grande partie des Citoyens de la *Haie* refufa donc de la figner; & il s'en trouva même dans les dernieres claffes, qui préférerent leur devoir aux offres pécuniaires & autres qui leur furent faites pour les engager à y mettre leur nom. Cependant les principaux Agens & Partifans de l'Adreffe employerent la plus grande ardeur à fe procurer des fignatures. S. A. S. le jeudi fuivant, fit à l'Efcouade Bourgeoife du Quartier de la Cour, l'honneur peu commun d'affifter à fa fête annuelle. Enfin le Prince, informé de la répugnance invincible que les bons Citoyens témoignaient à l'égard de l'Adreffe propofée, fit remettre, Vendredi 6 Décembre 1782, par les mains du *Grand Bailli* de la *Haie*, une Déclaration au Magiftrat, où il difait: qu'ayant appris que quelques perfonnes portaient aux maifons des Citoyens certaine adreffe de remerciment pour l'offrir à figner; qu'un bon nombre l'avait déja fait, & que plufieurs s'y étaient réfufés, S. A. S. jugeait néceffaire

de

L'Impudente ose même étaler sur la Scene (2)

L'horreur qu'elle nourrit pour les Dieux de la Seine.

Son

de protester au Magistrat que, quoiqu'il attribuât uniquement à un bon zele pour sa personne & pour sa Maison la démarche faite par ces personnes, il ne recevrait pas volontiers une Adresse de remerciment, sur quelque sujet que ce fût, à moins que ceux qui la signeraient, ne le fissent de leur plein gré & par conviction, attendu que ce Prince ne verrait particulierement qu'avec peine qu'il s'élevât sur la signature ou non signature de la piece en question du mécontentement entre les Citoyens de la *Haie*. S. A. S. déclarait donc en conséquence, qu'il lui serait agréable que l'on prît des mesures pour le prévenir, & que L. N. & G. Seigneuries concertassent, à cette fin, celles qu'elles jugeraient nécessaires pour le maintien de la tranquilité publique. En conséquence de cette Déclaration, le Magistrat fit sur le champ défense de faire signer l'Adresse en question, & un Bourgue-maitre, en qualité de Colonel de la Milice Bourgeoise, présenta le projet d'une autre Adresse, conçue en termes généraux & que le Magistrat approuva, en laissant à chacun la liberté de la signer, si elle était conforme à sa conviction intérieure. Elle le fut d'abord par les Officiers de la Milice, & le lendemain une *Députation* du Magistrat alla faire des remercimens à S. A. S. *de la marque d'attention qu'elle venait de donner pour la tranquilité publique, & de son zele pour les intérêts de la Bourgeoisie.* L'affaire en fût demeurée là, si l'esprit de sédition, sous le masque d'attachement envers S. A. S. & la Maison d'Orange, eût pu obéir au Magistrat. Mais quelques personnes, dont une surtout voulait rester inconnue, quoique dans la suite on ait su qui elle était, distribuerent de l'argent à ceux qui portaient l'Adresse à signer malgré les défenses, à condition que cet argent serait

Son propre Souverain frémit à son aspect ;

Mais soit indifférence ou timide respect,

Il

fait dépensé publiquement en l'honneur du Prince *Stadhouder*. Afin donc de satisfaire les intentions de leurs rémunérateurs, ils rassemblerent le Vendredi 6 Décembre 1782, sur le soir particulierement, un nombre d'ouvriers, surtout d'une Imprimerie & de la Fonderie de canons de l'Etat, ornés de rubans couleur d'Orange qu'on leur avait donnés. Ils parcoururent les rues à grands cris & se réunirent pour assister à une espece de feu d'artifice qui fut tiré sur la Place extérieure de la Cour. Le nombre de ces Compagnons à demi-ivres, fut d'environ 60, auxquels quelques autres se joignirent ; mais en général la troupe gagna peu de partisans, & la Populace même, chose étonnante, ne prit point de part à ce divertissement tumultueux. Il finit ainsi au milieu de la nuit sans autre mal, que quelques violences commises envers des personnes qui étaient suspectes à ces zélateurs. L'entreprise portait néanmoins évidemment avec elle trop de simptomes d'un projet formé, afin d'exciter des mouvemens populaires, pour que les Membres de l'Assemblée des Etats de Hollande, présens à la Haie, pussent dissimuler leur indignation. Les Membres absens furent convoqués pour se rassembler extraordinairement le Lundi suivant à 10 heures du matin. Le Prince, instruit de l'évenement sans doute, se rendit à la Séance, déclara qu'il regardait tout ce qui s'était passé le Vendredi, comme un simple divertissement, & comme l'effet de l'amour que les habitans (*les Citoyens en effet n'y avaient eu aucune part*, portaient à sa personne & à sa Maison ; qu'ainsi, il avait donné ordre ce jour-là au Capitaine de la Garde, de ne point troubler ces bonnes gens dans leur plaisir s'ils ne commettaient point d'excès. Nonobstant ces paroles du Prince Stadhouder, les villes de

Dort

Il détourne les ïeux de cet objet finistre.

La Difcorde auffitôt ordonne à fon miniftre

Sur

Dort & d'Amfterdam propoferent que : *ayant été informées avec certitude que quelques gens avaient jugé à propos de porter aux maifons des Citoyens, au commencement de la femaine précédente, certaine Adreffe à S. A. S. Mgr. le Prince Stadhouder héréditaire, récemment communiquée au public dans la Gazette Hollandaife de la Haie, pour la faire figner, en y ajoutant en quelques endroits des raifons qui paraiffent avoir été plus preffantes que perfuafives, à l'effet de forcer par là les bons Citoyens à figner la fufdite adreffe. Que n'ayant pu vraifemblablement remplir par là fon but, l'on s'était enfuite porté à des extrémités, en effayant d'y parvenir par le moyen de la fédition & de la violence ouverte, au point que le Vendredi 6 du mois, fur le foir, l'on avait mis fur pié une troupe de gens, compofée en grande partie des Compagnons ouvriers du fondeur de canon de l'Etat, ainfi que de ceux du Libraire Pierre Goffe, portant des flambeaux & des artifices, ornés de rubans couleur d'Orange, chantant & criant le long des rues, Hoefe! vive Orange &c. tâchant d'obliger tous ceux qu'ils rencontraient à fe joindre à eux & à augmenter le complot; de forte qu'ils avaient forcé plufieurs perfonnes de plus haut ou de moindre rang, notamment des Officiers de la Garnifon, par des moyens violens fur le Buitenhof, à ôter les cocardes de leurs chapeaux, & à en mettre couleur d'Orange, à danfer & à chanter avec eux. Qu'une grande partie de ces féditieux s'étant rendu fort tard à la maifon de M. le Confeiller - Penfionnaire de l'Etat, avait itérativement fonné à fa porte de la maniere la plus indécente. Que quoique ces mouvemens & plufieurs autres euffent*

pris

Sur les bords de Texel d'aller porter ſes loix,

Et l'Anglomane vole, obéit à ſa voix. (3)

Ba-

pris fin avec les ſuſdits excès & violences, ſanſ qu'il en fût réſulté aucun embarras public, ce qui devait probablement s'attribuer à ce qu'ils ne purent pas entraîner aſſez de monde avec eux, & que l'eſprit de ſédition n'était pas alors aſſez général pour attirer les habitans de leurs maiſons à pareilles voies-de-fait, MM. les Députés jugeaient néanmoins que cet événement ne pouvait être regardé avec indifférence par le Souverain, vû ſes cauſes & ſes intentions. En premier lieu, par ce que cette émeute avait été commencée, ſous les ïeux du Souverain. En ſecond lieu, parceque les violences ne s'étaient pas commiſes à la Haie dans quelque quartier obſcur & écarté, mais dans la Cour intérieure & extérieure, & qu'elle en avait été témoin avec le plus grand ſang-froid, ſans retenir ni diſperſer cette canaille ameutée, & ſans qu'il eût été fait aucune démarche dans une circonſtance auſſi dangereuſe; de ſorte qu'il ſemblait, que l'on pouvait dire que la juſtice était reſtée à cet égard abſolument inactive, & qu'il devait paraître fort douteux s'il avait été pris quelque meſure ſuffiſante pour l'avenir, au cas que les boute-feux de cette puniſſable entrepriſe, jugeaſſent à propos, avec l'eſpoir ou l'apparence d'un meilleur ſuccès, de recommencer leurs efforts infructueux juſqu'alors, & jeter le pays dans la confuſion la plus extrême. Pour toutes les raiſons ſuſdites MM. les Députés ſe croyaient indiſpenſablement obligés de donner communication à l'Aſſemblée de ce qui s'était paſſé, & de faire conſidérer en même tems, s'il ne convenait pas d'écrire au Préſident & aux Conſeillers de la Cour de Juſtice de l'Etat, pour qu'elle fît, ſans délai, des recherches ſur ce qui s'était paſſé, particulierement entre les Chefs & les boute-feux

de

Bataves, rougiffez de votre infouciance :

Ces attentats pervers bleffent une puiffance

A

de l'émeute commencée, ainfi que fur les raifons pour lef-
quélles, au fujet d'un évenement fi public, il n'avait été néan-
moins entamé aucune pourfuite criminelle, ni par l'Avocat
Fifcal de la Cour, ni par le Grand-Bailli de la Haie? & que
ladite Cour fît du tout, & touchant les vraies circonftan-
ces de l'affaire, rapport à L. N. & G. P. le plus prompte-
ment poffible, pour qu'il fût pris par elles, telles mefures ulté-
rieures que le danger de pareilles entreprifes féditieufes, com-
mifes fous les ïeux & au mépris du Souverain, leur paraitrait
exiger pour le plus grand bien du pays; & de plus, fi à l'ef-
fet de pourvoir provifionnellement à des entreprifes ultérieu-
res de cette efpece, il ne conviendrait point de requérir MM.
les Confeillers-Députés de prendre, du fû de S. A. S. & de
concert avec lui, les arrangemens néceffaires au public. La
propofition telle que MM. les Députés de *Dort* & *d'Amfter-*
dam venaient de la faire, fut approuvée & convertie en Réfolution, par le concours de 13 autres villes qui arrêterent des remercimens formels à ces Députés. Il n'y eut que l'Ordre
Equeftre , & les villes de la *Brille*, *d'Enkhuifen* & de *Me-*
demblik qui furent d'un autre avis. Conformément à la Réfolution de L. N. & G. P., la Cour de Juftice commença fur le
champ des recherches fur les auteurs du tumulte, & le Magiftrat Municipal de la Haie ordonna le 9 la publication fuivante.
Le Magiftrat de la Haie ayant fait interdire certaine Adreffe
de remerciment que quelques perfonnes avaient préfentée à diffé-
rentes maifons pour être fignée, a de nouveau jugé à propos de
perfifter dans la fufdite interdiction; & de faire à tous & à
chacun,

A qui vos pavillons doivent la liberté,

Vos freres leur fortune, & vous la fûreté

De

chacun, par la préfente, défenfe de porter dans les maifons aucune Adreffe de remerciment quelconque, ni de la dépofer en aucun endroit; à l'exception de celle qui fe trouvait, le jour même, inférée dans la Gazette Hollandaife de la Haie, & qui ferait dépofée à cet effet à l'hôtel des Arquebufiers Bourgeois de cette place, fous peine, envers quiconque porterait une autre Adreffe de remerciment pour la faire figner, de quelque teneur qu'elle fût, ou qui la dépoferait pour être fignée, même celui qui permettrait qu'il en fût dépofée une dans fa maifon à cet effet, d'être condanné à une amende de 100 Fl., & en cas qu'il ne pût la payer, d'être puni corporellement. Cette vigoureufe défenfe maintint le bon ordre, mais les Comités-Confeillers des Etats n'en continuerent pas moins leurs recherches fur les moteurs, auteurs & exécuteurs d'une Scene qui pouvait devenir le fignal d'un bouleverfement général. Rien ne dut faire mieux ouvrir les feux à ceux qui ourdiffaient en fecret ces trames criminelles, que de voir la plus vile populace de la *Haie*, immobile, inquiete à la vue de la bruyante fête qu'elle avait devant elle, refter univerfellement tranquille & retourner infenfiblement chez foi, furtout en fe rappelant combien de fois, cette claffe d'hommes a feule forcé les refforts de l'Etat, & jeté la nation dans les troubles les plus dangereux. Cependant les Etats de *Hollande* faifaient les recherches les plus actives pour remonter à la fource de ce torrent dangereux par lui-même, mais plus encore pour fes fuites. L'on eut des foupçons fur quelques perfonnes domiciliées à la *Haie*, l'on donna ordre de les arrêter; mais elles s'étaient déja refugiées à *Cleves*, ville qui eft

V v 3

fous

(678)

De ces tréfors chéris qu'ont ramaffé vos peres.

Que penferont de vous l'un & l'autre hémifpheres,

Quand,

fous la domination du Roi de *Pruffe*. Auffitôt on dépêcha un Officier de Juftice avec quelques huiffiers pour aller, de la part de leurs Nobles & grandes Puiffances, demander à la Régence de *Cleves* les nommés *Undehen*, & *Vermeulen* pere & fils, que l'on foupçonnait être les boute-feux principaux du tumulte du 6 Décembre. La lettre des Etats portait expreffément la priere à cette Régence, de faire faifir corporellement les fusnommés, de les livrer entre les mains de l'Officier chargé de leurs ordres, pour être transférés dans les Prifons de la *Haie*, & y répondre fur certains faits & délits dont on les foupçonnait d'être les auteurs, promettant à la Régence de *Cleves* d'en ufer de même en pareil cas à fa réquifition. La Régence de cette Ville refufa de confentir à la demande des Etats de *Hollande*, fous prétexte qu'on lui laiffait ignorer le délit de ces perfonnes. En attendant que la Cour de Juftice des Etats envoyât de nouvelles lettres Réquifitoriales, où l'accufation était exprimée, ces malheureux furent avertis, & l'on dit qu'ils fe retirerent fur le territoire de *Hanovre*. Un Meffager d'Etat fut le 28 du même-mois expédié à *Berlin*, chargé d'une lettre pour fa Majefté Pruffienne de la part de Leurs Nobles & Grandes Puiffances, concernant le refus que la Régence de *Cleves* avait fait de s'affurer des trois principaux boute-feux du tumulte du 6 Décembre qui s'étaient retirés fur le territoire Pruffien afin de s'y fouftraire à la pourfuite de la Juftice. On s'y plaignait du refus qu'avait fait la Régence de *Cleves* de faire arrêter les perfonnes à elle dénoncées, & de les livrer aux Officiers de la Cour de Juftice de l'Etat. S. M. P., dans fa lettre datée à *Berlin* le 13 Janvier 1783, fignée de fa main, en réponfe à celle des Etats,

ren-

Quand , loin de partager avec vos bienfaiteurs

Le trifte fentiment qu'infpirent les malheurs,

Vous

renfermait des confeils dignes d'un bon ami , & les marques.
d'une bienveillance réelle pour la République ; mais ces confeils
même, n'étaient pas exemts d'une vifible partialité. Le Monarque y
femblait approuver formellement fa Régence de *Cleves*, dans une
circonftance & pour une affaire que S. M. n'eût certainement
pas laiffée impunie en fes propres Etats ; on l'á voyait
incliner beaucoup pour le parti défavoué par la généralité de la
nation. Cependant cette généralité a toujours été regardée dans
toutes les Républiques, comme le parti que l'on doit fuivre,
furtout lorfqu'il eft confacré par la fanction des corps légiflatifs.
Auffi ne fut-on pas peu furpris en lifant dans cette lettre , *que
celle des Etats n'avait point toutes les marques d'autenticité &
d'approbation des Etats-unanimes de Hollande & de Weftfrife , attendu qu'une grande partie des Membres s'y était oppofée.* S. M. P.
fur ce point fut certainement induite en erreur. Il n'y avait eu contre
cette lettre que la feule oppofition des dix Nobles , le Stadhouder à
leur tête, qui compofent l'Ordre Equeftre , & qui n'ont qu'une voix,
contre celles des dix huit - villes votantes, qui repréfentaient la
Souveraineté de la Hollande ; & dans les affaires de cette efpece,
qui ne regardent que la police intérieure de l'Etat, l'unanimité
n'eft point requife felon la Conftitution de la République.

(2) L'on eut l'infolente audace fur le Téâtre Français de la
Haie même, de jouer une piece qui tournait en ridicule les malheurs
arrivés aux Efpagnols & aux Français devant *Gibraltar.* Les Confeillers-Comités des Etats de *Hollande*, inftruits de cette infulte envers
une Nation généreufe & bienfaifante, à qui la République, de fon propre aveu, dans la guerre préfente, avait les plus grandes obligations,
firent mander le Directeur de ce Spectacle, & lui demanderent

V v 4

de

Vous fouffrez à vos ïeux l'infame Anglomanie.

Célébrer leurs revers, & refter impunie ?
· Sou-

de quelle autorité il avait fait repréfenter une piece fi injurieufe & fi lâche? Celui-ci exhiba un ordre ou une permiffion par écrit à cet égard , & les chofes en font demeurées là , à la honte éternelle des auteurs de cette infulte publique, au grand regret des bons patriotes.

(*) Quel eft l'homme qui ne ferait pas révolté, en voyant à quels excès ce Directeur a pouffé la baffeffe & la lâcheté dans cette occafion? Avait-il donc dépofé tout fentiment d'honneur, au point de vouloir perfuader qu'il ne croyait pas à la vertu? Si loin de répandre des larmes fur les échecs & les défaftres de la France, fa patrie peut-être, il ofait en repréfenter les funeftes détails avec un fang froid cruel & une joie barbare. De quel œil prétendait-il être vu, je ne dis pas feulement des vrais Bataves auffi partifans de l'honnêteté que de la liberté, mais de ceux là-même, qui lui prodiguaient l'or fans doute, pour le déterminer avec fa Troupe, à cette proftitution honteufe de leurs talens? Enfans dénaturés, en vous jouant publiquement des maux de votre mere, vous n'avez pas craint l'infamie! Hé bien, l'infamie vous fuivra partout; vous en portez l'empreinte ineffaçable fur le front; & quoique vous faffiez déformais, on fe fouviendra, toujours & partout, de votre procédé atroce. Quelle autre mere voudrait adopter des êtres auffi méprifables & auffi dangereux que vous!
(*) *Note de l'Editeur.*

(3) L'on veut parler ici, de la demande que la Cour de *Verfailles* avait faite le 20 Septembre 1782, par M. le Duc de la *Vauguion*, Ambaffadeur de France auprès des Etats-Généraux , au nom du Roi fon maitre, dans deux Mémoires, dont l'un préfenté, à S. A. S., lefquels en vertu du concert d'opérations demandé par la République & confenti par S. M. T. C. requéraient à ce que dix vaiffeaux de ligne de l'Etat fuffent envoyés à *Breft* à cette époque , la feule qui en offrît la poffibilité, par l'abfence de la flotte Anglaife de la *Manche*, afin d'y agir de concert

Souvent la Politique en son commerce impur,

Agit, se tait ou parle un idiome obscur;

Son

cert avec les vaisseaux du Roi contre l'Ennemi commun. Quoique les Etats - Généraux, en adhérant à la réquisition du Monarque, eussent, par leur Résolution du 3 d'Octobre suivant, ordonné à Mgr. le Prince Stadhouder de faire partir incessamment l'Escadrille accordée, & que le 12 Septembre précédent, S. A. S, qui ne s'attendait pas à cette demande de la Cour de France, à son retour de *Texel*, eût formellement déclaré, au Comité secret des Etats-Généraux, qu'il était prêt à envoyer à la flotte de la République, particulierement pour sa sortie, tels ordres que L. H. P. jugeraient à propos, ayant fait tenir tout préparé pour les exécuter sans perdre de tems, dès que le vent & la marée le permettraient. (*Voyez le Rapport de ce Prince au Comité des Etats-Généraux du 12 du même mois.*) Cependant, loin que cette Escadrille ait obéi, S. A. S. déclara au même Comité secret le 7 Octobre suivant, que les Capitaines de six vaisseaux de ligne avaient écrit à ce Prince que, *manquant de vivres, de voiles, de cordages; & leurs navires ayant besoin d'être carenés, ils se trouvaient hors d'état d'obéir aux ordres de S. A. S. pour se rendre à Brest.* L'Amirauté *d'Amsterdam*, très-sensible aux reproches de négligence qui semblait résulter de ce rapport à son égard, déclara aux Etats-Généraux que *ses vaisseaux étaient parfaitement pourvus de tout ce qu'il leur fallait pour mettre en mer.* Les Etats de *Hollande*, de *Frise*, de *Groningue* &c. pleins de la plus juste indignation pour un affront aussi injurieux à l'honneur de la République & à sa bonne foi, que dangereux pour l'Etat, regardant cette désobéissance aux ordres du Souverain, comme un crime capital, firent à cet égard les Re-

pré-

Son cœur blâme tout bas ce que fa bouche approuve,

Elle aime à rejeter les rofes qu'elle trouve,

Pour

préfentations les plus fortes aux Etats-Généraux, & l'affaire eft actuellement foumife à l'examen d'un certain nombre de Commiffaires pour, fur leur rapport, être pris & ordonné ce qu'il appartiendra. Il n'y a pas un bon patriote qui n'ait frémi au récit d'un évenement fi extraordinaire, furtout quand on a fu; 1°. que le Comte de *Byland*, qui avait été défigné pour conduire les 10 vaiffeaux à *Breft*, au lieu de partir fur le champ pour *Texel*, comme fon devoir l'exigeait abfolument, était encore à la *Haie* le 4 Octobre, quoique fes ordres portaffent de mettre à la voile le 5 du même mois: 2°. quand on fut que cet Officier-Général, pendant fon féjour à la *Haie*, le 5 Octobre même, s'était expliqué près de plufieurs perfonnes de rang, fur cette expédition & fur la Réfolution prife à cet effet par L. H. P., d'une maniere fi imprudente, que les expreffions dont il fe fervait en cette occafion, & les difcours qu'il tint, ne fauraient être confidérés au moins, que comme très-déplacés, & contraires à la difcipline, puifqu'entr'autres, il ne craignit pas de déclarer rondement: *qu'il ne remplirait point cette expédition, quand même il lui en devrait coûter la tête; vu qu'il aimait mieux réfigner fa commiffion entre les mains de S. A. S. & prendre fa démiffion, que de fe laiffer employer pour livrer les meilleurs vaiffeaux de l'Etat à la France ou pour fe mettre fous les ordres d'un Officier Français.* Voyez la Note des Confeillers · Députés par les Etats de *Hollande* & de *Weftfrife* pour examiner les affaires de la Marine, adreffée à S. A. S. en date du 19 Décembre 1782. M. le Comte de *Byland* avait fans doute une trop haute idée de fa perfonne & de fes talens dans les affaires navales,

pour

Pour cueillir le chardon fous fes piés abbatu.

Bataves, j'en appelle à l'antique vertu

Qui

pour s'avilir jufqu'à vouloir marcher fous les ordres d'un *d'Eſtaing*, par exemple, ou de quelques petits Officiers de France de cette efpece, dont la naiſſance & les connaiſſances nautiques & militaires n'étaient pas dignes de s'aſſeoir auprès de ce Comte. Quant à l'injure qu'il a faite à la France par les paroles infolentes que nous venons de rapporter, elles ne méritent à leur auteur que le mépris de la France, de fes marins & de toute l'Europe. Mais l'indignation de tous les gens fenfés fut à fon comble dans la République & ailleurs, 1°. quand, à la fin de la réponfe à cette Note du Comité des Etats, de la part de S. A. S., l'on lut ces étonnantes paroles : *j'ai répondu à ces Officiers-Généraux que je ne pouvais donner d'autres ordres que ceux que j'avais reçu moi-même de leurs Hautes Puiſſances, & le lendemain ils s'en font retournés à Texel, d'après mon injonction expreſſe*, pour y pefer les Ordres de L. H. P. & déterminer ce qui leur convenait de faire comme Officiers au fervice de l'Etat. *Remis le 1 Janvier 1783. Signé G. d'Orange.* Nous nous abftenons ici de toutes réflexions fur ces expreſſions finguliers, perfuadés néanmoins, qu'un Officier, quel qu'il foit, n'a qu'à obéir, quand fon Souverain lui a fait connaitre formellement fes ordres, 2°. lorfque l'on apprit que ces mêmes vaiſſeaux, qui ne pouvaient mettre en mer le 5 Octobre, faute de mille objets de premiere néceſſité, l'avaient fait pour la Mer du Nord le 11 du même mois, fans une néceſſité réelle, & que dans ces mers orageufes en cette faifon furtout, la République avait perdu deux de fes plus beaux vaiſſeaux, fur l'un desquels fe trouvait le malheureux Comte de *Welderen* Capitaine de *l'Union.* Toutes les Amirautés de la République s'infcrivirent en faux contre le dire des Officiers de la flottille,

qui

Qui diftinguait jadis vos glorieux Ancêtres;

Etes-vous un grand Peuple ou des amas de Traitres?

Pa-

qui prétendaient manquer de tout ce qui leur était néceffaire pour fe rendre à *Breft*. Toutes prouverent par le relevé de leurs Regiftres , & les aquits & certificats de ces mêmes Offi- ciers, qu'ils étaient abondamment pourvus de tout ce qui leur était néceffaire. L'affaire fut d'abord renvoyée par devant les Amirautés pour y être jugée. Mais les répréfentations de plu- fieurs Affemblées des Etats , déclarerent que ces Amirautés ne pouvaient connaitre d'une femblable affaire , encor moins en ju- ger, puisque ces Amirautés étaient elles-mêmes inculpées par les Officiers des vaiffeaux , & devenant parties dans le procès, il fallait un autre Tribunal pour en porter une décifion légale. C'eft dans cette occafion par exemple, que le zele du Patrio- tifme s'eft manifefté vivement dans toutes les Affemblées Légi- flatives & Souveraines de la République , & les difcours de plufieurs des Membres les plus illuftres de ces Corps, y ont ma- nifefté de la maniere la plus noble, la plus ferme, la plus élo- quente-même leur jufte indignation pour un outrage fi marqué contre l'autorité Souveraine de la République. Ceux qui vivent fous les Gouvernemens Monarchiques , riaient en entendant les clameurs d'un Peuple libre demander inutilement de toutes parts la vengeance de fa Majefté lézée. Ils levaient les épaules à la vue des longueurs de nos Républicains; mais la Conftitution de la République exige tous ces mouvemens, & la lenteur de la Juftice en Batavie, vaut mieux que la route précipitée, illégale, imprévue, qui conduit à la Baftille fans forme de procès; & fa vengeance, quoique lente à la vérité, n'en eft pas moins fûre ni moins terrible. *Patience, patience!* Telle eft la devife du Batave irrité.

(*) II

Paraiffez: répondez aux piés de la Raifon:

Elle exige à l'inftant la déclaration

Des

(*) Il n'eft point de vrai Batave, qui ne gémiffe, quand il fe rappele l'affaire de Breft & tant d'autres qui ont eu lieu dans le cours de cette guerre. Le pouvoir légiflatif n'a pas feulement éprouvé de la réfiftance; il a vu fes ordres éludés, méprifés. Qu'aurait-il pu arriver de pire dans un tems d'anarchie? Chere & malheureufe patrie! tes ennemis du dehors étaient bien moins à craindre que ceux du dedans. Les premiers s'emparaient de tes vaiffeaux, de tes poffeffions, mais ils t'attaquaient ouvertement, & t'invitaient-même par leur férocité, à repouffer la force par la force, tandis que ceux-ci te liaient adroitement les bras avec impunité, te déchiraient fourdement les entrailles, & pour fatisfaire ou une ambition démefurée ou un fordide interét, t'aviliffaient aux ieux des nations, & confpiraient ta perte totale. Les infultes que tu as effuyées dans cette funefte guerre, feront époque dans ton Hiftoire, & nos defcendans y verront un exemple frappant du danger qu'il y a de s'endormir fur la fauffe fécurité d'une longue paix. Ils y verront, qu'occupés uniquement à augmenter notre commerce ou à jouir mollement de fes riches produits, nous avons peu fait attention fi les forces réunies du gouvernement étaient en de bonnes mains, & fi nos plus chers intérêts, les intérêts de notre liberté, étaient foigneufement furveillés par ceux à qui nous les avions confiés. La liberté n'eft-elle donc pas un bien affez précieux, pour s'en occuper foi-même & fe demander de tems à autre fi elle eft en fûre garde? Peut-on prendre trop de précautions, pour qu'il n'y foit porté aucune atteinte? Prétendons-nous en jouir fans aucun effort de notre part? Ah! fortons de notre apathie, tandis qu'il en eft encore tems. Ouvrons les ieux fur les dangers qu'a couru la patrie. Prenons les mefures que la nature nous prefcrit, pour qu'on n'attente plus impunément à notre liberté. Soyons toujours armés pour la défendre ou la venger. Des citoyens armés pour leur propre défenfe, pour la confervation de leurs droits, leurs privileges, leurs prérogatives, non, mes chers compatriotes, il n'eft point de fpectacle au monde plus impofant. C'eft là le vrai PALLADIUM

de

Des fentimens fecrets de votre politique :

Voulez-vous partager & la haine publique

Et

de la liberté. A cet afpect, l'ambitieux n'ofera former de projets contre elle, le traître fe rangera fous fes étendarts, & tous chercheront à fervir la patrie au lieu de lui nuire, dès qu'il y aura trop de danger à fe déclarer contre elle. Alors nous n'aurons plus à craindre que les Repréfentans de la Souveraineté ne foient pas obéis, & que des Officiers, dont le premier devoir eft d'obéir, agiffent arbitrairement. Alors nous fortirons de l'état d'aviliffement où les Étrangers croient que nous fommes tombés ; car rien de plus commun, que de leur entendre dire que nous avons dérogé d'une maniere étrange aux fentimens de nos peres ; qu'ils ne voient en nous rien moins que les héritiers de la gloire qu'ils fe font acquife par leur courage, leur intrépidité, leur patience & l'auftérité de leurs mœurs. Je ne pourrais dire precifément, jufqu'à quel point ce reproche eft fondé ; mais nous ne pouvons nous diffimuler que nous l'avons mérité ; que tout, dans cette funefte guerre, dépofe contre nous. Nos peres ont tout immolé à la liberté, & n'ont pas cru pouvoir jamais l'acheter trop cherement ; & nous ne voulons pas lui faire le moindre facrifice. Ils font morts pour la défenfe de la patrie, & nous l'avons laiffé dépouiller, piller, outrager de toutes les manieres. Ils combattirent pendant un fiecle contre la tirannie, & nous la favorifons, ou au moins lui laiffons-nous prendre un afcendant dangereux. Ils aquirent des richeffes fans rien perdre de l'auftérité de leurs mœurs, & nous fuccombons fous le poids de nos richeffes & la corruption de nos mœurs. En un mot, ils furent eftimés & refpectés de toutes les nations, & toutes les nations nous regardent avec pitié, pour ne pas dire avec mépris. A toutes ces imputations nous oppoferons les repréfentations, les requêtes, les placets fans nombre préfentés au nom de la nation au Souverain ; mais qui ne fent le ridicule de cette apologie ? Quand le feu eft à la maifon faudra-t-il la laiffer confumer par les flâmmes, pendant qu'on confultera fur la maniere dont on fera ufage des pompes pour éteindre l'incendie ? Etait-ce des repréfentations qu'il fallait dans cette guerre ? La Nation n'a rien perdu de fon énergie, ajoutera-t-on : nous en avons pour preuve le combat du *Doggers-bant* ;

L'af-

Et le mépris du monde avec les fcélérats

Dont la main criminelle ourdit tels attentats?

Il n'eft pas de milieu dans cet acte funefte;

Approuver ou punir, voila ce qui vous refte.

Les bienfaits fur vos cœurs ont-ils quelque pouvoir ?

L'univers par ma voix dicte votre devoir:

Ou foyez Citoyens, ou de vils anglomanes :

Dites à la Vertu de fuir vos cœurs prophanes,

Ou vengez vos Etats, votre gloire & le Roi

Qui, d'être votre appui, vous a donné fa foi! (1)

Sages

L'affaire du *Doggers-bank* n'a fervi qu'à montrer que nous étions en état de nous défendre, mais la gloire éphémere que nous y avons aquife, tourne contre nous, puisqu'après cette preuve mémorable des coups que nous pouvions porter aux ennemis du dehors, nous avons fouffert que ceux du dedans enchainaffent notre valeur, & nous forçaffent à refter dans un indigne repos. Ne différons pas à prendre le fage tempérament d'être nous-mêmes les gardiens de nos libertés, & dans peu nous verrons tout rentrer dans l'ordre. Il peut y avoir des âmes lâches, viles, mercenaires parmi les Bataves; mais la nation ne perdra jamais les qualités précieufes qui la diftinguerent dans tous les tems. L'étendart de la liberté a été planté pour toujours dans les Pays-Bas-Unis, & les efforts que l'on pourra faire pour l'en arracher, feront toujours infructueux.

Note de l'Editeur.

(1) Ils feront vengés.

Sages Républicains, dont le patriotifme

Ne peut être ébloui par l'éclat du fophifme,

Vous me pardonnerez cet écart vertueux.

Je ne fuivis jamais de fentiers tortueux ;

Ami de l'Equité, fidele à la patrie,

J'idolatre la gloire, où votre Batavie

En des tems plus heureux éleva fa grandeur.

Vous voyez fon déclin fans doute avec douleur.

D'un mal invétéré la cure eft difficile,

Mais les maux de l'Etat fous une main habile

Difparaitront bientôt. La force & la fanté

Renaitront parmi vous avec la Liberté.

Mais déja la Patrie agit, fe fait entendre :

A fes juftes defirs l'on brule de fe rendre,

Et la Difcorde émue, accablée en fon fort,

Voit fur fes adhérens le glaive de la mort

Accourir à grand pas, les vouer au fupplice,

L'Infolence abbatue aux piés de la Juftice,

Et

Et le Batave armé de la foudre des loix,

Venger sa gloire-même en révérant les rois.

Afin d'anéantir tout espoir téméraire,

Et priver Albion de l'indigne salaire

Qu'elle osait entrevoir en attaquant l'Amstel,

Le Batave conclud un pacte solemnel

Avec les Treize-Etats ; scele son alliance

Par un nœud réciproque, une égale espérance

De voir leurs pavillons, aux ïeux de l'univers,

De leurs trésors communs enrichir les deux mers. (1)

Mal-

(1) La Négociation importante du Traité d'amitié & de commerce entre les Etats-Unis de l'Amérique, & les Pays-Bas-Unis, reçut la signature solemnelle le 7 Octobre 1782 à la Haie, dans la Chambre de la *Treve*, où M. *John Adams* fut reçu & conduit par deux Députés des Etats-Généraux. L'on avait pris le plus grand soin pour faire du *Traité*, & de la *Convention* concernant la reprise des navires appartenant aux deux nations, deux originaux parfaitement semblables, l'un en *Hollandais*, l'autre en langue *Américaine*, mis au net sur deux colonnes à côté l'une de l'autre ; de façon que 7 Députés de L. L. H. H. P. P., un de chacun des Etats de la République, & M. le Grand-Pensionnaire signerent à la premiere, & le Ministre Plénipotentiaire des Treize-Etats-Unis de l'Amérique Septentrionale à la seconde de ces colonnes. Le Traité con-

tient

Malgré tout le fracas des chants de la victoire ;

Au fein du tourbillon d'une légere gloire,

Albion de fes maux fentait le poids affreux,

Et fur fon propre état n'ofait baiffer les ïeux.

Ce coloffe opulent, jadis fi redoutable,

Tel qu'un palais détruit, renverfé fur le fable,

Etonnait l'étranger par fes vaftes débris.

Windfor ne régnait plus fur d'immenfes pays

Qui faifaient autrefois fa force & fa richeffe.

Déja les Treize-Etats, témoins de fa faibleffe,

Avaient vu la Georgie échapper de fes mains. (1)

Ses Généraux dans l'Inde abbatus, incertains,

Er-

tient 29 articles, & la *Convention* en renferme 6. Tout fut figné le même jour par les Miniftres Plénipotentiaires ou Députés des deux Républiques. Ainfi triompherent de l'Anglomanie les vrais patriotes Bataves; les Américains de leurs tirans, & *John Adams* de tous les ennemis de fa chere patrie.

(1) Ce fut dans le mois d'Octobre 1782, que les Anglais, ne pouvant plus fubfifter à *Savannah*, Capitale de la Georgie, furent contraints d'évacuer cette Ville, ainfi que le refte de l'Etat, emmenant avec eux ceux des habitans que leur conduite précédente

Erraient de mer en mer fans toucher au rivage,

Tandis que leur rival, armé de fon courage,

Ou jonchait l'Indoftan de leurs membres épars,

Ou tranquile à leurs ïeux, du haut de fes remparts,

Leur reprochait l'abus de leur gloire paffée;

Leur montrait Albion à fon tour menacée

De la même ruine & des mêmes horreurs

Dont elle avait fouillé les champs de fes vainqueurs.

L'Efpagne avait aquis une folide gloire.

Partout fes étendarts, chéris de la Victoire,

Sur l'Anglais fugitif, ou vaincu dans fes forts,

Avait vu l'Equité couronner fes efforts.

Heureufe mille fois! loin d'armer fa vaillance,

D'enchainer les drapeaux, les voiles de la France,

Pour

dente avait fait déclarer par l'Affemblée-Générale ennemis de la Patrie, ou que les promeffes Britanniques avaient féduits juf-qu'à leur faire abandonner leurs poffeffions, enlever leurs negres, & les tranfporter avec leurs effets dans quelques Colonies Anglaifes. Le Convoi qui purgeait ainfi l'Amérique, arriva à la Jamaï-que dans le courant de Novembre de la même année.

Pour le ſtérile honneur d'attaquer Gibraltar,

De ſoumettre à ſes loix cet affreux boulevard ;

Si, plutôt ſa vengeance eût de la Jamaïque

Chaſſé l'uſurpateur, délivré le Mexique

D'un voiſin turbulent ennemi du repos,

Déteſté ſur la terre, abhorré ſur les flots. (1)

De

(1) Il ne fallait rien moins que la plus grande condeſcendance de la part de la Cour de *Verſailles* envers celle de *Madrid*, pour porter la premiere de ces Cours, à conſumer une partie auſſi conſidérable de ſes forces de mer, ſans parler de celles de terre, pour la conquête d'un rocher fameux à la vérité, mais qui deviendrait inutile au monde, du moment que l'Eſpagne y arborerait ſes étendards. *Gibraltar* pouvait être un lieu de refuge, de relâche pour les vaiſſeaux Anglais dans la Méditerranée ; mais la Cour de *Madrid*, qui poſſede tant de beaux ports & ſur cette mer & ſur l'Océan ; remiſe en poſſeſſion de *Calpé*, aurait négligé ſans doute une baye dangereuſe & incommode, & ne s'en ferait probablement ſervi que pour le même uſage qu'elle fait de *Ceuta*, & des autres poſſeſſions qu'elle appelle *Préſides*. C'était à la *Jamaïque* ſurtout qu'elle aurait dû aller aſſiéger *Gibraltar*. En y envoyant Dom *Cordova*, & toute la flotte combinée, réunie aux forces que les deux Couronnes poſſédaient dans les Antilles, non-ſeulement la *Jamaïque* eût changé certainement de Maitre ; mais la journée du 12 Avril ne fût point arrivée, & les affaires des Puiſſances belligérantes en euſſent tiré un bien plus grand avantage. L'humanité n'aurait pas vu périr pour un ſtérile bonneur la fleur de la jeuneſſe Caſtillanne & Françaiſe ; c'en était fait de l'orgueil Britannique,

De la Loire à Cambrai, du Havre à la Gironde;

La France, en fes vallons où tout rit, tout abonde,

Quand des Rois vertueux, amis de leur devoir,

Dans l'enceinte des loix renferment leur pouvoir,

Entrevoyait déja l'heureufe perfpective,

Que le cœur paternel, la fageffe attentive,

Le fceptre de Louis deffinaient à pas lens,

Pour la félicité de fes tendres enfans.

Prudent réformateur de mille abus antiques,

Econome, éclairé, fes vertus pacifiques

N'attendaient que la paix pour étendre fon bras,

Et verfer l'allégreffe en fes vaftes états.

Du haut de fon palais, ce Prince magnanime

Voyait tout l'univers qui l'aime & qui l'eftime,

Bénir la main des Dieux qui fervit fes projets,

Et les fit couronner du plus brillant fuccès.

S'il

nique; le brigandage commis à *St. Euftache* eût été punis; le malheureux de *Graffe* n'aurait point eu befoin de fe juftifier; & la paix
fût plutôt venue répandre l'allégreffe & le bonheur dans les deux
hémifpheres.

X x 3

S'il tournait ses regards sur l'Amérique-Unie,

Il y voyait meurir les fruits de son génie,

Son image gravée au fond de tous les cœurs,

Et partout ses drapeaux bienfaisans ou vainqueurs.

Pour terminer enfin cette guerre cruelle,

Et couvrir ce bon Roi d'une gloire immortelle,

Il ne lui manquait plus que de voir Albion

Abjurer à ses piés sa noire ambition;

Lui demander la paix en se rendant justice;

Condanner les horreurs dont sa longue avarice,

Ses desseins orgueilleux ont souillé l'univers;

Et les Etats-Unis dégagés de ses fers.

Epuisée en tous lieux, partout humiliée,

Au char de l'infortune obstinément liée,

Sans force & sans marins Londre avoue à Louis

Que trop longtems hélas! ses peuples éblouis

Du phantome imposteur d'une gloire précaire,

Avaient considéré d'un œil atrabilaire,

Ti-

Tirannique, envieux, & jaloux tour-à-tour

Toutes les nations de l'immenfe contour

Que Phébus de fes traits échauffe & vivifie :

Qu'eux feuls fe croyaient nés les enfans du Génie,

Que toutes les vertus, les fciences, les arts,

Ne pouvaient honorer que l'air de fes remparts :

Qu'injuftes en leur ifle & fouverains fur l'onde,

Ils croyaient à leur gré faire tourner le monde :

Mais que, défabufés de ces vieilles erreurs,

La honte fur le front, le regret dans leurs cœurs,

A l'univers, peut-être attendri par leurs pertes,

Malgré leurs attentats, tant d'injures fouffertes,

Touchés de repentir, de leur ambition

Ils venaient accorder la fatisfaction

Que Louis jugerait équitable & décente;

Pour ramener le calme, & bannir l'épouvante

Dont jadis la Tamife a frappé l'univers :

Et rendre aux nations la liberté des mers; (1)

Ver-

(1) Tel au moins aurait dû être leur langage.

Vergennes, qui connait ces braves Infulaires,

Ne croit point leurs difcours ni leurs offres finceres;

Pour les mieux pénétrer, des Treize-Etats-Unis

Il demande foudain que le Miniftre (1) admis

A

(1) Le Miniftere de M. *Fox* avait été trop court, pour que, fous lui, les négociations d'une paix prochaine marchaffent rapidement vers le terme defiré. Par un évenement fans doute des plus extraordinaires, tous les Miniftres de la Cour de St. *James* fe trouvaient à cette époque, defcendans du plus grand des Monarques qui honora jamais le trône. Ils étaient tous du côté de leurs Meres, du fang de Henri le grand, Roi de France, ils en avaient hérité de cette franchife, de cette cordialité, de cette grandeur d'ame, & de cette véracité qui, jointes à la valeur naturelle des *Bourbons*, immortaliferont à jamais la vie & le regne hélas! trop courts de ce Monarque adoré. M. *Fox* & fes illuftres Confreres ne fe montrerent dans le Cabinet Britannique que pour en fortir auffitôt; ainfi ils ne purent terminer felon leurs defirs, le grand ouvrage de la pacification générale. L'admiffion de M. *John Adams* comme Miniftre Plénipotentiaire des Treize-Etats-Unis, devint alors plus que jamais un obftacle à la paix; mais la France armée pour ce feul objet, était bien éloignée de fe prêter à aucune ouverture de paix fans le concours de l'Amérique. Auffi M. *Adams*, ayant terminé dès le mois d'Octobre toutes fes affaires d'Etat avec les Pays-Bas-Unis, s'était rendu à *Paris* par l'ordre du Congrès-& y attendait paticmment que la voix de la néceffité abfolue le fît reconnaître en Angleterre, felon le rang & la Commiffion dont il était feul honoré depuis près de quatre ans.

A ces propos flatteurs, à ces belles promeſſes,

Partage de concert de ſi rares largeſſes ;

Mais il eſt refuſé : le ſuperbe Windſor

Eſpérait ou ſéduire ou triompher encor.

Louis, au même inſtant, las de tant d'artifices,

De ces mots emmiellés, de ces vertus factices,

Prend ſon ſceptre à la main, appelle auprès de lui

Un guerrier, de la France & la gloire & l'appui.

„ Allez, d'Eſtaing, (1) dit-il, contraindre l'Angleterre

„ A rendre le bonheur & la paix à la terre ;

„ De

(1) L'on ne peut diſconvenir que le prochain départ de M. le Comte *d'Eſtaing* pour les Indes Occidentales, à la tête de 60 vaiſſeaux de ligne, & de 30,000 hommes de troupes, qui n'attendaient plus que les derniers ordres pour mettre à la voile, n'a pas peu contribué à forcer la *Grande Bretagne* de rendre enfin la paix à l'Europe. Les talens, l'activité, la bravoure du vainqueur de la *Grenade* étaient bien connus. Honoré de la confiance des Rois de France & d'Eſpagne, adoré des marins, & l'eſpoir de la Nation qui, depuis longtems le nommait pour venger l'honneur du pavillon de France, le vainqueur enfin de *Byron*, n'aurait pas manqué de couronner ſes victoires précédentes par de plus bril-lantes encore, & il n'ignorait point que l'Angleterre était hors d'état de lui oppoſer des forces capables de lui réſiſter, lorſqu'il

                                            aurait

,, De l'Ibere & des Lis, hiffez les pavillons,

,, Et portez la terreur au fein des régions

,, Où le fort a terni la gloire de mes armes:

,, Que votre bras vengeur répande les allarmes

,, Dans les faibles climats que Londres & Windfor

,, De ma feule indulgence y retiennent encor.

,, Je ne limite point vos droits, votre puiffance,

,, Partez: je vous promets que ma reconnaiffance

,, Egalera du moins vos glorieux exploits,

,, Et vous pouvez compter fur le cœur de deux Rois. "

Il dit: l'Amiral vole, il traverfe l'Efpagne:

L'effroi court devant lui, la Gloire l'accompagne,

Il arrive à Cadix, il preffe les travaux.

Déja Neptune au loin voit flotter fes drapeaux.

Son

aurait été réuni aux Efcadres de M. *de Vaudreuil* & de *Dom Solano* qui l'attendaient aux Antilles. C'en était fait de la puiffance Anglaife dans cette partie du monde, car l'Amiral *Howe* avait répondu en plein Parlement aux fanfaronnades du Lord *Keppel*, *que la flotte qu'il avait ramenée de* Gibraltar, *n'était pas à même de faire la campagne fuivante.*

Son pavillon brillant, déployé sur les ondes,

Sur lui seul a fixé le respect des deux mondes :

Les voiles pour s'enfler attendent le signal ;

Mais l'Angleterre émue, en cet instant fatal,

Eperdue, agitée à l'aspect redoutable

D'un Héros magnanime, aussi doux qu'équitable,

Mais ferme en ses arrêts & terrible aux méchans ;

Qui chérit le soldat ainsi que ses enfans ;

Et qui fameux enfin par dix lustres de gloire,

Commandait à son gré Neptune & la Victoire,

Renouvelle soudain ses offres à Louis.

Elle presse, elle ajoute à ce qu'elle a promis ;

D'Estaing, sans le vouloir, opere des miracles,

Son nom seul ou son bras dissipent les obstacles

Dont Shelburne hérissait tous les pas d'Albion,

Vers le terme éloigné de son ambition.

Il faut céder enfin à des frayeurs réelles.

Le fruit de tant d'excès, de trames criminelles,

Est

Eſt pour jamais perdu ſans eſpoir de retour.

Adams eſt invité, dans cet auguſte jour,

A venir figurer au nom de ſa patrie.

Les glorieux travaux de ce vaſte génie,

Ont tout l'heureux ſuccès dont il s'était flatté,

L'Amérique triomphe; & de ſa liberté

George, (1) la larme à l'œil, a ſigné le Diplôme.

Ce peuple, qui n'aguere était un vil atôme

Un

(1) Il faut dater du mois d'*Auguſte* de l'année 1782 la réſolution définitive qu'avait enfin pris le Miniſtere Britannique de reconnaitre l'Indépendance des *Treize-Etats Unis*. Ce ne fut qu'à cette époque, que tomba des ïeux du Cabinet Britannique, la fatale cataracte qui l'avait juſqu'alors aveuglé. Il ne fallait rien moins que l'état affreux où ſe trouvait cette Puiſſance dans toutes les parties du monde, pour l'amener enfin à une réſolution dont on lui démontrait la néceſſité depuis ſi longtems, mais envain. Alors brilla le 30 Novembre 1782, jour à jamais conſacré aux remords & à la douleur Britanniques: jour à jamais célebre dans les Annales de la France & de l'Amérique, par la reconnaiſſance formelle & ſolemnelle de l'Indépendance des *Treize-Etats-Unis.* Le Congrès était plus clairvoyant ſans doute, quand, dès le 29 Septembre 1779, il avait honoré M. *John Adams* de ſa confiance & de ſes pleins-pouvoirs, pour agir,

con-

Un effaim révolté de lâches, de pervers,

Sur qui l'on invoquait les Dieux de l'univers,

Tel

conférer, traiter, convenir & conclure avec les Ambaffadeurs ou Plénipotentiaires du Roi de France & du Roi d'Angleterre, comme avec ceux de tels autres Princes ou Etats que cela pourrait concerner, le revêtiffant d'un pouvoir égal par rapport au rétabliffement de la paix, de l'amitié, & pour tout ce qui ferait ainfi convenu & conclu; pour & au nom du Congrès, afin d'affurer & terminer le grand ouvrage de la pacification. Cette augufte Affemblée prévoyait déja que le terme des maux de l'Amérique approchait; que le crépufcule de fa gloire future commençait à paraitre fur le globe de la terre, ébranlée pour en cimenter l'avancement fi defiré. Pour mettre le comble à la gloire du mortel célebre & fi digne de l'être, en qui le Congrès dépofait fon pouvoir, l'Angleterre elle-même s'eft vu forcée non de déclarer les *Treize-Etats-Unis*, Puiffance libre, fouveraine & indépendante, ce qui aurait eu l'air d'un bienfait, & mérité peut-être de la part des Américains une reconnaiffance éternelle; mais le Roi d'Angleterre a figné qu'il reconnait *la République Américaine* pour ce qu'elle était depuis longtems, *pour un Etat libre, indépendant*, à jamais perdu pour la Couronne Britannique; pour un Etat *Souverain*, qui ne connaiffait que le Maître des Empires au deffus de fa tête, & les Etats-Unis ont eu la fatisfaction inexprimable de voir figner l'Acte Britannique qui les reconnaiffait pour indépendans & libres, par l'homme de bien, l'homme éclairé, jufte & vrai, qui, longtems auparavant avait prédit que *le foleil de la Grande-Bretagne, difparaitrait de fon Empire, au moment que la Nation reconnaitrait l'Indépendance de l'Amérique-Septentrionale.*

Tel qu'un aftre brillant qui perce les nuages,

Etonne les humains, les mers & les rivages,

Diffipe les frimats, réjouit l'horifon,

Et de l'œil curieux fixe l'attention,

Tels les Etats-Unis, par l'éclat de leur gloire,

Enchantent notre fiecle & gravent dans l'Hiftoire

Le profond fouvenir des plus hautes vertus,

Et l'horreur des tirans que leurs bras ont vaincus.

L'Europe, avec des ïeux attentifs & féveres,

Suivait depuis longtems l'un & l'autre adverfaires:

Elle attendait en paix le trifte dénoûment

Deftiné par les Dieux à cet évenement.

L'Angleterre elle-même annonce fa détreffe,

Ses funeftes revers, fa honte & fa faibleffe;

Et loin, comme jadis, d'ofer fixer la loi,

Elle dit aux tirans: „ prenez exemple à moi."

Louis, modefte & ferme au comble de la gloire,

Trop grand pour abufer des jours de fa victoire,

N'exige

N'exige rien pour soi, mais à ses Alliés

Ses soins les plus ardens sont tous sacrifiés.

Fier d'enchainer enfin le Demon de la guerre,

Il accorde la paix aux cris de l'Angleterre ; (1)

Et

(1) Du moment que les Préliminaires entre la Grande Bretagne & les Etats-Unis de l'Amérique furent signés & ratifiés de la part de ces deux Puissances, les hostilités devaient bientôt finir. La Cour de *Versailles*, ayant déclaré à la face de la terre, qu'elle n'avait d'autre vue que d'affermir l'Indépendance de la République Américaine, ne pouvait se refuser à des conditions équitables de paix, sans alarmer les autres Etats & semer les préjugés d'une ambition démesurée. Il était de son intérêt évident, de l'honneur même de ses armes, de réparer les malheurs qu'elle avait éprouvés dans la dernière campagne. Elle pouvait se promettre les avantages les plus considérables, vu que l'Angleterre n'avait retiré de tous ses succès aux *Antilles* & à *Gibraltar*, que des désastres & des pertes qui l'avaient réduite à des extrémités bien plus fâcheuses que celles où se trouvait *Louis le Grand*, aux Conférences de *Gertruydenberg*. Mais la perspective de redonner la paix à la terre & aux mers, de soulager des peuples qui depuis longues années gémissaient sous le faix accablant que lui avaient imposé les déprédations de ses Aïeux ; de porter le fer tranchant de la réforme dans la vaste étendue de ses Etats ; la gloire de voir l'Amérique libre & indépendante, l'Espagne satisfaite, ne suffisaient-ils pas au cœur pacifique de Louis XVI, pour le porter à terminer des querelles si longues & si sanglantes ? Ajoutons à tout cela l'inexprimable satisfaction de contempler à ses piés, suppliante, abbatue sous le bras des Lis, une Nation superbe, l'ennemie éternelle de son trône & de tous les Français ; qui avait été sur le point de chasser

Louis

Et Madrid fatisfait, fans perte & fans combats,

Rentre en poffeffion de fes anciens Etats. (1)

Mal-

Louis XIV de *Verfailles*, de démembrer fon Royaume, de priver Philippe V d'une Couronne à la quelle il avait un droit inconteftable; de forcer Louis XV, en 1763, à figner à *Paris* la honte de la France, de voir, difons-nous, cette même Nation terraffée fur un élément téaire de fa gloire; de réparer aux dépens d'Albion les défaites paffées de fa Couronne, & de laver l'opprobre dont était couvert tout le Royaume par le féjour odieux d'un Commiffaire *Anglais* dans les remparts de *Dunkerque*. Tant de motifs ne pouvaient manquer de l'emporter fur l'honneur périlleux d'une feconde Campagne, dont une mort, ou la tempête encore, pouvaient renverfer en un même jour les plus brillantes efpérances.

(1) La Cour de *Madrid*, voyant pour ainfi dire l'impoffibilité de fe rendre maitre par la force de *Gibraltar*, fans adopter un nouveau plan d'attaque, ni fans renouveler les dépenfes qui avaient mis dans un défordre affreux les finances de l'Efpagne; ayant vu échouer, par la journée du 12 Avril, & fon obftination à porter fes forces navales devant ce maudit rocher, & le plan plus fage, concerté avec la France pour fe rendre maitre de la *Jamaïque*; flatée par la ceffion de *Minorque*, des deux *Florides* & l'affranchiffement du *Mexique*, peut-être même affurée dès-lors, par les négociations de la paix future, de recouvrer ce roc qui lui tenait tant au cœur; cette Cour devait foupirer pour la paix, & porter elle-même la *France*, fatiguée par les dépenfes énormes d'une fi longue guerre, à mettre bas les armes, puifque fon but était rempli, & fa gloire affurée. Ainfi toutes les Puiffances belligérantes étant d'accord, les Préliminaires de la paix furent fignés entre la *France l'Efpagne* & *l'Angle*

terre

Malgré tous les efforts du généreux Vergennes,

Le Batave est contraint sur des rives lointaines,

Peut-être de céder aux dens des Léopards

Un port vaste & profond & d'utiles remparts. (1)

Mais

terre & une suspension d'armes furent signées le 20 Janvier 1783 par les Ministres Plénipotentiaires de toutes ces Couronnes, & M. le Comte de *Vergennes* eut dans son Cabinet, sans médiation quelconque, l'honneur immortel de partager avec son Roi le titre glorieux de Pacificateur des deux hémisphères.

(1) C'est surtout à cette époque à jamais mémorable que l'Anglomanie dut triompher. Ces Anglais si généreux, si justes, si magnanimes, les amis naturels, nécessaires & éternels de la Batávie, se sont montrés, à l'égard de la République, de maniere à mériter sa reconnaissance & un amour que rien ne doit jamais plus obscurcir. Loin de vouloir profiter des dépouilles immenses qu'ils avaient enlevées aux Bataves, ils en offrent aujourd'hui une indemnisation parfaite & entiere. Ils reconnaissent qu'ils ont méchamment, sans raison & sans prétexte, porté le fer & le feu sur le territoire de la République. Ils ont fait les plus vives instances pour décider la Cour de *Versailles* à restituer aux deux Compagnies Bataves les possessions précieuses que la France avait enlevées sur les armes Britanniques qui s'en étaient d'abord emparées; sans savoir que M. *de Suffren* avait repris *Trinconomale*, ils consentent à le restituer; & ils ne demandent ni la cession de *Negapatnam* qu'ils ont conquis, ni le droit de troubler les Bataves dans leur commerce exclusif aux *Moluques*. C'est ainsi que *l'Angleterre* a démontré la vérité des assertions du grand nombre

d'Ecri-

Mais que peut la faibleſſe oppoſer à la force ?

Trop longtems alléché par la perfide amorce

Dont l'Anglais ſe flattait de l'attirer à ſoi,

Et de ſes vains traités endormi ſur la foi,

Que n'armait-il ſur mer ſes foudres vengereſſes ?

A quoi pouvaient ſervir les immenſes richeſſes

Dont

d'Ecrivains patriotes qui ne ceſſaient d'élever la nation Anglaiſe au deſſus de tous les peuples de la terre ; de jeter avec raiſon les ſoupçons, les doutes les plus injurieux & les plus juſtes ſur la Cour de France, ſur les Français, & ſur ceux des Bataves qui ſe diſaient vraiment patriotes. Lecteurs, vous n'êtes point ſéduits, ſans doute, par ces tableaux impoſteurs. Tout ce que nous venons de dire eſt préciſément le contrepié de ce qui vient de ſe paſſer, & la Cour de *St. James* a été auſſi fidelle à remplir les brillantes promeſſes de ſes amis & de ſes partiſans en Batavie, qu'elle le fut à remplir les paroles d'honneur mille & mille fois données en *Amérique* par ſes Généraux & ſes Amiraux aux infortunés habitans des Treize-Etats-Unis. Après les avoir rendu traîtres ou rebelles à leur patrie, elle les abandonne lâchement aux ſtériles recommandations du Congrès, qui ne peut rien ordonner à ſes Commettans, & encor moins effacer du cœur de tous les Américains les traces ſanglantes & nombreuſes des effets de la rage & de la fureur des prétendus *Loyaliſtes* dans ces contrées devenues libres autant par la ſageſſe de leurs meſures, par la valeur de leurs armes, que par les ſecours de leur grand & généreux Allié.

Dont il aime à repaitre & fes ïeux & fon cœur?

Manquait-il de talens, de marins, de valeur?

Non : mais ce fut en vain que les bons patriotes

Voulurent protéger fes ifles & fes côtes.

Un bras toujours actif ruinait leurs efforts;

Clouait leurs pavillons dans l'enceinte des ports;

Et malgré leur courroux, l'infame Anglomanie

Etouffait dans leurs murs tous les cris du Génie,

Pour le livrer enfin à l'indigne merci

D'un potentat voifin, fon plus grand ennemi.

La Paix renait enfin dans les deux hémifpheres:

Mars a licencié fes cohortes guerrieres;

De fes nombreux exploits le foldat valeureux

Va dépeindre la gloire à fes petits neveux.

Après tant de dangers, de fanglantes batailles,

Les héros de Louis revolent à Verfailles:

Déja ce bon Monarque à leurs travaux guerriers

Ordonne des faifceaux de lis & de lauriers.

 L'A-

L'Amour ouvre ſes bras, étale tous ſes charmes,

Pour leur faire oublier les cruelles alarmes

Où Bellone a conduit leurs fronts victorieux.

Nimphes, dont les tréſors décorent ces beaux lieux,

Chantez dans vos concerts l'Amour & la Victoire :

Vous ſeules, des héros ombragés par la Gloire

Pouvez récompenſer la vaillance & l'ardeur ;

Laiſſez-vous aſſervir : donnez-leur votre cœur.

S'ils n'ont point redouté, pour ſervir la patrie

D'expoſer mille fois leur précieuſe vie,

C'eſt vos charmes divins qui conduiſaient leurs pas,

Et qui les excitaient au milieu des combats.

C'eſt pour vous & par vous que, du Dieu de la guerre,

On les vit affronter la foudre & le tonnerre ;

Que, par vos doux attraits, enflâmmés nuit & jour,

Ces favoris de Mars ſoient heureux par l'Amour !

Héros, dont la vaillance, à regret enchaînée,

Vous fait maudire au loin cette paix fortunée.

Qui

Qui déja vous rappelle au coin de vos foyers ;

D'Eftaing, Naffau, Ségur (1) trop généreux guerriers,

Vous

(1) Depuis longtems M. le Comte de *Ségur*, Colonel du Ré-giment *de Belfonce*, dragons, fils unique du Miniftre de la Guer-re à la Cour de France, follicitait du Roi la permiffion de paffer en Amérique. S. M., en lui refufant toujours une grace que ce jeune Seigneur follicitait avec tant d'empreffement & d'inftances, accompagnait fon refus des propos les plus obli-geans. Enfin le Monarque cédant aux importunités du Comte, lui accorda l'an paffé, cette permiffion fi defirée. M. de *Ségur* vole à *Breft* & fur la fin du mois d'Augufte 1782, s'embarque fur la Frégate *la Gloire*, commandée par le Chevalier *de Vallongue*. Le 4 & le 5 de Septembre, *la Gloire* avec fa conferve *l'Aigle* commandée par M. *de la Touche*, foutinrent d'abord un combat très-long contre un vaiffeau ennemi de 74, où MM. *de Ségur*, *de Broglie*, *Hillerbn*, *de Lameth*, *de Vaudreuil*, *de Montef-quieu* & *de Pollereski*, firent des prodiges de valeur, ainfi que tout l'Equipage & les Officiers qui étaient fur *l'Aigle*. Ils fe feraient certainement emparés de ce vaiffeau, que l'on fut après avoir été le *Hector*, vaiffeau jadis Français, & dont on n'a plus entendu parler, fi la vue de plufieurs voiles que l'on reconnut pour ennemies, n'eût obligé les Capitaines des deux Frégates à forcer de voiles, pour échapper à des forces fi fupérieures. Ils en furent pourfuivis jufqu'au 12, que les deux Frégates, étant entrées dans la *Délaware*, lieu de leur deftination, les voiles ennemies que l'on vit clairement être une divifion de cinq vaif-feaux, la même qui avait mis fin au combat du 5. Le vent ne permettant pas aux deux Frégates de prendre le bon chenal, elles furent forcées de donner dans un autre interrompu par des bancs de fable. Les Ennemis purent paffer par le premier ; & *la Gloire*,

tirant

Vous n'en ferez pas moins l'idole de la France,

La gloire de l'Etat, fa future efpérance.

Et toi, jeune héros, magnanime guerrier,

Illuftre la Faïette, (1) à quel nouveau laurier

Deftinais-tu ce front furchargé de fa gloire ?

Eft-il encor pour toi quelque efpoir de victoire,

Quelque nouvel Arnold (2) ou quelque Cornwallis,

Dont ton bras triomphant veut purger le pays ?

Non
tirant moins d'eau, franchit la batre, mais l'Aigle y refta
échouée. Cependant, fous le feu des vaiffeaux ennemis, l'on eut
affez de tems pour débalquer les Officiers, les Paffagers, & une très-
grande fomme d'argent qui étaient à bord. La plus grande partie de l'Equipage fut mife à terre, & les Anglais, en s'emparant
du bâtiment échoué, ne firent qu'un très-petit nombre de Prifonniers. Le Comte de *Ségur*, arrivé enfin au but de fes ardens
fouhaits, n'a pas été à même de fatisfaire longtems fon courage & fon
ardeur pour la gloire, puisque la paix fuccede à la guerre, &
que l'olive vient embaumer enfin la terre de fon parfum divin.
Les ordres de la Cour le rappelerent en France, & il arriva à
Verfailles le 17 de Juin 1783.

(1). M. *de la Faïtte*, le héros des deux hémifpheres, allait
s'embarquer à *Cadix* avec M. *d'Eftaing*. En qualité de Major-
Général des forces de terre des Etats-Unis, il aurait commandé
les forces des deux Couronnes, & pour la premiere fois,
l'uniforme de l'Amérique eût conduit aux combats les Troupes
Françaifes & Efpagnoles.

(2) L'on rapporte que, depuis la fignature des préliminaires
un

Non, favori de Mars, des Dieux, de la Fortune,

Bannis de ton efprit cette ardeur importune,

Qui te fait expofer aux plus vaftes dangers,

Et voler à la Mort fur des bords étrangers.

Jouis, jouis enfin de tes belles années :

Rend grace aux Immortels, qui de tes deftinées

Ont réhauffé l'éclat par cent faits glorieux

Qui t'égalent déja aux plus grands Demi-dieux.

Vis pour fervir encor la France & l'Amérique :

Jouis de tes vertus, de l'eftime publique,

Et fois fûr qu'en tous lieux, à jamais révéré,

De Mars & de l'Amour tu feras admiré.

Il-

un Membre de la Chambre des Communes dans le Parlement Britannique, ayant propofé s'il ne conviendrait pas de fixer une penfion au fcélérat *d'Arnold*, vit toute la Chambre s'élever contre lui, & une voix lui fit entendre fur le champ ces terribles paroles. *La propofition que vous faites eft infame ; n'avons-nous pas affez de crimes à nous reprocher, fans nous couvrir encore de l'opprobre éternel d'avoir récompenfé un traitre à fa patrie, & fans encourager par des bienfaits à marcher fur fes traces ceux qui pourraient lui reffembler ?* Ce Membre refpectable, croyait encor à l'ancienne vertu du Parlement d'Angleterre.

Illuftre Washington, (1) héros dont la mémoire

Des deux mondes vengés embellira l'hiftoire ;

Toi, que la main des Dieux, en nos fiecles pervers,

Envoya confoler, étonner l'univers

Par le rare affemblage & l'union conftante

D'un cœur pur & fans fard, d'une âme bienfaifante

Aux talens de Turenne, (2) aux vertus des Catons ;

Et qui te vois plus grand que les deux Scipions ;

Jouis

(1) Quel jour pour M. *Washington*, que celui où la paix fut publiée dans les Treize-Etats-Unis, dont fa vaillance & plus encor fa prudente fageffe affurent à jamais le triomphe & la félicité.

(2) De tous les Généraux modernes dont la gloire & le nom paíferont à la poftérité la plus reculée, M. *de Turenne* eft celui auquel M. *Washington* eft le plus reffemblant. *Turenne* ne fit jamais de conquêtes éclatantes ; il ne donna point de ces grandes batailles rangées, dont la décifion rend une nation maitreffe de l'autre ; mais ayant toujours réparé fes défaites & celles d'autrui, il fit beaucoup avec peu, & paffa pour le plus grand Capitaine de l'Europe, dans un tems où l'art de la guerre était plus approfondi que jamais. M. *Washington* eft dans le même cas. Mais qu'il eft fupérieur à *Turenne* lui-même, par la tendre humanité qu'il a toujours portée au milieu des horreurs de la guerre, par fa fidélité à tenir fa parole, par la profondeur de fes vues & de fon

fecret.

Jouis de ton triomphe: admire ton ouvrage:

Si l'Amérique unie a le doux avantage

De refpirer la paix, & de voir fes tirans

Abandonner fes bords, fes villes & fes champs

Jadis épouvantés par leurs bras fanguinaires;

Si de tendres enfans dans le fein de leurs meres,

Et l'époufe éplorée auprès de fon époux,

Peuvent enfin gouter les tranfports les plus doux;

Magnanime guerrier, c'eft toi qui les rappelle

Sous ces lambris facrés, où la voix paternelle

Ordonnait à fes fils de vaincre ou de périr,

Plutôt que, dans les ceps, efclaves, d'obéir

Aux monftres qui voulaient affervir leur patrie,

Et plutôt que de voir l'Amérique flétrie,

Plier fous les arrêts d'un fénat étranger;

A l'ordre d'un Monarque, accourir, fe ranger

Sous

fecret, mais furtout par l'intérêt de la caufe qu'il avait à défendre! Nous laiffons à d'autres plumes à former le parallele de ces deux grands hommes.

Y y 5

Sous ſes drapeaux cruels, avares, deſpotiques,

Et porter l'inſolence ou l'orgueil Britanniques

En d'autres régions pour leur donner des fers,

Et mériter comme eux l'horreur de l'univers.

Immortel Washington, Cincinnatus moderne,

Retourne en tes guérêts, où ta bonté gouverne

En ſage, en citoyen, des milliers de mortels,

Heureux en leurs labeurs par tes ſoins paternels :

Revole dans les bras d'une Epouſe adorée,

Du monde qu'elle honore hautement admirée :

Auprès d'elle oubliant Albion, ſes fureurs,

Ombrage ta Moitié de tes lauriers vengeurs :

Loin de la Cour des Rois, des Grands, de leurs intrigues,

Savoure le repos après tant de fatigues :

Ta gloire te ſuffit pour couler d'heureux jours ;

L'amour de l'Amérique en ornera le cours,

Juſqu'à ce que Windſor, implacable en ſa haine,

Reporte en vos climats ſa furie inhumaine,

Et

Et que ton bras encore expulſe les Anglais

Du vaſte Canada, des ſes triſtes marais. (1).

Au-

(1) L'eſprit d'erreur politique qui depuis ſi longtems agite le Cabinet de *St. James*, & qui, malgré tous les cris de l'univers, vient de reduire la *Grande-Bretagne* en l'état où elle ſe trouve, ne l'a cependant point encore abandonné pour le bonheur de la *France*, de l'Amérique, & peut-être même pour celui de l'Europe. Si, au lieu de cette aſtuce mal digérée, des menées ſourdes, par leſquelles on a vu ſe conduire les Miniſtres de la Cour de Londres durant le cours de la négociation actuelle ; ſi ces hommes d'Etat euſſent eu des vues ſaines, une politique adroite & prévoyante, ils auraient dû penſer que tous leurs efforts devaient tendre à ramener vers l'Angleterre les cœurs ulcérés des Américains. Pour y réuſſir, ils devaient, autant qu'il leur était poſſible, rapprocher les deux peuples par des intérêts communs, eſſentiels. Au lieu donc de céder à la *France* des territoires ſi conſidérables dans les Indes Orientales, ils devaient lui offrir en toute Souveraineté le *Canada* & la *nouvelle Ecoſſe* avec des compenſations légitimes, en ne ſe réſervant que les poſſeſſions abandonnées aux Français par la ſiguature des Préliminaires, le droit de pêcher ſur le Grand-Banc de *Terre-neuve*, & de ſécher la morue ſur les côtes de cette Iſle inculte & ſauvage. Par cette ceſſion, dont la Baye *d'Hudſon* mieux dirigée, aurait avantageuſement dédommagé le commerce Anglais, au lieu de jeter de plus en plus les Américains ſous la protection de la Cour de *Verſailles*, dès-lors cette même Cour ſerait devenue dangereuſe pour les Etats-Unis, & l'Angleterre allait être l'alliée naturelle de la nouvelle République, contre une puiſſance voiſine, redoutable & ſouvent trop entreprenante. Ces vues peut-être n'ont pas échappé au Cabinet de *St. James*; mais à coup ſûr, ou M. de Vergennes était trop habile pour les adopter, ou la Cour de *Londres* a manqué de l'art néceſſaire pour les faire réuſſir.

Augufte Aréopage, où Minerve elle-même

Prononce avec Thémis par l'organe fuprême

De tant de Sénateurs, ornemens des Etats (1),

Une foule d'arrêts où tous les potentats

Du droit des nations devraient venir apprendre

Les principes facrés, & jufqu'où peut s'étendre

Le fceptre qu'en leurs mains les peuples ont commis,

Non pour être pillés comme des ennemis,

Mais pour avoir fur eux un œil infatigable,

Se procurer fans ceffe un juge inexorable

Contre tous les fléaux de la fociété;

Se livrer à loifir, en pleine liberté,

Aux

(1) L'Europe, connait trop peu la fageffe du nouveau Gouvernement des Treize-Etats-Unis, pour juger des grands hommes qui, dans ces tems périlleux, ont tenu d'une main ferme, vigoureufe & prudente, le gouvernail des affaires publiques dans ces régions éloignées. Il ne faut que quelques années d'une paix heureufe, pour découvrir à l'univers entier les talens des divers Congrès qui ont préfidé à cette Révolution glorieu-fe, & tout l'art dont leurs Membres illuftres ont eu befoin pour diriger les opérations difficiles qui en ont accéléré le terme. Les différens journaux de ces Congrès, publiés en Europe, mettront feuls un jour à même les hommes d'Etat de tous les pays, d'apprécier ces fages Sénateurs & de leur rendre la juftice qui leur eft due à tant de titres.

Aux travaux du Commerce, aux Arts, à la Science;

Trouver le bras des loix, qui, prêt pour leur défenfe,

Sût, la foudre à la main, chaffer l'ambitieux,

L'avide conquérant, dont le cœur furieux

Voudrait troubler la paix, envahir les domaines

De mille régions calmes & fouveraines.

Vénérable Congrès, d'un Peuple libre & bon,

Vous avez cimenté la gloire & l'union :

Vous avez délivré l'Amérique & fes ondes,

Des fougueux Léopards, du tiran des deux mondes :

De nos vains préjugés habiles fcrutateurs,

Vous êtes defcendus jufqu'au fond de nos cœurs;

Vous y faites plonger un torrent de lumiere

Qui porte la clarté dans ce trifte hémifphere,

En frappe les tirans, & de leur joug honteux

Nous invite à brifer les déteftables nœuds. (1)

Puif-

______

(1) On le verra plutôt que l'on ne le penfe peut-être. Heureux les Souverains qui ne fauront qu'être juftes, pacifiques &
bienfaifans!

Puiffent les Immortels, dont vous êtes l'image,

Aquiter le tribut que, par votre courage,

Par vos nobles efforts & vos talens unis,

Dans tous les Treize-Etats vous vous êtes aquis!

Puiffent les Dieux vengeurs, qui dorment fur l'Affrique,

Y brifer les liens qu'a rompu l'Amérique!

Puiffe tout l'univers, réveillé par vos loix,

Voir fes peuples unis pour recouvrer leurs droits! (1)

    Célebres Généraux, dont la noble vaillance (2)

Promena fes exploits pour l'unique défenfe,

D'un

(1) Ces mots font le cri des peuples opprimés. L'on ne nous accufera point fans doute de fonner le tocfin, & d'exciter les peuples à la révolte. Nos principes fe font affez manifeftés durant le cours de cet ouvrage, pour être à même de déclarer hautement que tous nos defirs & nos vœux ne tendent qu'à voir les Souverains faire le bonheur de leurs peuples en refpectant leurs droits & l'équité de leurs cœurs, en même tems que nous invitons les nations à obéir au Gouvernement qui les conduit, mais à ne point fe laiffer traiter en efclaves, fans que pour cela, il faille jamais avoir recours à la violence & aux armes, & tenir à leurs maîtres un autre langage, que celui qui convient à des êtres qui favent apprécier le nom d'homme.

(2) Les plus célebres de tous les guerriers qui aient pris les armes en Amérique pour la liberté de leur patrie, après le Général

D'un Peuple magnanime indignement vexé,

Sur vos rares talens l'Amérique a fixé

Un œil reconnaiffant, une oreille attentive.

Vos drapeaux ont volé de l'un à l'autre rive

De ces fleuves épars qui, fur un fol fécond

Roulent avec fracas un précieux limon.

Partout l'Humanité, fi fouvent outragée

N'eût point à regretter, en fe voyant vengée,

De pleurer fur fon fein à l'afpect douloureux

Du fupplice cruel de quelques malheureux.

Si vous crutes fouvent devoir, par repréfailles,

Ordonner tour-à-tour de triftes funérailles;

Votre bras menaçant retenait fon courroux,

Et votre âme fenfible en fufpendit les coups. (1)

Jouif-

ral *Washington* auquel perfonne ne peut & ne doit être comparé, même en Europe, de l'aveu du plus grand Guerrier qu'elle renferme, font principalement le Général Charles *Lée*, qui, devenu un des plus fermes foutiens de l'Amérique, fut un des premiers moteurs de la Confédération qui fans lui eût certainement été anéantie, dès-qu'elle commença; le Général *Montgommery* tué devant *Quebec*. Les Généraux *Putnam*, *Lincoln*, *Gates*, *Greene*, *Wayne*, & fur mer le Commandant en Chef *Efck-Hopkins*, &c. &c. &c.

(1)

Jouïffez aujourd'hui de vos vertus fublimes :

Voyez où la fureur, la démence & les crîmes

Ont conduit vos rivaux ; quel remord les pourfuit,

Et le fruit qu'aux tirans les forfaits ont produit.

Parvenus à la paix de victoire en victoire,

Sans regrets, vous pouvez, couverts de votre gloire,

Sur l'univers entier étendre vos regards,

Voir même autour de vous errer les Léopards,

Sans qu'une voix cruelle, inquiete, importune,

Vous faffe regretter les dons que la Fortune

Départit maintes fois fur vos braves drapeaux.

Des mânes irrités, errans fur des tombeaux

Ne

______

(1) C'était un fpectacle défolant que de voir la maniere pleine d'humanité, de juftice, de grandeur d'âme avec laquelle les Généraux *Américains* faifaient la guerre aux *Anglais*, & la conduite horrible de leurs adverfaires. Mais ce qui déchire encor plus les cœurs vraiment fenfibles & vertueux, c'eft qu'aucun acte de ces brigands Européens, n'a reçu de fa patrie le jufte châtiment qu'ils méritaient tous, tandis qu'au contraire on les a vu, avec indignation, revenir triomphans dans leur Ifle, & couverts bientôt d'une pluie abondante d'honneurs, de graces & de bienfaits.

Ne vous reprochent point que votre âme barbare

Les plongea fans pitié dans le fond du Tartare;

Mais vos cœurs bienfaifans, vos fronts victorieux,

Tels que l'aftre du jour qui brillante les Cieux,

Contemplent à loifir l'amour & l'alégreffe

Leur prodiguer partout la plus vive tendreffe;

Et la Vertu fourire & joindre fur vos pas

La Couronne civique aux palmes des combats. (1)

Amérique, tes maux ont fini leur carriere.

L'Olive a remplacé dans ton vafte hémifphere

Les funeftes apprêts qui défolaient tes champs.

Le Roffignol plaintif a repris fes accens;

L'amour, aux doux foupirs des Alcions fideles,

Dans tes climats féconds va déployer fes ailes,

Et ramener enfin, après tant de malheurs,

Ses charmes & fes feux au fond de tous les cœurs.

Tu

______

(1) Telle fera dans tous les tems & en tous lieux la récompenfe la plus pure de la Vertu, tant qu'il en exiftera fur la terre.

Z z

Tu deviens des humains l'espoir & le refuge;

Les peuples opprimés t'invoqueront pour juge

Contre les attentats qui voudraient leur ravir

Leurs droits les plus sacrés, ou tenter d'asservir

Des mortels généreux au joug cruel d'un maitre,

Ou par les noirs complots d'un parjure ou d'un traitre

L'Europe attend pour prix des barbares liens,

Du pillage effréné de tes champs, de tes biens,

Dont tu vis en tout tems ses armes criminelles

Attrister les vallons, & de ses mains cruelles,

Plonger même en tes flancs un poignard assassin,

Que tu la fixe encore avec un œil benin.

Que, bien loin de brandir tes lances vengeresses,

Tu lui daignes offrir tes ports & tes richesses,

Peut-être de sa rage à l'abri pour jamais,

Tu sauras parvenir, à force de bienfaits,

A lui faire oublier sa haine meurtriere,

A délivrer tes mers de son humeur guerriere,

Pour

Pour cultiver chez toi de paifibles coteaux,

Ou marier la vigne aux flexibles ormeaux. (1)

Faffent les Dieux puiffans, que la paix, l'abondance

Rappellent dans ton cœur que le bras de la France

Pour élever ta gloire au faîte des grandeurs,

Séconda de fon mieux, tes étendards vainqueurs!

Puiffé-je, heureux témoin de tes rares merveilles,

Recueillir dans ton fein le fruit de tant de veilles! (2)

Puiffent les fiers Tirans & leur ambition

N'étendre leurs fureurs qu'en la feule Albion! (*)

(1) Ce n'eft que de la forte que doit fe venger l'Amérique. L'on a pu demander fi la découverte du Nouveau-Monde, fut un bonheur pour l'Ancien; mais ce probleme eft décidé depuis long-tems fi l'on demande auquel des deux mondes la découverte de l'Amérique a fait le plus de mal.

(2) L'Auteur fe propofe d'aller s'établir bientôt en Amérique avec fa famille, &, la beche à la main, cultivant en paix une terre encor vierge, d'y oublier bien d'autres chofes que ce que lui a coûté de peines & de travail cette faible production.

(*) Que l'homme foit inconféquent, je n'en fuis pas furpris; l'inconféquence eft l'appanage de la foibleffe, & l'homme eft foible; ou il perd de vue fes principes, ou il fuppofe qu'il eft des circonftances où il peut s'en écarter fans pour cela être inconféquent. Mais qu'une nation qui eft, ou fe prétend, la plus éclairée de l'univers, foit, à cet égard, comme le

                    fimple

fimple individu, c'eft là ce qui doit vraiment furprendre. L'Anglais affez fier pour fe comparer au Romain lorfque la République de celui-ci fe faifait craindre & admirer de toutes les nations, l'Anglais qui prend l'alarme au moindre foupçon qu'on porte atteinte à fa liberté, & trempe fans fcrupule la main dans le fang de fes rois dès qu'ils femblent ne la pas refpecter autant qu'ils devraient, l'Anglais eft un tyran qui voudrait enchaîner tous les peuples de la terre ; il veut que Londres foit ce que fut Rome & que de fon Parlement émanent des ordres fuprêmes refpectés de tous les habitans du globe. Ce projet, tout infenfé qu'il eft, lui avait réuffi en partie, & dès lors fa fierté avait dégénéré en infolence. Après avoir triomphé de la premiere puiffance de l'Europe, & lui avoir arrogamment impofé les conditions les plus humiliantes, ne pouvait-il pas fe flatter qu'aucune autre puiffance n'oferait lui réfifter, & que tout genou fléchirait devant lui ? Ainfi ce peuple altier, enthoufiafte outré de la liberté, pour donner des fers au monde, s'eft attiré fur les bras fes freres d'Amérique & une partie confidérable de l'Europe. L'apôtre de la liberté crie aux nations : foyez nos efclaves, refpectez nos ordres, tendez les mains aux liens dont nous voulons vous garotter, ou nous porterons chez vous le fer & le feu. Vous n'aurez que tel nombre de vaiffeaux ; vous ne fréquenterez que telles mers ; vous ne ferez que tel commerce ; vous ne ferez d'alliance que fous notre bon plaifir, ou nous faurons vous punir de ne vous être pas montrés dociles à tout ce que nous voulons de vous. Ainfi parlait l'arrogante Albion. Et dans la guerre préfente nous avons fait la funefte expérience que ce n'étaient pas de vaines menaces. Elle conferve encore avec nous le même ton de hauteur, tandis qu'elle s'humilie humblement devant les autres puiffances belligérantes, & crie miféricorde. Porteronsnous donc éternellement le joug que nous nous fommes laiffé honteufement impofer ? Souffrirons-nous que cette guerre qui nous fourniffait l'occafion la plus favorable pour le fecouer, ne ferve qu'à l'appefantir ? De tous les peuples, il n'en eft aucun auffi induftrieux que le Peuple Hollandais. On n'en peut contefter la preuve : ce font fes richeffes. De tous les peuples il n'en eft point de plus brave que le peuple Hollandais, & là deffus tout le monde eft d'accord ? Par quelle fatalité fommes-nous donc devenus la rifée des autres nations ? C'eft là ce dont il eft néceffaire de rechercher la caufe, mes chers compatriotes. La fource du mal connue, il vous fera facile d'y remédier, de reprendre votre ancienne énergie. Avec la liberté, tant civile que politique, vous recouvrerez en peu votre

an-

ancienne fplendeur. La plupart des Monarques d'Europe verront une partie peut-être confidérable de leurs fujets, quitter leur patrie pour fuir l'oppreffion & chercher le bonheur avec la liberté en Amérique; mais quelle raifon pourrait avoir un Hollandais de quitter la fienne? Où trouvera-t-il une mere plus tendre, des Magiftrats plus vigilans, plus de richeffes, plus d'égalité, de liberté; plus de facilité d'exercer fes talens, quels qu'ils foient, dès que nous nous tiendrons fermement à nos Conftitutions.

Quoique ce qui eft écrit dans le moment de l'enthoufiafme, foit toujours un peu chargé, l'éditeur fe fera un plaifir de rapporter l'extrait de la lettre d'un ami, écrite récemment de Philadelphie. ,, Je ,, l'ai vu enfin ce pays délicieux où l'on refpire un air libre, où l'on ne ,, connaît que l'égalité. Ici tous les hommages font pour les vertus & les ,, talens; encore ceux-ci jouiffent-ils de peu de confidération fans celles- ,, là. Le riche jouit paifiblement de fes richeffes; le pauvre (c'eft-à-dire ,, celui qui ne jouit pas fi abondamment des aifes de la vie) n'eft point ,, avili par des diftinctions odieufes, & il marche l'égal du riche. Tout ,, homme honnête eft accueilli, prévenu, & s'il a befoin de fecours, on ,, lui épargne la honte d'en demander. En Europe on compte pour beau- ,, coup d'être jufte, ici l'on rougirait de n'être que cela: c'eft l'empire ,, de la bienfaifance.

,, J'ai parcouru des contrées immenfes, & partout j'ai trouvé qu'on ,, penfait & agiffait de même. Mais rien ne m'a furpris plus agréablement ,, que de voir dans une traverfée de près de 100 lieues des hommes ,, qui tous avaient les mœurs, le caractere, la langue de nos ancêtres ,, (*C'eft un Amfterdamois qui parlo*) & plufieurs même qui ne favaient pas ,, l'Anglais. Ils n'ont rien perdu de la fimplicité, de la candeur, de la ,, bonhommie des anciens Bataves. Point de ces vifages aufteres & re- ,, pouffans, point auffi de ces joies bruyantes, qui ne décelent rien moins ,, que la fatisfaction intérieure: mais la férénité eft fur tous les fronts & ,, l'ame fe montre en toute occafion, parce qu'elle n'a aucun intérêt de ,, fe cacher. Si le bonheur n'eft pas là, il n'eft nul part fur la terre.

,, J'ai rendu vifite au Général *Washington* & à fon époufe. Quelle diffé- ,, rence entre ce grand homme & ces fousdefpotes d'Europe qui, rampant ,, devant leur maîtres, voudraient qu'hors fa préfence tout ce qui les ap- ,, proche rampât devant eux. Il me reçut avec bonté, avec affabilité, ,, & je conçus bientôt qu'un tel homme était fait pour dominer également ,, fur les cœurs & les efprits. A la tête de l'armée il fait faire refpecter

,, fes

„ fes ordres; on ne lui défobéirait pas impunément; rentré dans la vie „ privée, il ne veut plus d'autre empire que celui de la bienfaifance; il „ ne veut plus qu'être aimé. J'avais eu peine jufqu'à ce jour à croire „ ce que nous difent les hiftoriens de la vie fimple de plufieurs gé- „ néraux des premiers fiecles de la République Romaine; mais il m'a „ fallu dépofer ce doute & convenir qu'il eft des ames affez exaltées „ pour rejeter tout ce qui tient à l'éclat, quoique revêtus des honneurs „ fuprêmes & dignes de l'encens de l'univers. O Europe! tu deviendrais „ bientôt déferte, fi l'Amérique était connue. ”

L'Editeur à la plus haute idée du bonheur des Américains, comme de la véracité de fon ami; mais il ne voit pas pourquoi fes compatriotes envîraient le fort de ce nouveau peuple, dès qu'ils auront pris les moyens convenables pour faire refpecter leur puiffance au dehors (†) & leur conftitution au dedans. Il ofe efpérer qu'on ne tardera pas à les prendre efficacement, & qu'en peu de tems l'on fera forcé de dire qu'il n'eft point, tant en déçà qu'en delà de l'Atlantide, de peuple plus heureux que le peuple Hollandais.

Note de l'Editeur.

(†) *L. H. P. Viennent de donner une marque frappante de leur follicitude paternelle pour le bonheur & la gloire de la nation Batave, dans le choix qu'elles ont fait pour leur premier Miniftre Plénipotentiaire près les Etats-Unis de la nouvelle République Américaine, de la perfonne de M. P. J. van Berckel, membre du fénat & ancien Bourguemaître de la Ville de Rotterdam, juftement appelé le protecteur, le pere de fes concitoyens, le généreux défenfeur des prérogatives d'un peuple libre, ce digne frere du zélé patriote M. van Berckel, Penfionnaire de la Ville d'Amfterdam. La nation entiere applaudit à ce choix, & compte avec raifon fur les grandes lumieres de ce brave citoyen pour établir l'amitié réciproque des deux Républiques fur une bafe folide contre laquelle échoueront les attaques ouvertes & fecrettes d'une nation toujours jaloufe de notre profpérité, & les fourdes menées des indignes Bataves qui lui font vendus. M. van Berckel, eft né dans une ville de commerce & fait par expérience que le commerce eft tout pour fa nation. Nous ne pouvons donc qu'efpérer qu'il fera valoir dans fon nouveau miniftere fes profondes connaiffances fur la grande influence du commerce pour le bonheur de fa patrie.*

FIN DU TOME SECOND,

forti de la preffe le 10 Juillet 1783.

ERRATA

E R R A T A.

Tome Premier, pag. 282, dans la note où l'on parle des Patriotes de Gueldre, au lieu de

MM. les Barons de *Nyvenbeim, de Heeckeren*, Seigneur *d'Engbuifen*, de *Zuylen* de *Nyevelt*, Lifez: MM. les Barons *de Nyvenbeim*, pere & fils, *de Heeckeren*, Seigneur d'*Engbuifen*, les deux freres *de Zuylen de Nyevelt*.

Idem 283, dans la note au lieu de

MM. *d'Eyfinga*, *d'Humalda*, de *Beyma*, Lifez: MM. *D'Eyfinga*, pere & fils, *d'Humalda*, *de Beyma*, *Haersma*, *Kempenaer*, les deux freres *Aylva*.

Tome Second, pag. 349, dans les vers.

De Surate à Daca (8) jufqu'au Golfe Perfique;
Et des murs de Madras, (9) au fond de l'Amérique

Pour bien placer les notes, Lifez:

De Surate (8) à Daca (9) jufqu'au Golfe Perfique
Et des murs de Madras, (10) au fond de l'Amérique

Le lecteur intelligent rectifiera lui-même les fautes d'ortographe, échappées à la correction, à caufe de la célérité avec laquelle l'ouvrage a été imprimé.

www.ingramcontent.com/pod-product-compliance
Lightning Source LLC
Chambersburg PA
CBHW070703100726
47907CB00001B/37